刘上洋◎著

老表之歌 上

作家出版社

谨以此书献给改革开放40周年

老表之歌

上卷

目录
CONTENTS

第 一 章

1

一九七六年初春，阴雨连续下个不停，整个大地浸透着一股寒意。

这天，天难得放晴，太阳虽然懒洋洋地挂在东边，但对围坊大队来说却是一个值得期盼的特殊日子。一个星期前，公社就来通知说，今天晚上县剧团要来围坊大队演出革命样板戏改编的采茶戏《智取威虎山》。天公这样作美，这下可乐坏了全大队的男女老少们。这是一个典型的南方山区，四周青山环抱，中间一个千亩盆地，有两个自然村和八百多人口。这里最初居住的全是江姓人氏，只是随着岁月的推移，慢慢其他姓氏的人也迁来了不少。由于环境闭塞，交通不便，除了中央苏区时期集结在这里的红军部队有过一次自编自导的演出外，多少年来村里就几乎没有文化活动，直到"文化大革命"开始后，有些年轻姑娘有时会在一起学唱革命歌曲和样板戏。这次在村里观看县采茶剧团的演出，是有史以来破天荒的第一次。所以，一吃过早饭，大队书记沈发根就抽调了江兆南、肖海君、林一凡等十来个身强力壮的年轻人，由大队民兵营长许向才具体负责，在大队部前面的坪场上搭建戏台，并要求他们把这作为一个重要的政治任务圆满完成，绝对不能出现丝毫的闪失。

在城里搭建一座戏台也许不是一件很难的事情，但在农村就不一样了，没有所需的材料和工具，只有就地取材，自想办法。许向才觉得这又是一个表现自己的难得良机，戏台搭建一开始，他就站在那里，一只手叉着腰，一只手在不停指挥着大家干这干那。小伙子们先是分头到仓库找来了闲置的木料、木板，接着又到大队部搬来了长条宽板凳，然后就搭起台来。因为台面很大，搭到后面木板不够用，江兆南和肖海君就主动把自己家的门板卸下来铺了上去。就这样，一座戏台总算搭成了。

许向才看了看搭好的戏台，随即一溜烟似的跑到大队部把书记沈发根请了过来，并陪着他在台上来回检查了三遍。许向才还在台上蹦跳了几下，意思是告诉书记，他所负责搭建的戏台非常牢固，保证没有问题。

沈发根满意地点了点头，竖起拇指表扬了大家几句，然后就走了。

2

村子的前头有棵大樟树，相传是江家的先祖亲手栽种的，至今已有千年了。树干要七八个人才能抱得过来，树荫差不多可以遮住半亩地，水桶般粗的树根凸在地上像条匍匐的虬龙。老辈们说这棵樟树很有灵性，每逢大喜事就枝繁叶茂，而当有祸难时就会枝枯叶黄。村里人平时喜欢三五成群聚在树底下闲聊，特别是到了夏天，大家都搬着凳子卷着竹席到树荫下乘凉，这里成了大人小孩们的乐园。

回家时，江兆南和肖海君向大樟树走去。两人差不多高，一米七的个头，身材匀称结实，只不过江兆南浓眉亮眼方脸盘，肖海君面相清秀高鼻梁，加上两人又很爱读书，气质非常相近，所以从背后看上去就像一对亲兄弟。

在大樟树下，江兆南拉着肖海君站住了。

江兆南：你父亲的头痛病好些了没有？

肖海君：时好时坏，这两天又痛得厉害了。

江兆南：老这样痛下去也不行，得抓紧治治。

肖海君：你平时喜欢看点医学书，懂点医术，有没有什么好方子？

江兆南：我那点医学知识可怜得很，能不能这样，我们今晚就不看戏，去把我们两家偷着多养的几只鸡卖了，弄点钱给你父亲看病去。

肖海君：卖给谁呢？

江兆南：这个你不用管，我会联系好。

肖海君：到哪里？具体时间？

江兆南：晚上九点，正是大家看戏看得最有味的时候，在村外的破庙墙脚下接头。

肖海君：我会准时到。

两人说完就分头走了。

3

在村子西北面的一栋土筑墙的旧房子前，年轻女子秦姑坐在家门口纳鞋底。

戏台一搭完，许向才就急忙偷偷地溜了过来，笑嘻嘻对她说：你在为谁做新鞋呀？

秦姑：你说除了你还有谁？

许向才：那我又有新鞋穿了，真是穿在脚上，暖在心上。

秦姑：戏台搭好了？

许向才：搭好了。

秦姑停下手中针线：那今晚有好戏看了。

许向才：我不想看戏，想和你在一起。

秦姑：县剧团来村里演样板戏这是头一回，我得看戏。

许向才：看县剧团的戏还不容易，下次我带你去看，包你看个够。

秦姑：哼，说得轻巧，到时你又有理由不去了。

许向才：我对天发誓，下次一定带你去。

秦姑：你就这么急，明晚不行吗？

许向才：今晚大家都看戏去了，神不知鬼不觉，更方便。

秦姑：那就依你吧。

4

晚上，坪场上人头攒动，气氛热烈。戏台前面上方挂着两盏汽灯，把全场照得通亮。县剧团的演出正在紧张进行。随着高亢激越的"打虎上山"音乐响起，杨子荣出场了，他手握马鞭，边唱边表演。当他唱到"迎来春色换人间"时，精彩的演唱引起了台下热烈的掌声。

江兆南的妹妹江凤梅和肖海君的妹妹肖丽萌坐在一块。她俩就像姐妹一样形影不离。江凤梅扎着两条辫子，中等个子，朴实清纯。肖丽萌长得苗条，眼睛水灵，一条辫子时而垂在胸前时而甩在背后。她比江凤梅小两岁，但不知怎么阴差阳错户口本上却和江凤梅一般大。两人看得如醉如痴，跟着大家一起拼命鼓掌。特别是肖丽萌，因平时喜爱唱歌，对样板戏的唱腔很熟悉，也会唱几段采茶戏，因而不时小声跟着哼几句，惹得坐在她身旁的人们羡慕不已。

5

昏黄的油灯下，秦姑家的房间里只有些许亮光。许向才先帮她脱掉衣服，然后自己脱掉衣服，两人钻进了被窝，云急雨荡，摄魄销魂。秦姑双目微闭，呼吸急促，不时发出微微的呻吟声。

秦姑这时完全沉浸在与许向才两情相悦的快感中。她虽然长相姣好，身材俊俏，两条又粗又黑的辫子扬着青春的活力，但无奈出身于地主家庭。父亲为了改变她的处境，让她终身不受欺负，硬把她嫁给了一个三十多岁还没有结婚的贫农儿子。这个人块头大，有力气，能干活，娘家人都羡慕秦姑嫁了个好老公。但谁知道他是个没有性功能的男人。新婚那晚，秦姑羞涩地让男人抱着自己，但他那东西怎么也不管用，平生第一次的幸福就这样以失望结束了，秦姑痛苦极了。以后几天，尽管两人想尽一切办法还是无济于事。秦姑只有哑巴吃黄连，有苦说不出。结婚不到一年，男人突发心脏病辞世了，这样还不到二十岁的秦姑便成了寡妇。一个妇人家，没有了男人，里里外外大大小小的事情全靠她一个人独担。多少个夜晚，秦姑躺在床上暗自垂泪，哀叹自己怎么这样命苦。

有一天傍晚收工后，秦姑回到家里没柴烧饭了，于是急忙拿着扁担、柴刀和绳子来到村子的后山上，她选了一个树林茂密的地方，用刀使劲地把一根根树木砍下来。没有多久就累得满头大汗。她直起身子歇了歇，接着又埋起头来继续砍。

许向才悄悄地来了，他叫了一声：秦姑。

秦姑抬头一看是许向才，忙说：许营长，是你呀！吓了我一跳。

许向才：这么晚了你还砍柴来啦。

秦姑：是啊，家里没柴烧了，你呢？

许向才：同你一样，也来砍柴，白天事情太多，只有这时候有点空。

秦姑：你们当个大队干部也不容易。

许向才：你就更不容易，砍柴这样的重活，这本不是你们女人干的。

秦姑：那有什么办法呢？没有男人，只能自己做。

许向才：看你累得满头大汗，我来帮你砍吧。

秦姑：不用了，要不然你的柴就没时间砍了。

许向才：别担心，时间来得及。我手脚快，一下子就砍好了。

秦姑：那多不好意思，还是我自己砍吧。

许向才要秦姑坐在地上歇着，自己替她砍起柴来。许向才砍得非常卖力，不到一阵烟工夫，就砍了一大堆。

秦姑看许向才脸上直冒汗，就用手拉了拉他说：营长，你歇一歇，我自己来砍。

许向才甩脱秦姑的手，说了一声"我不累"，又弯腰接着继续砍。

自从男人离世以后，秦姑心里总有一种孤独感和无助感，现在一个年轻有为的大队干部主动委下身子为她这样一个寡妇社员砍柴，秦姑非常感动。她不由得向许向才投去感激的一眼。

没有多久，许向才就把柴砍好了，接着他又把柴捆好，然后对秦姑说：你试着挑一下，看重不重？

秦姑连说了几声"谢谢"，就俯下身子试着把两捆柴挑起来。也许是担子太重，她起身时崴了一下脚，随即向一边倒去。许向才马上把她拉住让她倒进自己的怀里，关心地问："伤着没有？"并用手在秦姑的腰部不断地揉摸着。秦姑就像触了电一样，全身顿时麻麻的软软的，完全瘫倒在许向才的身上。许向才早就对秦姑馋涎欲滴，今天就是尾随她来的，见到时机成熟了，便顺势把秦姑抱放在地上，秦姑啊了一声便完全麻醉了。她的胸脯激烈地起伏着，那感觉就像腾云驾雾，飘飘欲仙，身子就要飞起来。直至许向才水泻潮退，秦姑还紧紧地用手搂住许向才的腰身不放。

许向才筋疲力尽地伏在秦姑身上，亲了亲她：感觉好吗？

秦姑点了点头：你让我第一次尝到了做女人的味道。

许向才：从今以后，我要让你成为一个真正的女人。

秦姑：无论什么时候，我都是你的人。

许向才：我们两个现在就是一个人了，你中有我，我中有你。不过，我们的关系千万不能让人知道。

秦姑：我知道这事的利害，你是民兵营长，这事若被别人晓得了，肯定影响你的政治前途，也会毁了我的名声。

许向才：所以我俩的事就只能你知我知，当然还有天知地知。

这时，天已经完全黑了，秦姑有些歉意地说：你的柴砍不成了。

许向才：我得到了你，比砍什么柴都值得。

秦姑亲昵地亲了亲许向才：我们回吧。

许向才从秦姑身上爬起来，又把秦姑从地上拉起来。两人穿好衣服后，秦姑看见许向才口袋里露出他的一张照片，就抽出来放在了自己身上。为怕别人发现，许向才挑着秦姑的两捆柴走在前面，秦姑隔了一段距离远远地跟在后边。到了村头，许向才把柴担放在路旁就到大队部去了，秦姑到了后就接着把柴挑回家了。

整整一个晚上，秦姑都被幸福和甜蜜包裹着。她拿着许向才的照片不知看了多少遍，直到天亮时，才打开箱子把照片压在了箱底的衣服里。

6

许向才和秦姑在床上缠绵了差不多一个小时，估摸坪场上的样板戏演出已经过半，许向才便对秦姑说：我得走了，演出结束时我必须在场，要不然大队沈书记会批评我的。

虽然这不知是两人多少次在一起了，但秦姑仍然有些依依不舍，她用双手勾住许向才的脖子，说：那你去吧。

许向才亲了亲秦姑就不声不响地回到了坪场，他先站在一个角落看着演出，然后煞有介事地围着四周转了一圈。

演出进入高潮。一个个解放军战士翻着筋斗袭入威虎山百鸡宴会厅，杨子荣同座山雕在激烈搏斗。突然，"轰"的一声巨响，戏台坍塌了，杨子荣掉了下去，全身摔伤，满脸是血。顿时，观众一片哗然，全场大乱。

大队书记沈发根一边命人抢救受伤演员，一边叫来大队民兵营长许向才：台子垮塌的地方是谁搭的？

许向才：是江兆南和肖海君搭的，台板也是他们两家拆来的门板。

沈发根：惹了这么大的祸，你赶快去把他们找来！

许向才听到书记的命令，心里非常得意。江兆南和肖海君你们几个不是经常说我对人对事做得太过，有几次还当面顶撞我，搞得我下不了台，特别是在沈书记面前说我品行不好，反对我当民兵营长嘛，这下该由我来对付你们了。于是，便大声地回答说：是，我马上去找！

许向才立即组织六个民兵，命令他们以最快速度把江兆南和肖海君找到。

六个人分头在乱哄哄的人群中寻找，但不见江兆南和肖海君的影子。

许向才听他们报告说没有找到，脑子急速转了转，怎么会找不到？到哪儿去了？随即又命令他们到村里村外找，非要把他们找到不可，并要他们两人一组，分三路，有情况随时报告。

六个民兵先在村里挨屋挨巷地寻找了一遍，没有发现江兆南和肖海君。紧接着他们又到了村外，隐约望见那座破庙墙脚下有人影在晃动，他们立即报告了许向才。

许向才要他们悄悄地摸过去，并要求不要弄出响声，看看是不是他们两个。

民兵们答应了一声就猫着腰向破庙摸去。

7

在村外的破庙前，江兆南和肖海君坐在墙脚下等待着来买鸡的人。

肖海君看了看用化肥袋装的被少许土酒灌醉了的鸡，心里有些发急：怎么还不来？

江兆南：耐心点，一定会来的。

肖海君：那是个什么人？

江兆南：一个做小生意的人。

肖海君：这个人还是蛮有胆量的。

江兆南：他就靠贩买贩卖一点小东西赚点钱。

肖海君：不容易。

两人小声说话间，隐约可见茫茫夜色中，一个人影从不远处的山脚下向破庙移动。

江兆南扯了扯肖海君的衣角：你看，来了。

肖海君：谢天谢地，好不容易等到了。

江兆南：说好了来就肯定来，做买卖就是要讲信用。

过了一会，那个人就到了破庙前面，江兆南和他握了握手：辛苦你了。

小贩：对不起，叫你们久等了。

江兆南：我们抓紧时间买卖吧。

小贩：好的，你们一共有几只鸡？

江兆南：他五只，我六只，一共十一只。

小贩：一只一块五，如果你们同意，我全买了。

肖海君：我们养几只鸡也不容易，价钱再高一点。

小贩：加一毛，一块六一只。

江兆南：好吧，来日方长，海君，就这个价卖了吧。

肖海君：行。

小贩掏出钱：一共十七块六，给。

江兆南：海君，你全拿着，给你父亲治病去。

就在小贩把钱交付肖海君的时候，两个民兵不声不响地到了破庙附近，他们看到了江兆南和肖海君，于是朝村里大喊：找到了，江兆南和肖海君在这里卖鸡。

许向才听见喊声，立即命令民兵：给我捉住，不要让他们跑了！

江兆南、肖海君和小贩先是一惊，知道事情不妙。但江兆南很快镇定下来，他随即指了指左边的山林，要小贩往那里跑，接着又指了指右边的山林，要肖海君往那边跑。而他自己则站在原地不动，吸引许向才等人的注意力，以使两人能够逃脱。

许向才领着民兵气喘吁吁地跑过来，看见江兆南，马上气势汹汹地质问：你在这儿搞什么名堂？

江兆南：我搞什么名堂，你管得着吗？

许向才：哼，管不着？我今天就要管一管。

江兆南：你想把我怎么样？

许向才：还有两个人跑哪儿去了？

江兆南：我不知道。

许向才命令民兵：你们两个先把江兆南带走，其余四人去捉肖海君，必须要捉到！

四个民兵立即分头去搜寻肖海君。两个民兵押着江兆南回村，许向才威风十足地走在后面监视着。

8

大队部，灯光暗淡。

这是土改时没收的一个地主家的房子，砖木结构，马头墙面，两进两层，中间是天井，前后两个厅，两边和楼上是住房。现在都改作了大队部的办公室。

两个民兵把江兆南关进一间小屋子，然后把门锁上。

许向才跷着二郎腿坐在大队部的办公室里抽着"庐山"牌香烟，两个民兵进来报告：江兆南已经被关进屋内了。

许向才：你们到门口去站岗，别让他跑了，我在这里等他们捉拿肖海君的消息。

两个民兵转身返回关押江兆南的屋子门口，他们一人一边站着，并不时从门缝朝里面看看。江兆南坐在屋内的地上，对着门口怒目而视。

大队部门外响起一阵脚步声，四个民兵押着肖海君来了。

许向才大为得意，但他不形于色，而是以严厉的口气对着肖海君：你还想跑？我看你跑得了和尚跑不了庙。

肖海君狠狠地瞪了许向才一眼，没有理睬他。

许向才：把他关进去听候处理。你们站在门口看紧点。

9

第二天清早，天空灰暗，雾雨朦胧。一阵紧急的哨子声把社员们叫醒，通知到大队部的会场开大会。

江姓祠堂是围坊村里最大的一栋房子，青砖黛瓦，高墙翘檐，正门是一个精致的大牌楼，里面两排各六根粗大的木头柱子撑起了一个空旷的长方形大堂，总共可容纳七八百人。中央苏区反"围剿"时红军首长曾在这里指挥过对敌战斗，解放后被改作了会场。特别是在"文化大革命"中，所有的群众大会都在这里召开。会场的正面墙上贴着毛主席的画像，画像上面贴着"毛主席万岁"的横联，两边分别贴着"大海航行靠舵手""万物生长靠太阳"的对联。祠堂的两边墙上分别写着"无产阶级文化大革命万岁""千万不要忘记阶级斗争"的大幅标语。

会场里站满了人，大家都表情凝重，沉默不语，只有极少数人在小声询问又发生了什么事。江兆南的父母站在边上，心情显得非常忧虑。肖海君的父亲因身体不好请假未来。江凤梅和肖丽萌站在人群最后面的一个角落上，脸上一副沮丧的神情，秦姑站在她俩的旁边。

批判大会开始。大队书记沈发根用眼光扫了扫全场，然后讲话：贫下中农同志们，今天开个社员大会，批判两个人，一个是江兆南，一个是肖海君。现在把他们带上来。

四个民兵分别把江兆南和肖海君带到了前台，并要两人低下头来。

沈发根：大家知道，昨天晚上县剧团来演出革命样板戏《智取威虎山》，戏台垮塌，主演受伤，你们猜猜戏台垮塌的那个地方是谁搭的？是江兆南和肖海君搭的。还有就是掉下去的门板也是他们两家的！这是严重破坏革命样板戏的行为！更加恶劣的是，江兆南和肖海君不仅不观看革命样板戏接受革命教育，反而趁大家看戏的时候，悄悄溜出村子，将家里偷偷多养的鸡卖给外地人赚钱，本来上面规定一户只能养三只鸡，而他们两个却各自偷偷多养了六七只，这是明目张胆地搞资本主义！我先讲这几句。现在，请大家对两人进行揭发批判。

"我先揭发，昨晚两人偷偷卖鸡被发现后，江兆南公然与组织对抗，叫那个投机倒把分子逃跑了。"

"我接着揭发，肖海君逃跑躲到了山上，是我们几个民兵把他抓回来的。"

"还有,两人被抓到以后,态度非常恶劣,拒不交代自己的问题!"

"把戏台搭垮,我看这是江兆南和肖海君故意搞的鬼!"

"这两个人的行为,是在为我们革命老区抹黑!是在为革命先烈抹黑!"

虽然大家揭发批判毫不留情,但许向才还是觉得没有说到要害,于是拿出他惯用的上纲上线的那套把戏:我看昨晚发生的事件,是一起严重的政治事件,是阶级斗争的新动向,充分说明两人对社会主义是不满的,对毛主席亲自发动的无产阶级文化大革命是不满的!

江兆南听了感到非常委屈和不服,马上予以解释:戏台没搭牢,垮塌的台板是因为搭台时木板不够临时把家里的门板卸来的,在这里向大家承认错误。但我们确实不是故意的,也没有什么坏心,肖海君逃跑,是我叫的,与他没有关系。

肖海君见江兆南这么一说,也解释道:偷偷多养几只鸡卖掉,是我们的不对,但也是没办法,我父亲经常头痛,需要钱看病。

会场里叽叽喳喳地小声议论开了。

沈发根:大家严肃点,不要讲话。

会场安静下来,几个人继续批判发言。

"铁证如山,不许强辩!"

"坦白从宽,抗拒从严!"

"必须老老实实承认,否则死路一条!"

江兆南:这是逼人就范,简直是黑了天。

肖海君:简直是不想让人活了。

许向才这下从江兆南和肖海君的话里更抓到了把柄:大家听到了没有,两个人一唱一和,一个骂现在黑了天,一个骂不想让人活了,这是什么言论?这是彻头彻尾的反革命言论!两人已经同地富反坏右穿一条裤子了!我建议要严惩不贷!否则就不能震慑阶级敌人!

沈发根:向才,你认为应当怎样严惩才能平民愤呢?

许向才:我认为应当给这两人戴上坏分子帽子!

沈发根：今天的批判会上，江兆南和肖海君两人不仅不接受批判，反而强词夺理，为自己开脱，特别是污蔑我们现在黑了天，不让人活，性质就更加严重，这是在恶毒露骨攻击党和社会主义，说明两人已经滑到了阶级敌人一边去了。对他们的这种反革命言行，我们革命老区的人民决不答应！必须把他们打翻在地，再踏上一只脚！刚才许向才同志说要给两人戴上坏分子帽子，我认为很有必要，会后由大队民兵营先拿出个材料并提出初步意见，交大队党支部讨论决定后，再报上级党委批准。

批斗会一结束，秦姑就沉着脸回到家。她的心情糟糕透了，愤恨和懊悔一起噬咬着她。她恨许向才，她骂自己瞎了眼。平时她只觉得许向才喜欢出风头好表现，没想到他会是这样一个阴暗狠毒的人，昨晚你自己干了偷鸡摸狗见不得人的事，今天反而假装正经气势汹汹地批斗别人，把人家往死里整，实在是厚颜无耻，卑鄙龌龊！比起江兆南和肖海君，你许向才更应该被打成坏分子！她忽然发现许向才的面目是那么的可憎，她对他的好感彻底破灭了。她要同他一刀两断。

10

油灯如豆，忽明忽暗。生产队干部和社员们正在评工分。沈发根和许向才紧绷着脸坐在桌子的上首。

这是每隔一天就要做的一件事。社员们聚在一起，根据每个人的表现评工记分。每人每天最高为十分，依次递减。年终根据生产队的总收入确定每个工分的工值，然后按每人一年的累计工分计算分配所得。年成好时每个工分可值一毛钱，年成不好时每个工分只能值五分钱。

生产队长：因为发生了江兆南和肖海君这么一个严重事情，沈书记和许营长担心我们对两个人的工分评不好，今晚特地来参加我们生产队的评工分，为我们把关。

沈发根：大家说说江兆南和肖海君的工分怎么评？

许向才：这两个人问题严重，应该把他们的工分降下来。

沈发根：降多少比较合适？

社员：江兆南和肖海君过去评的都是十分，给他们每人降一分就可以了。

许向才：降得太少了，每人至少要降五分。

另一个社员：我同意许营长的意见。

又一个社员表示了不同意见：江兆南和肖海君是队里最强的劳动力，降得太低不合适，我看降个两分就可以了。

许向才：对这两人不能宽容，降得太少不利于他们的思想改造。

会计用手随意在算盘上拨了几下：现在大家都靠工分生活，今年粮食收成不好，估计一个工分只能值六分钱，降得太多他们的日子没法过。

许向才：那是他们活该！

沈发根：那就降三分，大家说怎么样？

全体社员：同意。

生产队长：那就按沈书记说的办，两人都评七分。

11.

眼看哥哥和肖海君要被打成坏分子，江凤梅心急如焚，她把肖丽萌叫到一个隐蔽的角落里，一起商量着怎么办。

江凤梅：想不到许向才会下手这么狠，把我俩的哥哥整得这样苦。

肖丽萌：若真被打成了坏分子，以后一切都完了。

江凤梅：我们做妹妹的，也不能眼看着自己的哥哥往火坑里跳。

肖丽萌：那怎么办呢？

江凤梅：我本想去找许向才说说情，但考虑我曾和他吵过架，至今他还记恨在心，找他可能会适得其反。

肖丽萌：还有其他什么法子吗？

江凤梅：你能不能出个面求求许向才？

肖丽萌：我？

江凤梅：可能是因为你会唱歌跳舞，我觉得许向才一直对你比较客气，如你能去跟他说说，也许会有些作用。

肖丽萌：我估计不会有什么效果。

江凤梅：不管有没有效果，你去找找他，行不？

肖丽萌：那我去试试看吧。

12

当天晚上，在大队部民兵营长办公室里，许向才跷着二郎腿在抽"庐山"牌香烟，嘴里还不时哼着《红星照我去战斗》的曲子。

肖丽萌进来了，叫了一声：许营长。

许向才见是肖丽萌，心里虽然很是高兴，但脸上还是板得很紧：你来干什么？

肖丽萌：刚才听你哼歌，很好听。

许向才故作谦虚：我是乱唱的，你唱得好。

肖丽萌：你过奖了，我不过是对这方面有些爱好而已。

许向才：以后我要向你学习唱歌。

肖丽萌：那我可不敢当，许营长，有件事我不知该不该问。

许向才猜到肖丽萌是来为她哥哥说情的，但他还是明知故问：什么事？

肖丽萌：就是我哥哥和江兆南的事，请你原谅他们不懂事，给你添了麻烦。

许向才：两人的问题可严重了，不是我能原谅得了的。

肖丽萌：对两人怎么批判处理都可以，就是请你高抬贵手，不要将他们打成坏分子。

许向才：这我可无能为力。

肖丽萌：你在大队的威信高，沈书记都听你的。

许向才从椅子上起来走到肖丽萌身边：那我问问，你听我的吗？

肖丽萌：肯定听你的。

许向才把一只手搭在肖丽萌的肩上：我喜欢听你的歌，更喜欢你这个人。

肖丽萌：喜欢我？

许向才：是的，喜欢你。

没等肖丽萌答话，许向才就想去抱她。这时民兵班长林一凡来了，在门外喊：许营长，有人找你。

原来，林一凡暗恋着肖丽萌，别看他身体厚实，大眼粗嗓，脾气火急火暴，但遇事却很心细。在看到肖丽萌来找许向才，就多了个心眼，走到大队部的墙角暗处，观察着里面的动静。

许向才听见喊声，赶紧把手打住，马上以严肃的口气大声地对她说：今天就谈到这里，你提出的要求现在暂不考虑。

肖丽萌马上走了出来，许向才也立即装出一副若无其事的样子。

林一凡冷冷地从他门前走过，故意把脚步踩得重重的。

13

夜幕织着雨帘，笼罩着村庄。

许向才在大队部办公室边抽烟边看着窗外，白天已接到北岭公社党委的通知，江兆南和肖海君被正式批准定为坏分子。目的已经达到，一箭之仇已报，心头之患也除了，许向才得意极了。现在天下着雨，很容易放松警惕，决不能让江兆南和肖海君趁机又去干坏事。于是，他叫来几个民兵进行布置，要他们加强对江兆南、肖海君的监视，如果出了闪失就要追究责任！几个民兵表态后就执行任务去了。之后，许向才在办公室稍坐了一会，就悄悄地钻进了雨夜中。

雨点打在屋顶上"嗒嗒"作响，秦姑坐在房里油灯下缝补衣服。屋外，传来轻轻的敲门声。

秦姑知道是许向才来了，她不想去开门，而是放下针线静静地看着门口。

敲门声又响了，许向才在门外低声叫着：秦姑，我是向才，快开门。

秦姑犹豫了一会，上前把门打开了。

许向才：怎么？没听见敲门声？

秦姑：下这么大的雨，我想你不会来。

许向才：想到要和你在一起，就是天上下刀子我也一定来。

秦姑：你就不怕被别人发现挨批斗吗？

许向才：你今天的情绪好像有些不对啊？

秦姑：我没什么情绪。

许向才：没情绪就好，那我们快点上床。

秦姑：等等，我想问你几句话。

许向才：快说，凡我知道的都告诉你。

秦姑：你为什么对江兆南、肖海君那么狠呢？

许向才：他们两人是阶级敌人。

秦姑：我觉得他们不是坏人，是好人。

许向才：不谈这个了，我们抓紧好好亲热一下。

许向才说完就把秦姑拉进房间按倒在床上，并脱她的衣服。秦姑这次不像以前那样顺从和温柔，而是极力挣扎和反抗，坚决不依不从。

许向才非常生气：你为什么站在江兆南和肖海君一边，为他们说话？

秦姑：你对他们太过分了！

许向才：你是不是和他们有什么不正当的关系？

秦姑：我是为你这种整人的手段感到气愤和羞耻！

许向才：我也是没办法，不得不这样做。

秦姑：我看你是有意的！

许向才：不要生气了，我们还是上床快乐快乐吧。

秦姑：不行。

许向才：就这一次，最后一次。

秦姑：最后一次也不行！

许向才：真的不行？

秦姑：就是不行。

许向才气急败坏：他妈的！真没想到你是个这样无情的女人！

秦姑：你快走！我不要你这样的男人！

许向才：走就走，到时你不要后悔！

秦姑使劲地把许向才推了出去，然后紧紧拴上了门。她无力地靠在门后，眼泪止不住地流下来，由爱而恨产生的这种决绝，使她一下子掉进了一个空虚无底的黑洞中。

许向才抱着头在雨中连走带跑，样子十分狼狈。在一个巷子的拐弯处，正好与迎面而来的牛斤撞了个满怀。这个牛斤自幼父母双亡，生活懒散，不爱劳动。他见自己撞的是许向才，连忙问：许营长，发生了什么事，你怎么这样急？

许向才一时不知怎么回答，就随便撒了个谎：前面好像有个鬼影。

牛斤：鬼影？是不是秦姑家旁边？

许向才不置可否：好像是。

牛斤：我不怕，去看看。

牛斤来到秦姑家门口，朝上下左右看了一遍，没发现什么异常。接着，他又悄悄地站在秦姑家的窗口踮起脚尖往屋里拼命地望着，并自言自语地说：哪来的鬼影，分明是个美人在屋里抹眼泪呢。

14

水库修建工地，人山人海，红旗招展，充满着战天斗地、人定胜天的浓烈气氛。

社员们在紧张地劳动着，锄土的锄土，铲土的铲土，挑土的挑土，推土的推土，还有极少数人在炸山取土。远远望去，大坝已经堆到一半高，挑土和推土的队伍就像无数条来往不断的长龙在大坝上下蠕动。高音喇叭里，不时播放着在"农业学大寨"和水库修建中涌现出来的好人好事，有时也播放一些革命歌曲。

修建水库是一项很重很苦的体力活。人们每天天还未亮就要起床，直至天黑才能收工。开始几天勉强还可以，但越到后面就越难受。锄土铲土的手上都是水泡，挑土的两个肩膀火辣辣地烧，推土的全身腰酸背痛两腿像灌了铅一样。特别是在冬天修水库那就更加苦不堪言，北风怒吼，天寒地冻。若是晴天出太阳，衣服汗湿了还不觉得很冷，如果是下雨下雪天，不仅路滑使挑土推土变得十分艰难，而且冷风刮在脸上像刀子割般疼痛，特别是身上出汗以后一下子像冰冻到了骨子里。

肖海君推着一辆装了满满泥土的独轮车在前面，江兆南也推着一辆装了满满泥土的独轮车紧随其后。推到大坝中间时，肖海君的车轮陷进松土里动不了了，江兆南马上停下车子跑上来，他在前面拉，肖海君在后面推，好不容易把独轮车推出了松土层。

江兆南和肖海君把土倒在大坝上返回取土的山脚下。这时，不远处有个人吹了几声哨子，然后大声喊叫：大家注意啰，马上放炮了！

众人都迅速躲到了安全的地方。

一个干部模样的中年人跑到一个炸药包面前，点燃了引信，随着"轰轰"几声巨响，被炸开的石土腾起了一阵滚滚的烟尘。

过了一会，那个干部模样的中年人又跑过去，他把另一个炸药包安放好后接着点燃引信，但炸药包却好一阵没有爆炸。他又跑过去看看究竟是什么原因，准备再次点着。不料引信却死灰复燃突然冒烟，眼看就要爆炸，情况万分危急。就在这千钧一发的关头，江兆南几个箭步狂奔过去，用尽全力把干部模样的中年人狠命往旁边一推，然后扑倒在他身上。这时，炸药包"轰轰"爆炸了，人们发出一片惊叫声。

就在人们惊魂未定时，江兆南从土堆里爬起来，紧接着他又把那位中年人拉了起来，并帮他拍掉身上的泥土：没事吧？

中年人笑了笑说：没事，谢谢你！

江兆南：不用谢。

中年人：不是你及时相救，我今天就没命了。

江兆南：以后放炮时千万要注意安全。

中年人：死里逃生，教训惨重，一定注意。

这时，肖海君等许多人跑了过来，围着他们两人，忙问伤着了没有。当看见两个人没有受伤时，大家紧张的心放松了，都说：万幸万幸！真是命大！大难不死，必有后福！

江兆南：我回了。

中年人：别急，小伙子，我还不知道你叫什么名字呢。

江兆南：我姓江，名叫江兆南。

中年人：我也自我介绍一下，我叫梁光含，你就叫我老梁好了。

江兆南：听你口音，好像不是本地人。

梁光含：你讲得对，我老家是省城的，一九五六年二十岁的时候来到南江工作。

江兆南：你怎么也跟我们一样在这儿修水库？

梁光含：因犯了走资本主义道路的错误，下放在这里劳动改造。

江兆南：啊？是这样。

梁光含同江兆南握手道别：不谈这个了，再次谢谢你的救命之恩！

15

中午，水库建设指挥部的广播按时响起了播音员的声音：现在到了吃午饭的时间，为大家播放一组革命歌曲，先请听《社员都是向阳花》。

炊事员把饭菜挑到了各自工地，大木甑里装的是饭，小木桶里装的是菜。江兆南所在工地同其他工地一样，社员们几乎同时放下手中的工具，拿起自己的碗筷，自动排好队，一个炊事员按定制的五两木勺给他们分米饭，另一个炊事员用小勺子给他们分菜。打好饭菜后，大家各自找个地方坐下，大口地吃起来。

江兆南和肖海君排在最后，两人端着打好的饭菜坐在一块默默地吃着。这时，县广播站和水库建设指挥部广播站来了一男一女两个通讯员。江兆南一吃完饭，两人就拉他到旁边采访了。

女通讯员：你跑过去救人的一刹那间，想了什么？

江兆南：当时哪里来得及想什么，只是看到炸药包爆炸很危险就拼命跑了过去。

男通讯员：你做出这种英雄壮举，难道一点想法都没有？

江兆南：确实没有。

女通讯员：你为自己舍己救人感到自豪吗？

江兆南：这本来就是一件应该做的事，没有什么自豪的。

男通讯员：你平时也经常做好事吗？

江兆南：不经常做好事。

这时，水库建设指挥部的一个干部来了，他把两个通讯员招到一边，小声对他们说：停止采访，据了解，那个救人的人是个坏分子，那个被救的人是个走资派，对这类人不能宣传。

两个通讯员都瞪大了惊愕的眼睛。

16

太阳眨眼躲到山背后去了，夜幕像网一样迅速拉开。

修建水库的社员们陆续收工。江兆南和肖海君也收拾好工具和衣物准备回住地。

肖海君抽出一支香烟给江兆南，自己也抽出一支：累了一天，抽根烟再走。

江兆南掏出火柴擦亮后先给肖海君把烟点燃再把自己的烟点燃。

两人坐下来抽着烟，烟头在暮色中闪着微弱的光。突然，水库深处的山林里隐约传来"咚咚"的声音。

江兆南警觉地看着肖海君：你听到了吗？那边好像有声音。

肖海君侧着耳朵听了一会：我听到了，好像是有人在砍树。

江兆南：是不是有人在盗伐木料？

肖海君：有可能，盗伐一根木料可以卖很多钱。

江兆南：那是集体财产，不能让人盗伐。

肖海君：谁有这么大的胆？

江兆南：我们去看看怎样？

肖海君：我们这身份，合适去吗？

江兆南：什么合适不合适的，就算是以功赎罪吧。

两人摸黑朝山里走去，越是往前林木越密，"咚咚咚"的砍伐声也越来越响。在快要接近盗伐人的时候，江兆南突然大喊一声：不许动！

两人迅速向盗伐人扑去，想一举把他抓住。然而，盗伐人凭借熟悉的地形向后一闪，立即在黑暗中消失得无踪无影。

江兆南和肖海君回头向水库建设指挥部报了案。

17

水库建设指挥部立即将案情向公社领导作了汇报，公社领导指定许向才进行调查核实。许向才马上找到江兆南和肖海君，要他们老老实实地提供具体情况。两人说盗伐林木的是一个不到二十岁的男青年，差点被当场抓到，但因为天太黑被他逃脱了，而且连他的面相也没有看清。许向才见继续问下去也问不出什么名堂，就叫两人回水库工地了，他简单写了个案情材料就去交给公社领导。在途中，一个年轻人匆匆地从他后面赶了上来。许向才一看，是他舅舅的儿子大富。

许向才：你这么慌慌张张干什么？

大富：表哥，我有急事找你。

许向才：什么事怎么急？

大富：是不是有人报案了？

许向才：报什么案？

大富：就是盗伐集体木材的事。

许向才：这跟你有什么关系？

大富：那个盗伐木材的人是我，我以为不会被人发现。

许向才：你净给我惹麻烦。

大富：听说你在管这件事，我就找你来了。

许向才：找我有什么用？

大富：你就看在我爸爸的分上，悄悄地把它私下处理算了。

许向才：我知道怎么处理，你不用管，快回去！

等到大富走远了，许向才咬牙切齿地骂开了：你这小崽子，差点把我害了，幸亏这事交我办了。想不到你江兆南和肖海君两个坏分子也搞到我头上来了，以后看我怎么收拾你们。

18

夜色很浓，浓得有些化不开。

江兆南和肖海君沿着田埂小路深一脚浅一脚地往水库建设指挥部走着。下午，有个中年干部到水库工地来，要江兆南晚上去水库建设指挥部一趟。江兆南问有什么事，那个中年干部没有告诉他，只说到时你就知道了。江兆南心想是不是又要了解盗伐木材的事，他有些忐忑不安，生怕许向才又在背后搞鬼。害人之心不可有，但防人之心不可无，于是就要肖海君同他一起去。

两人到了水库建设指挥部，那个中年干部出来了，他向江兆南微微笑了笑：老梁找你。

江兆南马上把头转向肖海君：我先去，你在这儿等一下。

那个中年干部领着江兆南走进一个房间，梁光含一看到江兆南立即迎了上来，先是热情同江兆南握手，接着请江兆南坐下。因没有经历过这样的场面，江兆南显得有些不自在。

梁光含：今天请你来，没别的事，就是见见你，因为我要走了。

江兆南：到哪里去？

梁光含：回县里工作。

江兆南：你是好人，本来就不应该罚到这里修水库。

梁光含：劳动锻炼一下也好。

江兆南：这可是个卖苦力的活。

梁光含：还经历了一次生死考验，要不是你，我就回不去了。

江兆南：这是我应该做的，不要老把这事记在心上。

梁光含：我回县后，你要到县里来看我。

江兆南：我不便去，怕给你添麻烦。

梁光含：是不是因你被打成了坏分子？

江兆南：是的，大队干部不许我们乱说乱动。

梁光含：我了解过了，你和一个叫肖海君的青年是因为卖了几只鸡和戏台没搭好而被打成坏分子的。

江兆南：他今晚也来了。

梁光含：快叫他进来。

江兆南到门外把肖海君带了进来：他就是肖海君。

梁光含打量了一下肖海君，又看了看江兆南：你们两个的年龄差不多啊。

江兆南：我们今年刚好二十岁。

肖海君：谢谢您对我们的关心。

梁光含：你们千万不要因为被打成坏分子就背上思想包袱，还是要振作精神，轻装前进。

江兆南：我们这样还有前途吗？

梁光含：我不是被打了右派后来也摘帽了吗？前途是光明的，道路是曲折的。

江兆南：听你这么一说，我们就有信心了。

梁光含：这就对了，明天还要起早修水库，你们早点回去休息。

江兆南和肖海君同梁光含告别，梁光含送两人到大门口，那位干部也过来一同送别。

中年干部：老梁，我总觉得那个江兆南长得很像你。

梁光含感慨地说：是啊，看到他我就想起了我的儿子。

中年干部：你儿子？我怎么没见过？

梁光含：唉，以后再给你说吧。

第 二 章

1

江兆南家位于村子的东头，并排三间土筑墙的破旧房子，左边一间住着江兆南的父母，右边一间住着江凤梅，中间一间是堂屋，正中放着一张旧的方饭桌，靠里面是江兆南的床铺。住房的左侧搭了一个小厨房。灶是土砖加泥巴砌的，长方形略向灶口弯曲，上面并排放着两口铁锅，靠外稍小的一口用于烧菜做饭，靠里稍大的一口用于煮猪潲。灶的旁边放着一个装水的陶缸，灶口的后面堆着柴火。

堂屋里，江兆南、江凤梅和父母围桌而坐，四人脸上都毫无表情。

江父：前几天，我和海君的父亲在一起商量了好久，兆南和凤梅你们兄妹俩、海君和丽萌兄妹俩都到了谈婚论嫁的年龄了。我们家是烈属，原来我不担心你们两个的婚事，但兆南被打成了坏分子以后，找老婆就难了，有哪个女的愿意嫁一个坏分子？海君也同兆南一样被戴上了坏分子帽子。他父亲五七年被打成右派，虽说几年以后摘帽了，但历史上总是个阴影，有些人至今对他还白眼相看，我看海君要找老婆也很难。所以海君的父亲提出，干脆我们结为儿女亲家，让兆南娶丽萌，海君娶凤梅，早点结婚成亲，我想想这样也好，就同意了。

江母：爸爸是为你们着想，终身大事，好好考虑一下吧。

江兆南：这事海君和丽萌知道吗？

江父：海君的父亲会告诉他们兄妹俩。

江凤梅：如果丽萌同意嫁给我哥，我就同意嫁给海君。

江母：海君若是娶了凤梅，丽萌也得要嫁给兆南。

江兆南：婚姻是两厢情愿的事，没有那么简单。

江父：我相信丽萌也会同意的。

江母：丽萌如果不同意，凤梅也不能嫁过去。

江兆南：是不是等海君和丽萌回了话再定，他们同意，我们也同意。

江父：我跟肖父已经说好了的，就这样定了，不要再啰唆了。

江母：你们就听爸爸的吧。

江兆南、江凤梅无奈地看了看父母。

2

肖海君家在村子的西南方，同江家一样，也是一排三间土筑墙的破旧房子，中间是堂屋，肖海君和父亲住一间，肖丽萌住一间，唯一不同的是厨房在右边。

肖海君挑着两木桶水进厨房，他放下担子，提起木桶将水倒进水缸里，然后把水桶摆在旁边。

肖丽萌正在洗菜准备做稀饭。她见肖海君放好了水桶，就说：哥，你帮我烧一下灶火。

肖海君应了一声就蹲到灶口前添柴生火，为了让灶火旺起来，他又拿起竹子做的吹火筒对着灶里使劲吹，灶里的火一下子烧得通红。

肖丽萌：哥，昨天爸说的和江家换亲的事你同意吗？

肖海君：你觉得行吗？

肖丽萌：我问你呢。

肖海君：爸爸为我们的事操碎了心，我们做儿女的还有什么可说的。

肖丽萌没有作声，只是望了哥哥一眼。

肖海君：丽萌，你一定要答应啊，别让爸爸再操心了。

肖丽萌还是没有作声，只是埋头做着饭。

肖海君没有再说什么，起身出了厨房。肖丽萌把饭菜做好后端上桌子，依旧是老三样，稀饭、红薯和一碗炒青菜。三人坐下来吃饭。

肖父：同江家结亲的事，你们兄妹俩想好了没有？

肖海君：想好了，就照爸爸说的办。

肖父：这也是不得已的事，海君被打成了坏分子，我这个父亲又是个摘帽右派，你们的妈妈本来是个非常有前途的戏剧演员，但因为我被迫离开了心爱的岗位，三年困难时期又随我下放农村受苦，前些年她去世时最担心的就是你们兄妹成家的事，你们和江家的婚事能成，这也算了了她一桩心愿。

肖海君：要是妈妈还在世就好了。

肖父：丽萌，你还没个明确表示呢。

肖丽萌：我……

肖海君：爸，人家凤梅本来可以找个好人家，现在同意嫁给我，算是亏她了。兆南虽然和我一样被打成了坏分子，但人品好又能干，我想丽萌会同意的。

肖父：同意就好，这样我就放心了。

3

北岭公社所在地是一个很小的镇子，只有一条三百米长的小街，因为古代这里是通往岭南的交通要道，所以人气一直非常旺盛。由于过往的行人和手推车太多，青石板路面被踩得高低不平，特别是中间那条深深的车槽，还有街边那些黝黑的老店铺，在默默地向人们诉说着岁月的悠久和沧桑。

大跃进时期，在街的最东头建有一排八间的两层楼房，作为公社的办公室。民政所就在一楼左边的第二间房。

江兆南和肖丽萌、肖海君和江凤梅在民政所里办理结婚登记手续。两个女办事员在审看了他们填的结婚登记表后，给他们颁发了结婚证。

江兆南和肖海君从民政所出来后就到老街的商店里买香烟去了，江凤梅和肖丽萌在民政所的外面等着。

这时，从民政所里传出了两个女办事员的对话。

"两个男的，年纪轻轻就被打成坏分子，也不知犯了什么错。"

"两个女的，模样长得蛮好，只是嫁了这两个男的，有些可惜。"

"你说得也是，嫁给了坏分子，这辈子恐怕没有出头之日了。"

"这两对兄妹如果不换婚，两个坏分子哥哥恐怕一辈子都找不到老婆。"

"如果我是妹妹死活也不会同意，这不是睁着眼睛往火坑里跳吗？"

"为了成全哥哥也就只好牺牲妹妹呀！"

听到这里，肖丽萌的脸上浮上了一层重重的阴影。对此，江凤梅看在眼里，忧在心里。为了不让肖丽萌的心里产生更大的波动，她拉起肖丽萌的手说：走，我们也到商店里看看去。

4

江南的五月，本是无处不飞花的季节。但前段时候的一场"倒春寒"，使很多的花蕾早早就掉落了，就是一些开了的花也没有往年那样鲜艳。

"五一"节那天，江兆南和肖丽萌、肖海君和江凤梅就把婚结了。按照当地的风俗，青年男女结婚本来是要"哭嫁"的。新娘在结婚的前一天晚上到第二天出嫁时，她要和父母、兄弟姐妹抱头痛哭，并且边哭边唱。哭唱的主要内容是感谢父母的养育之恩和兄弟姐妹的关怀之情，当然也会泣诉少女时代欢乐生活即将逝去的悲伤和新生活来临前的迷茫与不安。"文化大革命"中，这"哭嫁"作为封建旧俗全给破除了。但绝大多数青年男女结婚时，在新郎敲锣打鼓上门娶亲的那一刻，新娘还是会搂着爸爸妈妈哭一场。由于江家和肖家所处的特殊情况，双方结婚时既没有办酒席，也没有举行仪式。江兆南去肖家把肖丽萌接到了自己家里，肖父嘱咐女儿要听婆家的话，肖丽萌只是低着头机械地跟在江兆南后面慢慢走着。肖海君去江家把江凤梅接到了自己家里。江母眼泪汪汪舍不得女儿离开。江凤梅也含着眼泪劝爸妈不要难过，一个村子，天天见面，就像在家一样，只是不在家住而已。父母理解地点了点头，并祝女儿家庭美满、夫妻恩爱。

5

江凤梅的住房现在成了江兆南和肖丽萌的新房。门上贴着一个红纸"囍"字。房里放着一张旧的木板架子床，一张旧的带有抽屉的木桌，一把旧的木椅，最显眼的是床上的那条棉布新被子、那个新竹壳热水瓶和那个新洋瓷脸盆。桌子上的油灯发出微弱的光，房子里显得有些幽暗。肖丽萌坐在床沿上，江兆南坐在靠墙的椅子上。房内的气氛十分沉闷，两人的脸上毫无表情，看不到一丝一毫的新婚喜悦。

江兆南觉得这种氛围不能继续下去了，首先开了口：丽萌，委屈你了。

肖丽萌低头不语。

江兆南：你怎么不说话呀？

肖丽萌开始抽泣。

江兆南：你不要哭，有什么话尽管说。

肖丽萌边抹眼泪边说：兆南，你是好人，但你现在这个样子，叫我今后该怎么办呀？

江兆南：你是不是怕我连累你？

肖丽萌哭得更厉害了：我父亲已把我们家连累得够苦的了，老天为什么怎么不公啊？

江兆南：你的心情我明白了，你年轻聪明，完全可以嫁一个各方面条件很好的男青年，这样你就会生活得顺心顺意，如果嫁给我，那你一辈子就别想翻身了。

肖丽萌擦了擦眼泪：那样做又感到对不起你，对不起凤梅，对不起父母，我心里很矛盾，很难受。

江兆南：结婚是两厢情愿的事，不能勉强，我反正就这样，结不结婚都是坏分子。

肖丽萌：要是这样，我怎么向我父亲和你父母交代啊？

江兆南：他们的工作我会做好。

肖丽萌：兆南，你……

江兆南没让肖丽萌再说下去：别想那么多了，你早点睡吧。

江兆南从床上拿起自己平常盖的那条旧被子到厅里睡下了。他躺在那儿一动不动，心里像有千根针在扎似的，虽然他事先也知道肖丽萌对这桩婚事很不情愿，但没有想到她会这般拒绝。他眼睛死命地瞪着黑黑的屋顶，仿佛要穿透暗夜看到什么。

肖丽萌一个人呆呆地在新房里坐着。

6

另一间房内。江父江母躺在床上也没有入睡，他们在悄悄地听着隔壁新婚儿子和媳妇的动静。

江母：老头子，兆南好像出来了？

江父：可能是到厅里拿东西吧？

江母：看丽萌今天的心情不是很好，是不是不想跟我家兆南了？

江父：不会吧，丽萌不是同意的吗？

江母：兆南好像没有进房了？

江父：你下床去看看。

江母悄悄地从床上下来，轻轻地把房门打开一条缝向厅里望去，发现儿子睡在厅里的老地方。她怔怔地看了许久，又轻轻地把门合上，失望地回到床上。

江父：没在一起睡？

江母：兆南睡厅里了。

江父：真的是分开了。

江母：早知这样，我就不同意凤梅嫁过去了。

江父：已经这样，就不要多想了，我看凤梅嫁给海君蛮好的。

江母：只是亏了我家兆南。

江父：这样也好，强扭的瓜不甜。

江母：唉，苦命的孩子。

7

肖家新婚洞房几乎同江家的一模一样，只是气氛大不相同。肖海君和江凤梅躺在床上，脸上荡漾着幸福的笑容。

肖海君轻轻地拿起江凤梅的一只手放在自己的胸脯上：你真好。

江凤梅向肖海君偎了偎：我喜欢你。

肖海君：你嫁给我，让你受苦了。

江凤梅：嫁鸡随鸡，再苦我也不后悔。

肖海君：以后你就是坏分子的老婆，要遭人白眼了。

江凤梅：只要我俩好，管别人怎么看去。

肖海君：说是这么说，真受人气的时候是很难受的。

江凤梅：那就当做没看见没听见，忍一忍就过去了。

肖海君：但愿有一天我们能够结束这样的日子。

江凤梅：好人会有好报的。

肖海君侧过身来紧紧地抱住江凤梅热烈亲吻，江凤梅尽情地享受着丈夫的浓浓爱意。

8

江兆南和肖丽萌悄悄地在公社民政所办理离婚手续。女工作人员感到很奇怪，刚结婚几天怎么就离了？还是江兆南反应快，一句"我有生理缺陷"的话就把女工作人员的疑虑消除了，肖丽萌感激而又羞愧地看了江兆南一眼。为了怕人发现显得尴尬，两人回去时走的是小路。不料走到山坳里的一座破庙前，一阵龙卷风袭来，两人急忙跑到庙里躲避。肖丽萌还没站稳，"文革"中破四旧被砸得面目全非的一尊菩萨的胳膊"咣当"一声掉下来，吓了她一大跳。

肖丽萌怀着一种如释重负的心情回到了自己的家里，但父亲和哥哥却非常生气。

肖父：你太不像话！叫我怎么去见江兆南的父母？再说江兆南哪点配不上你？

肖海君：早知这样，当初你就直接说不同意就行了，那我也就不娶凤梅了。

肖丽萌：还不是你们逼的！

肖父：你这样势利，村子上的人不仅会骂你，还会骂我、骂我们们家。

肖丽萌：让他们骂去。

肖海君：抬头不见低头见，都是乡里乡亲的，以后我们这脸往哪儿放，我们还怎么做人？

肖丽萌：你做人，就要我一辈子做牛做马，任人欺侮吗？

肖父：海君，你去问问凤梅，她若愿意同你离婚，你就离了，我们家不能做那种损人利己、不仁不义的事。

这时，江凤梅进来了，听见了肖父的话，马上说：丽萌同我哥离婚，她有她的考虑，我哥也是同意的，我爸妈也说就不要去为难丽萌了，我和海君好好的，为什么要离开？

肖父：凤梅，谢谢你爸妈和你的宽宏大度，但你们越这样我就越觉得理亏，越觉得欠了你和你家的，这种欠是用再多的金钱也还不了的。

江凤梅：我们两家现在就是一家人，不存在谁家欠谁家的。

肖父：我要亲自上你家去赔不是。

江凤梅：千万不要去，我爸妈和我哥不会怪罪的，他们不是那样的人。

9

大雨过后，满是泥水。

一辆吉普车在一条狭窄的乡村公路上行驶。车上坐着前山县革命委员会于副主任，他"文革"前是排在县长后面的县委副书记，"文革"中被打倒后又以革命领导干部的身份复出担任现在的职务。由于路面泥泞坑坑洼洼，车子左冲右突上下颠簸着前进。突然，车子滑进了一个泥潭，深陷其中，无论司机怎样开足马力也上不来，把个于副主任急得团团转，因为他要赶往县里开会。

恰在这时，许向才经过这里，于副主任像看见救兵似的对他道：年轻人，我的车子陷到泥潭里了，你能不能找几个人来帮忙推上去？

司机在一旁介绍：这是县革委会于副主任。

许向才一听乐了，心想这是巴结县领导的好机会，赶紧说：请于主任稍等，我马上去找人把车子抬上来。

于副主任：那就麻烦你了。

许向才：这是我应该做的。

许向才一溜小跑到了附近的村子，社员们正在抢修被大水冲垮的田埂。他找到生产队的队长：县领导的小车陷泥里了，他要人去抬一下。

生产队长：要几个人？

许向才：五个，年纪轻点的。

生产队长随即叫了五个年轻人，拿着铁锨跟着许向才到了公路上。

许向才和几个年轻人先铲了一些土垫到车轮前面，让路面尽量能硬一点，然后走到车子后背准备推车。

司机进到驾驶室把车发动并不断加大马力，许向才他们在后面齐声高喊着"一、二、三"用力往前推，就这样经过几个来回，车子终于从泥潭里艰难地爬上来了。

于副主任十分高兴：谢谢你们！

许向才：不用谢。

于副主任正要上车，但马上又转过身来对着许向才问：年轻人，你叫什么名字？

许向才：我叫许向才，围坊大队的民兵营长。

于副主任：好，我知道了，以后有什么事尽管找我。

许向才：到时一定上门拜访领导聆听教诲。

10

那天，肖丽萌在为她哥哥和江兆南向许向才求情时，许向才不仅说喜欢她，而且想拥抱她。要不是林一凡搅了一下，也许两人就搂在一块了。回家之后，肖丽萌脑子里就不断琢磨着，她想如果自己能嫁给许向才，那今后就有好日子过了，在村里也就风光啦！所以自此之后她就想着借机接触许向才，但不知为什么这段时候就是不见许向才的身影。

这天，肖丽萌又来到大队部门前徘徊。一阵脚步声传来，她以为是许向才来了，连忙走过去，一看是林一凡，她期望的心一下子失望了。

林一凡见是肖丽萌，顿时眉飞色舞。但想到肖丽萌和江兆南刚刚结婚而他又不知两人闪电般离了婚，所以就尽量淡化自己对肖丽萌的暗恋情结，只是随便问了问：丽萌，在这儿找谁呀？

肖丽萌不知怎么回答才好，只是马虎应付了一句：不找谁，在这里随便走走。

林一凡刚刚离开，又一阵脚步声传来，肖丽萌这次没有贸然走过去，而是躲在一个不易被人发现的角落里，见来人不是许向才，就悄悄看着他经过并渐渐远去。

过了一会，许向才骑着自行车来了，肖丽萌赶紧装作若无其事的样子上去与他打招呼：许营长，什么事这么急呀？

许向才见是肖丽萌，马上从自行车上跳了下来，笑眯眯地答道：刚从公社武装部开会回来。

肖丽萌：又有新的任务了？

许向才：反击右倾翻案风，要求我们民兵提高阶级斗争的警惕性。

肖丽萌：看你挺忙的。

许向才边推着自行车边问：有事吗？

肖丽萌跟上去边走边回答：没，没什么事。

许向才：听说你和江兆南结婚了？

肖丽萌：结了又离了。

许向才：我说嘛，江兆南，一个坏分子，你怎么会心甘情愿嫁给他。

肖丽萌：所以结婚那晚我就没同意和他在一块。

许向才：这就对了，要不然一辈子你就完了。

肖丽萌：我也是命不好，要是能在你这样的家庭就好了。

许向才：你本身的条件很不错，找个好对象应该不难。

肖丽萌：哪有那么容易？有些出身好但本人不怎么样的我又看不上，有些出身好本人又好的，又怕人家看不上我。

两人边走边说到了大队部。许向才把自行车放在门边上，同肖丽萌进了办公室。

许向才：那你看到合意的就主动一点嘛。

肖丽萌：我主动，人家不同意怎么办？

许向才：哪会有不同意的？

肖丽萌：真的？

许向才：当然。

肖丽萌故作不好意思：那天你说喜欢我，是真心的吗？

许向才心中暗喜，猛然一下扑过去用双手搂住肖丽萌：那还能是假的？那天晚上你来我这里为你哥求情时，我就控制不住要对你那个了。

肖丽萌：嫁给你，我会很幸福的。

许向才在肖丽萌的胸前摸了摸：能娶你做老婆，我也心满意足了。

许向才说完就近乎疯狂地要把肖丽萌抱到长木椅上。肖丽萌虽然有些思想准备，但还是感到突然，心想同许向才发生了性关系他不同意结婚那怎么办，于是她一边挣脱一边说：现在不行，结了婚才可以。

许向才：我不是已经同意结婚了吗？

肖丽萌多了一个心眼：口说无凭，我们现在就去打结婚证。

许向才：先亲密一下再去打结婚证不也一样吗？

肖丽萌：那完全不一样。

许向才：没想到你肖丽萌还蛮有心计的。

许向才仍不死心，要继续对肖丽萌下手。

肖丽萌：你不放手，我就要叫人了！

许向才不得不住手，并狠狠地对肖丽萌说：到时别怪我对你不客气！

11

前山县城是一个只有不到两万人的小镇，两条十字交叉的街道显得十分拥挤和逼仄。由于县城不大，又没什么厂子，因此有人形容说："小小前山县，三家豆腐店。城里打板子，城外听得见。"

在县城的西面，残留着一段城墙。离墙根不远，有一个小院子，这便是于副主任的家。

于副主任坐在木椅上和女儿于彤说话。

于副主任：彤彤，听说你厂里有个工人在追你？

于彤：给我写了一封信。

于副主任：你回信了没？

于彤：没有。

于副主任：那好，终身大事要慎重。前几年你初中毕业，本来要上山下乡，我好不容易把你弄进县机械厂，工作总算不错了，再把对象找好成个家，我们做爸妈的就放下心了。

于彤：爸爸的话我记住了

这时，传来敲门声，于彤去开门。

许向才提着一个装满东西的日本株式会社化肥塑料袋站在门口：请问，这是于主任的家吗？

于彤看了看这个男青年，二十多岁，中等个头，长方形脸，特别是那双不大的眼睛转得很快，显得很灵活。于是就说：是的，你找谁？

许向才：我找于主任，他在家吗？

于彤：爸，有人找你。

于副主任：请他进来。

许向才跟着于彤进了门，一看到于副主任，便恭恭敬敬地说：于主任，我来看看您。

于副主任见是许向才来了，一面叫他坐，一面问他：小伙子，还好吧？

许向才：很好，谢谢领导的关心。

于彤：爸，你们谈吧，我不打扰了。

于副主任对许向才说：忘了介绍，这是我女儿于彤。

于彤笑着向许向才点了点头，就转身去房间里了。

于副主任：小许，你们村里的形势怎么样？

许向才：总体很好，但也出现了一些阶级斗争的新动向。

于副主任：什么阶级斗争的新动向？

许向才：有极少数年轻人暗地里搞资本主义，对现实不满。

于副主任：现在还有那么胆大的人？

许向才：有些人就是贼心不死。

于副主任：对这样的人一定要高度警惕，坚决打击。

许向才：我们就是按于主任的指示做的，对他们进行批斗，戴上怀分子帽子。

于副主任：好，小伙子立场坚定，旗帜鲜明。

许向才：我做得还不够，一定继续努力。

于副主任：以后有什么情况随时向我反映。

许向才：只要于主任您不嫌麻烦，我会经常来请示汇报。

于副主任：欢迎常来。

许向才看目的已经达到，就起身告辞：耽误了主任很多时间，我走了。

于副主任看了看许向才放在门边的东西，故意问道：你这是搞什么名堂？

许向才：自家的一点土产，不成敬意。

于副主任：你家的土产，那我就不客气了。

12

第一次拜访于副主任就受到他的热情接待和表扬，许向才觉得很有脸面。自此以后他就有事没事经常往于副主任家里跑，于副主任每次也都会鼓励他这个年轻人要好好干。果然没过多久，许向才就有好消息了。这天在北岭公社会议室里，正在召开干部大会。

主持人：现在请县革委会政治部左主任宣布县委决定。

左主任：根据上级关于大力培养无产阶级革命事业接班人的精神，政治部派员对围坊大队民兵营长许向才同志进行了考察，一致认为许向才同志在"文化大革命"中表现突出，政治觉悟高，阶级立场稳，勇于和坏人坏事作斗争，工作积极肯干，受到革命领导干部和贫下中农的赞扬。经县委研究决定将许向才同志转为国家干部并破格提拔担任北岭公社党委书记。

主持人：现在请许向才同志讲话。

从民兵营长一下当上公社书记，这让许向才受宠若惊，始料未及。此前，他想自己在近期内能接个大队书记或转为吃公家饭的国家干部就不错了，没想到却来了个"三级跳"。他兴奋极了，脸上甚至扬着几分得意，但他马上抑制住了，只是用坚定的语气表态道：首先感谢组织对我的培养和信任。我一定高举毛泽东思想的伟大红旗，坚持以阶级斗争为纲，抓革命，促生产，努力在大风大浪中锻炼自己，永保无产阶级的革命本色，切实做好各项工作，不断巩固和发展全公社安定团结的大好形势，不辜负党和人民对我的期望。

散会后，人们三三两两走出会议室，有几个人小声议论开了。

"许向才家的祖坟这下冒烟了。"

"真比坐直升飞机还快。"

"这算什么？王洪文从一个工人还当了党中央副主席呢。"

"知道吗？这叫官运来了挡都挡不住，哈哈。"

13

茶几上的收音机在播放《智斗》唱段，于副主任听着听着，微微发福的脸上顿时眉飞色舞起来。这是他多年养成的习惯，只要节目的时间到了，他就要打开收音机听上一段。这天一听完，于副主任便把收音机关掉了。他朝房间里喊道：彤彤，你过来一下。

于彤从房间里出来：爸，叫我有什么事？

于副主任：经常来我家的那个小许当公社书记了。

于彤：啊，没想到。

于副主任：是我极力推荐的。

于彤：小许知道吗？

于副主任：知道，我私下告诉他了。

于彤：他可得要好好感谢你这个大恩人哦。

于副主任：年纪轻轻就担任这么个重要职务，这小伙子将来大有发展前途。

于彤：那肯定，有你为他打的这个基础，以后往上走就好办了。

于副主任：彤彤，我打听了一下，小许现在还没找对象，我想把你介绍给他。

于彤：你是不是同他说了？

于副主任：没有，先听听你的意见。

许向才第一次来她家时，于彤见他虽然个子不算太高，但长相不错，对人谦虚有礼，在心里留下了很好的印象，就说：我听爸爸妈妈的。

于副主任：那就这么定了。

于彤：你还得问问人家的态度呢。

于副主任：这还用问？能娶我家的女儿做媳妇，是他八辈子的福气。

于彤：那你也不能先开口去向他提亲呀？

于副主任：放心吧，他要是知道你还没有找对象，会主动上门来求婚。

14

前山县革命委员会办公大院，位于县城中心，坐北朝南，是以前的衙门旧址。

许向才骑着自行车到了县革委会大院，他把自行车往车棚一放，就直奔副主任的办公室。他看见于副主任在打电话，就在门口等着。

等里面通完话后，许向才敲了敲门。

于副主任：请进。

许向才轻轻推开门：于主任好！

于副主任一看是许向才，十分高兴，一边示意他在沙发上坐，一边问道：是不是在门口等了一会？

许向才：刚到，就等了几分钟。

于副主任故意放慢语速：刚才是一位老同事打电话来，说要给我女儿介绍对象。

许向才心里暗喜：您女儿还没找对象？

于副主任：没有，她说要找一个根红苗正、有发展前途的，我和她妈也赞成她的想法。

许向才：主任说得对，无论男女找对象都要有远大目光。

于副主任：刚才我们扯远了，向才，你有什么事要汇报？

许向才：没，没什么事要汇报，主要是来感谢您。

于副主任：年轻人还蛮重情义的，你现在起点很好，但不能就此满足，一定要继续努力，争取不断进步！

许向才：我一定以实际行动来报答于主任对我的关心和厚爱。

15

前山县机械厂，正是下班时候，工人们三三两两走出工厂大门，于彤也走在下班的人群之中。

一个年轻女工在后面边跑边喊：于彤，你的信。

于彤停下来，年轻女工追上来把信交给她：是不是白马王子写来的？

于彤：去你的，才不是呢。

于彤把信放进了工作服的口袋里，到家后急忙走进自己的卧室，撕开信封拿出信来看，信是许向才写来的。

于彤：你好！

没想到我会给你写信吧。说实话，动笔之前我犹豫了很久，但最后还是壮着胆子拿起了笔。你的父亲是我的大恩人，没有你父亲的极力举荐和关心，也就没有我的今天。而你又是你父亲最为疼爱的独生女儿，大家也都一致称赞你长得秀气漂亮。不知怎的，自从第一次见到你后，我心里就一直不能平静。我想同你交个朋友，但我又自感不配，不敢高攀。我知道我这个想法不切实际，如有冒犯，请多多原谅！

于彤越读心越怦怦直跳，这是许向才向她求爱了。她努力使自己的心平静下来，在椅子上坐了一会后，起身到客厅。父亲还是那个老爱好，在收听革命样板戏里柯湘的《家住安源萍水头》的唱段。

于彤：爸。

于副主任关小收音机的音量：看你好像有什么心事似的？

于彤：那个小许给我写信了。

于副主任：是不是向你求婚了？

于彤：有那么个意思吧，他说想和我交朋友。

于副主任：我的蠢女儿，想同你交朋友就是想同你谈恋爱，就是向你求婚，你看爸说对了吧？他找上门来了吧？

于彤：我怎么答复他？

于副主任：你们两个还是蛮般配的。不过，你也不能马上就回复同意，那样你就掉价了，也有失我们家的体面和尊严。等过个十天半个月，你可以答应和他交朋友。

于彤：嗯。

于副主任：你和他交朋友也就是谈恋爱的时间不能长，因为我们对他的情况已经很了解了，过几个月你们两人就可以结婚。我估计小许也是这样想的，他也巴不得越早当上乘龙快婿越好，一个农家孩子虽然当上了公社书记，但能找一个县领导的女儿做老婆，也是他一生的荣耀，无论在别人眼里，还是对他今后的发展都是很有利的。

于彤：爸，我明白了。

16

大队书记沈发根站在村头的大樟树下，他在这里等候公社书记许向才。

这时，牛斤和几个社员走了过来，同沈发根打招呼：书记，在等人呀！

沈发根：是的，在等公社许书记。

牛斤：你等向才做什么？你前不久还是他的领导。

沈发根：讲点规矩，不能再叫名字，要叫许书记。

牛斤：这当了官还真是不一样，连名字都不能叫了。

沈发根：小心不要乱说话。

牛斤：我家是贫农，敢拿我怎么样？

许向才骑着一辆崭新的"永久"牌自行车来了，一副春风得意、威风凛凛的模样。

沈发根由昔日的领导变成了下级，他赶紧跑上前去迎候，一边从许向才那里接过自行车，一边说：许书记，辛苦了。

牛斤：向才回家来看看呀。

许向才瞪了牛斤一眼，没理睬他。

牛斤吐了吐舌头，做了个鬼脸：这官架子还不小呢。

沈发根推着自行车陪同许向才朝大队部走去。

许向才：通知两人到了没有？

沈发根：通知了，两人在里面等。

许向才径直走进大队部办公室。沈发根把自行车放好后也跟了进去。江兆南和肖海君坐在那儿一动不动，面上毫无表情。

沈发根：许书记，我的任务完成了。

许向才：你在外面等着。

沈发根"嗯"了一声退出去了。

许向才今天来找江兆南和肖海君谈话，主要是了解一件事情。根据群众的检举揭发，在今年修建水库期间，县委原副书记梁光含把他们两个叫到水库建设指挥部进行密谈。县委认为，这是走资派和坏分子相互勾结的阶级斗争新动向，也充分说明走资派还在走，决定对这件事彻查到底，并把梁光含作为右倾翻案风的典型予以严肃批判。在此之前特别委托许向才将情况调查核实清楚。

许向才目光严厉地扫了扫江兆南和肖海君，对两人先来了个下马威：今天找你们两个谈话，你们必须端正态度，老老实实向组织上交代自己的问题。

江兆南：不知组织上要我们讲什么？

许向才：我问你们，今年修水库时梁光含是不是把你们找到指挥部去谈话了？

江兆南：找了，是晚上去的。

许向才：他同你们说了什么没有？

江兆南：说了。

许向才眼睛一亮，急忙追问：具体说了些什么？

江兆南：他先感谢我们在他修水库放哑炮时救了他，还问了我们劳动生产的情况，嘱咐我们要努力学习，好好改造，不要背思想包袱，要振奋精神，轻装前进。他还说他来修水库也是对自己的一种锻炼和考验。

许向才：他还说了什么？

江兆南：就这些。

许向才：你们清楚，党的政策是坦白从宽、抗拒从严。

肖海君：我记得他还说了我同江兆南的年龄差不多。

许向才：住口，谁要你讲这个？分明是避重就轻。

江兆南：但我们也不能信口雌黄去诬陷人家。

许向才：你不要狡辩！本来今天想给你们一个戴罪立功的机会，但你们却顽固不化，不思悔改，既然这样，那就别怪组织上不客气啦！

许向才一无所获，恼羞成怒，铁青着脸出了办公室，对等候在门口的大队书记沈发根下令：两个人态度恶劣，抗拒交代，把他们关起来，一边强制劳动，一边交代问题！

沈发根：我们马上执行！

17

在围坊村后的一个山坳里，有一间木头搭的棚子，这是社员夜晚看守偷吃队里庄稼野猪的住棚，柱子上挂着一面铜锣，为了吓退从山上下来的野猪，看守社员隔段时候就在铜锣上重重地敲几下。现在这个棚子临时关着江兆南和肖海君，外面还站着几个民兵。

天刚亮，民兵押着江兆南和肖海君挑砖修水渠。两人各挑着一担砖吃力地走着。突然，江兆南脚下一滑摔倒在地上，砖头也散落在地上。

肖海君放下担子，忙问：扭着了没有？

江兆南坐在地上忍痛回答：右脚扭着了。

肖海君上前帮着江兆南搓揉着右脚，他边搓揉边问：好些了没有？

江兆南：好像痛减轻了一点。

看守的民兵过来催江兆南：快起来！快起来！

肖海君：你们看看，扭得这么厉害怎么起来？

江兆南白了一眼看管的民兵，然后咬咬牙在肖海君的搀扶下慢慢站了起来。

肖海君帮江兆南把砖重新装进筐里，江兆南挑起担子一拐一拐地朝前走着。由于脚痛得厉害，没走多远就突然打了一个趔趄，幸好他把手扶在旁边一棵树上没有摔倒。

肖海君在后面急得直喊：兆南，脚痛得实在难受就在这儿歇着，等我把这一担砖挑去了再回来帮你挑。

江兆南：不要，你也很累，我能挑，忍痛坚持一下就到了。

江兆南苍白的脸上全是豆大的汗珠，他终于把砖挑到了水渠边，放下担子，就一屁股坐在了地上。

肖海君帮江兆南把砖卸下，又过来帮他揉搓扭伤的脚。

看守的民兵又过来催了：不能再歇了，该挑下一趟了！

肖海君：都伤成这样了，你们还这么狠心。

看守民兵：我们也没办法，这是上面的规定。

江兆南忍痛站起来把空担子往肩上一搁，肖海君也挑着空担子在后面照应着一同往回走。

18

于副主任的家里，今天格外喜气洋洋。

新房的门上贴着一个大红"囍"字，两边分别贴着"心心相印跟党走""双双携手写新篇"，横批是"百年好合"。

厅里的圆桌上坐着十几个前来祝贺婚礼的亲友，许向才和于彤胸前各戴着一朵大红花坐在他们的中间。

于副主任：今天是向才和于彤结婚的喜庆日子，为了响应党的移风易俗和革命化的号召，就不举行婚礼仪式了，只请各位亲友到家吃顿便饭。现在请大家举杯：为向才和于彤的新婚幸福，为两人在伟大领袖毛主席指引的革命道路上携手前进，干杯！

大家举杯向新郎新娘表示祝贺，许向才和于彤举杯回应：谢谢亲爱的爸爸妈妈！谢谢各位亲朋好友！

许向才将酒一饮而尽，然后不由得望了望岳父于副主任，真是前世有缘啊，要不是那次雨后帮着把吉普车推出泥潭的偶尔相识，自己怎么可能当上公社书记呢？又怎么可能会同于彤结婚呢？人生就是这样，看似一件不经意的偶然小事，却彻底改变了自己的命运。今后有岳父这样的贵人做靠山，何愁自己没有远大的前程？想到此，一种幸运感溢满了许向才的心头。

第 三 章

1

    时光荏苒，不觉到了秋天。突然有一天，村里的人们被一个意想不到的消息震惊了——伟大领袖毛主席逝世了，全村一下子笼罩在巨大的悲痛之中。在大队部前面的坪场上，大家聚在一起举行集体哀悼，个个哭得像泪人似的，眼里充满了迷茫和担心。没有了毛主席的日子，以后怎么过呀？但没有多久，村里人又被一个意想不到的消息震惊了，中共中央一举粉碎了"四人帮"，并在天安门广场举行了隆重的庆祝大会。开始人们心里还有些迷惑不解，但随着此后有关文件的传达，人们的疑虑迅速消除了，都从心底里衷心拥护中共中央这一果断英明的决策。奇怪的是，这老天爷也好像通达人们的心情似的，前些时被一场北风刮得凉飕飕的天气骤然变得暖和起来，从年初开始叶子有些稀疏的村头那棵大樟树又爆出了不少新叶，山上的油茶树也开出了芬芳的花朵。据说这样寒潮之后的"小阳春"，在村里人的记忆中只出现过几次。

    为了表达这种喜悦的心情，村里的一些群众自发地在坪场上敲锣打鼓演起了文艺节目。有的舞狮舞龙，有的扭起了秧歌，有的还唱起了自编的山歌，表演五花八门，场面十分热闹。

江兆南、肖海君、江凤梅、肖丽萌、林一凡、秦姑也挤在人群中兴致勃勃地看着表演。

秦姑用手拉了拉肖丽萌的衣服：丽萌，你的歌唱得好，上去唱一首。

肖丽萌：怕唱不好，丢人。

秦姑：肯定能唱好，快上。

肖丽萌也有些跃跃欲试，在秦姑的示意下，林一凡拨开人群，肖丽萌就顺着上去了，她说：我给大家献上一首《映山红》，好不好？

人群中响起一阵热烈的掌声：好！

"夜半三更哟盼天明，寒冬腊月哟盼春风……"

肖丽萌唱得很投入，人群中不时响起叫好声。

牛斤也不知什么时候来了。他穿着一条用化肥袋做的裤子，"日本尿素"四个字恰好缝在裤裆前面的中间，屁股后面是"株式会社"四个字。肖丽萌一唱完，他就跑上去表示祝贺。大家看到他裤子上的字都觉得非常滑稽，不由得笑出声来。牛斤以为是在夸他，也得意地跟着大家嘿嘿地笑着。

2

日子还是像往常一样过着，并没有出现什么大的波澜起伏，只是报纸广播里不断刊播着揭批"四人帮"的报道和文章。到了下半年以后才不断有大的消息传来，先是七月邓小平重新复出，再是八月党的十一大召开，十月中央又作出恢复高考的决定。记得那天傍晚，江兆南正举着斧头在家里劈柴，西边天上的那片火烧云把他的身体映得有些微微发红。他听到这个消息后欣喜得把斧头往地上一丢，举着双手在屋子前欢呼着转了好几圈。但他马上又冷静下来，自己头上还戴着坏分子帽子，这恢复高考恐怕对自己是一场欢喜一场空。这时，肖海君来了，也是来同他讲高考的事。恰好肖海君这两天请假到县城去办事，江兆南就要他顺便向有关熟人问问这次恢复高考有些什么具体的政策规定。

这些天来，生产队里在忙着冬种。这也是农村必不可少的农事。每年晚稻收割完，除了种红花草，就是种油菜。千万别小看种油菜这活，它维系着人们一年食用油的多少。年成好时每人可分到一斤油，年成不好时每人只能分到半斤左右。这样每家基本上有半年碗里的菜是看不到半点油花的。江兆南和大家起早摸黑地劳动着，因他的扶犁功夫好，就和十多个男的在赶牛犁沟，少数社员在用草木灰和磷肥拌着种子，大多数社员站成一排端着撮箕沿着犁沟一把一把在播种，牛斤和几个男的跟在后面拿着铁耙在填平已播好种子的犁沟。其他人劳动时都不偷懒，只有牛斤填一会就伸腰歇一会，远远地落在别人的后面，出工不出力地磨着"洋工"。天色渐渐黑下来，收工的钟声响了。牛斤扛起耙子第一个就上了田埂，别的社员还在收拾农具而他已走得老远了。同平日一样，江兆南等别人都走了才最后收工回家。

肖海君不知什么时候来了，他老远叫了一声：兆南。

江兆南：回来了，怎么个情况？

肖海君：没希望，我们这样戴了坏分子帽子的青年不能参加高考。

江兆南：粉碎"四人帮"都一年了，怎么还不给我们摘帽？

肖海君：看来这大学是上不成了。

江兆南：不知摘了帽子后允许不允许？

肖海君：不知道。

江兆南：不管怎么样，我们得把功课好好准备。

肖海君：很可能是白费功夫。

江兆南：不会的，准备功课总不是坏事，我们先自学，让考我们就去考，不会临时抱佛脚，不让考，知识学到肚子里也烂不掉。

肖海君：你讲得有道理。

江兆南：我们得想办法搞几本最近一年的高中课本和复习资料来。

肖海君：这个没问题，我的高中老师那里有。

3

深夜，江兆南住房的窗户依然透着微弱的灯光。

一张旧桌上摆着一大摞课本和复习资料，在昏暗的油灯下，江兆南在聚精会神地自学和复习功课。他先做了十几道数学题，接着又默写英语单词。这时鸡已叫了头遍。他喝了几口茶水，用手在脸上搓了搓，又接着看起语文书来。

江母一觉醒来，发现儿子房里还亮着灯，就起来催促道：你不要再看书了，鸡叫头遍了。

江兆南：妈，我不困，再学一会。

江母回房又睡着了，可能心里不踏实，没睡多久又醒了，看见江兆南仍在学习，就悄悄爬起来，把一个红薯拿给江兆南：肚子饿了，快吃吧。

江兆南边吃边说：世上还是妈妈好。

江母：吃完了就睡，马上天光了。

江兆南：妈，你去睡吧。

江母又回房上床睡了。出工的钟声响了，江兆南收拾好书本，先揉了揉眼睛，接着伸了一个长长的懒腰。又是一个不眠之夜。

江母：你这样打通宵学习，身体吃不消的。

江兆南：没关系，可以支持得住。

江母：快去洗脸吃饭。

生产队要盖牛栏，今天干活是砍木料。江兆南喝了一碗稀粥就拿着斧头上山去了。

4

太阳即将下山，落日的余晖把温馨洒满了大地。

江兆南、林一凡在村后的深山里砍了一天的木料，看看天色渐晚，正在砍树的林一凡估计有这些木料盖牛栏差不多了，就要江兆南不要再砍了。江兆南说那我先扛一根木料下山去，并要林一凡砍完这棵树后歇一歇等他返回来。林一凡说他砍完这根就下山，要江兆南不要再来了，反正这些砍下的木料明天还要扛。

江兆南没听林一凡的，还是扛起一根木料先走了，在经过一座小水库时，突然听见前面"扑通"一声响，他本能地意识到可能有人掉水库里了。于是放下肩上的木料朝出事的地方跑去，果然发现有个人在水里一沉一浮地拼命挣扎。江兆南迅速脱下衣服不顾一切地跳到水里，拼尽全力向落水人游去。他先用手抓住落水人的头发，再用手托住落水人的后背，然后慢慢地把落水人拖上岸。不救不知道，救了吓一跳，原来落水的人是秦姑。由于大量呛水，秦姑已停止呼吸，江兆南靠平时自学的一点医学知识，毫不犹豫地先用双手在秦姑胸部反复按压挤出里面的积水，然后又俯下身子用口对着秦姑的口进行人工呼吸，经过江兆南的抢救，秦姑的心跳恢复了，并慢慢有了一些知觉。这时，林一凡也扛着木料到了，两人就地找了几根竹子扎了一张竹板，把秦姑平放着躺在上面，抬回了村里。

正要把秦姑抬到她家时，江兆南忽然想起秦姑孤身一人，身体非常虚弱，无人照顾是不行的。他考虑了一下，就对林一凡说把秦姑放到我家吧。林一凡也觉得这样更为稳妥，于是就点了点头。

秦姑被抬到了江兆南家里，江母正在做晚饭，江兆南赶紧对母亲说：妈，快铺好床，让秦姑躺上。

江母：秦姑怎么啦？

江兆南：掉水库里了，我们刚把她救起来。

江母：让她睡哪里？

江兆南：把我那张床铺好，就睡那儿。

江母：那你睡哪儿？

江兆南：我就睡厅屋里。

江母进房把被子铺开，江兆南和林一凡把秦姑抬到房里。

江母帮秦姑换下湿衣服，又将她扶上床并盖好被子，然后到灶房里为秦姑做吃的。

林一凡看把秦姑安顿好了，就对江兆南说，我们赶快去把丢在水库的那两根木料扛回来，要是没了，你我都说不清楚。两人随即又返回水库，各自扛起放在那儿的木料，回到村里时，天已经完全黑了。

这时，秦姑已经坐在床上，江母正在一勺一勺地喂稀饭给她吃。

江兆南：秦姑，看你恢复了，我们悬着的心就放下了。

林一凡：真是不幸中的万幸。

秦姑：谢谢你们救了我，真不知怎么报答你们。

江兆南：不要说谢谢的话了，这事谁遇到都会做的。

秦姑：家里的粮食不够了，下午就到山上摘点野菜，在过水库的弯叉时木桥断了掉下去了，我想这下完了，没想遇到你们这些好人了，把我救了。

江兆南：吃一堑长一智，以后一个人尽量少出门。

林一凡：秦姑，兆南的话你一定要记住。

吃完了稀饭，秦姑感觉精神好多了，她提出要回自己家去。江兆南和江母无论如何都不肯，林一凡也劝秦姑住一个晚上明天再走。秦姑被他们的诚心所感动就留了下来。林一凡索性也不走了，江兆南就在堂屋的地上临时铺了一张草席拿了一床旧被子，两人也没脱衣服便睡下了。

5

从水库工地调回县里后，梁光含就搬进了前山县城东边县委干部宿舍的这套三室一厅的房子里居住。他先分在抓革命促生产指挥部工作，不久前恢复了县委副书记职务。此刻，他不断地在厅堂和相连的外阳台之间来回踱着步，脑子也在不断地翻腾着。粉碎"四人帮"以来，虽然国家发生了不少变化，党的十一大也召开了，但形势的发展总不像人们所期望的那样有一个根本性的转变，总觉得上下左右还有那么一种有形和无形的东西没有彻底打破，仍在禁锢人们的头脑和束缚人们的手脚。对此，他有时感到很苦恼很迷茫，希望尽早地结束这种不温不火的局面。

梁光含就这样不停地来回走着想着，感觉有些累了，便坐在木沙发上歇歇。这时正好八点刚过，他打开了收音机，收听当天发生的国内外重大新闻。

从收音机里传出的播音员声调好像同平日不一样，显得庄重而又振奋。梁光含侧耳听了听，收音机里正在播发党的十一届三中全会公报。

梁光含认真听着，生怕漏掉了最重要的词汇和内容。公报播完后，他显得非常兴奋，特别是公报对在全国各地开展的实践是检验真理唯一标准大讨论的高度肯定和提出把党和国家的工作重点转移到经济建设上来，他发出由衷的赞叹，并预感到一个崭新的时代即将开启。

梁光含起身走到阳台上，举手仰头对着天空做了一个深呼吸。

6

金黄色的油菜花，霞锦般的红花草，像红黄相间的巨大绸缎铺满了整个田野，散发出一阵阵沁人肺腑的清香，引得一群群蜜蜂和蝴蝶不时在花间飞舞。

今天，江兆南非常开心，上面已正式通知摘掉他和肖海君的坏分子帽子，当得到这一消息时，两人长长地舒了一口气，压在头上的沉重石头终于去掉了，扬眉吐气的日子也终于来临了。他当时还和肖海君情不自禁地跑到大樟树下击掌庆贺。

因为允许考大学了，一放下晚饭的碗筷，江兆南就急忙出门找肖海君商议去。

此刻，肖海君、肖丽萌在堂屋里同父亲说着话。

肖父：海君摘帽了，说明我们党还是很公正的。

肖海君：以后就没有人敢欺负我们了。

肖丽萌：爸，根据十一届三中全会精神，你也可以落实政策恢复安排工作，我们也可以回城了。

肖父：这恐怕不行。

肖丽萌：为什么不行？

肖父：一九五七年我被打成右派后，虽然一九六一年摘掉了帽子，但一九六二年国家为了克服经济困难，缓解城市人口的压力，动员两千多万人回农村，我就申请回老家了，据说这批人不能恢复城市户口。

肖丽萌：你当时太糊涂了，看把我们也害了。

肖海君：爸又不是神仙，哪能预料十几年以后的事，过去的事就别再提了。

肖丽萌：怎么不要提？爸要是不那样做，我们就上城市户口了，吃商品粮了，还可安排工作，这下可亏大了。

肖海君：不要再埋怨了，要是爸的右派不改正，你还不是照样过日子。

肖丽萌：哼，过去是过去，现在是现在。

肖父：别争了，都怪我行吗？

肖丽萌：就是嘛！

这时，江兆南进门了，肖海君招呼他在凳子上坐下。

江兆南：你们在谈事？

肖海君：没有，随便说说。

江兆南：我来是同你们商量一件事，我和海君摘帽了，可以考大学了，是不是我们再去县里参加高考补习班？

肖海君：我也正想找你说这事呢，没想你先提出来了。

江兆南：要去就我们四个人都去，怎么样？凤梅呢？

肖海君：她在厨房里。

肖海君朝厨房喊：凤梅，你哥来了。

江凤梅从厨房进到堂屋看着江兆南：哥。

肖海君：你哥要我们都去参加补习班准备考大学呢。

江凤梅：你们三个可以，我读书少，不去做那个无用功。

肖海君：你还是去拼一拼吧，说不定就拼上了呢。

江凤梅：要是你们都考上了，家里也需要有人照顾，我还是不去为好。

江兆南：凤梅说得也有道理，就依了她吧。

肖父：这样就亏待凤梅了。

江凤梅：一家人嘛，不存在亏待不亏待的。

江兆南：时间不等人，现在已是三月下旬，还有几个月就要高考了，明天我就去县里联系办理参加补习班的手续。

肖海君：我同你一起去。

7

前山中学教室里。江兆南、肖海君和肖丽萌在补习班上课。

一位戴眼镜的中年老师在上作文课：刚才给同学们分析了两篇范文，一篇是论说文，一篇是记叙文。这两篇范文虽然体裁不同，但在写法上却有很多共同点。

这时，课堂上突然有孩子的哭声，一位大约二十二三岁的年轻妈妈赶紧站了起来，一边哄着孩子一边说：老师，对不起，我的小孩有些不舒服，打扰了。

老师：没关系，你尽管把小孩照顾好。

年轻妈妈：谢谢老师的理解和关心。

一会小孩不哭了，老师又继续讲道：关于两种体裁作文写法的共同点，我总结有这样几个方面，一是主题鲜明，中心突出；二是开头直奔主题，开门见山；三是围绕主题组织材料，展开论述或叙述，论述有理有据，叙述有血有肉；四是结尾精彩，首尾呼应，或得出某种结论，或给人以某种启示和联想；五是文字生动流畅，层次结构严密。大家回去后，可以参照今天讲的写两篇作文。总之，高考作文必须写好，它在语文试卷中占有很重的分值，万万不可轻视。今大就讲到这里，下课。

参加补习班的同学们走出教室时，都纷纷向年轻的母亲问候生病的孩子，有的摸了摸孩子的额头，有的拉了拉孩子的小手，有的要年轻的母亲赶紧带孩子到医院去治疗。江兆南、肖海君、肖丽萌也关切地问了问小孩的身体状况，特别是对年轻母亲的这种学习精神表示深深的钦佩。

8

薄暮时分，一缕缕炊烟在肖家厨房升起。

江凤梅在淘米做晚饭，肖海君在堂屋里复习功课。这段时间他的视力下降不少，看书时眼睛离书本有些近。

猪槽里两头猪饿得嗷嗷叫，江凤梅把米下锅后就对肖海君说：锅里在烧饭，你看着一下灶里的火，柴烧掉了就往里添点，我去把猪食喂一下。

肖海君边看书边走进厨房在灶口前的矮木凳上坐了下来。他一只手捧着书本眼睛一刻不离，另一只手却不断往灶里添柴，灶里的火越烧越旺，没有多久，一股焦煳味从锅里弥漫开来，江凤梅闻到后赶紧跑了进来，揭开锅盖一看，里面的饭全烧焦了。江凤梅没有责怪丈夫，她理解他，眼下正是高考前夕的关键时刻，他要集中精力恶补一下功课。江凤梅让肖海君到厅屋里看书去，她又默默把锅刷净重新淘米把饭做过。

晚饭后，江兆南来了，同肖海君、肖丽萌坐在饭桌旁边复习边讨论。

肖海君：昨天，政治课老师要我们高度注意十一届三中全会的内容。

肖丽萌：我估计高考政治试卷肯定会有这方面的题目。

江兆南：特别是开展实践是检验真理唯一标准大讨论的重大意义、把全党的工作重点转移到社会主义现代化建设上来，这些内容一定要牢牢记住。

肖丽萌：政治方面的内容还可以死记硬背，对数学题目我就云里雾里了。

肖海君：不要担心，大家在一起多讨论讨论，有些难的数学题慢慢也就会做了。

江兆南：只要功夫深，铁棒磨成针。

肖丽萌：说倒是好说，做起来就难了。

这时，江凤梅给三人端来了红薯稀饭，说：现在已经夜里十二点钟了，你们把这稀饭吃了就休息，明天还要出工干活。

肖海君：再复习一会。

就这样紧张复习了几个月，不知不觉到了高考时间。江兆南、肖海君、肖丽萌到县城参加统一考试。考场气氛严肃，鸦雀无声，只听见考生的写字声和电风扇的呼呼声，还有监考老师不断来回走动的身影。但江兆南和肖海君由于基础打得扎实牢固，因而心里并不紧张，不慌不忙地做着每一道试题。倒是肖丽萌不时抓耳挠腮，对有些题目做得很吃力。一个月后，高考分数公布，江兆南、肖海君的考分高于重点大学的录取分数线，肖丽萌的分数没有达到最低录取分数线。当想到即将要彻底改变自己人生命运时，江兆南和肖海君不由得充满着一种对未来的美好憧憬，而肖丽萌却怎么也提不起精神。

9

南方的夏天，烈日高照，炎热无比，空气就像火烧火烤过一样。

江兆南、肖海君同生产队的社员们正在"双抢"。这是农村最为艰苦的劳作。在短短半个月的时间内，既要把早稻收割完，又要把晚稻栽插下去，紧张得就像打仗一样。每到这时，凡有劳动能力的男女老少都要上阵。妇女和小孩负责割禾，年纪大的负责拔秧，一些重的体力活则由青壮男劳力负责。他们打着赤膊，分成若干个组，力气大的在禾桶上打禾脱粒，江兆南每天干的都是这个活。有些体力差点的就把稻草扎好抱到田埂上码成垛堆，这是冬天给牛备的饲料。犁田平田就由一些有这方面专长的人担任，最需要技术和人数的是插秧，人们在水田里一字排开长蛇阵躬背弯腰栽着禾苗。由于头上太阳暴晒，脚下水中烫泡，个个像在蒸笼里一样，热得大汗淋漓，特别是汗水流进眼里，刺激得眼泪直流以致无法睁开。加上劳动时间太长，很多人累得浑身像散了架，连腰都直不起来。所以每到"双抢"来临，村里人都心生畏惧，说"不怕大病医院躺，就怕暑天来'双抢'"。

一个邮递员骑着自行车来了，他翻腿下车，站在田埂上高声问道：哪个是肖海君？

正在插秧的肖海君随即直起身来答道：我就是。

邮递员：这是你的信。

肖海君赶紧上来从邮递员手里接过一个信封。

几个社员几乎同时地问肖海君：快打开看看，是不是大学录取通知书来了？

肖海君小心翼翼又有些激动地把信封打开，他看了高兴地告诉大家：是录取通知书，东海大学电子工程系。

社员们都对肖海君啧啧称赞："海君是我们村里的第一个大学生！""海君为大家争了光！""海君这下总算出人头地了！""到全国最大的城市读书可是见大世面了！""山沟沟里终于飞出了金凤凰！""我们这些作田的乡下人考上了大学一辈子就跳出'农门'了！"

肖海君一迭连声地向乡亲们道谢。

10

江家，一家人在吃晚饭。

江父：海君的录取通知书已经来了好多天了，估计你的也快来了。

江兆南：应该快了，这几天就会来。

江母：你的分数比海君的还高几分，录取的大学不会比他差吧。

江兆南：这要看填报志愿的情况。

根据父亲的意见,江兆南填报的志愿是医科大学,这也是他爷爷的心愿。三十年代初,毛主席率领工农红军在家乡一带建立了革命根据地,爷爷在"扩红"时跟着村里的后生参加了红军。不料在第五次反围剿中严重负伤,因为无药医治,最后牺牲了。临终前,爷爷把儿子叫到跟前说,将来你有了小孩,一定要叫他学医,好好为乡亲们治病。

江父:兆南报的是医科大学,我看很好。

江兆南:我也是这样认为的,特别是爷爷的故事更促使我下决心学医。虽然解放快三十年了,但我们这革命老区仍然严重缺医少药,我学医就是想实现爷爷的心愿,为改变家乡的这种状况尽自己的一份力量。

江母:就盼录取通知书早点到啊。

江兆南:妈,别急,肯定会到,跑不掉。

这时,林一凡来了,一进门就气呼呼地说:这太不像话!太气人了!

江兆南:什么事让你发这么大的火?快静静,慢慢说。

林一凡:大队沈书记叫我来跟你讲,你被取消了录取资格。

江父、江母大吃一惊:啊,这是真的?

林一凡:是真的。

江父:天底下竟有这样的事?

江兆南:你知道取消我的录取资格的原因吗?

林一凡:他们说你同秦姑有不正当男女关系。

江母:这真是血口喷人!谁这么缺德没良心乱告状。

林一凡:这个告状的人太卑鄙、太恶毒!

江父:一凡,你能不能帮兆南申申冤?

林一凡:明天我就去县教育局向他们反映事实真相。

江母:要能改过来就好了。

江兆南:估计没那么容易,我分析这个告状的很可能是许向才指使的。

林一凡：我觉得也只有他能干得出这种事来。不管有没有用，我还是要去反映一下。

江兆南：那就拜托了！

11

在前山县城紧靠十字街的繁华路段，有一座四层高的楼房，这就是县教育局。

林一凡闯进教育局长的办公室，气愤地道：我向你们反映一件冤枉事。

局长：什么冤枉事？

林一凡：我们围坊村的江兆南，今年考大学考了高分，但因为有人告状，被取消了录取资格，请局长管一管这事，为他主持公道。

局长：告他什么问题？

林一凡：说他和一个妇女乱搞两性关系。

局长：有没有这事？

林一凡：肯定没有，是捏造的。

局长：你若知道是谁告的状，我们派人去调查一下。

林一凡：我当然知道，就是许向才那个狗东西干的。

局长：你可不能凭空乱说。

林一凡：除了他，别人不会干这种缺德的事。

局长心想许向才是公社党委书记，是县领导于副主任的女婿，自己和他虽不是很好的朋友，但也是经常见面的熟人，告状这事就是明知是他干的，自己也不能去查，也根本没有必要为这事去得罪他。但这又不能明说，必须找个冠冕堂皇的理由给挡回去。于是他说：你有真凭实据确定是许向才告的吗？拿给我看看。

林一凡：没有，但我们都怀疑是他告的。

局长：光怀疑不行，就凭你这么口头反映一下，我们不能去调查，再说这男女之间的两性关系问题也很难搞清。

林一凡：那这事没指望了。

局长：请你谅解。

林一凡不满地扔下一句"你们这是官官相护"，然后愤愤地走了。

12

秦姑听说江兆南考取了大学被诬为同自己有不正当男女关系给许向才告掉了，不由气得浑身发抖，牙齿咬得咯咯响。本来自与许向才断绝关系后，她就从没有理睬过他。今天秦姑实在是咽不下这口气，解不了这个恨，就怒不可遏地跑到公社办公楼前，她要找许向才当面对质和算账。

秦姑冲着楼里叫喊：许向才，你给我出来！

见楼里没有动静，秦姑又提高嗓音连喊带骂：许向才，你这个流氓，有胆量就给我出来！说江兆南和我有两性关系，你有什么证据？你要彻底和我说清楚！人家好不容易考取了大学，你告状就把录取资格取消了，你还是不是人？

办公楼里还是没有动静，秦姑又继续喊叫：许向才，你怎么不出来？快给我出来！

许向才在公社办公楼二楼，听见秦姑的叫骂声，脸上很不好看。他想给秦姑一个下马威，把她扣起来，但他又做贼心虚，怕秦姑抓住此事不放，一定要搞个水落石出，到时事情越闹越大自己就被动了。权衡再三，他叫来一个干部，吩咐道：这个女人是我村里的，神经不正常，你快去给她说，就说我不在，不要在这里乱喊乱叫。

干部：好的。

许向才：这事必须处理好。

干部：书记放心。

这位干部小跑着下楼出了大门，朝正在喊叫的秦姑道：我是公社干部，许书记昨天去县里开会了，有什么话跟我讲。

秦姑：你能代表他？

干部：我可以把你反映的问题向他汇报。

秦姑：哼，我才不相信呢。

干部：你可以不相信，但对许书记有什么意见不要在外面喊叫。

秦姑：他做都做得，我叫几句还不可以？

干部：可以到办公楼里面说。

秦姑：里面我就不去了，反正已经在外面喊过了，想必你也听见了，你转告他，害人终害己，天打五雷轰！

13

晚上，围坊村头的那棵大樟树像一座黑黝黝的小山耸立着。

江兆南坐在一块岩石上拼命地抽烟，烟头的火光在暗漆漆的树影中一明一灭。他点燃一支猛抽几口然后掐灭往地上一扔，又点燃一支猛抽几口然后往地上一扔。就这样不断地点燃、猛抽、掐灭、扔掉，一会一包烟就没了。他抽出最后一根烟点燃猛抽着，这次他没有扔掉，抽完后把右手握成拳头重重地往大腿上一砸，从牙缝里蹦出一句话：我就不信你许向才能把我的路全部堵死！

江兆南站起身往回走。这时，秦姑出现了，对他说：到我家去，我有话跟你说。

江兆南：不去，有话就在这里讲。

秦姑有些挑战似的：怎么？被告状吓住了？

江兆南：我吓住什么？身正不怕影子歪。

秦姑：不怕就到我家去一趟。

江兆南：去就去，走吧。

江兆南随着秦姑到了她家。

江兆南：你有什么话，快讲吧。

秦姑：我让你受冤枉了。

江兆南：这不关你的事，是有人要害我。

秦姑：我猜是许向才那个王八蛋害的！

江兆南：这个人害人害惯了。

秦姑：我今天到公社去把他骂了一顿，但他不在没听到。

江兆南：他没听到，有人会告诉他。

秦姑：我不怕，跟他斗到底。

江兆南：你可要注意，这个人心狠手辣。

秦姑：他加害你，但我不能亏待你。

秦姑说完就开始解开衣服的扣子。

江兆南：你要干什么？

秦姑：我要让你痛痛快快地在我这里过一夜！

江兆南：你是不是疯了？

秦姑：你救了我的命，没有你也就没有我，我不能让那个王八蛋诬陷你，让你白白地担这个罪名！

江兆南上前一把拉住她：不能这样，否则他告状就成真的了。

秦姑：我要报恩！我要报仇！

江兆南：你仔细想想，这样反而是害了我。

秦姑：你到底答应不答应？

江兆南：你我都很年轻，不能图一时痛快，感情用事。

秦姑：那好吧，我不强迫你，我知道你是正经人、大好人。

江兆南：你为我鸣不平，疾恶如仇，我很感激。

秦姑：你不要再说了，快走吧。

14

煤油灯在玻璃罩里欢快地跳动着，肖海君和江凤梅依偎而卧，一闪一闪的光线把两人映照得更加情意绵绵。

肖海君：明天我就要去学校报到了，家里的事你就要多辛苦了。

江凤梅：你尽管安心学习吧，不要一心挂两头。

肖海君：真可惜你哥了。

江凤梅：这恐怕就是命吧。

肖海君：你哥如能上大学肯定比我有出息。

江凤梅：你们两人各有各的长处。

肖海君：天天在家不觉得，一旦要离开，又有些恋恋不舍。

江凤梅：在家千日好，出门寸步难，虽然你是去读书，条件不会太差，但总没有在家里舒服。

肖海君：特别是家里有你这么一个贤惠温柔的妻子就更觉得舒服。

江凤梅：一人在外，千万要注意保重身体，你的眼睛更要当心，比高考前差多了，不要四年大学读成了个睁眼瞎。

肖海君：我会注意的，你不是让我到县里配了一副近视眼镜吗？

江凤梅：不过这几天你戴了眼镜还蛮好看的，村里好多人说你像个真正的大学生了。

肖海君：你在家也不能太累，我有个想法，在我上学期间，我们不要孩子行不？

江凤梅点了点头：依你说的，那我在家里多养几头猪，赚钱供你上学。

肖海君：这样就真像人家所讲的，我们俩是一个会养猪，一个会读书。

江凤梅：到时你这个读书的可不要嫌弃我这个养猪的。

肖海君：看你想到哪里去了？放一百二十个心吧。

肖海君说完就紧紧地把江凤梅搂在怀里，并吹熄了床头的煤油灯。

15

东海大学校园。路边龙干虬枝的梧桐树和古色古香的房子，让人一看就知这是一座有着历史年份和文化积淀的高等学府。

校园里挂着一条条横幅："热烈欢迎一九七九级新生入学！""努力做一个品学兼优的大学生""迎接以经济建设为中心的新时代""学好本领振兴中华"。

校园里人来人往，非常热闹。第一教学大楼前面的广场上，依次设立着各系的报到处。新生们拿着入学通知书到各自所读的系报到，并在老生的热心帮助下办理入学手续。

肖海君手提一个大的人造革旅行袋向电子工程系报到处走去。这时，他发现一个身材颀长、长相漂亮、一头披肩发的女新生搬不动行李，便赶紧上前帮忙。不等肖海君问她姓名，这位女新生就快人快语地自我介绍道：我叫张亦华，中文系新生，广东人。

肖海君用手扶了扶眼镜，也马上作了自我介绍：我是电子工程系新生，名叫肖海君。

肖海君提起张亦华的行李：怪不得你提不动，太沉了。

张亦华：我妈把东西全塞里面了。

肖海君：她怕你这个女儿不够用。

张亦华：儿行千里母担忧啊。

张亦华看见肖海君提得很吃力，就在后面帮着托提行李。

到了中文系女生寝室，肖海君把张亦华的行李放好后，说：快休息一下，路上辛苦了。

张亦华：谢谢你！

肖海君：不用谢，同学之间应该相互帮助。

张亦华：多多联系哈。

肖海君返回报到处办理了入学手续，之后，提着行李找到了自己的寝室。这是一间十六平方米左右面积的房子，除了靠窗户的那面墙外，其他三面墙各摆着一张双人架子床，房子中间放着六张很小的书桌。肖海君是第一个到的，因坐了一天一夜的火车，他把行李放在右墙架子床上铺的床头，拿出被子铺好后，摘下眼镜，就半靠在床上休息了。

16

校车在大街上行驶，两边的高楼大厦不断向后移去。

车上坐着去参加全市大专院校新生代表座谈会的东海大学的学生。肖海君和张亦华分别作为革命老区和沿海地区的学生代表被选上。由于是第一次到这座全国的最大城市，肖海君觉得非常新鲜，眼睛一直盯着窗外看。张亦华坐在肖海君的后面一排，想同他说说话，但见他那副神情专注的样子就没有打扰他，只是不时用眼光瞧瞧他的背影。

下车进会场时，肖海君才对张亦华说：我们坐一起吧。

张亦华：好，你坐哪儿，我就坐哪儿。

会场前半部分摆的是一个正方形，后半部分有六排位子。肖海君选了后面靠前的一排位子，说：我们就坐这儿吧。

张亦华：行。

肖海君要张亦华先坐好，他挨着她坐了下来。

这时，另一所大学的新生来了，一位古铜色四方脸中等个子的男同学坐在肖海君旁边的位子上。

肖海君笑着向这位男同学点了点头：请问你是哪个学校的？

这位男同学笑着回答：我是农业大学的，名叫杨大任。

肖海君：我们是东海大学的，她叫张亦华，我姓肖，叫肖海君。

张亦华：听你口音，好像是南方人，但又不是我们广东人。

杨大任：你讲得对，我是你的隔壁邻居，江西人。

肖海君一听感到格外亲切：我也是江西人，我们都是江西老表。

杨大任：太好了，老表见老表，心情分外好。

肖海君：我家是南江，你呢？

杨大任：怎么这样巧，我家也在南江。

张亦华：其实我也是江西老表，我的曾祖父年轻时带着一家人从你们南江迁居到了广东。

杨大任：原来你这个江西老表祖上同我们还是老乡。

肖海君：是历史上的"出口老表"。

杨大任：天下老表一家人，以后我们多来往。

肖海君：可以经常组织一些活动。

张亦华：别忘了叫我也参加啊。

此时，主持人宣布开会，三个人就不再说话了。

17

江兆南扛着犁头赶着牛和几个社员出工。

林一凡在后面边追边叫：兆南，你停一下，我同你说句话。

江兆南停下等林一凡走近：你这个大队民兵营新领导，要跟我讲什么要紧的事呀？

林一凡：昨天在公社武装部开会，听说梁光含当县委书记了，今天正式宣布。

江兆南：好！那我们县有希望了。

林一凡：梁书记和你很熟，你被取消大学录取资格的事如果请他过问一下，说不定还有希望。

江兆南：梁书记刚上任，有很多重要的工作急着要做，为个人的事不好意思麻烦他。

林一凡：你觉得不好意思的话，那我给你去向梁书记反映。

江兆南：还是不要吧。

林一凡：放着这么硬的关系不用，太可惜。

江兆南：关系是很有用，但最终还得靠自己，再说录取已经结束，新生也入学了，时间也过了。

林一凡：那你就不想读大学了？

江兆南：高考我就不想再参加了，我就不信这个邪，读不了大学，在家乡就不能干出一番事业来？

林一凡：在家乡干也很好，干出点名堂让许向才那小子看看，我去大队民兵营开会。

在往大队部走的路上，林一凡碰到了肖丽萌，心里顿时乐开了花。因为他心里老想着肖丽萌，所以巴不得时时能见到她。

林一凡：一个人到哪儿去？

肖丽萌：不到哪儿去，随便走走。

林一凡：是不是心情不太好？

肖丽萌：别问那么多，不关你的事。

林一凡：我看你很难受，我也就很难受。

肖丽萌：别自作多情好不好，快走吧。

林一凡被噎得说不出话来，只好愣愣地站在那里，等他回过神来，肖丽萌已经走远了。

第 四 章

1

东海大学图书馆，坐落在校园的正中心，飞檐翘角，画栋雕梁，远远望去就像一座巍峨高耸的古典城楼。

晚饭后，肖海君拿着笔记本正要去那里看书。

张亦华拿着笔记本来了，问肖海君：你是去图书馆吗？

肖海君：是的。

张亦华：我也是，我们一同去。

两人有说有笑来到图书馆阅览大厅，原以为里面不会有很多人，没想到却坐得满满的，根本找不到空位子，大家都非常珍惜这来之不易的大学时光，在如饥似渴地读书。看到学习的氛围这么浓，张亦华向肖海君做了个鬼脸，悄悄地把他拉出门来，到了旁边不远处的一个阅览室。在"文革"中，这片地方被一个工厂占了，去年搬走腾出后，学校刚把这里重新修好恢复原样。因入学不久，学生们还不知道有这么个僻静的好地方，张亦华也是白天偶尔发现的。两人选了一张靠窗边的桌子把笔记本放好，然后到书架上选书。

肖海君找了一本《当代电子技术发展的新趋势》，张亦华拿了一本《唐诗三百首详注》。

两人到座位上坐好后，并没有急于看书，而是聊起了各自专业未来的前景。

张亦华：你学的那个电子工程，可是高科技。

肖海君：你学的中文将来大有用武之地。

张亦华：我这个专业比较普通，你那个专业一般人学不了。

肖海君：其实中文也是一门很深的学问，单是古代汉语就很难懂，要学好不容易。

张亦华：大概是女的逻辑思维不如你们男的，加上我又是应届高中毕业，数理化主要是在"文革"中学的，成绩不很理想，所以就选了学中文。

肖海君：这不能一概而论，女的逻辑思维也有很好的，世界著名物理学家吴健雄就是女的。

张亦华：那也就一个吴健雄，听说她的丈夫叫袁家骝，也是科学家，还是袁世凯的孙子。

肖海君：是的，在报纸上还登了他们夫妻俩回国讲学的消息。

张亦华：这对夫妻可真是令人羡慕啊。

肖海君：一对科学家，了不得！

张亦华：中文要求形象思维，你那个理科要求逻辑思维，我们两个专业的互补性很强，以后可得要相互学习啊。

肖海君：好，我们相互学习。

张亦华：我们有空就到图书馆来，这里安静。

肖海君：好呀。

两人不再讲话，各自认真看起书来。有时看累了，肖海君会拿下眼镜用手在眼睛周围轻轻按摩几下。这时，张亦华就会情不自禁地抬起头来瞧瞧肖海君。两人相视笑笑，然后又专心致志地看书了。

2

在前山县城边上，这几年自发形成了一个临时集贸市场，路的两边摆满了各色各样的农副产品，有的铺在塑料布上，有的摆在木板架子上，有的放在箩筐里。卖主在自家的摊子前不断地叫喊，来买东西的人在不断询问或讨价还价。市场里人声嘈杂，气味刺鼻。

江凤梅在一个卖小猪仔的老农前停下来，她看着箩筐里的七头小猪仔，心里很是高兴。

江凤梅：大伯，这猪仔怎么卖？

老农：按斤两卖。

江凤梅：多少钱一斤？

老农：一块钱一斤。

江凤梅：能不能便宜一点？

老农：九毛八分，不能再少了。

江凤梅：九毛五分怎样？我买两只。

老农：你要买两只？

江凤梅：是的，因我家有人上大学要花钱，只有多养几只猪。

老农：是这样，那就按你说的价钱卖给你，要哪两只，你挑。

江凤梅弯腰在箩筐里挑了两只，老农把它们放在另一只箩筐里，用杆秤称了称，又把两只猪仔捉出来，接着再称一下箩筐，然后减去箩筐的重量，说：两只猪仔净重十二斤三两，九毛五分一斤，一共十一块六毛八分。

江凤梅从口袋里掏出用手绢包着的钱，一张一张地数着递给老农，直至付清为止。

老农：猪仔养大了，就能卖钱了。

江凤梅把两只猪仔分别装进箩筐，对老农说了声谢谢就挑起来离开了。

3

天色渐晚，稍远一点就看不清人影了。

平时晚饭都是江凤梅做的，今天她到街上买猪仔还没回来，肖父见厨房里没有动静，就喊肖丽萌快去做饭。

看到哥哥上了大学，自己却还在农村熬着，肖丽萌心里很不舒服，做事也是懒懒的。听到父亲叫她，她没有作声，过了好一阵她才慢腾腾地进了厨房。

水缸没水了，肖丽萌便挑着水桶来到井边取水。就在她要把水桶往井里吊下去时，林一凡挑着水桶来了。

林一凡：丽萌，来挑水啦。

肖丽萌：做晚饭没水了，赶紧来挑了。

林一凡：你一个女的，力气太小，还是我来吧。

肖丽萌：不用了，我能行。

林一凡不由分说地从肖丽萌手里夺过绳子把水桶吊到井里去，将桶在水里转了几圈好不容易装满水后又从井里吊上来，接着又帮肖丽萌把水挑到家里倒进水缸。

肖丽萌：让你费力了。

林一凡：你哥不在家，以后力气活你叫我一声。

肖丽萌开始做饭，过了不少时候，才把饭菜做好端上了桌。肖父问凤梅回来了没有，这时恰好江凤梅把两头猪仔放到猪槽后转身进了屋。肖父在桌子的上首坐好，凤梅洗了脸和手后，坐在了肖丽萌的对面。

肖父：一天来回几十里路，凤梅累着你了。

江凤梅：是有些累，但是心里很高兴，两只猪仔买来了，这样养到明年海君上学的钱就不愁了。

肖丽萌：我哥是出头了，可我还看不到任何希望。

江凤梅：别急，慢慢来，车到山前必有路，再说你还有文艺方面的特长，总有一天要用到的。

肖丽萌：话是这么说，那也不知是猴年马月。

肖父：路要靠自己走，你哥有今天也是他自己奋斗出来的。

肖丽萌：我可没有我哥那样的本事。

肖父：没有本事可以学嘛。

肖丽萌：我脑子笨，学不了。

肖父：那你就不要想那么多。

肖丽萌：不想那么多？这可是关系到我一辈子的事。现在有不少人自己花几万元买个商品粮户口，还不是为了进城图个前途。要是你那时不主动要求回农村老家，我就是读不了大学，起码也能回城安排个工作，现在什么都没了。

肖父：怎么都没了？在家不也是很好吗？

肖丽萌：好什么好？天天下地劳动累得七死八活。

肖父：村上这么多年轻人每天都在干活，他们也没有像你这样。

肖丽萌：他们是他们，我是我。

肖父：那你就争口气，不要怪这怪那。

肖丽萌几口把碗里的饭扒得精光，把筷子往桌上重重一放：我怪我自己！

江凤梅：丽萌你吃好了？

肖丽萌起身往外走：吃饱了。

江凤梅叫了一声：丽萌！

肖父：别管她。

江凤梅也不好再说什么，一吃完饭，她就收拾并洗好碗筷，又接着用潲水、谷糠和菜叶煮了一锅猪食，然后用木盆装了一些端到猪槽里给两头小猪仔吃。等它们吃饱了，再把木盆端回厨房洗干净。一天下来，她累得不想再动了。

4

围坊村，大队部。

公社书记许向才气势汹汹地向大队干部和一些群众训话：昨天接到反映，村里一些别有用心的人在暗地里搞包产到户，这是绝不允许的！这是在明目张胆地破坏"一大二公"的社会主义集体所有制，是在走回头路，必须立即停止和纠正！

牛斤：包产到户就是单干，这好像同集体生产是相反的。

秦姑：这包产到户一搞，我们这些没有男劳力的家庭可怎么办啦？

听牛斤和秦姑这么一说，有几个人马上附和起来。

"辛辛苦苦几十年，一夜回到解放前。"

"分田又分地，搞垮了大集体。"

"为什么丢开社会主义的阳关道，去走资本主义的独木桥？"

许向才：刚才几位讲的我非常赞成，这充分说明搞包产到户是违背广大群众意愿的，是不得人心的，说到底，就是复辟资本主义，我们必须坚决反对！

这时，江兆南霍地站起来，对许向才说：我想请问许书记三个问题，第一，安徽和四川搞包产到户，中央是不是支持？第二，我听说中央已经下达文件，允许边远山区和贫困地区可以搞包产到户，是不是有这么回事？第三，围坊村是不是属于边远山区和贫困地区？

林一凡：许书记，你给大家回答一下吧，好让大家知道上面的精神，这样我们也好拿个主意。

众人：许书记，你就给我们做个回答吧。

许向才没有想到江兆南会这样向他发问，虽然恼羞成怒，但又不好发作。他知道江兆南讲的都是事实，不好正面回答，只好色厉内荏地说：别的地方怎么搞我们管不着，但在我们这里必须听上面的。凡是上面没有布置的，我们都不能搞。如果谁胆大包天不听招呼一意孤行，就追究谁的责任！

沈发根：我们就按许书记刚才讲的，坚决不搞了。

部分干部群众：我们不同意。

许向才：谁敢不同意？

沈发根：许书记的态度很鲜明，大家不要再说了！

5

好像是有谁召唤似的，村里一些干部群众不约而同地又聚到了村头的大樟树下，议论和商量搞包产到户的问题。

"许向才叫不准搞我们就不搞了？没那么回事！别的地方搞得，我们也搞得。"

"再说我们这里属于边远山区和贫困地区，还是革命老区，就更可以搞得。"

"包产到户能够让大家吃饱肚子，就是好东西，就应该搞。"

"少数人思想上有顾虑怎么办？"

江兆南：我看对少数人不同意要作具体分析，有的是因为怕分了地后没有劳力耕种，比如秦姑，到时我们帮帮她就行了；有的是"大锅饭"吃惯了，集体干活"磨洋工"，包产到户后自己要实打实劳动，偷不了懒，怕吃苦，比如牛斤，这田和地一分，恰好可以治治他的懒病。真正思想上不通的人，只有那么几个，这就只好等包产到户有了成效后用事实说服他们了。

林一凡：兆南说得对，绝大多数人还是拥护包产到户的。为了排除干扰，冲破阻力，我提个建议，给县委梁书记写封信，请求他支持我们把包产到户搞下去，凡是赞成包产到户的人都在上面签上自己的名字，不知大家同意不同意？

众人：同意！

林一凡：兆南，你同梁书记认识，这信就托你去送了。

江兆南：这是关系大家生计和村里发展的大事，我一定想尽办法把信送到。

6

大队部，门外寒气逼人。

沈发根在找江兆南和林一凡谈话。

沈发根：刚才许书记来电话说，你们在背地里写信向梁书记告状，是不是有这么一回事？

江兆南：有这么回事，只是写信给梁书记要求实行包产到户，没有说别的事，也没有说到其他什么人。

沈发根：有没有说到许书记？

林一凡：没有，只是说有人不准我们搞包产到户。

沈发根：不管你们写的信有没有牵涉到什么人，但客观上已经产生了很坏的后果，所以你们两个要负主要责任。大队党支部决定你们两人写出深刻检查，并不许你们乱告状，否则给予严肃处理。

江兆南：我认为我们做的是对的，你如果要处理，我们继续向上反映。

林一凡：你愿怎么的就怎么的，我们不怕！

7

一辆破旧的公共汽车在乡间凹凸不平的公路上行驶。沈发根坐在车上，在外地工作的儿子生病住院开刀，他和妻子去照顾了二十来天，今天才回来。

车上，两个干部模样的人在低声说着话。

"前天，县委开了常委会，许向才的公社书记免掉了。"

"为什么免了？"

"听说他反对搞联产承包责任制，'文革'中也有问题，县委派人调查情况属实，就把他免了。"

"安排了新的职务没有？"

"听说到县轻工局当局长。"

"那还算是平职调动。"

"虽然是平职安排，但重要性跟公社书记没法比。"

"你说的也是。"

"不知谁来接公社书记？"

"先由副县长占仲金兼任。"

沈发根坐在他们后面，两人的对话他听个一清二楚。他惊出一身冷汗，心想自己就外出这么多天，县里就派人到村里调查，许向才也调动工作了。好汉不吃眼前亏，自己不能再跟着他跑了。

回村后，沈发根立即找到江兆南和林一凡，对他们两人说：我想了很久，这联产承包责任制应当搞，大队党支部决定成立一个小组，具体负责分田到户一事。你们两位年纪轻，脑子活，先由你们起草一个具体方案，交大队党支部讨论后实行。

江兆南和林一凡相互看了看，点头同意了。

8

村部会场，群情激昂，联产承包责任制方案的张榜公布大会即将举行。

沈发根：大家静一静，现在开始开会，先由江兆南介绍联产承包责任制方案的制定过程。

江兆南：承蒙大队党支部的信任，推选我和林一凡等人起草了这个方案。为了使这次土地承包尽量做到公平合理，我们先对全大队的土地进行了丈量，接着又明确了分配土地的几条原则，一是公正合理，二是人人平等，三是根据每家人口确定土地数量，四是田地好坏远近搭配。在这个基础上，我们就每家每户的土地分配提出了具体意见，并广泛征求大家的意见，经过多次修改，最后报大队党支部讨论审查批准决定的。

沈发根：现在由林一凡宣布具体方案。

林一凡逐一念着每家分到的土地数量和分布位置。

沈发根：看看大家有什么意见没有？

牛斤：我有一块地分得太远，能不能换一块近点的？

沈发根：还有没有意见？

老申头：我家人口少，儿子还没找老婆，我和老伴年纪大了，其中分的有块是冷浆低产田，能不能考虑换块好点的？

几个群众：我们认为这次分配田地考虑了方方面面，搭配合理，不宜变改。

众人：就这样定了，不要变了。

沈发根：既然绝大多数家庭都同意这个方案，那就通过了。至于个别户提出的意见，我们再作个别处理，尽量做到使大家满意，把好事办好。

群众都笑逐颜开地散去了。

江兆南对大队书记沈发根说：我有个建议，能不能对老申头提出的意见复议一下。

林一凡：老申头虽然讲得有道理，我的意见是不能改，不然会引起连锁反应。

沈发根：一凡说得对，大会已经宣布了，不宜改变。

江兆南：那我收回我的意见。我想了想，能不能这样，我把分给我家的那块好田同分给老申头的那块低产冷浆田换一下，这样既不改变分配方案，又解决了老申头家的困难。

林一凡：那你家就吃了大亏了，这一换就永远换不回来了。

江兆南：没什么大不了，也就是少收一些稻谷而已，再说这也是暂时的，低产田经过改造可以变成高产田。

沈发根：那是你们两家私下行为，双方商量同意就可。

9

春耕时节，正是四周山上映山红开得最热烈最红火的时候，也是庄稼地里最繁忙最紧张的时候，家家户户都在各自分得的承包地里忙着，有的在犁田，有的在耙田，有的在插秧。

江兆南在自家的那块冷浆承包田里劳动着。他赶着一头水牛在犁田，他的父亲跟在后面撒石灰，因为石灰不仅能改良冷浆田的土壤，还能提高冷浆田的地温，有利于农作物的生长。

江兆南犁完田后，接着又换上耙子，他站在耙子上用牛拉着把田耙平。他的父亲拿着一把锄头，对耙不到的地方把其弄平。

中午，江母送饭送茶到田头。

江母一边从篮子里拿出饭菜，一边招呼父子俩：快上来吃饭，肚子饿了吧？

江父：马上来，一会就好了。

江母：趁热的吃，要不就凉了。

父子俩停下农活上岸吃饭。

江兆南：妈，今天的菜蛮好，还有辣椒炒蛋呀。

江母：算你们父子俩有口福，刚好今早家里的母鸡生了蛋。

江兆南边吃边说：好吃，好吃。

江母：好吃就多吃点。

江兆南吃完一碗又在钵子里添了一碗，三下两下吃了个精光。

江母：看你像个饿狼似的，还要吗？

江兆南拍了拍肚子：不要了，再吃肚子就要撑破了。

江兆南把碗筷放进篮子里，拿起装着茶水的竹筒往嘴边一竖，咕咚咕咚喝了几口，然后用手把嘴巴一抹：这餐饭太有味了！

江兆南从口袋里拿出一包"庐山"牌香烟，先抽出一支递给父亲，自己再抽出一支，然后坐在田埂上慢慢吸着。

江母收拾好篮子动身回去了。

江兆南：爸，你下午不要赶，慢慢把田平好就回家，明天我再来把禾栽上。我现在到凤梅那里去一下，如果她忙完了就一同去帮帮秦姑。

10

秦姑在承包田里忙着，她先用铲子铲掉田埂边上的草，接着拉过来一头黄牛把木轭套上去准备犁田。看到别的人家都有男人在前顶着，秦姑不由悲从中来。这些年来，她也想再找个男人成个家，无奈有人说她是克夫相，使得上门提亲的几个男人都打了退堂鼓。也有一个名声不好的男人想娶她，但秦姑又看不上眼。也许婚姻是命里注定的，所以她也不去想那么多，只好听天由命了。

牛斤慢悠悠地走过来了，看着秦姑说：你怎么还在忙呀？

秦姑没好气地反问：你的地忙完了？

牛斤：我的地早种好了。

秦姑：西边出太阳了，变勤快了。

牛斤话里有话：唉，看你一个女人家的多辛苦，找个男人帮帮多好。

秦姑：你快走吧，我要干活，没时间和你说话。

牛斤只好悻悻地走了。

由于黄牛不听使唤，秦姑好几次都没把木轭套在牛的颈脖上，急得她有些冒火。

江兆南和江凤梅卷着裤腿打着赤脚来了，秦姑急忙停住。

江兆南：别急，让我来。

秦姑：那怎么行？

江凤梅：我哥就是特意来帮你的。

江兆南：过去生产队劳动时，女人都不犁田，这事全是男人包的，真难为你了。

秦姑：真不知怎么感谢你们了。

江兆南：你就不要说谢谢的话了，帮帮你也是应该的，你和凤梅现在就去拔秧，我抓紧把田犁好耙平，争取今天把这块田的秧插了。

江凤梅：秦姑，我们赶紧去吧。

江兆南赶着黄牛犁起田来。

11

东海大学的大礼堂里坐满了师生，庆祝"五一"文艺晚会正在举行。第一个节目是欢快热闹的合唱加群舞《热血青春奔未来》，接下来是一个双人舞。表演完毕，报幕员从台右侧走到舞台中间，轻轻地把话筒拿到嘴边：请大家欣赏下一个节目，女声独唱《我们的生活充满阳光》，演唱者张亦华。

由于专心于学习，肖海君平时对文艺不感兴趣，所以观看节目时无论好坏他都无所谓。但当听到张亦华的名字时，他吃了一惊，精气神马上来了，把眼镜扶正直直地盯着台上。

张亦华穿着一件红色连衣裙上台了，那么优雅，那么美丽，那么端庄，那么俊俏，简直就像天仙一般。她先向观众礼貌地鞠了一躬，然后拿起话筒唱了起来：

幸福的花儿竞相开放，
爱情的歌儿随风飘荡。
……

张亦华的歌声婉转甜润，在礼堂里激起一阵阵涟漪，在人们心中产生了强烈共鸣。肖海君也听得如醉如痴，以致张亦华唱完了他还沉浸在其中。

晚会结束后，肖海君来到大礼堂后面的侧门，他在这儿等张亦华。

过了一会，张亦华出来了，肖海君迎了上去：祝贺你！唱得真好！

张亦华：我也不知道今晚为什么会发挥得特别好。

肖海君：进校这么久，从没听你说你会唱歌，没想到唱得这么好听。

张亦华：说这干啥？大学的任务是学习，不是唱歌，学习好那才是真本事。

肖海君：你说得也有道理，但学习好唱歌又好，那岂不是更好。

张亦华：那我们订个君子协定，你教我学习，我教你唱歌，怎么样？

肖海君：学习上你已经很不错，我教不了你，还是你教我唱歌吧。

张亦华：不行，这样不平等。

肖海君：我爬山比你强，我就教你爬山吧。

张亦华哈哈大笑：爬山谁都会，还用教？再说你这个戴眼镜的书生，爬山还能强到哪里去？

肖海君：我告诉你，在家里我可是爬了不少山。你不要小看，爬山还真有技巧，会爬和不会爬大不一样。

张亦华：那你就当我爬山的教练吧，若是哪天我爬不动的时候，你得背背我。

肖海君：那叫人看见怎么办？

张亦华：看见就看见呗，你这是助人为乐，又不是做见不得人的事。

两人边走边谈到了张亦华的寝室。

肖海君：演出辛苦，早点休息。

张亦华：你稍等一下。

张亦华说完就往寝室跑，马上就出来了，她交给肖海君一个信封：拿着。

肖海君：给我的？

张亦华：是的，里面是饭票和菜票，每个月十五块五毛，我吃不了，我知道你不够吃。

肖海君：那也不能要你的呀。

张亦华：什么你的我的，就算是你教我爬山的学费好不好？快回去休息，晚安！

肖海君慢慢往回走，心里就像拨浪鼓一样跳个不停。

12

围坊村，一派丰收的喜悦。

晒谷场上，一张张用竹篾编成的长方形晒垫上晒满了稻谷，在阳光映照下显得更加金黄耀眼。每隔一些时候，江凤梅、秦姑等就用竹笆翻动着谷子，脸上洋溢着欢快的笑容。

秦姑：凤梅，多亏了你和你哥，要不然我哪里收获得了这么多谷子。

江凤梅：不要这么说，主要是你自己勤快，光靠别人帮是没有用的。

一个妇女走过来对江风梅说：你哥家分的田最差，但收的谷子最多。

听这个妇女一说，其他七八个妇女也都过来聚在一起叽叽喳喳地议论开了。

"今年终于可以吃饱肚子了。"

"不止是吃饱肚子，还有余粮了。"

"盼了多少年，总算盼来了这一天。"

"真要好好感谢党的包产到户好政策。"

"你家的谷子好像收得比我家多。"

"不，你家收得比我家的多。"

"别争了，你们两家人一样多，分的田也一样多，收的谷子我看也差不多。"

一阵乌云飘过来，遮住了太阳。

江风梅：天气好像要变了，大家赶快把自己家晒的谷子收起来吧。

这时，在地里劳动的男人们都赶来了。他们把一种用木头做成的风车抬了出来。车的右边是手摇风扇，中间的上面是漏斗，下面是凹槽，车的左边是扬掉瘪谷的出风口。

繁忙的晒场，每户人家各自为战，男的把晒垫上的谷子用撮箕装好再倒进风车的漏斗里，女的摇动风扇的把手，借助风力，好的谷子沿着凹槽向下流进箩筐里，瘪谷就被风通过出口吹出去了。

因为秦姑是单身，她一人要像别的一家人那样忙前忙后。又是用撮箕装谷子，又是将谷子倒进风车漏斗里，又是用手摇风车，紧张得简直就像打仗一样。

这时，牛斤晃悠悠地来了。因江兆南和林一凡外出不在家，江风梅看到秦姑忙得非常吃力，于是就走过去对牛斤说：你去帮帮秦姑吧。

牛斤：这……

江凤梅：你犹豫什么，快去吧。

秦姑：不麻烦他了，他也做不了。

江凤梅：还是叫牛斤帮帮你，这天气如果下雨了，谷子淋湿了就等于白晒了。

秦姑看了一眼牛斤，没吭声。

江凤梅：牛斤，快点！

在江凤梅的催促下，牛斤拿起撮箕帮秦姑把谷子装好再倒进风车漏斗里，秦姑摇着风车感激地看着他。

牛斤帮着秦姑刚收拾好谷子，天就要下雨了。人们纷纷把自家的谷子急着挑往家里去。

秦姑也赶紧拿来扁担，两头挽起箩筐的绳子，因稻谷装得太多，她挑起时显得很吃力。江凤梅发现了，停下担子对已转身离开的牛斤说：好事做到底，牛斤你力气大些，帮秦姑把这稻谷挑回去。

牛斤看江凤梅把话说到这个份上，觉得不好推辞，就从秦姑那里接过担子：让我来挑吧。

江凤梅满意地笑了笑：不错，这还有点像个男人的样子。

牛斤有点得意：我本来就是嘛。

牛斤在前边挑着，秦姑在后面跟着。

挑了一会，牛斤就累得上气不接下气，于是放下担子歇歇。

秦姑：看你累的，我来挑一段吧。

牛斤：我都这么费劲，你根本就挑不动。

牛斤说完又挑起担子，走了不远又歇下来。就这样，挑着，歇着，歇着，挑着，好不容易到了秦姑家门口，牛斤累得也快要瘫了。

这时，天正好下起雨来，牛斤赶紧转身回去。

秦姑迅速到家里拿了一把伞追上去递给他：下雨了，别淋着。

牛斤到家就往床上一躺，他被这一挑折腾得腰都要断了，根本不想动。天黑下来了，突然，他听到了敲门声。

牛斤好不容易从床上爬起来开门，一看是秦姑，他虽然很惊喜但又有些手足无措。

秦姑从篮子里端出一碗饭，上面是一个油腻腻的荷包煎蛋，说：今天让你受累了，晚上你就吃这个，不用做饭了。

秦姑说完转身就走了。牛斤站在那里痴痴地看了一会她的背影，然后美美地吃起来。

13

在凹凸不平的乡村公路上，江兆南弓着背吃力地拉着一辆大板车，上面堆满了一麻袋一麻袋粮食。拉了一段路，他停下揩揩汗，又接着向前拉。

到了公社粮管所，江兆南把装着粮食的麻袋从大板车上卸下，然后又把它们搬到磅秤上。

收粮员：你这粮食质量好，同是一麻袋但比别人的要重。

江兆南：包产到户后，大家种田的积极性空前高涨，所以打的粮食多，质量也好。

收粮员：你家今年打了多少粮食？

江兆南：大概五六千斤吧。

收粮员：除了交掉公粮，留下口粮，那还剩下不少。

江兆南：是啊，上面说"交足国家的，留足集体的，余下都是自己的"，这剩下的粮食不知自己可以处理吗？

收粮员：你可以卖议价粮，比公粮的价格高一些。

江兆南：卖给其他地方可以吗？

收粮员：不行，粮食是国家统购物资，没有放开。

江兆南：听说有人把多余的粮食卖给广东了。

收粮员：那是有些人偷偷摸摸干的，是"地下生意"，按规定是不允许的。

江兆南：卖给广东价钱高，农民可增加很多收入，这本来是好事，为什么不允许？我们不能让广东人吃我们的低价粮，而让我们买广东的高价工业品。

收粮员：你说得有道理，但目前要办到很难，这要慢慢来。

14

大概是包产到户后人们的生活好了，围坊村头的那棵大樟树也越长越茂盛，叶子绿得发亮，显得挺拔苍劲。

江兆南从粮站一回来，就找到林一凡，两人在大樟树下坐了下来。他递给林一凡一支烟，自己也掏出一支，然后擦亮火柴，先给林一凡点燃，再给自己点燃。

江兆南：你有没有熟人在边界的县粮食检查站工作？

林一凡：我没有，听我姨妈说过她老家有个堂侄在那儿当站长。

江兆南：不知他肯不肯帮忙？

林一凡：你要他帮什么忙？

江兆南：当然是粮食方面的。包产到户后，家家的粮食都获得了大丰收，卖了公粮和一部分议价粮后，我想再卖一些到广东去，那里的价格高好多。

林一凡：这是个好主意，我们这里的人太老实了。

江兆南：但卖粮给广东要经过两省边界的粮食检查站，因粮食销售没有放开，只要检查站一发现就会没收。

林一凡：我叫我姨妈去一趟边界粮食检查站，同她当站长的堂侄说一声，要他睁只眼闭只眼，放一马就行了。

江兆南：你有把握吗？

林一凡：有把握，前些时候听我姨妈说，也是有人找她卖粮食到广东，她同她堂侄打个招呼就过去了。

江兆南：好，这事就全靠你了。

林一凡：这事就包在我身上了，兆南，有件事不知我该不该问？

江兆南：什么事？

林一凡：肖丽萌现在对你怎么样啊？

江兆南：离婚了还能怎么样？

林一凡：你现在跟过去大不一样了，她会不会又对你好呢？

江兆南：不知道，女人的心，永远捉摸不透。

林一凡：肖丽萌还是很不错的，你俩能复合就尽量复合。

江兆南：这恐怕不可能，有些事不是你想的那样简单。

林一凡：那也是，卖粮到广东的事我就去跟我姨妈说了。

江兆南：如果说定了就告诉我一声，我好做准备。

15

牛斤在村里的巷子里转悠，他先在秦姑的家门口来回走了几趟，但不见秦姑的踪影。然后又转到江凤梅家前面，他听见江凤梅在屋内同谁说话，那声音好像是秦姑。

江凤梅从窗户里看见了牛斤，便招呼道：牛斤，有事吗？

牛斤：有，你能出来一下吗？

江凤梅走出门：快说，什么事？

牛斤：我粮食吃光了，想向你借一点。

江凤梅：这秋收还没过几天，你就没粮了，亏你还是一个男人。

牛斤：是我不好，求你救救我吧。

江凤梅：这样吧，我给你两百斤粮食，让你吃到明年新粮上市，以后就不给了。

牛斤：谢谢你的救济之恩，明年我一定如数还给你。

江凤梅：还不还无所谓，但你得要改掉好吃懒做的毛病。过去在生产队时你可以"磨洋工"混饭吃，如今包产到户了，自己不好好劳动就得饿肚子。

牛斤：我一定把你的话记在心里，坚决改正。

江凤梅教育牛斤的话，秦姑在屋里听得清清楚楚，在牛斤要离开时，她出来了。

秦姑：你不要当面讲得好，一转身又忘了，一个大男人连自己都养不活多丢脸。

江凤梅：你呀，让人可气又可怜。

秦姑：为了让你不饿着，我也给你五十斤粮食。

牛斤心里巴不得，但口里却说：我怎么好意思要你一个女人家的粮食。

秦姑没再接话，同江凤梅打了声招呼就回家了，牛斤想回去却晃悠悠地在原地转了几圈又站着不动了。

江凤梅：你怎么不走？是不是还有事？

牛斤：我刚才仔、仔细想了一下，秦姑主、主动给、给我粮食，还有那天我、我帮她挑、挑粮食回家，她主动送晚饭和荷包蛋给、给我吃，我想她是不是、是对我有、有那么点意思？

江凤梅感到有些好笑：你的意思是想找秦姑做老婆？

牛斤：我、我就是那、那个意思，想请你出、出面做、做个媒。

江凤梅：你现在这个样子还想娶老婆？哪个女的敢嫁你？死了这个心吧。

牛斤灰心丧气极了，随即转身边走边自言自语地道：看样子我要打一辈子光棍了。

16

月亮镀上了一层薄薄的云翳，夜色显得更加朦胧。

江兆南在往手扶拖拉机上装粮食。他先把粮食装在拖斗里，再在上面放上西瓜作遮掩，然后就跳了下来，并用手使劲地拍了拍身上的灰尘。

江父默默地走了过来，他心里总觉得不踏实，为儿子担忧，就问：兆南，你这样做行吗？

江兆南：爸，按现在政策肯定不行，但对我们家有好处，对村里人有好处，一斤稻谷在我们这里才卖一毛多钱，而卖到广东的价格最高可翻一倍。现在我们的粮食多得是，这样的事为什么不做呢。

江父：我怕你又惹出祸来，说你投机倒把，像"文革"时那样批斗你。

江兆南：我已经托人同粮食检查站讲好了，没那么可怕。

江父：还是小心一点好，你就不要去冒这个风险了。

江兆南为了让父亲宽心，说：就试这一次吧，因为粮食已经装上车了，广东方面也联系好了，以后就不搞了。

江父：千万要小心啊。

江兆南：我会注意的。

带着一种忐忑不安的心情，江兆南开着手扶拖拉机上路了。

公路弯弯曲曲地沿着山势盘旋而上。由于连年砍伐，山上几乎全是矮小的灌木丛，只是到了山腰以上，才稀稀疏疏地生长着一些大的阔叶树和松树。

山顶上是粮食检查站。一根栏杆横在公路上，旁边是几间低矮的平房。

当手扶拖拉机到达检查站时，一个大约三十多岁的男子出来了，他把手中的小红旗一挥，示意手扶拖拉机停下。由于事先打了招呼，这个检查员只简单地问了几句就把栏杆打开，江兆南顺利地过关了。

江兆南就这样一连跑了好多次广东。这天晚上，他又像往常一样开着手扶拖拉机到了检查站。谁知等了很久，仍不见那位熟人出来，栏杆一直横在那里也不见打开。江兆南有些急了，心里直犯嘀咕。果然他担心的事发生了，出来检查的人是一位生人。只见他一脸严肃地走到车边，以严厉的口气问道：拖拉机上装的是什么东西？

江兆南：花生。

检查员：运往哪里？

江兆南：广东。

检查员：让我检查一下。

江兆南心里大呼不好，但表面上还是镇定自若，说：请。

检查员爬上车厢，先掀开上面的东西，再把手往下面摸，然后抓出一把稻谷：里面怎么会有粮食？

江兆南临时编了一个理由：对不起，下面的一点稻谷是顺便给我广东的亲戚家的，因为他家粮食不够吃。

检查员朝站里大喊：站长，有情况！

站长应声走了出来：什么情况？

检查员：这手扶拖拉机的车斗里藏着粮食。

站长：把车开到站里去，把东西全部卸下来。

江兆南不敢吭声，只好迫不得已照办。

站长看了看卸下来的粮食，随即吩咐站里的几个工作人员：所有东西全部没收，把这个人关到后面的房子里，明天审问后交给县里有关部门处理。

几个站里工作人员分工，两个人清点没收的粮食，两个人把江兆南带到指定的房子里，然后锁上门回去睡觉了。

江兆南在房子里四下察看着，他发现屋檐下有个窗户，他想今晚必须逃走，如果等到明天后果就惨了。检查站肯定要把自己押到县里，法院肯定要以"倒卖粮食罪"把自己判刑坐牢。安徽芜湖那个年广久不就是因为加工和买卖"傻子瓜子"赚钱牟利被认为搞投机倒把而进了牢房么？好汉不吃眼前亏。反正粮食已经没了，那辆手扶也值不了几个钱，不如爬窗逃走算了，再说他们也不知我是哪里人，也不会花那么大的精力去追查，逃也就逃了。

想到这里，江兆南索性在地上躺着，他一边思考着怎样爬窗逃出，一边在等检查站里的人员都进入梦乡。大约到了深夜两点时，他觉得可以行动了。于是，江兆南从地上站起来，蹑手蹑脚地走到墙脚下，凭着小时练就的爬树功夫，先沿屋柱向上攀到横梁，接着沿横梁爬到窗边，然后用手把窗户推开，钻出去后，又顺着外墙的柱子滑到地上，稍稍站稳，便神不知鬼不觉地跑走了。

江兆南气喘吁吁地沿着公路跑了一段后，他觉得这样不安全，有可能会被人发现。于是，他选择了公路边的一条小路，拼命往里面跑去。就这样，他一直跑到了天亮，也不知跑了多少路和跑到了什么地方。由于天黑又是山路，他跌了无数次跤，身上全是青一块紫一块的。

17

早晨，一阵阵雾霭不断涌来，笼罩着山顶边界粮食检查站。

站长：把昨晚偷运粮食去广东的那个人带过来。

检查员立即来到关押江兆南的那间房子，掏出钥匙打开房门一看，里面的人不见了。

检查员马上跑来报告：站长，那个人逃跑了。

站长：怎么跑掉的？

检查员：我看见屋檐下的窗户被打开了，估计是爬窗户跑的。

站长：你们也不看紧点，我刚上任就发生这种事，这叫我怎么向上面交代。

检查员：这又不是什么大不了的事，以前经常发生，也没谁来过问和追究。

站长：向上报告了没有？

检查员：这有啥报告的？报告了不是没事找事吗？肯定还要追查你的责任。

站长：那万一上面知道了怎么办？

检查员：这里天高皇帝远，我们不讲谁会知道呀？

站长：那好吧，大家就不要去说了，这事就到此为止。

18

江兆南又累又饿，加上身上到处是伤，他实在走不动了，坐下来歇一会。在前面的树林里，有几角屋檐挑出，江兆南猜想可能是个村庄。于是，他咬咬牙站起来朝那里走去，好不容易到了靠路旁的一座房子的墙脚下，一屁股坐在了那里。

这时，屋里出来一个十二三岁的小女孩，看见江兆南这副样子，就问：你是不是受伤生病了？

江兆南：不，是因为晚上赶路摔跤了，又没吃东西饿得慌。

小女孩：你等等。

小女孩说着就进屋了，随即端来了一碗白米饭，上面还放了几块肉，递给江兆南：吃了就不饿了。

江兆南接过饭碗，连声说：谢谢，谢谢！

江兆南狼吞虎咽地吃了起来，小女孩在一边看着他吃。

小女孩：不要急，慢点吃，吃完了我再给你添去。

江兆南：我吃多了，你家就不够吃了。

小女孩：现在粮食多了，你尽管吃。

江兆南：粮食是真的多了吗？

小女孩：是真的，多得吃不了。

江兆南：那就再给我一碗吧，实在饿得不行了。

小女孩应了一声又进屋给江兆南端来了一碗饭。

江兆南边吃边同小女孩聊起了家常：你姓什么？

小女孩：我姓高。

江兆南：你家几个人吃饭？

小女孩：四个人，爸爸、妈妈、弟弟和我。

江兆南：一个幸福的家庭，你爸妈出去了？

小女孩：带我弟弟上县城卖西瓜了，让我看家。

江兆南：小妹妹，这附近有没有公路？

小女孩：离村里不太远，有一条公路。

江兆南：是通往县城的吗？

小女孩：是，不过从村里到公路有几个岔路口，不熟悉的人容易走错。

江兆南：有几个？是不是都向左或者向右转的？

小女孩：这样吧，说了也怕你搞不清，干脆我带你去。

江兆南：那就麻烦你了。

小女孩领着江兆南穿过一片树林，指了指前边：那就是公路。

江兆南：我看到了，小妹妹。

小女孩：大哥哥，再见！

江兆南上了公路，他看着太阳略微辨别了一下方向，就朝着北面走去。大约走了七八公里，到了一个大的村庄上。江兆南看见公路旁边竖着一块木牌，上面歪歪扭扭地写着"有货到广东"几个大字。他有些好奇，便停下了脚步，问站在木牌边上的一个老农：这是怎么回事？

老农：村里包产到户后，好多人家拿出一部分田地改种西瓜等经济作物，获得了大丰收，本地卖不了这么多，想拉一部分卖到外地去，但苦于找不到车子。

江兆南：竖这块牌子就是为了引起过往司机的注意？

老农：是的，我们这里很偏僻，拉货的车子很少来，特别是到广东那边的车子就更见不到，要是你是司机就好了，就可以做这笔拉货生意了。

江兆南：你这个点子好，我回家就去学开车，跑运输。

老农：明年我们的农产品就包给你拉运了，省得成天在这里守车子。

江兆南：说话算数，到时我一定来。

第 五 章

1

离前山县城不远，有一片几十亩的平地，这是县交通局汽车驾驶执照考试场。

江兆南在考驾照。在考场师傅的指导下，他一会将车往前开，一会将车往后倒，一会过桩，一会弯道。考试合格，江兆南如愿领到了货车驾驶执照。

江兆南高高兴兴地回到家，他要先把这事告诉妹妹江凤梅。

江凤梅正在猪栏喂猪，她边喂边对每头猪看看，然后自言自语地对着其中一头猪说：就把你卖了。

江兆南正好听到江凤梅的话，他有些丈二和尚摸不着头脑，就问：你在跟谁说话呢？

江凤梅一看是江兆南来了，连忙说：哥，我是在跟我自己说话。

江兆南：凤梅，我考上驾照了。

江凤梅：好啊，以后我们家拉东西就方便了。

江兆南：你刚才说要把谁卖了？

江凤梅：我是说要把那头大猪卖了，你来得正好，这就帮我把这猪绑了，用车推到街上卖去。

江兆南：这猪太大，恐怕我们两人弄不了，要不再把林一凡叫来？

这时，正好林一凡借故要找肖丽萌，听到江兆南要叫他，就问：叫我有什么事？

江兆南：快来，我们帮凤梅把这头猪捆起来。

江凤梅拿出两条又长又粗的麻绳分别交给江兆南和林一凡。

江兆南在麻绳的一头结了个套，然后趁猪吃食的时候迅速往猪的身上一套，紧接着用力一拉，猪便倒在地上。这时林一凡扑上去紧紧把猪按住，并在江凤梅的配合下用绳子把猪的两只前脚捆起来，江兆南马上冲过去按住猪的尾部，也用麻绳把猪的两只后脚捆起来。这只猪就这样被绑得动弹不得，只有发出"嗷嗷"的叫声。

江凤梅把猪栏旁的单轮手推车推了过来。这是一种古老的运输工具，用硬木制成，中间凸起，里面是一个大木轮子；两边低平，是放东西的，手把从两侧向后伸出，这样便于人在中间抓着向前推进。

三个人又七手八脚地把猪抬上手推车的一边并捆绑得结结实实。

江凤梅：一凡，谢谢你了。哥，我们动身吧。

江兆南：我这个驾车执照早点拿到就好了，买辆车，把猪往上一放就拉走了，免得还要人来推。

林一凡：兆南考了驾照？

江凤梅：你也去考一个，这样我哥跑运输就有个伴。

林一凡：在哪儿考的？

江兆南：县城。

林一凡：什么时候你带我去看看。

江兆南：要不你现在就同我们一起去？我们帮凤梅把猪卖给公社生猪收购站后就去县里。

江凤梅：天气慢慢变冷了，我卖完猪后正好要去县里给海君买衣服，一凡你就一起去吧。

林一凡稍微犹豫了一下，说：好的。

江兆南马上把车带往肩上一套，并把两头分别扎在两个车把上，然后一手握住一个车把，推着车子往前走。林一凡把系在车头的绳子搭在肩上用手拉着车子在前面助力。江凤梅跟在车子后面走着。由于一路话着家常，三个人就在不知不觉间到了镇上。

2

公社生猪收购站。

江兆南、林一凡和江凤梅把猪从手推车上抬下来，解开绳索，把它赶进一个下面装有磅秤的木笼子。

收购员移着秤砣看着秤杆刻度：一百三十九斤，除掉八斤潲食，净重一百三十一斤。

江凤梅：农村人养头猪不容易，潲食能不能少除点？

收购员：看这猪，起码吃了十几斤潲食，我还是照顾了你的。

江凤梅：已经过了两个小时了，消得差不多了。

收购员：哪消了多少，你看这猪的肚子还是鼓鼓的。

江凤梅：看个面子，还是少除掉一点吧。

收购员：那就减掉两斤，净重一百三十三斤。

江凤梅：多谢了。

收购员拨动算盘算了几下，然后写了一张条子递给江凤梅。

江凤梅拿着条子到隔壁的一间房子里把卖猪的钱取了出来。

把猪卖掉后，三个人就赶到了县城。江兆南带着林一凡去看汽车驾驶执照考试场，并要江凤梅买好东西后不要走动，等他们两人来了一块回去。

县百货大楼坐落在十字街口，里面顾客熙熙攘攘，十分热闹。江凤梅先到鞋柜给肖海君买了一双皮鞋，又到衣服专柜用布票给肖海君买了一件灯芯绒夹克衫和一条卡其布裤子，接着到绒衣专柜给肖海君买了一件加厚毛线衣。刚刚买好东西，江兆南和林一凡就来了，三个人便往回家的路上赶了。

3

前几天刮了一场大风，气温下降了不少，江凤梅担心肖海君着凉，就决定提前给他把新买的衣服送去。她把新买的衣服等装进一个半新的皮革袋，又把一些土特产装进另外一个旧的帆布袋，次日一早就匆匆上路了。她两只手分别提着一个包，坐了长途汽车后，又接着坐上火车。车厢里坐满了人，还有许多人站着。江凤梅坐在位子上，眼睛却不时地看着放在行李架上的两个袋子，她怕在自己不注意时被别人提走。

车厢里响起了列车员的广播声：各位乘客，东海市马上到了，请大家做好下车的准备，认真检查自己随身携带的行李，小心不要拿错。

列车在月台上缓缓停下，江凤梅随着人群下车出了站。

第一次出远门到大城市，江凤梅感到很新奇，但又有些茫然。街道连着街道，高楼连着高楼，前不着边后不着沿，这无边无际的，东海大学到底在哪里呢？她看到前面有个公共汽车站，不少人排着队在等车，心想这些人肯定知道，应该问问他们去。于是就提着两个袋子走过去，向着其中一个中年妇女问道：大姐，东海大学怎么走？

中年妇女一看江凤梅的样子就知是农村来的，马上热情地对她说：从这儿乘 36 路公共汽车下车，再转 58 路公共汽车就到了东海大学的南门口。

这时，一辆公共汽车开过来停下了，江凤梅一看是 36 路，便跟着排队的人群上了车。

4

星期天，东海大学图书馆，阅览室里像平日一样坐满了看书的学生，没人说话，鸦雀无声。

肖海君在看书，并做着笔记。

张亦华骑着一辆崭新的"飞鸽"牌全包链自行车来了，她把自行车放在图书馆前面的车棚里，进到阅览大厅靠着肖海君坐下。

肖海君：到哪儿去了，找你几次没找着，我就一人先来了。

张亦华：我妈寄钱来了，刚买自行车去了。

肖海君：读书要什么自行车，浪费钱。

张亦华：学校离市中心比较远，有个车上上街什么的，方便一些。

肖海君：日常用品，学校商店里都有，不用上街买。

张亦华：以后你上街到新华书店买书就骑我的自行车去，随时要随时给。

肖海君：我还不会骑自行车呢。

张亦华：我当你的老师，教你骑。

肖海君：我眼睛不好戴着眼镜，骑车不方便，还是不学吧。

张亦华：戴眼镜的近视眼骑自行车的人多着呢，怎么不能学，我保证你两个小时学会。

肖海君：有那么容易？

张亦华：我就是两个小时学会的，你们男的学得会更快。

肖海君：真的？

张亦华：要不现在就去学？

肖海君：那今天的学习计划完不成？

张亦华：哪天抓紧点就补上了。

肖海君：也行。

张亦华：我们到学校操场上去学，那儿地方大，跑得开。

肖海君：同学们看见不会说闲话吧？

张亦华：大庭广众之下学骑自行车，说什么闲话？

张亦华推着自行车和肖海君来到操场。

肖海君坐在自行车上歪歪扭扭往前骑，张亦华紧紧捉住后面的架子不让车子倒下，并不时说着"身子坐正，眼睛向前看"。但没骑多远肖海君还是从车上倒了下来。肖海君重新骑上去，张亦华又在后面紧紧捉住衣架。倒下、上车,又倒下、又上车,就这样来回反复,虽然两人都累得满头大汗,但肖海君已经骑出味道了,他把被汗水模糊的眼镜擦了擦又接着骑,张亦华有时在后面偷偷松开手,他也能独自往前骑好一会,只是在他发现张亦华放手没扶的时候不由心里慌张才又倒了下来。肖海君越骑胆越大,到后来他干脆不要张亦华在后面扶,自己一直朝前骑。还真被张亦华说对了,不到两个小时,肖海君就学会骑自行车了。

肖海君推着自行车,张亦华拿着汗湿的衣服,两人并肩往回走。

5

江凤梅下了公共汽车,往东海大学校园里走去。初来乍到,她不知肖海君住在什么地方,所以一进校门口,她就问迎面而来的一个男学生:请问,电子工程系在哪儿?

男学生:你是问教学楼还是问学生寝室?

江凤梅:男生寝室。

男学生:你沿着这条道走到底,靠右边的那栋三层楼就是。

江凤梅:知道了,谢谢。

江凤梅往前走着走着,这时肖海君和张亦华正好从对面走过来。

江凤梅十分兴奋,放下行李就喊:海君!

肖海君一看是江凤梅来了,有些不知所措,只好机械地回了一声:凤梅,你怎么来了?

张亦华看看有些不对头,就问肖海君:她是谁?

肖海君急忙掩饰道:我妹妹。

张亦华:你妹妹来了,我得打个招呼。

肖海君怕露出破绽,很不情愿但又不好拒绝:好吧。

张亦华随着肖海君走到江凤梅面前:欢迎你,海君的妹妹。

肖海君生怕江凤梅说出实情,连忙指着张亦华介绍说:这是我的同学,姓张,张亦华。

江凤梅：你好，张同学。

肖海君把自行车还给张亦华：你去忙吧。

张亦华：好，海君，你妹妹来一趟不容易，让她多住几天，如果有什么不方便的事，尽管找我好了。

肖海君：添麻烦了。

张亦华说了声"别客气"就骑自行车离开了。

江凤梅：我还怕好难找到你呢，没想到在路上就碰上了。

肖海君提起两个袋子，对江凤梅说：我也没想到是你来了。

江凤梅：我有些糊涂了，你怎么向你同学说我是你的妹妹？

肖海君：是这么回事，大学里不能谈恋爱，同学们都没结婚，我怕暴露我俩的关系影响不好，就说你是我的妹妹。

江凤梅似懂非懂地点了点头：那就听你的吧。

肖海君：这么远的路你一个人来，事先应该告诉我一声，这样我也会有个准备。

江凤梅：村里的电话打不通，写信又太慢，没法告诉你。

肖海君带江凤梅进了寝室，正好同学们都不在。

肖海君把两个袋子一放下，江凤梅就打开了，先把买的衣服拿出来，说：这次主要是给你送衣服来，家里卖了一头猪，就用这个钱给你买了几件衣服，要不天冷会受凉的，再说在学校也不能穿得太差，不然别人看不起。

肖海君：钱都花在我身上了，家里的开销就紧了。

江凤梅：别担心，包产到户后，粮食都卖了不少钱，够用了。

这时，同寝室的同学回来了，看着江凤梅又不好问她是谁，只好笑着点了点头。

肖海君看透了大家的心思，连忙介绍说：这是我妹妹，凤梅。

同学们都争相说道：欢迎。

江凤梅也笑着说：谢谢你们对海君的关心。

江凤梅边说边从塑料编织袋里拿出花生、瓜子、薯片、冻米糖等土特产，热情地招呼着大家说：刚带来的家乡土产，大家尝尝。

肖海君也接着说：尝尝，别客气。

同学们拿着土产吃了起来，一个个都赞不绝口。

"这冻米糖谁做的，太好吃了。"

"这薯片又脆又甜。"

"这花生炒得好，很香。"

江凤梅听到大家的夸奖，高兴地说：好吃就请大家多吃点。

"我们都吃掉了，海君以后就没吃的了。"

江凤梅：没关系，自己家产的，下次我再带些来就是了。

"我们光顾吃，海君和他妹妹还没好好聊聊呢，大家是不是要让一让。"

同学们呼的一下出了寝室。

江凤梅：你这些同学蛮好的。

肖海君：是的，大家都相处得很融洽，都像兄弟一样。

江凤梅从内衣缝制的口袋里掏出一个包着的手绢，打开来拿出一沓乱糟糟的钱来，有十元的、有五元的、有一元的，交给肖海君：这是卖猪剩下的三十七块钱，给你买点好吃的，还有你上学前配的那副眼镜太差，赶快用这钱配副好点的，再就是买书和交朋结友什么的也要花钱，不要省，我在家里多养几头猪就是了。

肖海君：你在家省吃俭用，钱都给我花了。

江凤梅：只要你好，我什么都舍得。

肖海君：凤梅，你对我真好，我们商量一下，我考虑你在这儿待久了怕影响不好，今天你在学校的招待所住一晚，明天就回家去怎样？

江凤梅一边收拾着桌子一边说：要是对你有不好影响，那我明天就走。

6

早晨的东海大学，到处洋溢着青春的活力。宽阔的操场上，不少同学在跑步和快走；宿舍门外的空地上，一些同学在做操；清澈的小湖旁，外语系的同学在专心地背读着单词；教学楼旁的树林里，艺术系的同学在练声；最活跃的是球场，一伙一伙的同学在打球，由于打得激烈，他们不时发出高声的喊叫。

肖海君送江凤梅到了公共汽车站，他把行李提上车递给江凤梅后转身下来，说：一路平安！向爸妈和丽萌，还有你哥、一凡等问好。

江凤梅站在车厢里，心里恋恋不舍，声音哽咽着对站在车外的肖海君说：一人在外，千万注意保重身体。

公共汽车缓缓开动，肖海君向江凤梅挥手，江凤梅凝望着肖海君，一直到看不见才转过头来。

送走江凤梅，肖海君就直接赶往食堂吃早饭，这时张亦华正在窗口买饭，看见肖海君来了，就说：你不用买了，我这儿多买一份就得了。

张亦华把买好的饭端给肖海君，两人选了一个角落里的桌子坐了下来。

张亦华：你妹妹怎么没来吃饭？

肖海君：她刚才走了，我就是去送她后直接来食堂吃饭的。

张亦华：怎么就走了，你应该让她多住几天，带她到市里看看。

肖海君：她说家里离不开，一定要回去。

张亦华：哪有那么忙？你没有留她吧？

肖海君：留了，她不肯。

张亦华：她是不是你妹妹啊？

肖海君：是的，妹妹还能有假的？

张亦华：我怎么总感到不太像呢。

肖海君：这有什么好骗你的。

张亦华：上午是政治公共课，你们是不是和我们一起上？

肖海君：是一起上，在梯形大教室。

张亦华：那好，我们就坐在一块，吃完饭后到寝室拿一下课本和笔记本就去，教室门口见。

上完课后，肖海君将一包芝麻冻米糖和一包花生瓜子塞到了张亦华的手里，告诉她说：这是我妹妹带来的，你尝尝。把张亦华送到寝室后，肖海君折回来就开始做作业。但他的精力怎么也集中不起来，脑子里一会是江凤梅的影子，一会又是张亦华的影子。他知道张亦华对他有那么个意思，一辈子如果能有这样的知识女性做自己的妻子那是人生的莫大幸福。他又想到江凤梅，怎么看上去都很土气，是一个文化不高的典型农村少妇，特别是自己读了大学后就觉得她同自己的距离越拉越大了，他觉得江凤梅越来越配不上他。但江凤梅勤劳善良、贤惠诚实的品德又让他深深感动，他不忍伤害她，他也不能伤害她，更不能抛弃她，他为自己产生这样的想法而羞愧。他在心里发誓，一定不能做这种丧尽天良的事情。

7

江兆南把几扎现金放在房间的桌子上，反复数了几遍，喃喃地说：两千八百元，还差一千五百元。

江兆南在椅子上坐了一会，起身到父母的房间。

父亲见他在想心事似的，就问：有什么事吗？

江兆南商量着说：爸妈，我准备买一辆卡车跑运输。

江父：那可要好多钱。

江兆南：包括到广东卖粮食的钱，还有向别人借的，我已凑到两千八百，别人卖给我的那部旧卡车要四千三百元，还差一千五百元。

江父：你下决心买那车了？

江兆南：是的，我听妈说你留了一点准备建房子的钱？

江父：建房子是为了给你娶老婆，像现在这样的破旧房子，哪个年轻女的会同意嫁上门？无论如何，这个钱不能动。

江兆南：爸，老婆现在还没着落呢，你就先借给我，一年后归还。

江母：买车也是为了赚钱，赚了钱就可以盖房，你就给兆南吧。

江父：好吧，就按你妈说的，给你，但一年后必须归还。

8

江兆南开始做起了个体运输生意。

江兆南从一个村里拉了一车橘子到县农副产品公司门市部。他办完交货手续，货主按公里数付了钱。

今天就揽到了这一车货的生意，剩下的时间就无货可拉了，江兆南只有"找米下锅"。他把车开到县供销社，问有没有化肥等货物需要拉运，对方回答说早就运完了。江兆南又在县城连问了几个单位，差不多都是同样的回答，客气一点的会加一句"等有货时告诉你"之类的话。江兆南感到这样下去不是办法，每天有一趟没一趟的，不说赚不到钱，要不了多少时间，老本都要赔光。所以必须找到一个相对稳定的货源，运输才能持续跑下去。江兆南把本地的单位和货源比较了一下，觉得木材、生猪、粮食这三个方面的运输量是很大的，而且常年不断。如果能够承接到其中一个方面的一部分货物运输那就好了。于是，他通过在县林业局工作的一个中学同学找到了县木材公司的经理，刚一开口就碰了个钉子。他回头问那位同学该怎么办，同学说你买点东西到经理那里再去一趟。江兆南心领神会，马上就去商店，准备买几瓶好酒和几条好烟送去。但售货员告诉他，所有"茅台"等名酒和"中华"等名烟需凭票购买，不对外供应。江兆南只好买了一箱本省的"四特"酒，还有茶叶、香菇等，趁晚上硬着头皮到木材公司经理家拜访。也许是那些东西起了作用，当江兆南再次提出请经理关照时，他就要江兆南第二天来，说有批木材需从林区拉到省城去。江兆南心里不知道有多高兴，也不知说了多少个感谢才从木材公司经理家里走了出来。

江兆南从此不愁没货可拉了。每天早晨，他就开着货车来到大山里的林区，装上一整车的木头向着省城进发。这样一来二往，同林区的一些人和省城的有关人员混熟了，慢慢就在背地里稍带干起了一些"私活"。林区的人悄悄卖给江兆南一副或几副床铺板，为了不被发现，他把这些铺板放在木头的最底下，运到省城后，他把铺板私下卖给做木板生意的熟人，在林区买一副铺板只要十元，到省城可以卖到二十元，利润非常可观。江兆南从中赚了一些钱。当然，他也没有忘记木材公司经理，时不时地以这样那样的理由给木材公司经理一些"好处费"，尤其是逢年过节要送上重礼。木材公司经理也认为江兆南是个有情有义的人，很多木材运输也都交给江兆南去做。这样江兆南也就靠运输木材赚到了人生小小的第一桶金。

9

　　肖丽萌一直对自己的处境耿耿于怀，她不甘心这样过下去。为了离开农村这个苦地方，也为了实现心中的那个文艺梦想，肖丽萌在北岭中学一个老师那里补习音乐。这天，她从家里出来去学校。

　　林一凡突然从小巷里骑自行车插出来。

　　肖丽萌：是一凡呀，骑得这么快，差点把我吓了一跳。

　　林一凡：你到哪里去？

　　肖丽萌：我到镇上去。

　　林一凡：我也到镇上去，顺便带你去。

　　肖丽萌：那多不好意思。

　　林一凡：有什么不好意思的，我骑慢点，快跳上来。

　　肖丽萌应了一声就跳上去坐在林一凡自行车的后架上。

　　林一凡显得特别的愉快和兴奋，蹬着自行车也觉得分外轻松，肖丽萌坐在他的背后，心里却有一种别样的感觉。

　　林一凡：丽萌，你的歌唱得真好，我好喜欢听。

　　肖丽萌：我是乱唱的，台湾那个邓丽君那真是唱得好听极了。

　　林一凡：前些时县城里的一家餐馆里放她的歌，我听了，确实好，但她在台湾，我们没法看得到，不像你，天天可以见面，听你唱歌就觉得分外亲切。

　　肖丽萌：我的歌也只能唱给你们听听，再怎么唱也就是这个样。

林一凡：那不一定，你要是能读个音乐艺术学校，或拜个老师再学学，将来肯定大有前途。

肖丽萌：你说得也是，我现在就是去镇里中学音乐老师那里学习。

突然，自行车前轮碰到了一个小石头，龙头猛烈地摇晃了几下，林一凡一边紧紧地抓住龙头，一边急急地喊着要肖丽萌坐稳。肖丽萌也被这突然的摇晃吓了一跳，慌慌忙忙之中紧紧地搂住了林一凡的腰才没有被摔下来。

这一搂，把林一凡搂得有些心旌摇荡，肖丽萌自己也感到有些不好意思。

到了镇上，林一凡放慢自行车的速度，肖丽萌从车的后架上跳了下来。

林一凡：我现在去公社武装部开会，你学习要多久？

肖丽萌：我还说不准时间。

林一凡：那就这样，我开完会在这儿等着，你还是坐我的自行车回去，免得走那么多路。

10

肖丽萌来到北岭中学，轻轻地敲了敲一个老师住房的门，里面没人应答。相邻的一位戴眼镜的女老师出来对她说：今天的补习课上不了，吴老师决定今年考音乐学院，现到县里去补习了，要明天早上才能回来。肖丽萌只好转身折返到镇上商店里逛了逛，她看看没有什么合适的东西，转了一圈就出来了。这时一辆货车驶来停在了街边，江兆南从驾驶室里跳了下来。

因江兆南整天在外跑车，肖丽萌也有一段时间没有见到他，于是，急忙上前打招呼：兆南，生意好忙啊。

江兆南：是有些忙，每天到山里往省城拉木材。

肖丽萌：这是好事，货拉得多，钱也就赚得多。

江兆南：这一段跑运输的效益是很不错。

肖丽萌：好好抓住这个机会赚点钱，以后的货车多了，生意就不好做了。

江兆南：你说得很对。

肖丽萌：你今天回不回家？

江兆南：我现在到县木材公司去一趟，等下就回去。

肖丽萌：我搭你的车回去。

江兆南：好，回来后我来接你。

肖丽萌：要多少时间？

江兆南：一个小时左右，你在这儿等着。

11

林一凡散会后就骑着自行车到了原定的地方等，但左等右等不见肖丽萌的影子。他想去找她，又不敢离开，万一肖丽萌来了没见到他，两人又错过了。林一凡只好斜靠在自行车上干等着，眼睛却紧盯着街上的方向，巴不得肖丽萌早点出现。

一辆货车卷着滚滚尘土飞驰过来，"嘎"的一声在林一凡面前停下了。江兆南从驾驶室跳了下来，大声喊道：一凡。

林一凡：兆南，是你啊，车开得这么凶。

江兆南：丽萌在我车上呢。

肖丽萌从副驾驶室位置探出头来：一凡，我坐兆南的车子回去，你自个骑车走吧。

林一凡感到十分沮丧，心想还是江兆南有吸引力，汽车就是要比自行车好。但转念一想，肖丽萌本来就是江兆南的，虽然两人已经离婚了但还可以破镜重圆再结婚。对肖丽萌，自己是自作多情，人家根本就没那个意思。想到这里，林一凡说：好，你坐兆南的车子回去更快。

江兆南向林一凡挥了挥手：那我先走了。

林一凡站在原地发了一会呆，然后无精打采地骑着自行车回村了。

12

江兆南驾着货车在凸凹不平的乡村公路上颠簸着前进。

肖丽萌：兆南，你现在一定还很恨我吧？

江兆南：没什么恨的，婚姻是注定的。

肖丽萌：只怪我当时目光短浅，把你给深深地伤害了。

江兆南：也没什么，有时伤害会变为一种动力。

肖丽萌：你就原谅我这一次好吗？以后我一定会好好地待你。

江兆南：事情已经过去了，原谅不原谅就没有意义了。

肖丽萌：我们复婚吧。

江兆南：你就不要想那么多了，我们都很年轻，还是一心一意做好各自的事吧。

肖丽萌：你的意思我明白了，我不会再强求你。

江兆南：但我们是一起长大的，又是亲戚，以后你要做什么事，我一定全力支持。

肖丽萌：有件事不知我好不好开口，上次艺术院校我没考上，现在虽然在北岭中学一个老师那里补习，但因她自己也要考音乐学院，估计以后我补习不成了。所以我想改到县里去参加艺术培训班，这样明年高考把握也许会大一些，就是落榜，今后也还可以多条出路。

江兆南：你这个想法好。

肖丽萌：因我哥在上大学，家里的开销比较大，要是我上县里去培训，恐怕负担不起。

江兆南：这好办，我给你一百五十元，作为你的培训费用。

肖丽萌：谢谢你的雪中送炭，这样我就可以放心地去了。

13

肖丽萌回家后把这事告诉了父亲，谁知父亲一听就火冒三丈，父女两个便在堂屋里吵了起来，听声音，火药味还蛮浓的。

肖父：你去县里参加培训我不反对，但你不应该向江兆南要钱，因为你已经对不起他。

肖丽萌：你们又不给钱，叫我怎么去参加培训？

肖父：没有钱就先赚钱，等赚了钱再去培训。

肖丽萌：我哥不是没赚钱也去读书了吗？

肖父：你知道吗？你哥读大学的钱大部分都是你嫂子养猪赚的。

肖丽萌：我培训也没要家里的钱，怎么不能去？

肖父：你去不去培训我不管，反正你不能要江兆南的钱，你不要脸皮，我们还要脸皮呢。

肖丽萌：那我就不要脸皮了！

肖父：要是你不听我的，你就永远不要进这个家门，我就当没生你这个女儿！

肖丽萌：不进就不进，既然这样，我也永远不认你这个父亲！

肖父：不认拉倒！你给我滚！

肖丽萌把门一摔冲了出去。

正在打扫猪栏的江凤梅听到父女俩吵架，本来想去劝阻，但因为父女俩的言语中不时涉及肖海君、江兆南和自己，觉得不便多嘴，所以就只好在猪栏听着，一直没有吭声。但当肖丽萌气冲冲离家出走时，她觉得事情不好，连忙跑去追赶。

江凤梅：丽萌，快回去！

肖丽萌：我不回！

江凤梅：爸爸讲女儿几句，就是话说得重点，也不要放在心上。

肖丽萌声嘶力竭地喊道：你受得了，我受不了，我的事不要你管！

肖丽萌把江凤梅往旁边一推，头也不回地走了。江凤梅因没站稳摔倒在地上。

14

由于摔得有些重，江凤梅忍痛从地上爬起来，慢慢走回家里。一进大门，她发现肖父歪倒在木椅子上。

江凤梅预感到情况不妙，急忙上前把肖父扶好，关切地问道：爸，你怎么了？哪儿不舒服？

肖父吃力地说：我被丽萌气得很难受，头很痛。

江凤梅：爸，你在这儿稍坐一下，我去找人送你去医院。

江凤梅奔出门，正好看见林一凡骑着自行车来了。

江凤梅：一凡，你赶快来，海君的爸爸生病了，你帮个忙，我们现在把他送到医院去。

林一凡：行，你哥也回来了，叫他一块去。

江凤梅：那你赶快去叫他，我准备一下被垫等东西。

江兆南听林一凡说肖父生病了就急忙过来了。他摸了摸肖父的脉搏和额头，靠平时自学掌握的一点医学知识，他猜测是不是脑血管方面出了毛病。于是他指着旁边的一张竹床，对江凤梅说：快把被子铺在上面，最好铺厚一点。

江凤梅应了一声"好"，立即把先准备的一床被子铺上去，又到房里拿了一床被子再铺了上去。

江兆南招呼林一凡和江凤梅：来，我们把海君爸抬到竹床上，尽量轻点，平着。

三个人小心翼翼地将肖父抬到竹床上，让他平躺着。

林一凡：兆南，你正好有车，把竹床放在车上开到县医院去，这样要快得多。

江兆南：这样当然好，但我考虑海君爸如果是脑血管方面出了问题的话，就不适合用汽车，那样颠簸太厉害，会加重病情，所以我们抬着更稳妥一些。

林一凡：听你的，那我们就抬。

江兆南、林一凡把两根杠杆分别穿在竹床两边并扎好。

林一凡：我在前，你在后，走！

江兆南和林一凡抬着肖父赶往县医院，江凤梅提着装有日常生活用品的包裹跟在后面。

林一凡：唉，怎么没见丽萌来呢？

江兆南：是啊，丽萌哪儿去了？

林一凡：你装什么糊涂，她不是坐你的车回家的吗？

江兆南：我真不知道，一到村里，她就回家了，凤梅，你知道丽萌去哪儿了吗？

江凤梅觉得现在不便告诉他们，就打了个马虎眼：她临时有急事，走了。

林一凡：父亲生病住院是大事，马上叫她回来。

江凤梅：等到了医院再说吧。

江兆南：一凡，尽量选平点的地方走，不要太颠。

林一凡：我会注意。

江凤梅：抬得很累，歇一下吧。

林一凡：这是救命，累就累点，再坚持一下就到了。

15

急诊室里，医生在为肖父做仔细诊断。

江凤梅、江兆南、林一凡坐在门诊大楼走廊的长凳上，他们在等待诊断的结果。

过了很久，林一凡用很低的声音对江凤梅说：打个电报叫海君回来看看和照顾父亲吧。

江凤梅想了一会，说：这样吧，等诊断的结果出来再决定，若情况严重就马上叫海君回来。若情况还好没生命危险，我想不仅不叫他回来，而且不把这事告诉他。

江兆南：凤梅说得有道理，我看可以。

江凤梅：要是告诉海君了，无论如何他都会赶回来。倘若父亲的情况还可以，不如不告诉他，这样他可以一心一意学习，免得他担心记挂。

林一凡：这样你就很辛苦。

江凤梅：没关系，我已经苦惯了。

这时，肖父被推出急诊室。

江凤梅、江兆南、林一凡急忙起身几乎是同时问道：医生，情况怎么样？

医生：根据诊断情况，还好出血面积不大，加上血管破裂的部位不是要害的地方，只要药物用到位，把血止住，估计生命没有危险，我们已请市里医院的医生来做进一步的治疗，至于治疗后能恢复到什么程度，现在还不好说。

江凤梅、江兆南、林一凡听了终于松了一口气。

江凤梅：会不会留下后遗症？

医生：那要看治疗的情况如何。

江凤梅：谢谢医生的救命之恩！

这时秦姑来了，还是江兆南先看到她了：你怎么知道的？

秦姑：你们走后，我去凤梅家，隔壁邻居告诉的，我就赶来了。

林一凡：秦姑来了，可以多个人帮忙照顾。

16

早上，几只小鸟飞到了病房外的树枝上叫个不停，护士在给肖父量体温，换吊针。

躺在病床上的肖父呻吟了一声，慢慢睁开了眼睛。

江凤梅守候在病床边已经一夜没合眼了，看见肖父醒了，十分惊喜：爸，感觉怎么样？

肖父声音微弱地：就是头还痛。

江凤梅：过几天就好了。

肖父轻轻地"嗯"了一声，闭上眼睛不再言语了。

江兆南提着一大钵稀饭进来了。

江兆南：现在情况怎么样？

江凤梅：好些了，刚才睁开眼睛了，还和我说了一句话。

江兆南：这样就会一天一天好起来的。

江凤梅：只盼望能早点治好出院。

江兆南：凤梅，你那天说丽萌有急事出去了，她爸发病到现在也不见她一个影子，这是怎么回事？

江凤梅：别说了，就是那天为上艺术培训班学习向你要钱的事，她爸讲了她几句，她和爸吵了一架，把爸气病了，她也跑走了，说永不进这个家门。

江兆南：那估计是来县上哪个培训班学习了？

江凤梅：有可能吧。

江兆南：我和一凡现在去找她。

江凤梅：好，你们去找找看吧。

大约过了一个多小时，肖父弱弱地哼了几声，江凤梅叫了一声"爸"，问他要不要吃点稀饭，肖父点了点头，于是江凤梅将他慢慢扶起半仰着在病床上，喂着给他吃。肖父吃了几口就不想吃了，江凤梅又用毛巾给肖父擦了擦脸。

肖父：凤梅，我这病多亏你了，你比我女儿还要亲。

江凤梅：爸，别说了，你的儿媳就是你的女儿。

肖父没有再说话，泪水从他眼中夺眶而出。

17

仿佛就是那么一两年时间，医院旁边冒出了很多小饭店，住的几乎都是照顾住院病人的家属亲友，江兆南他们也住在这里。

早饭后，秦姑推开林一凡的房门：我现在到医院去。

林一凡：我同你一块去。

秦姑：那好，这样我有个伴。

林一凡出门，秦姑看见他身上的衣服很脏，就说：你这个样子怎么能去？

林一凡：昨天在医院弄脏的。

秦姑：你快脱下来，放在那里，等我回来后给你洗。

林一凡：哦，差点忘了，兆南说有事找我，等他来了我再去。

秦姑朝他微微笑了一下就走了，在路上碰到江兆南，说：我去替换凤梅，让她回饭店休息。

江兆南：辛苦你了。

秦姑：应该的。

江兆南：一凡在饭店吗？

秦姑：在那里等你。

江兆南：好的。

秦姑往医院去，江兆南往饭店走。林一凡刚换好衣服出来站在门口。

江兆南：我们现在找肖丽萌去。

林一凡一听去找肖丽萌，劲头就来了：她上哪里了？

江兆南：听说在县城里上艺术培训班了。

林一凡：好，我们上培训班去把她找回来。

江兆南和林一凡到街上一打听，原来这儿培训班还不少，而且都是夜晚上课。

江兆南：一凡，我晚上要到医院守夜，这找丽萌的任务只能交付给你了。

林一凡乐得有此好机会，立马满口答应。

18

夜色渐降，街灯齐亮。小摊点、小食点在街边一字儿摆开，小商店也争先恐后地开展营业，有的还播放着歌曲招揽顾客。

林一凡沿着街道边走边看，没走多远就发现有个培训班，他立即上前问守门人：同志，这是艺术培训班吗？

守门人：不是，这是英语培训班。

林一凡有些失望，感谢了一声继续向前寻找，虽然一连找到了几个培训班都不是艺术类的，但他没有灰心，而是继续找下去。

在新建的一条街道的一栋房子前，林一凡看见一个艺术培训班，于是飞也似的进到里面，问一个老师模样的人：同志，这是艺术培训班吗？

老师：是的，你是不是想参加培训？

林一凡：不是，我想找一个人。

老师：找谁？叫什么名字？

林一凡：找一个名叫肖丽萌的。

老师：学员太多，记不了那么多名字，这是花名册，你自己找。

林一凡接过花名册翻开查找，瞪着眼睛从头找到尾再从尾找到头也没发现肖丽萌的名字。

林一凡很是失望，又继续寻找，尽管跑遍了大街小巷，最终还是没有见着肖丽萌的影子。

19

东海市人民公园。这是一座放大了的苏州园林，绿荫曲径、湖光山色、小桥流水、亭台楼阁，就像一幅天然油彩随意地涂抹其中，给人以一种美不胜收的感觉。

肖海君和张亦华并排坐在一张双人椅上，两人在等杨大任。在边欣赏园内景色边说着话时，张亦华忽然发现肖海君有点像青年时代的胡适。清秀的脸上戴着一副近视眼镜，文质彬彬，温文尔雅，富有书卷气。所不同的是，胡适是赫赫有名的大学者，而肖海君只是一个默默无闻的工科男。

肖海君朝公园大门方向望了望：这杨大任怎么搞的？讲好了今天十点在这儿会面一同去吃家乡炒米粉的，到现在还不来。

张亦华：他答应了一定来的吗？

肖海君：答应了的，而且讲了不见不散的。

张亦华：那你别急，既然他答应了就不会食言的。

肖海君：我怕他临时有什么急事来不了，叫我们白等一场。

张亦华：这也没关系，他不来我俩吃呗。

肖海君：两人吃，有点不合适。

张亦华：怎么不合适？看你还蛮封建的，真有点像胡适。

肖海君：你别乱说，胡适虽然跑台湾去了，但在"五四"时却是反封建新文学运动的代表人物，他怎么会封建？

张亦华：你知道他的妻子是谁吗？

肖海君：只读过他的少数作品，对他妻子的情况我还真不知道。

张亦华：胡适的妻子叫江冬秀，是个不识字的农村妇女。

肖海君：我还以为他的妻子一定是个知书达理的名门闺秀呢。

张亦华：他的妻子是他的母亲做主的，胡适本人对她并不满意，但他又不好违抗母亲之意，只好奉命成婚。

肖海君：以后也一直没有离婚？

张亦华：没有，夫妻双双白头到老，从一而终。

肖海君：糟糠之妻不下堂，看来胡适不仅是个大学问家，在这方面也是一个楷模。

张亦华：但是从另一个角度看，胡适又是一个对封建婚姻缺乏反抗精神的人。

肖海君：对胡适如何评价我们可以不管，但我们国家确实需要一大批杰出的思想文化人才。

张亦华：你说的是。从前几年伤痕文学兴起到现在，全国的思想文化界非常活跃，各种观点争论激烈，不少观点震聋发聩，同时出了许多好文章好作品，真可说是百花齐放，百家争鸣。照这样下去，不愁出不了杰出人才。

肖海君：不要说全国，就说我们学校，这种学习研究的氛围也非常浓厚。昨天学校的小书店进了一批世界文学和学术名者，一下子就被同学们抢购一空，有好几个同学把买的书装了整整一脸盆端回寝室。

张亦华正要说什么，公园大门口传来杨大任的声音：对不起，海君、亦华，我迟到了，叫你们久等了！

肖海君：你终于到了，我们还担心你不来呢。

杨大任：学校团委临时开会布置贯彻十二大精神推进改革开放的演讲比赛，一散会我就往这里赶。

肖海君：我们这些大学生，对十二大提出的建设有中国特色社会主义是要认真学习和宣传。

杨大任：这你放心。记得去年年底我国女排在日本比赛第一次夺得世界冠军时，我们这些大学生都自豪得不得了，立即自发地拿着脸盆、饭碗和茶杯在校园里尽情地敲击庆祝。有这样的精神状态，对十二大精神肯定可以宣传好学习好，并在行动上落实好。

张亦华：这也是我们这一代青年学子所肩负的神圣使命，需要我们长期不懈的努力。我们还是先去吃你们家乡的炒米粉吧。

20

"鄱湖之家"小吃店，这是来东海打工的一个江西人开的。

三人在一张方桌边坐定。

肖海君：实在是因为想吃家乡炒米粉想馋了，这段时间我问了很多人，才在这条不起眼的小街上找到了这家米粉店。

张亦华：这也说明你们那里的经济不发达，所以饮食在全国也就没有影响和地位。

肖海君：我赞成你的观点，你们广东话以前没有谁说好听，如今经济发展了，全国人民都学广东话。

张亦华：当然话又得说回来，江西在历史上还是很辉煌的，经济非常发达，明清时期的江右商帮就很有名，"一个包袱一把伞，走遍全国做老板"，据说当时江右商帮的商会万寿宫，在全国就有一千多座。

肖海君：江西的文化历史底蕴也十分深厚，不仅考取的进士占了全国的十分之一，而且出了陶渊明、欧阳修、王安石、曾巩、文天祥、八大山人、汤显祖等文化艺术巨匠。

杨大任：历史已经远去了，我们还是要正视现实。今天我迟到，这米粉钱就我来出，也算是一种惩罚吧。

张亦华：反正不管谁出钱，我有的吃就行。

杨大任拿着菜单看了看：有牛肉炒粉、豆芽炒粉，还有鸡汁汤粉，吃哪种？

肖海君：来个牛肉炒粉怎样？

张亦华：我赞成。

杨大任叫来服务员：来三碗牛肉炒粉。

不一会，服务员给每人端上了一碗牛肉炒粉。

张亦华吃了一口：味道不错。

肖海君：这还不是最正宗的，我们县里有家叫"万花楼"的饮食店，那里的牛肉炒粉比这要好吃得多。

杨大任：无论怎样好吃，但就是没名气，外地人也不喜欢。我们过过嘴瘾吧。

肖海君：这就是亦华说的，只有将来经济搞上去了，这炒粉牌子自然也就响起来了。

杨大任：但不管怎样，我们江西老表对炒粉确实情有独钟。

张亦华：人就是这样，无论走到哪里，家乡的口味是很难改变的。

杨大任：何止是口味，对故乡的情结永远都是最浓的。

张亦华：是啊，月是故乡明，人是故乡亲。

21

太阳刚刚下山，留下几朵白云。

江凤梅蹲在村边的小溪里洗衣服，她把衣服先在水里摆几下，再放在青石条上，打上肥皂，用手来回不停地搓擦，接着用捣衣棍捶打，再放到水里荡干净。

江凤梅把一篮子衣服洗净，到家晾晒在竹竿上后，又匆匆进到屋里，帮助肖父进行右腿功能恢复锻炼。

肖父在医院经过半个月的治疗，病情基本痊愈就出院了。只是由于左脑有小块瘀血还没有消除而影响右腿的功能，导致行走还比较困难，医生叮嘱回家后必须每天坚持在家人的搀扶下进行右腿功能的恢复训练，等慢慢有了效果后病人自己可以拄着拐杖行走。所以江凤梅每天都要扶着肖父在家里来回训练，江兆南出车一回到家就过来帮忙。

江凤梅从椅子上扶起肖父，然后把他的右手架在自己的肩上：爸，我们一起慢慢走。

肖父咬紧牙关随着江凤梅一步一步朝前走。

江凤梅：很痛吗？

肖父：有点痛。

江凤梅：那你的右脚踩轻点，我多用点力撑着你走。

肖父：不行，这样锻炼达不到效果。

江凤梅：我怕你太痛受不了。

肖父：痛就痛点，怕痛这脚就永远恢复不了。

江凤梅就这样架着肖父在屋里来回走着，两人的头上都冒出了汗珠。

好像是事先有约似的，林一凡提着一袋小鱼干，秦姑提着一大罐骨头汤，一前一后来了。这都是给肖父吃的。因为村里老辈说吃什么补什么，小鱼干和骨头汤可以强筋健骨。所以林一凡就到小溪里抓了不少的小鱼，秦姑也上街买了好些猪骨头用慢火炖成汤。看见江凤梅很吃力地架着肖父在锻炼，林一凡要她歇歇，江凤梅不让，说她哥马上就会来替她。林一凡也不管那么多，强行要江凤梅停下，由他架着肖父在屋里走着。肖父很感动，执意要留林一凡和秦姑在家吃饭，江凤梅随即就进厨房忙着，秦姑也一起帮着做。只一阵工夫，两人就把饭菜做好了。江兆南因有事来得迟了些，他对肖父表示歉意后，又对林一凡和秦姑说了感谢的话。这时，江凤梅和秦姑把饭菜端上桌，林一凡把肖父扶到饭桌边坐好，大家边说着话边吃起饭来。

肖父：多谢你们这些好人啊！

林一凡：不要谢，我和海君是兄弟，应该的。

秦姑：我们巴不得肖叔的腿快点好起来。

江凤梅：经过这段时间的锻炼，我爸的腿已好多了。

江兆南：一凡，听说秋季征兵就要开始了？

林一凡：是啊，昨天我去开会，公社武装部作了布置，我想去当兵，不知你们觉得行不？

江兆南：我完全赞成。

肖父：应该去，在部队锻炼几年会大不一样。

江凤梅：能当上解放军是一件非常光荣的事。

秦姑：真当上兵了，我们村也添光增彩了，不过你到了部队，不要把我们忘了。

林一凡：你们都支持我去，那我就决定了。

22

大约过了二十来天，北岭公社武装部送来喜报，林一凡政审和体检合格，经上级党委和军事部门批准，光荣地参加了中国人民解放军。消息一传开，村上人都奔走相告，比过年过节还高兴。

入伍这天，村里刷了"热烈欢送林一凡应征入伍！""一人参军，全村光荣！"几条大红标语贴在墙上。人们早早地来到村头的大樟树下，敲锣打鼓前来送行，林一凡胸戴大红花走在乡亲们的最前面。

江凤梅、秦姑也在送行的人群中。牛斤看见她俩站在一块，急忙跑到这边来。

牛斤：这下林一凡发了，到部队肯定要当个军官，以后娶个漂亮老婆也没问题了。

牛斤说完特意看了秦姑一眼，秦姑厌恶地把头扭向一边。

江凤梅：你不要看到人家好就酸溜溜的，有本事你把自己身上的坏毛病改掉，那也算是一个堂堂正正的男人。

牛斤被江凤梅说得哑了口，就乖乖地躲到一边去了。

江兆南挤上前同林一凡紧紧握手：盼望早日看到你在部队的立功喜报！

林一凡：我一定努力！

林一凡登上专门来接他的卡车，看着乡亲们期盼的目光，然后又摸了摸背包里秦姑昨晚送给他的那双新纳的布底鞋，他的心情分外激动。于是，他亮起大嗓门，满怀深情地对着大家说：我是村里解放以后第一个当兵的人，决不辜负父老乡亲的希望，决不辜负这块生我养我的红土地，在部队好好表现，努力锻炼，争取入党，然后再杀回家乡，为大家服务，把老区建设好。

在鞭炮锣鼓的齐鸣中，卡车缓缓启动了。

第 六 章

1

广东省源口市，到处都充满着改革开放的浓郁气息，省会广州通往深圳特区的公路经此而过，公路上汽车川流不息，不少路段还出现拥堵。一辆挂有"江西"牌照的长途客车在源口站停下，肖丽萌从车上下来。

自从那天同父亲吵架出走后，肖丽萌一气之下到了与前山县相邻的一个县城，有天晚上在戏院邂逅了一个男青年，闲聊中得知他是县文化局长的儿子。肖丽萌认为这下好了，真是天无绝人之路，只要靠着了他，自己以后的前途就有指望了。于是从早到晚就追着他不放，两人很快就在一起了。这样过了一段时候，肖丽萌发觉有些不对劲，他不仅经常在外彻夜不归，而且她几次提出要去见他爸爸，他说他爸爸调到市里做局长了，等过段时间再去。忽然有一天，几个公安人员到两人的住所把他带走了。事后肖丽萌才知道全国正在开展"严打"斗争，他因犯了流氓罪而受到法律的严惩。肖丽萌就像做了一场噩梦，吓得慌慌张张地离开了这里。

肖丽萌走出车站望了望，公路两旁几乎都是各种各样的小店，有吃的，有住的，有卖小食品的，等等。肖丽萌想自己初来乍到必须先找到一份工作才能立下脚来，否则一切无从谈起。她想目前最现实的就是能到一家餐馆打工。肖丽萌看到路边的电线杆上贴着五花八门的招工广告，怀着一种急切的希望，她顺着电线杆挨个看去，发现有家叫"好客来"的私人餐馆要招服务员，而且薪酬较高。对照上面所列的条件，她觉得自己是合乎要求的，于是决定去试一试。

那天，参加招工的有十来个人，绝大部分是外地来的年轻小姑娘。主持招录的是这家餐馆的老板，一位四十来岁的中年男子。

招录也没什么题目和程序，就是老板对每个前来招工的人随意问几个问题。肖丽萌被排在第八个，现在轮到问她了。看到前面七人只有一人老板表态留下来，肖丽萌心里不由有些紧张。

老板：你是哪里人？

肖丽萌：江西人。

老板：是江西老表。

肖丽萌微笑着点了点头。

老板：读了几年书？

肖丽萌：初中毕业。

老板：文化还蛮高的嘛，以前做过餐馆服务员吗？

肖丽萌：没有。

老板：有什么爱好没有？

肖丽萌：喜欢一点文艺。

老板：你愿意来本餐馆当服务员？

肖丽萌：愿意。

老板：你留下来。

肖丽萌悬着的心终于放了下来。

2

初到小餐馆上班，肖丽萌颇感新鲜。同其他服务员一样，每天营业前，她打扫卫生、洗菜备料，做着各种准备。店门一打开，她来回不停忙前忙后，又是为顾客泡茶、点菜，又是为顾客把饭菜端到桌上，又是收拾顾客餐后的碗筷盘子，又是将桌子擦干净并端出干净碗筷摆好，就这样反反复复转来转去。餐馆打烊后，她又和其他服务员将堆得像山一样乱七八糟的碗筷洗干净，并端到饭桌上摆好。

肖丽萌一边在餐馆打工，一边在寻找着艺术培训的机会。这个休息日，她就早早地跑到源口街上看看有没有哪里举办艺术培训班的，找了好多个地方，根本没有发现有高考类的艺术培训班，只有一处是外地打工人员学习唱歌的临时场所。肖丽萌犹豫了片刻，最后还是决定去试一试。

肖丽萌走进大门，看见一个二十多岁的年轻女子坐在屋子中间的一张椅子上，便问：小姐，请问可以参加学习唱歌吗？

小姐：交三十元，学唱一个月。

肖丽萌：有老师教吗？

小姐：有，老师当场教，大家当场唱。

肖丽萌交给小姐三张十元的钞票，小姐带她到里面的一个大屋，没想到满屋子里全是人，没有座位，没有桌子，上百人随意地站着，一个中年妇女站在屋子中间教着大家演唱《我只在乎你》。之后，一个中年男子又教大家演唱《北国之春》，肖丽萌觉得很好听，认真学唱着。由于歌词感情色彩浓郁，音乐又朗朗上口，没多久，大家都学会了。这时，老师不再教了，而是由大家自由唱，有的还边唱边表演，整个屋里变成了一个大舞台。肖丽萌觉得这种学习好像比那些正规的培训班学得更轻松、更活泼、更有成效，也更有吸引力。

晚上，肖丽萌回到租住的单人宿舍里，情绪依然十分亢奋。于是她情不自禁地哼起白天学会的那两首歌来，开始时声音还很小，不知怎么，她越唱声音越大，到最后简直是沉浸到整个歌里了，至于是不是怕外面的人听见，她已全然不顾了。

突然，响起了敲门声。

肖丽萌这才醒过神来，对歌声来了个"急刹车"，边去开门边问道：谁？

肖丽萌一看，是老板站在门外。

老板：你唱的歌很好听。

肖丽萌：老板，你找我，是不是我做错了什么事？

老板：没有，我是经过这里听到歌声才好奇地敲你的门的。

肖丽萌：老板，对不起，打扰你了。

老板：没有打扰，那天你说你喜欢文艺，我还不太相信，今天从你的歌声里我知道了你在这方面还是有些特长的。

肖丽萌：老板过奖了，我只是爱好唱歌而已，其实唱得并不好。

老板：我有个想法，从明天起，你就尽量不要做那些具体的端洗碗筷之类的活了，你的主要任务是给客人们唱歌。

肖丽萌：我就会几个歌，恐怕满足不了客人们的需求。

老板：没关系，可以多学一些歌嘛。

肖丽萌：那我试试吧。

3

中午，是小餐馆最忙的时候。

饭厅里几乎坐满了顾客，大多数都是临时停车吃饭的外地货车司机，也有一些去深广出差路过这里的人员和在源口打工的人员。

肖丽萌先在一间小房子里稍稍准备了一下，然后走到饭厅的正墙中间，她先微笑着看了看全场，接着用银铃般的嗓音说：感谢各位顾客光临本店用餐，下面我献上一首邓丽君的《我只在乎你》，为大家助兴。

也许是头一次遇到这样的事，顾客们开始时还没反应，足足过了好几秒钟，靠前面桌子的一个顾客带头鼓起掌来，大家才如梦方醒，跟着拍起巴掌来。

肖丽萌微微弯腰鞠了个躬，接着便唱起来。

这一唱把全场给迷住了，很多人把筷子干脆放在桌上，饭也忘记吃了。有些人不由竖起大拇指，直夸唱得好。

肖丽萌唱毕，全场响起了热烈的掌声。

几个顾客一起喊：再来一个！

全体顾客紧接着呼应：再来一个！

肖丽萌第一次感到自己唱的歌会受到听众们的如此喜爱，她由此看到了自己的价值，她的自信心也随之大增。她略清了清嗓子，说：既然大家喜欢，我再为大家献上一首《北国之春》，希望大家多吃点，吃好点，工作起来更有劲。

顾客们齐声喊道：好！

肖丽萌的歌声悠扬婉转，听得大家如醉如痴。

唱完这首歌，肖丽萌对大家说：对不起，下面我还有别的事，今天就到此为止了。希望大家经常来这里就餐，我一定多学一些歌，为大家服务好。

"今天没听够，下次我还要来听。"

"在这里吃饭有味道，吃得不想走了。"

"有这么漂亮的妹子、这么好听的歌声，我哪里都不去，就专门来这里就餐。"

顾客们纷纷表示自己的看法。

老板把肖丽萌叫到自己的办公室，说：你今天唱得很好，得到了顾客的高度评价，为餐馆争了光和赢得了生意。

肖丽萌：谢谢老板的夸奖。

老板：我现在决定给你每月增加三十元的薪水。

肖丽萌：谢谢老板的关心，我今后一定更加努力地工作。

肖丽萌前脚出去，老板娘后脚进来，板着脸对老板说：你刚才找她干什么？

老板：看她唱得好，当面鼓励她几句。

老板娘：还有呢？

老板：给她加了一点钱。

老板娘：我告诉你，其他的服务员一个月才拿二三百块钱，你给她加钱可得适可而止，还有就是你不要同她接触过多，更不能同她有什么私下交往。

老板：你想到哪儿去啦？我同她接触还不是为了我们的餐馆，别多心啦！

4

江兆南驾着货车在通往广东的公路上奔驰。他拉着一车木材，是广州的一家家具制造厂在他家乡前山县木材公司订的货。由于有了许可通行证，所以每到一个检查站，江兆南只要出示一下证件，检查人员也就打开栏杆，放其过关。

江兆南的车子进入了广州市区，因为他是第一次来这里，不知家具制造厂怎么走，就只好一路走一路问，最后总算找到了，把一车木材运到了厂里。

江兆南从驾驶室跳下来，把运货单交给厂仓库保管员，说：安全运到，请核查验收。

保管员：我们厂长说，还有六车木材是不是都由你来运？

江兆南：是的，我们县木材公司已经安排我的车子运。

保管员：那好，你什么时候回？

江兆南：我没到过广州，准备晚两天走，到街上看一看。

保管员：广州有很多地方值得一看，海珠广场、海珠大桥、中山路、白云山都很美，最近开业的白天鹅宾馆，是香港富豪霍英东建的，据说是国内引进的第一家外资企业，去参观的人络绎不绝。

江兆南：买东西到哪里好？

保管员：最好是南方商厦，但现在人们特别是外地人喜欢到北京路的高低街，满街都是个体户经营的日用商品，花样多，价格便宜，其中有些还是从深圳沙头角的中英街那里进的货，很多外地人都在这里大量购买或批发衣服鞋袜之类的货品，再运回到老家去卖，从中赚了不少的钱。

江兆南：那我先到高低街去看看。

5

高低街是北京路上横伸出去的一条小街,只有几百米长,而且很窄。街两旁五花八门的小摊位和小商店一家紧挨着一家。街上挤满了买东西的人,不少人在看摊位上和商店里的样品,不少人在同店主谈价钱,不少人在用塑料袋装着买好的东西,也有一些人提着装得鼓鼓的塑料袋从街里走出来。

江兆南随着人流在高低街上走着看着。他看见有一种T恤衫和一种褶皱裙子很受人们的欢迎,于是就停住脚步,决定买几件回家试试。

江兆南:小姐,T恤衫和褶皱裙子怎么卖?

店主:不论大小,价格一样,T恤每件一块五,裙子每件一块六。

江兆南:多买少买都一个价?

店主:三十件以上才有优惠。

江兆南:大号T恤和中号裙子在哪儿挑?

店主指了指旁边堆放的一大摞T恤和一大摞裙子:都在那里,你自己挑。

江兆南向店主笑了笑,便低头挑了十件红黄蓝白并饰有图案的T恤和两条花色褶皱裙子。同时还给父母和肖父各挑了一件衬衫。店主接过这些东西后分别用袋子装好。

付完钱后,江兆南提着袋子兴致勃勃地出了街口。

6

江兆南把车子停在了村头的大樟树下。他特意换上一件在高低街买的T恤穿上,然后从驾驶室下来。

看见江兆南穿了一件与平时不一样的衣服,村里的男青年都围拢过来了。

"兆南，你这件衣服蛮洋气的，哪儿买的？"

"看上去像个城里人。"

"你下次去帮我买一件好吗？"

江兆南：我这是广州买来的，你们想要的话，我现在就可以卖给你们。

江兆南说完就到驾驶室里拿出了一件 T 恤。

有个青年接过 T 恤：太好了，多少钱？

江兆南：我在广州买时每件价钱是一块七毛，你给我两块，行吗？

看见这个青年买了，其他青年人都争着问江兆南：还有吗？卖一件给我。

江兆南给肖海君留了一件，然后数了数在场的人数，说：你们一共是七个人，我这里还有七件，正好每人一件。

江兆南把 T 恤分别给了大家，年轻人都十分高兴，并当场付了款。

这时，牛斤晃悠悠地来了，看见江兆南卖给大家的 T 恤，心里痒痒的，于是厚着脸皮对江兆南说：还有吗？给我一件。

江兆南：对不起，没有了，过几天我再去广州给你买来。

牛斤：你身上穿的这件不是很好看吗？

江兆南：那下次就给你买件跟这一模一样的。

牛斤：你就把这件给我得了。

江兆南：我已穿过了的，给你不好吧。

牛斤：有什么不好，刚穿上，还是崭新的。

江兆南：既然你很喜欢，又不介意，那我就给你了。

江兆南把身上的 T 恤一脱，给了牛斤。

牛斤拿到 T 恤，当场就穿上了，并有些不好意思地对江兆南说：今天我没带钱，下次再给你。

大家知道牛斤根本就没钱付款，只是想白穿这件 T 恤，于是有几个人便对他讥讽起来。

"牛斤，你是不是又想不劳而获了？"

"牛斤，你是不是想借别人的新衣服娶老婆了？"

"兆南，你给他衣服，这可是肉包子打狗啊！"

江兆南也知道牛斤付不起买 T 恤的钱，他也根本就没指望牛斤给他买 T 恤的钱，但他也不能让大家借此出牛斤的洋相，于是就说：你们不要门缝里看人，牛斤会给我钱的。

牛斤：是嘛，我会给钱的。

7

江兆南一进家门，就把装着新衣服的袋子给了母亲。

江母：这是给谁买的？

江兆南：给你和爸买的。

江母：老头子，你儿子买新衣服来了，快穿上给我看看。

江父从房间里出来，把新衬衫穿上。

江母对江父前后左右打量了一番：蛮好看的。

江凤梅来了，她一进门看见父亲穿了新衣服，连说了几个"好"。

江兆南将另一个袋子递给江凤梅：给你，一件 T 恤，给海君的；一件衬衫，给肖叔的；两条裙子，一条给你，一条给秦姑。你穿一下看看合身不合身？

江凤梅：我现在就试穿一下。

江凤梅说完就到里屋换了裙子出来，并转了一圈，问：怎么样？

江母：年轻多了，像个城市姑娘。

江凤梅：就是嘛，人靠三分长相，七分打扮。

江父：这些东西要是我们这里有卖就好了。

江兆南：爸，你说得对，我有一个打算，因我经常要到广东跑运输，我想在把货物运到广东后返回时，顺便在那边批发一些式样好看、价格便宜的服装和家用小电器等东西带过来，然后在村里开一个小商店，再把这些东西卖出去，从中赚一些差价，你们看看这样行不行？

江父：我觉得可以，村里人肯定欢迎。

江凤梅：我哥还蛮会动脑筋的。

江兆南：下次我到广州就会批发一些服装来，爸妈你们把村头大樟树下的那间小屋打扫整理干净，再请木工做一个简单的小柜台，这样等我从广州批发一些服装回来，小商店就可开张营业了。

江母：这样我和你爸就当起售货员了。

江凤梅：不仅是售货员，还是小商店的掌门人。

8

在房间里一块老式镜子前，秦姑穿上新裙子翻来覆去地左照照、右照照，但还觉得不过瘾，又连着转了几个身，仔细端详着镜子里的自己。秦姑发现这条裙子非常合身，简直就像量身定制的一样，蓝底淡花的颜色图案也很素雅，穿上了自己仿佛漂亮了很多，年轻了很多，就好似没有出嫁的姑娘一样。秦姑的脸上显出少有的兴奋，她十分感激江兆南，不仅没有对她这个年轻的寡妇另眼相看，而且还时刻把她放在心上给予关照。

就在秦姑一个劲地欣赏裙子的时候，外面传来了牛斤的喊声，秦姑感觉他今天的声音有些不一样。她慌忙把裙子脱下换上平时穿的衣服出来，果然，牛斤穿了一件 T 恤神气十足地站在她的面前。

牛斤拍了拍胸脯：怎么样？好看吧？

秦姑：不错，哪儿买的？

牛斤：还用我买？兆南给的。

秦姑：又不是你自己买的，别人送的算什么？

秦姑口里虽然这么说，但心里有些不是滋味，原以为江兆南只是没有忘记自己，没想到他对别人也是一样。秦姑感到自己想得太多了。

牛斤：别人送的怎么不好？这说明人家看得起我。

秦姑：人家是可怜你。

牛斤：可怜我？

秦姑：是的，可怜你，有本事你自己买一件。

牛斤：你听着，我以后一定要买一件，而且还要买一件送给你。

秦姑：还是给你自己买吧，先把自己穿得像个人样。

牛斤虽然自讨没趣，但嘴里还是不服气：你说我没人样？到时我要穿得比这更好看。

秦姑没再理他就回屋里了，她已没有了刚穿裙子时的心情，她把裙子按原样折叠好，然后把它放在了箱子里。

秦姑坐在凳子上，两眼直直地望着箱子发愣。

9

村头的大樟树下，今天像过节一样热闹。

小商店在噼噼啪啪的爆竹声中开张了。

村里人感到非常新奇，小商店里一下子挤满了来买东西的人，江父江母站在柜台里当起了售货员。

"大伯，我买那件胸前有熊猫的白色 T 恤。"

"大妈，我买那件花色连衣裙。"

"大叔，我要那件深黑色春秋衫。"

"大婶，我要那件粉红色衬衫。"

"我孙子喜欢那套上面有孙悟空的黄色童装，请拿来看看。"

"我孙女喜欢那套上面有玫瑰花的红色儿童裙装，也请拿过来看看。"

由于事先没有想到来买东西的人会如此踊跃，加上过去从来没有当过售货员，江父江母显得有些措手不及和笨手笨脚，只得一边连声答应着大家，一边手忙脚乱地售衣收款，但还是应接不暇，经常出错。

江兆南原以为卖卖东西是小事一桩，放手交给父母亲去做就行了。小商店开张后，他就准备开车离开，但看到父母亲忙得很吃力，便停住没有马上走。他把江凤梅叫到一边，说：你快去帮帮爸妈。

江凤梅应了一声就立即到柜台里去帮父母亲售货了。

江兆南看看购物的人还是过多过乱，于是他又站在离小商店最近的凸在地面的大樟树的树根上，把两个手掌合起来做成喇叭形状放在嘴前对着众人大声喊道：谢谢大家的光临。请大家不要挤，相互让一让，一个一个买，小店里各种衣服都有，保证每人都可以买到。

经江兆南这么一喊，大家便不再挤了，而是有秩序地购买，江父江母和江凤梅也觉得轻松多了。

人们各自买到了心仪的服装，都有说有笑地交流着。

"你这件很时尚。"

"你这件做工很精细。"

"你这件颜色图案都不错。"

一些小孩当场就要父母或爷爷奶奶把新买的衣服给他们穿上，在小店前面高兴得蹦来跳去。有的还对着大人们炫耀：你看我这衣服多漂亮！

看到小商店开张就一炮走红，江兆南非常高兴。他没跟父母打招呼，就信心满满地开车到县木材公司装运木材去广州了。

10

东海大学电子工程系男生宿舍一楼走廊的最东头有一部电话机。肖海君下午上课回来，正好电话机的铃声响了，他拿起话筒问找谁，杨大任在电话那头说找肖海君。原来杨大任来电话要他和张亦华晚上到东浦饭店聚一聚。肖海君一听有饭吃可乐了，不到六点钟，就约张亦华从学校出发了。

此刻正是东海市的傍晚，鲜艳的霞光映照在城市的上空，给鳞次栉比的楼房镀上了一层耀眼的橙红。渐渐地，霞光消退了，五彩缤纷的灯光亮起来了，整座城市转眼间成了一个灯火烂漫的海洋。

在肖海君和张亦华走进东浦饭店时，杨大任和一位女士已在门口迎候他们的到来。

杨大任：首先介绍一下，这是我的爱人汪小丹。

汪小丹：幸会，幸会。

杨大任：这是我们江西老表、东海大学的学生肖海君和张亦华。

肖海君：你好，小丹。

张亦华：小丹，认识你非常高兴。

杨大任：我们上桌，边吃边聊怎么样？

肖海君：好，女士优先，你们两位先入座。

汪小丹：又不是什么宴会，还是随便一些好。

杨大任：对，随便坐。

四个人围着方桌，一人一边坐了下来。

服务员上菜上酒。

杨大任：小丹这次是随厂里的头头到日本考察，路过东海，她听我说有几个要好的老表同学也在这儿读书，就说请大家过来聚一聚，我当然举双手赞成。来，先干一杯！

四个人碰杯共饮。

肖海君：日本可是发达国家，值得我们好好学习，小丹你去那里考察哪方面的内容？

汪小丹：我在省城汽车制造厂工作。因厂里准备引进日本的五十铃汽车生产技术，合作开发生产一种客货两用的双排座汽车。我们这次去是同该厂洽谈有关引进的具体事项。

肖海君：如果能洽谈成功，我们省的汽车产业将会有一个很大的发展。

张亦华：我相信小丹的日本之行一定会满载而归！

汪小丹：我们也很希望这次洽谈能够顺利进行，因为这毕竟是全省第一次引进这样大的外资项目，成功与否，确实关系到全省的对外开放和经济发展，关系到老区穷困落后面貌的尽快改变。

肖海君：你说得对，如果能多引进一些这样的外资项目就更好。

汪小丹：据我所知，我们省的瓷州市也在同日本洽谈引进铃木汽车项目，在同意大利洽谈引进冰箱项目。现在的问题是刚刚打开国门，我们很缺乏对外招商引进外资的经验，有一个学习和熟悉的过程。

张亦华：这次到日本洽谈，有小丹出马肯定没问题，小丹，你和杨大任，真是幸福的一对。

汪小丹：我俩都是下放知识青年，而且下放在同一个地方，就是那时相互认识的。

杨大任：一九七六年小丹被推荐上了大学，也是最后一届工农兵学员，读的是内燃机专业，毕业后分到了省汽车厂，我却一直在农村，直到七九年考上大学。

张亦华：小丹了不起！一个大学生深爱着一个当时还是农民的杨大任，这样的爱情是经过严峻考验的，一定是天长地久的。

汪小丹：我也没想那么多，就觉得他人好，靠得住。

张亦华：看来小丹的眼光还是很准的。

杨大任：我过去是农民，现在读的是农大，她一直在工厂工作，我俩可说是名副其实的工农联盟。

肖海君：小时候读的课本上早就说了工农一家亲。

张亦华：还真是这么回事呢。

汪小丹：大任上大学之前，我们的小孩他还可以照管一下，现在就只有丢给爷爷奶奶带了。

张亦华：你俩也真不容易。

杨大任：听说日本除了汽车，电子产品也不错，小丹，你出国一趟不容易，能不能给我和海君一人带一个电动剃须刀来。

肖海君扶了扶眼镜：我就不用了，现在出国经费控制很紧，所换外汇很少，自己要买点东西，还得省吃俭用。

汪小丹：我已经带了一大包榨菜和方便食品，其余的钱，买几个电动剃须刀等小东西还是够用的。

杨大任：我们国家什么时候能赶上日本就好了。

汪小丹：我今年上半年去了一趟南方的特区，那里的改革开放热火朝天，经济发展非常迅速，如果全国照这样的势头继续下去，我们的经济是很有希望迎头赶上去的，实现十二大提出的经济总量在本世纪末翻一番的目标是可以实现的。

张亦华：来，为小丹出访日本取得圆满成功，干杯！

四个人高高举起了杯子。

11

大学放寒假了，学校的大门口挂着"祝全校学生寒假快乐"的标语，平日人声鼎沸的校园一下安静了。

由于每年暑假肖海君必须回家帮着收割早稻和栽插晚稻，所以为了节省开支减少家里负担，肖海君寒假都不回去，在学校勤工俭学。而恰好每年寒假期间，学校图书馆都要利用这段难得的时间对一些书籍进行整理，这样就需要一些学生予以帮忙，于是肖海君便加入了整理书籍的行列。但今年是大学生活的最后一年，这个寒假无论如何必须回家去。坐了一天一晚的火车加汽车，肖海君提着一个人造革包终于走进了家门。

肖海君把包放在堂屋里的墙边，喊了一声"爸"，屋内无人应答。

江凤梅在厨房烧晚饭，听见肖海君的喊声，连忙从厨房出来高兴地说：海君，回来了。

肖海君把眼镜放在桌上，揉了揉有些发涩的眼睛：凤梅，家里的事让你操心了，我又帮不上忙。

江凤梅从热水瓶里倒了一杯水给肖海君：你先歇歇，一路坐车蛮辛苦的，饭马上做好了，就等你爸回来。

肖海君正要问父亲到哪里去了，肖父回来了。

肖海君叫了一声"爸"。

肖父：平安到家就好，这也是你的最后一个寒假了。

肖海君：爸，你的身体怎么样？

肖父没有直接回答，而是说：凤梅，饭好了吗？

江凤梅：饭做好了。

肖海君：丽萌呢？怎么不见她？

肖父也没有回答，而是对肖海君说：前几天我同兆南讲好了，你回来时请他们全家过来一同吃顿饭，你现在去一趟，把他们请来。

肖海君不便再问，就一路小跑到江家去了。

江凤梅把饭菜端上桌子，摆好碗筷，并拿出酒杯斟上酒。

肖海君陪着江父、江母、江兆南走了进来，肖父热情地同他们打着招呼，并请他们就座。

肖父：今天海君放寒假回家，大家高兴，我们两家在一起吃顿便饭，也借这个机会真诚感谢你们平时对我们家的关心和帮助，特别是在我脑出血病情处于十分危险的时候送往医院进行紧急救治，让我捡回了一条老命。

肖海君：爸，你生这么重的病，我怎么一点也不知道。

江凤梅：我哥和林一凡怕增加你的思想负担，影响你的学习，就让我没告诉你。

肖海君眼睛一热，晶莹的泪珠滴在镜片闪着亮光：兆南，亲兄弟呀！敬你一杯。

江兆南：主要是医生诊断后说没有生命危险，加上你来回一趟太费事，所以就商量这样定了。

肖父：出院后又是凤梅、兆南、一凡架着我训练恢复右腿的功能，不然的话我现在成瘸子了。

江兆南：肖叔你自己的意志也很坚强，有时痛得很厉害你还是不吭一声坚持训练。

肖海君拿下眼镜擦了擦：爸，这个病是不是因为平时你头痛引起的？

肖父：还不是你那个不懂事的妹妹惹的，那天，她向兆南要了一百五十元钱去读什么艺术培训班，我说了她几句，她就同我吵了一架离家出走了。

肖海君：到哪里去了？

肖父：到现在也不知她的下落。

江父：丽萌是个很聪明的孩子，别担心，不会走失的。

江母：到时气消了，就会回来的。

江兆南觉得不要为这事又让肖父的心里不好受，连忙转过话题，说：时间过得真快呀，转眼就是三年多，海君还有一个学期就要毕业了。

肖海君：我也觉得太快，好像知识还没学到多少，就要离开学校了。

江父：毕业后争取分个好单位，有个好工作。

江母：努力把工作干好，将来当个书记局长，我们也好沾沾光。

江凤梅：不管当不当官，也不管有没有大的前途，我只希望他工作顺心、身体健康就好。

江兆南：毕业分配是人生的最大抉择，需要慎重考虑。但事在人为，不管分到什么单位，做什么工作，只要真诚做人，努力工作，就一样有前途。

肖父：国家培养一个大学生不容易，毕业后到哪里去要服从组织分配，不能挑挑拣拣。

肖海君：我这几年读书不容易，凤梅在家忙里又忙外，我想毕业后还是回县里为好，这样对家里有个照应，至于到哪个单位，最好是专业对口，学有所用。

肖父：海君这个想法很好。

12

源口，一个假日的下午。

肖丽萌同一些外来打工人员从临时学习音乐的地方出来。她看看时间还早，就走进一家刚刚开张的商店，准备到里面买点自己喜欢的东西。

肖丽萌在柜台前随意浏览着，突然听到有个人在叫着自己的名字。

肖丽萌一看，林一凡穿着一身军装朝她走来，红色的帽徽和领章把他映衬得更加英俊威武。

肖丽萌又惊又喜：一凡，你参军了？

林一凡：我是去年底来源口当的兵。

肖丽萌：穿了军装像换了个人似的，我差点都没认出来。

林一凡：你也比在家时洋气多了。

肖丽萌：对面有家茶馆，我们到那儿去坐坐。

林一凡：好的。

两人来到茶馆坐下，林一凡要了两杯茶。

肖丽萌：真巧，会在这里遇到你。

林一凡：家里人到处找你，没想到你会到这里来。

肖丽萌：到这里来闯一闯有什么不好，外面的世界毕竟不一样。

林一凡：现在什么地方做事？

肖丽萌：在一家名叫"好客来"的餐馆打工，离这里不远。

林一凡：没有找到适合你的文艺工作？

肖丽萌：哪有那么容易？先这样将就一下再说。

林一凡：你回家去过吗？

肖丽萌：为什么要回去？

林一凡：看看你爸呀！

肖丽萌：我才不去看呢，是他把我骂出来的，要我滚出家门的。

林一凡：那是你父亲气头上的话，不要老记在心上。

肖丽萌：我忘不掉的。

林一凡：你离家那天，你父亲生了一场大病。

肖丽萌：什么病？

林一凡：脑出血。

肖丽萌：啊？现在怎样？好了吗？

林一凡：还好抢救及时，现在好了。

肖丽萌心想父亲病好了就没必要再讲这件事，就岔开话题问：你的部队离这里远吗？

林一凡：不远，就在城郊。

肖丽萌：一个村的，又同在一个城市，很难得，以后我们可以相互走动走动。

林一凡：我们想到一块了，等哪天有空，我邀你到我那里去玩。

肖丽萌：你们部队管得很严，我能去吗？

林一凡：能去，只是事先要向部队首长报告，经过他们同意批准。

肖丽萌：那我要去你那里的时候先告诉你，要不你今天先到我那里去，到那个小餐馆可没有那么多的手续。

林一凡：今天恐怕不行，我们只有假期的时候才能出来，而且要请假，在外面多少时间都有严格的规定，时间到了必须回去。

肖丽萌：那多不自由啊，是不是就要回了？

林一凡：是的，到时间了，如果迟到了要受批评的。

肖丽萌：那我不耽误你了，快回吧。

林一凡：好，等有空时我专程来看你。

林一凡依依不舍地走了，肖丽萌站在那儿目送着他远去。

13

自从有了小商店以后，大樟树下人气就更旺了。

江兆南开着货车在小商店门前停下，他和父母及妹妹一起把从广州高低街批发来的各种衣服等小货品卸下搬进店里，并在货架上放好。前不久，他听说福建石狮镇是近几年新兴起的时装镇，就趁到泉州拉货的机会特意弯到那里进了好多式样新颖的衣服。

江父：这次兆南把什么种类的衣服都进了，还进了一些小电器，村上和附近的人需要的都能在这里买到了。

江凤梅：我哥是个有心人，是块做生意的料。

江母：开商店嘛，就是要想法子让大家多到你这里买东西。

江兆南：我这次到广州又得到一个好消息，拉木材到家具厂卸货时，厂里的一个会计私下对我说，他的一些亲戚朋友在市郊和源口等地开了好多家餐馆、饭店和厂子，但粮食供应不上缺口很大，你们那里粮食多，能不能帮忙搞一些来。我说沿途检查很严，稻谷大米运不过来，他说如果搞得到全国粮票也行。我问他一斤全国粮票卖多少钱，他说最低可卖两毛五分，并说有多少他就收购多少，越多越好。我想这很划得来，可以试一试。

江父：几十斤百把斤全国粮票可以搞到，但数量太多就难了。

江母：是啊，我们哪里搞得到那么多的粮票？

江凤梅：我们乡下没粮票，除非到城里搞去。

江兆南：我最近在县城农贸市场看到有些城里人用粮票换乡下人的鸡蛋，一斤粮票换两个。

江母：城里人不吃粮了？

江兆南：包产到户以后，农副产品丰富了，城里人吃鱼肉蛋和其他东西多了，米饭吃得少了，所以粮票就省下来了，反正多余的粮票放在家里也没用，不如换鸡蛋吃了。

江父：这几年粮食多了，乡下养鸡的也多了，蛋也多得吃不了，不少人家拿蛋到街上去卖钱。

江兆南：现在县城鸡蛋的价格是一毛钱买两个鸡蛋，我想在我们家这个小商店设个收购点，价格比城里贵一点，一毛钱买两个半鸡蛋。由于比在城里卖合算，又省时省力，这样大家就会把鸡蛋卖到我们这里来。然后我们再把鸡蛋拿到县城去换粮票。

江父：问题是数量要得太多，光我们这个小店收购恐怕不行。

江凤梅：那就多设几个收购点。

江母：那要请人来帮着做。

江兆南：那就这样，先到附近几个大的村庄设立几个点，请人代为收购鸡蛋。

江凤梅：我看可以。但收购鸡蛋后到县里换粮票又怎么办呢？

江兆南：我在县里农贸市场已同两个小摊主讲好了，我卖给他们鸡蛋，他们把鸡蛋换成粮票，最后他们把所换到的粮票又卖给我，这样，他们从中赚取差价，我也直接得到粮票。

江父：好，双方受益，两全其美。

在父母和妹妹的帮助下，江兆南先选了六个百户以上的村庄，在熟人家里设立鸡蛋收购点，并按收购的数量付给相应的手续费。果然如预想的那样，村庄上的人听说每个鸡蛋卖的钱比城里高，都纷纷把家里吃不完的鸡蛋卖到收购点。这样不到一个星期就收购到了好多鸡蛋。江兆南把这些鸡蛋用货车拉到县城卖给农贸市场的两个摊主。这两人也是生意场上的老手，随即在摊子边上竖了一块"粮票换鸡蛋"的牌子，一下子引起了人们的注意，拿着粮票来换鸡蛋的人络绎不绝，没几天所有的鸡蛋全部换完，两人数了数，一共换到了几千斤全国粮票。他们把这些全国粮票再卖给了江兆南。运木材到广州时，江兆南又将这些粮票以接近翻倍的价格卖给了家具厂那个会计的亲戚朋友开的餐馆饭店和厂子。这样来来回回进行了好多次，江兆南着着实实地赚了一笔钱。

第 七 章

1

东海市望江公园。

今天是星期天，虽然时值七月，到处热浪滚滚，但公园的树荫下却凉风习习。小孩子在奔跑游戏，老人们在悠闲地散步，一对对年轻的情侣在甜蜜私语。公园东北方的"英语角"，不少人在练习英语对话。江面上巨轮来来往往，一派繁忙景象。

肖海君和张亦华坐在公园绿树下的一条石凳上。

张亦华：马上就要毕业分配了，你究竟怎么打算呀？

肖海君叹了一口气：回家乡呗。

张亦华：你学的是现代电子工程专业，你家乡的科技又不发达，若回去工作，那不是白学了？

肖海君：我们省里也有电子工厂，分到那里也算专业对口，可以发挥自己的作用。

张亦华：还是同我到广东去吧，那里是改革开放的前沿，各项事业日新月异，那里才是你施展抱负的真正舞台，当然，最重要的是我想同你在一起开创一番事业的新天地。

张亦华说完亲昵地摘下肖海君的眼镜拿在自己手里，接着又把头靠在他的肩膀上。

肖海君本想告诉张亦华，他不能答应她去广东，是因为家乡已有妻子，但他又怕伤害了身旁这个对自己怀有一片痴情的才貌双全的女子。肖海君想，等毕业后两人各奔东西，随着时间的推移，双方也就慢慢淡忘了。因而肖海君含含糊糊地对张亦华说：我先回家乡，等以后看看情况再说。

张亦华把头从肖海君的肩头移开，说：你这是不是在拒绝我？

肖海君：不是，不是。

张亦华：既然不是，那你为什么不答应？

肖海君：以后你就会慢慢知道的。

张亦华：什么"以后"？我要的是现在！

肖海君：还是以后再说吧。

张亦华：那你就一心去"以后"吧！

张亦华把眼镜往肖海君身上一丢就头也不回地走了，肖海君站在那儿，一种说不清道不明的感觉袭上他的心头。

2

东海市火车站的月台上，人来人往，人声嘈杂，广播里不断播送着各种车次的到站和发车的时间。

肖海君、杨大任在送张亦华上车。

张亦华有些恋恋不舍地登上8号车厢。

一声汽笛长鸣，列车缓缓开动。肖海君、杨大任向张亦华挥手告别，张亦华也朝着车窗外向肖海君、杨大任不断挥着手，不知怎的，泪水从她的眼里夺眶而出。

张亦华在车厢里找到自己的座位后，把一个箱子往行李架上放，因为箱子太重，她往上提时非常吃力。就在这时，一个挑高个子、眉目清秀的二十多岁的男青年伸手帮她把箱子放了上去。

张亦华正要向他表示感谢，不料男青年先开口了：我就坐你旁边，邻居嘛就要互相帮助，我叫杜强，你是去广东吧？

张亦华：是的，大学毕业分回广东家乡工作，我叫张亦华。

杜强：我和你一样，也是今年大学毕业，不过我是在南京读的大学，前天毕业离校后到东海看望一个朋友。

张亦华：你也是分配到广东工作？

杜强：我是江西人，在省一中考的大学，本来是要分回家乡工作的，大前年我爸调广东了，他就通过熟人把我分到广东了。

张亦华：欢迎你这个江西老表到广东同我们一起工作，你爸是个什么级别的干部，能耐这么大。

杜强：我爸爸原在老家省里当厅长，这几年他看到广东发展迅速非常向往，恰好他认识广东省的一个老领导，就找到他说想调到广东工作。那位老领导说，调动问题不大，但你从欠发达地区调到我们发达地区必须降半格安排，我父亲说即使这样也愿意来，于是就调到了广东省教育厅任副厅长。

张亦华：看来我们广东的吸引力还是蛮大的。

杜强：你毕业分配的单位落实了吗？

张亦华：还没着落，回去再看吧。

杜强：我的单位我爸已经给我找好了，分在省外贸厅，你要不要我帮忙？要的话，我要我爸出面同有关部门说一说。

张亦华：谢谢，不必了，我自己会想办法。

杜强：这样也行，你先联系看看，万一不行，就跟我说一声。

张亦华：看来有个好爸爸，走到哪里都不怕。

杜强：我是学政治学的，我知道中国和欧美不一样，在我们国家，谁家庭背景硬和社会关系多，办事就方便。

张亦华：你对中国的国情研究得很深透。

杜强：过奖了，我也只是知道一点皮毛，能完全琢磨透的，从古至今恐怕没有几人。

张亦华：啊，有这么深奥？

杜强：当然有。

张亦华：那我根本学不了。

杜强看了看手表：十二点半了，我们去用个餐怎么样？我请客。

张亦华：你的心意我领了，你去吃吧，我有点累，想休息一下。

杜强：好吧，那我去了。

张亦华闭上眼睛靠在座位靠背上打盹，杜强到餐车去了。

杜强吃完饭回来，见张亦华睡着了，他从行李架的箱子里取出一件衣服轻轻地盖在了张亦华的身上。

3

由于严重超载，火车"呼哧呼哧"喘着粗气往前跑着，并不时鸣着汽笛。尽管打开了车窗，但由于人多拥挤，车厢里还是显得有些闷热。特别是停车时，许多做小生意的人蜂拥而上，身上的汗臭味以及鱼干烂虾等食品的腥臭味混杂在一起，熏得人们直想作呕。

肖海君和杨大任靠窗相对而坐，鼻梁上沁出的细微汗珠使肖海君的眼镜不时向下滑动，每隔一些时候他要用右手食指向上推一推。

杨大任：亦华跟我说，她要你分到广东去，你怎么没同意？

肖海君：千好万好不如家乡好。

杨大任：你说得也是，我们家乡是革命老区，最缺的就是大学生，许多在外地上大学的毕业后都不愿回来，留在当地工作了。

肖海君：他们认为家乡落后，回来没有发展前途，如果大学生都不回来，那家乡怎么建设？老区就会永远落后。

杨大任：是啊，没有人才就会越来越落后。

肖海君：这次毕业不知会分到什么单位？大任你有没有个考虑？

杨大任：汪小丹希望我毕业后分到省城去工作，这样夫妻俩就可以在一起，免得分居两地。

肖海君：你爱人的考虑是对的。

杨大任：但我是学农的，分到城里等于白上了一回大学，所以经过反复考虑，我还是决定回到家乡从事农业农村工作为好。

肖海君：汪小丹同意吗？

杨大任：开始不同意，后来我反复向她说明原因，讲清道理，最后她表示理解和支持。

肖海君：这样也好，可以直接为老百姓做点事，也不枉家乡父老送我们读大学一场。但是，你也要知道，毕业分配这事不是你我自己能决定的。

杨大任：那只有积极争取，实在不行就组织分配去哪里就到哪里去。

肖海君：不管分配到哪里，关键是能发挥自己所学知识做点事。

杨大任：是这样，否则这几年大学读得就毫无意义了。

这时，广播里说南江站到了，火车在站台一停稳，肖海君、杨大任就下了车。

肖海君：我们先回家休息几天，五天后一块去县分配办报到怎样？

杨大任：好的，五天后见。

一辆拖拉机"嘟嘟嘟"地开了过来，肖海君一看司机是自己曾经认识的人，便问他到哪里去，司机停车说回前山县里去。肖海君说搭一下车行吗，司机叫他快上来。于是肖海君同杨大任说了声"再见"就爬上了拖拉机的拖斗。随后杨大任也搭了辆货车回家去了。

4

列车驶进广州车站缓缓停住了，张亦华和杜强起身下车。

看见张亦华提着两个箱子，杜强从她手里抢了一个过来：太重，给我提。

张亦华：你的箱子也不轻，再提一个行吗？

杜强：没问题，男子汉这点力气还是有的。

两人往出口方向走了不远，前面停着的一辆凌志小车里出来一个人，朝着杜强招手道：小杜，这里。

杜强对司机答应了一声，转向张亦华说：我爸爸派车来接我了。

张亦华：你把我的箱子给我，快乘车去。

杜强：你就坐我的车一块走。

张亦华：不敢享受这样的待遇，我还是自己坐公交车回去。

杜强边说边把张亦华的箱子往小车后厢里放：不要客气了，以后我们就是朋友。

杜强把车门打开，张亦华边上车边说：真不好意思。

杜强：师傅，先送我这位女同学小张回家。

司机：好的。

张亦华：还是先送你吧。

杜强：那怎么行？住哪儿？

张亦华：送我到东风路白云宾馆就行了。

杜强：你家住白云宾馆？

张亦华：住在附近，从宾馆斜对面的一条小巷里走进去百把米就是我家。

司机把车开得飞快，没多久就到了白云宾馆斜对面的小巷子口，他把车停下：是这里吗？

张亦华：是的。

杜强：干脆把车子开到你家门口。

张亦华：巷子太窄，车进不了。

杜强：那行，把行李拿下来，我帮你送到家，否则你提不动。

张亦华这下坚决不依：不行，已经麻烦你这么多了，行李我拿得了。

杜强看张亦华执意不肯，心想可能是她觉得不方便到她家里去，就说：那我就不送你了，等报到上班以后再来看你。

张亦华：再见！

5

肖海君和杨大任走进县教育局大楼里的大中专毕业生分配办

公室。

分配办主任先侧着脸斜着眼光扫了扫两人，然后用居高临下的口气问道：你们是大学毕业回县里分配工作的吧？

肖海君、杨大任点头答道：是的。

分配办主任：把学校的分配通知书拿过来。

肖海君、杨大任连忙拿出学校的分配通知书交给主任：请多多关照。

分配办主任顺手拿起杨大任的分配通知书看了看：东海农业大学植物学系，学作物种植的，我们是农业县，又是革命老区，很需要这方面的人才，不过只能分到下面基层去。

杨大任：只要能发挥自己所学的专长，条件艰苦点也没关系。

分配办主任：你这个态度很好，县里最偏远的峤溪乡多次向我们要大学生，你就到那里去工作吧。

杨大任：好的，我上大学前就在那里当大队书记。

接着，分配办主任拿起肖海君的分配通知书，又对肖海君打量了一番：戴副眼镜，一看就是很会读书的，东海大学电子工程系，蛮尖端的，不过你这样的专业人才目前在我们县还用不上。

肖海君：请主任尽量分配到对口的单位。

分配办主任想了想，说：这样吧，县轻工局是管电子产品购销的，你就到那里去吧。

肖海君有些哭笑不得：主任，我学的这个专业在轻工局用不上。

分配办主任：不管用不用得上，反正跟电子有关，就这样定吧。

肖海君：能不能请主任重新考虑一下？

分配办主任：没什么再考虑的了，分到轻工局还是照顾你的，是看在你名牌大学尖端专业毕业的分上，有的大学毕业生想分去那里我们都没同意。

杨大任在一旁插话道：海君，你还是先去吧。

肖海君勉强地表示同意：好吧。

6

肖海君不愿去县轻工局有一个不能明说的原因，就是许向才在那里当局长。他万万没有想到，自己读了全国的名牌大学，却仍然会回到许向才的手下工作。这真有点像俗话所讲的，孙悟空虽然一个筋斗能翻十万八千里，却始终跳不出如来佛的手掌心。

肖海君闷闷不乐地回到家里。

江凤梅：怎么不高兴啊？

肖海君：真是冤家路窄，分到许向才那个单位了。

江凤梅：你没有提出不同意见？

肖海君：当场就讲了，但没有采纳。

江凤梅：那只能这样了，以后工作当心点就是了。

肖海君：在心思不正的人手下工作，再当心也没有用，总有一天要撞在他的枪口上。

江凤梅：先去报到上班，不要想那么多。

7

县轻工局在老街的最西头，是一栋临街的三层楼房。

局长许向才的办公室在二楼，他跷着二郎腿嘴里叼着烟斜靠在椅子上看文件。

肖海君轻轻推门而进：许局长，我来报到。

肖海君把报到通知单放在了许向才的办公桌上。

过了好一阵，许向才慢慢把腿放下正过身来拿过报到通知单看了看，用一种既得意又讥讽的口气对肖海君说：你这个名牌大学毕业生分到我这个小小的轻工局工作真有些大材小用，委屈你了。

肖海君心里虽然非常窝火，但还是强装笑脸说：以后还请许局长多多关照。

许向才：一个村子的人嘛，难得在一起共事，当然会关照。

肖海君：不知局长准备安排我在哪个科室上班？

许向才：这个不急，你初来乍到，先看看有关材料，熟悉熟悉情况再说。

肖海君：坐哪个办公室？

许向才：材料都在资料室，你就坐那里去。

肖海君扶了扶眼镜就出去了，许向才冷冷地从背后看着他。

8

广州，张亦华家。

杜强提着一个非常精致的大皮包上到三楼。他看了看门牌号码，敲了敲门。

张母开门：请问你找谁？

杜强：我找张亦华，这是她家吗？

张母：你认识张亦华？

杜强：我是她同学，名叫杜强，我们都是今年大学刚毕业的。

张母：亦华的同学，快进屋里坐。

杜强进门把东西放在沙发边上：亦华不在家？

张母倒了一杯茶给杜强：她刚分配单位，去办报到手续了。

杜强：她分在什么单位？

张母：分配在市人防办，没有关系只能由人家摆布。

杜强：亦华对这个单位满意吗？

张母：她说分到哪里就去哪里，没有不好的单位，只有不好的人。

杜强：现在中心是搞经济建设，不可能打仗，人防办这个单位有点冷门，很多人都不愿意待在那里。

张母：那你分在什么单位？

杜强：我分在省外贸厅。

张母：你这个单位好，还是你有办法。

杜强：我的单位是我爸联系的。

张母：你爸肯定是个大官了？

杜强：我爸是省教育厅副厅长。现在就是这样，当官好办事，很多事根本就不用自己操心，下面就给你办好了。

张母：可惜我家亦华没有这个福分。

杜强：我今天来就是想问问亦华的分配情况，如果她觉得这个单位不好，我帮她想办法改换到一个好单位。

张母：那就拜托你了！不过，这个不能让亦华知道，否则她会拒绝的。

杜强：这个我会把握，一定不会让她觉得有什么不妥。

张母：小杜，这事如能办成，那你就是我家的大恩人了。

杜强：我得走了，必须赶在亦华报到之前同人防办打招呼，叫他们暂缓接受她。

张母：多谢了。

9

杜强走后，张母打开他送来的皮包，看到里面有一个进口女式包、几件高级女式衬衣和高档食品。

张亦华回来了，母亲把皮包拉上：报到啦，感觉怎样？

张亦华：妈，别说了，空跑了一趟，说暂缓。

张母估量是杜强打了招呼，但表面上装糊涂：那是不是分配的单位还没有最后定下来？

张亦华：不会吧，这报到通知单都开了，还能变到哪里去？

张母：那你就在家等吧。

张亦华看了看皮包，问：妈，是不是有人来过了？

张母：是的，你一个叫杜强的同学来家了。

张亦华：他说了什么？

张母：没说什么，就是说来看看你。我说你去分配单位报到了，他就走了。

张亦华：这是他送的？

张母：是的，我怎么样都不肯收，他强行丢下就跑出门了。

张亦华：妈，以后不能随便收别人的东西。

张母：这次是你同学的，是人家的一片心意。我看他人不错，如果没找对象，你们俩还是蛮合适的。

张亦华：我现在还不考虑个人问题。

张母：你今年二十一岁了，也应该考虑了，一晃几年过去，成了老姑娘，想找就难了。

张亦华：找不到就不找，一辈子陪在你身边。

张母：我才不要你这个傻女儿陪呢。

10

过了三天，张亦华接到省教育厅分配办通知，已将她改分到省商业厅，要她尽快去厅人事处报到。

张亦华心中有数，知道是杜强帮的忙，虽然她从内心反对这种"靠关系""走后门"的做法，但杜强毕竟是一番好意。所以她准备在报到的前一天去杜强那里一趟，当面向他表示感谢。谁知杜强捷足先登，在张亦华接到重新分配通知的第二天就打电话来，约她一起坐坐。

张亦华：妈，我出去一下，有人找我。

张母：谁找你？是不是杜强？

张亦华：是的。

张母：你要好好说几句感谢的话，千万不要由着你的性子胡来。

张亦华：知道，我又不是小孩。

张亦华刚走出巷子，看见一辆小车迎面而来，"嘎"的一下在她身边停住了。杜强下车打开车门，让张亦华上车，然后自己又回到驾驶室。小车像箭一样向前奔去。

张亦华：你的车开得很溜啊！

杜强：还行吧。

张亦华：什么时候学的？

杜强：上大学放暑假时学的，我爸爸上班不用车时，我就抓着他的司机教我开车，结果不到一星期就学会了，以后我爸又给我搞了个驾照。

张亦华：你真行。

杜强：你以后有什么事尽管跟我说，保证给你搞定。

张亦华：我这次分配你帮了我这么大的忙，就不再给你添麻烦了。

杜强：你太客气了，对我来说，这是举手之劳。

不知不觉到了珠江岸边。在一排风味小吃店前，杜强放慢了车速，对张亦华说：我们到里边小坐一下好吗？

张亦华：还是不要吧，我们在车上聊聊挺好的。

杜强：行，听你的。

张亦华：你正式上班了吗？

杜强：昨天星期六上的，今天就休息了。

张亦华：感觉怎样？

杜强：第一感觉是来找外贸厅办事的人特别多，一看就是个很吃香的单位。

张亦华：改革开放了，对外的经济交道主要是外贸厅。

杜强：是这样，来厅里的好多都是外国和香港商人。

张亦华：你今后工作上有什么打算？

杜强：上班那天，厅长把我叫去了，要我先到办公室熟悉一下业务，以后主要搞文字工作。

张亦华：是不是先观察和试用你一下，搞得好有可能为厅长当秘书。

杜强：不管怎样，我觉得这是个好机会，必须紧紧抓住，在领导身边工作进步要快得多。

张亦华笑了笑：到时你当了官，我们就可以沾光啦！

杜强：我一定朝这个方向努力。

张亦华：祝你心想事成！

小车转了一圈，又回到了原地。张亦华下了车，杜强把她送到了楼下。

11

江兆南跑运输成为了当地的第一个"万元户"，惹得许多农村小伙子心里痒痒的，其中一些人也买来车辆做起了运输生意。中国人做什么事都喜欢跟风，看到什么生意赚钱大家都一哄而上，相互展开恶性竞争，最后因为僧多粥少，经营惨淡，不得不关门了事。

离围坊村十多里路有个叫王达进的青年，他也买了一辆货车，原以为从此可以天天驾着车子在公路上跑，大发"车轮财"。但现实与他想象的大不一样，由于货源全靠自己找，加上人头又不熟悉，王达进今天跑这儿明天跑那儿，对方都是婉言予以拒绝。所以拉货也就像三天打鱼两天晒网，车子经常在家里歇着。

王达进心想这样下去肯定不行，不仅赚不到钱，而且连本带车都会赔光，为此他苦恼极了。村庄上的人见他这个窘境，建议他去找找江兆南，请他助一臂之力。王达进拍了拍脑门，是啊，我怎么就没想到呢。

王达进开车就往围坊村跑，但江兆南出车去了，他就索性坐在村头那棵大樟树下等着。直到晚上九点，江兆南开着车子回来了。

江兆南还未从驾驶室下来，王达进就跑了过去，说：江师傅，我想请你帮个忙。

江兆南：你是哪里人？有什么事？

王达进：我是王家村人，名叫王达进，最近买了辆货车，但很难拉到货，想请你帮我一把。

江兆南：你刚买车搞运输，对这个行当还不熟悉，拉不到货很正常，过段时间就好了。

王达进：但眼下怎么办呢？车子总不能老在家放着。

江兆南：这样吧，镇里的生猪收购站最近要增运一批生猪到广东去，我已找了站里的领导，他们答应给我承运一部分，我就让出给你运吧。

王达进：你让给了我，那你怎么办？

江兆南：你不要管我，前几天县水泥厂说有一批水泥要运，我明天就去联系。

王达进：你对我太好了，真不知怎么感谢你。

江兆南：千万别这样说，我们都是同行，很难得，但有一点要注意，如果站里的人问怎么不是江兆南来运而是你来运，你就说是我的亲戚，临时来帮忙的。

王达进：我记住了。

江兆南：等以后你慢慢同生猪收购站里的人熟悉了，就可以直接跟他们打交道，随着广东经济快速发展打工人员增多，我们往那里运送粮食和生猪的数量会不断上升，你就不要发愁没有货运了。

王达进：这些货主都是你的关系，我不能占这个便宜。江师傅，我以后就跟着你干算了，由你当家做主，派货给我运，每月给我付一次报酬，省得我到处去揽货拉。

江兆南：这样恐怕不妥当吧？

王达进：这有什么不妥当，周瑜打黄盖，一个愿打，一个愿挨。

江兆南：那我们先试试看。

王达进：我明天就去镇生猪收购站拉生猪到广东去。

江兆南：好的，路途很远，一个人开车，千万注意安全。

王达进满怀信心地回答了一句"放心"，就驾着车飞也似的回去了。

12

自从那天见到肖丽萌之后，林一凡的心里就像怀揣了一只小鹿似的很不平静，时不时地回想着两人见面时的情景。他想虽然肖丽萌同江兆南离了婚，但当时对肖丽萌来说是一种迫不得已的选择。如果没有改革开放，江兆南的命运不发生转折性的变化，肖丽萌也许就不会对他再抱新的希望。谁知风云突变，世事难料，三十年河东三十年河西，江兆南又彻底翻身，特别是这几年来货运生意做得风生水起，成了先富起来的先进典型，不仅让人刮目相看，而且让肖丽萌后悔莫及，已经熄灭了的婚姻之火又在她的心底重新燃起。虽然江兆南已经婉转地拒绝了肖丽萌的复婚要求，但对林一凡来说，心里是矛盾的。一方面他为两人感到惋惜，一方面他又很想同肖丽萌相好。说句心里话，他太想肖丽萌了。一直以来，肖丽萌的影子就像物理学中所说的电子一样时时刻刻在他的脑海里旋转，搞得他心神不定。特别是那天见面时肖丽萌对他显得分外热情，就更让林一凡神魂颠倒。所以他要利用一切机会接触她。今天正好是休息日，林一凡向连长请假获准后就兴冲冲地朝着肖丽萌的"好客来"餐馆奔来了。

这时正好是上午十点整，餐馆还未营业。林一凡进门，看到服务员在忙着洗菜，但不见肖丽萌。于是他就问：肖丽萌去哪儿了？

几个服务员像打量外星人似的打量穿着军装的林一凡，过了好一会，高个子服务员问：你找肖丽萌有事吗？

林一凡：是的，我有事找她。

还是那个高个子服务员：她今天有事请假了，在宿舍里。

林一凡心想这太巧了，两个人同时请假，这是天公的有意安排，还是两人之间心有感应，忙问：她的宿舍在哪儿？

另外一个瘦个子服务员：马路对面那栋五层楼后面的一排平房靠最左边的那间就是。

林一凡说了声"谢谢"就火急火燎地穿过马路，来到那间房前，用手轻轻地敲了敲门：请问丽萌在吗？

肖丽萌在屋里问：你是谁？

林一凡：我是一凡，特意来看看你。

肖丽萌打开门：是一凡啊，快进来。

林一凡：好久不见，蛮想念的。

肖丽萌：我也是，毕竟是一个村里的又是在一块长大的，如今又同在源口，这是一种缘分。

林一凡听到"缘分"二字，不由暗喜，心想是不是肖丽萌对自己有那么点意思，便说：美不美家乡水，亲不亲故乡人。出门在外，我们就是一家人。

肖丽萌：在家时我们都好像不觉得什么，到外面了，彼此之间才感到分外亲切。

林一凡试探着问：你还不打算和家里联系吗？

肖丽萌：我给自己发了个誓，不在广东混出个人样来，我就不跟家里联系。

林一凡：你还在跟你爸赌气？

肖丽萌：我是他逼成这样的，这气我能消得了吗？

林一凡：做儿女的要谅解父母，兆南那儿呢？

肖丽萌：也没有什么联系，既然离婚了也就不想那么多了。

林一凡：要我帮你做点什么吗？

肖丽萌：暂时还不要，你经常来看看我就可以了。

林一凡：我还真想和你在一起。

肖丽萌：你现在部队好好学点本事，将来说不定就可帮上我的忙。

林一凡：你说得对，我一定争取多学点东西。你上次不是说要抽个时间到我部队里去看看吗？

肖丽萌：我一定去一趟。

林一凡：不要说话不算数啊。

肖丽萌：你要是不信，我们就拉个钩。

林一凡：拉钩。

肖丽萌随即用食指钩住林一凡的小指，两人边拉边说：答应了不变，变了是小狗。

林一凡顿时像吃了兴奋剂似的，他巴不得这个钩拉得越久越好。

13

前山县水泥厂是五八年大跃进时建的，原产水泥六万吨，七十年代又扩建至十万吨的规模。因为经济发展加速，水泥供应非常紧俏。为了不排队等候，江兆南一大早就把车子开来了，几个搬运工正在往货车上装水泥，他站在车厢上帮助接应。

这时，有两个交警走了过来。

走在前面的交警问：江兆南在吗？

江兆南：我就是。

交警：请你下来一下。

江兆南从车厢上跳了下来：请问找我有什么事？

交警：同你一起跑货运的司机王达进出事了。

江兆南大吃一惊：他出什么事了？

交警：翻车了。

江兆南：在哪儿翻的？

交警：在我省与广东交界处我方一侧翻的。

江兆南：司机伤着没有？

交警：司机虽然从驾驶室里摔了出来，但只受了点轻伤。

江兆南长长地舒了一口气：只要人没大问题，就是不幸中的万幸。

交警：根据当地交警的初步了解，翻车事故是因为司机疲劳过度打瞌睡导致的。司机说你和他是合作人，拉货是你安排的，所以我们今天找到你，请你迅速赶往事故发生地协助处理有关事情。

江兆南：好，我马上出发。

14

江兆南把货车停在当地医院大门口，从车上下来直奔病房。

王达进躺在病床上，手臂上缠着纱布绷带，脸上一副痛苦的表情。

江兆南坐在病床沿上，轻轻地摸了摸王达进受伤的手臂：很痛吗？

王达进：手臂擦破了，还好骨头没伤着。

江兆南：这我就放心了，你在这儿安心治疗几天，等好了再回去。

王达进：没想到会这样，真对不起你。

江兆南：不要这样说，谁没个闪失。

王达进：嗯，我想这事就不要告诉我父母，怕他们着急。

江兆南：好的，你不要担心，所有的事情我会处理好。

江兆南随即到医院收款处把王达进的医疗费用提前结付了，紧接着又赶到交警队。负责处理事故的交警告诉他，车子只是轻微受损，但一车猪有些摔死了，有些不知跑到哪里去了，要找回也不可能了。因为事故的责任完全在司机，所以全部的损失都由司机承担。江兆南道谢了一番后，又马不停蹄地开车回到北岭生猪收购站，站长对他说，得知王达进拉生猪的车子出事后，站里马上进行了研究，本来每头猪的损失应该按照卖给广东的价格赔偿，考虑到你们也不容易，最后大家说就按照站里的收购价赔偿，保证站里不亏本就行。这样平均每头猪就赔偿六十二元，共四十头猪，总计赔偿两千四百八十元。

江兆南二话没说，就从包里拿出钱来如数交给了站长，并再三说给站里添了麻烦，请领导原谅。站长看到江兆南态度这样诚恳，就对他说，尽管出了这个事故，站里以后卖给广东的生猪，还是由他们承运。江兆南听了十分感动，不知说了多少个谢谢才离开了生猪收购站。

15

广东省外贸厅，一座崭新的十几层高的大楼。

杜强上班不久，很快就熟悉了情况，进入了角色。不仅每天提早上班，打开水，拖地板，抹桌子，把办公室打扫得干干净净，而且主动写一些外贸工作的建议和对策呈送厅领导，请他们帮助修改斧正。有一次几个干部无意中说到厅长星期天经常来办公室加班，杜强听后就暗暗记在心里，等到了星期天，他就早早地来到办公室，敞开着门，坐在办公桌前边看材料边观察门外的动静。约莫个把小时，楼道里传来了脚步声，杜强估摸是厅长来了，马上正襟危坐目不转睛地看着材料。

脚步声在杜强的办公室门前停下了，紧接着是一句关切的话语：小杜，星期天都来加班了。

杜强一看果然是厅长，马上起身说道：厅长你都不休息，我们年轻人应该向你学习。

厅长：你利用休息时间学习和工作的精神值得肯定。

杜强：厅长过奖了，我做得还很不够。

厅长：年轻人就应当像你这样勤奋才对。

杜强：我一定继续努力，不辜负厅长的期望。

厅长：你现在来帮我整理一个对外招商引资的材料。

杜强：好的，就怕水平低整理不好。

厅长：你的文字不错，能搞好。

杜强：厅长的鼓励就是我的动力。

杜强不用说有多兴奋了，星期天第一次到办公室就得到了领导的表扬，引起了领导的重视，这机会真是给自己抓住了。此后，只要知道厅长星期天不休息，杜强都会提前来到办公室，坐在那里等候。凡是厅长交办的事，杜强都会不遗余力地做好，就是厅长没有交办的事，他认为有必要做的都会主动做在前面。在厅长眼里，杜强也就越来越优秀，称得上是一个脑子灵、能写作、会办事的年轻干部。

摆在杜强面前的是一条铺满鲜花和阳光的大道。他信心满满，春风得意。他要把这些告诉张亦华，让她与自己一起分享心中的喜悦。

张亦华分在省商业厅办公室做文秘工作，性质与杜强类似。同时她还兼做厅党组会和厅长办公会的记录。对她的这个工作，特别是看到她天天同领导接触，很多人羡慕得不得了。但张亦华却并不怎么开心，她觉得自己就像一个机械人，天天重复着同样的工作。轻松倒是轻松，将来也能混个一官半职，但除此之外还会有别的什么出息和收获吗？难道自己的一辈子就这样过下去？她越想越苦闷，就在这时，杜强来电话了。

杜强：亦华，最近还好吧？

张亦华：就这个样子，你呢？

杜强：我很好，工作特别顺心。

张亦华：那就好，做什么事顺心是第一重要的。

杜强：尤其是厅长对我很信任很关心。

张亦华：那更不得了，将来一定大有前途。

杜强：那当然，我们这些年轻人进步大小快慢，就是领导一句话。亦华，你现在这个岗位同领导接触多，可得要好好表现啊！

张亦华：我没有你这个能耐，恐怕难以做到。

杜强：事在人为，凡事主动点。

张亦华本来想把心里的苦闷说给杜强听听，见他想的跟自己完全不同，于是就说：我的性格和你不一样。

杜强：你就把性格改一改嘛。

张亦华：江山易改，本性难移。

杜强怕这样说下去会惹得张亦华不高兴，马上转口道：我们电话里就不多说了，晚上找个安静的地方在一起好好聊聊，我开车去接你。

张亦华也不好拒绝，就说：好吧。

第 八 章

1

县轻工局资料室，是一间大约四十平方米的房子，中间摆着一张长条桌，是供局里的干部职工来此阅读资料用的，除靠窗的一面墙的两头分别放着资料员和肖海君的办公桌外，其他三面依次摆着书架和报架。

肖海君每天上班后坐在办公桌前看文件和材料，开始时看得很认真，还作了不少的笔记。有时看久看累了，他就摘下眼镜，或者闭目休息一会，或者凝望窗外调节一下视力。他满以为这样的日子不会太长，许向才会安排他到具体的科室工作。

几个月过去了，眼看元旦已过，不久就是春节了。肖海君仍然每天在看材料和文件，局里好像把他忘了似的，没有一个领导来过问他的工作安排一事。资料员是个中年妇女，她也感到好奇怪，便以关心的口气问道：海君，你一个名牌大学毕业的高才生，天天这样挨着也不是个事，你应该去找局领导，请他们安排一个合适的工作。

肖海君对大姐说：谢谢关心，我已去找过一次许局长，他要我等一等。

大姐：找一次没什么用，要三番五次找才行，现在办事都是这样，太老实了吃亏。

肖海君恍然大悟：大姐提醒得好，我现在就去。

大姐：这就对了，你应该主动点。

2

肖海君来到二楼，他敲了敲局长办公室的门，里面没人应，又用手推了推发现门被锁了。他看了看表，估计报纸已到，于是他便来到楼下的收发室，在拿报纸时看到里面夹着一封写有自己名字的信，是广州寄来的。肖海君不由有些兴奋，他赶紧回到资料室把信拆开，果然不出所料，信是张亦华写的，肖海君如获至宝似的认真看了起来：

海君：

时间过得真快，转眼毕业就半年了，你还好吗？分配的工作还如意吗？我毕业后通过熟人分在省商业厅办公室工作，体面倒是体面，外人也很美慕，都说将来前程远大，不可限量。但我总是觉得不太对劲，整天坐在办公室里闷得慌。最近，我在香港的伯父到广东投资创建一家电子公司，主要是组装家用电器。伯父多次提出要我去做他的帮手。经再三考虑，我已决定辞职去伯父的公司工作。海君你是学电子工程的，在这方面是内行，真希望你能前来助我一臂之力，同我一起奋斗。也许就是盼你来的心切，这段时间我夜里会常常梦见我们两人在一起。

肖海君将信一口气看了三遍，心情怎么也平静不下来。

这时，桌上的电话铃响了，肖海君拿起话筒：请问找谁？

杨大任：海君，我是大任。

肖海君：大任，好久不见，很想你啊。

杨大任：我也很想你啊，所以打个电话问候一下，老弟最近怎么样？

肖海君：还是老样子呗，整天看材料，眼睛都看花了，你还好吗？

杨大任：我还好，前段时期下到一个村蹲点，主要是落实中央领导同志写给省委领导一封信的精神，帮助农民调整经济结构，推广蜜橘种植，工作虽然很忙但也很充实。

肖海君：好羡慕你啊，我现在还是水面上的浮萍漂着，都不知道以后做什么。

杨大任：你要找领导赶快落实具体工作，这样下去耽误不起。

肖海君：你说得是，我一定抓紧。

<h1 style="text-align:center">3</h1>

肖海君放下电话，又跑到二楼找许向才，这次门是开的，肖海君直接推开了门，许向才正跷着二郎腿端着杯子喝茶。

许向才见肖海君不敲门就进来了，不禁有些恼火，他瞥了一眼肖海君，问道：这么急急忙忙进来，是有什么事吗？

肖海君：许局长，已经这么久了，该安排我的具体工作了。

许向才品了一口茶，缓缓地把杯子放在桌上，然后慢条斯理地对肖海君说：不要急，上次不是同你讲过了吗？要耐心等待。

肖海君：我头发都等白了，要我等到哪一天？希望能快点。

许向才：快不了，目前还没有适合你的岗位。

肖海君：你是不是在故意拖延刁难，跟我过不去？

许向才：我怎么会干那种事情呢？

肖海君：那就请你现在明确我到哪个科室吧。

许向才略为考虑了一下后，不紧不慢地说：现在局里各个科室都是人满为患，既然你要急于安排不愿等，那就让资料室的那位女同志出来，你到资料室工作。

肖海君：你这是什么意思？我现在不就在资料室上班吗？

许向才：那是临时的，现在是正式的。

肖海君：那为什么不让我去女资料员要去的那个岗位？

许向才：她是到办公室做文秘工作，你是大学生，学问大，知识广，资料室的工作更适合你。

肖海君：你这是有意整人！我不去！

许向才：这是组织决定，必须服从！

肖海君：我就是不去！就是不去！

许向才：你不去那以后就别来找我了！

肖海君气得转身把门重重一摔，因用力过猛差点眼镜都掉了下来。

4

江凤梅正在给猪喂食。

肖海君一脸不高兴地回来了。

江凤梅放下喂猪的勺子，问：怎么了？遇到烦心事了？

肖海君：许向才那小子不是人，要我在资料室长期干下去。

江凤梅：资料室有什么不好？

肖海君：那是个没事干、养闲人的地方。

江凤梅：没事干就多看看书。

肖海君：再看我这眼睛就要瞎了。

江凤梅：眼睛吃不消那就坐着闭目养神。

肖海君：你不知这日子有多难过。

江凤梅：难过也得过。

肖海君：真是倒霉。

江凤梅：那个许向才一贯对我们不好，别指望他能发善心。

肖海君：我就是咽不下这口气！

江凤梅：别气了，忍着点，人在屋檐下，不得不低头。

肖海君：难道我就这样过一辈子？

江凤梅走到肖海君身旁，对他说：眼睛看远点，千万别烦。

肖海君：这个样子叫我怎么不烦呢？

江凤梅：多想想高兴的事心情就好了。

肖海君：嗯，反正已这样了，不管它。

江凤梅：身体好和家庭好比什么都好。

5

"好客来"餐馆，老板娘和几个服务员在说着话，肖丽萌穿着一套旗袍式的淡红色连衣裙进来了。

肖丽萌：老板娘，我今天有点私事，想请个假。

老板娘：打扮得花枝招展的，去会男朋友？

肖丽萌：老家有个熟人在这儿当兵，我去看看他。

老板娘：一定要去？

肖丽萌：是的，已经讲好了的。

老板娘：这样吧，准你一个上午的假。

肖丽萌：谢谢老板娘。

肖丽萌随即出了门，几个服务员马上就在老板娘面前挑拨。

"老板娘，她今天看起来可比你漂亮了。"

"要是叫老板看见了，肯定又要给她涨薪水了。"

"老板娘，你可得要提高警惕啊。"

"是啊，千万不要被她卖了。"

老板娘的脸色顿时阴沉下来了。

6

源口某部队，一座高高的大门，威武而森严。门里面是一片绿茵茵的草坪，两边和大门对面里边是一排排整齐的营房。

肖丽萌到了军营大门口，正想进去，站岗的哨兵突然高喊一声：站住！

肖丽萌被吓了一跳，后退了几步，小声道：我想找林一凡。

哨兵：请到旁边的接待室登记。

肖丽萌转身进到接待室，一个战士要她填了有关表格，并让她坐在凳子上稍等。然后拨通了营房的电话，说有个叫肖丽萌的女同志要见林一凡，通知他到门口来接。

一会，林一凡小跑着进来了：丽萌，对不起，没来得及到门口接你。

肖丽萌：没关系，我知道你们部队很严格。

林一凡领着肖丽萌向营房走去，战士们看见两人便叽叽喳喳地议论开了。

"一凡真有福气，找了这么个漂亮对象。"

"我看有点像《庐山恋》的女主角张瑜。"

"看样子两个人挺亲密的。"

"我们得好好向一凡学习谈恋爱的经验，争取娶个好老婆。"

林一凡和肖丽萌刚进营房门，班长一声令下：同志们，撤！让一凡和女朋友在一起好好谈谈。

林一凡有些哭笑不得，连忙解释说：这位女同志是我的同乡，一个村子的，她在广东打工，今天来看我。

战士们还是不信：你不要打烟幕弹了。

班长把手一挥，战士们一下子跑得无踪无影。

林一凡生怕肖丽萌不高兴，忙说：你不要介意啊，他们误会我们了。

肖丽萌：没关系，让他们误会吧。

林一凡从军用壶里倒了一杯水递给肖丽萌：走了这么多路，先喝点水。

肖丽萌：走了整整一个半小时，蛮远的。

林一凡：在餐馆工作还好吗？

肖丽萌：就那个样，在别人手下打工能好到哪里去？

林一凡：先忍着点，等你赚到了钱，自己单独干。我留心看了一些地方，发现广东这地方新东西还不少，个体私营经济、外资企业、农业多种经营都搞得有声有色，到处都是商机，只要肯动脑筋，就能发财致富。

肖丽萌：我同你的看法一样，我准备朝这个目标努力。

林一凡：真佩服你！

肖丽萌：你也很优秀，一般人哪能当得了解放军。

林一凡：要是能从部队退伍到广东就好了，我们就可以在同一个地方工作了。

肖丽萌：到时争取嘛。

林一凡：政策不允许，退伍只能哪里来回到哪里去。

肖丽萌：先退伍回去，再像我这样来这里打工。

林一凡：这也是一个办法。

肖丽萌：只要有本事，在哪儿干都一样。

林一凡：不过，村里人都希望我回去，我也表过态要回去。

肖丽萌：我想你到我这里来。

林一凡：我也非常想和你在一起，我退伍回去后就向组织上汇报我的想法，他们要是同意我马上就过来。

肖丽萌：那他们不同意怎么办？

林一凡：到时看情况再作打算，不过有一条，不管我在哪里，都会想着你帮着你，你有什么事，随时跟我说好了。

肖丽萌：你这句话说得我很开心，以后我有什么难事就找你。

林一凡：我就是你的坚强后盾。

肖丽萌：时候不早了，我得走了。

林一凡：还有个把小时就开饭了，你吃了饭再走。

肖丽萌：来不及了，我只请了半天假，下午还得上班，要是迟到了，老板娘又要找我的麻烦了。

林一凡听肖丽萌这么一说，也就没敢再留她了。他依依不舍地把她送到大门口。肖丽萌刚反身走几步，林一凡要她等一下，于是急忙跑到对面的食品店买了面包、香肠等东西塞给肖丽萌，要她在路上把这当中饭吃，别饿着。肖丽萌情不自禁地对林一凡说：你真会体贴人。林一凡一下不知说什么好，只是含情脉脉地看着她，直到肖丽萌转身一步一步远去消失在人流中，他才返回营房。

不知什么时候，战士们一窝蜂地回来了，又对他议论开了。

"一凡，你今天是世界上最幸福的人了。"

"那甜蜜的味儿馋得大家都流口水了。"

"什么时候吃喜糖？"

林一凡只有笑着解释：请你们别说了，她现在还不是我的女朋友。我将来要是娶了这么个漂亮老婆，那三天三夜也笑不醒！

战士们听后都哈哈大笑。

7

肖海君在局资料室看材料，他拿起一份材料看了一下马上扔在一边，又拿起另一份材料看了一下扔在一边，接着又拿起第一次看了的材料翻一下后，又从堆在桌子上的材料里拿出一份来一目十行地浏览了一下，然后又扔在一边。就这样折腾了一阵，他干脆不看了，便站起身来，伸了几个懒腰，朝着窗外瞭望远处。对这种不像工作的工作，肖海君感到既烦躁郁闷又空虚无聊。他老是在想，这难道就是我上大学所追求的理想和目标吗？与其这样，还不如当年不读大学为好，像江兆南那样在家里做一些自己想做的事，那不仅比现在这样充实得多，说不定还干出一点名堂来了。

就在肖海君望着外面想得出神时，人事科长带着一个十六七岁的女孩子来了。今天一上班，局长许向才就把人事科长叫到办公室，说有个名叫孙晓蕾的女孩从外地调到局里，因去年才中专毕业，干不了什么事，就让她先到资料室管管书报材料。

人事科长：海君，在看风景呀！

肖海君回头一看是人事科长来了，后面还跟了个女孩，连忙说：看材料看得眼睛有些模糊，望望外面恢复一下。

人事科长把女孩拉到肖海君前面：我给你带个助手来了。

肖海君扶了扶眼镜，盯着孙晓蕾看了看：助手？我又不是领导，配什么助手。

人事科长：海君，是这么回事，她叫孙晓蕾，是从外地调到我们局里的，局长说，让她先跟你这个名牌大学的毕业生学习学习，把基础再打扎实一点。

肖海君：我现在整天都是看材料学习，还在做学生，她怎么跟我学？

人事科长：不管跟不跟你学，有个人做做伴说说话也好。海君，小孙就交给你了。

人事科长说完转身就出门了，孙晓蕾向科长道了一声谢，就对肖海君笑了笑说：以后还请你多多指教。

肖海君：小孙，欢迎你，以后我们就是同事了。

孙晓蕾：不仅仅是同事，你还是我的老师。

肖海君：我到资料室快一年了，成天在这儿待着，局里的情况根本就不清楚，怎么当得了你的老师？

孙晓蕾：我不是要你给我讲局里的事，我是想向你多学点知识，提高充实自己，毕竟中专和大学比起来还是有很大差距的。

肖海君：你读的是什么中专学校？

孙晓蕾：水电学校。

肖海君：那怎么没到水电部门去工作？

孙晓蕾：毕业后是分到水电部门，这次调动本来也想不离本行，但因找不到熟人关系就到这里来了。

肖海君有些警惕起来，下意识地用右手食指把眼镜向上推了推：你认识许局长？

孙晓蕾：我不认识，是通过一个熟人跟他讲了以后才调进来的。现在办事难啦，没有熟人寸步难行。

肖海君：原来是这样。

孙晓蕾：既然来了，就安下心来吧，听说机关工作写材料很重要，那就向你学习写作吧。

肖海君：我也是学理工科的，对写作不内行。

孙晓蕾：你总是这么谦虚，那我们就共同学习写作，这总可以吧。

肖海君：好吧，我们相互学习。

8

时钟指向午夜十二点，"好客来"餐馆的最后一批客人离去。

肖丽萌和几个服务员收拾餐桌后，接着又刷洗盘子碗筷，快结束时，其他几个服务员故意留下一堆盘子碗筷不洗，就准备回去休息。

肖丽萌：你们怎么就走，还有这些盘子碗筷没洗呢。

高个服务员：你洗吧。

肖丽萌：为什么要我洗？

瘦个服务员：你拿的薪水比我们多，当然你就应该多干活。

肖丽萌：那你们也叫老板给你们加薪水。

瘦个服务员：我们没有你的脸蛋好，不讨老板喜欢。

高个服务员向另外几个服务员做了个鬼脸，阴阳怪气地说：我们走吧，别妨碍人家干活。

肖丽萌瞪了她们一眼，她知道这是老板娘在背后指使的，不然她们没有这么大的胆。肖丽萌没有再作声，只好忍住气一个人洗起那堆盘子碗筷来。

深夜两点，肖丽萌拖着疲惫的身子回到宿舍里，往床上一倒就睡下了。

9

一阵闹钟丁零零响了，肖丽萌睁眼一看已到四点半，她匆匆从床上爬起来，简单洗漱了一下，往餐馆去了。

服务员们上班的第一件事情就是把头天晚上洗好的盘子碗筷拿

到餐厅摆放好。因为睡眠严重不足，肖丽萌从厨房端着一摞盘子走到餐厅时，脚下不小心滑了一下，她倒在了地上，手上的盘子也摔了个粉碎。

一个服务员见了，马上幸灾乐祸地喊叫道：不得了，肖丽萌把盘子打碎了！

老板娘闻声赶紧从旁边一间房子里跑了出来，对着肖丽萌骂道：干活不能三心二意，这盘子可是要钱买的！

肖丽萌：对不起，老板娘，我可不是故意的。

老板娘：我看你就是故意摔掉的。

肖丽萌：你不要乱诬陷人！

老板娘：那为什么独独就是你把盘子摔了？

肖丽萌：由你怎么说，摔坏多少盘子我赔就是了。

老板娘：哼！这可是景德镇瓷器，你今天就去买来赔给我！

肖丽萌：景德镇就是我们那里的，你要赔多少我给你多少！

这时，老板来了，看了看摔在地上的盘子，说：我以为是发生了什么大事，不就是打掉了几个碟子嘛。

老板娘：你说得倒轻巧，那就叫她把餐馆的碗碟全打掉算了。

老板：你不要太苛求，要做事总会有个闪失。

老板娘：你不要胳膊肘向外拐，处处护着她！

老板：这怎么是护着她？

老板娘：哼，你不要被这个小妖精迷惑了！

10

有一天晚上，因顾客不是很多，"好客来"餐馆的服务员比往日提早下了班。也许是回到宿舍刚刚洗完澡，肖丽萌靠在椅背上，一套黄色睡衣，一头散在肩上的长发，加上那副苗条匀称的身材，使她透出一种青春女性特有的美。过了一会，肖丽萌顺手拿起一本杂志一边随意翻看着，一边小声哼唱着邓丽君的《甜蜜蜜》。

餐馆老板来敲门了。刚才他接到村里的电话，说村里书记明晚要陪同一个重要客人到"好客来"餐馆吃饭，要他准备海鲜、甲鱼和洋酒等好酒好菜招待，最好还要有点娱乐，叫餐馆里那个歌唱得好的女服务员给客人表演一下。老板满口应承，把电话放下，他就到肖丽萌这里来了。

听见敲门声，肖丽萌大声问道：谁呀？

老板在门外答道：是我，找你有事。

肖丽萌听出了是老板的声音，就开了门：老板，找我有啥好事啊？

老板：刚才接到村里的电话，明晚村里的书记要陪一个重要客人到餐馆吃饭，并指名要你唱歌。

肖丽萌：我的歌唱得不好，别丢人现眼，你还是找一个高手来唱吧。

老板：我一个小餐馆的老板，临时到哪儿去找唱歌的人呀，就你唱吧。你一定要出这个面，村干部虽然官不大，但他们是地头蛇，直接管着我们。要是惹得他们不高兴，把他们得罪了，我这个餐馆就得关门了。

肖丽萌：有这么严重吗？

老板：有，你没开餐馆不知道。

肖丽萌：既然这样，那我就唱。你看唱什么歌好呢？

老板：就唱你最拿手的歌，准备三五首。

肖丽萌：我可以唱好多首歌，那到底唱哪几首好？

老板：要不你现在选几首唱给我听听，然后再定。

肖丽萌稍稍清了清嗓子，就连着唱了几首邓丽君的歌和几首江西民歌。

也许是肖丽萌的歌声太甜美，加上肖丽萌的那身清水出芙蓉的自然装扮，让老板的精神为之一振，他的眼睛盯着肖丽萌一动也不动，嘴里不断大声喊着"好！"全然忘记了自己平日那种在员工面前的威严。

就在肖丽萌唱最后一首歌时，突然门被踢开了，老板娘气势汹汹地冲了进来，原来村里跟老板的通话她在隔壁房间里全听到了，她估计老板现在是去找肖丽萌，于是就尾随在后面监视着。

不问青红皂白，老板娘对着肖丽萌就是"啪啪"几个耳光，并大声骂道：你这不要脸的婊子，半夜三更勾引我的老公，我跟你拼了。

肖丽萌被这突如其来的巴掌打蒙了，好一会才醒悟过来，挥起右手对着老板娘的脸上还了几巴掌：你不要血口喷人，乱泼脏水！

老板娘摸了摸被打得火辣辣的脸，马上又伸手向肖丽萌打去，两个女人你抓我一下我抓你一下，相互厮打得不可开交。

老板见此情形，猛地插到两人中间，一边使劲把她们拖开，一边声嘶力竭地对两人大喊：不要打了！

老板娘自觉打不过肖丽萌，趁着老板拖开两人时就赶紧靠到一边去，肖丽萌也就住手不打了。

老板：你这是吃了哪门子药了？因为明晚村里书记要来餐馆吃饭，我来这里是要肖丽萌给他们唱几个歌，想不到你就这样醋性大发，真丢人！

老板娘：我不管什么唱歌不唱歌，她必须马上走人，不能再在餐馆做事。

肖丽萌：老板，我不能背着黑锅不明不白就走人，你必须当面把事情说清楚。

老板：她向你泼污水，我代她向你赔礼道歉，你是清白的。

老板娘：清白她也必须走！

肖丽萌：走就走，但得有条件。

老板：唉，事情已经闹到这个样子了，但你肖丽萌没有什么错，我看这样吧，继续留你肯定不行，给你一点补偿，你再去别的地方另找生计吧。

肖丽萌：行，我明天一早就走！

老板对着老板娘狠狠地吼道：这小餐馆的生意最终会败在你的手里！

11

早晨，天阴沉沉的。

肖丽萌提着一个行李袋在街上走着，她的心情就像这天气一样，灰暗而又烦闷。离开"好客来"餐馆不干了，以后究竟去做什么，她感到很茫然又很无助。此时，孤单力薄的她自然想起了林一凡，这是她在这里唯一能依靠的人。她要去找他，让他帮着出出主意。前面有个公用电话亭，肖丽萌走了进去，拨通了林一凡营房的电话。

对方：请问找谁？

肖丽萌：请帮我找林一凡接电话。

对方：对不起，林一凡不在，外出了。

肖丽萌：他到哪儿去了？

对方：随部队拉练去了。

肖丽萌：什么时候回？

对方：要一个月以后才能回。

肖丽萌：啊，知道了，谢谢。

肖丽萌失望极了，她放下话筒，离开电话亭，在大街上漫无目的地走着。

12

自从孙晓蕾来了以后，资料室的气氛比过去活跃多了，肖海君的情绪也渐渐和缓了一些。孙晓蕾经常向他问这问那，向他真心请教，而他也是尽己所知，有问必答。不仅如此，孙晓蕾有时还与他一起讨论事业和人生问题，特别是对改革开放中出现的一些敏感问题，有些观点和看法甚至都让他这个大学生深受启发。同很多年轻姑娘一样，孙晓蕾也喜欢吃零食，所以隔三岔五她都会带些五花八门的美食到办公室来，与肖海君一道分享。这样过了些时日，两人相处得有点像亲兄妹一样。几天不见孙晓蕾，肖海君的心里就不免有些失落和空荡荡的。

由于经常吃孙晓蕾的东西，肖海君心里有些过意不去。他突然记起，在一次聊天时，孙晓蕾无意中说出了她的出生日期，如果没有记错，那就是今天。于是，他准备晚上请孙晓蕾吃顿饭，向她祝贺生日。但不知什么原因，整整一天都不见孙晓蕾的身影。正在肖海君准备下班的时候，孙晓蕾出现在了资料室的门口。

肖海君：你怎么这么晚才来，到哪儿去了？

孙晓蕾：上班走到大门口时被人事科长叫去办事了，回来又被许局长叫到办公室去了。

肖海君：许局长找你一定是有好事啊。

孙晓蕾：有啥好事？主要是问了问你和我的工作情况，我如实地向他作了汇报，他还特意交代我要主动同你搞好关系。

肖海君：啊？

孙晓蕾：怎么？你不相信？

肖海君：局长的话还能不相信？晓蕾，我们吃饭去。

孙晓蕾：到哪儿吃饭？

肖海君：下馆子去。

孙晓蕾：为啥？

肖海君：为你祝贺生日呀！

孙晓蕾：让你请客，我怎么好意思？

肖海君：客气什么，快走吧。

孙晓蕾：你真好。

13

肖海君和孙晓蕾找了一家名叫"甜蜜蜜"的餐馆，要了一个小包间，坐了下来。

肖海君：你喜欢吃什么菜，尽管说，我来点。

孙晓蕾：我也不知道。你点什么，我吃什么。

肖海君：那就来个红烧排骨、糖醋桂鱼、油焖茄子、辣椒炒肉片、蒌蒿炒腊肉、三杯鸡。

孙晓蕾：够了，就我们两人，吃不了那么多。

肖海君：你生日嘛，再来个白木耳甜羹、面条，再喝点酒。

孙晓蕾：酒就不喝吧。

肖海君：那不行，没酒我怎么向你表示生日祝福？来一瓶四特，要喝就喝个痛快。

不一会，服务员就把菜连同四特酒一起端来放在了桌子上，肖海君给孙晓蕾和自己的杯子倒满酒。

肖海君举起酒杯：小孙，祝你生日快乐！

孙晓蕾：谢谢你的热情祝福！

两人把酒杯连碰了三下，然后一饮而尽。

孙晓蕾：我也敬你一杯，衷心感谢对我学习上的帮助！

肖海君：关键是你很虚心，毛主席不是有句名言嘛，虚心使人进步。

两人又连着把酒杯碰了三下，接着一饮而尽。

孙晓蕾：今天我很感动，自出生到现在，我这是第一次这样正正规规过生日。

肖海君：我们这些农村出身的人基本上都是这样。

孙晓蕾：因为家在农村，又很穷，根本就不知过生日的味道，记得唯一的一次，我生病了，恰逢我的生日，妈妈给我煮了三个秤砣蛋吃，说是给我补身子。

肖海君：值得庆幸的是，那样的日子已经过去了。

孙晓蕾：本来我也是想像你一样读大学，就是考虑家里生活困难改读中专，这样就可以早日参加工作，减轻家里的负担。

肖海君：你还是读中专好，我读了大学又怎么样，不是跟你一样在资料室混吗？

孙晓蕾：我总觉得局里对你不公平，把你放在资料室简直就是在浪费人才。

　　肖海君：你知道吗？这个许局长是我一个村子的，在家时就整我，把我打成坏分子，现在又在他手下工作，他会给我好果子吃吗？

　　孙晓蕾：原来是这样，那你赶紧换个单位，要不永无出头之日。

　　肖海君：我是想换个单位，但得要去求人找关系，我又不愿意。

　　孙晓蕾：树挪死，人挪活，反正你不能这么一辈子待下去。

　　肖海君：哼！我就在这里不走，看他能拿我怎样？

　　孙晓蕾：领导要给你穿小鞋要对你打击报复还不容易？惹不起躲总躲得起，三十六计，走为上。

　　肖海君：那你说我能到哪里去？

　　孙晓蕾：你不愿意去求人，我去替你联系单位。我一个姑娘家出面，就是办不成，也不会觉得很难堪。

　　肖海君：我怎么好意思要你出面，那不枉做了一回男人。

　　孙晓蕾：你是男人，也是我大哥，要是你觉得我可以做你的妹妹，那我为你出面求人有什么不可以？

　　肖海君：如果我真有你这样一个妹妹那是我的福气。

　　孙晓蕾：要是你不认为我是高攀的话，那我们现在就结拜为兄妹怎么样？

　　肖海君取下眼镜往桌上一放：太好了！来，干杯为证！

　　孙晓蕾：干杯为证！

　　肖海君：晓蕾，我还要同你喝三杯，一是再祝你生日愉快，二是祝贺我们结拜兄妹，三是感谢你对我的关心，我全喝，你表示表示就行。

　　孙晓蕾：那我也得喝三杯。

　　这三杯一下肚，肖海君当场就醉了。孙晓蕾虽然还算清醒，但也有些支持不住。她哆嗦着手拿起眼镜给肖海君戴上，扶着他出餐馆并叫了一辆三轮车把他送到了宿舍，接着又半背半扶把他弄到床上躺下。经过这么一折腾，孙晓蕾的酒性也发作了，当场醉倒在了肖海君的床上。

14

晚上的单家独院显得非常静谧，于副书记边听着京剧边和女婿许向才聊着天。为了不影响谈话，他把收音机的音量调得很小。前些年县革命委员会撤销后，成立了县人民政府，于副主任也就随之改任为副县长，去年离开政府到县委任排名最后一位的县委副书记。

于副书记：向才，有件事告诉你一下。

许向才：爸，什么事？

于副书记：有人写信告你的状，说你对组织上调整你的职务不满，经常发牢骚，还说你心胸狭隘，利用职权搞打击报复。

许向才：你知不知道是谁告的状？

于副书记：匿名的，估计是你局里对你有意见的人告的。

许向才：那会是谁呢？

于副书记：不管是谁告的，你都要引起高度重视，不能放任不管，否则后患无穷。我也会同纪委打个招呼，请他们关照一下。

许向才：爸爸的话我记住了，我会认真对待。

出门回家时，许向才暗自猜测：这告状的会不会是那个肖海君呢？

15

第二天上班时，许向才要人事科长去叫肖海君到他办公室来一下。

人事科长随即来到资料室，见门是关的，她敲了敲门，里面没有动静。她接着又到了肖海君的住处，一进门，眼前的场面让她大吃一惊，肖海君和孙晓蕾两人和衣歪躺在床上还未醒，肖海君的眼镜也掉在了地上。

人事科长把肖海君和孙晓蕾叫醒，两人几乎同时从床上跳了起来，暗暗叫道：这下坏大事了！

人事科长有些迷惑不解，这两人究竟是怎么一回事呢？马上将情况汇报给了许向才。

许向才心想这下你肖海君怪不得我了，是你自己往刀口上送。他暗暗感到高兴，但表面上却装得非常愤怒，他把手在桌子上一拍：这还得了！真是胆大包天！一个有妇之夫竟和一个未婚女青年在一起睡了一个晚上！责令你们人事科迅速查清事实，并提出处理意见，交局领导讨论决定。

16

轻工局的领导共一正八副，大多是"文革"中"靠边站"和平反冤假错案后重新复出的局级干部，也有一个是新提拔的年轻同志。会议室气氛严肃，大家在听取关于肖海君和孙晓蕾情况的调查汇报。

人事科长：根据许局长的要求，我们先后单独找肖海君和孙晓蕾谈了话。从两人的交代来看，具体情况是这样的，昨天是孙晓蕾的生日，晚上肖海君请孙晓蕾在一个小餐馆吃饭。两人喝了一瓶四特酒，肖海君当时就醉了，孙晓蕾就送他回宿舍，刚把肖海君扶上床，孙晓蕾也醉了，当即就倒在了肖海君的床上，就这样两人一直睡到今天上班时还没醒，是许局长要我去找肖海君时才发现并把两人叫醒的，肖海君的眼镜也是我给他捡起来的。我们认为，肖海君和孙晓蕾的行为是错误的，影响是不好的，但考虑两人是因喝酒过量导致的，而且没有发生不道德的出格行为，因此建议对两人进行适当的行政纪律处分。

按照会议惯例，八个副局长相继发言。本来人事科长已把肖海君和孙晓雷的事情讲得清清楚楚，但由于长期受"宁左勿右"思想的影响，加上又是男女关系这样敏感的问题，副局长们都心有余悸，生怕说轻了被别人认为是自己态度暧昧，立场不稳，因而就把肖海君的行为说得非常严重。

"这事是因为肖海君为孙晓蕾过生日喝酒引起的，所以肖海君要负主要责任。"

"肖海君为什么要请孙晓蕾喝酒，我看他动机不纯。"

"肖海君还特意选了一个叫'甜蜜蜜'的餐馆同孙晓蕾一块吃，就更有问题了。"

"肖海君是结了婚的，又是大学生，难道他不知这样做的后果是什么？"

"不管有没有发生什么，这本身就严重违反了纪律。"

"这是严重丧失社会主义道德的表现。"

"这事严重败坏了我们轻工局的形象。"

"我建议要严肃处理，以儆效尤。"

许向才原来还担心大家会有不同的意见，没想到大家的看法竟和自己的一样，这样自己对肖海君严加处理的目的就可达到了。于是，他说：我完全同意大家的看法，肖海君和孙晓蕾两人的行为严重违反了社会主义道德的要求，特别是肖海君，是一个已婚男人，借一个未婚女青年生日之机，别有用心地请她去喝酒。而更为卑鄙的是，他不仅自己喝醉，还把女的喝醉，最后让女的和自己睡在一起。这简直就是一种流氓行为，其性质比一般的道德败坏还要恶劣，可以说是无耻至极！我建议给肖海君开除公职留用察看处分，对孙晓蕾，考虑到她是被动的受害者，又没有结婚，就免予处分，对其进行批评教育。大家同意不同意？

全体领导班子成员：同意。

许向才：那就这么定。

17

本来就很严肃的人事科现在显得更加严肃，科长在向肖海君宣布处理决定。

肖海君：我为孙晓蕾庆贺生日是正正当当的，没有什么见不得人的，你们这是无限上纲，冤枉好人！

人事科长：你要正确对待组织对你的处理，不能采取对抗的态度。

肖海君：这是有人蓄意对我打击报复！要置我于死地！

人事科长：不准你胡说八道！肖海君，你要想想你这样下去的后果！

肖海君：你们已经逼得我走投无路了，还谈什么后果！

肖海君隔着眼镜狠狠地瞪了一下人事科长，把头一扭，毅然决然地走了。

这时，孙晓蕾冲了进来，对人事科长说：我求求你们，原谅原谅肖海君吧，他不是那样的人。

人事科长：晓蕾，组织上对你已经很宽大，你就不要再说什么了。

孙晓蕾：不，要处分应该处分我，是我喝醉了迷糊不醒倒在他那里的，这事跟肖海君没有任何关系。

人事科长：他一个已婚男的为你过生日这本身就不妥当。

孙晓蕾：他好心好意为我过生日却因此受了处分，我心里会自责一辈子的，我对不起他！

人事科长：我可得警告你，你不能对他有这样的想法，相反还得防着他点，任何时候都要保持一定的距离，不能再发生这样的事了，回去吧。

孙晓蕾眼泪汪汪地出门了。她心里非常难过。

18

肖家，一家人脸色严峻，气氛凝重。

江凤梅：听到海君出了这样的事，我开始非常生气，感到很丢脸，真想和他大吵一场。但后来搞清楚了，不是那么一回事，海君是好心，没有什么错。

肖海君：这事已搞得我身败名裂了，在轻工局我不想待了，就是待下去，许向才那小了也不会放过我。

肖父：那你准备怎么办？

肖海君：我打算辞职，反正已开除留用。

肖父：换个单位怎么样？

肖海君：坏事已经传千里了，调到哪个单位我都会受人白眼，抬不起头。

江凤梅：海君说得有道理，我也同意他辞职，到别的地方去干自己的事业。而且尽量离远一点，越远越好，远到别人都不认识他最好。

肖父：既然凤梅也同意，那你就辞职，自己去外面闯一闯也好。

肖海君：我明天就去办理辞职手续，有爸和凤梅的理解和支持，我就更有信心和底气了。

19

肖海君决定到广东去。

临行前的晚上，肖海君不免有些伤感。他想到自己辛辛苦苦读了四年大学最后落到连个工作都没有的境地，真个是太惨了。虽然有张亦华在广东，但前面的路是吉是凶，他心里一点底都没有。再说一个人离开家乡漂泊外地，毕竟有一种身在异乡为异客，沉浮不定雨打萍的感觉。好在妻子江凤梅临睡前告诉了他一个秘密：她怀上了。这无疑对肖海君是一个极大的安慰。他高兴得一把抱住江凤梅说道：我俩有了爱的结晶了！江凤梅幸福地把头枕在他的胸前，微微闭上了眼睛。这时一股火辣辣的激情在肖海君心里撞击着，他禁不住伸出舌头，对着妻子亲吻起来。他要把所有的温暖和爱倾泻在她身上。江凤梅像乖乖的羊羔，一面使劲地吸吮着他的嘴唇，一面享受着丈夫的爱抚。离情别意，另有一番浓浓的滋味，夫妻俩沉浸在肌肤相亲的幸福蜜汁里。

第二天清晨，肖海君辞别父亲和妻子，赶到县邮电局，填写了一张电报单：张亦华，我于16日乘312次火车到广州，望接站。

肖海君发好电报后，就到火车站上了去广州的列车。田野、村庄、山峦、城镇向后一一闪过，肖海君不禁思绪万千，泪水在他的镜片后面打转，从今天开始，我就要离开生我养我的故乡，离开生我养我的红色土地，到另一个陌生的地方去开拓新的人生了。

20

广州火车站。

肖海君随着下车的人流走到出站口，这里挤满了接站的人群。

肖海君四处张望寻找张亦华，但不见她的影子。

肖海君心想是不是张亦华迟到了或是搞错了时间，为避免相互错过，于是，他索性在车站出口处停下来等候，出站的人群走光了，但还是不见张亦华来。肖海君继续等，下一班火车的人又全出来了，张亦华还是没来。肖海君判断张亦华没有接到电报，肯定不会来接了，自己不能再等下去了。

肖海君不由得感到有些沮丧，一个人独自走出了火车站的大门。

第 九 章

1

前山通往广东的公路上，汽车堵成了一条不见首尾的长龙。

江兆南拉着一车钢材驶往广东，在路上被堵住了。他看见有位司机朝这儿走来，便上前问道：师傅，这车不知堵了多久了？

师傅：我刚听当地的一个人说，已经堵了大半天了。

江兆南：前边不知动了吗？

师傅：没有，听说至少还要一天多才能通。

江兆南叹了一口气：这几年汽车大量增加，但公路还是老样子，真苦了我们这些司机。

师傅：别管那么多了，反正走不了，到车上睡觉去吧。

这位司机说完就回他的车里去了，江兆南在那里怔怔地站了一会后，也爬到驾驶室里打盹了。

2

长时间的堵车，无形中催生了沿路的"临时生意"。在马路两旁，每隔一小段就有当地群众摆的茶水、稀饭、馒头、咸菜、香烟等摊子，也有的妇女、小孩提着篮子沿路叫卖着。

一位年轻司机走到一个老人摆的摊子前，问：大爷，这茶水和馒头怎么卖？

大爷：茶水两毛一碗，馒头三毛一个。

年轻司机：这么贵啊。

大爷：贵？到吃饭的时候更贵，有时还买不到。

年轻司机：来一碗茶水，三个馒头。

大爷：好的。

年轻司机：再来一包"庐山"牌香烟。

大爷：六毛一包。

年轻司机：比商店里价格差不多贵一倍啊。

大爷：什么时候卖什么价。

年轻司机无可奈何地付钱给老人。

在旁边的其他摊位前，一些司机和旅客也在买吃的，有些人还讨价还价，但摊主坚持高价出售。

3

江兆南在睡意蒙胧中被外面的吵嚷声惊醒。

一群旅客正在同几个摊主吵架。

"上午的茶水两毛一碗，下午就涨到三毛一碗，你们的心也太狠了！"

"心太狠？又没谁强迫你买。"

"你们这是乘人之危，发堵车财！"

"谁叫你们堵车？"

"你们这是敲诈勒索！"

"比敲诈勒索还厉害，简直就是趁火打劫的强盗！"

"我要到政府告你们去！"

"你们去告吧，老子农民一个。"

"别跟他们吵了，告到政府又能怎样？"

"要叫那些当官的在这里堵几天几晚吃吃苦头就解决问题了。"

"算了吧，省点力气，要不然越吵越饿得花更多的钱了。"

"对，不吵了，最终占便宜的是他们，吃亏的是我们。"

江兆南看到吵架的旅客上车了，便从车上下来，他伸了伸腰，舒了舒身子，又稍稍站了一会。他隐隐感到肚子有些饿了，想买点吃的了。

4

县委书记梁光含的北京吉普车也被堵在了附近，摊主同旅客的吵闹声，他坐在车里听得一清二楚。

梁光含这次是到同广东交界的几个集镇进行有关边界贸易情况的调查研究后返回时被堵住的。在过去计划经济时期，两省边界的货物流通基本上是一片空白，特别是粮食、木材等重要产品更是被严令禁止交易。十一届三中全会以后，随着改革开放的不断进行，特别是在撤销人民公社改为乡镇建制和十二届三中全会作出了《关于开展城市体制改革的决定》以后，两省边界的贸易逐渐活跃起来，在一些集镇形成了有一定规模的农副产品的交易市场。梁光含在调查中还发现，边界集镇的贸易，对两省当地经济的互补性很强，比如生猪，江西这边一向具有养猪的习惯，生猪产量大，而广东那边的生猪生产相对薄弱一些，产量也比较少，加上打工的人像潮水般地涌入，因而远远满足不了日益增长的需要。又比如，广东那边的家具生产很发达，款式样式新，而江西这边森林资源丰富，盛产木材，如果把两省的优势结合起来，实行交换，不仅可以搞活当地的经济，而且可以富裕一方百姓。在调研时，梁光含还了解到，中央苏区时期这里有的集镇就是边界贸易的重镇。当时为了解决财政困难和食盐药品等物资的严重短缺，苏区的干部和红军经常在这里的集镇同邻省的军阀和商人进行以货易货和物资买卖等交易，双方的贸易十分频繁。梁光含想，在敌

老表之歌

人对苏区封锁那么严厉的时期边界贸易都不曾停止，那么在改革开放加速发展经济的今天更应该以放对放以活对活让边界贸易活起来火起来。梁光含准备回到县里后，在这次调查研究的基础上，制定关于搞活与邻省边界贸易的措施。

吉普车已堵了很久，旅客同农民摊主吵架的情景始终萦绕在梁光含的眼前。他又陷入了深深的思考之中。时间已到中午了，随行的办公室主任提醒说：书记，该吃中饭了，我去附近村庄联系一下，请他们帮助安排一顿饭。

梁光含：不要去麻烦村里了。

办公室主任：那到哪里吃？

梁光含指了指窗外：就到那里吃。

办公室主任：到小摊上买了吃？

梁光含：是的。

办公室主任：不要去吧，怕不卫生。

梁光含：那么多人都吃了，我们就不敢吃？

办公室主任：书记说得对，我现在就买饭去。

梁光含：我们一块去。

办公室主任：书记，你去小摊上买饭，不合适吧？

梁光含：怎么不合适？我没当书记前也是老百姓。

办公室主任：书记的平民情结值得我们好好学习。

梁光含从吉普车上下来，径直向一个老农摆的小摊子走去。

正好这时，江兆南也上老农摆的那个小摊买吃的，他一眼看见了县委书记梁光含，便小跑着赶了上去，招呼道：梁书记，没想到在这里遇到您。

梁光含：是兆南呀，好久没见了，现在怎么样？

江兆南：我很好，托党的福，托改革开放的福，我现在主要做运输生意。

梁光含：效益还好吗？

江兆南：很好，赚了一些钱。

梁光含：你这次是跑广东？

江兆南：拉一车钢材到广东去，不想在这里堵车了。

梁光含：我也是被堵在这里了，反正一时走不了，先吃饭解决肚子问题再说。

江兆南：好，请书记给我这次机会，让我去买。

梁光含：不行，今天我们约法三章，各买各的，谁也不能让别人掏腰包。

江兆南：这又要不了几个钱，还是我来吧。

办公室主任看了看江兆南：听书记的。

江兆南跟着梁书记等人到了老农的小摊子前。

对于这种生活类事情，办公室主任自然要想领导之所想，为领导探个路开个道，于是他主动上前第一个先买：大爷，来一碗稀饭、三个馒头、一包榨菜。

大爷把食品递给办公室主任：给，一共两块钱。

办公室主任接过食品，并掏钱如数付与大爷。

梁光含示意江兆南和司机接上去买，两人不好推辞，买了和办公室主任同样价钱的食品。

轮到梁光含买了。

也许是梁光含看起来像个当官的，摆摊子的大爷把他从头到脚打量了一番后，问：同志，你要买什么？

梁光含：与前面几位一样。

大爷：我先说一下，因为这几样吃的买的人太多了，现在又剩下很少了，所以对你要涨点价。

梁光含：涨多少？

大爷：涨一块。

办公室主任：大爷，这样不太好吧？

江兆南：大爷，做买卖的要一视同仁，一样的东西不要同时卖两种价格。

大爷：现在涨一块还算少的，到晚上至少要涨一倍。

梁光含：大爷讲得也有道理，东西供不应求应该涨点价，给你，三块。

大爷：我看你是个爽快人，当领导的都应该像你这个样。

梁光含：你怎么知道我是领导？

大爷：我看你跟别的人不一样，蛮通情达理的，我们希望领导重视一下，能够尽快把这条公路改建拓宽。

梁光含：公路拓宽修好了，不堵车了，你们不就摆不了摊赚不了钱吗？

大爷：说实话，我们哪想赚这个钱，发这个"堵车财"？车子天天堵在家门口，就像堵在心里一样，司机旅客不好受，我们也不好受呀！路不通，什么都不能通。

梁光含：大爷你说得对，要想富，先修路。

大爷：路修好后，我们可以在路两边开小店，这可比现在这样靠堵车临时摆摊叫卖赚钱强多了。

梁光含若有所思：在马路两边开小店？

大爷拿出一块钱退给梁光含：因为心里气不太顺，刚才故意多收了你的钱，请原谅。

梁光含：不用退了，不过，我有个看法，你们临时摆摊为司机和旅客解决吃喝问题，这很好。但收费不能太高，若是堵的时间很长，这些司机和旅客都吃不消，因为现在大家的收入还很低。

大爷：你讲得很在理，我们一定注意和改正。

5

在公路旁一棵大杨树下，梁光含和几个人各拣了一块石头坐下来边吃边聊。

办公室主任：听那位大爷讲话，过去肯定是个基层干部。

江兆南：他提出的把公路拓宽就是个很好的建议。

梁光含：我们的公路确实要好好修一修。同周边比起来，我们的路况糟糕透了，外省的人坐车只要一进入到我们这里，车子就上下颠簸摇晃，他们戏称是到了"革命摇篮"了。

办公室主任：过去苏区时期交通不便对红军生存和打仗有利，现在是公路越宽交通越好对苏区发展更有利。

梁光含：从那位大爷说到公路拓宽后要在两边开小商店中，我受到了启发，中央已经出台了发展个体私营经济的政策，如果我们把全县公路的主干道修好，允许并鼓励农民在城镇附近的公路两旁开店建厂，发展"马路经济"，这样既可以让一部分人先富起来，又可以带动农民致富，加快当地经济发展，把小城镇的规模做大，更好地促进苏区振兴。

江兆南："马路经济"，新鲜！这可是我们这些经济不发达的革命老区加快发展的一个有效举措。

办公室主任：我想这"马路经济"还有一个优点，就是群众都可以参与，简单易行，来得快。

梁光含：这样就可以让每条主要的公路真正成为我们革命老区群众的致富路。

江兆南：到时我们这些司机就有拉不完的货。

梁光含：兆南，你不要仅仅满足于跑运输，还要积极创造条件把生意做大，努力成为革命老区发展个体私营经济带头人。

江兆南：我一定会尽自己最大的努力，不辜负书记的殷切期望。

6

肖丽萌无精打采地走进一家餐馆，她找了个最里边的位置坐下来，点了三个菜，要了一瓶啤酒，慢慢地吃着。她吃一会，把筷子放下，若有所思一会，又拿起筷子吃一会，然后放下，又是一副若有所思的样子。这样反反复复，一顿饭吃了很长的时间。

肖丽萌吃完后，用手示意服务员结账。

一位女服务员走了过来，肖丽萌准备拿出钱包付款时，猛然发现钱包没有了。

肖丽萌的后背顿然间变得凉飕飕的，她已身无分文，没法付饭钱了。

面对站在面前满含微笑的服务员，肖丽萌显得非常尴尬，她不好意思地说：我的钱包不见了，等我找到了把钱给你。

服务员：不急，你慢慢找，找到了再叫我。

肖丽萌说了一声"谢谢"，然后在自己的身上摸了个遍，又弯腰往地上反复寻找，却怎么也不见钱包的影子。她坐在椅子上仔细地回忆了一会。上午逛商场时，有一男一女两个年轻人主动过来搭讪，那女的和她说话的当儿，那男的就不见了。她估计这两人是扒手，女的以说话为掩护，男的趁她不注意时就把她的钱包扒走了。

钱包没找到，肖丽萌只好硬着头皮把服务员叫来说：钱包没了，饭钱付不了，麻烦你能不能跟你们老板说说，请他高抬贵手，让我先欠几天，记个账，过几天一定还。

服务员：我去给老板说说看，回头再告诉你。

肖丽萌：一定要跟你们老板说清楚啊！如果不同意，你带我去找他。

服务员：我会跟老板好好说。

肖丽萌从来没有这么垂头丧气过，刚被辞退，钱又被扒，真是屋漏又遭连夜雨，人一倒霉，连盐罐都生蛆。

就在这时，一个熟悉的声音从肖丽萌背后传来：丽萌你吃好饭了？

肖丽萌回头一看是江兆南，她好像遇到救星般惊喜：兆南。

江兆南：听刚才讲话的声音觉得很熟悉，顺眼看过来，果然是你。

肖丽萌：你什么时候来源门的？

江兆南：昨天，我是运钢材来的，听你和服务员说的话，是不是把钱包丢了？

肖丽萌不好意思地点了点头。

江兆南：没关系，我这儿有钱。

肖丽萌：又要你破费了。

江兆南叫来服务员：来四个菜和一壶茶。

服务员先疑惑了一下但马上顿悟过来：好，请稍等。

江兆南：你离家后就没有音讯，现在情况还好吗？

肖丽萌：唉，一言难尽。

江兆南：怎么？不顺利？

服务员上菜：请慢用。

肖丽萌：那次同爸吵架发脾气离家后，我就跑到了广东源口，在一家餐馆打工，收入还不错，谁知得罪了老板娘，前些天被辞退，准备重新找个工作，今天又被扒手把钱掏了个空，我现在变成了一个连饭钱都付不起的穷光蛋。

江兆南：钱是人赚的，丢了再赚回来就是了。既然你现在还没找到新的工作，我建议你回家去看看你爸。

肖丽萌：不去，为什么要去看他，我的前程他漠不关心，要不然今天我也不会这样。

江兆南：你爸一直很想你，你这次就跟我回去吧。

肖丽萌想了想然后摇了摇头：我父亲生病的事，林一凡已告诉我了。如果他还病着，我也许会回去看看他。现在他好了，我就没必要回去了。说实话，我心里很恨他，他不但不理解我，而且还在前途上阻拦我。我是被他气得离家出走的，现在又混得像个乞丐，所以，我不想回去，也不能回去。

江兆南：你要理解你爸，他虽然在有些事情上对你比较严厉，但心是好的，天底下有哪个父母对儿女不是尽心尽意的？

肖丽萌：兆南，你不要再说了，我不混出个人样来是决不会回去的。

江兆南：那你今后打算怎么办？

肖丽萌：再找一家合适的餐馆继续打工，待有一定积累时自己办一家餐馆。

江兆南：既然你态度这样坚决，我就不再劝你回去了。这样吧，我这几年跑运输赚了一些钱，我给你一点应个急。

肖丽萌：兆南，每次都是你在我困难的时候帮了我，我对不起你！

江兆南：你别这样说，人生的路上总会遇到这样那样的困难，都离不开朋友和他人的帮助。

肖丽萌：兆南，我会努力的。等我事业有成后，我一定回家看看，那时我的脸上也有光彩。

7

肖海君在广州街头缓缓走着，他有时看看街边五花八门的招工广告，有时看看在街边卖东西的小商小贩，看看有没有适合自己做的事情。在街边的一个拐角处，肖海君发现有个小青年在悄悄贩卖进口手表、刮胡刀等东西，而且买的人还不少。

肖海君用右手食指推了推眼镜，心里琢磨着，小青年的这个生意不错，不需专门场地，东西随身携带，灵活自由，简单易行，估计效益也不会差。自己初来乍到，何不先试试再做打算。认真权衡了之后，肖海君便主动走到那个小青年身边，问他：小老弟，这生意好做吗？

小青年警惕地看了看肖海君：你问这个干什么？

肖海君：不为什么，随便问问。

小青年：你是干什么的？

肖海君灵机一动：跟你一样，做些小买卖。

小青年一听肖海君与自己是同行的，便有些惺惺相惜，说：吃我们这碗饭不容易。

肖海君递给小青年一支烟，又拿出打火机给他点上，然后自己也抽上一支，说：是不容易，辛辛苦苦还赚不到什么钱。

小青年猛吸了一口烟，然后把嘴里的烟变成一个个小烟圈吐出来，问：你主要做些什么小生意？

肖海君脑子马上转了一下，亮了亮刚才那个打火机，说：就这个。

小青年：那我比你稍好点。

肖海君看了看手腕上的表：快一点了，我们吃饭去，我请客。

小青年听肖海君要请自己吃饭，心里乐坏了，他这是第一次被别人请吃，也是第一次感受到别人的尊重，于是满口答应：好！

肖海君：这里你比我熟悉，到哪家餐馆由你定。

小青年：前边那家餐馆的饭菜又好吃又便宜，我们就到那里去。

肖海君：听你的，走！

两人进到小餐馆坐定，肖海君点了几个粤菜，要了一瓶白酒，便和小青年一边胡吃海喝，一边海阔天空地聊了起来。

肖海君：小老弟，你是哪里人？

小青年：老家湖南。

肖海君：我是江西人。

小青年：我们很早以前是从你们那里过来的，管你们叫老表。

肖海君：那我们就是老表亲戚。小老弟，你的那些货是从哪里进的？

小青年：不瞒你老表大哥，我这些货都是水货。

肖海君：那就不是真正的进口货，是走私来的。

小青年：进口货物是要批文的。我们这样的人又不是机关干部，也不是国营企业的人员，哪搞得到真正的进口货？我们只能从那些走私贩子手里弄一些水货来。

肖海君：走私也得要有相对固定的渠道？

小青年：那当然，我每个星期要到海边的一个村庄去，那里有些人专门干走私这门活，把境外的一些物品从海上偷运过来，卖给国内的贩子，然后这些贩子又偷偷把这些东西卖出去。我买卖的都是小东西，有些人走私买卖的却是电视机、汽车和石油等大物件。

肖海君：干这活肯定很赚钱。

小青年：赚钱是赚钱，一块劳力士手表，他们从境外走私进来只要几百上千元，在国内一倒手就卖几千上万元，利润在好几倍以上。但话又说回来，干这活风险也非常大，一旦被发现抓到，不仅老本要赔光，人还要坐班房。

肖海君：那得要十分小心。

小青年：我去的海边那个村庄就有专人放哨，一看到有可疑的人来了，马上打暗号通知有关人员赶紧把货品藏起来。

肖海君：听你这么一说，有点像电影里做地下工作一样，还蛮惊险的，但也非常刺激，小老弟，我想同你去试一试，行吗？

小青年：你如果不怕的话，可以跟我去试试看。

肖海君：好，什么时候去？

小青年：明天我正好要到海边的村子去进货，你和我一块去。

肖海君兴奋地举起酒杯：好极了！来，干杯！

8

这是海边的一个中等村庄，盖了不少的小洋楼，但显得乱七八糟，环境脏乱差，充满着一股鱼腥恶臭味。远处的海面上，停泊着十几艘渔船。

小青年领着肖海君正想往村里去。突然，小青年拉着肖海君躲进一片树林里，并指着村里那栋最高的房子悄悄对他说：有情况。

肖海君扶了扶眼镜顺着他手指的方向抬头望去，只见村中那栋最高房子的屋顶上，一个男人手拿草帽不停地挥着。

海面渔船上的人看到屋顶上挥动的帽子后，马上把用塑料防水布包扎好了的装有走私货物的一个个箱子沉入海水中，然后开始撒网捕鱼。

几辆警车开进村里，十几个身穿制服的人员挨户搜查了一番，然后来到海边，乘摩托艇来到渔船上，对逐条船进行查看，没有发现问题。这时，一个队长模样的人把手一挥：撤！

缉私队走后，船上的人员脱掉衣服跳进海里，把刚才沉入海里的箱子打捞上来。

走私老大指着打捞上来的箱子说：这几箱是手表，那几箱是小电器，还有几箱是微型收录机，现在运回家，给客人发货去。

9

小青年和肖海君在树林躲了半天，估计平安无事了，就悄悄来到村里的一户人家门前，按照习惯的暗号，小青年用手在门上轻轻敲了九下，里面的人迅速把门打开一条缝，让小青年和肖海君侧身闪了进去。

小青年：货到了吗？

货主没有直接回答，而是指了指肖海君，问：他是谁？

小青年：这是我哥，自己人，放心。

肖海君：一回生，二回熟，见面是朋友。

货主：你们想要什么货？

小青年：还是老三样，手表、刮胡刀、微型收录机。

货主：要多少？

小青年：能佘款吗？

货主：不能。

小青年：三样东西，手表要五十块，刮胡刀四十个，微型收录机二十个。

货主：你们等等，我到里面去拿货。

不一会，货主把三样东西如数交给了小青年和肖海君，两人付了款就返程了。

货主又把门紧紧地关上了。

10

广州，一条不太宽的小街上，行人熙熙攘攘。

肖海君拿着手表等东西在街旁来回走动，他不时地问着来往行人要不要买。有的行人停下来从他手里拿过东西看了看又还给他，有的问了问价钱后摇摇头走了，有的说了声"等下次来买"就离开了。每当遇到这种情况，肖海君都会下意识地用右手食指把眼镜向上推一推。

一个身材魁梧的东北人走了过来，肖海君马上靠过去小声问：要劳力士手表吗？

东北人：多少钱一块？

肖海君：不贵，三千元。

东北人：是水货？

肖海君：货真价实，刚从香港那边进的。

东北人：能不能便宜点？

肖海君：这表在商店里要卖一万多，这价位已经很低了。

东北人：你找别的买主去吧。

肖海君：你别走，价钱好商量。

东北人：两千五，卖不卖？多一元我不要。

肖海君扶了扶眼镜：好，就两千五，我算赔血本了。

东北人交钱，肖海君交货，买卖做成了。

11

一个重庆姑娘走了过来。

肖海君赶紧走过去小声问她：小姐，要微型收录机吗？

重庆小姐：什么牌子的？

肖海君：日本三洋。

重庆小姐：多少钱一个？

肖海君：一个四百五十元。

重庆小姐：多买几个能不能便宜点？

肖海君：你要几个？

重庆小姐：五个，你有没有？

肖海君：有，你要多少有多少。

重庆小姐：一个四百元，你卖不卖？

肖海君：行，就看在你漂亮小姐一次买五个的分上，我也得同意。

重庆小姐：好，一手交钱，一手交货。

12

一对上海青年男女挽着手过来了。

肖海君扶了扶眼镜，上前小声对他俩说：看你们幸福的样子是来旅行结婚的吧，要不要买点手表之类的东西作个纪念？

女的：手表有没有男式和女式的两种？

肖海君：有，而且是劳力士的。

男的：除了表，还有其他什么物品？

肖海君：还有电动刮胡刀、微型收录机。

女的问男的：要不我们买点怎样？

男的马上转问肖海君：你把每样东西的价格报报。

肖海君：手表男式女式一个价，一块三千元。微型收录机每个四百五十元，电动刮胡刀每个两百元。

女的：你如果每样东西打个折我们就考虑买。

肖海君：九折。

女的：七五折。

肖海君：好，就七五折，照顾你们便宜点卖算了。

女的：好，手表男式女式各一块，电动刮胡刀和微型收录机各一个。

肖海君随即把东西交给女的：祝你们幸福美满！

女的转头对男的说：付钱。

13

县委书记梁光含提出大力发展"马路经济"以后，北岭镇近郊紧靠国道的镇郊两边，过去的山丘荒地，如今开始打破千年的沉寂，有人试探着在这里建房开店。

由于不知道荒坡的宝贵，当地村里认为这些荒坡反正也是荒在那里，不如卖了还能赚到一些现钱。所以凡来这里买荒坡的村里都满口答应，而且价格都很低，每亩四五千元。江兆南是第一个来到这里的，在离镇汽车站不远的地方买了一块八十亩的荒坡地，他用砖墙把地围了起来，将朝公路的一面全部盖了房子，除新开了一家商店外，其余的准备用作仓库或出租。江兆南凭着自己的商业嗅觉，断定以后这里会成为一块经商赚钱的风水宝地。

开张那天，为了图个吉利，江兆南特意买了一挂五百响的爆竹放了好一阵。

但是，有好长一段时间，在这国道两边连绵的荒坡上，除了远处有两三家的房子正在开建之外，只有江家的这排房子孤零零地立在这里。这寂寞连江父江母都有些耐不住了。

江母：兆南，你怎么想到要跑来这么个荒坡野地开商店？

江兆南：妈，这里好。

江母：好什么？这么久都不见一个人来买东西。

江兆南：以后来买东西的人就会多起来的。

江父：我看没那么容易。

江兆南：这里有两条国道经过，交通方便，随着经济的发展，这里的车流人流物流就会大大增加，来这里做生意的人也就会越来越多。别看现在这里是荒坡野地，过几年肯定会非常繁华。

江母：我才不相信呢，这么个鬼都不来的地方，再怎么也好不到哪里去，到了晚上，就你爸和我两个人，害怕得觉都睡不着。

江父：你妈唠叨着要你妹妹凤梅过来和我们住。

江兆南：她怎么能离开？

江父：我也认为凤梅不能来，海君的父亲要她照顾，要不然洗衣做饭都没人。

江母：能不能你爸留下来，我在这里住不惯，回家算了。

江父：那怎么行？你就丢下我这个老头子不管了？

江兆南：爸妈，我有个想法，你们能不能聘请一个年轻女孩子来做帮手，这样问题就全解决了。

江父：你这个想法好，我们年纪大了，身边是要有个人。

江母：哪里去找合适的女孩子？条件好的人家不愿来，差的我们又不想要。

江兆南：前些时候有个朋友跟我讲，他家有一个住在大山里的远房亲戚，名叫万秋花，十七岁，初中毕业后本想到广东去打工，但后来还是留在家里做点零碎活。她脑子灵活，为人诚实，手脚勤快，做事麻利，让她到我们家来我觉得非常合适。

江父：她愿意来吗？

江兆南：只要我那位朋友跟她讲，她肯定会来，爸妈如果把她当做自家人，她不仅会把家里料理得好好的，而且会帮助一起把商店经营得红红火火。

江父：这样好的姑娘那还有什么说的？

江母：兆南，你快去把她聘来。

江兆南：好，我明天就去。

14

一群小鸟飞落在大樟树上"啾啾"地唱着歌儿，小时装店外顿时充满了生气。

江凤梅穿了一件宽大的衣服，让人看不出她怀孕后稍稍凸起的肚子。爸妈搬去北岭镇后，就把小时装店给了她经营。她比过去的事情更多了。在规定的营业时间里，小商店是不能离人的，这样就只好由她和海君的父亲轮流来店售货了。江凤梅觉得长时间这样下去不是办法，于是她就请秦姑来帮她一并打理。

上午，秦姑特意穿了一件花格子衬衣来了，离小时装店还有几十米远她就喊开了：凤梅！

江凤梅：哟，秦姑，打扮得真漂亮，像个十八岁的姑娘。

秦姑：到你这里来做事，不穿好点就和这时装店的名字不相配了。

江凤梅神秘地笑了笑：你这一来，这时装店的生意保准比过去好多了，有一个人也肯定会来得更勤了。

秦姑：别瞎说，谁？

江凤梅故意卖弄关子：不能告诉你，来了你就知道了。

江凤梅越不讲，秦姑就越急，一迭连声地催着：快说嘛！

江凤梅：你真的想知道？

秦姑：真的。

江凤梅：那我告诉你，牛斤。

秦姑的脸马上阴沉了：是这个鬼人，太讨厌了，不想见他。

江凤梅：人家可喜欢你了，他还要我做媒娶你做老婆。

秦姑：凤梅，求求你不要说了，我们还是言归正传，你把卖东西应该注意的事情跟我说说吧。

江凤梅：没有太多要说的，你每天下午来，卖掉一件东西就登记一下，这样心中就有数，到月底盘点时也省事多了。还有就是对来店里的人要热情点。

秦姑：我记住了，和气生财。

就在江凤梅和秦姑说话的时候，牛斤摇摇摆摆地来了，他看见秦姑也在这儿，眼睛一下子亮了许多，但他又不好直接跟秦姑讲话，只好没话找话，问江凤梅道：今天买东西的人多吗？

江凤梅：离开门的时间还有半个小时呢，今天我来早一点，是同秦姑商量店里的一些事情，以后每天下午就是她在这里卖东西了。

牛斤在门口的凳子上坐下来：那好，以后我买东西就找秦姑了。

秦姑看了看牛斤：找我买东西可以，你有钱吗？

牛斤在口袋里翻来翻去，好不容易翻到了五角钱，在秦姑面前晃了晃：我怎么没钱？这不是钱吗？

秦姑：算了吧，五角钱买不了什么东西。

牛斤：谁说的，可以买半斤土烧酒。

秦姑：你把钱给我，我称半斤土烧酒给你。

牛斤：我才不买酒喝呢，钱要用到刀口上。

秦姑：你不买就算了，快回去吧。

牛斤：我要向你学习怎样卖东西。

秦姑没好气地瞪了牛斤几眼，正想说什么，江凤梅制止了她：别管了，他每天都要在这里坐一坐。

这时，一个小男孩跑来对江凤梅说：阿姨，你家来客人了，肖爷爷叫你回去一下。

江凤梅随即对秦姑说：我这就交给你了，你就辛苦一下吧。

秦姑：你快去，别叫客人久等了，如果离不开身就不要来了，我在这儿盯着。

江凤梅刚刚走，村里一个中年妇女来商店了，秦姑正要跟她打招呼，不料牛斤先开口了：李大嫂，来买东西呀！

李大嫂：为我小女儿买件衣服。

牛斤赶忙对秦姑说：你帮大嫂挑挑，看买什么样的合适？

李大嫂：凤梅把这个小商店交你俩经营了？

牛斤没有回答，只是"嘿嘿"地笑着。

秦姑虽然很生气，但又不好发作，拿了一条淡黄色带小玫瑰花的裙子给李大嫂。

李大嫂接过裙子，感到很满意：如果再配件纯白色的上衣就更好看了，不知你这儿有没有？

秦姑便在货架上找起来。因为刚接手不熟悉，找了很久没找着。牛斤指着柜台边上的一个大纸箱对秦姑说，凤梅把新进的衣服都放在里边。秦姑连忙打开纸箱，一下就找着了。牛斤为自己的指点显得很得意。

李大嫂付完款后，牛斤又抢在秦姑前面起身相送：慢走哈，回去快给女儿穿上，她肯定好喜欢。

李大嫂：谢谢你们俩！

牛斤：不用谢。

等李大嫂一走远，秦姑一直忍着的脾气像火山一样爆发出来：牛斤，这商店关你什么事？

牛斤：我在旁边帮帮你还不好吗？

秦姑：有什么好的？让人家产生天大的误会。

牛斤：误会就误会一下嘛，有什么了不起的。

秦姑：哪有你这样不要脸的，你快走！

牛斤：好，我走我走。

牛斤没有走，只在小商店的背后转了一圈又回来坐在店门口的凳子上，并不时扭头看看秦姑。

秦姑对牛斤气得没办法：你怎么还没有走？

牛斤：我又不碍你的事，凤梅可不像你这样，我天天来这儿坐坐，她都没叫我走，还跟我说话。

秦姑：我不想看到你，谁像你这样死皮赖脸。

牛斤仍然在商店门口坐着不动，只要有人来买东西，他都要主动招呼，人家走时又主动相送。尽管秦姑对他发了多次火都没有用，只好不再搭理他。

15

前山县城，许向才家。

这是一套三室二厅的住房，在干部职工住房条件非常紧张的情况下，许家的住房就显得十分宽敞。

许向才坐在客厅沙发上看电视。

于彤从父亲家里回来。她挨着丈夫坐下，理了埋被风吹乱的头发，说：向才，刚刚听我爸讲，国家对紧俏商品实行价格双轨制以后，有些人便钻这个空子，背地里把计划内价格的紧俏物品转手在市场上以翻倍的价格卖出，赚了不少钱。

许向才：你爸有没有讲是谁在这样搞？

于彤：没具体讲哪个，但我听说县物资局赖局长开始搞了，一张五十吨的钢材批文转手就卖两万元，人们私下说他是"官倒"。

这时，有人敲门。于彤开门一看是单位的同事赵大姐，便热情地说：快进来。

赵大姐：许局长好！

许向才微微点了一下头：请坐，有什么事吗？

赵大姐：真有些不好意思开口，但我也是没办法，儿子最近要结婚，现在年轻人结婚时兴三大件，冰箱和洗衣机买好了，就差一台彩色电视机，女方说没有彩电就不打结婚证。

于彤：向才，你就帮帮这个忙吧。

许向才：写个报告吧。

赵大姐：我已写好了，给。

许向才随即拿起茶几上的笔在报告上批了一行字：请门市部供给日本东芝彩电一台。

赵大姐看着报告上许向才的批示，激动地说：谢谢许局长，你帮我解决了一个大问题，要不然我儿子的婚礼还没法办呢，到时一定请你们喝喜酒。

于彤将赵大姐送至门口后又回到客厅，许向才对她说：我手里掌握的彩电、冰箱等紧俏货，除了刚才这样做人情，其实也可以批点出去赚些钱。

于彤：那别人告状怎么办？

许向才：告什么状？别人做了初一，我做十五还不行？

于彤：那你批给谁呢？总不能让我去干这种事吧。

许向才：我想了一下，我舅舅的儿子大富倒是比较合适，人很灵活，又很可靠，而且他一直在做贩卖贩买的小生意。

于彤：你觉得合适就行，但一定要谨慎。

许向才：什么谨慎？干这种事就得要果断，在很少人刚开始干的时候，你大刀阔斧地干了，这"第一桶金"就赚到了，否则就晚了。再说就是哪天上面下令不准干了，因干的人多了，要追究查处也是法不责众。

于彤：那你就赶紧动手。

许向才：明天就把大富叫到我这儿来。

16

县城一处僻静的房子内。

大富在同一个叫老黑的人谈批文交易。

老黑：你这次能给我多少货？

大富拿出批文：彩电、冰箱各五十台。

老黑：价格？

大富：彩电每台四百元，冰箱每台三百元。

老黑：太贵了，这样我赚不了钱。

大富：那就彩电和冰箱各减五十元，怎样？

老黑：能不能再减点？来日方长嘛。

大富：你说减多少？

老黑：每台再减五十元，怎样？

大富略为考虑了一下：行，都是吃这碗饭的，相互让让，付钱。

老黑从手提箱里拿出钱：给。

大富：你现在可以拿批文到轻工局仓库按计划价格提货。

17

老黑走后，大富点燃一根烟慢慢抽着，他在等人。

不久，进来一个人，是一个建筑公司的经理。

大富笑着跟经理打招呼：你这么快就来了，我还以为要等好长时间呢。

经理：再不快我就没米下锅了，工地要停工了。

大富：真有你说的这么急？

经理：现在钢材到处都缺货，市面上根本见不到一寸钢筋，到钢厂也是排队都提不到货，还好你救了我一命。

大富：我这也是费了九牛二虎之力才搞到的。

经理：搞到多少？

大富：两百吨。

经理：每吨指标价格呢？

大富：四百元。

经理：贵了点。

大富：不想要吗？你知道现在钢材的价格天天在涨。

经理：要，再贵总比没有好。

大富：这是批文，给你。

经理：今天没带这么多现金，先给你六万，其余的明天给你，行吗？

大富：行，早一天晚一天没关系。

经理：到哪儿提货？

大富：秀水钢铁厂。

经理：不会拿不到货吧？

大富：不会，如果拿不到货，你找我。

18

深夜，街上一片寂静。

许向才家的窗户透出暗淡的灯光。

于彤走到厅里开门，大富提着一个大包气喘吁吁地走了进来。

于彤：怎么这样重啊，快放下。

大富稍稍喘了口气：表嫂，这些天的收入全在里边。

于彤：多少？

大富：十万。

于彤：大富你真能干，一下就赚了这么多，你从中拿两万去，算是你的所得。

大富：我不能要那么多，这主要是表哥运作有方。我本事再大也没用。

于彤：你就不要客气了，一家人不要说两家话。但有一条，我要反复交代你，在外面不管遇到什么人，都不能有一丝一毫牵到你表哥，人家问你批文的事，你就说是你自己搞到的。

大富：表嫂放一百二十个心，我在生意场上混了这么多年，知道这里面的利害关系。

于彤：还有就是不能让外人知道你是我家的亲戚。

大富：县里的人都不认识我，只要我不说，没有人会知道。

于彤：不怕一万，就怕万一，一定要小心又小心。

大富走后，于彤把门关上。许向才从里屋出来，看到这么多钱，不禁喜形于色。他想这几年有不少县局级干部在县城边上的农田里盖了私房，且都是小洋楼。现在自己有钱了也要建一栋。由于他不好出面，就要于彤赶紧通过熟人先搞到地皮，再无偿或低价筹集建筑材料，最后找一支"关系"建筑队，争取尽早动工，于彤有些勉强地答应了。

第十章

1

为了适应改革开放的新形势，省里在前几年提出"支持跟进，对接沿海"方针的基础上，最近又作出了"打好乡镇企业和农业结构调整两大攻坚战，进一步加快全省经济发展"的重大决策。如何使省里的决策在前山县得到落实，县委书记梁光含要求县领导分头深入基层做些调查研究，之后再有的放矢地制定具体的贯彻措施。

峤溪乡是全县在发展乡镇企业和经济结构调整方面搞得比较好的，梁光含就选择了这个乡进行调研。一连六七天，他带着乡镇企业局的几个干部跋涉在乡间的田野和山道上。梁光含先到了杨大任蹲点的村，当看到一片一片的蜜橘树长得郁郁葱葱时，梁光含十分满意，对村里调整种植结构、大力发展果业的做法给予了充分肯定。他还特意把晒得黝黑的杨大任叫到身边，当场给予了表扬，并说乡里的干部都应像杨大任这样，开动脑筋扑下身子，在调整种植业结构上为老区群众致富做些实实在在的事。

接着，梁光含一行又实地察看了几个乡镇企业。在一些山头，他看见一些人在露天开采钨和稀土，有两个厂子还在用传统方法提炼钨和稀土。陪同的当地领导介绍说，自从传达上级"小矿放开，有水快流"的精神后，为充分发挥本地钨矿和稀土资源丰富的优势，全乡兴起了一个以开采钨矿和稀土为主体的乡镇企业热潮，特别是听到钨砂和稀土在国际市场十分畅销和价格卖得很高时，梁光含更是感到非常振奋。回到峤溪乡所在地，他专门召开了一个座谈会，就如何加快发展钨砂、稀土乡镇企业，变资源优势为经济优势听取意见。因为杨大任工作很出色，梁光含特地点名要他参加。

会议发言非常踊跃，上一个还未讲完，下一个就接了上来。大致的内容是，钨和稀土是我们峤溪乡和前山县乃至南江市十分难得的矿产资源，这是老天爷对于我们这片红土地的特别垂青和厚爱，是老天爷送给我们的一个巨大聚宝盆。我们决不能身在宝中不识宝，抱着金娃娃讨饭吃。必须乘着改革开放的东风，充分发挥这两种资源的优势，进一步促进经济的快速发展。这就需要调动方方面面的力量和积极性，除了一些蕴藏量丰富的大矿山必须由国家集中统一开采外，对一些小的零散矿的开采应当进一步放开。

梁光含书记一边认真听着，一边频频点头。

为了说明钨和稀土的开采所带来的效益，乡里的领导还列举了一组主要数字，全乡现有钨和稀土开采的乡镇企业增长一倍，上交的税收增加一半，老百姓的收入也有了大幅提高。乡领导还表示要以更大的气魄、更大的干劲和更快的速度把钨和稀土的开采搞上去，让这两大矿业真正成为全乡人民的致富业。这样，我们革命老区的振兴就指日可待。

大概是受了乡领导发言的鼓舞，梁光含感到身上有些发热，他把外套一脱，重重地说了一个"好"字。

与会人员的脸上都不约而同地现出了兴奋的神情。

这时，杨大任把手举了起来，说：梁书记，我想谈点看法，不知可以不可以？

梁光含：可以，叫你来座谈就应该发言，你放开讲，不要有顾虑。

杨大任：谢谢书记的信任和鼓励。对刚才大家提出的关于钨和稀土的开采，有些意见我觉得很好，但有些意见有些欠妥。这两种矿产资源确实是我们这里得天独厚的优势，应该很好地予以开发，使之成为我们的主导和支柱产业。但现在这种"村村冒烟"的做法必须坚决停止。因为都是露天开采，杂乱无章，而且工艺落后，提炼厂子的污水也是到处乱流，这直接导致了山上植被破坏，水土流失和污染严重，生态环境恶化，这种情况梁书记你一路过来肯定也看到了。还有就是钨和稀土是国家战略矿产资源，必须在国家指导下进行有序开采，不能各自为政，一哄而上，应对开采和提炼进行必要的集中和科学管理。再就是要切实改变目前单卖原材料的状况，在提炼的基础上开展精深加工，延长产业链，这样一吨钨砂和稀土的价格就可增值十几倍乃至几十倍几百倍。如果真能做到这样，那这两大资源优势就一定能够转化为经济优势，我们老区也就一定能够发展和富裕起来。

杨大任的发言，让梁光含吃了一惊。不要看这个小伙子年纪轻，但眼光非常尖锐，所提的问题和建议很有针对性，对自己这个县委书记很有启发。对钨和稀土开采提炼造成的植被破坏和污染，自己就没有太注意，甚至是视而不见。前些时候省委严厉批评南江市长期滥砍滥伐，水土流失严重，责令市里用十年左右时间绿化南江。市委要求前山县先行一步，带头探索一些经验。他正在思考怎么样实施，正好杨大任提出了这个问题，于是他就说：我想再问问你，你说怎么样才能有效治理水土流失严重的问题？

对梁光含书记提出的这个问题，杨大任没有思想准备，还好他是学农的，平时对此也有些思考。他想了一想，说：鉴于我们这里的水土流失不是小块的，而是大面积的，不少山上都被砍得光秃秃的没有什么树。我想小打小闹的治理肯定无济于事，最好的办法就是飞播造林，连续飞播几年，反复飞播几年，同时封山育林。这样既省时省力，又能比较快地见到效果。

梁光含眼睛一亮：好，大任，你又提了一条很重要的建议。

大家都用钦佩而羡慕的眼光看着杨大任。

2

前山县委办公地在县城的最北面，内有四栋五十年代建造的三层砖木混合结构楼房，都是清一色的人字屋顶，青砖墙体，木板楼面。由于长年风吹雨打，楼房显得有些陈旧，墙角长满青苔，楼板凸凹不平，人走上去有时会颤动作响。

县委书记梁光含的办公室在后面一栋的二楼最右头的南面，靠窗摆着一张办公桌，左边放着一个木茶几和两张单人木沙发，对面摆着一个文件橱。二十平方米的空间，简陋但很洁净。

调研回来后，梁光含听说县长何先运对发展乡镇企业有些不同的看法，加上省委最近要求各地要加大年轻干部的选拔任用力度，于是他觉得有必要先同何先运谈谈。在现行体制下，地方党政主官的关系是最微妙也最难处理的，特别是在两人的看法有分歧时就更是如此，这就更需要双方多多沟通，更需要双方相互理解和谅解，更需要双方在不违背原则的前提下各自做些让步，有时适当的妥协也是一门领导艺术。只有书记和县长的意见一致了，下面的工作就好开展了。

梁光含正准备动身去县长何先运那里，不料何先运先来了，两人在茶几两边的木沙发上坐下。

梁光含：这次调研感受如何？有些什么收获？

何先运：打好乡镇企业和调整农业结构两大攻坚战，总的来看是对的，但每个地方必须从自己的实际情况出发有所侧重，不能搞"一刀切"。

梁光含：我赞成你的意见，那我们前山应该怎么搞呢？

何先运：我县是农业县，农产品生产一直是我县的优势，我认为还是要把重点放在农业发展上，下大力气把农业结构调整好，把多种经营搞上去，以此带动全县经济的发展，带动农民尽快致富。

梁光含：你讲的很有道理，农业是我们的优势，应进一步抓好。但是，现在发展快的地方都是工业先行，都在大抓工业，比如苏南的快速发展靠的就是乡镇企业。哪个地方不抓工业，将来的发展就势必落后。我想省、市提出要大力发展乡镇企业也主要是出于这个考虑。

何先运：苏南条件好，有搞工业的传统，节假日又请临近上海工厂的技术员来指导，当地人叫做"星期天工程师"，乡镇企业所以发展快。我们是山区，又是革命老区，这里的人思想传统，性格保守，只会种田，谈农业大半天，谈工业一根烟，特别是远离大城市，就是想搞工业也搞不了。

梁光含：老何，那我们也不能因为不具备搞工业的条件就放弃不搞呀！如果我们既能发挥农业优势，又能把工业特别是把我们这里得天独厚的钨和稀土的开采及加工工业发展起来，那不是更好吗？这样老区脱贫致富的步伐也就会大大加快。

何先运：好当然是好，但农业的优势我们任何时候都不能丢。

梁光含：其实，发挥农业优势，既包含了调整农业结构和发展多种经营，又包含了发展农村工业特别是农产品加工业，具体到我们县，就是要把乡镇企业搞上去。

何先运：那我们是不是可以把两者结合起来，也就是说，农业优势要发挥，乡镇企业发展要跟进。

梁光含：对，我们能不能在这个基础上提得更鲜明更简短一些，叫继续优化农业，主攻乡镇企业。这样既好念，又好记，也符合我们前山县的实际。

何先运：我看可以，把优化农业放在前面，就是进一步发挥农业优势的意思。

虽然何先运强调农业优先，但最终也赞成大力发展乡镇企业，可以说，对乡镇企业这个关系到全县长远发展的问题，何先运的看法基本转过来了，梁光含心里有说不出的高兴。于是他顺势说道：好，我们两人对发展乡镇企业的看法基本一致了。还有就是关于大胆提拔优秀年轻干部的问题，省市对此抓得很紧。这次我去峤溪乡调研，发现杨大任同志很不错。前不久组织部对全县三十岁以下的干部进行了一次摸底考察，也讲其中表现最为突出的是峤溪乡的杨大任，并建议破格提拔重用。不知你对他了解不了解？

何先运：我认识杨大任，这个年轻人确实不错，大学毕业后主动要求到最偏远最艰苦的地方去工作，而且这几年帮助农民推广蜜橘种植，很能吃得苦。我到那个村子去过，干部群众对他反映非常好，赞扬他有能力、有闯劲，是个好干部。

梁光含：杨大任是下放知青，读大学前就担任了大队党支部书记，现在是乡党委委员，组织部提出让他到北岭镇任党委书记，你看如何？

何先运：对杨大任提拔重用我表示完全赞成，但直接让他当镇党委书记是不是太快了点，最好能先当乡长过个渡，这样更稳妥一些。

梁光含：你的看法没有错，对年轻干部的提拔使用，我们应当持慎重态度。但对那些组织上看准了的优秀年轻干部，还是要大胆破格提拔重用，让他们在关键领导岗位上挑重担，经受锻炼。可以说，我们前山的希望在年轻干部，潜力也在年轻干部。只有把一批思想政治素质好又敢想敢闯敢冒敢干的年轻干部提上来，才能真正开创我们这样老区县改革开放和社会主义现代化建设的新局面。

何先运：但有一点要注意的是，对年轻干部在放手重用的同时必须帮助他们健康成长。

梁光含：你说得对，这就叫扶上马送一程。

何先运：杨大任到北岭镇接任后，占仲金不兼镇党委书记了，是不是继续担任副县长？

梁光含：我的意见是副县长照当，再挂个县委常委，你看如何？

何先运：我同意，老占已经五十岁了，也要适当照顾，这样可以调动年纪大的同志的积极性。

梁光含：对这两件关系到全县今后改革发展的大事，我们两个达成了一致的意见，明天就召开县委常委会议，让大家讨论决定。老占的常委通过后还得报南江市委批准发文。

3

杨大任戴着一顶草帽，脚穿一双解放鞋，沿着北岭镇郊外国道两边的荒坡野地深一脚浅一脚地走着。他一会站住望望，一会又从口袋里掏出笔记本写写画画。最后他看到离镇汽车站不远的荒坡上的一排新房子，听说是个体运输户江兆南家盖的，便走了进去。

杨大任：大伯好。

江父正在小商店里用抹布擦玻璃柜台，便问：同志，请问找谁？

杨大任：顺道进来看看。

江父搬过一个凳子：请坐。

杨大任：大伯，你这商店的生意还好吗？

江父：不好。

杨大任：那你怎么会想到来这里开店呢？

江父：这是我儿子江兆南的主意。

杨大任：你儿子蛮有眼光的，这里很有发展前途。

江父：你怎么同我家兆南说的一样？

杨大任：大伯，县委梁书记要求大力发展"马路经济"，我们镇里正在制定有关措施，吸引农民和个体经营户到北岭镇国道两旁设店开业。

江父：怪不得前两天有个姓何的年轻人来这里看了，说要紧挨着我这块地的旁边建个商贸城。

杨大任：不管是谁，凡来这里开店办厂的我们都欢迎。

江父：我巴不得这里早点热闹起来。

杨大任：这一天不久就会来到。大伯，请代向兆南问好。

江父：我还不知道你是谁呢。

杨大任：我姓杨，你就叫我小杨。

4

　　北岭镇党委办公室。杨大任在同穿着一身没有领章帽徽军装的林一凡谈话。

　　杨大任：一凡，县委派我到北岭镇任党委书记，这副担子不轻，你退伍回来，正好可以助我一臂之力。

　　林一凡：杨书记，这恐怕不行，我正准备返回广东去打工呢。

　　杨大任：你不能去广东，必须留在当地干。你村上的支部书记沈发根在外地工作的儿子生了小孩，他几次要求辞掉现在的职务同他老伴一起去照顾孙子，再说他年纪也大了，所以镇党委决定由你来接替担任围坊村党支部书记。

　　林一凡：这个担子太重，我怕挑不起。

　　杨大任：我已经看了你的档案，又打电话向你们部队做了了解，你在部队表现优秀，不仅入了党，还立了一个三等功，担任村党支部书记完全可以胜任。

　　林一凡：那是部队领导对我关心和培养的结果。

　　杨大任：特别是你又在广东源口当兵，受到解放思想的熏陶，对那里改革开放的情况非常了解，具有别的人不可比拟的优势。

　　林一凡：广东这几年发展确实很快，尤其是在对外开放招商引资和发展个体私营经济方面步子迈得非常大，真让人羡慕。

　　杨大任：围坊村条件不错，希望你带领全体村民发扬敢闯敢试的精神，认真学习和借鉴广东的经验，努力使全村的经济发展走在全镇的前面。

　　林一凡：既然组织上这样信任我，那我一定努力做好工作。

　　杨大任：我也准备到围坊村蹲点，在巩固和发展联产承包责任制的同时，怎么样把村级经济和乡镇企业发展起来，看我们能不能搞出一点名堂来。

　　按照杨大任的要求，林一凡上任伊始就在会场江姓祠堂开了一个

217

村民大会。他站在台子上，向大家亮开了大嗓门：镇里决定我当村支部书记，我就得真刀真枪地干。我在广东参军的这几年，村里的面貌发生了很大的变化，家家的日子好了许多。但是，我们不能满足已有的成绩，还要继续大干。我想大家不能光多打粮食，还要大力发展多种经营，种植经济作物，这样不仅可以大幅度增加每家的收入，还可以培植一批种植专业户。特别是我们村山地丘陵很多，据海君的父亲和有关专家讲非常适合种脐橙，我们就开发出来把它全部种上，以后我们还要办工厂，赚大钱。此外，有一技之长的人应当像江兆南那样到外面去跑运输办企业，八仙过海，各显神通，只要我们苦干实干加巧干，要不了多久就会干出一个崭新的围坊村来，让我们这个老区村走在全镇发展的前列。

林一凡的一席话，把台下说得热血沸腾。

5

早晨，太阳从东方冉冉升起，四周的山林沐浴在一片阳光中，炊烟在村庄上空袅袅飘动，整个围坊村看起来就像一幅自然山水画。

王达进开着车来了。

江兆南：最近又这样连续拉生猪到广东去，身体吃得消吗？

王达进：没问题，吃得消。

江兆南：千万不要开疲劳车。

王达进：我会注意。

江兆南：我这里又接了一些货运业务，往广东运生猪还得继续辛苦你了。

王达进：只要有货拉，再辛苦也高兴，我去把生猪装车了。

王达进开车走了。江兆南本来也要准备出车拉货，但昨晚村里通知说上面有人找他，要他在家里等。

快近九点，两个身穿制服的人骑着自行车来了，一见到江兆南就直截了当说明来意：我们是县交管局的，有人反映你和别人私办运输公司，牟取非法利益，是不是有这么一回事？

江兆南：首先我要说明，我没有办私人运输公司。具体情况是这样的，前两年有个刚买车跑运输的年轻人由于人头不熟揽不到货，于是他找到我，要我帮他想想办法。恰好这时镇生猪收购站增加了对广东的生猪运送数量，我争取到了其中的一部分运输任务，我就让给他去拉了。他提出同我合作，由我做主，我也觉得这对双方都有益处，所以就同意了，并一直做到了现在。

交管人员：你们虽然看起来是个人之间的合作，但实质上是个变相的私人运输公司。

江兆南：我们之间确实是合作。

交管人员：再就是你同这个司机的关系，其实就是老板和雇工的关系，就是剥削与被剥削的关系。

江兆南：你们不能这样认为，我不是老板，我们之间也不是雇佣关系。

交管人员：你不要强辩，我们认为你这样做违反了党和国家的政策和法规，必须坚决纠正，立即停止！否则我们将对你采取必要的措施。

江兆南：我一定纠正。

6

两个交管人员一走，江兆南马上拨通了北岭生猪收购站的电话，要王达进不要跑广东，立即赶回来。

放下电话后，江兆南坐在椅子上，拿出一根烟点燃慢慢抽着，他在思考下一步怎么办。

王达进开着空车回来了，问：这是怎么回事？

江兆南：你走后不久来了两个交管局的人，说我们这样搞是违反政策和法律的，是变相办公司，我是变相雇工剥削，必须立即停止。

王达进：我们没搞公司呀！

江兆南：他们要这么说，我们有什么办法。

王达进：我那村有个包工头，他办了个建筑工程队，因挂靠在乡里的农机厂，就变成了乡镇企业。其实，这个建筑工程队是他私人搞的，只是每年向农机厂上交七八万管理费，由于头上有了这顶"红帽子"，所以从没有遇到任何麻烦。我们何不也找个镇里的企业挂靠一下。

江兆南：你这个点子好。现在上面号召大力发展乡镇企业，我们就干脆成立一个运输公司，挂靠到一个乡镇企业，戴上顶"红帽子"，这样就可以名正言顺地跑运输生意了。

王达进：我有个朋友的熟人在镇里制茶厂当厂长，我们公司就挂靠在他那里行吗？

江兆南：他会同意吗？

王达进：百分之百会同意，制茶厂亏损很厉害，他巴不得有人给他上交管理费。只要他一个牌子，不费他任何力气，就可以白白增加一笔收入，这样的好事谁都愿意做。

江兆南：那你赶紧去联系一下，他点头了，我们立即就办。

7

林一凡当了村支部书记以后，工作干得有声有色。因为他的父母"文革"时相继去世，两个姐姐早已经出嫁，他现在单身一人，上门提亲的人几乎踏破了门槛。他想娶肖丽萌，但她远在广东且不愿回来，这个念头因不可能实现只好放弃。后来在媒人介绍的姑娘中，有一个长得很像肖丽萌的，林一凡就同她结了婚，并生了一个男孩。谁知夫妻两人都是火暴性子，动不动就吵架打架，不久便离了婚，孩子让女方带走了。他又重新变成了单身汉。这样过了一些时候，林一凡看到家里成天都是乱糟糟的，不要说没有人洗衣做饭打扫卫生，就是回家也是冷冷清清，更不要说睡在床上有个热被窝了，看来还得非要再成家结婚不可。那找个什么样的女人好呢？再找就找一个为人好又能干的。思来想去，林一凡还是认为本村的秦姑最合适，虽然她结过婚，但年龄跟自己差不多，长相又好，做事风风火火，她又对自己表露过那个心迹，就找秦姑好了。

林一凡是个急性子，主意一旦打定，他就跑到秦姑家去了。

看到林一凡，秦姑又惊又喜：林书记，什么风把你吹到我这里了？

林一凡：当然是好风。

秦姑：有喜事？

林一凡：你说对了，是我们两人的喜事。

秦姑：我们两人有什么喜事？

林一凡：我要你嫁给我，你同意吗？

秦姑虽然对林一凡有意，但还是没有多少思想准备。她原以为林一凡看不上她，现在林一凡主动开口求婚了，她还是不敢贸然答应。她迟疑了一会，说：我是结过婚的，嫁给你好吗？

林一凡：只要你和我两厢情愿，这有什么不好的。

秦姑：要是你不介意，我愿意。

林一凡一把抱住秦姑：那我们现在就去打结婚证。

秦姑：这样太唐突了吧，村里人还不知是怎么回事，最好找个媒人牵个线。

林一凡：你说得有道理，凤梅对你对我都很好，要不叫她做个媒？

秦姑：我也觉得凤梅最合适。

林一凡：我今天就去跟她说，让她把我俩叫在一起见个面，然后就去办手续，把婚结了。

秦姑：听你的。

林一凡搂着秦姑狠狠地亲个不停，把秦姑直亲得喘不过气来。

8

连续多年粮食的空前丰收，使农民手里的粮食多得不得了。虽然国家对农民多交的粮食全部按议价收购，但由于国家的粮库都已装满，许多农民因粮站暂停收购只好把多余的粮食堆放在家里。另一方面，在广东等沿海地区，由于种粮的效益比较低，许多农民都放弃种田去经商办企业，特别是外资和私营企业以及外来打工人员的大量增加，又导致粮食紧缺，供不应求。这样，一些脑袋瓜子灵活的人便抓住机会在地下冒险做起了大宗粮食生意。

这年的秋收时节，围坊村突然来了一位陌生人。他看见正在小溪边捣捶洗衣的江凤梅，便上前问道：小嫂子，你家有没有粮食要卖？

江凤梅：你是哪里人？

陌生人：我是广东人。

江凤梅：你们广东为什么到我们这里来买粮食？

广东人：最近两三年我们那里粮食严重短缺，粮食不够吃。

江凤梅：这还不好办？叫你们本地人多种点粮食就是了。

广东人：本地人不愿种，因为种粮赚不到钱，都去办企业做买卖了，说这个来钱快。

江凤梅：这样你们就到我们这里来收购粮食了。

广东人：你们省是老区，主要搞农业，是产粮大省，粮食多得吃不了。

江凤梅：上面要我们把粮食全部卖到镇里粮站，不能卖到外地去。

广东人：卖到粮站价格低。

江凤梅：那卖给你多少钱一斤？

广东人：每斤至少要高五到六毛钱，每百斤要多卖五六十元。

江凤梅：那比卖到我们粮站要划得来。

广东人：你卖不卖？

江凤梅：卖是想卖，但不允许，上面知道了要追查的。

广东人：我们私下买卖，只要不到外面去说，上面就不会知道，我在其他地方也收购了，没有遇到什么麻烦。

江凤梅：我家大约还有五百来斤，可以卖给你。

广东人：那太好了，我先给你预付五十元，等过几天我来车拉走。

江凤梅：你不怕我到时不认账，不给你了？

广东人：不会，看你样子就是一个厚道人。我还想说件事，因为我对你们村不熟悉，能不能请你再问问村上还有哪些人家要卖粮，再做个统计，过几天我一并来收购。

江凤梅：好，我问问，看有多少。

广东人：那就麻烦你了。

9

江凤梅在打扫猪栏。她把五头猪赶到刚清洗干净的一边，接着又开始打扫另一边。五头猪都很肥壮，江凤梅看了十分开心。

江兆南来了，叫了一声"凤梅"。

江凤梅边打扫边招呼：哥，你稍等一下，我这儿马上就好了。

江兆南拿起一把扫帚进到猪栏：别急，我们一起打扫。

江兆南：哥，你不用扫了，帮我用水把扫过的地方冲一冲。

江兆南：有水吗？要不要去挑？

江凤梅：不用挑了，旁边的桶里有水。

兄妹两人，江凤梅在前边打扫，江兆南在后面冲洗。打扫完后，两人出了猪栏。

江凤梅：哥，有件事我想告诉你。昨天村里来了个广东的粮贩子，说他们那里缺粮缺得很厉害，要到我们这里买粮食，说价格比卖给我们粮站的议价粮要高五六十元，我答应把家里多余的粮食卖给他，他还要我对村里每家卖粮的数量做个统计，我不知这事干得干不得？

江兆南：按现行的政策肯定是不行，但有些地方却在偷偷地干了，上面也是睁只眼闭只眼，没有过去管得那么紧了，广东外来打工人口增加那么多，他们不这样干就没粮吃了。

江凤梅：广东人就是比我们江西老表会赚钱。

江兆南：你说得是，我们老区人太老实了，好多钱都被外地人赚去了，这粮食若是由我们直接卖给广东，这钱就我们自己赚了。

江凤梅：那这样说我们可以把粮卖给那个广东人了。

江兆南：这事可以悄悄地试试。我们是坐在家里等广东的粮贩子上门来收购粮食，并且由他运走，万一被查获了，风险也是他的，就是上面要追究，我们没有主动卖粮食给广东，也就没有什么责任。

江凤梅：那我马上就去村里的人家问问有多少多余的粮食要卖，然后合计个数字交那广东粮贩子。

江兆南：这事如果搞得顺利，我们可以连续做下去。

江凤梅：哥，这事就由你领着来做。

江兆南：但得要有个帮手。

江凤梅：要不就叫小万来帮帮你的忙，镇上的商店让爸妈多辛苦一下。

江兆南：好，就这样办，我明天拉生猪到广东去，再看看那里的行情。

10

江兆南把生猪拉到深圳一个生猪收购点后正准备离开，一个工作人员悄悄问他能不能搞得到粮食。因为一个港商最近在深圳开了一家服装厂，五六百号员工快要断粮了，急得就像热锅上的蚂蚁到处找人帮忙。江兆南一听，这真是瞌睡碰到了枕头，就说粮食我们那里有的是。这位工作人员随即打电话给那家厂子的夏副厂长，并要江兆南直接去找他。

江兆南把车开到了那家厂子办公楼的大门口，一位三十来岁的男子迎了上来。

江兆南：你是夏厂长吧？

夏副厂长：本人就是。

江兆南：厂里缺粮了？

夏副厂长：是的，计划供应的远远不够吃，再过几天就揭不开锅，全厂的人就饿肚子了。

江兆南：我们那里是产粮区，粮食要多少有多少，只是检查站查得太紧，运不过来。

夏副厂长：如果单是粮食检查站过不了，我们可以把关节打通。

江兆南：好的，万一检查站过不了，粮食被没收了怎么办呀？

夏副厂长：这个放心，不会的，就是没收了也不要你们负责。

江兆南：那好，我回去就办。

夏副厂长：越快越好。

11

江兆南回到家，就直奔妹妹江凤梅那里。

江凤梅在厨房煮猪潲，看见江兆南来了，连忙说：哥，你回来了。

江兆南：那个广东人来了吗？

江凤梅：后天来，我在村上给他拉到了几千斤稻谷。

江兆南：为他就做这一次了，以后我们自己来做，这钱自己赚。

江凤梅：这次你到广东联系到了新客户？

江兆南：特区有个港商新办的制衣厂要我们卖粮食给他们。因为政策不允许，这事有很大风险，主要是怕检查站发现没收，厂里答应通过检查站的事由他们负责。

江凤梅：我就想不通，这几年粮食丰收家里都装不下，卖给粮站不是挑三挑四，就是拒绝收购，为什么就不让我们自己卖给外地呢？

江兆南：粮食这样一直多下去，总有一天要全部放开的。但现在还只能偷偷地卖，不能让人知道。

这时，万秋花来了。江兆南要小万这段时间帮忙到各个村庄去收购粮食，收得越多越好。但因为国家的粮食政策还没有放开，所以再三交代她一定要注意保密，悄悄进行，不能被人发现。万秋花说一定会尽量做到。

江凤梅见哥哥还饿着肚子，就给他做饭去。江兆南说还有事必须马上走。江凤梅连忙进屋拿了五个桃酥饼塞到了哥哥手里。

12

为了隐蔽便于保密，万秋花选了一座山坳里一个独门独户的亲戚家做收购点。这里虽然偏僻，但有一条简易的机耕道经过，勉强可以单向通行一辆货车。

万秋花白天到一些村里上门挨户询问有没有粮食要卖。对同意卖粮的人家，请他们晚上把粮食拉到指定地点，当场过秤付款，还再三交代他们不要讲给别人听。

一连忙了五个通宵，万秋花算了算，一共收购了近两万斤粮食。她已累得筋疲力尽，一屁股坐在凳子上。这时，蒙蒙眬眬中，万秋花看见一个妇女拉着一板车粮食朝这里走来，她赶忙过去帮着推，问：大嫂，来卖粮的吧？

大嫂：是啊，这两麻袋粮食本来是以议价卖给粮站的，拉到粮站后，开始说含水分多了要扣斤两，后又说颗粒不饱满要降级处理，这样七扣八扣要扣掉几十斤，气得我不卖拉回家了。这粮站的人，过去粮食少时求着我们卖，现在粮食多了就对我们横挑鼻子竖挑眼，天下最苦最吃亏的就是我们这些种田的。有人悄悄告诉说卖到你这里不会这样，所以我就趁黑拉来了。

万秋花帮大嫂把两麻袋粮食拉到磅秤旁边，又抬上去过了秤，然后如数按价给大嫂付了款。

大嫂沾着口水把钱数了数：卖给你这里划算多了，至少比粮站多了三四十元。这样儿子娶老婆的钱就差不多了。

万秋花：大嫂的儿子什么时候结婚啊？

大嫂：下个月。

万秋花：祝大嫂早抱孙子早得福。

看着满屋子的粮食堆得放不下了，万秋花打电话给江兆南，要他来车赶快把粮食运走。

13

夜深人静，万物都已入睡。一阵低沉的轰鸣声在山间回荡。江兆南、王达进等三人各开着一辆货车来了。

车子一停，几个人就开始抓紧装车。江兆南同那个身强力壮的司机负责把装满粮食的麻袋扛上车，王达进由于个子矮小就和万秋花负责把麻袋抬放到他们两人的肩上。也许是男人的本性使然，王达进在万秋花面前显得劲头格外足，有时一个人就把一麻袋粮食提起来，惊得万秋花连喊"这样会闪坏腰的"，但王达进却根本不听，反而越干劲越大。就这样像打仗似的劳累了将近三个小时才把三车粮食装好。

万秋花给每人倒了一杯水：解解渴，歇会。

王达进喝着水，眼睛却一个劲地在万秋花身上打转：兆南哥，你请来的这位小万姑娘很能干。

江兆南没有接王达进的话，而是说：时候不早了，我们出发吧，今晚先把车开到离这里二十多里路的一个小山村，明天白天大家休息，晚上接着开，过了两省边界的粮食检查站就不怕了。

王达进：小万，你坐我的车吧？

江兆南见万秋花看着自己，于是就说：小王邀你坐他的车，你就坐吧。

三辆车在茫茫的夜色中向前驶去。

王达进虽然手握方向盘直视着前方，但不时用眼角瞟一下万秋花，她有时也侧脸看看王达进。两人都默默无语，不知说些什么好。

王达进实在憋不住了，便没话找话：小万，多亏你了，一下收了这么多粮食。

万秋花：我也没想到会这么顺利，这都是兆南哥的主意。

王达进：兆南哥的脑子确是很灵活，跟着他干有奔头。

万秋花：我听说那个叫肖丽萌的女的还瞧不上他，跟他结婚没几天又离婚了。

王达进：是有这么回事，他们是两家的兄妹互相结亲。

万秋花：这个女的真是没有良心，兆南哥的妹妹都没有离婚，兆南哥吃了大亏。

王达进：女的就是比男的眼睛要浅。

万秋花：你不能一棍子打翻一船人。我就不是那样的人，我要为兆南哥打抱不平，要是他同意，我就替那个姓肖的女的嫁给他。

王达进：兆南哥能娶到你这样有情有义的姑娘一定会很幸福的。要不，我去同他说说。

万秋花：别急，还没到时候。

王达进：那就过段时间再说。

货车在弯弯曲曲的乡村公路上摇摇晃晃地行进着。王达进把方向盘一会打向左边，一会又打向右边；一会冲上陡坡，一会又从坑洼里爬出来。平时在平坦沙石公路上只需要半个小时的车程，却整整花了两个小时，才把车子停在了那个小山村的几堵破墙边上。

14

肖丽萌那次被扒手把钱扒光以后，由于江兆南在资金上及时给予了支持，加上又打工赚了一些钱，她在源口郊外的公路边租了两间房子，自己开起了一个客家小餐馆。来往的司机和乘客特别是那些货车司机都愿意在这里停留用餐，他们很喜欢吃这里的小炒鱼、炒米粉、粉蒸肉、三杯鸡、油焖香菇、肉末薯粉丝和瓦罐汤，更喜欢听肖丽萌唱歌。几乎所有的回头客都是冲着肖丽萌的歌声来的。有些货车司机若在餐馆里没有看到肖丽萌的身影，就像失了魂魄似的，吃饭也没有什么心思。有些年轻司机甚至相互开玩笑说将来找媳妇就要找肖丽萌这样的，还有的年轻司机说要把肖丽萌娶回家做老婆。

一天傍晚，小餐馆里坐满了用餐的人，除了过往的司机这些常客外，又有一些来源口打工的年轻人到这里吃饭。当大家吃到一定的时候，肖丽萌像往日一样给大家唱上两首歌。

肖丽萌：热诚欢迎大家的光临，现在我献上一首《十送红军》，为大家助兴。

"一送（那个）红军，（介支个）下了山……"优美的歌声在小餐馆里荡漾，听得大家如醉如痴，瞪着眼睛望着她。

一曲歌毕，大家喝彩声不断，一些打工仔和打工妹发出一声声尖叫。

肖丽萌：再献上一首《请喝一杯井冈茶》，希望大家吃得更开心。

"同志哥，请喝一杯茶呀请喝一杯茶，井冈山的茶叶甜又香啊甜又香哟……"

这时，一个中年男子进来了，他找了角落里剩下的一个空位子坐下，悄悄地听着肖丽萌唱歌。

肖丽萌唱完歌，又到厨房忙去了，偶尔也会到餐厅收拾盘子碗筷。吃饭的人渐渐散去，但那个中年男子却还坐在那里没有动。他向服务员要了三个菜，不紧不慢地吃了起来。

肖丽萌看见这位中年男子有些面熟，就走过去问他：先生，请问贵姓？你是不是曾经在这城里的一个临时音乐班教过唱歌？

中年男子：是呀，那是专门为来这里打工的年轻人办的。我叫黄乃亮。

肖丽萌：我也在那里学过一阵。

黄乃亮：怪不得你今天的歌唱得这么好。

肖丽萌：那得感谢你这个老师，你当时教我们唱《北国之春》，真教得好。

黄乃亮：不过我只教了几次就没有再教了。

肖丽萌：怪不得我第二次去学唱歌就没看见你。但不管怎样，教一天也是我的老师。

两人这么一说，就有了一种亲近感。肖丽萌叫来服务员：来一瓶红酒，再加几个菜，我要同老师好好喝几杯。

黄乃亮：我今天是无意中来的，没想到遇见你，我看你这个餐馆生意很火爆。

肖丽萌：是啊，几乎天天客满，刚办时还很担心，怕没人来。

黄乃亮：你很会经营，不仅菜有特色，还用歌声吸引顾客，你的歌差不多达到了准专业水平，到时可出个歌带。

肖丽萌：能出歌带那就好了，问题是到哪里去出呀？

黄乃亮：我现在是干这一行的，准备办个音像公司，我给你出。

肖丽萌：那好，到时我找你，那我怎么和你联系呀？

黄乃亮从口袋里掏出一张名片：上面我的情况包括电话号码全有了。

肖丽萌接过名片看了看：以后我就按这上面印的同你联系了。

黄乃亮：好，以后你有什么事尽管找我。

肖丽萌：你有空就经常来坐坐。

黄乃亮拿出一张十元人民币给肖丽萌：结账，付钱。

肖丽萌把钱还给黄乃亮：你能光临就是我的荣幸，我还能收你的钱？以后你来全免费，就像在自己家吃饭一样，随到随吃。

黄乃亮：太感谢了，我回了。

肖丽萌有些依依不舍地把黄乃亮送到门口。

15

广州，上午八点，正是上班高峰。街上车水马龙，人们行色匆匆。在一些十字街口，只要红灯一亮，汽车眨眼就堵成了长长的一串。

杜强开着小车被堵在街上，他不时望望前面的红灯，又看看手表，估摸还要等上四个红灯才能通过，他心里有些发急。厅长近期要出国，要他到省外办去联系一个翻译随行。杜强仔细琢磨了一番，觉得找个年轻漂亮的女翻译比较符合领导的意图。于是他经过多方打听，有个名叫郭春燕的，不仅翻译水平高，人也长得俏丽，而且还是省里一位老领导的女儿，由她当翻译，领导肯定满意。于是，杜强想方设法联系上了郭春燕，并约定今天上午九点到她办公室见面。

尽管杜强紧赶慢赶，但还是迟到了。当他见到郭春燕时，水灵灵的眼睛，黑瀑布似的头发，苗条的身材，漂亮得有些炫眼。他马上一连说了几个"对不起，叫你久等了"。

郭春燕却淡淡一笑：路上堵，早一点晚一点没关系。

杜强原以为郭春燕会像个高傲的公主，没想到却很随和，根本看不出是省级干部的子女，所以也就随口说道：第一次来你这里就迟到，总不太好意思。

郭春燕倒了一杯茶水给杜强：请坐，你说说出国是怎么回事吧。

杜强：是这样，我们厅长要去美国出访，前几次出国时他对翻译不满意，这次就要我找个优秀的。外办的同志介绍说你非常棒，所以我就来麻烦你了。

郭春燕：谈不上麻烦，能为你们厅长服务，我感到很荣幸，就怕水平低不够格。

杜强：你不要谦虚，当我们厅长的翻译绰绰有余。

郭春燕：这次出访你去吗？

杜强：我不去，但在为厅长出访准备材料。

郭春燕：你要能一块去就好了。

杜强：下次积极争取，我想一定有机会的。

郭春燕：你回去后请你们厅长跟我们主任把这事说一声，也算履行了手续。

杜强：好的，你今天帮了我一个大忙。如果你不同意，我还不知道怎么向领导交代呢。

郭春燕：也感谢你给了我一个美差，让我又多了一次出国学习的机会。

杜强：我准备向厅长建议，以后他出国就专门请你当翻译。

郭春燕：我非常乐意。

杜强：可得要说话算数啊！

郭春燕：一定算数。

从省外办出来，杜强有一种说不出来的愉悦。他哼着小调，开着车飞也似的向厅里奔去。他要以最快的速度把落实情况向厅长汇报。

第十一章

1

广州，一条小街上。

肖海君像往常一样站在街边悄悄卖着进口手表、电动刮胡刀、微型收录机等小物件。有个年轻女士正要肖海君把手表卖给她时，突然前边不远处人群一阵骚动，肖海君一看是城管来了，知道事情不好，忽地一把从年轻女士手中夺过手表，对她说了声"我不卖了"就拔腿拼命向后面跑去，那年轻女士不知道发生了什么事，脸上现出一片惊讶。

城管人员发现了肖海君逃跑，马上紧随其后猛追。肖海君跑进了一条小巷子里，城管人员又追到小巷子里。肖海君又折进另一条小巷子里，由于跑得太快，和一个女士撞了个满怀，女士踉跄了几下险些倒在地上，在后面追赶的城管人员又把她撞倒在地上，女士不断大声喊叫"救命"，城管人员不得不停下来把她扶起，向她赔礼道歉，接着又送她到医院做检查治疗。肖海君因此躲过一劫。也不知拐了多少条街巷，肖海君跑得上气不接下气，几乎是筋疲力尽，快要瘫倒。当他确信后面没有人追时，才稍稍喘了口气，然后找了个小店要了几杯啤酒，边喝边给自己压压惊。

肖海君在小店歇了好一阵，自觉体力恢复得差不多，就出了店门匆匆而去。他要去找那个帮助自己贩卖走私物品的小青年，眼下风声日紧，他担心小青年会不会被城管人员抓到，再则，他还准备同小青年到海边那个村庄进点货。肖海君边走边想，忽然前边大街上隐约传来一阵阵喧哗声，他赶紧走过去，一看是两辆汽车慢慢开过来，前边一辆是打击走私贩私宣传车，后边一辆是警察押着一些走私贩私人员站在车上。肖海君挤在人群中仔细望过去，他看见了一张熟悉的脸孔，这不就是小青年吗？肖海君只觉得一阵头晕，他不敢再看下去，连忙拿下眼镜把眼光移向别处。这时，又听见宣传车在播音：为了维护经济秩序，保障改革开放的顺利进行，市委市政府决定在全市开展一场声势浩大的打击走私贩私活动，有关部门已经捣毁了一批沿海和海上的走私贩私窝点，抓获了一批走私贩私罪犯。面对小青年被抓，海边村庄被查，肖海君感到贩买贩卖走私物品这条路已经被完全堵死了。他陷入了困境。

2

围坊村，肖家，满屋子的兴奋和紧张。

江凤梅要生产了，躺在床上痛苦地呻吟。

接生员在旁边不停地劝慰她：生下来就不痛了。

江母也鼓励女儿：生头胎要痛一些，坚持一下就好了。

没有多久，房间内传出婴儿"哇哇"的啼哭声。

在门外守候的肖父、江父、秦姑、小万等人惊喜地问：生了？

接生员抱着婴儿出来：恭喜，生了个崽。

秦姑：凤梅海君真有福气啊！

肖父：赶快通知海君回来一趟。

江父：小万，你快去找兆南，叫他去通知海君。

万秋花随即向镇上一间挂着"北岭镇制茶厂运输公司"牌子的旧房子奔去。

此时，江兆南和王达进正在公司的旧房子里边抽烟边说着事。

王达进：这挂靠戴了顶"红帽子"就是不一样，运输生意做了大半年，也没哪个人说我们不合法。

江兆南：看我们的效益很不错，茶厂为了减少亏损，还要我们把运输公司继续做大。

王达进：现在找我们运货的太多，虽然前些时候增加了两辆车，但还是运不过来，正好有个新司机要求加入运输队，我看可以把他吸收进来。

江兆南：这也符合镇里杨大任书记要我们当好乡镇企业发展排头兵的要求，不过我们悄悄做就行了，免得树大招风，自找麻烦。

万秋花上气不接下气地跑了进来，告诉江兆南说，凤梅刚刚生孩子了，要他赶快叫肖海君回来。江兆南马上站了起来，他知道肖海君住的地方没有电话，就立即开着车子往县城发电报了。

3

一连几天，肖海君苦恼极了，是在广东另谋出路，还是先回家看看再说。正在拿不定主意的时候，接到了江兆南的电报。肖海君高兴得跳了起来，老天真是有眼，没想到丢了生意却添了儿子。他以最快的速度赶回了家里。

江凤梅怀里搂着孩子坐在床上，肖海君一进屋，先满满地看了看妻子，接着就在儿子的小脸上亲了亲。

为了让江凤梅坐好月子，肖海君帮着岳母做家务，努力扮演着丈夫的角色。

江凤梅奶水不够，每到半夜，小孩就会哇哇地啼哭。这时，肖海君就像听到军令似的，一骨碌从床的另一头爬起来，连忙戴上眼镜，把奶瓶洗干净，放进奶粉，从热水瓶里倒出温开水冲好，然后让江凤梅喂给孩子吃。

江凤梅起床后，肖海君马上就会到厨房把一碗糯米酒加秤砣蛋端

235

第十一章

给她：趁热吃，你妈做的，吃了奶就多些了。

江凤梅深情地看了看丈夫，然后甜甜地吃起来。

听说吃猪脚能发奶，肖海君又马上和镇里的肉店联系，骑着自行车赶过去买。

有时，肖海君会悄悄地抱着孩子在屋里来回走着，嘴里还不时哼着摇篮曲。

虽然这样一天到晚忙着，肖海君不仅不觉得疲惫，身上反而有着一股使不完的劲。

4

北岭镇郊的国道两边的荒山坡地上，不知不觉盖起了很多两至三层的房子，还有不少的房子正在兴建之中，一条新的"农民街"已经形成并在不断延伸。这些建起来的房子，大多都是清一色的小店，有卖杂货的，有开餐饮的，有卖食品水果的，有给汽车打气补胎的，有汽车配件和修理的，有住宿的，有理发的，还有肉店，豆腐店，家具店等。在很多小店门前，停靠着一辆辆路过的大货车。特别是中午和晚上，路旁站着一个个年轻的姑娘，纷纷向来来往往的车辆争相招手，要司机把车开到自己家的餐馆或饭店停靠吃饭和住宿。

当初显得孤零零的江兆南家的一排店铺，如今成为了最热闹的地方。由于地段好，加上商店由原来单纯经营各种时装扩展到各种货品及本地的农副土特产品，因而来店里买东西的人也络绎不绝。

天近黄昏，江兆南拉完货后开车回到了镇上自家的商店。

江兆南见父亲在整理货架，连忙上前叫道：爸，还在忙呀！

江父：差不多忙完了。

江兆南：等妈从凤梅那里回来了，你就轻快一些了。

万秋花端了一杯茶从厨房出来：兆南哥，你先喝点茶，饭马上就好了。

江兆南接过茶，边喝边走到窗口，看见斜对面饭店门边站着许多人，他们在看墙上贴的一张通告，于是便好奇地走过去看个究竟，不看不知道，一看把他吓一跳。原来是镇党委为了贯彻落实党的十三大精神，切实加快企业改革的步伐，决定把承包责任制引入乡镇企业，将连年亏损的镇制茶厂拿出来承包，并向社会上公开招聘承包人。江兆南心想自己的运输公司挂靠在制茶厂，该厂承包后会不会对运输公司的挂靠及上交的管理费产生影响。这是一个值得认真对待的问题。想到这里，江兆南马上返回家里对父亲说：爸，我不在家吃晚饭了。

这话被在厨房做饭的万秋花听见了，她立即跑出来对江兆南说：饭马上就做好了，你吃了再走吧。

江兆南：我有急事，得现在赶到公司去。

万秋花：兆南哥，你等一下。

万秋花跑进厨房急忙端了一碗蒸蛋出来：把这吃了再走。

江兆南心里暖暖的，接过碗和小匙子几口就吃了个精光，接着就匆匆走了。

万秋花站在那里甜甜地笑着。

5

公司就在镇上的另一头，江兆南一会儿就到了。他和王达进一起商量怎么办。

王达进：我也看到那个通告了，应该不会有什么影响，不管谁承包，都会让我们继续挂靠，最多就是增加一些管理费。

江兆南：还是把事情想得复杂一点好，万一人家承包后不让我们挂靠呢？我们又得去找新的挂靠单位，没找到以前又得停业。

王达进：你这么一说，这事还真的要慎重考虑。

江兆南：我们来承包制茶厂怎样？

王达进：我觉得可以，把厂子承包下来，你完全有这个能力。

江兆南觉得这个事情非同小可，需要慎重考虑，因而没有马上表态。他叮嘱王达进在事情未决定之前不要对外去说，接着他就开着车子从镇上直奔村里，把车子停在村头那棵大樟树下，提起一个袋子到了肖海君家。

肖家正在吃晚饭，看见江兆南来了，全家人停下碗筷赶忙叫他一块吃饭。

江凤梅到厨房里端上一碗饭：哥，快吃点。

江兆南把袋子往旁边的椅子上一放：凤梅的奶水不够，我托人买了几包"英雄牌"奶粉，给小孩搭着吃。

肖海君：我正发愁奶粉不够找谁去买，没想你就给送来了。

江兆南端起碗边吃边说：海君，吃完饭后我要同你商量一件重要事情。

肖海君：我快吃好了。

江兆南三下五除二简单吃了几口，和肖海君同时放下了筷子，两人出门站在门前的坪地上。

江兆南：你这次回来还准备重返广州么？

肖海君：小孩已经三个多月了，我同凤梅商量，再过几天就准备返回了。

江兆南：你可以不回么？

肖海君：不回？你是不是怕凤梅一个人对小孩照顾不过来？我开始也发愁。林一凡要秦姑帮着凤梅一起照看小孩，还有我爸也可帮帮忙，我觉得这样可以，凤梅也要我放心走，家里的事不要挂记。

江兆南：我要你留下来，首先是能好好帮着凤梅一起照顾小孩，但还有一个重要因素，就是你即使回广东也还要再去找工作，我想你不如留下来，我们一起合作干点事。杨大任调到我们镇当书记后，改革的力度很大，现在又决定在亏损严重的镇制茶厂推行承包责任制。我想我们两人把它承包下来，而且一定能够搞好。

肖海君扶了扶眼镜想了一会，说：你的想法很好，但是我不能留下来和你一起干。为什么？你知道杨大任和我同在一个城市上大学，又同时分到县里工作，他现在干得很好，我却因那件事辞职到广东自谋生路而且又碰得头破血流，我这个样子哪有什么面子见他？这次回家就想方设法没有惊动他。再说，人家都知道我是杨大任的同学，我去承包也不合适，就是公事公办别人也会说三道四。所以摆在我面前的只有一条路，回到广东去重新打拼。

江兆南：你说得也对，既然这样，我也主张你再回广东去。但你帮我拿拿主意，我要不要去承包制茶厂呢？

肖海君：这还有什么犹豫，你只管大胆去承包，成功了你可以闯出一片新天地，失败了你继续跑你的货物运输去。

江兆南：你这样一讲更坚定了我的信心。

肖海君：凭我对你的了解，我相信你一定能干好。

江兆南：你这次重回广东，有没有什么新的打算？

肖海君：还没有，打击走私贩私后，过去的那个生意是不能再做了，当然那也是权宜之计，临时做做可以，长期肯定要找个适合自己的工作。反正路是人走出来的，回到那里再看吧。

江兆南：我跑运输时认识我们省一个县属垦殖场办的无线电厂销售员，这个厂专门生产收音机，产品非常跑火，厂里在全国各地雇请了很多代销员，最近准备打开源口等地的新兴市场，我介绍你去做他们在源口的代销员如何？这样你可先稳一稳，等找到了合适的工作再辞掉。

肖海君：好的，这样我回广东心里就踏实多了。

江兆南：你走之前，我会同无线电厂的那个销售员打电话，到时你直接和他联系。

6

平日冷冷清清的北岭镇制茶厂大门口，今天被人们里三层外三层围得水泄不通。

大家都在争相观看新贴在墙上的镇党委关于对制茶厂开展承包制试点通告旁边的一张要求承包制茶厂的请示报告。

北岭镇党委：

把制茶厂拿出来承包，这是搞活茶厂、扭亏增盈的有力改革举措，对加快发展和壮大乡镇企业具有重大而深远的意义。为了落实镇党委的决策部署，我自告奋勇要求承包制茶厂。我在这里向镇党委和全厂职工保证，在承包的第一年，厂里的产值、利润和职工的收入翻一番，之后的三年也一定做到年年增加。以上承诺，说到做到，如果落空，甘愿受罚，并以全部家产担保。

请求人　江兆南

江兆南主动请求承包制茶厂的消息，不仅在制茶厂炸开了锅，而且在北岭镇掀起了滔天大波。那几天，这件事成了人们茶余饭后议论的热点。镇党委书记杨大任也备感振奋，迅速召开党委会批准了江兆南的承包请示，并决定以此为契机，大力推进全镇的改革开放，掀起一个发展乡镇企业的热潮。

开完党委会后，杨大任把江兆南找到了办公室。

杨大任：你这把火烧得好！镇党委已同意你承包制茶厂。

江兆南：那太好了！谢谢镇党委对我的高度信任和支持。

杨大任：不是你感谢镇党委，而是镇党委应该感谢你！江苏等沿海地区发展快，主要就是上了一大批乡镇企业，我们革命老区要加快发展，也要把乡镇企业搞上去，特别是要有一批懂经营会管理的企业家。

江兆南：书记说得对，我们内地发展的差距主要就是乡镇企业发展的差距。

杨大任：开弓没有回头箭，希望你大胆干，放手干，为乡镇企业的发展杀出一条血路来。

江兆南：我一定按杨书记的要求尽力把茶厂搞好，为发展当地的乡镇企业做出自己的贡献。

7

江兆南刚离开，杨大任办公室桌上的电话就响了，他拿起话筒，电话是县长何先运打来的。

何先运：大任，有人反映你把镇制茶厂承包给个人了？

杨大任：是的，县长。

何先运：把一个公家企业承包给个人可得要慎重，这样做是不是有点不对头？

杨大任：我们反复讨论过了，制茶厂亏得很厉害，如果不承包出去，不久也会倒闭。

何先运：你考虑过承包出去的后果吗？

杨大任：我没有想那么多，只想把制茶厂救活。

何先运：万一救不活呢？

杨大任：死马当做活马医，最近外地不是也有把集体和国营企业承包给个人的吗？

何先运：那也是个别地方在先试试看，我们这里不要去赶那个风头，再说人家的做法也不一定适合我们这里。

杨大任：县长，你就让我试试吧。

何先运：试试容易，如果到时出了乱子，恐怕你就吃不了兜着走。

杨大任：如果承包没效果，惹出乱子，组织上怎么处理我都接受。

何先运：既然你要坚持，那我就不多说了，反正一切后果由你自负！

何先运把电话"嘭"的一声放下了。杨大任握着话筒停了一会，然后斩钉截铁地对自己说：认准了就得往前干，大不了头上这顶乌纱帽不要了！

8

镇制茶厂会议室。

江兆南在召集会议，研究制定茶厂的发展措施。

江兆南：根据大家的意见和建议，全厂主要做好三件事情，一是把还没有发挥出来的三分之一的制茶能力充分发挥出来，开足马力生产，使茶叶的产量有一个大幅度的上升，同时要保证茶叶的质量有所提高。二是开拓新的生产门类，把精简人员组织起来生产茶饼，我已经聘请了两个师傅来做技术指导。三是运输公司在现有基础上增加车辆，扩大运输总量和效益。同时聘任王达进为副厂长。为了完成上述任务，打破过去的"干多干少一个样"的平均主义分配制度，拉开档次，实行按量计酬，根据绩效拿工资。我们就不开动员大会了，现在大家分头去干，事业是干出来的，不是开会开出来的。

一场承包制改革就此在制茶厂开始了。

9

茶饼制作车间。

工人们在一位师傅的指导下，有的在把茶叶榨成茶汁，有的在将掺了茶汁和白糖等配料的面团进行反复揉搓，有的在把揉搓好了的面团压模成茶饼，有的在把制作成型的茶饼蒸熟烘干，有的在用无毒塑料袋进行包装。

江兆南走进茶饼制作车间，一股香喷喷的味道扑面而来，他不由说道：真香啊！

师傅：过去的茶饼徒有虚名，里面成分就是面粉加白糖和香精，现在我们增加了茶汁，所以就有了一股茶香味，成了名副其实的茶饼。

江兆南：这稍微一改进，茶饼的味道就大不一样。

王达进：许多人都说我们厂生产的茶饼又香又甜又脆，非常好吃，销路很好，供不应求。

江兆南：越是好销，越要保证质量，任何时候都要牢记，质量是企业的生命。

10

江兆南又来到制茶车间。

一片繁忙景象。一些工人在分检新鲜茶叶然后倒进大锅里，一些工人用铲子不断铲翻着大锅里的新鲜茶叶进行杀青。一些工人将杀青了的茶叶先装在撮箕里然后倒在制茶机上的大圆盆里，一些工人站在缓缓转动的制茶机旁边监看并不时翻动随着旋转慢慢卷起成形的茶叶，技术员在添加配方，这是最关键的一道工序，要反复加工三遍。茶叶制好后，一些工人用塑料袋手工进行包装。

车间的正面墙壁上，挂着一张很大的图表，上面标着每个工人的劳动绩效。

江兆南在车间仔细察看了一遍，然后同王达进从车间出来。

江兆南：我问你一下，我们厂的茶叶质量离出口标准差多少？

王达进：离出口标准差多少我不知道，但上海每年要从我们厂购买大量茶叶，然后他们稍微进行加工就卖给外国人了，可见我们茶叶的品质是好的。

江兆南：前几天，有个朋友对我说，我省的茶叶在广交会上很受欧美外商的欢迎，你现在承包了茶厂，可以做点茶叶出口的文章。我觉得他的建议很好，我们可以试试。

王达进：听厂里的工人说，几年前就想出口茶叶，但困难重重，便放弃了。

江兆南：不管有多难，都要努力争取，我们先组织技术人员参照出口标准生产一些绿茶样品，然后再想办法出口。

11

一间仓库改成的出口茶叶临时试制室。

一张长方形的旧大木桌上，并排放着十二种全国全省的名茶并写上名字，同时把本厂生产的茶叶也一并放在桌上，江兆南、王达进以及技术人员在比较每种茶叶的质量。

江兆南：从颜色上看，我们厂的茶叶同全国全省的名茶相比，颜色明显偏黑，这不知是什么原因？

技术员：可能是杀青时火候掌握不够准，也可能与杀青的时间过长有关。

王达进把每种茶叶撮起闻了闻：我们厂的茶叶没有那种浓浓的茶香。

技术员：这可能与生产工艺有关，也与配方有关。

王达进：再就是我们厂茶叶的形状也不好看。

技术员：茶叶的包装也太简陋。

江兆南：茶叶的颜色、形状、香味和外包装是给人的第一印象，下面我们再来品味每种茶的口感。

王达进随即拿来十三个杯子，将每种名茶和厂里自产茶分别用开水冲泡好。

江兆南先端起一杯茶抿了抿，然后放回原处，接着又端起一杯茶抿了抿，又放回原处。王达进和技术员也跟着一杯一杯地抿，就这样几个人把每杯茶都抿了一遍。

江兆南：你们觉得味道怎么样？

王达进：品了这些名茶，觉得我们厂茶叶的最大问题是味道过于苦涩。

技术员：苦一点倒不要紧，涩却是非常致命的，让人喝了一口就不想喝下一口。

江兆南：茶的味道也没有名茶纯正，稍稍带点焦味。

技术员：这个味道也是喝茶的人很讨厌的。

江兆南：这样一比较，我们厂茶叶质量上的差距就清楚了。差距就是努力方向，差距就是发展潜力。达进和技术员这段时间辛苦一下，组织大家，群策群力，以全国全省名茶为标准，尽最大努力改进和提高我们厂茶叶的质量，在广交会前拿出产品。

王达进：我们坚决把这个难关攻下来。

12

林一凡骑着一辆自行车来到镇政府。他刚把车放好，镇党委书记杨大任正好从大门口出来。

林一凡：杨书记好！

杨大任：找我有事来了？

林一凡：一点小事，想麻烦一下书记。

杨大任：快说，什么事？

林一凡：听说你爱人在省城汽车厂工作，我想请你写个条子给她，买一辆130双排座客货两用车。

杨大任：给村里买还是自己买？

林一凡：当然是村里，你几次在贯彻十三大精神的会上说要在重点搞好改革开放和经济发展的同时，还必须把生态环境搞好。省里正在实施"山江湖"工程，你要求我们村里把"猪沼果"作为这个工程的一项重要工作切实抓好，我买辆汽车就是为了在建沼气池子时拉个水泥砖头更方便一些。

杨大任：这个"山江湖"工程意义重大，世界银行还专门给了一笔低息贷款。现在我们这一带森林砍伐太多，水土流失严重，江湖泥沙淤积，所以治湖先要治江，治江先要治山。但要把山治好，就不能烧柴火而要烧沼气，所以沼气池子一定要尽快建起来。买车子的钱都准备好了吗？

林一凡：光村里的钱还不够，我个人垫付一点。

杨大任：不错，还有点奉献精神，当村支书就应该这样。

杨大任从手提包里取出纸和笔，靠在墙上写了一个条交给了林一凡。

林一凡：谢谢书记！

杨大任：谢什么？买车时如有情况就打电话来。

林一凡说了一声"我马上就赶到省城去"，就风急火燎似的骑车走了。

13

省城毕竟同乡下不一样，改革开放的气息要浓厚多了。大街上挂着"沿着有中国特色的社会主义道路前进""对内更大胆搞活，对外更大胆开放"等标语，不少高楼大厦拔地而起，一些街道在拓宽改造。随处都是新开的商店，满地都是小摊小贩。最繁华的是市中心的广场，一群群大人小孩在绿茵茵的草地上随意地活动着或嬉戏着，东面的服务大楼门庭若市，人们不断进进出出；西面的展览馆是文革时的建筑，高大雄伟的门前人潮汹涌，里边正在举办世界名画巡展；南面的图书馆里一片静谧，人们分别在两个报告厅里认真听着西方经济学和西方思想史的学术讲座；北边的百货商场门口拥挤嘈杂，许多顾客在争相疯狂地抢购紧俏商品。

林一凡在汽车制造厂的林荫道上走着，心想这哪是工厂，简直就是一座小城市，走了不少时分还摸不到头绪。他不时向来往行人询问汪小丹在哪座房子里办公，但都说不清楚。

对面又过来了一个年轻小伙子，林一凡迎上前问道：同志，请问你知道汪小丹在哪办公吗？

年轻小伙子：她和我同在厂里的技术部，你跟我去就行。

林一凡笑着表示感谢后就跟着年轻小伙子拐过几条道路，到了一栋大楼里，上到三楼，在一间办公室门前，年轻小伙子朝里面喊道：小丹，有客人找你。

汪小丹急忙出来，看了看林一凡：是你找我？

林一凡拿出杨大任写的条子递给汪小丹：想请你帮买辆 130 双排座客货两用车。

汪小丹：目前车子在市场上供不应求，不过不要紧，我同有关部门商量一下，争取后天提货。我先安排你住下，你在这安心等两天。

林一凡：住就不麻烦你了，我趁这两天到街上看看，我还没来过省城呢。

汪小丹：既然这样，我就不勉强了，后天见。

14

汽车制造厂。

在一个巨大的室外停车场里，一排排崭新的 130 双排座客货两用车整齐地摆放着。

汪小丹和厂里的有关人员带着林一凡来取车。

汪小丹对林一凡说：你看要哪一辆？

林一凡在几排车子中间看了几个来回，拿不定主意。

汪小丹：这车子是和日本合资的，质量都差不多，关键是你喜欢哪种颜色的？

林一凡：白色、蓝色、银灰色都很好看。

汪小丹：我建议你买辆蓝色的，不仅颜色醒目，而且在农村跑比白色、银灰色更耐脏。

林一凡：还是你想得周到，就买辆蓝色的。

汪小丹：你选辆蓝色的车上去开开，好好感受一下。

林一凡连说了几个"好"，就爬上一辆蓝色车子的驾驶室，先把车发动，接着开出停车场在水泥路上转了一圈回来，然后停下来，说：感觉太好了，就买这辆。

汪小丹：你觉得好就行。

林一凡：谢谢你们！我这次来买车，承蒙你们关照给了个出厂价，让我节省了不少钱。

汪小丹：这是我们厂领导定的，说你那里又是山区又是老区，买辆车不容易，应当给予照顾。还有我家大任在你那里工作，我也得这样做，否则我去看他时见到你们，他可要批评我啊。

林一凡：杨书记在我们那里威信可高啦！

汪小丹：别夸他了，你开车早点回吧。

林一凡：那就不耽误你们了，我走了。

汪小丹：开慢点，路上注意安全。

林一凡驾着车子驶出了厂门。

15

也许是买了新车太过兴奋，吃过晚饭不久，林一凡就嚷嚷着要秦姑上床睡觉。秦姑说太早了，村上人都还在忙着呢。林一凡却不管那么多，硬是把秦姑拉到了床上。

林一凡：今天你得好好慰劳我一下。

秦姑：晚饭那些好菜就是我为庆贺买了新车特意做给你吃的。

林一凡：光菜好吃还不够，我还要我俩好好亲热亲热。

秦姑：反正我是你的，依你怎么亲热。

林一凡：结婚这么久了，怎么还没有怀上？

秦姑：我也不知道是什么原因。

林一凡：你一定得给我生个小宝宝，而且要是男的。

秦姑：我也很想。

林一凡：趁今天高兴，我得要你怀上。

秦姑紧紧地把双手箍在林一凡后背上，她感觉到的只是一股热浪，一股狂飙，一种激烈的撞击，一种从未有过的愉悦。

16

深圳，这个昔日的边境小镇在成为经济特区后，弹指之间就呈现出一种大都市的轮廓了。罗湖区人来车往，商企林立，流光溢彩，异常繁华。街上随处可见来此洽谈投资的境内外商人，以及全国各地来寻找商机和工作的人。再往外，是正在不断延伸的建设中的深南大道，两旁是一栋栋在建的高楼，一个个在建的企业，一条条新开的道路。虽然看上去像个嘈杂脏乱的大工地，但却展现着经济特区无限光明的发展前景。

在罗湖区的一家宾馆的茶座里，肖海君和一个四十多岁的男子在谈收音机销售一事，这个男子就是江兆南给肖海君介绍的那个县属垦殖场无线电厂的销售员。

肖海君：你要从总销售额中提成百分之十五，这太高了。

销售员：现在都是这个行情。

肖海君：我算了一下，一个收音机从我这卖给客户，也不过百分之二十的利润，这里面还要给客户一些回扣，如若给你那么多，我就不但赚不到钱，而且还会赔本。

销售员：我现在就要你一句话，你做不做？如你不做，有的是人做，很多人都排队等着呢。

肖海君：能不能降一点？

销售员：一个点也不能降，我之所以要这么高分成，因为我也得对上下左右打点，要不然我这饭碗也端不稳。

肖海君：那算了吧。

销售员眼一瞪，边说边起身扬长而去：你知道自己做不了，还跟我谈什么！

肖海君垂头丧气地出了宾馆大门，拐到了一条小街上，在一个没有人的转角处，被两个十六七岁的年轻人拦住了。

一个嘴里叼着香烟的对肖海君说：兄弟，给点抽烟的钱来。

另一个人马上拿着小刀逼到他的胸前：我们刚到这，没钱，你支持点。

肖海君心想这下碰到小流氓了，他脑子快速转动着怎么对付他们，他想报警，附近没有派出所。他想喊叫，白晃晃的刀子已对着自己。他知道如硬顶肯定会吃亏，于是只好说：我也是刚来的，我们是同路人。

那个拿着小刀的说：谁跟你是同路人，快把钱拿出来。

肖海君庆幸自己身上只带了十五元钱，就掏了出来：就这么多，全部给你们。

拿小刀的顺手把钱一把抢了过来：他妈的，就这么一点点！还有没有，快给我拿出来！

肖海君：我确实没有。

嘴里叼着香烟的：给我搜！

拿小刀的马上动手在肖海君的身上从内到外搜了一遍，结果一无所获，不由大为光火，恶狠狠地打了肖海君一个耳光，嘴里叼着香烟的又朝肖海君的胸前重重地击了一拳，然后将肖海君往后猛地用力一推：去你妈的！

肖海君向后仰着跟跄了几步，险些倒在地上，眼镜也掉了，还好没有摔破，他赶紧捡起戴好，等他站起来，两个小流氓已不知去向了。

17

肖海君万万没有想到特区在光天化日之下竟会有人抢劫，他不敢再在小街上呆了，随即转身返回大街上。刚走不久，便看见前面的一座大楼门口，许多人进进出出，好不热闹。他有些好奇，不由得加快了脚步，到那一看，原来是一家港商创办的新宏电子公司在招人。肖海君对照贴在大门口招聘海报上所写的条件，觉得自己基本上符合。于是，就拿了放在桌子上的一张招聘表填好交给了负责招聘的工作人员。之后，他站在一旁静静地等候回音。

只过了一会儿，一个负责招聘的女工作人员对着乱哄哄的前来应聘的人群大声喊道：请问哪位是肖海君？

肖海君听见喊声，赶紧走过来回答：我就是。

女工作人员把肖海君认真打量了一下，问道：你表上所填的情况是不是完全属实?

肖海君:我保证全部都是真实的,没有半点虚假。

女工作人员:好,知道了,请你稍等一会。

女工作人员说完就进到里面的一间房子里,只几分钟就出来了,她对肖海君说:你名牌大学毕业,又是学电子工程的,各方面条件很好,公司很需要你这样的人才,决定正式录用到技术部工作,这是录用通知书,给,祝贺你!

肖海君高兴极了:谢谢!请问什么时候报到上班?

女工作人员:越快越好,工厂有一部分已经开始生产了。

肖海君扶了扶眼镜:那我后天就去。

18

一座八字形的大门上方,用红色塑料制作的"新宏电子有限公司"厂牌分外鲜亮。

肖海君下了公共汽车,走到厂门口,抬头望了望牌子,就往厂里办公楼去了。他来到人事部报到,接待他的就是前天录用他的那位女工作人员。

肖海君向她微笑着点了点头说:你好!我来报到了。

女工作人员:欢迎你!新宏公司的新成员。

肖海君:别客气,以后我们就是同事了。

女工作人员:先向你说明一下,你的工作部门有点小小的变化,前天招录时定的是技术部,现在改到市场销售部。

肖海君:我是学技术的,市场销售一点都不懂。

女工作人员:不懂可以学,很多不懂的人通过学习最后变成了行家里手。

肖海君:还是请你让我到技术部吧。

女工作人员:这是上面定的,我没有权力更改。

肖海君:那就请你给公司经理转达一下我的要求。

女工作人员：你等等，我去请示看看行不行？

肖海君：不好意思，给你添麻烦了。

女工作人员进里间打电话去了。

只过了一会，女工作人员就出来了，她对肖海君说：经请示，公司副总不同意你的要求，还是要到市场销售部去。

肖海君：为什么不同意？

女工作人员：我也不知道，大概是看你长得好吧？

肖海君：搞销售关键是要懂市场，对市场的把握要敏感，要到位，这跟长相有什么关系？

女工作人员：你只讲对了一部分，搞产品销售要攻关，无论男的女的，长得好和长得不好很多时候就是不一样，长得好的就容易打开市场，长得不好的就很难把产品销售出去，企业里负责市场销售的几乎全都是帅哥靓女。

肖海君摘下眼镜摸了摸自己的脸：可我并不漂亮呀！

女工作人员：不要谦虚，被我们公司副总相中的人肯定漂亮啦！

肖海君：看样子我必须到市场销售部去了。

女工作人员：没有一点余地了，赶快去那上班吧。

肖海君：那就去吧。

女工作人员：公司副总正在市场销售部开会，我带你直接去会议室。

19

肖海君跟着女工作人员上到四楼的市场销售部。

在会议室门口，女工作人员指着旁边的休息室对肖海君说：你先在里边坐一下，我去向副总报告。

不一会，会议就结束了，参会的人都走了出来，肖海君扭头从里边往外瞧了瞧，果然如女工作人员所言，一个个都长得非常的标致。

女工作人员招呼肖海君：公司副总请你进去。

肖海君赶紧起身进到会议室，一看副总竟然是张亦华，他又惊又喜，一时不知说什么好。

还是张亦华先迎了上去：海君，没想到吧？

肖海君：真巧，我一参加招聘，就到你这里了。

张亦华亲切地拉了拉肖海君的手：这是老天的安排，毕业时我要你来，你回老家了，现在最终还是把你盼来了。告诉我，怎么又决定到广东来的？

肖海君把眼镜向上推了推：说来一言难尽，回县参加工作后碰到了几件不愉快的事，一气之下就辞职了，并决定来广东，看看能不能找到什么合适的工作。动身的那天，我跟你发了个电报，但到广州火车站后，左等右等不见你来接站，随后到处打听你辞职去的那个香港公司，但都说不知道。找不到你，迫于生计，我只好在大街小巷贩卖点手表和小电器之类的东西，赚点小钱。

张亦华：都怪我，对不起，海君。我给你写信后，不久我伯父就派我到美国去学习了一年的市场经营和管理，由于走得匆忙，加上在美国的学习又很紧张，回来后企业又正处在建设的紧要关头，事情繁多忙得不可开交，所以就没有跟你联系。现在企业投产了，相对轻松一些，我正准备和你联系，你就来了。

肖海君：你伯父看来想精心培养你，不仅送你去美国学习，还让你担任副总经理。

张亦华：是啊，伯父越是这样，我越感到责任重大，生怕辜负他的期望，幸好你来了，我这心里就踏实了。

肖海君：搞企业我也是外行，如在公司里搞搞技术我估计还可以，怎么把我分到市场销售部来了。

张亦华：告诉你吧，那天招聘会，我在后台看到你的名字和填写的简历表，不由大喜，立即表态同意。你来市场销售部，也是我点名的。

肖海君：看到你后我心里就明白了，要不然怎么会这么顺利。但市场销售我从来没有接触过，恐怕干不好。

张亦华：凭我几年对你的了解和接触，你干什么都行。你到市场销售部，可以在工作上直接帮助我，当然，我也还藏着另外一点点私心。

肖海君：那我试试吧。

张亦华：不是试一试，而是我们要在一起同心协力干一番新事业。你先帮我考虑考虑怎么尽快打开电视机的销售市场。

肖海君：好的。

20

阳光直射屋顶，刺得人睁不开眼。

江凤梅正在猪栏里喂猪。她把潲食倒进木盆里，两头大猪和三头小猪立即争相拱吃起来。小猪因为个头矮，常常被大猪拱到一边去。江凤梅看见小猪吃不到食，拿起棍子将大猪赶开让出一部分潲食给小猪吃。

林一凡开着新买的130双排座汽车在肖家停下，江凤梅开始以为是哥哥江兆南来了，抬头一看却是林一凡，便有些好奇地问：你什么时候买了新车，我怎么事先一点也不知道。

林一凡：前几天才买的，我要秦姑不要给你说，等我直接把车开给你看看。

江凤梅：怪不得。

林一凡：海君来信了没有？现在情况怎样？

江凤梅：还不错，在深圳一家港商办的电子公司工作。

林一凡：那正好可以发挥他的特长。

江凤梅：反正不管在哪，顺心就好。

林一凡：凤梅，找你商量件事，杨书记要求我们在抓好飞播造林的同时，要求村里带个头，在"猪沼果"上搞出点名堂来。

江凤梅：什么叫做"猪沼果"？

林一凡：简单说就是这么一回事，现在山上树木砍掉不少，有的甚至被砍光了，一个重要原因就是我们家家做饭都烧木柴，搞"猪沼果"就不需要砍柴烧了。

江凤梅：做饭不烧柴火，那烧什么？

林一凡：烧沼气。就是把猪的粪尿流到一个特制的封闭型池子里经过发酵产生的一种气体，这种气体就是沼气，点着后能够做饭和点灯，剩下的渣子再拿去做果树的肥料。

江凤梅：如真能这样，那是一件大好事。

林一凡：凤梅你猪养得好，我也正在试种脐橙，我俩不妨来个合作，在你家的猪棚旁边建个沼气池，让猪的粪尿自然流进池子里，发酵后所产生的沼气归你用，渣子就给我做脐橙的肥料，你看这样行么？

江凤梅：我巴不得啊，这样以后就不要上山砍柴了。

林一凡：你家搞成了就马上在全村推广。这样大家都不需要上山砍柴，山上的树木就可保护，水土也不会再流失了。

江凤梅：沼气池什么时候开始做？

林一凡：后天就做，我赶紧买这辆汽车就是为了给做沼气池运砖石和水泥等物料。

江凤梅：那我得抓紧做好准备。

21

在林一凡的组织下，经过村里石匠的精心施工，肖家的沼气池建好了。

江凤梅看到新建的沼气池、安装好了的燃气灶和灯泡，不禁喜笑颜开，心花怒放。她来回看了一遍又一遍，怎么也看不够。她想扭开开关试一试，但林一凡反复交代她必须等他来了才能启用，所以伸出的手又缩了回来。江凤梅不时朝门外望望，终于像盼星星盼月亮一样，盼着林一凡开着130双排座汽车来了。

林一凡：凤梅，我先把开关扭开，试试效果如何，你在旁边认真看着。

江凤梅：我好好学着。

林一凡先扭开了燃气灶的开关，一股蓝色的火焰"噗"的一下燃起了，接着，他又拉开灯泡的开关也亮起来了。然后，林一凡再把燃气灶和灯泡的开关关上，灶火和灯光便熄灭了。

江凤梅有些目瞪口呆，真没想到猪的粪尿也能产生这般神奇的作用。

林一凡：凤梅，你来操作一下。

江凤梅照着林一凡的动作做了一遍。

林一凡：操作很简单，最重要的是必须注意安全，不用时开关一定要关好，还有沼气池不能随便乱开，特别是人不能随便进去，清理渣子时必须把顶上的盖子打开等里面的二氧化碳稀释降低以后才能作业，否则就会出现安全事故。凤梅，这些你千万要记住。

江凤梅：放心，我一定记住。

林一凡：我走了，过些天我和秦姑来你这沼气池里取肥料施到我家的脐橙地里去。

22

林一凡刚走，牛斤右手拿着一只红薯边吃边晃悠悠地走过来了。

尽管还离了几十米远，牛斤就朝江凤梅喊道：看你这些天很忙的，在干什么呢？

江凤梅：在忙着做沼气池，今天终于大功告成了。

牛斤：沼气池，那东西有什么用？

江凤梅：用处可大了，你过来看看。

江凤梅把开关一扭，灶火点燃了，又把墙上的开关一拉，灯泡又亮了。

这下把牛斤惊呆了，他围着灶台转了几个来回，又对着灯泡盯了很久，嘴里不停地说：奇怪，这没电没油的怎么会点亮呢？

江凤梅：燃烧的是沼气，这是猪的粪尿经过发酵产生的一种气体。

牛斤：我不信，猪的粪尿还能变成火？

江凤梅见牛斤不相信，就带他观看猪栏旁的沼气池。

牛斤：这东西确实好，我也去做一个。

江凤梅：你又没养猪，做了也没用。

牛斤：凤梅，我原指望你把秦姑介绍给我，但她嫁给林一凡了，看样子我以后找老婆没指望了。

江凤梅：天下女人有的是，你怎么没指望？

牛斤：那你再给我做媒介绍一个吧？

江凤梅：你的毛病不改，无论哪个女人都不会同意嫁给你。

牛斤没精打采地回去了。

第十二章

1

前山县外贸局是一栋崭新的六层大楼，瓷砖贴面，拱形门窗，在整个县城里别具一格，非常显眼。

在王达进和技术人员夜以继日的努力下，出口茶叶终于试制出来了，经检测完全符合标准，包装也很精美。这天，江兆南带着出口茶叶样品开着货车到了外贸局。他想办理出口茶叶手续。

同值班室的人员打了声招呼，江兆南就径直走进了办公大楼里。

江兆南寻着走廊上的门牌标识一直找过去，快到头时，一间办公室的门半开着，他一看是土特产进出口公司，于是就轻轻推开门探着身子问：同志，茶叶出口手续不知是怎么办理？

办公室干部：你是哪里的？

江兆南：我是北岭镇制茶厂的，我们想出口一些茶叶。

办公室干部：我们到时会向你们收购，由省里的公司统一出口。

江兆南：我们厂想自己单独直接出口。

办公室干部：那怎么行？这样做是违背国家有关规定的，是绝不允许的。

江兆南：你们领导在哪？我找找他行吗？

办公室干部：我说不行就不行，你就是找天王老子也没用。

在土特产进出口公司吃了闭门羹，江兆南失望地出了门，但他仍不甘心，回到茶厂后分别给县外贸局长和省外贸厅长写了一封信，并附上请求批准茶叶出口的报告。同时，江兆南决定绕过外贸部门，直接到广交会上去试一试。

2

规模空前的广交会开幕了，国内外客商纷至云集，这也是广州一年中最为热闹的日子。

江兆南夹在拥挤的人流中向会场缓缓移动。当他到了大门口准备进去时却被工作人员拦住了。因为他没有出席证。他只好悻悻地挤出人群，垂头丧气地站到旁边去了。

这下可急坏了江兆南，他想自己无论如何不能白来一趟，空手而回。于是他在广交会大楼的四周来回观察，看有没有什么地方能够进到会场里面去。终于，他发现大楼的后面有一道铁栅栏门，翻过去就可进入交易大厅。他心中不由暗喜。白天人多，众目睽睽，他不敢妄动。等到夜深人静，他悄悄溜到铁栅栏门前，看看四周无人，便凭借儿时练就的爬树技巧，三下两下就翻越过去了，只是那个装着绿茶样品的袋子不争气，被栅栏挂了一下不慎掉在地上，江兆南知道情况不妙马上匍匐在地，吓得一动也不敢动。在不远处巡逻的警察听见响声大喊一声："有情况"，大楼里立即跑出六个警察把江兆南抓住并带到保卫处审问。

保卫处长：你是哪里人？叫什么名字？

江兆南：我是邻省南江市人，名叫江兆南。

保卫处长：你为什么要深夜爬门躲到里面来？

江兆南：我想同外商谈出口茶叶的生意。

保卫处长：那你为什么白天不从大门进？

江兆南：我没有出入证，上午被拦住不让进场。

保卫处长：你为什么不办手续就来参加交易会？

江兆南：我去办了，但县外贸局不同意，说国家有关出口的规定不允许。

保卫处长：不同意你为什么还要来？

江兆南：我就是一心想让我们厂生产的茶叶能够出口，所以就大着胆子来碰碰运气了。

旁边一位保卫人员插话说：处长，快凌晨三点了，抓紧休息一会，把他捆起来，明天再审。

保卫处长：行，明天再审。

几个警察马上将江兆南的双手往后一扭，用绳子开始捆绑，江兆南一边挣扎一边喊叫：你们放开我，我不是坏人。

尽管江兆南拼力抵抗和喊叫，几个警察根本不予理睬，没有几下就把江兆南绑个结结实实，接着往隔壁房间一丢，然后把门一锁就走人了。

江兆南欲哭无泪。

3

第二天早晨，广交会保卫处办公室。

保卫处长：从昨天审问分析，我看那个姓江的不是坏人，已经把他绑起来关了一夜，你们去把他放了。

几个警察就去打开了房门，把捆在江兆南身上的绳子解脱，然后命令似的说：看你是初犯，这次放了你，如下次再发现你这样偷爬进来，那就严惩不贷！

江兆南：谢谢你们手下留情。

江兆南出门刚走几步又转身回来，对警察说：请你们把那个装有茶叶样品的袋子还给我。

一个警察到办公室里找出那个袋子并顺手抛给了江兆南。

江兆南出来后并没有离开，他在广交会的大楼前徘徊。

国内外的客商像流水一样进进出出，江兆南的耳边不时可以听到他们的对话："谈成了吗？""谈成了，而且是历年来外商订货最多的"。"谈得怎样？""谈得很艰难，双方讨价还价，最后总算谈成了"。"你们的农副产品出口洽谈情况还好吗？""非常好，特别是香菇、茶叶之类的农产品很受外商欢迎，供不应求，有多少要多少，可惜我们没有那么多的货"。

　　江兆南无意间听到的这些客商的对话，不禁让他热血沸腾，激情再起。他不顾保卫处言犹在耳的警告，决心再冒一次险，想方设法再进里面去同外商洽谈，努力把茶叶出口的生意做成。于是江兆南又重新对交易会大楼的四周仔细勘察了一遍，在紧挨大楼的东边，有一块被塑料布围着的地方，他走过去从底下轻轻掀起一看，原来是一个下水道。因为正在维修，井盖还没有盖上。从有近一人高的下水道走向可以断定，它西面直接通到交易会大楼的院内，而且距离很近。江兆南不用说有多高兴了，真是天无绝人之路，这下好了，自己可以从下水道里钻过去。好不容易等到深夜时分了，江兆南提着茶叶样品的袋子，蹑手蹑脚地躲进塑料布围内，然后跳入下水道弯腰而行，大约走了五十米左右，头顶上方出现了一个圆圆的井盖，他举起双手用力向上一顶，井盖就被顶开，接着他又把井盖慢慢移向一边，然后爬了上来，并迅速闪到一个暗角处，将身上弄脏了的地方擦干净。

　　正当江兆南暗暗庆幸自己没被发现的时候，突然，巡逻警察好像从天而降似的出现在他的眼前。不由分说，他又被带到了保卫处。

　　保卫处长一看被抓的又是昨晚那个名叫江兆南的人，就厉声问道：你为什么明知故犯，今晚又要偷着进来？

　　江兆南：我不为别的，就是千方百计想把我们厂生产的茶叶卖给外商。

　　保卫处长：想同外商做生意，也不能像小偷似的翻墙钻洞乱来呀！

　　江兆南：我实在是没有办法才这样做的，正门进不了，就只有走歪门邪道了。

　　保卫处长：你这样不守规矩胡作非为，是对广交会秩序的直接干扰和破坏，要是被外商发现了，后果就更为严重，就会损害我国的声誉和形象。

江兆南：我错了，我不该这样做，你们怎么处罚我都行。我家乡是革命老区，现在还很穷，恳请你们允许我到交易大厅去同外商洽谈一次，满足一下我们厂出口茶叶多赚点钱的心愿。求求你们了！

江兆南说完就"扑通"一声跪下了。

保卫处长被江兆南的这种执着精神所感动，他当即吩咐一位保卫干部：你快给江西那边的外贸部门通个电话核实一下他说的情况。

保卫干部答应了一声后马上到另一个办公室打电话。

保卫处长把江兆南扶起来，严肃地问道：你保证你讲的话都是真话？

江兆南：我发誓，要是我讲了一句假话，天诛地灭！

保卫干部进来报告：已同江西外贸厅的值班干部通了话，他说情况属实，厅领导破例允许他的茶叶出口，并同意他同外商直接谈判。

保卫处长：考虑这位同志的情况很特殊，那我们就作特殊处理，网开一面，给他发个出席证，让他参加交易会。

江兆南不迭连声地说：太感谢了！

保卫干部立即给交易会接待处夜班联系，要了一个出席证给了江兆南。

江兆南给保卫处长和干部深深地鞠了一躬后高兴地向门外奔去。

保卫处长随即把江兆南叫住：天还未亮，你在这好好休息，明早八点你准时去。

江兆南忍不住为自己的行为感到好笑。

4

广交会大厅内人头攒动，热闹非凡。展厅里的商品琳琅满目，五彩缤纷。一些客商在认真地观看样品，一些客商在相互交谈和商量，一些客商在向厂家询问商品的特性，一些客商在同厂家洽谈，一些客商在同厂家签订合同。

江兆南第一次见到这样的场面，他感到非常的新奇，也非常的震撼。他一边走着，一边看着。由于不懂外语，他无法和外商交谈，只好不停地指着茶叶样品用手势向外商示意，而外商又因为弄不明白而从他身边一走而过。

江兆南想，要同外商谈成生意，就必须找个翻译。

在一个展台前，江兆南看见一位扎着马尾辫、秀气脸上长着一对忽闪大眼睛的年轻女翻译同一位外商谈话结束正转身离开。于是，他连忙抓住机会迎上去，满面笑容地对她说：翻译小姐，我想请你帮个忙。

女翻译：请问你需要我帮助什么？

江兆南：我不会外语，麻烦你抽点时间帮我当一下翻译。

女翻译：你是做哪种出口生意的？

江兆南：我家乡盛产茶叶，想同外商做点茶叶生意。

女翻译：你跟我走吧。

江兆南：好的。

年轻女翻译把江兆南带到了农副产品展区。她稍稍打量了一下，径直走到一位外商前，并指了指江兆南然后用英语对外商说：这位先生是茶叶生产商，不知你需要不需要订购？

外商：有样品吗？

女翻译：有。

外商：请拿给我看看。

女翻译：好的。

女翻译随即叫江兆南拿出几小包茶叶样品，外商一看非常满意。

女翻译对外商说：这位先生想同你进行具体的洽谈。

外商点了点头：好。

于是，三人在展厅的一张小方桌前坐下，女翻译把江兆南带来的茶叶泡了三杯茶水，外商同江兆南边品着茶边进行洽谈，女翻译坐在桌子的另一边斜对着两人做着他们之间的语言桥梁。外商连声夸赞茶叶味道清香，洽谈非常顺利，不到一个小时，双方就对产品的出口价格、数量、质量和交货时间等达成了一致。

当江兆南和外商签完合同时，女翻译要服务小姐送来了三杯香槟酒，他们每人端起一杯，相互碰杯祝贺合同的成功签订。

江兆南高兴极了，连声地对女翻译表示感谢，而女翻译只是微笑着说了一声"不用谢"就转身离开了，江兆南又对着她不断招手致意，直到她的背影消失在人流中。

5

大概是那个女翻译给他的印象太深刻了，江兆南回到北岭镇制茶厂后，满脑子都是女翻译的影子，特别是晚上躺在床上，广交会上同女翻译在一起的情景就会像电影一样一幕一幕地呈现在他的眼前。自从承包制茶厂以后，虽然生产大幅度增长，但要长期保持这样一种好的发展势头，他觉得市场销售这一环必须进一步强化。这就需要一个强有力的市场销售负责人。特别是以后要扩大茶叶出口，就更需要这样一个懂外语的人同外商打交道。江兆南觉得那个女翻译是个最合适的人选。他要聘请她来任主管市场销售的副厂长。但转念一想，人家是堂堂正正的翻译，怎么会同意到一个小小的乡镇企业来呢？但不管怎么样，他要去找她一次，反正求官不到秀才在。他决定马上再去一次广交会，向她说明自己的想法并征求她的意见。在准备动身时，他忽然想到交易会期间进不去，所以只有等到交易会闭幕以后才能去。

广交会结束的第二天，江兆南一大早就从厂里出发，乘火车到了广州。一出车站，他就直奔广交会。此时的广交会大楼内外，已没有了举办时的那种车水马龙和摩肩接踵，显得冷清多了。

江兆南好不容易找到广交会办公的地方，他听见有间房子里传出说话声，就轻轻地敲开门问道：同志，我想打听一个人。

女工作人员：请问你找哪位？叫什么名字？

江兆南：是位女同志，我也不知道她的名字。

女工作人员：你不知道她的名字，这怎么去找呢？

江兆南：在这次交易会上，我请她做翻译，我以为你们认识她的。

女工作人员：交易会期间的工作人员包括翻译都是各参展单位临时派来的，他们在交易会结束后就回去了。如果你知道她是哪个单位的，我们还可以帮你联系一下。

江兆南说了声"添麻烦了"就转身离开了。他后悔极了，当初请人家帮忙，怎么连人家的名字和单位都没问呢？他拍了拍自己的脑袋，自言自语道：真傻！简直傻得不能再傻了！

6

怀着一种怅然若失的心情，江兆南坐在了从广州返回南江的火车上。

由于上车前来不及吃饭，江兆南在车站匆匆买了几包饼干放在包里。列车开动不久，他感到有些饿了，便拿出饼干准备填充肚子。但吃了几口就因为太干难以下咽。他起身去找开水，一连走过几节车厢，也没看到列车员提着开水过来。江兆南打住脚步朝前望了望，他隐约发现前面一节车厢里有个正在低头看书的年轻女子好像很面熟，她不就是那个女翻译吗？江兆南高兴极了，真是众里寻她千百度，那人却在灯火阑珊处。

江兆南连忙走到那位女翻译面前，招呼道：你好！很高兴又见到你。

女翻译抬起头，笑了笑：是你呀。

江兆南：真不好意思，前些天在广交会上请你做翻译，连你的名字都忘记问了，现在向你补个道歉。

女翻译：没关系，那天你一心忙着谈生意，其他的就顾不了那么多，这可以理解，我叫高雅红。

江兆南：谢谢你的谅解。我叫江兆南，是北岭镇制茶厂的厂长。

高雅红：那我们是同一个县的，我在县纺织厂工作。

江兆南：那你怎么到广交会上做翻译了？

高雅红：因我读纺织技校时自学了外语，这次广交会就被棉麻公司临时抽借去做翻译了。

江兆南：我想再请你帮个忙？

高雅红：帮什么忙？

江兆南：我们到那里去谈好吗？

高雅红：好。

两人走到两节车厢接头的地方停下来。

江兆南：你愿不愿意到我这个制茶厂来，我想聘请你来负责产品的市场销售。

高雅红：我没做过这项工作，恐怕不行。

江兆南：没做过没关系，只要人的素质好，干什么事都行。

高雅红：这我得认真考虑一下。到你那去有到你那去的好处，我们纺织厂这几年是王小二过年，一年不如一年，亏损严重，欠债累累，连工资都发不出，有不少人调走了，有一些人把编制挂在厂里年终上交一点钱就干自己的活去了，我原来也想调到棉麻公司去，但因找不到关键人物说话就卡壳了，这事肯定是办不成了。如能到你厂里去，起码工资有保障，还能发挥自己的作用做点事。但是，去了就要丢掉国营工人的编制，又有些舍不得。苦读几年书，还不就是为了有个国家编制。

江兆南：你的心情我理解，能不能想个两全其美的办法，既不丢掉国家编制，又到我那个厂去工作。你刚才讲的把编制挂厂里自己去赚钱不就是这样吗？

高雅红：你看我这脑子？厂里都有人这样做了，我怎么就没想到？

这时，列车一个紧急刹车，高雅红来不及站稳一下倒在了江兆南的身上，还好江兆南一只手抓住了车厢门上的把手，一只手护住了高雅红。

列车稍稍平稳后，江兆南扶着高雅红重新站到了原来的位置。想到刚才的情景，高雅红害羞得脸上泛出了红晕。

为了打破尴尬，江兆南说：小高，我好像以前在哪见过你？

高雅红渐渐恢复了常态：在广交会上，我第一眼看到你也觉得有些面熟，你到过我们峤溪乡吗？

江兆南：去过很多次，主要是拉货，记得第一次去峤溪乡是好多年前我偷着卖粮给广东被检查站抓住，半夜爬窗逃跑回家的。

高雅红：你是不是在一户人家里吃过饭？

江兆南：我一路逃跑又累又饿，最后实在是不行了，就坐在一所房子的屋檐下歇歇，有个十多岁的小姑娘从里面端了一碗饭出来给我吃，上面还放了一大块肉。

高雅红：对了，就是那一次。

江兆南：现在你成大姑娘了，怪不得认不出来了。

高雅红：那时我正读小学六年级，以后又读了初中，考取了技校，毕业后分到了纺织厂，原想这一辈子就稳定了，没想到厂子会成这个样子。

江兆南：你应该感谢纺织厂，要不然我们第一次就擦肩而过，不可能又见面了。

高雅红：那也是，这恐怕就是缘分吧。

江兆南：那你就下决心到我厂里来吧，我需要你。

高雅红：行，那我就决定挂编到你这里来。但我还是要提醒你，我对市场销售这行不熟悉，所以你对我的期望值千万不要太高。如果干不好，你就换人。

江兆南：我相信我的眼力，你一定能干好。

高雅红：回去我就办挂编手续。

江兆南：好的，我等着你！

7

前山县轻工局。许向才坐在办公室的藤椅上架着二郎腿抽着"红塔山"香烟。收发员送来《南江日报》，头版头条上赫然登着关于江兆南承包北岭镇制茶厂大见成效的报道，他从头至尾看了一遍，心里既妒忌又憎恨，咬牙切齿地把报纸重重摔在桌子上。

晚上，许向才来到岳父于副书记家。

于副书记坐在客厅中间沙发上，许向才和妻子于彤分坐在两边沙发上。

许向才：爸，今天报纸不知你看了没有？

于副书记：看了，你是不是说江兆南的事？

许向才：一个镇的制茶厂承包给个人发财，这对头吗？

于副书记：不对头又怎样？全国和省里不少地方都在搞个人承包企业试点，中央还强力宣传了马胜利承包石家庄造纸厂的事迹。

许向才：把公家的企业承包给江兆南这样的人，他自己不花一分钱，不仅发了大财，而且还捞到了名声，我就不服气。

于副书记：你不服气？你把紧俏商品批出去倒卖赚钱，别人就服气？有人不是在背后骂你"官倒"吗？

于彤：我爸说得对，你不要不服气。

于副书记：这世界上不服气的事多着了。我文革前就是排在县长之后的副书记，梁光含还是排在最后一位的县委副书记，但现在他不仅是县委书记，前不久又增加了一个南江市委副书记的头衔。而我却成了最末一位的县委副书记，他反过来成了我的领导，他说的话我还得违心赞成和执行，你说我能服气？我不就是在文革中说了几句错话？你不也就是反对包产到户被调整了职务？俗话说，识时务者为俊杰，我如不忍着顺着，积极跟进，哪还有今天？

许向才：听爸这么一说，我脑子开窍了。

于副书记：任何时候你都要记住，凡是上级领导要搞的事情，你哪怕心里反对，表面上也得赞成。别人反对让别人反对去，你不要去乱说乱动。再说目前形势对你也不利，县里正在清查领导干部建私房，虽说城边那一片稻田里建有几十栋小洋楼，不止你一家，但你也是清查对象，所以一定要谨慎小心，千万不要意气用事。

许向才：那江兆南就这样放过了他？

于副书记：对江兆南的事，背后反对和搞名堂的大有人在，何先运县长就不赞成这种做法。但你不要公开去搞什么动作，这对我对你都有好处。

于彤：我爸今天是掏肝掏肺，苦口婆心，你记住了吗？

许向才：记住了。

其实，对于岳父的话，许向才并没有听进去。和于彤回到家后，他点燃一根香烟，往沙发上一坐，暗自想道，当年就是江兆南的一封反映我反对包产到户的告状信，梁光含就把我的公社书记免了，调到轻工局一直坐着冷板凳。我同江兆南可说是势不两立，有他无我，有我无他。我现在必须想方设法不让江兆南这小子名利双收，最好是让他身败名裂。至于建私房问题，反正全县有那么多人都建了，要挨处分大家一起挨，没什么可怕的。

许向才：你爸今天讲是讲得好，但我对江兆南总咽不下这口气。

于彤：我爸刚刚讲的你又不听了，你不要给我爸和你自己添麻烦。

许向才：我知道，你爸还讲了不能公开搞，私下背地里搞些小动作只要不让人知道就行。

于彤：若要人不知，除非己莫为。

8

八十年代最后一个春节就要来临，江兆南对北岭镇制茶厂承包一年的时间也满了。

这天，屋外寒意袭人，滴水成冰。然而镇制茶厂的会议室里却暖意融融，全厂员工参加的承包总结兑现大会正在召开。

江兆南：由于大家的共同努力，全厂超额完成了这一年的承包任务，不仅摘掉了连年亏损帽子，而且实现的产值、利润都翻了一番。根据镇党委镇政府制定的承包奖励政策，每个员工除了工资增加一倍外，还每人发给两千元奖金，我本人所得承包报酬八万元，上交镇里十二万元，剩下的十万元利润用以厂里下一步扩大再生产。会后请大家到厂财务室领取奖金。

员工们兴高采烈地走出会议室，往年这时是发不出工资，大家都愁眉苦脸，今年却第一次拿到这么多钱，可以欢欢喜喜地过个好年了。全厂上下对江兆南都是一片赞扬声。

9

江兆南承包制茶厂年终兑现报酬奖励一事在前山县却引起了轩然大波。

县直机关的干部议论开了："把公家厂子承包给个人，这好像不太符合社会主义的方向。""这样搞，亏的是公家，肥的是个人。""这就是借改革之名搞资本主义。""这样的承包应当坚决终止。"

企业的职工也议论开了："公家企业让个人承包，我们这些工人的主人公地位就没了。""这就是挖国营和集体企业的墙角。""照这样搞下去，将来就没有国营和集体企业了，我们的饭碗也没有了。""我们到时就成为打工仔，受承包人的剥削和压迫了。"

不少群众也纷纷议论起来了："江兆南这下发了，成了资本家了""把公家的企业给个人承包，上面怎么会同意呢？""这不就跟旧社会差不多，江兆南等于是工厂的老板。"

在公开的沸沸扬扬的议论背后，有些人怀着不可告人的目的，以"广大干部群众"的名义写信向上面告状。

前任厂长派人对江兆南进行恫吓，有人打电话威胁江兆南。

一时间，黑云压城，暗流涌动，江兆南处于前所未有的压力之中。

10

由于电压不稳，制茶厂办公室里的灯光时亮时暗。

江兆南坐在椅子上一根接一根抽烟，脸色凝重。

高雅红推门进来。江兆南不愿让别人看出他的苦恼，于是马上装出一副若无其事的样子，笑着指了指对面的椅子说：雅红，坐。

高雅红：厂长，你的脸色好像不太好。

江兆南：不会吧，我怎么没觉得？

高雅红：你不要骗我了，是不是这些天外面的议论搞得你心烦意乱。

江兆南：嘴巴长在别人身上，让他们说去吧。

高雅红：话是这么说，但这些议论对你是很不利的。

江兆南：这我心里也清楚，有些议论可能是无意的，但有些议论是直接冲着我来的。

高雅红：我真想不通，一个亏得不能再亏的烂厂子让你搞得红红火火，本来应该得到支持和好评，现在却变成你的罪过了。

江兆南：我也没想到会出现这样的后果，原来总以为承包企业是中央和上级提倡和支持的，不会有什么问题，自己一心一意干好就行。

高雅红：厂里的工人也都是支持和感谢你的，听到议论后也都为你打抱不平。

江兆南：大家的支持和肯定就是对我最好的安慰和鼓励。

高雅红：所以，你不要想那么多，注意保重身体，任何时候身体都是事业的本钱，没有好的身体什么事情也干不成。

江兆南突然感到心里暖乎乎的，情绪也好了许多。

11

这几天，对江兆南的风言风语也不断传到杨大任的耳朵里，他感到很揪心，就骑着自行车来到制茶厂。

把自行车往旁边一放，杨大任就朝着厂办公室喊：江兆南！

江兆南连忙从里面出来：杨书记，你事先也不打个招呼，我有失远迎。

杨大任边说边朝办公室走去：又不是市县领导来，打什么招呼。

江兆南：打个招呼我可以出去接一下你呀。

杨大任自己先在椅子上坐下，然后对江兆南说：你也坐下，最近社会上对你和制茶厂的议论很多，特别是对你拿的承包所得有些人非常眼红，还有的人在暗地里恫吓你威胁你，我怕你顶不住，所以特地来看看你，跟你打打气。

江兆南：听到这些议论包括恫吓威胁，我思想上确有很大压力，我就想不通，都是按承包合同兑的现，为什么有些人硬要反对？

杨大任：企业承包是改革中的新生事物，有些人看不惯，有意见甚至指责攻击也很正常，关键是你要坚定信心，不能动摇。

江兆南：人言可畏啊！有时比刀子还厉害，杀人不见血。

杨大任：但你要相信，有很多干部特别是梁书记是支持你的，镇党委和我杨大任不管什么时候都是你的坚强后盾。别人怎么议论你不要管，制茶厂你要继续承包下去，并坚定不移把它办好。

江兆南：有梁书记和你的支持，我就不怕了。

杨大任：遇到什么问题你及时找我，能解决的我会尽力解决。我们已没有退路，只有一个劲地向前冲了。

江兆南：书记的话给我吃了定心丸。明天我和副厂长王达进就上省里去请教茶叶专家，争取尽快把厂里的产品质量在现在的基础上再提高一下，以更好地适应市场的需求。

12

制茶厂的车间里，工人们在窃窃私语，气氛有些异常。

"听说何县长等一些县领导反对江兆南承包制茶厂，这下有好戏看了。"

"江兆南的收入是我们工人的一百多倍，这太不合理。"

"原来听到我们工资翻了一番，还发了奖金，心里很高兴，现在仔细想想，我们每个人只拿了一点点，大头都被江兆南剥削去了。"

"听说江兆南这样干是梁书记支持的，这不是在公开支持和鼓励剥削么？"

"听说市里马上派调查组来查处他们的问题。"

"我们工人起早摸黑干活，凭什么拿这么一点点工资！"

这时，一个青年工人站到凳子上对大家说：必须马上增加我们的工资，如果不满足这个要求，我们就不干了！

青年工人说完就坐在地上不干活了，并说：同意的就跟我坐下。

开始只有几个工人仿效，过了不久，又有几个工人仿效。随后仿效的越来越多，事情越闹越大，最后全厂的工人都坐在地上不干活了。

这场突如其来的罢工，让高雅红措手不及，六神无主，她急忙给在省城出差的江兆南打电话。

高雅红：厂长，你赶快回来，厂里出事了！

江兆南：看你急的，出什么事了？

高雅红：工人们都不干活了，要求增加工资。

江兆南：我走的时候还是平稳的，怎么突然会出现这种事情？

高雅红：我也不知道，是制茶车间一个年轻工人带头闹起来的。

江兆南：我马上赶回，让达进留在省城继续向专家咨询请教。

13

在制茶厂会议室里，江兆南坦诚地同厂里的工人代表对着话。

江兆南：首先我很感谢大家，我们厂在短短的一年时间能取得这么好的效益，全靠大家的辛勤劳动。现在大家有意见，今天尽管说出来，凡是合理的我一定采纳。

带头闹事的那个青年：既然你也承认全厂所取得的经济效益是大家共同努力的结果，那为什么你拿那么多的钱，而给我们工人那么一点点？

几个闹得起劲的工人马上接上话头。

"你应该把剥削我们工人的血汗钱还给我们。"

"我们要求增加工资。"

"承包也不能让你一个人发财。"

"如不给大家增加工资，我们要求终止你的承包。"

江兆南：我在这里再次说明一下，我的承包所得是严格根据合同兑现的，现在大家对这有意见，我宣布将我的八万元承包报酬削减一半，把这四万元给全厂工人增发奖金。大家看这样行么？如同意的话，就请大家回车间继续生产。

那位带头闹事的青年工人：就是削减一半，你的报酬还是太高了，我们不同意。

有个年纪大的工人对着带头闹事的那个青年工人耳语了一下，然后说：江兆南的态度是诚恳的，我们回去商量后再做答复，大家说行不行？

众工人：行。

工人们陆续散去，只有江兆南还坐在那儿没有动。他感到十分伤心、难受而又困惑不解。

这时，站在一旁的高雅红端过来一杯茶：厂长，不要太难过，问题总会解决的。

江兆南接过茶水感激地看了高雅红一眼，说：你在这关注一下厂里的动向，我现在去镇里向杨书记汇报。

14

北岭镇制茶厂因承包兑现引发的罢工事件，引起了前山县委的高度重视。从表面上看来，这是一个如何看待企业承包的问题，但实质上是一个如何看待企业改革的问题。事关重大，事关全局，为此县委立即专门召开常委会议，讨论并提出对事件的处理意见。

梁光含：刚才，大家听了关于江兆南承包北岭镇制茶厂和工人闹事的有关情况汇报，两份材料也发给了与会各位同志，一份是关于干部群众对江兆南承包制茶厂的反映，一份是工人停工不干活要求增加工资的情况。现在，请大家发表意见。

何先运：早在北岭镇党委决定把制茶厂承包给个人时，我就给杨大任打电话，说这样搞是不是有些不对劲，问他考虑了后果没有？但杨大任坚持要搞。现在不是搞出了乱子吗？我看他怎么向大家交代？看来主要领导干部不能太年轻，否则容易出问题。

听到县长何先运一开始就提出了不同意见，而且非常尖锐，常委们也就没有思想顾虑，放开讨论起来了。

"把公家的企业承包给个人，这是不是化公为私呢？"

"外省把国营企业都承包给了个人，我们这里的乡镇企业为什么就不能承包给个人？我看别人搞得，我们也搞得。杨大任没有错。"

"现在是社会主义初级阶段，主要任务是发展生产力。用这个标准来衡量，企业承包就应该搞。"

"我有个问题一直没有想通，把乡镇企业和国营企业都承包给个人，会不会从根本上动摇社会主义制度的经济基础？"

"实行承包就是为了把企业搞活搞好，改革不就是要闯出一条加快发展的新路么？我们这样的革命老区本来就落后，如果这也不敢做那也不敢做，就只能永远跟在别人后面爬行。"

"制茶厂一承包就扭亏为盈，这恐怕不能轻易否定。"

"不管白猫黑猫，抓住老鼠就是好猫。什么方式能够把企业搞活就采取什么方式，我觉得没有什么不对。"

"公家的企业承包给个人，让个人发财，这是变相的搞私有制。"

"我认为不能这样看，公家企业虽然承包给了个人，但企业资产还是公家的，公有制的性质并没有变。"

"理论上讲是这样，但因为厂子已经承包给了私人经营，所以厂子实质上变成了私人的。"

"公家企业承包给私人，还会产生一个大的问题，就是告状信里说的短期行为，承包人为了赚更多的钱，往往竭泽而渔，对企业进行掠夺性经营，对现有设备拼命使用而不加维护保养，更不要说更新改造，直到设备用得不能再用了，他个人捞够了，人也走了。"

"从目前了解的情况看，江兆南还是很负责任的，不仅没有发生掠夺性经营行为，而且还留下了十多万元的资金搞设备更新和扩大再生产。"

"江兆南现只承包了一年，谁能保证他以后不会乱来？"

"江兆南一下子拿那么多钱，不要说比厂里工人高一百多倍，就是比我们这些在座的也不知高多少，这是不是反映这个承包方案制定得不够合理？"

"企业承包人多拿些钱，我们也不能犯红眼病。"

"说明白点，把公家企业承包给个人就是否定社会主义公有制。"

"杨大任搞承包闹了这么大的乱子，就不要再让他担任北岭镇党委书记了。"

"应当让他继续担任书记，否则以后就没有人敢搞改革动真的了。"

于副书记仔细琢磨了书记梁光含和县长何先运的态度，谈了一种模棱两可的看法：我认为江兆南承包北岭镇制茶厂，毕竟是我县改革中出现的一个新生事物，对此首先应当抱以积极的态度。但对广大干部群众各种各样的议论，我们也要引起高度注意，不能去干那些违背干部群众意愿有损社会主义经济基础的事情。

听了大家的发言，梁光含心里十分矛盾和痛苦。为什么一场效果很好的企业承包制改革会引起一些人的激烈反对？要害在于拉大了收入差距，破除了一些人的既得利益，根子上是姓"社"姓"资"的思想问题没有解决，仍然在用"左"的观点看问题。现在企业改革刚刚开始就遇到这么大的阻力，看来要把企业改革不断推向深入，必须做好打攻坚战打持久战的思想准备。于是他说：各位同志都发表了自己的意见，尽管看法不同，分歧很大，但都有啥说啥，敢于亮明观点，这种风气值得提倡。我们现在正处于推进改革开放的关键时期，更需要大家开动脑筋，解放思想，大胆闯，大胆干，在实践中不断摸索前进，这也就是小平同志所说的摸着石头过河。对江兆南承包镇制茶厂一事，鉴于这是全县第一家实行承包制的企业，特别是大家的意见又不一致，建议采取慎重态度，今天不做结论，看一段时间再说。至于杨大任，他带头推行企业承包制，这种改革精神应当肯定，就是搞错了，也要像中央反复强调的，允许犯错误，允许改正错误，他的职务就不要动了。大家说这样行不行？

与会同志都表示同意。

15

江兆南到了北岭镇党委办公室，正想敲门进去，听见杨大任书记在接电话，他在门口停住了。

杨大任：什么？市里已经知道制茶厂闹事，说承包偏离了社会主义的方向，让承包人利用公家企业大发横财。啊？要我们立即终止承包，还要派调查组来，并根据调查情况追究镇里主要领导人的责任。我承认，把制茶厂拿出去承包是我杨大任主张搞的，我负主要责任，我愿意接受组织上的任何处分。

江兆南隐隐约约听到要终止承包和处分杨大任书记，既吃惊又恐慌。他拿出香烟一根接一根拼命地抽个不停，心想杨大任书记让他承包制茶厂没有掺杂任何个人私心杂念，完全是出于把乡镇企业搞上去的好意，制茶厂的工人闹事也与杨大任书记无关。为了减轻杨大任的压力，江兆南决定主动终止承包制茶厂。

杨大任接完电话，江兆南轻轻敲门进了办公室。

杨大任：兆南，是不是又出现新情况了？

江兆南：对不起，杨书记，给你惹祸了。

杨大任：惹什么祸？

江兆南：先向书记作个检讨，刚才走到你门口时，你正在接电话，我站在门口无意中听到几句，市里要镇党委立即终止承包，还要派人对你进行调查，对你进行处分。我想我不能再拖累你了。

杨大任：你打算怎样？

江兆南：我现在正式向镇党委提出终止制茶厂的承包合同。

杨大任：你能不能再慎重考虑考虑？

江兆南：我考虑过了，只有这样，才能不给你造成更大的被动。

杨大任：我个人再大的事也是小事，改革是一场革命，不可能一帆风顺，总是要有些人作出牺牲的。

江兆南：你不能这样想，你的事就是北岭镇的事，保护你就是保护我们镇里的事业。现在厂里的事暂时平息下去了，我已经宣布把我的承包报酬削减一半，其余一半给全厂工人增发奖金，估计不会出现大的反复了，书记你可放心了。

杨大任：兆南，难为你了。

江兆南：我没关系，只是杨书记你受冤屈了。

16

对话过后的制茶厂会议室里，满地都是烟头、废纸、杂物以及痰迹。高雅红到各车间看了看动静后，回到会议室打扫卫生。她先把地面扫干净，接着又提来一木桶水用抹布擦桌子。

江兆南心情沉重地走了进来。

高雅红：向杨书记汇报了吗？

江兆南：汇报了。厂里情况怎样？

高雅红：还比较平稳，工人们都陆续开始干活了，只有少数几个人坐在食堂打扑克。

江兆南：雅红，我与制茶厂的承包终止了。

高雅红：为什么？

江兆南：原因以后告诉你。我现在满脑子想的是对不住你，劝你挂起编制到厂里来，本来是想我们一起做点事，但没想到会搞成这个样子。现在承包终止了，把你丢在这里，我心里非常内疚，也非常不安。

高雅红：你走了，我还留在这里干什么？

江兆南：这我也想过，问题是你走到哪里去？回纺织厂你的编制又挂起来了，根本没法回去。跟我走吧，我准备开一段时间的货车你跟着也不行。到我爸妈开的店铺里帮忙对你也不合适。雅红，我害了你。

　　高雅红：厂长，你的心意我领了，你不要为我担心，我年纪轻，才二十来岁，又会外语，我到广东去，不愁找不到工作。

　　江兆南：你想得也对，目前恐怕只有这条路可走了。我也会边跑运输边寻找机会，只要有可能，我就要创办企业，这也是我一生最大的愿望。

　　高雅红：只要你创办企业，不管我在哪里，我都会回来做你的帮手。

　　江兆南：雅红，你想的也是我最希望的！

第十三章

1

新宏电子公司的现代化生产场面非常壮观，一台台黑白电视机从一条条生产流水线上源源不断地输送出来。在宽敞的仓库里，整齐地摆着一排排用精致纸箱包装的崭新黑白电视机。

在公司市场销售部，张亦华和肖海君在商量产品销售问题。

张亦华：去年我们厂的黑白电视机市场销售势头非常旺盛，顾客都排着队疯狂抢购。商店里的货经常断档，有几个月加班加点都供不上。当时我还抱着非常乐观的态度。但今年发生的那场政治风波以后，情况一下子急转直下，电视机的销售量迅速下滑。现在每天下线的电视机有两千多台，如果销售工作还是老样子，就有可能会出现非常严重的后果。前一段虽然我们在全国一些主要城市设立了销售点，但我总觉得还必须要有新的措施跟上去才行。海君，你说是吗？

肖海君用右手食指把眼镜向上推了推：我同意你的想法，做市场销售就应该有这种危机意识。去年我们厂的电视机销售很好，那是因为去年群众惧怕物价闯关导致心理恐慌而刮起了一股抢购风，这不是正常的市场现象。今年反过来市场又有些冷，这是不利的一面，但不利中往往蕴藏着许多有利的因素。在大家都认为市场不景气而缺乏信心有所放松的情况下，我们逆势而上，把不利当机遇，就能开创销售工作的新局面。我看能不能这样，除了继续在报纸上做广告外，每季度搞一次有奖销售，在各大销售点开展"送货上门服务"，如有必要，可以对设立销售点的百货商场适当让点利，这样他们就有积极性，我们厂的电视机也就好销一些了。

张亦华：海君，你的分析很有道理，就按你说的办，我们明天就到广州去落实。

2

珠江像一条宽阔的缎带在广州城中缓缓流淌，海珠大桥似一条巨大的长龙横卧在滔滔碧波之上。海珠广场人流如织，沿江大道车水马龙，新建不久高达三十多层的白天鹅宾馆耸立在上游不远的白沙头畔，那巍峨挺拔的雄姿成了广州市改革开放的新标志。

位于沿江大道的南方商厦是广州最负盛名的商场，几乎汇集了全国各地所有的名牌商品和部分国内需求旺盛的境外商品。这天，贴在商厦大门口的一张海报分外醒目：新宏电视机厂有奖销售大酬宾，凡是购买我厂生产的黑白电视机的顾客，每买一台，奖给一件衬衫，同时抽取奖号一张，凡中奖者无偿赠送一台价格相近的洗衣机。这次有奖销售为期半个月，机会难得，欲购从速。对妇老伤残等特殊购买者，一律实行免费送货上门服务。

这一招果然灵验，前来购买新宏厂黑白电视机的人比往日明显增多，把个肖海君和张亦华乐得合不拢嘴。

一对老年夫妇来买电视机了，肖海君立即要司机把小货车开到商厦门口，等老人付完款后，他马上又同张亦华一起把电视机抬到了小货车上，并把两位老人扶到前边驾驶室里坐好，他自己则爬上了后面的车厢。他怕又有老人或妇女来买电视机，于是要张亦华赶快回到商厦里，若是有人买了电视机要送到家里，请他们耐心等一等。

小货车七弯八拐跑了大约一刻钟，在一栋六层高的宿舍楼前停了下来，肖海君让两位老人在前面引路，他和司机抬着电视机在后面跟着，一直上到五楼，大妈掏出钥匙开了门，肖海君和司机把电视机抬到屋内放好后就转身离开。

大伯：你们的服务真是热情周到啊，要不我们两个老家伙还不知怎么搬回来呢！

大妈：你们喝杯茶，歇一下再走。

肖海君取下眼镜抹了一把汗说了句"不用了"就返回了商厦。这时，恰逢一个工人来买电视机并中了奖。他兴奋得不由在商厦里大喊：我中奖啦！买了台电视机，又白赚了台洗衣机！

这一喊不打紧，等于又做了一个现场宣传和广告，顾客们都蜂拥过来，掀起了一个购买新宏黑白电视机的小高潮。

这种场面是张亦华和肖海君没有料到的，他俩受到了前所未有的鼓舞。

3

夜幕降临，华灯齐放，霓虹闪烁，汽车的灯光汇成了一条流动的光河，晚上的广州显得比白天更加迷人，更加绚丽多彩。

肖海君和张亦华从南方商厦并肩走出，两人脸上洋溢着成功的喜悦。

张亦华：海君，你真有两下子，今天一炮就打响了。

肖海君：最后是你拍板的，功劳首先应该归你。

张亦华：没想到销售量是平日的三倍。我们得趁热打铁，紧接着在上海、武汉等各大销售点也开展有奖销售活动，海君，你看怎样？

肖海君：我赞成，做任何事情都要一鼓作气。

一辆出租车开过来了，张亦华挥手叫停，对肖海君说：上车。

肖海君：我们去哪儿？

张亦华神秘一笑：去了你就知道了。

出租车在东风路旁的一条小巷口停下，张亦华说：海君，到了。

肖海君：这是哪儿？

张亦华：往巷子里走一百米就是我家。

肖海君：你怎么把我带到你家来了？

张亦华：我家又不是军事禁区，你怎么不能来？

肖海君：那多不好意思。

张亦华：到广州的那天，我就跟我妈说了，有奖销售开张的那天，如果很成功的话，我就邀请我的同学到家吃顿饭，你可要好酒好菜招待啊。

肖海君：你妈怎么说的？

张亦华：那还用说，热烈欢迎呗。

两人说着说着就到了，张亦华推开门就喊：妈妈，我们来了。

张亦华的妈妈系着一条围兜，赶忙从厨房出来：他是谁？你不是说你的同学要来吃晚饭吗？

张亦华：妈，他就是我的同学肖海君，我们也是厂里的同事。

张母：我还以为你跟我讲是你同学杜强要来呢。

张亦华：那怪我没有说清楚。

肖海君有些不自在，急忙扶了扶眼镜：打扰您了，亦华妈妈。

张亦华：妈，饭做好了吗？

张母：做好了，可以吃了。

张亦华：海君你别介意，我去把饭菜端上来。

饭厅很小，饭桌也很小，八个菜就把桌子放满了。好在只有三个人，坐下来不显得拥挤。

张亦华举杯：海君，这八个菜都是我妈做的，我们广东人时兴八，因为八是发的谐音，加上这酒又和久同音。来，把这杯酒干了，祝我们的事业永久大发！也庆贺我们今天的有奖销售旗开得胜！

肖海君：亦华妈妈辛苦了，谢谢您！

张亦华：妈妈，海君人品好又能干，我们俩在一起工作非常愉快。

肖海君：亦华对我很好，不是亦华我到不了电视机厂。

张母：你是什么时候到亦华厂里的？

肖海君：有一些时间了。

张母：以前你和亦华经常联系？

肖海君：在大学读书时经常在一起，毕业后联系少了。

张母：你老家是哪里？

肖海君：江西南江市。

张母：城里的？

肖海君：不，家在农村。

张亦华：妈，你不要问了，搞得人家吃饭都不得安稳。

张母：你吃你的，我问你同学几句话还不行？

张亦华见肖海君没吃什么，就往他碗里夹菜：累了一天，挺辛苦的，快吃。

张母：要你夹什么菜，你同学又不是小孩。

肖海君识相地说：亦华你不要夹了，我想吃什么自己会夹。

张亦华好像同她妈赌气似的，又拼命往肖海君碗里夹菜：多吃点，吃饱点。

肖海君：亦华，菜太多了，吃不了。

张亦华又往肖海君碗里夹了一些菜：年纪轻轻的，怎么吃不了？

尽管张亦华非常热情，但肖海君看到她妈妈冷冷的脸色就没有食欲了，他硬着头皮把碗里的饭菜吃完，就放下了筷子。

张亦华：你吃好了？平时你可是吃得比今天多。

张母：人家吃饱了就行，吃多了撑得难受。

张亦华生气地看了母亲一眼，说：我也饱了，不吃了。

饭后，张亦华让肖海君在厅里的沙发上坐一会，她倒了两杯茶，一杯递给肖海君，一杯自己端着，并挨着肖海君坐下来，带着歉意地对他说：我妈是个直肠子，怎么想就怎么说，留不住话，你千万不要往心里去。

肖海君：放心，我不会的。

4

张母收拾碗筷放到厨房的洗盆里，刚洗了一会，就朝着厅里喊：亦华，你过来。

张亦华进到厨房，张母悄悄地把门拉上，问女儿：你是不是同姓肖的同学好上了？

张亦华：没有呀。

张母：没有就好，我告诉你，除了杜强，不管哪个男的追你都不能答应。

张亦华：为什么？

张母：无论是家庭条件、本人素质和工作单位，杜强都是很理想的，这样的对象是打着灯笼也难找到的。

张亦华：妈妈选择女婿的眼光还是蛮高的嘛。

张母：我看他将来大有发展前途，当上个厅长恐怕没什么问题，这样我们家也就有脸面啦。

张亦华：妈妈你倒是想得挺美的。

张母：还有，虽然你辞了职，但毕业分配都是杜强帮的忙，你到美国学习的这一年多，人家经常来看我，对我照顾也很周到。

张亦华：这份情谊我们要记住。

张母：我还要交代你，从今往后，你必须同姓肖的同学主动疏远，不得两个人单独接触，听到了吗？

张亦华：妈，你还有没有个完？

5

张亦华从厨房出来，肖海君看见她的心情有些不快，于是关心地问：怎么了？

张亦华：我妈要逼我找对象。

肖海君：哪里的？

张亦华：省外贸厅一个叫杜强的，要我只能嫁他，不能再交别的男朋友。

肖海君：你们接触过吗？

张亦华：已经接触好几年了，他对我蛮好，不断在追我。

肖海君：如果你通过接触觉得合适，你应该答应。

张亦华：没想到你也这么说，我问你，你到底对我好不好？

肖海君：这还用说，当然对你好。

张亦华：你对我好，为什么一定要我嫁给别人？我的心思你还不了解吗？

肖海君听张亦华这么一说，觉得问题严重了，不能再含糊下去，必须把话挑明，对她说实话。于是他摘下眼镜在衣服上揩了揩说：亦华，我已经结婚，有小孩了。

张亦华似信非信，全身像泼了一盆冷水，失望得从头凉到脚：你这是不是在骗我？

肖海君：我不会也不敢骗你。

张亦华：她现在哪里？

肖海君：在老家种田。

张亦华：是不是在大学见过的那位？

肖海君：是的，当时怕影响不好，就对你和同学们谎称是我妹妹。

张亦华：怪不得当时你在我面前讲话老是吞吞吐吐。我问你，你真喜欢她吗？

肖海君：父辈定的，不过她人很善良、勤劳和贤惠。

张亦华：看来我俩命里没有这个缘分了。

肖海君：我俩是同学、同事、朋友，这也是前世修来的缘分呀！

张亦华没有再接话，她起身站在窗前默默地望了许久。

6

秦姑有好长一段时间没有去县城了，正好省里的一个气功大师来表演，听说这个人不仅能意念搬运蛇等动物，还能隔空发功治疗不育症。结婚几年都没怀孕，她想去请这个大师看看，林一凡也极力鼓动她去。临行前，秦姑打开箱子，从箱底翻出一件多年前买的一直舍不得穿的新衣服，谁知刚把衣服抖开，里面溜出一张许向才的照片，她顿时惊出一身冷汗，后悔自己太过粗心，把照片放在这件衣服里藏在箱底以后就忘得一干二净，没有拿出来撕毁掉。

林一凡看见一张照片掉在地上，赶紧捡起来，一看竟然是许向才，他马上把脸一沉，问秦姑是怎么回事。秦姑支支吾吾地不肯说。

林一凡更为恼火，上去一把抓住秦姑的衣服，厉声喝道：快说，你怎么会有许向才的照片？！

秦姑战战兢兢：是他给我的。

林一凡不依不饶：他为什么给你照片？！

秦姑吓得很久没有吭声。

林一凡态度更凶：快跟我说！

秦姑眼泪涟涟：我，我以前同他好过。

林一凡冷笑一声：好过？

秦姑泣不成声：我对不起你。

林一凡怒不可遏：结婚前你为什么不说？

秦姑可怜地哀求：我怕你，不敢说，你就原谅我这一次吧。

如果秦姑过去是同别的男人有那个关系，林一凡也可能会原谅她，但对许向才，他怎么也不能容忍。他两眼变得通红，向秦姑的脸上狠狠地甩了一巴掌，骂道：你这个不要脸的，没想到你和许向才那个王八蛋是一路货！去你妈的！

不管秦姑怎么认错求饶，林一凡强行逼着她离了婚。

7

吃过早饭，江凤梅开始清理猪圈。她把猪的粪尿扫往沼气池里，再用水冲了几遍。

儿子睡醒了看着旁边没有人，就又哭又叫：妈妈，妈妈！

肖父在厅里听到了马上跑进房：你妈妈在做事，不要哭。

江凤梅也跑了进来：乖乖，听爷爷的话，不要闹，妈妈马上就好了。

儿子很听话地不哭了，眼泪挂在小脸蛋上：我要爷爷在这里。

江凤梅：爷爷不走，陪着乖乖。

肖父连忙伸出大拇指：我的孙儿就是乖。

儿子笑了起来，撒娇地叫着"妈妈"。

江凤梅在儿子小脸上亲了亲：乖乖，你跟爷爷在家里玩，妈妈要去做事了。

儿子：我要妈妈。

肖父：爷爷等下抱你出去玩。

儿子伸出小手：我要爷爷抱。

江凤梅把儿子从床上抱起来并为他穿好衣服：爷爷现在就抱乖乖去玩。

肖父从江凤梅手里接过孙子：乖乖，爷爷抱你到外面看小狗狗。

8

江凤梅扫完猪圈就去小商店，秦姑抹着眼泪追了上来。

看见秦姑伤心痛苦的样子，江凤梅问：怎么？林一凡欺负你了？

秦姑：我离婚了。

江凤梅：前几天两口子还好好的，怎么说离就离了？谁要离的？

秦姑：是林一凡要离的。

江凤梅：你什么事惹恼了他？但他也不能这样对待你呀！

秦姑：是我不好，对不起他。

江凤梅：啊？你是不是背着林一凡做了什么亏心事？

秦姑：没有，我对他是真心真意的。

江凤梅：那是怎么回事？

秦姑低下头羞愧莫及：我前夫去世后许向才跟我相好过。

江凤梅大感意外：怎么村里人都不知道？结婚时你没给林一凡讲这事？

秦姑摇了摇头：我怕讲了林一凡会不要我，所以就瞒着他。

江凤梅：这你就不对了，不要说你当时就不该去跟许向才这样的人相好，以后你就更不该向林一凡隐瞒这事。林一凡的脾气你又不是不知道，如果你老老实实讲了，他或许能够谅解。

秦姑：只怪我一时糊涂。

江凤梅：世上没有后悔药，既然离了，就不要想那么多了，等以后有合适的再找过一个。

秦姑：我不想再找了。

江凤梅：这段时间你就好好帮我打理小商店，这样你的心情也许会好些。

9

好事不出门，坏事传千里。秦姑同林一凡离婚的消息没过几天就在村里传开了。这事传到了牛斤的耳朵里，他兴奋得手舞足蹈。本来他对秦姑已经死心了，但这下又心动了，觉得自己娶秦姑做老婆又有点希望了。于是，他急急忙忙找到了江凤梅。

牛斤：凤梅，你能不能给我和秦姑做个媒？

江凤梅：人家正是很难受的时候，你凑什么热闹？

牛斤：她跟我结婚不就不难受了嘛。

江凤梅：算了吧，你这个好吃懒做的样子还想娶秦姑？

牛斤：那我改掉了毛病可以娶她吗？

江凤梅：这你得问秦姑去。

牛斤碰了钉子，心里又凉了。他看了看江凤梅，想说什么但又没说，只是嘴里嘟嚷着"秦姑"的名字极不情愿地走了。

10

张家客厅正面靠墙的矮柜上摆着一台新宏厂生产的黑白电视机，电视里正在播放关于进一步治理整顿，促进经济增长的节目。这天是星期天，张亦华和母亲边看电视边说着话。

张母：亦华，你和杜强谈得怎样了？

张亦华：就那样，还好呗。

张母：你们俩要多接触，感情是培养出来的，接触多了，感情就慢慢加深了。

张亦华：妈，你还蛮会谈恋爱的嘛。

张母：前些时候，你们厂里的一个人跟我讲，你那个姓肖的同学是个有妇之夫，你不能和他有任何往来。

张亦华：和他在一起商量工作也不行吗？

张母：不行，不准同他见面。

张亦华：在一个厂工作，不见面可能吗？

张母：那就让他离开厂里。

张亦华：他离开厂里就失业了，人总得还要有点同情心吧？

门外有人敲门，张母起身把门打开，见杜强满头大汗搬着三箱进口水果，于是赶紧说：是小杜呀，看把你累的。

杜强气喘吁吁：亦华回来了，我过来看看。

张亦华帮杜强接过水果放在沙发边上：快坐下来歇歇。

张母：刚才我还在说你和亦华的事呢，你们好好谈谈。

杜强：伯母，我想同亦华去公园里走走。

张母：公园比家里环境好，快去。我烧好饭菜，等你们回来。

杜强：伯母做的菜就是好吃，上桌了我就不愿放筷子。

张母：你们喜欢吃就好，我就怕你们不爱吃。

张亦华：看你把我妈夸得晕晕乎乎的。

杜强从口袋里掏出一个精致的盒子，打开盖子拿出一条纯金项链给张亦华戴上：喜不喜欢？

张亦华：蛮好看的。

张母笑得合不拢嘴：你看杜强对你多好。

杜强拉起张亦华的手：我们走吧。

11

流花公园里，柳丝摇曳，绿荫遍地，一丛丛鲜花竞相开放，散发着迷人的芳香。清澈的湖水里，荷叶亭亭玉立，莲花含苞待放。几只小鸟掠过水面，湖面立即泛起阵阵涟漪。

张亦华挽着杜强的手沿湖畔缓缓走着，两人漫步细语，轻松亲切。从他们旁边经过的游人都用羡慕的眼光打量着这对与众不同的恋人。

杜强：我俩差不多有一个月没见面了，挺想你的。

张亦华：这段时间电视机的销售不太理想，我们整天跑这儿跑那儿，忙得不可开交，没有空回广州。

杜强：这样也好，隔段时间不见，反而越发想念，这就叫时间和距离产生思念。

张亦华：是这样，不在一起有不在一起的好处。

杜强：话是这么说，想念的味道其实是非常难受的，难受得几次都想跑到你那里去。

张亦华：怎么没去？工作太忙离不开吧？

杜强：这段时间外商来得特别多，要为厅长准备有关材料，不能也不敢离开。

张亦华：那说明你们厅长对你很欣赏很信任。

林荫道的尽头，有一间小房子，门上写着"看相"二字。小桌子的后面坐着一个戴眼镜的老先生。杜强有些好奇，便对张亦华说：我们过去看看。

　　老先生盯了杜强好一会儿，指了指桌上的签筒：小伙子，看你面相不错，前庭放光，要不要抽个签？

　　杜强对张亦华笑了笑，就随手从筒子里抽了一签交给了老先生。

　　老先生打开签，马上对杜强说：恭喜你抽了一个上上签。

　　杜强：没想到手气这么好。

　　老先生：你看这签上面画着一顶官帽，旁边还有一个铜钱，预示你将来仕途无量，财源茂盛。

　　张亦华：升官发财全有了。

　　杜强抑制不住兴奋，一面谢谢老先生的吉言，一面轻轻搂着张亦华的腰折转身子往回走。

　　张亦华：你信这抽签吗？

　　杜强：我觉得这签蛮灵的。至少暗合了我们目前的现状。我俩一个在官场，一个在商场。一个在体制内，一个在体制外。一个做官，一个赚钱，这不就是升官发财吗？

　　张亦华：你比那个老先生还会解释。

　　杜强：走了仕途这条路，就得要千方百计升官，不然人家会说你没本事，面子也挂不住。

　　张亦华：我可没你那个福气，说不定哪天企业倒闭就失业了。

　　杜强：根本不可能出现这种情况。

　　张亦华：人生道路上什么情况都可能发生。

　　杜强：不管怎样，我得要奋发努力，不断争取更大进步。

　　张亦华：官做得越大，越是把双刃剑，古人早就有言，高处不胜寒。已十二点半了，我们回去吃饭吧。

　　杜强：吃饭估计来不及了，下午两点厅长要去办公室，我必须在他之前赶到。

　　张亦华：那你去吧，只是我妈白忙了一场。

杜强：请代向你妈表示歉意。

张亦华：没关系，我下午也要赶回深圳厂里去。

12

上海，繁华的南京路。

在第一百货商店的电视机专卖区，肖海君在做黑白电视机的销售调查。

趁八点开门营业前，肖海君向售货员了解本厂黑白电视机和其他电视机的销售情况。

肖海君：从最近的报表来看，我厂生产的黑白电视机虽然销售总量还可以，但连续一个季度销售没有增长，甚至还略有下降，这不知是什么原因？

售货员：我认为可能是两方面的因素造成的，一是不少地方办了电视机厂，如上海的"飞跃"厂、南京的"熊猫"厂，这样就使黑白电视机的产量大大增加，由此导致黑白电视机的产量过剩，市场竞争更加激烈。二是有些顾客对黑白电视机渐渐失去了兴趣，想买彩色电视机但目前又没有那么多钱，存在着等积攒足了钱直接买彩色电视机的心理。

肖海君：你觉得今后电视机的市场销售会是怎样的一个趋势？

售货员：我估计过个三五年绝大多数人都会购买彩色电视机。

肖海君：谢谢，你的看法对我启发很大。

开门营业的时间到了，大门一打开，顾客立即像潮水般涌进了商场，电视机专卖区人流不断。

肖海君站在旁边，不时地向顾客询问准备买个什么样的电视机。除了几个年纪大的人说买个黑白的看看就行了，绝大部分人都说想买彩色电视机，但因为要凭票供应买不到，或现在还没那么多钱，只好先买个黑白的对付一下。

口头询问之后，肖海君又向前来购买电视机的顾客发放了一张书面调查问卷，题目是：你认为再过多少年大多数家庭能够买得起彩色电视机？并请顾客当场填写，他当场收回。在发放的五十张问卷表中，有些填三年左右，大多数填五年左右。肖海君对问卷答案进行了认真分析，从中得出了一个非常重要的结论：绝大多数人对未来经济发展和家庭收入的预期是乐观的，彩色电视机在未来几年一定会成为人民群众的消费主流，新宏厂要在未来的电视机市场上占有一席之地，必须上马生产彩色电视机。

怀揣这个想法，肖海君踏上了回厂的归途。

13

张亦华一回到厂里，就打电话找肖海君。恰好肖海君从上海调查回来。刚到办公室，听见电话铃响，他马上拿起话筒接听。

张亦华：是海君吗？

肖海君：是我。

张亦华：什么时候回来的？

肖海君：刚到一会。

张亦华：你到我这里来一趟。

肖海君随即到了张亦华的办公室，在她对面坐下来。

张亦华：这次到上海的市场调查怎么样？

肖海君：收获不小。

张亦华：那就好，我也刚从广州回来。

肖海君：杜强还好吗？

张亦华：他够忙的，几乎天天在为厅长写材料。

肖海君：你应该经常回去同他多接触多谈谈。

张亦华：说实话，他是很爱我的，但我总觉得有那么一点不对头。

肖海君：那可能是你的偏见，随着你们相互了解的加深慢慢就消除了。

张亦华：反正我现在的心里很矛盾。唉，我们不谈这个吧，你快说说这次到上海市场调查的情况。

肖海君：这次上海调查，最大的一个收获就是我感觉到了电视机市场销售的一些新的趋势，需要引起我们的高度重视。

张亦华：什么新的趋势？

肖海君：就是黑白电视机市场的高峰已经过去，一个彩色电视机的消费高潮即将到来。

张亦华：你的看法有些过急了吧？这些年虽然经济发展很快，但去年以来经济增长的速度明显放慢，绝大多数人民群众的收入一时还难以大幅度提高，还买不起彩色电视机，而只能看看黑白电视。

肖海君：但问卷调查表明，绝大多数人都对今后几年及较长时期经济发展和家庭购买彩色电视机的能力充满信心，所以我觉得我们还是要有超前意识，尽快布局彩色电视机的生产。

张亦华：但我还是对此持保留态度。人们的看法不等于经济发展的现实，经济发展是受各种因素制约的，不是人们想快就能快得起来的。人们的家庭收入也不是想提高就能马上提高的。所以绝大多数家庭近些年想买彩色电视机也是不切合实际的，我认为厂里彩电的生产可以放后一步，不要急着上。

肖海君：市场瞬息万变，也许到时候就晚了。

张亦华：晚不了，即使经济发展速度很快，人民群众的收入增长很快，也不可能一口吃成一个胖子，黑白电视机的消费肯定要持续一个很长的时期，离彩电消费的时代还远着呢。

肖海君：我不这样看，改革开放才短短几年时间，很多普通家庭就能看上黑白电视，少数人家还买了彩色电视机，这在过去是想都不敢想的事。照现在这样的速度发展下去，要不了三五年市场上就是彩色电视机的天下了。

张亦华：你的意思我明白了，但不要再说了，目前我们还是要集中精力把黑白电视机的生产搞好，尤其是要在产品质量上下功夫，以优良的产品去继续赢得市场，打败同类厂家。

肖海君：我还是建议你认真考虑考虑彩电生产的问题。

张亦华：不用考虑了，我在美国学习时导师讲得最多的一句话就是任何产品的消费都有一个周期，现在正是黑白电视机的消费期，一个时候做一个时候的事。海君，还是听我的吧，不要杞人忧天。

肖海君对张亦华不采纳自己的建议虽然感到有些失望和无可奈何，但更使肖海君伤心的是张亦华无意间流露的那种自负和对他的轻视。于是他把眼镜扶了扶说了句"好吧"就转身离开了张亦华的办公室。

14

肖海君郁郁寡欢地走进办公室，一会，桌上的电话铃声响了。

肖海君：请问找谁？

张母：我是张亦华的母亲，我找肖海君。

肖海君：我就是，亦华妈，请问有什么事？

张母：小肖，同你讲一件事，我女儿已有对象，你是已婚的人，请你不要和我女儿接触，免得毁了她的终身大事。

肖海君：亦华妈，你放心，我不会去做那种缺德的事。

张母：你最好是离开电视机厂，这样你和我女儿就不会在一起。

肖海君：你是要我辞职？只要厂里同意我就写报告。

张母：为了我女儿，你写吧，厂里肯定会批准的。

肖海君：你的话我听清楚了。

张母：还有句话我不得不讲，如果是因为你，我女儿谈不成对象、结不了婚，那我就要找你算账！

肖海君正要回话，对方把电话"啪"地挂掉了。

接着，张母又拨通了张亦华的伯父的电话。

张母：我那个女儿的事你得管一管。她现正在谈恋爱，男方是一个厅长的儿子，在省外贸厅工作，两人还是同时上的大学。听别人说，你那电视机厂有个叫肖海君的，经常和亦华在一起，我怕时间久了两人生出事端来，你能不能叫那个姓肖的辞职，这样两个人分开了，亦华也就没想头了……什么……肖海君是厂里的骨干，这样的人很难找……是叫他辞职还是做其他安排……再考虑考虑……嗨，你不要考虑了，就叫他辞职算了，我就这么一个女儿，她爸在同你逃港后又不幸去世了，她不成家我没法向她逝去的父亲交代，我这块心病也就没办法治好，你无论如何得把那个姓肖的辞了……同意，什么？再同亦华商量一下。千万不要同她说，她肯定不会同意的……就你定了，通知那个姓肖的就行，好吗？……你觉得可以，那就这样办了。

张母放下电话，深深地松了一口气。

15

当天下班后，肖海君晚饭也没吃就回到宿舍，在里面来来回回走个不断，他一根接一根地狠命抽着烟，把眼镜一会摘下又一会戴上，眼里还噙着泪光，他的内心十分矛盾和痛苦。经过激烈的思想斗争，肖海君决定辞职。风暴过后往往都是平静的，在决心下定之后，肖海君的心情也轻松下来了。他坐在桌子前，拿出纸和笔，向张亦华写了辞职信。

第二天上班时，张亦华走进办公室，桌上放着一封信。她一看是肖海君写的，便急切地看了起来。

亦华：

当你看到这封信时，你一定会感到非常意外，也一定会骂我无情无义。你个肖海君，我张亦华待你不薄，你怎么说走就走？说实话，我对这个厂是有感情的，对你我也是心存感激的，我也想为厂里工作服务一辈子。但有些事情不是自己想怎样就怎样的，为了维护你的威信，更为了成全你的终身大事，我必须辞职！我想我这样做你也是理解的。本想在做决定前同你好好谈一谈，但考虑来考虑去还是不惊动你为好。所以就写了这封信来表达我的离别之情。请你原谅！祝顺心如意!

张亦华看完信后,马上奔出办公室去找肖海君,但肖海君已人去
屋空,张亦华的心里顿时空荡荡的,眼泪不由"哗哗"地掉下来。

张亦华回到办公室,闷闷不乐地坐在椅子上。

伯父给张亦华来电话:亦华吗?

张亦华:是我,伯父。

伯父:你妈打电话给我,要我辞掉那个肖海君,说你跟他太亲
近,他不走会影响你找对象。

张亦华:别说了,肖海君已辞职走人了。

伯父:辞了就好,我马上告诉你妈。

张亦华:我妈这下该高兴了吧?

16

自从与林一凡离婚以后,为了摆脱痛苦,秦姑每天让自己忙个不
停。今天是小商店的盘点日,秦姑就早早地来了,她先把账目清算核
对了一遍,接着又清点整理柜架上的货物,然后又把店内店外打扫得
干干净净。忙,让她的心情渐渐好了起来。

当秦姑正要锁门离开时,江凤梅来了。

秦姑:我正要去把盘点的情况告诉你呢。

江凤梅:不用了,把进货、售货、总销售额、成本和净赚的钱几
个主要数字写给我就行了。

秦姑拿过一个笔记本:给你,都在这里面。

江凤梅:这些时候看你心里好受多了。

秦姑:我想总不能老是自己给自己过不去。

江凤梅:就要这样想开些。

秦姑:命该如此,再想也是没有办法的事。

江凤梅:你也不要心灰意冷,如有合适的再找过一个。

秦姑：我已吃够苦头，不想再去动这个心思了。

江凤梅：但有人想动这个心思，前几天牛斤又要我做媒呢。

秦姑：凤梅，这是不可能的，求你不要再说了。

江凤梅：依我看，牛斤人不坏，心地善良，也很可靠，如果能把懒惰的毛病改掉就好了。

秦姑：牛斤要改掉他的毛病，除非太阳从西边出来。凤梅，我叔叔的儿子结婚，我准备回去几天。

江凤梅掏出两百元给秦姑：这是大喜事，带点礼金去。

秦姑：不用了，我已准备了礼物。

江凤梅：别客气，快去吧。

秦姑怀着满满感激走了。

不知什么时候，牛斤坐在了小商店门口的凳子上。

江凤梅：牛斤，怎么没看见你来呀？

牛斤没有回答江凤梅的话，而是问了一句：秦姑呢？

江凤梅：她有事出去了。

牛斤：唉，她老躲着我，凤梅，你说我同秦姑到底能不能好上？

江凤梅：你把毛病改掉了，好上就有点希望。

牛斤：你说的是真的？

江凤梅：我是女人，知道女人的心。

牛斤：那我一定改。

江凤梅：行，从现在起，你就好好下地劳动。

牛斤：现在就下地，是不是太快了点？我一点思想准备也没有。

江凤梅：下地劳动又不是写文章，还要什么思想准备，不要再讲理由了。

牛斤：那我就先做点轻快的事。

江凤梅：你不是想要同秦姑好上吗？那你就帮她做点事。

牛斤：做什么事？

江凤梅：秦姑的禾田长了不少草，你帮她耘禾去。

牛斤：这事要整天趴在禾田里，蛮难受的。

江凤梅：你又想同秦姑好上，但你又不愿为她做事，这怎么行呢？

牛斤：帮她做事了会不会对我好呢？

江凤梅：你帮她做事多了，慢慢她就会对你好。

牛斤：那你要把我做的事讲给她听，一定要让她知道。

江凤梅：我会告诉她的，但你得好好干活，不要偷懒，过一下我要去看你耘禾耘得怎么样。

牛斤：那我去了。

17

牛斤强迫自己在秦姑的禾田里除着草。这除草，是个又脏又苦的活。赤着上身，穿条短裤，一只脚跪在稻田里，两只手不停地把草拔掉。有时蚂蟥叮在大腿上，吸得鲜血直流，禾叶又像锯子一样把身上划出一条条血痕。没干一会，牛斤就起身伸了伸腰，接着打了个哈欠，又勉强把一只脚朝禾田跪下去，干了一会，又直起身来伸了伸腰，打了个哈欠，这样来回了五六次，牛斤实在感到吃不消了，最后干脆就从禾田里上来躺在一棵树荫下休息不动了。

就在牛斤睡得蒙蒙眬眬的时候，突然听到有人叫了他一声，把他吓得慌慌张张地爬了起来。

牛斤见是江凤梅，便嬉皮笑脸地说：刚躺下你就来了。

江凤梅：你就这样改毛病的？

牛斤：实在累得不行，就偷偷休息了一会。

江凤梅：这一次原谅你，以后可不行。

牛斤：是不是一次也不能休息？

江凤梅：不能老休息，劳动就得吃苦。

牛斤：这苦实在是难吃。

江凤梅：怕吃苦就别想秦姑对你好！

牛斤：那我不，不，不怕吃苦。

江凤梅：不怕吃苦就赶快下田耘禾去，我会时常过来监督你。

牛斤：你多少时间来一次？

江凤梅：我说来就来，你耘禾刻苦点，不要又躺在树荫下偷懒让我捉到了。

牛斤无可奈何地下田耘禾了，江凤梅也转身回大樟树下的小商店了。

18

牛斤耘一会禾，就往村口的大樟树下望一望，大半个小时过去了，他见江凤梅没有来，就心存侥幸往田埂上坐下来休息。哪知刚一坐下，江凤梅就在大樟树下出现了，他害怕得就像老鼠见了猫似的，赶紧弯着身子悄悄地下到田里耘起禾来。江凤梅也像故意跟他捉迷藏似的，到了大樟树下不往他这边来，身影晃了一下又不见了。牛斤后悔自己太胆小，没多休息一会。又过了半个来小时，牛斤累得满头大汗，正想上田埂休息，但刚直起身子，看到江凤梅到大樟树下了，他巴望着江凤梅又像上次一样在树下闪一闪又返回了，这样他就可趁机休息一下。然而这回江凤梅却一直走过来了，牛斤只好又硬着头皮继续干活。

江凤梅：牛斤，这禾田里的草你除得蛮干净。

牛斤借机直起身子边伸腰边回答说：我做事，你放心。

江凤梅：秦姑就喜欢能把事做好的人。

牛斤：那我要把这禾田里的草除得更干净。

江凤梅：你要说到做到。

牛斤：一定，我什么时候吹过牛。

江凤梅听了有些忍俊不禁：那好，看你的。

江凤梅说完就走了。牛斤又不得不开始耘禾了，眼看已到中午，他真有些支持不住了，全身从上到下酸痛得非常难受，肚子也饿得咕噜咕噜叫。牛斤准备利用中午回家吃饭好好歇歇，正要起身，江凤梅提着竹篮给他送饭来了。牛斤假装没看见，在田里更加使劲地耘

301

着禾。

江凤梅：牛斤，快上来吃饭。

牛斤应了一声，停下活从田里上来了。

江凤梅：吃饱一点，下午干活更有劲。

牛斤一看有辣椒炒小黄鳅，口水都出来了，连忙端起碗大口大口地吃了起来，他边吃边问江凤梅：我帮秦姑耘禾，她知道不？你得告诉她，要不我白干了。

江凤梅不想让秦姑马上知道这事，准备等牛斤多次帮助秦姑做事变得比较勤快以后再告诉她，这样说不定秦姑真能喜欢上牛斤。于是，江凤梅故意骗他说：秦姑知道了，今天中午这顿饭就是她打电话要我做给你吃的。

牛斤马上兴奋了：看来秦姑开始对我有点好感了。

江凤梅：只要你经常帮她做事，她慢慢就会改变对你的看法。

牛斤：好的，你跟她说，以后有什么事要做，叫她随时找我。她只要说一声，我立即就上。

江凤梅：有你这句话，秦姑一定会很高兴。

19

江凤梅把一桶猪潲倒进盆里，五头猪立即抢食起来。

秦姑来了，朝着里面叫了一声：凤梅。

江凤梅从猪栏出来：什么时候回的？你堂弟的婚事肯定办得很热闹。

秦姑：我昨晚回的，还真像你说的，婚事办得好喜庆，不仅请了锣鼓唢呐队，新娘子还坐了花轿，过去只听说过这东西，这次是我第一次见到，蛮好看的。

江凤梅：我父母说以前女儿出嫁都坐花轿，解放后就不时兴了，这些年又开始有了。

秦姑：还办了好几十桌酒，村上的人和亲戚好友都来了。

江凤梅：场面不小啊。

秦姑：晚上还请县戏团来演了一场采茶戏《天仙配》。

江凤梅：生活好了，结婚也越来越体面了。

秦姑：凤梅，刚才我去承包田里准备耘禾，发现已经耘过了，不知是谁帮我代劳的？

因为江凤梅不打算告诉秦姑是牛斤帮耘的，于是就随便编了个话：你走后的这几天，县直机关干部下来参加义务劳动，村里就安排他们把你承包田里的禾耘了。

秦姑：原来是这么回事，感谢村里的关心和照顾。

江凤梅：这不就是个顺水人情呗。

秦姑：我现在去小商店了。

江凤梅：让你操心了。

20

秦姑打开小商店的门，先用扫把打扫了一下卫生，接着整理货架。

牛斤满面春风地来了。他仍旧坐在店门口的凳子上，满以为秦姑会对他热情相待，至少要说句"谢谢你帮我把禾耘了"之类的话语。但不知为什么秦姑看都不看他一眼，脸上还是那么冷冰冰的。牛斤心想也许是秦姑现在忙着顾不上，过会空闲了一些就会对他说"你辛苦了，谢谢你"，然而她整好货架后在柜台里还是一声不吭，把个牛斤气得两眼直瞪，在肚子里大骂秦姑"不知好歹"。由期望到失望，牛斤再也坐不住了，他朝秦姑狠狠地瞪了一眼，嘴里"哼"了一声，怒气冲冲地走了。

牛斤到了江凤梅家，他要找她说理。

江凤梅正在菜园里摘菜，牛斤看到她就嚷嚷开了：这秦姑没良心！

江凤梅：你怎么说这话？秦姑得罪你了？

牛斤：我昨天帮她耘了那么多的禾，今天见到她，连一句感谢的话也没有。

江凤梅：你没有主动对她提起这事？

牛斤：我帮她做了事，她装作不知道，还要我先对她说，这娘们儿也太不近人情了，唉，白做了。

江凤梅：你不要生气，你帮她耘了禾，秦姑心里是有数的，只是她觉得你就做了这么一次，不能说明你把毛病改了，她说要是你以后不管在什么时候什么地方，也不管是帮别人做事还是做自己的事，都能做到像昨天那样不怕苦不怕累，她就会对你好了。

牛斤：她真是这么说的？

江凤梅：我还能骗你？

牛斤：那我以后就经常帮她做做事。

江凤梅：当然，而且要不声不响不让她知道。

牛斤想了想又打起了退堂鼓：不过，这太难了。

江凤梅：男子汉大丈夫要有点志气。

牛斤：要是又白做了怎么办？

江凤梅：不会的，只要你无论多辛苦帮她帮到底，她就是铁石心肠也会软化的。

牛斤：照你这么说，我和秦姑好上还是有点希望？

江凤梅：希望大呢，快劳动去。

牛斤乐颠乐颠地到地里去了。

第十四章

1

傍晚，是北岭镇"农民街"一天中最清闲的时候。除了餐馆和旅馆忙碌外，其他店里都安静下来，这些店主也就陆续出门，在相互询问生意情况后，就开始天南海北地说笑聊天。

看着百货商店没有顾客来，万秋花便拿了个小竹椅坐在门前织毛衣。

旁边理发店的女老板走过来：你这毛线衣织得真漂亮，给谁织的？

万秋花：给兆南哥织的。

理发店女老板：你家兆南哥穿上了，那一定暖和得困不着觉，什么时候吃你们的喜酒？

万秋花：还不知道人家同意不同意呢。

理发店女老板：兆南能找到你这么好的姑娘那是他的福分。

万秋花：我怕配不上人家。

因有人急着要理发，女老板进店里忙去了。这时，江兆南拉完货后回来，街上的熟人纷纷同他打招呼。

食品小店老板：辞掉厂长跑运输，你又重操旧业了。

水果小店老板：开始鼓励你当厂长，以后又认为你不能当厂长，这政策就像天上的月亮，初一十五不一样。

汽车修理店老板：还是一心一意跑你的运输，你来以后，我这小店又多了一份生意啦！

照相小店老板：运输跑得好，不会比当厂长差。

豆腐小店老板：兆南，你家小万姑娘在门口等着你呢！

万秋花看到江兆南回来非常开心，像往常一样，她连忙放下手中活招呼江兆南进屋，随即又用热水搓把毛巾递给江兆南：路上灰尘大，先揩揩脸。

江兆南擦完脸，万秋花又端上一杯热茶：慢慢喝，暖暖胃。

江兆南喝着茶，万秋花又问：想吃点什么，我现在做饭去。

江兆南：随便吃什么都行，我就要个辣椒炒肉。

万秋花：我学做了一个新菜，给你换换口味，保证你喜欢吃。

江兆南：好呀，尝尝你的新厨艺，我爸妈去哪儿了？

万秋花：去村里看你妹妹了，估计快回了。

2

万秋花到厨房做饭了。

江兆南喝了一会茶，看到屋角的椅子上放着一本《知音》杂志，他便拿过来随手翻阅着，在一篇关于蔡锷和小凤仙传奇故事的插图中，不知谁在蔡锷像的旁边写了"兆南哥"三个字，在小凤仙像的旁边写了个"我"字。江兆南看了感到有些好奇，甚至对把他比作蔡锷感到有些自豪，特别是看到小凤仙像旁的那个"我"字时又增添了几分甜蜜。这是谁写的呢？除了万秋花还会有其他人吗？江兆南想到，万秋花曾对王达进说肖丽萌没有良心，她拒绝嫁给江兆南，我愿意代替她上江家做新娘。加上每次出车回来万秋花对自己的那份热情和关心，江兆南心中有数了。

这时，父母到家了，江兆南连忙站起来：爸，妈。

万秋花也做好饭了，从厨房里出来，她看到江兆南手里的杂志，显得有些不自在，她连忙从江兆南手里接过杂志，说：兆南哥，你快陪爸妈吃饭吧。

饭桌上，四盘菜围着中间的一个竹蒸笼，万秋花把盖子揭开，一股喷香带辣的味道立即散发出来。

万秋花：这个菜是从旁边小餐馆的厨师那里学的，名字叫做"四星望月"。

江父：听说这个名字还是毛主席取的。当年，在我们中央苏区，生活条件十分艰苦。毛主席经常率领红军与敌周旋，转战各地。有一次，他们到达丰兴县，当地的党组织负责人请毛主席打个牙祭，上了一个粉蒸鱼。毛主席看到桌子上摆了个圆竹笼，感到很新奇。他先夹了一块鱼尝了尝，又夹了一块芋头吃了吃，觉得又辣又鲜又香，很对他的湖南口味。当他得知这道菜还没有名字时，于是兴趣盎然地说，你们看，一个圆竹笼像月亮，四个碟子像星星。这星星和月亮，就像各地的工农商学盼望着红军的到来，我看就叫它"四星望月"。从此这道菜就出名了。据说新中国成立后，毛主席每次来江西，都要点"四星望月"这道菜。

江兆南夹了一块鱼吃了一下：真香真辣！味道好极了！怪不得毛主席那么喜欢吃。

江母：这是小万姑娘对你的心意，为了你吃得好一点穿得好一点，她可是费尽了心，你可得要领情。

江父：我们家真离不开小万这样的好姑娘，她是里里外外一把手，我们店原来只是卖时装衣服，她就千方百计扩成了一个百货商店，这一下生意就翻了两番。还有做饭洗衣等家务活也都是她做的。

江母：有小万在，我和你爸就不劳神了。

江父：兆南，你将来也得有个小万这样的好帮手。我看你就不要再去想办什么厂子了，就和小万结婚成亲，两人安心把这个商店打理好。

江兆南：爸妈，你们的话我听到了。商店办好了，再办个厂子不是更好吗？你们多吃点"四星望月"，沾沾毛主席他老人家的福气。

万秋花一边静静地吃着饭，一边在偷偷地观察着江兆南的反应。

3

肖海君辞职回到家，见儿子长高长胖了，非常高兴，他一把抱起儿子狠狠亲了几下，然后对着儿子说：叫爸爸！

谁知儿子不但不肯叫，反而从他怀里拼命挣脱出来，跑到江凤梅那里去了，他的眼镜也被儿子弄歪了。

江凤梅牵着儿子的小手说：乖乖，快叫爸爸！

儿子躲到妈妈的身后干脆不理睬了。

肖海君把眼镜扶正，从包里拿出一把玩具手枪和一辆玩具汽车，说：乖乖，给你买的。

儿子看了看，想去拿但是没有动。

江凤梅：叫声爸爸，快去拿。

儿子还是一动不动。

肖海君只好走过去把玩具给了儿子，并自我解嘲地说：不叫算了，我长期在外头，生疏了，以后多带带他，跟他多玩玩，就亲了。

儿子拿着玩具好奇地在一旁玩去了。

江凤梅从热水瓶里倒了一杯水给肖海君：先歇歇，喝点水。

肖父扛着一把锄头回来，小孙子立刻拿着玩具跌跌撞撞跑过去叫着：爷爷，你看！

肖父：哎，好！是你爸给你买的吧？

孙子点点头，又专心致志地去摆弄玩具了。

肖海君忙起身喊道：爸。

肖父：什么时候到的？凤梅这几天老念叨着你。

肖海君：刚到家，爸到菜园种菜了？

肖父：同林一凡一起给脐橙施肥。

肖海君：脐橙长得怎么样了？

肖父：长得很茂盛，再过两年就可挂果了。

江凤梅：我们家沼气池里的肥料还真管用，这多亏了林一凡。

肖父：见着丽萌没有？她还好吧？

肖海君：我回家前到她那里了，她在源口办了一个小餐馆，生意不错，我叫她同我回家看看，她说等以后再说。

肖父：看样子她要恨我一辈子，不认我这个父亲了。

肖海君：爸，别难过了，丽萌的倔脾气你又不是不知道，她是不撞南墙不回头的。

江凤梅：爸，丽萌是你亲生女儿，一定会回来看你的。

肖父：海君，这次回来你要多住一些时间，凤梅在家很辛苦，好好帮帮她。

肖海君：爸，我这次回来就不走了，我辞职了，因为怕你们担心，所以回来前就没有告诉你们。

肖父：一个大男人的，老这样辞职，至今连个正经的工作都没有，这样下去也不是个办法。

江凤梅：爸，没什么可忧虑的，条条大路通北京，这条路堵了，就走另外一条路，大不了在家养猪种脐橙罢了。

肖海君：我辞职后做什么，这是个问题，哪天我找兆南去，让他帮我出出主意。

江凤梅：我哥也辞了承包厂长，又跑运输了，你找他商量商量看有什么办法。

4

北岭镇"农民街"上新开了一家小茶馆，江兆南同肖海君坐在里面边喝茶边聊天。

肖海君：这几年家乡变化蛮大的，过去这里还是一片荒坡，现在成了一条热闹繁华的街道了。

江兆南：自己跟自己比确实变化不小，但跟广东等沿海地区比，我们这里的发展就慢了。

肖海君：我已经辞职回家有半个月了，但不知以后该怎么办？

江兆南：我也觉得你一个名牌大学生在家里这样窝下去总不是个事，帮凤梅打理那个小时装店当然也可以，但对你来说就是把一生最宝贵的大好光阴给白白浪费和糟蹋了。

肖海君：我也是这样想的。这次辞职回家时我顺便到了丽萌那里一趟，她办了个小餐馆经营得还不错，她要我到餐馆和她一块做。我没有答应，因为我对办餐馆不感兴趣，我还是想干我的本行。

江兆南：我认为丽萌的想法你可以考虑。你要干你的本行，最终还得到广东去。因为那里新办的这类企业多，这样你选择的机会也就多，回旋的余地大，你可先在丽萌的小餐馆帮帮她，一发现有合适的岗位你就立即参加招聘，保证能成。

肖海君：要不你同我一起去广东算了，这样我们两个遇到事情也有个商量。

江兆南：去广东打拼我过去也想过，但我还是想在家乡创业，因为总要有人留下来，都去外面了，我们这老区就没法发展了。

肖海君用右手食指把眼镜往上推了推：你在家也不是干不成事吗？一个镇制茶厂你承包得好好的，硬是把你逼下来了，这事在广东那边恐怕就不会发生，那边的人只管自己赚钱，对别人的事不太过问。

江兆南：论干事创业的环境和氛围，广东那边比我们这里要宽松一些，人们的观念也要新得多，但我想随着改革开放的深入，我们这里也会慢慢好起来的。

这时，茶馆老板来报：杨书记看你们来了。

杨大任随即就踏进了门：海君，你回来也不告诉我一声。

肖海君：我辞职回家了，不好意思告诉你。

杨大任：这有什么不好意思告诉的。

肖海君：反正不是什么光彩的事。

杨大任：他处不留爷，自有留爷处。广东那边你辞了，就留在家乡干。家乡老区太需要你这样的人了。

肖海君：我想还是返回广东去寻找发展的机会。留在家乡并不是不可以，但乡里乡亲的，抬头不见低头见，总有那么一点面子上过不去。

江兆南：凭海君的能力，在哪里都会有所作为。

杨大任：那也行，海君你就回广东去，在那里发展前途更大。等到你哪天成功有实力了，再返回家乡办厂创业，报答父老乡亲和红土地对你的养育之恩。

肖海君：大任，有件事不知你方不方便办，就是原同我在轻工局一起工作的孙晓蕾，因为我的牵连，她这几年在局里很不顺心，我心里一直很愧疚，想给她换个单位，但又无能为力，不知你能不能帮她一把？

杨大任：把她调到北岭来怎样？

肖海君：那当然好，帮了她就等于帮了我。

杨大任：你叫她到我这里来一趟。

肖海君：我明天就通知她来。

5

深圳，繁华街道上的一座早茶店里。

高雅红来回不停地为顾客端送粤式早点，添加茶水。自从离开北岭镇制茶厂后，她就来了深圳，一直在这家早茶店里打工。

这时，一个五十来岁商人模样的男顾客走进店里，高雅红引他到空位子坐下。

高雅红：先生，请问想用点什么？

男顾客：有菜单吗？给我看看。

高雅红把放在旁边桌上的菜单递给了他。

男顾客看着菜单点了凤爪、排骨、小汤包等几个早点后，问：有什么好茶没有？

高雅红：红茶有大红袍、宁红、乌龙，绿茶有龙井、狗牯脑、婆绿、庐山云雾，请问要哪种？

男顾客：你觉得哪种茶好，帮我推荐一下。

高雅红：不知你喝过狗牯脑没有？这种绿茶是我们家乡一带产的，曾获得过一九一五年巴拿马国际博览会金奖，毛主席在中央苏区时也经常喝这种茶。

男顾客：我怎么没喝过这种茶？听你讲得那么好，那我就来一杯试试。

高雅红：好，请你稍等。

高雅红转身到茶水间泡茶，男顾客紧盯着她那婀娜多姿的身影。

不到两三分钟，高雅红就把一杯澄碧清亮的"狗牯脑"茶端来放在了男顾客的面前，然后又到厨房里端来了早点。

男顾客不紧不慢地品了一口茶，对高雅红说：这茶不错，苦中带甜，清凉爽口。

高雅红：很多人都说这种茶好喝。

男顾客：你刚才说这茶是你们那里产的，不知你是哪里人？

高雅红：我是邻省江西人。

男顾客：江西老表，好啊！我是做衣料加工的，也兼做些货物贸易，这种茶如能出口到英法等国，肯定很赚钱，不知你能不能联系购买到这种茶叶？

高雅红：我来这里之前在家乡的一家制茶厂工作，可以帮你联系一下。

男顾客：那你一定是茶叶行家。

高雅红：我不是制茶的，我是搞销售的，对茶叶不是很懂。

男顾客：你搞茶叶销售，做不做茶叶的外贸生意？

高雅红：主要是搞内销，但也在广交会上做过翻译。

男顾客：那你既会做销售又懂外语啰！怎么称呼你？

高雅红：你过奖了，我叫高雅红。

男顾客略为想了想，对高雅红说：你在这里当服务员太可惜了，愿不愿意到我的公司来工作？

高雅红：这有点太突然了，让我考虑一下再答复你。

男顾客：这有什么考虑的，到我这里肯定比在这早茶店里不知要强多少倍。

高雅红：好吧，谢谢。

男顾客：我叫郭恒兴，今天去香港，明天回深圳，后天你来上班。

6

深圳，恒兴制衣公司。

郭恒兴把高雅红领进一个豪华套间，说：外面是你的办公室，里面是你的卧室，满意吗？

高雅红：这么高级的地方，还能不满意？

郭恒兴：我的办公室就在你旁边，有事就找我。

高雅红：好的。

郭恒兴：你的职务是总经理助理，主要任务是协助我经营服装进出口业务。你先熟悉熟悉公司的情况，到时同我一起去谈生意。

高雅红：一切听从郭总的吩咐。

第一次坐这么高档的办公室，高雅红一连几天都不自在。

桌上的电话铃响了，是郭恒兴打来的。他在市迎宾馆同外商洽谈一宗货物进口生意，要高雅红去给他当翻译，并说车子在公司大楼门口等着。

高雅红立即下楼到大门口坐上皇冠小轿车直奔宾馆。同坐高级办公室一样，这也是她第一次坐这么高级的小轿车。来公司没几天，就享受这么多高档的第一次，对比此前起早摸黑含辛茹苦的打工日子，高雅红感慨万千，同样一个人，换了一个门庭，工作和生活的待遇却一个天上一个地下，难道这就是人们所说的时来运转苦尽甘来？

高雅红走进会谈室，里面只有三个人，郭恒兴和一个外国客商及一个金发女郎，她靠着郭恒兴这边坐了下来，为他做着翻译。

郭恒兴：最近，我公司想做一批防雨服，不知贵公司能不能提供这种衣服的面料？

外商：我公司生产不了这种面料，但我可以通过有关渠道满足你的需要。

郭恒兴：那就拜托你了，能提供多少？

外商：你要多少我尽量提供。

郭恒兴：先订五百匹。

外商：没问题。

郭恒兴：我这是大批量地进货，在价格上应当便宜一点。

外商：我也是买其他公司的，成本比本厂生产的要高。

郭恒兴：不管怎样，你还是有钱可赚的。一匹便宜一百元怎样？

外商皱了皱眉：好吧，算你赢了。

郭恒兴：什么时间到货？

外商：一个月左右行不行？

郭恒兴：时间就是金钱，能不能二十天左右交货？

外商：你办手续来得及吗？

郭恒兴：对"三来一补"外资企业的原材料进口，有关部门会特事特办。

外商：既然这样，就按你说的天数交货。

双方谈妥后，当场就签订了合同。高雅红随郭恒兴回到公司。

郭恒兴：小高，你今天翻译得不错。

高雅红：谢谢郭总的信任，给了我这么好的机会。

郭恒兴从办公室抽屉里拿出一个红包给高雅红：这是给你的奖励。

高雅红推辞不接：给你做翻译，这是我分内的事，这钱我不能要。

郭恒兴说了一句"不要也得要"后，硬把钱塞给高雅红，并趁机用手在她的胸前摸了一下。

高雅红以为郭恒兴的举动是无意的，就没有多想下去，又看他的口气很坚决，就把钱给接下了。

高雅红回到自己的办公室，把红包往桌上一放，一屁股坐在椅子上，望着那鼓鼓的红包，她心潮起伏，自言自语道：这钱是不是来得太容易了？

7

前几个月，由于采取了促销措施，新宏黑白电视机的销售出现了一定的回升，但最近又下来了。张亦华为此非常着急，连忙召开销售会议，分析原因，商讨对策。

大家七嘴八舌议论起来，大多数人认为是黑白电视机生产太多导致市场竞争激烈，也有的认为是彩色电视机市场的挤压使得黑白电视机市场空间逐渐缩小。

张亦华一边听着大家的发言一边思忖着，从厂里黑白电视机库存不断增多的情况看，厂里面临的市场形势是非常严峻的，她明显地感觉到了黑白电视机生产的危机。但不管怎样，当下最急迫的任务还是要进一步抓紧抓好厂里黑白电视机的销售，不能眼看着黑白电视机的市场滑下去，否则后果不堪设想。这一点必须要让厂里的销售员明白，对此决不能有丝毫的放松。至于彩色电视机的市场挤压问题，自己再向伯父汇报自己的考虑。想到这里，她用毋庸置疑的口气对大家说：市场是企业的生命，市场兴旺，企业就发达。如果产品卖不出去，没有市场，那这个企业就没有生命力了。市场就是战场，销售就是战斗。所以，不管遇到多大的困难，也不管遇到多大的阻力，大家都要一往无前，全力以赴，千方百计加大销售力度，把本厂的黑白电视机卖出去，不然我们的厂子就得关门了。

大家表示一定尽自己最大的努力，不断巩固和拓展本厂黑白电视机在各地的市场。

8

散会后，张亦华来到伯父办公室。

伯父：亦华，我正要找你，恰好你来了，这段时间我们厂黑白电视机销售下滑得很厉害，你说说怎么样才能扭转这个局面？

张亦华：伯父，我来也是想向你汇报这件事。对扭转我厂黑白电视机市场下滑一事，我刚才已经做了布置，所有销售人员马上就会分头行动。但根据市场发展情况来看，我觉得这也只能是一时之计，不能从根本上解决问题。因为造成黑白电视机市场下滑的原因不在黑白电视机本身。

伯父：那是什么原因？

张亦华：就是肖海君辞职前在一些销售点调查时发现的彩色电视机对黑白电视机市场的冲击，他认为不用几年彩色电视机就会成为市场的主流。今天也有销售人员讲到彩色电视机对黑白电视机的挤压问题。

伯父：我很赞成肖海君的分析和判断，看来他对市场的把握是很准确很到位很超前的。

张亦华：只怪我当时对他的话听不进，市场的敏感性比他差。我有个想法，不知伯父您同意不同意？

伯父：什么想法？

张亦华：从我们厂长远发展考虑，能不能让肖海君重新回到厂里来？

伯父：好马不吃回头草，人家辞职了，还会同意回来？

张亦华：找他做做工作呗。

伯父：再说你妈知道了也会极力反对。

张亦华：厂子是伯父你的又不是我妈的，究竟是厂子重要还是我妈的意见重要，你比我应该更清楚。

伯父：我当然清楚，但你妈的意见也不得不考虑，她就你这么一个女儿，要是为这耽误了你的终身大事我怎么向她交代呀！

张亦华：这是两码事。

伯父：怎么是两码事？你妈就是怕你和肖海君好上了，除非你答应嫁给杜强。

张亦华想了想，虽然自己对杜强不是很满意，但他也有不少优点，特别是对自己的爱是真挚的，且不断催着要结婚，加上外贸厅长几次来电话说杜强整体素质不错，是个值得信赖的小伙子。再说肖海君已有家庭，自己对他不能有这方面的任何想法了，而厂里现在又急切地需要肖海君这样的人才。于是，她说：伯父，只要肖海君能回来，我会跟我妈说，我答应嫁给杜强。

伯父：那行，同意肖海君回厂，由你去征求他的意见，就说厂里需要他，欢迎他回来。

张亦华：肖海君辞职后就没和我联系过，但我一定设法找到他，说服他回到厂里来工作。

伯父：你这几天回家去一趟，把你和杜强的婚事和厂里要肖海君回来的事同你妈好好谈谈，免得她又来吵我。

9

张母到凉台上把衣服收下来，然后坐在沙发上一件一件折好。

张亦华一进家门就喊：妈妈！

张母：怎么这样高兴，你伯父给你发红包了？

张亦华挨着妈妈坐下：我有一个重要决定。

张母：重要决定？

张亦华：说出来保证你高兴。

张母：快说，什么决定？不要跟我卖关子。

张亦华：我准备和杜强结婚。

张母大喜：这就对了，妈早就盼你这句话。

张亦华：妈这下应该放心了吧？

张母：你们结婚了，妈心里的石头也就落地了，我生怕你们吹了。

张亦华：哪有那么容易吹？

张母：什么时候去领结婚证？

张亦华：妈说什么时候领我们就什么时候领。

张母：既然定下来了，这两天你们就去领。

张亦华：不过，妈要答应我一个条件！

张母：你的名堂真多，什么条件？

张亦华：允许伯父将肖海君重新聘回厂里工作。

张母：我看你是被那个姓肖的迷了心窍，结婚还要把他作为附加条件。

张亦华：伯父和我都认为，厂里离不开肖海君这样的人才，所以要把他找回来。

张母：你伯父真是这么认为的？

张亦华：妈，是伯父叫我来跟你说的，骗了你我是小狗。

张母：我去同你伯父说，叫他不要让肖海君回到电视机厂来。

张亦华：妈，你要是不同意肖海君回电视机厂，那我就不和杜强结婚，跟他吹了。

张母：你这是逼我就范。

张亦华：妈，你也得为我们厂的发展想想，再说我和杜强结了婚，你还怕什么？你女儿是那样轻浮的人吗？你应该相信你女儿。

张母：那好，就依你。

张亦华：妈，你同意了，我的好妈妈！下个月是国庆节，我和杜强的婚礼就在那天举行好吗？

张母：好嘞！

10

张亦华走进办公室。

她坐在椅子上默默地想着怎样才能找到肖海君，思来想去只有一个办法，那就是问他家人或朋友。但在这些人当中，她唯一熟悉的就是杨大任，看来只有同他联系了。她知道杨大任几年前已调到肖海君的家乡北岭镇担任党委书记。肖海君在厂里时，隔一些时候就会同杨大任通电话，她有时也会从肖海君手里接过话筒和杨大任聊几句。她想杨大任一定知道肖海君辞职后的去向。于是，张亦华翻出杨大任留给她的电话号码，拨通了他的电话。

杨大任：是亦华啊，很久未联系了，都好吧？

张亦华：我还好，你工作挺忙吧？想问你一件事。

杨大任：什么事？尽管说。

张亦华：不知肖海君现在哪里？

杨大任：他辞职回来了，你找他干什么？

张亦华：我们董事长要他重新回到厂里来。

杨大任：你们现在要人家回去，当初就不要同意人家辞职。

张亦华：唉，当时他非要走不可，怎么都留不住，原因就不多说了。

杨大任：那现在他就会同意回去？

张亦华：尽最大努力做他的工作吧，厂里确实非常需要他。你能告诉我他在什么地方吗？

杨大任：辞职后在家待了大约没有多久，又去你们广东源口帮他妹妹开餐馆了。

张亦华：那我马上就去源口找他。

11

早餐刚刚结束，客家小餐馆又在做中午营业的准备。

肖海君从厨房端出一大叠盘子放到餐厅的桌子上，并一个一个摆好。

肖丽萌走了过来：哥，你不要做了，快去街上看看有什么招聘没有？要不然有些顾客又要说你这个戴眼镜有学问的年轻人在这里端盘子太可惜。

肖海君：你这儿忙得过来不？

肖丽萌：忙得过来，你没有来之前，这些事情我们还不是一样要做完。

肖海君：去也是白去，肯定又是空手而归。

肖丽萌：不管如何，去碰碰运气看。

肖海君把手中的碗筷摆好后就出了门，他先到街上一个招聘处看了看，都是一些"三来一补"的鞋帽衣服类企业。他不得不又去另一个招聘处。

刚走不久，突然，一辆"皇冠"轿车在他面前停了下来。

车门打开，张亦华从里面出来，喊了一声：海君！

真是无巧不成书，肖海君万万没有想到会在这儿碰到张亦华。此时他感到有些尴尬，更有些不好意思。当时毅然辞职虽然没有期望找到更好的工作，但也没有想到会沦落到找不到工作的田地。面对站在自己前面的张亦华，肖海君只好嗫嚅着说：你怎么来这里了？

张亦华：我来这里就是为了来找你。

肖海君：找我？找我干什么？

张亦华：大街上谈话不方便，我们到旁边的咖啡馆里坐坐吧。

张亦华叫司机去找个地方停车，她和肖海君来到咖啡馆里坐下，并要服务员端来了两杯咖啡。

张亦华：我今天是专程来请你回厂里的。

肖海君：你怎么会知道我在这里？

张亦华诡秘地一笑：跟踪呗。

肖海君下意识地扶了扶眼镜，有些丈二和尚摸不着头脑：你一直派人跟着我？我怎么一点也没有察觉？

张亦华：跟你开个玩笑，实话跟你说，我是通过杨大任才知道你到源口你妹妹这里来了。

肖海君：原来是大任告诉你的。我辞职回家待了一段时间后，就到我妹妹餐馆边帮忙边找工作。

张亦华：不知为什么，自你离开后我心里好像失落了什么似的。

肖海君：你千万不要这样，我的情况你又不是不知道。

张亦华：我这次找你回厂，是我伯父的意见，当然也是我的期待。事实证明你当时的意见是对的，我错了。

肖海君：有不同看法是正常的，厂里情况还好吗？

张亦华：黑白电视机的销售不景气，积压越来越严重，这样下去，过不了多久恐怕要停产。我今天就是找你救驾来了。

肖海君：辞了再回去，别人会笑话我的。

张亦华：是厂里请你回去，又不是你自己要回去，谁会笑话你，其实要笑话的倒是我，如果当时听了你的意见，电视机厂也不会出现今天这种令人忧虑的局面。海君，看在我的面子上，你同我回去吧，厂里需要你！

肖海君：你妈妈知道我回厂，不同意怎么办？

张亦华：我妈妈的事我会处理好。

肖海君看到张亦华情真意切，心里非常感动。再说通过在新宏厂的工作经历，肖海君看到了自己的价值和潜能，那里是他真正的事业和寄托所在。于是他点了点头说：好，同你回厂吧。

张亦华听了高兴得差点跳起来，她起身搂了搂肖海君，亲切地说：我知道你会答应的！

12

"皇冠"轿车在新宏电子公司大楼前停下，张亦华和肖海君从车上下来。

肖海君望了望熟悉的厂区，感慨地说：想不到又回来了。

张亦华一语双关地说：你这次来了就别想走了。

这时，一辆德国产"宝马"轿车开过来了，车子还未停稳，杜强就急忙摇下车窗喊：亦华！

张亦华：你来啦！

杜强边下车边说：我来接你回广州。

张亦华对杜强说：我来介绍一下，这是我的同事肖海君。

杜强马上笑着对肖海君说：非常高兴认识你，我叫杜强，是亦华的男朋友。

肖海君：认识你很荣幸，亦华副总好眼力。

张亦华：杜强，你在这里等一等，肖海君刚到，我把他安顿好了就来。

杜强有点不高兴：你去吧，但不要太久了。

肖海君：小杜，只有委屈你等等了。

张亦华领着肖海君到了宿舍楼，她推开一间房子的门，对肖海君说：你就住这里。

肖海君：这间房子太大了，我还是住我原来的房子吧。

张亦华：这是我伯父给你安排的，说既然把你请回来，就应该厚待你。

肖海君：无功受禄，不敢当。

张亦华：日常生活用品，包括沙发椅子和床上的被子枕头都给你配好了，可见我伯父对你是高看一眼，厚爱一分。对待人才嘛，就应该这样。

肖海君：谢谢你伯父的关爱！

张亦华：这下你不该再三心二意了吧？我伯父过些天从香港回来，他要你对厂子今后的发展深入思考一下，待他回来后听听你的想法。你好好作点准备。

肖海君：好的，我会认真准备。你快去吧，你男朋友还在等你呢。

张亦华：那我就不能陪你了，你先休息一会吧。

13

杜强在大楼前走来走去，并不时斜睨着宿舍楼方向，看样子等得有些不耐烦。

看见张亦华从宿舍出来，杜强连忙背过身去假装不知道。

张亦华走了过来，拍了拍杜强的后背说：怎么，等急了？

杜强回过身：当然急啊，等人是最急的，特别是等女朋友时的心情就更急。

张亦华：我们现在就回广州？

杜强把副驾驶位置的车门打开：先到个地方看看再走。

张亦华坐好后，杜强把车子发动，车子一溜烟似的驶出公司，上了深南大道。

杜强：亦华，前面不远就是西丽湖，我们到那里去玩玩。

张亦华：听说特区建立前那是个灌溉农田的水库，现在成了有名的休闲风景区，里面有个度假村很不错，我正打算去看看呢。

真个是好一湖清水，翡翠似的湖面荡漾着粼粼波光，辉映着四周的群山，湖畔树木葱茏，绿荫遍地。度假村背山面水，一座座建筑依山就势恰到好处地散布其间。林荫道上游人熙熙攘攘，不少人以宽阔的湖面为背景在摄影照相。载着青年男女的快艇不时在水面上掠过，激起一道道浪花和笑声。同热闹拥挤的市区相比，这里环境幽雅，空气清新，简直就是一个世外桃源。

杜强和张亦华手挽着手，在湖畔缓缓游览。

度假村的大门前，有一幅巨大的广告引起了张亦华的注意。画面左边是一座正在发射微波信号巍巍高耸的埃菲尔铁塔，右边是一部巨大的电视机，荧屏中间是鲜红的"新宏"两个字。张亦华不由停住了脚步，站在那儿久久地凝望着自己厂里这个别出心裁的广告。

趁着张亦华站着的时候，杜强连忙跑到不远的小摊点上买了矿泉水和香蕉来。他先把矿泉水瓶盖扭开，再剥开一根香蕉，然后递给张亦华：走累了，喝点水，补充点营养。

张亦华接过矿泉水和香蕉，说：看到厂里的这个广告分外亲切，特别是把人类的伟大发明电视机与人类建筑史上具有里程碑意义的埃菲尔铁塔连在一起，很有创意，让人产生无限的联想。

杜强：那我俩抽个时间到法国旅行去，实地看看埃菲尔铁塔，登上塔顶好好拍个照。

张亦华：我也希望有这么一天，但能不能去得成还要看离不离得开，后天我俩就要举行婚礼了，先在这个广告前照张相留个纪念吧。

杜强：好，我去那边请摄影师。

杜强带着摄影师过来了，他和张亦华并肩站好，背景就是画着电视机和埃菲尔铁塔的巨大广告。摄影师对他俩一边叫着"靠近点、亲热点、微笑点"，一边按下了快门。

14

一场盛大的集体婚礼在广州珠岛宾馆礼堂举行。在热烈欢快的婚礼进行曲中，一百对青年男女入场，男的都是西装革履红领带，女的都是时髦流行的连衣裙，新郎新娘胸前都戴着一朵大红花。他们一对对手拉着手依次进入礼堂，脸上洋溢着甜蜜幸福的笑容。杜强和张亦华手拉着手站在最中间。

主持人的开场白充满激情和诗情画意：今天是我们伟大祖国的生日，我们一百对男女青年在这里喜结良缘。在这双喜临门的时刻，让我们向他们表示热烈的祝贺！向他们送上最美好的祝福！祝他们新婚美满幸福！祝他们携手共进比翼齐飞！祝他们互敬互爱白头到老！

接着是新郎新娘互赠爱情信物。杜强把一只镶有钻石的戒指戴在了张亦华的手上，张亦华把一只精致的手表戴在了杜强的手上。两人深情地凝视了一会，接着吻了吻对方的脸，然后紧紧地拥抱在一起。

在省妇联领导发表热情洋溢的祝词后，新婚情侣开始翩翩起舞。随着优美的旋律，杜强和张亦华跳起了华尔兹。两人奔放的舞姿、默契的配合，赢得了一阵阵的喝彩声，大家都说他俩是郎才女貌，天生一对。

最后，五彩缤纷的气球放飞，集体婚礼结束。

15

新宏公司董事长办公室。

张亦华的伯父在听取肖海君对公司今后发展建议的汇报，伯父要张亦华一道参加。

肖海君：这些天来我到厂里各部门做了个调研，特别是调看了近半年我厂黑白电视机的生产、销售、库存三方面的数据，同时还打电话到一些商场的电视机专卖区询问销售的最新情况，初步形成了一个看法，就是黑白电视机不久就会退出市场，建议我厂当机立断停掉黑白电视机的生产，迅速改产彩色电视机。

张董事长听了有些吃惊：你说对黑白电视机的生产立即停掉？

肖海君：是的。

张董事长：全部停产，那我厂就没有产品了，整个厂子不就垮掉了吗？

肖海君用右手食指把眼镜向上推了推，回答了一句"不会的"，便拿出了两张图表，他先指着一张图表说：这是我们厂黑白电视机生产、销售和库存的曲线，上面是生产曲线，除少量波动外，基本是平直的；中间一条是销售曲线，它是一直下降的，特别是越到后面下降越厉害；下面一条是库存线，它却是逐渐上升的，特别是到了后面几个月上升很快，与生产曲线和销售曲线的下降形成了两个交叉点，这两个交叉点也就是黑白电视机生产和销售的拐点。不知我的这种看法对不对？

张董事长：有道理。

张亦华也频频点头。

肖海君：请再看另一张图表。这张图表上有两条曲线，是我根据各大商场电视机专卖区的销售情况绘制的，上面这条是黑白电视机的销售曲线，它在前半段是上升的，但到了中间以后就慢慢下降了，而且越到后面下降越大；下面这条是彩色电视机的销售曲线，它在前半段是平直的，几乎没有增长，但到了下半段，却呈逐渐上升之势，虽然这两条曲线目前离相交还有一些距离，但这种趋势是非常明显且不可阻挡的。

张董事长：这张图表就更能说明问题。

肖海君：为什么会出现这种趋势？我认为有两个原因，一个是改革开放以来全国经济的快速增长，大大提高了人民群众的收入水平，

325

使绝大多数人家在现今和不久的时间内可以买得起彩色电视机；二是由电视机产品本身的性能决定的，人们肯定喜欢看彩色电视而不愿意看黑白电视。这也就决定了黑白电视机必遭淘汰的命运。

张亦华虽然负责厂里的销售工作，但看了肖海君画的图表和听了他的分析后，心里感到十分惭愧，她自觉不如肖海君，自己对市场的把握只是浮光掠影，没有像肖海君那样从根本上大局上长远上去思考问题，由此她也对肖海君更加佩服，更充满一种特殊的期待。于是她深情地看了看肖海君，然后对伯父说：海君的建议好，应当予以采纳。

张董事长略为考虑了一下，对肖海君问道：依你看，目前厂里库存的电视机还可销售多少时间？

肖海君：我估计要全部把库存消化，少则半年，多则一年。

张亦华：我们不要新建厂房，只要拆掉黑白线后上彩色线，如抓紧时间有半年时间就可完成。这样也等于我们厂没有停产。

肖海君：彩电线早晚都得上，与其晚上，不如早上。

张董事长：你们的意见对！把黑白线拆掉，以最快速度上彩电线。

张亦华：伯父，我建议由肖海君负责彩电生产的工程，因为他比我更合适。

肖海君：我看还是由亦华负责更好，我全力当好她的助手。

张董事长：我看这样吧，亦华你是公司副总就负总责，具体工作就由肖海君主抓。为了让小肖能够顺利地开展工作，就担任总经理助理。

肖海君：我辞职后刚刚重新回到厂里，这样快就担任这个职务不合适。

张亦华：你就不要推辞了，这是工作需要。

张董事长：那就这样定了，希望你们两人齐心协力把改装彩电线工程搞好，争取尽早投产。

张亦华：伯父放心，有海君担纲，保证没问题。

16

江凤梅在村后山脚下的承包旱地里为花生除草，她低着头弯着腰一锄一锄地往前锄着，由于弯久了腰痛，她直起身子往后使劲仰了几仰，接着又锄起来。就这样从田头锄到田尾，又从田尾锄到田头，不知来来回回多少次，终于把花生地里的杂草除完。

由于秦姑这几天回娘家去了，江凤梅昨晚特意交代牛斤要趁秦姑不在家时帮她把承包旱地里的红薯藤翻一翻，然后再施点农家肥。虽然牛斤爽快地答应了，且这几年他也勤快了一些，但江凤梅还是有些不放心。所以在除完花生地里的杂草后，她就跑到秦姑承包的旱地里看看牛斤在不在干活。恰好这时牛斤挑着一担牛粪气喘吁吁地过来了。

江凤梅：牛斤，累了吧？

牛斤：累得都快倒地了。

江凤梅：秦姑会很感谢你的。

牛斤：算了吧，帮她劳动了两次，她连句话也没有。

江凤梅：你表现好了，她肯定要表扬你。

牛斤：这次帮她劳动了，若她还是不作声，我就再也不帮她了。

江凤梅：秦姑不是故意不作声，这是她在考验你，知道吗？

牛斤：这考验也太长了，不知要吃多少苦、受多少罪，我不娶她了。凤梅，你能不能帮我再找一个？

江凤梅：我可找不到，谁家女人喜欢你这样的人？

牛斤：看样子我只有娶秦姑了。

江凤梅：那也不一定，你要是经受不了考验，不能把缺点彻底改掉，就别想秦姑嫁给你。

牛斤：依你这样说，那我还得继续好好劳动，让秦姑考验我。

江凤梅：这就对了。

牛斤：嘻嘻。

江凤梅：你赶紧把这牛粪撒到红薯地里，我回家了。

牛斤：秦姑什么时候回来？

江凤梅：不知道。

17

江凤梅回到家马上拿起扫把清扫猪栏。她把猪的粪尿扫进沼气池里后，接着又担着水桶到村边的小溪里把水挑到猪栏里进行冲洗。看到有的地方还有一些粪尿没有冲到，江凤梅又担起水桶到小溪里挑水。当她挑着满满的两桶水吃力地往回走时，林一凡来了，于是从她肩上接过担子，帮她挑到猪栏，又帮她把猪栏冲洗干净。

江凤梅：多谢你，一凡。

林一凡：谢什么？一个大男人，看见你挑那么重的担，帮你挑一下，还不应该？

江凤梅：你的担子才重呢，全村大大小小的事都得管。

林一凡：我看你今天还算好，做事时小孩没有缠着你。

江凤梅：他爷爷带他到镇上外公外婆那里去了。

林一凡：凤梅，我明天到广东去，特地来问问你要不要同我一块去看看海君？

江凤梅：我还没到过广东，很想去看看。

林一凡：那明天同我一块走。

江凤梅想了想，说：家里离不开，还是不去吧。

林一凡：什么离不开？海君在广东那个花花绿绿的地方，你再忙也要经常去看看。

江凤梅：我相信海君。

林一凡：人是会变的，你知道吗？

江凤梅：还是等下次再去吧。

林一凡：那我先去为你探探情况，要是有什么变化，我会当场教训教训他，回来再告诉你。

18

广东源口，客家小餐馆。肖丽萌同林一凡把盏对饮。

肖丽萌：自你从部队退伍回去后我们就没见过，这是头一回。

林一凡：本来退伍回去后我就打算到你这里来的，但镇领导一定要我当村支部书记，这样就不能来了。当了书记后，事情又挺多的，很难走得动。

肖丽萌：听说你同秦姑结婚了？

林一凡：今年离掉了。

肖丽萌：秦姑人很好，你怎么离了？

林一凡：好什么？她过去跟许向才那个王八蛋相好过。

肖丽萌：真有这么回事？

林一凡：我还能骗你？

肖丽萌：重新找了没有？

林一凡：现在还没有考虑。丽萌，要不你嫁给我吧。

肖丽萌：你在老家，我在广东，又不打算回去，怎么嫁给你？

林一凡：两人不在一起怎么就不能结婚？你再好好考虑一下。

肖丽萌：好吧，我认真想一想。

林一凡：你这个餐馆办得不错啊！

肖丽萌：还过得去，赚点辛苦钱。兆南现在怎么样？

林一凡：还好，又像过去一样，拉着货满地跑。

肖丽萌：他为什么不可以换个地方做做别的事？

林一凡：他就一个劲地想在家乡办厂子，对别的事不感兴趣。

肖丽萌：厂子也不是那么好办的。

林一凡：你哥哥又重回电视机厂了？

肖丽萌：是厂里要他回去的，那天一个女副总专门开车来请他的。

林一凡：看来你哥哥还蛮吃香的嘛！只是苦了你嫂子。

肖丽萌：这也是没办法的事。

林一凡：那女副总多大年纪？有没有结婚？

肖丽萌：蛮年轻的，有没有结婚我不知道。

林一凡：那我得要去你哥哥厂里看看，给他提个醒。

19

新宏电视机厂，彩电生产线安装接近尾声。中午时分，工人们吃饭休息去了。

肖海君独自一人在厂房里对着图表逐一检查生产线的安装情况，以确保彩电生产线的安装质量。

这时，张亦华走了进来，见肖海君在一心一意检查着，就没有同他打招呼，而是不声不响跟在肖海君后面看着。检查结束了，张亦华才对肖海君说：质量怎么样？

肖海君：总的不错，个别地方还有点小问题。

张亦华：只要没有大问题就行。

肖海君：小问题也不能忽视，一些事故往往都是小问题引起的。

张亦华：通过这次安装，我看你已经成为电视机的专家了，一般的技术员根本没法和你比。

肖海君：干一行就得爱一行，干不好也对不起你和你伯父。

张亦华：这话你不要说了，我们吃饭去，我已叫人把饭菜端到了办公室，并加了两个菜。

肖海君：下午还要继续安装，随便吃点就行。

张亦华：我看你蛮累的，原本打算晚上慰劳你，但因伯父临时要我下午去香港几天，就改为了中午。

肖海君随着张亦华走进了办公室，两人面对面坐下。看到肖海君的眼镜上有灰尘，张亦华拿出一张餐巾纸，让肖海君取下，她拿过来擦了擦又让他戴上。

张亦华往肖海君碗里夹菜：这是我特意叫食堂做的红烧肉。

肖海君：别光顾我，你自己也吃。

张亦华看了肖海君一眼，故意说：我可不敢吃，吃成了一个大胖子，别人怎么看我呀！

肖海君：你这么优秀管人家怎么看，再说胖也没什么不好，香港的电影演员肥肥很多人都喜欢她。

张亦华又给肖海君夹了一块甲鱼：这是珠江里野生的，味道鲜美。

肖海君：我今天真是大饱口福了。

张亦华：只要你喜欢吃，我比什么都高兴。

肖海君：看来我得加倍努力工作了。

张亦华：首先身体要棒，工作才有劲。

这时，办公室的一个人员进来报告：肖助理，外面有个叫林一凡的人找你。

肖海君一听赶紧放下筷子出门迎接，谁知刚一起身，林一凡就闯了进来。

看见肖海君同一个年轻漂亮的女子在一起吃饭，而且吃的又是好菜，林一凡气不打一处来，拉长着脸说道：海君，你在这里很惬意啊，吃的都是山珍海味！

肖海君被林一凡讥讽得很不自在，只好说：一凡，你还没吃饭吧，快来一起吃点。

林一凡：我眼睛已经看饱了，不吃了。

张亦华觉得非常尴尬，为了给肖海君解围，她连忙说：肖助理，你和你客人吃吧，我有点事先走了。

张亦华一出门，肖海君就不客气地对林一凡说：你这是吃错了什么药，一来就给我个下马威！

林一凡也针锋相对：我问你，刚才那个女人是谁？

肖海君：是我们公司的张副总，也是我大学的同学。

林一凡仍然咄咄逼人：我再问你，你和她是什么关系？

肖海君：我们是正常的同事关系。

林一凡还是不依不饶：哼！两个人躲在房子里海吃海喝，凭这点我看你和她的关系就不正常！

肖海君：一凡，你想到哪里去了，我们之间根本就没有任何见不得人的事情。

林一凡：我可要正告你，肖海君，凤梅在家为你做牛做马，你可不要做出对不起她的事！

肖海君：我赌咒发誓，我要是做了对不起凤梅的事，就天打五雷轰！

林一凡：我不管你发什么誓，忠不忠，看行动。

肖海君：好，看行动！你就为这事来的？

林一凡：是的！

肖海君：你坐下来，我们边吃边谈。

林一凡气愤地把桌子一掀：亏你还说得出口叫我吃饭！

饭菜碗碟摔了一地，林一凡把衣服一甩出了门。肖海君惊呼一声追了出去。

这时，张亦华迎面走了过来，凛然地对林一凡道：有本事把这房子也砸了！

肖海君连忙替林一凡赔不是：请你原谅他的无礼！

张亦华：这不是他胡作非为的地方！本来我要狠狠教训他，肖海君，看在你的分上，这次就算了。

肖海君愤怒地对着林一凡喊道：你把我的脸丢尽了，还不快走？！

林一凡怒气冲冲地走了。

第十五章

1

北岭镇"农民街"。虽是万籁俱寂的深夜，但时不时有一两辆重型货车驶过，把大地和房子震得一阵阵颤动，好像天要崩地要塌似的。

江家百货商店的一间屋子里还亮着灯光，江兆南在认真看着书。这已是他多年的习惯，只要在家，无论多晚，他都要学习一些时间。突然电灯熄灭了，江兆南知道这又是因为电力紧张把镇上的家庭用电给停了。他从抽屉里拿出蜡烛，用火柴点亮，又继续看起书来。

万秋花轻轻推开门，把一碗热气腾腾的"酒糟秤砣蛋"放在了江兆南的面前：看这么久的书，饿了，快趁热吃了。

江兆南感激地看了看万秋花：你真好。

万秋花：你妈说要我一辈子照顾好你。

江兆南：那我就不知有多幸福了。

万秋花：如真能 辈了照顾你，我也就心满意足了。

江兆南不好再说什么，就岔开话题：小万，我讲的那张报纸不知你买到了没有？

万秋花：没有买到，但我到镇办公室去找人要了一张，你现在就看吗？

江兆南：你去拿来，我现在就看。

万秋花去拿报纸时，江兆南几口就把蛋吃了。

万秋花把报纸递给江兆南：你看看是不是这张报纸，有没有搞错？

江兆南接过报纸看了看：是这张。

万秋花收起桌上的碗筷，说：兆南哥，你看报纸吧。

江兆南"嗯"了一声，就拿起报纸看起来。通栏醒目的"东方风来满眼春"标题一下吸引了他的眼球。他头也不抬地一口气读下去。透过字里行间，江兆南预感到又一个改革开放的新高潮马上就要到来，心里涌起一种莫名的兴奋。机不可失，时不再来，他决心抓住这个大好机遇，以实现自己再次创业的心愿。

江兆南想了想，现在社会上流行一句话，叫"省长办烟厂，县长办酒厂"。因为烟酒的税收高，多办烟厂和酒厂可以大幅度增加税收和财政收入。由于本地是粮食产区，酿酒的原料非常丰富，加上中国的酒文化十分发达和人民群众生活水平的不断提高，无论节日喜事还是平时接待客人都离不开喝酒。他又想起父亲讲的故事，他的爷爷是红军战士，酒量很大，喝白酒就像喝白开水一样，喝多少都没有一点反应。每逢打仗前他都要偷偷地喝上几口本地酿的冬酒，这样杀起敌人来会更加英勇。倘若不是第五次反围剿时牺牲了，活到现在，那肯定是个解放军的高级将领了。经过反复考虑，江兆南决定创办一家白酒厂。

决心一旦下定，江兆南感到从未有过的舒畅。他打开房门，准备出去散散步。没想到小万姑娘还在厅里坐着。看见江兆南出来，小万姑娘马上跑进房里拿出一件衣服递给他：快披上，别着凉。

江兆南：已经很晚了，你快去睡吧。

江兆南在院子里走了一会，发现万秋花还坐在厅里等他，于是他便回到自己的房内休息。直到看见江兆南房里的灯熄了，万秋花才回屋上床睡下了。

2

第二天清晨，天只微微亮，江兆南就来到镇政府，敲开了杨大任的宿舍门。

杨大任：兆南，你这么早来找我有什么事？

江兆南：昨晚一夜没睡着。我看了邓小平视察深圳的长篇报道，非常受鼓舞，心想这是一个创业的好机会，就盘算着办个厂子。

杨大任：你的脑子反应真快。我昨天在县里参加南江市召开的电话会就是学习邓小平的南巡重要讲话精神，梁书记要求南江全市广大干部群众思想要更解放一点，胆子要更大一点，闯劲要更足一点，发展的步子要快一点，突破"姓社"和"姓资"的禁区，进一步开创老区改革开放的新局面。为了搭建加快发展的平台，市里还决定建立经济开发区。

江兆南：那更坚定了我办企业的信心。哎，你刚才说梁书记在市里会上讲话，是不是他调市里去了？

杨大任：是的，省委通过考察，认为梁书记思想解放，有闯劲，有魄力，在半个月前把他调到南江市任市委书记了，县委书记就由何先运县长接任。

江兆南：那我们县走掉了一个好书记。

杨大任：我们县是南江市的下属县，梁书记升任市委书记，这样可以在包括前山县在内的全市范围里领导改革开放和社会主义现代化建设，发挥他的更大的作用。

江兆南：你说得很对，接上刚才的话，我想办个酒厂，不知行不行，请杨书记你帮着把把关。

杨大任：只要你自己觉得可以，我坚决给予支持。建议你把厂子办到南江市经济开发区去，那里地方大，交通好，又有优惠政策，现在你就去抓紧办理报批手续，争取成为第一批进园区的企业。

江兆南：好，我马上就去办。

3

南江市是全省第二大城市，在省内具有举足轻重的地位。虽说这是一座历史悠久的古城，在老城区至今还完好地保存着宋代城墙、宋代宝塔、古代浮桥，以及街道两旁那具有南方风味的骑楼，但在改革开放的大潮中，这座城市也在发生着日新月异的变化。无论是街道、楼房、商店，还是人们的衣食住行，都披上了多姿多彩眼花缭乱的流行色。

市计划委员会在解放后修建的跃进大道上，这里现在是城市的中心，高楼林立，车来人往。江兆南拿着一份关于创办白酒厂的可研报告走进了市计委办公大楼。

江兆南看见一间钉有"主任办公室"牌子的房间便上去敲门，但里面没有任何动静。

江兆南见对面的门是开的，于是就问里面的一位干部：同志，请问赵主任在哪儿？我想找他。

干部：赵主任出差到省计委去了，你找他有什么事？

江兆南：我想向他汇报创办新厂子的事。

干部：你办新厂子，先不要找赵主任，可把有关材料交给项目投资科。

江兆南：我这办厂的事很急，一定要找赵主任当面汇报。

干部：你就是找到了赵主任，他也还是要把材料交给项目投资科先审核并提出意见再按程序审批。

江兆南想了想，说：我还是要先当面向赵主任汇报，否则我不放心。

干部笑了笑，只好说：那你去吧。

于是，江兆南又急匆匆买了一张火车票赶往省城。一下车，他就到了省计划委员会。

江兆南问办公室的干部：请问南江市计委赵主任在这里吗？

办公室干部：前天来的，在这儿把项目的有关手续办好后，昨天又随同省计委叶副主任到北京国家计委去了。

江兆南：昨天什么时候走的？

办公室干部：下午的飞机。

江兆南说了声谢谢，转身就往省城机场跑，坐上了飞往北京的航班。

4

这是江兆南第一次到北京，偌大的一个城市，人生地不熟，谁知国家计委在哪里。出了机场，他就打了一辆出租车，同司机说了要去的单位。当司机知道江兆南是从江西来的，便告诉他北京的出租车全部是瓷州市生产的江河小型面包车，而且都漆成了黄色。江兆南放眼一看，果然满街跑着许多黄色"甲壳虫"。他心里顿生一种自豪感，想不到堂堂大首都的出租车都是"江西造"。司机径直把江兆南拉到了三里河，告诉他那栋银灰色的大楼就是国家计划委员会。

江兆南下车就往大楼走，门口的警卫战士拦住了他。

警卫战士：同志，请出示证件。

江兆南：我没有证件，我是来找人的。

警卫战士：你找谁？事先联系了没有？

江兆南：我来找我们市计委的赵主任，他到国家计委来了。

警卫战士：你知道他到的是哪个司室吗？

江兆南：不知道，我听省计委的干部说是关于什么项目的事。

警卫战士：那我给你打电话问问，你在这儿等着。

警卫战士进到旁边的门卫房里打电话了，江兆南不由得埋怨了一声：进个门这么难！

警卫战士出来了，对江兆南说：同你联系了，到投资司。

江兆南立即向里面走去，警卫战士又叫住了他：请到里面登记一下。

江兆南只好又返回到门卫房登记，然后把一张填好的单子交给警卫战士才进到了大楼内。

江兆南顺着楼层找到了投资司，他轻轻地敲了敲门。

正在审看投资项目材料的司长：请进。

江兆南推开门：同志，我想打听一个人。

司长：你找谁？

江兆南：南江市计委赵主任。

司长：今天上午同你们省计委叶副主任一块到了这儿，谈完项目就走了。

江兆南：你知道他们现在哪里吗？

司长：不清楚，如果不再到别的部门办事，估计应该回去了。

江兆南懊丧地走出了国家计委大楼。他想来一趟北京不容易，其他地方可以不去，但天安门广场一定要去。于是他乘公交车到了这里。他先站在人民大会堂前看了看，又到金水桥上朝着天安门仰望了好一阵，接着又到广场中间绕着人民英雄纪念碑瞻仰了一圈，然后到广场边上的一个照相点，以天安门为背景拍了一张照片。多年的心愿终于实现了。江兆南带着满足的神情赶到北京火车站，这次他总结了来时的教训，没有跟在赵主任的后面追，而是乘上了直接返回南江的火车，索性在南江等候赵主任。

在火车上，江兆南隔段时候就看看手表，他总觉得车速太慢，巴不得火车开得快些再快些。

5

江兆南回到南江，本想再到市计委去看看赵主任回来了没有，但转念一想不如干脆到他家门前守着他。这样免得来回奔波，而且一定能够见到，因为他晚上总要回家睡觉。

江兆南打听到赵主任住在市政府宿舍七栋二单元三楼，就到农贸市场买了半麻袋花生，背着它放在了赵主任的家门口，自己在旁边坐下来。

江兆南抽着烟耐心等待，白天过去了，夜幕降临了；黑夜过去了，天色又亮了，整整一天一夜，就是不见赵主任回家的身影。

江兆南仍然坐在门口等候，又一个白天过去了，天色又渐渐地暗下来了。虽然不断地抽烟解困，但最后实在支持不了，江兆南睡着了。不知什么时候，他被一个声音从睡梦中叫醒：同志，你怎么睡在这里呀？

江兆南揉了揉眼睛，赶紧站起来问：你是赵主任吗？

赵主任：我就是，你找我有事吗？

江兆南：我想办个白酒厂，想请赵主任审批立项。

赵主任：立项报告等相关材料都准备好了吗？

江兆南递上材料：都准备好了。

赵主任：在这儿等了好久了？

江兆南：等了两天两晚了。前几天我到市计委找你，说你上北京了，我马上追到北京，又说你刚离开。我想这样跟在你后面追不是个办法，就跑到你家门口来等你，今夜终于等到了。

赵主任听了非常感动，连忙说：有人说我们江西老表是不吵不闹，不叫不到，不给不要，但你是个例外。真对不起，我这些天因为上一个电力项目到省里和北京汇报，刚刚回到市里，恰好爱人又出差了，让你久等了。你申报的项目，我们会以最快的速度审批，到时会通知你。

江兆南：那就太感谢你了，赵主任！

赵主任：我们应该感谢你！我们南江是欠发达地区，又是革命老区，要加快发展，就得要多上项目，特别是要多上一些投资大、效益好、税收高的民营企业项目。

江兆南指着那半麻袋花生说：这是我的一点心意，请赵主任你一定收下。

赵主任：你的心意我领了，但东西不能收。

江兆南：这是土产，值不了什么钱。

赵主任：不值钱我也不能收，要不然就违反规定了，你一定得拿回去。

江兆南看赵主任态度十分坚决，就没有再坚持，背着那半袋花生下楼了。

6

晚上的白天鹅宾馆，华灯璀璨，斑斓多姿。

制衣公司总经理郭恒兴因同外商洽谈生意成功显得分外高兴，一出接待厅，他就拉着高雅红到餐厅的一个高级包间坐下，并点了鱼翅、鲍鱼、龙虾等海鲜，要了一瓶法国人头马酒。

郭恒兴：小高，今天的生意谈得这么顺利，有你翻译的一份功劳，来，干杯！

高雅红稍稍喝了一小口：首先是郭总你讲得好，我是你讲什么我就跟着翻译什么。

郭恒兴一饮而尽，又把酒倒满：不，我虽然不懂外语，但从你把我的话翻译出来外商听后的表情看，你不仅翻译得很好，而且完善了我说话的一些内容。

高雅红：外商态度客气主要是因为他对你很尊重。

郭恒兴又端起酒杯喝了个底朝天：做生意就要有你这样的好帮手。不瞒你说，自从你来了之后，我生意就顺多了。

高雅红：那是郭总你的运气好。

郭恒兴又连着喝了两杯：是你给我带来了好运，你已成了我身边不可缺少的人。

高雅红：谢谢郭总的抬举。

借着几分醉意，郭恒兴端着酒杯坐到高雅红身边，搂着她的脖子道：以后你就是我的人了！

高雅红把郭恒兴的手拿开：郭总，不能这样，你是有家室的人，孩子也有几个了。

郭恒兴：有家室怎么了？她在香港，同你不搭架，跟你比不知差多少。

高雅红：郭总，我听说你妻子很优秀，没有她就没有你现在的家业，你不能对不起她。

郭恒兴：我又不和她离婚，怎么对不起她？你在这边，她在那边，井水不犯河水，又不碍她的事。

高雅红：你这样做违背天地良心。

郭恒兴：很多来内地投资的港商不都是这样，除了香港的妻子之外，这边也有一个，再说内地的法律也管不到我们这些人。

高雅红：郭总，你今天喝多了，回去休息吧。

郭恒兴边说边又连干了三杯：我没有喝多！

高雅红看见郭恒兴喝醉了，怕他乱来，就扶他离开餐桌到房间去。

谁知一进房间，郭恒兴猛然把门一关，用双手把高雅红往床上一抱并用手扒开她的衣服。

高雅红一边挣扎一边喊道：你要干什么？放开我！

郭恒兴：只要你依了我，我保证你这一辈子享尽荣华富贵！

高雅红也不知哪来的力气，一巴掌往郭恒兴的脸上打去：你这畜生！滚开！

大概是被这一巴掌打痛了，郭恒兴的手放松了，高雅红使尽全身力气把他推开挣脱了出来，趁机跑出了房间。

郭恒兴的淫意没有得逞，气得咬牙切齿，骂道：你个婊子跑吧，他妈的，天涯何处没芳草？

7

江凤梅带着孩子到北岭镇"农民街"上来看望父母，她同父母在百货店里说着话，万秋花在门口逗着小孩玩。

江兆南开着货车回来了。

万秋花一把抱起小孩朝着江兆南边走边说：宝宝，快叫舅舅！

因为很少见到江兆南，小孩对他显得非常陌生，所以拼命把头往后扭，就是不肯叫。

江兆南：不叫算了，舅舅没买东西给宝宝吃。

万秋花用别样的眼神看了看江兆南，转而亲了亲小孩圆圆的脸蛋，说：下次舅舅要买好多好吃的东西，让宝宝吃个够。

江凤梅听声音知道是江兆南回来了，急忙出来打招呼：哥，拉货回来了。

江兆南：这次没拉货，是到南江市跑了一趟，前几天，市计委批复了我的创办白酒厂的报告，通知我去拿了。

江凤梅：跑了这么远的路，快到屋里歇歇。

江兆南到厅里坐下，江凤梅给他倒了一杯茶。

江凤梅：爸说你要把厂子办到南江市里去？

江兆南：市里有开发区，条件好，镇里杨书记建议我把厂子办到那里去。

江父：你哥就是想着法子要办厂，这下愿望总算实现了。

江母：办厂子劳力又劳心，还不如就在这里一门心思把商店办好。

江凤梅：爸妈，我哥有自己的想法和打算，由他去外面闯荡吧，你们就别操心了。

江母：有句话我要讲，兆南你去外面办厂，可不能忘了小万，你俩应抓紧把婚事办了。

江父：我和你妈以后就靠她照顾。

江凤梅：我哥会对小万好的。

万秋花在门外一边跟小孩玩，一边在侧耳听着里边的谈话。

江兆南：我过两天到广东去，凤梅，你有什么要带给海君的？

江凤梅：吃的穿的用的他那里都不愁，给他带点他喜欢吃的辣椒酱去就行。他现在厂子里干得蛮好，老板对他也很信任，就是工作很累，你见到他时，要他注意保重身体。

这时，万秋花牵着小孩进来了，她看了看江父江母说：兆南哥，你放心去吧，父母亲和家里的事有我在呢，你不用担心。

江兆南：那就让你操劳了。

万秋花：什么操劳，本来就是自家人嘛。

江父江母听了万秋花的话，脸上满是笑容。

8

江兆南先到南江把企业开工前的准备工作布置后就直奔深圳。他必须尽快找到高雅红。为了节省时间，这次他没有开车而是坐火车直接到了深圳，去了恒兴制衣公司。当他走进公司大楼，恰好碰到公司总经理郭恒兴。

江兆南：先生，向你打听一个人。

郭恒兴：打听谁？

江兆南：一个名叫高雅红的年轻女子。

郭恒兴斜着眼看了看江兆南：你是她什么人？

江兆南：我是她家乡人。

郭恒兴：你找她干什么？

江兆南：我找她有事。

郭恒兴：告诉你，她被我们公司解雇了。

江兆南：啊？！怎么被解雇了？

郭恒兴：不服从老板的命令，在背后搞老板的名堂，在外面经常和不三不四的人在一起鬼混。

江兆南：你知道她现在去哪里了吗？

郭恒兴：我怎么知道？你自己找去！

郭恒兴说完就出门钻进豪车扬长而去了。

9

江兆南没有找到高雅红，情绪有些低落。第二天，他来到了源口。

343

晚上，客家小餐馆像往日一样顾客盈门。肖丽萌正在不停地招呼客人，紧张得就像打仗似的。

江兆南刚到门口，发现肖丽萌在忙着，再看看里面人太多，就停住了脚步。他在小餐馆旁边的一家面食店买了一大碗面，外加一个辣椒炒肉，吃完后又要了一杯茶，再点燃香烟，边喝边抽慢慢等着。大约过了将近两个小时，江兆南估计差不多了，才走进了小餐馆。

此时，小餐馆里只剩下五六个顾客。在最边上的一张小桌上，坐着肖丽萌和黄乃亮，两人在喝酒聊天。

黄乃亮：小餐馆的生意越来越好，你也变得越来越漂亮了。

肖丽萌：你这话我爱听，一个女人不漂亮，男人肯定不喜欢。

两人的对话恰好被江兆南听到了，他略微迟疑了一下，但还是走过去叫了一声：丽萌。

肖丽萌没有料到是江兆南，一时显得有些尴尬，连忙说：你怎么来了？事先也不告诉一声。

江兆南：因时间太紧，来不及跟你讲。

肖丽萌指着黄乃亮说：这是我的声乐老师黄先生。

黄乃亮随即同江兆南握手：幸会，幸会。

江兆南马上自我介绍：我是丽萌的老乡，同一个村子的。

黄乃亮：我还有事，先走了。

肖丽萌：再坐一会，一块再喝点酒。

黄乃亮把手摇了摇动身走了，肖丽萌把他送到了门口再回到桌边。

肖丽萌：你现在情况怎样？还在跑运输吗？

江兆南：我马上要办个白酒厂，手续都办好了，回去就做开工准备了。

肖丽萌：那你这次是不是来广东订购设备？

江兆南：不是，我这次来是想找一个人回去当我的助手，同时看看你和海君。

肖丽萌：找什么人回去？对你有那么重要？

江兆南：找一个叫高雅红的人回去。

肖丽萌：高雅红，男的还是女的？

江兆南：女的，我承包北岭镇制茶厂时她负责市场销售很得力，我辞掉厂长后她到广东打工。当时我们约定，如果我再办厂子，她马上返回助我一臂之力。

肖丽萌心里酸酸的：你对她还蛮欣赏蛮信任的嘛。

江兆南：办厂子总要有几个得力的帮手。

肖丽萌：也是，一个篱笆三个桩，一个好汉三个帮。我如果没有在这里打出一块小小的天地，就回去帮帮你。

江兆南：发展得顺利就好，干事业在哪里都一样。

肖丽萌：你说的那个高雅红找到了吗？

江兆南：没有。她到深圳后打电话给我说在一家叫恒兴的港商办的公司工作，昨天去找她时，说是辞职了，现在不知到哪里去了。

肖丽萌：没找着那就明天再找吧，已经很晚了，我们去休息吧。

江兆南：好，那我走了。

肖丽萌：走？你不在我这里睡？

江兆南：你这儿有客铺？

肖丽萌：有，跟我走。

江兆南随着肖丽萌到了小餐馆旁边宿舍楼的房间，看见里面的摆设，江兆南就知道这是肖丽萌住的。于是问：就住这儿？

肖丽萌：是的。

江兆南：这好像是你住的房间？

肖丽萌：我住的你就不能住？今晚我们就一起住好了。

江兆南：这恐怕不行，因为我们离婚了。

肖丽萌：就是离婚了，我俩也曾结过婚。

江兆南：既然离了，就不能有其他的想法。

肖丽萌：那你今晚去哪里住？

江兆南：我去宾馆住。明天你就不要管我，我一大早就直接去你哥厂里了。

肖丽萌：你真是一根筋，那你走吧！

江兆南走了，肖丽萌把门一关，气呼呼地往床上一倒，望着天花板发愣。

肖丽萌万万没有想到，当年新婚之夜她拒绝江兆南的那一幕竟然又重演了。当然，这回是江兆南拒绝了她。

10

在新宏电子公司里，肖海君和张亦华陪着江兆南参观彩色电视机生产线。江兆南时而驻足凝望，时而俯身观察，眼光里充满羡慕和惊叹。

江兆南：这是我第一次看到了最先进的现代化生产，真是大开眼界。

肖海君：这些生产线是张总从日本进口的，是同类设备中目前世界上最好的。

张亦华：这彩色电视机的生产，得感谢你的老乡肖海君，是他力主上马的，否则我们还在生产黑白电视机。

江兆南：你们什么时候能够到我们南江市办个彩电厂就好了，这样就可以把我们老区的面貌好好改变一下。

肖海君：那就要张总高抬贵手了。

张亦华：行，我向我伯父建议一下，合适的时候就到你们那里办个分厂。

江兆南：那我们老区人民就要好好感谢你张总了。

张亦华：我还要建议由肖海君回去全权负责彩电分厂的建设和生产。

肖海君：那我就可以和家人团聚了。

张亦华：兆南你难得来一回，中午好好喝几杯。

江兆南：谢谢张总的盛情！饭我就不吃了，我还得赶回去。

张亦华：你那么急着回去做什么？

江兆南：我跟海君说了，我也要办个厂子，马上就要动工兴建，不赶回去不行。

肖海君：兆南是个实在人，你就让他走吧。

张亦华：那这次就算了，下次来一定补上。

江兆南突然想起什么，连忙从包里掏出两罐辣椒酱给肖海君：你喜欢吃辣的，这是凤梅叫我带给你的。她要你保重身体，不要挂记家里，父亲和孩子都很好。

11

广州开往南江的火车，风驰电掣般向前呼啸着。

在硬座车厢里，江兆南和一位四十来岁戴眼镜的男士坐在一起。

戴眼镜男士看了看江兆南：你是到南江吧？

江兆南：是的，回家。

戴眼镜男士：在广东打工？

江兆南：不是，在广东办事。

戴眼镜男士：办什么事？

江兆南：在家乡办企业，想找个人做帮手。

戴眼镜男士：怎么不在本地找？

江兆南：我找的是一个南江人，原同我在一块工作，后到广东打工了。

戴眼镜男士：找到了吗？

江兆南：没找到，到她原打工的厂子找，但她辞职不知到哪里去了。我想这人海茫茫的去哪儿找？还是先回去忙过这段时候再说。

戴眼镜男士：你说得是，那不就像大海捞针吗？现在打工人员流动很快，只要有更好的工作更高的薪水，立马就辞职跳槽过去了。我这次到广州联系工作调动时，老乡请我吃饭，一个名叫高雅红的在饭桌上就说她不久前跳槽了。

江兆南：请问这个高雅红是男的还是女的？

戴眼镜男士：女的。

江兆南：多大年纪？

戴眼镜男士：二十多岁，看上去蛮年轻的。

江兆南：你知道她现在哪个厂子打工吗？

戴眼镜男士：她说在一家外资企业南海冰箱厂做市场销售工作，薪金还蛮高的。

江兆南：真是太巧了，你讲的这个年轻女同志就是我要找的那个人。

戴眼镜男士：你就那么肯定？万一不是呢？

江兆南：肯定是，同你讲的丝毫不差。

戴眼镜男士：不过我建议你还是不要让她回去，俗话说，人往高处走，水往低处流。人家出来打工就是为了多挣点钱，像我这样在市政府机关工作的为什么要调到广东去，不就是因为我们那里是革命老区，经济不发达，工资又太低吗？

江兆南：我们讲好了的，她答应只要我办厂她一定回来帮我的，我必须去找她。对不起，前面一站是韶关，我就在那里下车，再买车票返广州。

戴眼镜男士：坐这么短短的一段路就下车，那你的票等于是白买的，岂不吃了好大的亏？

江兆南：吃亏也得下车，如能找到她，浪费这点钱是小事。

戴眼镜男士：你是算大账的人。

两人说话间，韶关车站到了，江兆南和戴眼镜男士道了别，就下了车。

江兆南立即又买票回头登上了去广州的火车。

12

南海冰箱厂，一家颇有规模的外资企业。

一个男青年从销售部办公室出来，刚到门口的江兆南随即上前问道：打搅你了，向你打听一个人。

男青年：你想找谁？

江兆南：你们销售部有没有一个叫高雅红的女青年？

男青年：有，就在隔壁的隔壁的隔壁办公室。

江兆南：我是她老乡，有事找她，请你帮我叫她出来一下好吗？

男青年：你跟我来。

江兆南：好。

男青年领着江兆南走到一间办公室门口，朝里面喊道：高雅红，你家乡来人了！

里面传来一个女的声音：知道了，请稍等一下。

男青年对江兆南说：我有点急事先走了，她马上就会出来见你。

江兆南：对不起，耽误你时间了。

男青年刚走，一个年轻女子就从办公室里出来了。她看了看江兆南：是不是你找我？

江兆南：不是，我找高雅红。

年轻女子：我就是高雅红。

江兆南：你是高雅红？不对呀！

年轻女子：你找的是不是与我同名同姓的高雅红？

江兆南：我太冒失了，向你表示歉意。

年轻女子：没关系，中国十几亿人，同名同姓的太多了，有时在报纸上就可看到一模一样的名字呢。

年轻女子转身进办公室了，但她说的报纸二字让江兆南豁然开朗：对了，去报纸上登个寻人广告，这样不就能把人找到吗？

13

下午三点，客家小餐馆的中午生意已近尾声，肖丽萌要几个服务员准备打扫餐厅卫生。

高雅红急匆匆进来，问道：还能吃饭吗？

肖丽萌：能，你要吃点什么？

高雅红：来个家乡豆腐和小炒鱼，还有一碗米饭。

肖丽萌：你稍等，马上就好。

高雅红：添麻烦了。

高雅红只等了一会，肖丽萌就让服务员把饭菜端了上来。

肖丽萌：看你喜欢小炒鱼，应该是南江人吧？

高雅红：老板娘，你真厉害，我家就是南江。

肖丽萌：怎么下广东来了？

高雅红：到这里来打工。

肖丽萌：在哪个厂子打工？

高雅红：在深圳一家港资企业打工，不过前些天辞职了。

肖丽萌一听她和江兆南这次来找的年轻女子经历很相像，就问道：你叫什么名字？

高雅红：我姓高，名雅红，你记住"高雅的红色"这句话就行了。

肖丽萌完全清楚了，眼前这位年轻漂亮女子就是江兆南要找的那个高雅红。于是，一种难言的妒忌在肖丽萌心中弥漫开来，她想无论如何也不能让江兆南找到高雅红。她要把高雅红哄骗到离这儿很远的另外一个不是热门的地方去，使江兆南难以和高雅红取得联系。

肖丽萌拿定主意后，便装作很关心的样子假惺惺地对高雅红说：现在找到工作没有？

高雅红：还没有，到几家招聘的企业试了试，不是我觉得不合适，就是人家条件太苛刻。

肖丽萌：深圳、广州、源口这些都是热门的地方，全国四面八方的人都想到这里打工创业，我想你与其在这里比拼，还不如到一个现在还不太被人注意但将来又有发展潜力的地方去。

高雅红听了觉得有道理，就问：有这样的地方吗？

肖丽萌：有，比如茂州，虽然目前人气不旺，但因为那里是广东西边的大城市，海外商人又多，以后的发展前途肯定很大。

高雅红：谢谢你的指点，我马上就去，今天这顿饭吃得值了。

肖丽萌狡黠地笑了笑：祝你好运。

14

《南方晚报》社广告部，宽敞大厅里的十几张桌子上，电话铃声此起彼伏，工作人员在不断地接谈广告业务。

在前台，江兆南问一位女工作人员：广告怎么登？

女工作人员：你要登什么样的广告？各种广告的价位不一样。

江兆南：我想登一个找人的广告。

女工作人员：你想找什么人？

江兆南：一个熟人，到广东打工又辞职，现不知在哪里，想找回去做我的帮手。

女工作人员：那好办，把你要找的人的简历和联系方式写一下，我们给你编排好在报纸上发出去，这个价格很便宜。

江兆南：我马上写好交给你，能不能连发三天？

女工作人员：可以，你要发几天我们就发几天，不过要按天收费。

江兆南：行，因事情很急，请你们能不能明天就登。

女工作人员：我问问版面情况，争取尽快登出。

江兆南办完广告手续就坐着火车从广州返回南江。此时，高雅红也坐在前往茂州的长途汽车上。

15

南江市经济开发区。

"三通一平"正在紧张进行，到处机声轰鸣，人声鼎沸，尘土飞扬。工人们在分头浇灌几条主干道的水泥路面，一辆辆碾压机在来回不停地把刚开挖成型的一条条支路压实，十几部推土机在把一座山头推平。放眼望去，好一派大干快上催人奋进的图景。

江兆南走进开发区管委会用木板搭起来的临时办公地，开发区管委会主任钟书清接待了他。

江兆南：这是市计委的批复，我准备在开发区办个厂子，请钟主任在用地等方面给予大力支持。

钟书清：没问题，开发区刚起步，正需要招商引资，引进企业。

江兆南：我办的是白酒厂，看在哪儿比较合适？

钟书清在桌子上展开一张开发区的规划图，指着图的西南边说：这是食品片区，你的酒厂就办在这里。

江兆南：能不能给我六十亩地？

钟书清：怕以后要地的多，给你五十亩行不行？

江兆南：行，每亩多少钱？

钟书清：五万块一亩，这是对最先入园企业的照顾价，但还要开发区管委会讨论，同意后会和土管部门对接一下，你再办理手续。

江兆南：好的。

16

茂州是粤西的最大城市，虽说这里的商人遍布世界各地，也不乏商界巨子名流，但不知为什么同是沿海地区的茂州却步履蹒跚，发展缓慢，既看不到深圳那样的勃勃生机，更看不到深圳那样一天一个样的神速变化。还好有华侨顶级富豪前几年为家乡捐建的茂州大学，才使这个城市有了一抹让人注目的亮色。

高雅红在一条老街上走着，她不时地看着贴在电线杆上的广告，看有没有适合自己的厂店招聘工作人员。时间已到中午，高雅红就顺便走进了一家小餐馆吃饭。

服务员问：请问要点什么？

高雅红：来一碗肉丝汤面吧。

服务员从旁边墙根上拿了一份《南方晚报》给高雅红：请等一会，先看看报纸。

高雅红说了声"谢谢",就随意地翻起报纸来。猛然,她在四版的右下角发现一则"寻找高雅红"的启事,便好奇地看了起来,原以为是寻找和她同名同姓的人就没有太在意,谁知仔细一看却是江兆南在寻找自己。高雅红把启事来来回回看了个好几遍,她猜测江兆南是要办厂了,于是她当即下定决心返回南江,尽自己的努力协助江兆南把厂子办起来。

　　服务员端上了面条:请慢用。

　　高雅红:小姐,这里面有张报纸我想带走,不知可以不可以?

　　服务员:是不是对你有用?

　　高雅红:是的,上面登了寻找我的启事。

　　服务员:要是这样,你就带走吧。

17

　　南江市经济开发区附近的一座废砖窑里。

　　江兆南在清理里面的垃圾。他用铲子把碎砖柴灰铲到箩筐里,再挑出去倒在不远处的低洼地方。就这样来来回回累了一上午,里面的垃圾只是清掉了一半。

　　江兆南把满是灰尘的上衣脱了下来,对着同样满是灰尘的裤子狠狠地打了十几下,直到把能打掉的灰尘打得差不多了,又把上衣穿上。接着又到附近的小溪里洗手洗脸,然后回到废窑前的砖头上坐下,从袋子里取出面包吃起来。由于太累,江兆南吃完后便躺在地上闭上眼睛小憩一会。

　　高雅红来了,对着江兆南轻轻地叫道:厂长。

　　江兆南睁开眼看见是高雅红,连忙爬起来,惊喜地叫道:你终于回来啦,雅红!

　　高雅红:你让我回来我还能不回来吗?

　　江兆南:我找你找得好苦呀!是不是看到报上的启事才回来的?

　　高雅红:是的,我昨天从茂州赶回的,今天一早就到开发区找你但不见你人影，后来到管委会问了一个干部，告诉我说你在废砖窑这里，我就过来了。

江兆南：你住在哪儿？

高雅红：暂时住在市里一个小店里。

江兆南：我已在市里租了三间房子，聘了两个副厂长，一个是我们的老同事王达进，一个是管业务的邱太聪，过几天他们两人就会来。分管市场销售和财务的副厂长就由你担任。到时你们三个副厂长都住在那里，正好一人一间。

高雅红：那你住在哪里？

江兆南：我就住这废砖窑里。这么大的地方，既可以做住房，还可做办公用房。尤其是紧靠开发区，比住市里近多了，再说还可节省房租费用，办厂需要大量的钱，能省一点就省一点。

高雅红：一所废砖窑被你派了这么大的用场，还要清理多少时间？

江兆南：一个下午就够了。你先回老家去看看你父母，好好休息几天，等王达进和邱太聪来了，我们一起开个会，商量一下厂子开工前需要抓紧做的一些事情。

高雅红：我不回去。

江兆南：为什么？跟父母闹别扭了？

高雅红抹了抹眼泪：不是。

江兆南：快告诉我是怎么回事？

高雅红：我已经没有家了。

江兆南：啊？你家怎么了？

高雅红泣不成声：父母生了我和弟弟，这些年一直在县城摆摊做点小生意。去年，我父母拉了一些西瓜摆在街边卖，城管人员说破坏了市容市貌，就强行要我父亲拉走，我父亲坚决不同意，就和城管人员吵了起来，这些城管人员当场就把所有的西瓜砸了个稀巴烂，并把我父亲打了一顿。看着受了这么大的侮辱，西瓜也没了，一气之下，父亲回到家里喝农药死了，母亲带着弟弟不久被一个四川男人收留了，至今不知在什么地方，我打听了好久也没打听到。

江兆南长长地叹了一口气：天有不测风云，人有旦夕祸福。雅红，你不要难过，虽然现在不知你母亲和弟弟的下落，但我们慢慢打听，总有一天会找到的。从今以后，我就是你的亲人，我这里就是你的家。

高雅红感激地叫了一声"厂长"，扑在江兆南的肩上大哭起来。

江兆南也不劝解，而是让高雅红尽情地哭，他知道人在非常难过的时候大哭一场，往往心里会好受一些。等高雅红哭得差不多时，江兆南用袖子帮她揩干眼泪，说：你先去住的地方休息，我这里完工了就去陪陪你。

高雅红：我一个人去休息会很寂寞难受的，不如在这里帮帮你。

江兆南觉得有道理，就说：那也行，不过这事太累太脏，不适合你们女的做。

高雅红：我又不是城里的千金小姐，没有那么娇气。

江兆南：那你就帮帮我吧。

两人开始在废窑里清理，高雅红拿起铲子就铲起来，江兆南马上从她手里夺过铲子不让她铲，因为这是一个重体力活，男的做起来都非常吃力，更不要说是女的了。江兆南要高雅红把一些大点的砖头捡到一边码好，他自己便挥起铲子把碎砖废土铲到箩筐里。不一会，两个箩筐就装满了，江兆南随即又挑起箩筐把里面的垃圾倒在那个低洼地方。干了不到一个小时，江兆南就满头大汗，高雅红把随身所带的纸巾拿给江兆南，要他擦汗歇歇。于是高雅红便趁隙铲了一阵，两个箩筐装满后，江兆南要高雅红休息一会，自己又挑起两箩筐垃圾去倒了。就这样两个人整整忙了大半个下午，才把废窑里的垃圾清理完毕。

窑里干净了，两人却全身沾满了尘污。

江兆南看了看高雅红：你一来就帮我干重活脏活了。

高雅红：你对我这么好，我为你干点活还不应该吗？

江兆南：可我于心不忍呀。

高雅红：明天还有什么要做的事？

江兆南：没有，你刚到，好好调整一下身体。

18

太阳升起一竹竿高，江兆南已在废砖窑里干了两个多钟头了。

江兆南用板车拉来了条凳、木板、竹竿和棉被床单等东西，并把它们搬进废砖窑里。他先在窑的最里面的地方两头各摆上一张条凳，再把木板放上去，一张床就搭起来了。接着，他又在窑的一边墙上的两头各钉了一颗长钉子，再把竹竿架上去并绑好，挂毛巾和晾衣服的架子就算做好了。最费工夫的是搭桌子。江兆南准备用高雅红昨天捡在一旁的废砖头，在窑的前半部靠墙边分别砌两个平行的条形墩子，代替桌子的四个脚。就在他边搬砖头边砌的时候，高雅红不声不响地进来了。

高雅红：在布置新房啊？

江兆南：你怎么又来了？

高雅红：来帮你打打下手，你这是砌什么？

江兆南：砌桌子。

高雅红：这样吧，我帮你拿砖，你就负责砌。

江兆南：好的。

就这样，高雅红和江兆南，一人搬砖一人砌，相互配合得非常默契，没过多久工夫，桌子两头的条形砖墩就砌好了。高雅红又帮江兆南把木板放了上去，一张宽大的桌子便做好了

江兆南用手在桌面上拍了拍：虽然样子难看一点，但很实用。

高雅红：能用就行。

高雅红说完就拿起抹布把桌面抹干净，接着又把床板擦了好几遍，然后再从包里拿出几大张白纸和图钉，对江兆南说：你这床靠墙的一边必须贴上干净纸，否则会把被子搞脏。

江兆南：你想得比我还周到。

高雅红：我们女的心比你们男的要细。

江兆南：所以一个家离不开女人，没有女人的家就像一个猪窝。

高雅红会心地向江兆南笑了笑。

两人贴好墙纸后，江兆南站在窑中间认真打量了一番，满意地说：简陋整洁，几天后我们就在这里召开第一次会议。

19

王达进和邱太聪骑着摩托车来到废砖窑。两人走进窑里，心里猛然一震，不由感叹一番。

王达进：厂长，你真不简单。我看你就像浙江温州人，白天当老板，晚上睡地板。

江兆南：比起温州人，我们差远了。人家是跑遍千山万水，吃遍千辛万苦，想遍千方百计，说遍千言万语，把一些不起眼的纽扣、袜子、打火机等小产品做成了大产品和大生意，我们得好好向他们学习。

邱太聪：温州人的确是这样，我们做不了的事他们能做，我们赚不了的钱他能赚，全国各地和世界上不少地方都有温州商人的身影。

这时，高雅红进来了，王达进连忙上前招呼道：雅红，好久不见你了。

高雅红：我这不是又来了吗？

邱太聪也对高雅红说：我姓邱，叫邱太聪。

高雅红：以后我们就是同事了。

江兆南：我们抓紧商量一下吧。

四个人在用砖头和木板搭起的桌子旁坐下来，江兆南和王达进坐一边，高雅红和邱太聪坐一边。

江兆南：你们把近期做的事情说一说。

王达进：我这几天跑了三个砖厂和市物资公司，建厂房的红砖和钢材基本落实了，只差一点点缺口，现正在抓紧联系建筑队。

江兆南：我们前山县马凯乡的建筑队很有名，据说工程做到上海去了，小王你去跑一趟，如有可能，就叫他们做。

王达进：好的，我明天就去，如联系好了，很快就可开工建设厂房。

邱太聪：购买设备一事，我也通过熟人联系了几家厂子并到厂里看了货，因为不是太急着要买，我还想再货比三家，尽量购买质量好价格便宜一些的。

江兆南：为了保证白酒的质量，有人向我建议买一套电子控制设备，不知行不行？

邱太聪：这当然好，但买就不要买国产的，要买进口的，不过价格要贵很多。

江兆南：这个钱值得花，那就这么定。

邱太聪：因我不懂外语，进口这个设备还需要有个懂外语的协助。

江兆南：雅红在广交会做过翻译，外语很好，由她协助你。

邱太聪：那太好了。

高雅红：我一定配合邱总完成好任务。

江兆南：原材料这一块，我也在联系了，厂子建成投产之前一定要保证运到。投产以后，产品的销售是关键，这事由雅红主管，一定要尽早谋划。

高雅红：我会拿出一个详细的销售方案，供你决策。

江兆南：毛主席说"一万年太久，只争朝夕"，我们要千方百计以最快的速度把厂子建成投产。

高雅红、王达进和邱太聪都不约而同地点了点头。

第十六章

1

围坊村委会，屋里烟雾缭绕，气氛热烈。

林一凡召集村干部在研究发展村级经济问题，乡党委书记杨大任特意赶来参加，同大家一块商量讨论。

"我建议村里应把脐橙作为主导产业来发展。有关专家多次考察证实，我们这里最适合种脐橙。脐橙的生长环境要求比较高，温度、气候、土壤要适宜，据说全国只有五六个地方适宜种脐橙。我们这一带是条件最好的一个。"

"我赞成这个意见。从这几年林一凡试种脐橙的效果看，我们这里的确适合种脐橙。"

"我前些时候算了一笔账，脐橙三四年就可挂果，七年后进入盛果期，每亩可收获脐橙三至五千斤，按现在市面上每斤脐橙的价格一元计算，一亩脐橙的收入在三千元至五千元。如果一个家庭种十亩，除掉成本，一年的收入少则也有二万多元，多则可以达到三四万元。这比种水稻和其他农作物要强多了。"

"我看要种就要抓紧种，抢在别人的前面，这样可以早赚钱，早出效益，物以稀为贵嘛。倘若等上级号召大家都来种，那时就没有现在好卖了，而且价格也会下来。"

"我还有一个想法，养猪是我们这里的传统，特别是凤梅家的猪养得好，一凡又搞了个'猪沼果'种养模式，效果很不错。所以，能不能村里办个养猪场，建几个大的沼气池，这样既可发挥养猪的优势，解决一部分脐橙的肥料问题，又能让全村用上沼气，可说是一举三得。"

"我们村养猪条件很好，我认为完全可行。"

"如果我们村真能把脐橙和养猪这两件事情做起来，那将来的前程不得了。"

"只要下定决心，肯定能干起来。"

"就怕资金问题不能解决，要不然想得再好也是空的。"

林一凡：看来大家还是蛮有办法的，这也符合杨书记对我们村里在引导农民致富方面先行一步的要求，那我们就在村里办一个千头养猪场和一个千亩脐橙园，用现在时兴的说法，就叫"双千工程"。至于资金问题，我想只要开动脑筋总是可以解决的。

杨大任：这个"双千工程"好！我非常赞成！这样可以抢占先机，使全村率先发展起来。关于资金问题，有个办法不知行不行，外地有些地方在试着搞"公司加农户"的经营模式，我们能不能通过招商引资引进一家企业，由这家企业和村里共同投资成立一个公司，具体负责"双千工程"的实施、管理和经营。

林一凡：还是杨书记办法多，这样资金缺乏问题就可解决了。我明天到县招商局去一趟，请他们帮我们找一家企业来投资，大家看行不行？

大家都异口同声地说"行"，杨大任露出了赞赏的笑容。

2

县招商局接待室，林一凡站在窗前望着外面抽着烟。

马副局长带着一个人走进接待室，对林一凡说：今天恰好有个广东顺德的企业老总来了，你们先接触一下。

林一凡回头一看，竟是他当兵时的战友，于是大步过去紧紧握住对方的手：陈班长，没想到在这里碰到你！

陈总：真巧，一凡，我也没想到会遇到你！

林一凡：办企业做老总了？

陈总：退伍后就壮着胆子试着干了一下，没想到做得还不错。

马副局长：原来你们认识，那我就不用介绍了。

陈总：我们何止是认识，在一个锅里就吃了整整四年饭。

马副局长招呼两人坐好，又给他们倒了茶水，说：林书记，陈总是你的战友，又是我们请来的客商，俗话说熟人好办事，你有什么想法，今天尽管给陈总说。

林一凡：那我就直说了。我们村既是老区，又是山区，专家说山上非常适合种脐橙，村里人还喜欢养猪，所以我们村委会就打算在山上种一千亩脐橙，建一个千头养猪场。但要办成这两件事，村里没有那么多钱，就想找一家企业来投资。这下好了，马局长把我们老班长请来了，资金问题就不用愁了。

马副局长：投资首先要考虑项目的效益和前景，哪像你讲的那样轻巧和简单，陈总还得认真权衡。

林一凡：这有啥考虑的，我们当兵的从来说话算数，保证不会让老班长吃亏。

陈总：你们上这两个项目，主要的资金投向是哪些？

林一凡：我初步想了想，要花钱的是盖猪栏的水泥等部分材料、买猪仔和母猪、买脐橙树苗这几项。山地是村里的不要钱，树洞我们自己打，树苗我们自己栽，猪栏的木料和砖都可以村里解决。

陈总：除你讲的这些外，还需要多少资金？

林一凡：我匡算了一下，大概缺一半的资金，约百把万元。

马副局长：陈总不知对这两个农业项目感不感兴趣？

陈总正想回答，林一凡抢在前面说道：我的老班长企业做得那么大，赚了那么多钱，对我们革命老区感情很深，肯定对我的项目感兴趣。

马副局长：陈总虽然是搞工业的，但我想他也会大力给予支持的。

林一凡：对我的老班长来说，这点钱还不是九牛一毛。

陈总：让我认真考虑考虑。

林一凡：你有什么考虑的，反正我就认准你这个老班长，你不答应也得答应，不然的话，你走到哪儿我跟到哪儿。

马副局长：你就帮帮你这个战友，帮他也就等于是帮我们老区人民。

陈总：那这样吧，因我对农业投资项目不熟悉，具体的我就不参与了。我想最好由你林一凡成立一个公司，我拿出一百万元，可以作为本金入股，也可以借贷给你，适当收点利息。这两种方式你们觉得哪种比较好？

林一凡：我只要老班长给钱就行，哪种方式都可以。

马副局长：我看还是借贷的方式比较好，如果入股，陈总作为公司的股东还得参与决策、生产、经营，这样精力上就顾不过来。如果借贷，收点利息，公司完全是村里的，经营好坏都由林一凡负责。

陈总：马副局长的意见好，就这样办。一凡，你看呢？

林一凡：我觉得行。

陈总：我回去后，就把钱打过来。

林一凡：老班长，你可帮了我和我们村的大忙！走，和马局长一起，我们下馆子喝一杯！

3

在村后的几座山坡上，千亩脐橙园的会战如火如荼。

这次的千亩脐橙种植，村党支部决定实行"四统三分"的办法，具体就是由村里统一制定规划、统一提供果苗、统一技术指导、统一收购销售，分户种植、分户管理、分户受益。林一凡还向村民们多次表示，我这个当村支部书记的，就是脱皮掉肉也得把脐橙种植抓好，让大家的口袋能够快一点鼓起来。这铿锵作响的话，说得大家喜笑颜开。

村民们有的在挖树洞，有的在往树洞里施底肥，有的在栽种脐橙树苗。为了保证脐橙的栽种质量，村里还专门聘请肖父做技术顾问。他不厌其烦地在现场来回指导，忙得不可开交。

在山坡的一角，秦姑在挖着树洞。分给她的是一亩山地，她已挖好了四十个洞，还剩二十个。

秦姑使劲地挖着，实在累得不行，就直起身子，手拄着锄头休息一会，然后又继续弯腰挖着。

在相邻的另一座山坡，牛斤也在挖着树洞，由于好吃懒做的毛病改了不少，现在他比过去勤快多了。此时，他打着赤膊挖完了最后一个洞，于是一边吹着口哨一边穿上衣服准备收工。

牛斤朝秦姑这边痴痴地张望着。

江凤梅神不知鬼不觉地来了，看见牛斤望着秦姑，说：什么景色让你看得那么着迷啊？

牛斤被吓了一跳，见是江凤梅，便支支吾吾答道：我没、没看什么。

江凤梅：是在望秦姑吧？还不过去帮帮她？

牛斤懊丧又无奈：人家不领情，我去帮也没用。

江凤梅：你怎知道没有用？

牛斤：我已帮了她好多次了，她一点感觉都没有。

江凤梅：这次你当她面去帮帮，她就有感觉了。

牛斤：我这直咕隆咚地去帮她，她不愿意怎么办？

江凤梅：你这次主动去帮她，我保证她会愿意。

牛斤：真的呀！那我就去了。

江凤梅：你记住，找对象脸皮一定要厚，太薄了不行。

牛斤摸了摸自己的脸：哎，记住了，脸皮要厚。

江凤梅：还磨蹭什么，快去。

4

牛斤扛着锄头兴冲冲地到了秦姑这里。他故意咳嗽了两声，让一心挖着树洞的秦姑知道他来了。

秦姑听见咳嗽声果然抬起了头。

牛斤趁机对秦姑说：还有这么多树洞没挖呀，我来帮帮你。

秦姑：是谁叫你来的？

牛斤：我自己来的。

秦姑：不一定吧？

牛斤：连这点事都做不了主还能算男人吗？

秦姑：那好吧，你就帮帮我。

也不知哪儿来的那么大的力气，牛斤挥起锄头就挖起来，秦姑用铲子把锄松的土清理出洞。开始时两人觉得还有些别扭，但没多久就习惯了，而且越来越顺当，就这样，两人一个锄、一个铲，进度也不知快了多少倍，没过多久一个树洞就挖好了。每隔一些时候，牛斤就会关切地问问秦姑"累不累"，让秦姑不知说什么好。

秦姑：你休息一会吧。

牛斤：我不累。

秦姑：真不知怎么谢谢你。

牛斤：谢什么，你的活就是我的活。

看到牛斤干得更起劲了，秦姑也不好再说什么。

5

秦姑家，晚饭前。

桌上摆了六大碗菜，有红烧鱼、红烧肉、蒸鸡蛋、炒米粉等，还有一瓶"四特酒"。

江凤梅进门，看到桌子上的菜，对秦姑说：比过年还丰盛啊！

秦姑：牛斤帮我挖树洞很累很辛苦，做点好菜请他吃，也算是表示答谢。

　　江凤梅：应该，牛斤为你做事还是蛮卖力的。

　　秦姑：凤梅，我要你来一起吃晚饭，主要是我一个女人家请一个男人来家里吃饭不方便，怕别人说三道四的。

　　江凤梅：你说得也有道理，但你们两个都是单身，别人再怎么说闲话也没什么怕的。

　　秦姑：单身男女在一起传出去总不太好吧。

　　江凤梅：秦姑，我看牛斤的毛病改了不少，他确实很喜欢你，你可考虑考虑了。

　　秦姑：这事现在还不能考虑，还得看一段再说。你知道，很多男人婚前婚后是不一样的，特别像他这样好吃懒做惯了的人，一旦结婚了，他的那个老毛病又犯了，我可就苦了。

　　江凤梅：那就依你的，看一段再考虑。

　　秦姑：牛斤怎么还没来，菜都凉了。

　　江凤梅：我去叫他。

　　江凤梅正要出门，牛斤就来了。

　　看见牛斤穿了一身新衣服，江凤梅说：哟！好像换了个人，蛮精神嘛！

　　牛斤：到秦姑这里来，我得穿好点。

　　秦姑：上桌吃饭吧。

　　牛斤坐下后，看到满桌子好菜，眼睛都发亮了。

　　秦姑给牛斤倒了一茶杯酒，说：累着你了，喝些酒解解困。

　　牛斤不管三七二十一，端起杯子就喝了一大口，又夹起一块红烧肉吃了，说：从小到今，还没有吃过这么好的酒菜。

　　江凤梅：牛斤，这顿饭是秦姑特意为你做的。

　　牛斤又喝了一大口酒，吃了一块鱼，说：秦姑，你真好！

　　江凤梅：牛斤，你也不错。

　　牛斤把茶杯里的酒全喝了，对江凤梅说：你为我和秦姑的事操了不少心，我要……

秦姑打断牛斤的话：好好吃吧，别说那么多了。

江凤梅：秦姑，牛斤对你真的很好，有几次你外出时回来发现你承包地里的杂草都除掉了，问我是怎么回事，我说是县里机关组织干部下乡服务帮做的，其实，帮你做这些事的是牛斤。

秦姑：那你怎么骗我啊？

江凤梅：现在不是告诉你了吗？

秦姑：谢谢你，牛斤。

这下牛斤不用说有多高兴多神气啦，他把茶杯倒满酒，像喝开水一样一口气喝了下去，说：我说我每次为秦姑做事，秦姑事后一点反应都没有，原来是凤梅你没告诉秦姑。

江凤梅：我家里还有点事，先走一步，你们两个慢慢吃。

秦姑：不行，一定要吃完再走。

江凤梅：我离开久了，孩子要吵闹的。

牛斤：秦姑，让凤梅走吧。

秦姑不得已把江凤梅送到门口，然后回身坐下。

牛斤把瓶里的酒全倒到茶杯里，借着酒劲，对秦姑说：你答应我吧！

秦姑故意装作不知道：答应什么？

牛斤：就是那个，那个……

秦姑：不要那个了，快吃吧。

牛斤把杯中的酒喝光了，这时他已经醉了，口里不停地喃喃说着：秦姑，答应我吧，我喜欢你。

秦姑连忙倒杯热茶给牛斤：把茶喝了，回家去好好睡一觉。

牛斤：我不回去了，今晚我就在你这里睡。

秦姑：那不行！

牛斤：怎……么……不不……不行？我……就是……要要……要在你……这里……睡。

牛斤边说边朝着里屋跌跌撞撞地走去，秦姑赶紧拉住他，要他坐下来，但牛斤还是跌跌撞撞地走着，嘴里不停地说着"我我……我在……这这……这里……睡……睡"。突然，牛斤身子一歪向地上倒去，秦姑用尽全身力气将他扶住，接着又慢慢架着他在竹床上躺下，然后从里屋拿出被子给他盖上。

6

牛斤已经醉得酣头大睡，秦姑出来将门关好，便到了江凤梅家。

秦姑：凤梅，牛斤喝醉了，说了好多胡话。

江凤梅：说了些什么胡话？

秦姑：他说今晚要在我家里睡。

江凤梅：这哪是胡话，这是他的真心话，他回家了吗？

秦姑：没有，醉得像烂泥一样，躺在我那里，你说怎么办哪？

江凤梅：这样吧，反正醉成那样，我们两个女的也搬不动他，就让他睡你那里，你今晚就和我睡。

秦姑：凤梅，你帮我解了个大围，不然我还不知怎么办呢！

江凤梅：秦姑，我想同你商量件事，村里的养猪场已经开始建了，要派个人去学习现代养猪知识和技术，一凡问我谁去比较合适，我当时就推荐了你，不知你愿不愿意？

秦姑：你养猪养得比我好，你去更合适。

江凤梅：我也想去，但有小孩怕耽误事情，你先去学习，回来再教给我，你若同意的话，明天我们一起去跟一凡说。

秦姑：还是你去吧，我不想看到他。

江凤梅：离婚了就老死不相往来了？同在一个村庄上，还得要好好相处。

秦姑：我怕见了他不理不睬的，心里会很难受。

江凤梅：不会，他考虑猪场建起来后正需要你这样的人来管理呢。

秦姑：听你的，那我就同你去。

次日早晨，牛斤醒来，发现躺在秦姑家的竹床上，连忙爬起来，喊了几声"秦姑"，没有人答应，于是嘀咕了几声"白睡了一个晚上""白睡也是睡，睡也是白睡，不睡白不睡"悄悄地溜出了门，回家去了。

7

村子后面的山坳里，猪场建设进展迅速。

为了防止有关疾病的传染，猪舍全部建在这个山坳里，且都是砖木结构的平房。

在林一凡的指挥下，建设工地紧张而有序，运送砖木等材料的拖拉机不时往返，参建猪舍的都是从村里选派的男劳力。会石工活的在砌墙，会木工活的在做横梁屋顶，年轻力壮的在搬砖和拌水泥石灰浆，为石工打下手。还有些在搬木料和裁割当瓦用的牛毛毡，当木工的帮手。六栋猪舍建设进度不一，有的已经在架屋顶，有的墙体砌了一大半，有的还刚刚做好基础。

林一凡同几个人在卸一辆手扶拖拉机拉来的砖，他把一摞砖搬到正在施工的墙边弯腰放下时，不慎被砖头砸伤了手指，痛得他差点眼泪都掉出来了，但他一声不吭，只是把手指揉了揉，就像没事一样继续搬着砖。

江凤梅同秦姑来了，林一凡停下手中的活看着她俩。秦姑马上把头低下，生怕林一凡对她翻白眼。

江凤梅：我把你的意见和秦姑说了。

林一凡的态度出乎秦姑的预料，商量似的问道：你愿意去吗？

秦姑：你和凤梅要我去，我就去学学看。

林一凡：行，那就这样定下来。

江凤梅：秦姑脑子好用，肯定能学好。

林一凡：这养猪场还有个把多月就要建起来了，时间很急，我已同县畜牧良种场联系好了，秦姑你后天就动身，去那里学习半个月，不仅要学习科学养猪的技术，还要学习猪的疾病的防治。另外，我还说了要向他们购买二十头母猪和两百头猪仔，你要落实好。

江凤梅：听到没？秦姑，这副担子不轻啊。

秦姑：我会尽力挑的。

林一凡：凤梅，猪场建成后由你具体负责，秦姑作为技术人员就做你的助手。

秦姑：凤梅是养猪能手，她一定会把猪场管理得很好。

江凤梅：我和秦姑再认真商量一下，一凡，看你还有什么要交代我们的。

林一凡：凤梅，你和秦姑都要到养猪场来，你那个小商店就得停了。

江凤梅：没问题，过两天我就把店门关了。

8

南江市经济开发区，"三通一平"已经基本完工，一批企业正在兴建。林立的脚手架、建设中的厂房、嘈杂的工地、进出的车辆、忙碌的人群，汇成了经济开发区初创时期特有的交响曲。

江兆南投资的华康酒厂也在紧张建设中，三栋厂房已经封顶，一栋办公用房的墙体也砌了一半。

这天，东方刚刚露出一点鱼肚白。放在废砖窑临时搭起的那张桌子上的闹钟响了，江兆南匆匆从凳架木板的床上爬起来，点亮油灯，穿好衣服，匆匆洗漱了一下，就着白开水吃了三个面包便到工地开着货车奔市水泥厂了。昨天傍晚，在大家收工回去后，江兆南像往日一样在对工地检查时，发现水泥不够用了，所以必须赶在明天之内把水泥拉到基建工地。因为水泥供应十分紧张，怕去晚了拉不到货，所以他昨晚临时决定自己跑一趟，这样也就来不及跟具体负责基建的副厂长王达进告知这事，于是就写了一张"今早找出车拉水泥了，下午回"的纸条压在工棚用木板子钉起来的桌子上。

江兆南把车子开得飞快，终于在早饭后到了市水泥厂。他从车上一下来，就看见水泥厂销售科金科长走进办公室，于是赶紧跟进去，递上一条"红塔山"烟：金科长，帮个忙，我工地水泥快没了，因急着用，请你能不能照顾批三吨。

金科长：现在来厂里要水泥的很多，但你来一趟不容易，给你两吨。

江兆南又塞给金科长一个内装一百元的信封：开开恩，多批一点。

金科长：好吧，看在你我兄弟的分上，再给你一吨。

江兆南：谢谢金科长！

金科长顺手写了一张条子，交给江兆南：办个手续就可提货。

江兆南拿着条子办完手续后把车开到仓库装了水泥就往回赶。

车轮飞转，行色匆匆。

突然，一个挑担的老人在公路前方不远倒下了，江兆南加大油门快速开过去停住车，看见老人闭着眼睛躺在那儿不动，他急忙跳下车，问：大爷，哪儿不舒服？

大爷微微睁开眼：头晕得厉害，天旋地转。

江兆南：大爷你不要怕，我现在送你去医院。

江兆南先把大爷的担子放在车厢上，然后扶起大爷把他背上驾驶室。

好在前面十多公里有个乡镇医院，江兆南把车停在大门口，背着大爷进到门诊部。

江兆南：医生，大爷刚才发了头晕病，请你帮他治治。

医生指了指墙边的病床：你让他躺下，我给他检查一下。

医生给大爷量了量血压，听了听心脏，做了初步诊断：病人患的是美尼尔综合征，没有其他大的毛病，但不能行动，需要住院治疗。

江兆南：好的。

江兆南随即替大爷办好了住院手续，把大爷背到病床上躺下，然后出来对医生说：这位大爷我也不认识，是在公路上看到他发病把他送到你们医院的，费用我都交了。因我还有急事要赶回去，就麻烦医生你等大爷稍好一点问问他家里情况，要他家人尽快赶来照顾。

医生：你是大好人，你说的我一定会办好。

9

江兆南开着装满水泥的车继续往回赶。

行至一个山坳里，忽然从路边滚出一根木料，江兆南一个急刹车，就在他准备下车把木料搬开时，两个年轻人从路边蹿了出来站在了车头的前面，其中一个拿着木棍对着江兆南大声道：师傅，借点钱给我们。

江兆南：你们是什么人？

拿木棍青年：你管我们是什么人？拿钱来就行。

江兆南：不好好在家劳动，大白天跑到这里拦路要钱，这是抢劫！

拿木棍青年：抢劫又怎么的？快把买路钱留下！

江兆南：快让开！我要开车了！

拿木棍青年：告诉你，不给钱你别想过！

江兆南：我再说一遍，你们不要干这犯罪的事了！这是要坐牢的！

拿木棍青年：别啰唆，再不给钱就别怪我们不客气了！

江兆南：你们不要敬酒不吃吃罚酒！

拿木棍青年：哼！那我们就让你吃吃我们的罚酒吧！

拿木棍青年示意他的伙计继续挡在车头，自己则用木棍狠狠地向驾驶室的门窗砸去，一下把玻璃打得粉碎。江兆南一看不好，连忙用坐垫挡了一下，紧接着抓起茶杯向拿木棍青年捧去，正好打在他的胸脯上。拿木棍青年痛得"哎哟"了一声。江兆南趁机跳下了车，拿木棍青年又朝着江兆南打来，因躲闪不及江兆南的后背挨了重重一棍。眼看就要挨第二棍时，江兆南急把身子往旁边一闪，木棍打空了，那青年也因用劲过猛摔了个嘴啃地。江兆南冲上去把木棍夺了过来，对着那青年的屁股一阵猛打，打得他满地翻滚，连连求饶，另一个青年吓得赶快跑掉了。

江兆南：你说，以后还拦路抢劫不？

青年：再不敢了。

江兆南：抢了怎么办？

青年：抢了就把我枪毙。

江兆南：本来要把你送到公安局，今天就饶了你。

青年躺在地上痛得不断地呻吟。

江兆南看了看，就是把他的屁股打出了血，估计不会有大的问题，便把木棍往山上一扔，开着车走了。

10

傍晚，工人们已经下班。

王达进在建筑工地上还没有走，不时往公路方向望望，心想厂长怎么还没到。他掏出香烟，边抽边等。

天黑了，两道车灯远远射来。王达进知道是江兆南回来了。

江兆南的车子还没停稳，王达进就喊道：怎么这么晚才回来，把大家急得不得了！

江兆南打了个马虎眼：在厂子里耽误了一些时间，所以晚了些。

王达进：你快回去休息，水泥明天再卸。

江兆南：好的。

回到废窑里，江兆南觉得很疲倦，加上背上有些痛，就随便洗漱了一下，倒在床上睡了。到了半夜，不仅剧烈的疼痛使他无法入睡，而且后背也开始肿胀了。他想翻身侧着睡一会，谁知根本就动弹不了。不久，他感到身上一阵阵发冷，上下牙齿不停地叩得"咯咯"作响。

江兆南发烧生病了。

第二天上班，王达进和建筑工人在卸水泥，看见高雅红从省城出差回来了，忙问：电子控制设备订好了吗？

高雅红：订好了，一个半月左右可以到货。

王达进：太聪呢？

高雅红：他到一个酒厂去了解技术上的有关事情，要过两天才能回。

高雅红没有看见江兆南，就问：厂长呢？

王达进：还没来。

高雅红：是不是出去办事了？

王达进：出去办事会给我说一声的，估计是昨天太累多睡了一些时候。

高雅红：那我到他住的地方去看看。

11

在废砖窑门前，高雅红朝里面喊了一声：老板！

里面好像有回答声，但又没有任何别的动静。

高雅红等了一会，用手轻轻推了推门，发现门没有关紧，就把门推开了。

江兆南声音微弱地问：谁呀？

高雅红看见江兆南躺在床上，连忙走过去问：你生病了？

江兆南：有点发烧，没什么大毛病。

高雅红用手摸了摸江兆南的额头：烧得蛮厉害的，这会把身体烧坏的，得赶快去医院吃药打针。

江兆南：医院就不去了，我那个工作包里有点备用的退烧消炎药，你帮我拿过来，我吃几片就行了。

江兆南咬紧牙关从床上坐了起来，后背的疼痛虽然缓和了一些，但还是非常难受，加上发烧，脸上通红。

高雅红拿了药，倒了一杯水，递给江兆南。

江兆南吃完药后，高雅红又将晾在竹竿上的毛巾取下为他擦了擦脸。

高雅红用手扶着江兆南重新躺下，然后倒了一杯水放在床头：发烧要多喝水，睡觉是最好的药，你好好休息。我出去一下，马上就回。

12

高雅红掩上窑门，匆匆来到基建工地。

高雅红：达进，厂长生病了。

王达进：我马上去看他。

高雅红：你现在不要去，他刚吃药睡下了。

王达进：那等我忙过这阵，中午去。

高雅红：好的，我现在去帮他做点吃的。

离开工地，高雅红直奔一家叫"喜庆"的酒店。

高雅红：老板娘，你这里能做肉末菜稀饭吗？

老板娘：可以做，什么时候要？

高雅红：现在就要，每天做三次，连做三天。

老板娘：没问题，做好了就给你。

高雅红：不好意思，给你添麻烦了。

老板娘随即吩咐服务员给高雅红上茶：你先在这里坐坐，喝杯茶。

大约半个小时，老板娘提着用塑料袋子装的一个高压锅出来了，对高雅红说：肉末菜稀饭做好了，你拿着。

高雅红：你想得真周到，吃完后我就把高压锅还过来。

老板娘：没关系，做生意就是这样，一回生，二回就熟了。

13

高雅红把江兆南从床上扶起来坐好，然后把一碗热气腾腾的肉末菜稀饭端给他：生病没胃口，吃点稀饭好。

江兆南先尝了一口：雅红你做的？

高雅红：请酒店做的。

江兆南：你想得真周到。

高雅红马上接上话头：你生病了，我必须照顾好。

江兆南吃的时候，由于后背受伤的牵拉使得右手有时不听使唤，动作显得很慢。高雅红发现后忙问：你的手怎么啦？

江兆南怕讲出实情让高雅红担心，就随便说了句：昨天开车时碰到了一下。

高雅红：以后千万要小心，你右手不要动，让我来。

高雅红从江兆南手里接过碗匙，一匙一匙地喂着他吃。

江兆南心里感到热乎乎的，稀饭又是热乎乎的，一碗吃完，头上尽是汗珠。

高雅红放下碗匙，拿过毛巾为江兆南擦了擦汗。

江兆南：雅红，你对我太好了。

高雅红：你对我也非常好。

江兆南：那是因为我喜欢你。

高雅红：我也是因为喜欢你。

江兆南：雅红，我俩相互喜欢一辈子好吗？

高雅红：好，你的话说到了我的心里，共同的命运已把我俩连在一起了。

一种爱的情感在两人的心中翻腾，江兆南顿觉精神好了许多，高雅红脸上也荡漾着幸福的笑容，她不由得在江兆南的额头上吻了吻。

14

广东源口，"心心"咖啡馆里。

肖丽萌和黄乃亮相对而坐。两人面前各放着一杯美式咖啡，中间是一支点燃的红蜡烛，气氛温馨而浪漫。

肖丽萌：你有好久没来了。

黄乃亮：哪有好久，上个月我们不是在一起唱歌了吗？

肖丽萌：我怎么觉得好长时间没见了呢？

黄乃亮：那说明我来得还是太少，以后要多来。今天我给你带了一个小小的礼物。

肖丽萌：什么礼物呀？

黄乃亮：保证你喜欢。

肖丽萌：真的呀，那太好了。

黄乃亮：你猜猜是什么？

肖丽萌：歌带？

黄乃亮摇了摇头：上次不是已给了你十几盒歌带吗？

肖丽萌：那我猜不出来。

黄乃亮打开皮包，从里面掏出一个包装精美的盒子给肖丽萌：快看看是什么。

盒子上面是英文，肖丽萌看不懂：可以打开吗？

黄乃亮：可以。

肖丽萌打开一看，惊喜地叫了起来：钻石戒指，太漂亮了！

黄乃亮：这是我托一个朋友从南非买来的。

肖丽萌：这东西好贵啊！

黄乃亮：只要你喜欢，再贵我也舍得。

肖丽萌：你对我真好。

黄乃亮：谁叫我们俩那么有缘呢。

肖丽萌：缘分可遇不可求，怪不得第一次见到你就有一种相见恨晚的感觉。

黄乃亮：我们以后唱歌时，你一定得把这戒指戴上。

肖丽萌：好的，我一定戴上。不过唱歌我就这个样了，也不可能再有什么发展前途了。

黄乃亮看了看手表：快十点了，我得走了。今晚本来有个朋友要找我谈事，因我要先到你这里来，就叫他等等。

肖丽萌：什么事你都先想到我，真想和你在一起多坐一会，但朋友等得急，我就不留你了。

黄乃亮：来日方长，下次来我时间安排久点。

肖丽萌：你尽量早点来啊。

黄乃亮拥抱了一下肖丽萌就动身了，肖丽萌把他送到了咖啡厅的大门口。

15

下午，正在开发区酒厂基建工地忙碌的江兆南，接到杨大任的电话，要他到南江宾馆吃晚饭。

江兆南大喜过望，还不到六点，就往宾馆赶了。

在餐厅一间包房内，江兆南一见到杨大任，就紧紧握着他的手：好久不见书记你了，什么时候来的？

杨大任：昨天，同小丹一块来的。

江兆南：小丹是谁？

杨大任想起江兆南还不认识汪小丹，就说：是我爱人。

江兆南：听这名字就不是一般人。

这话正好被点菜回来的汪小丹听见了，便说：谁在夸我呀！这位就是江兆南吧？

江兆南：我就是。

汪小丹：虽然我们不认识，但大任常会提起你，所以很早就知道你的大名。

江兆南：谢谢杨书记的关心。

杨大任：我这次来，一个是看望兆南你，一个是陪小丹来勘察一下前沿阵地。

江兆南一头雾水：勘察前沿阵地？

汪小丹：你不要把事情说得神乎其神的。

这时，服务员端着菜进来，问：你们有没有个叫江兆南的？有个女的要找他。

杨大任指着江兆南说：他就是，请那位女同志进来。

高雅红一进门，江兆南就介绍说：这是我们家乡北岭镇的杨书记和他爱人汪小丹，这是我厂主管市场销售和财务的副厂长高雅红，也是前山人。

高雅红：我早就认识杨书记，但杨书记不认识我。

杨大任：啊？你认识我？

江兆南：看我这记性，我承包北岭镇制茶厂时，雅红就在厂里管销售。

杨大任：那我犯了官僚主义啰。

高雅红：你是镇里的书记，大领导不认识我们老百姓很正常。

杨大任：你是不是有事要向你们厂长汇报？

高雅红：是的。

杨大任：你就一块和我们吃饭，边吃边汇报。

高雅红：不用了，等你们吃完了，我再来汇报。

汪小丹：不要客气，你就在这儿吃吧，兆南是我们的老朋友。

江兆南：既然杨书记夫妇这么盛情，你就留下来一块吃吧。

杨大任：上桌，我们边吃边聊。

一张八人圆桌，四个人坐着显得有些过大。

杨大任：小丹，你说说我陪你来勘察前沿阵地是怎么一回事吧。

汪小丹：事情是这样的，省汽车厂和日本的五十铃合资以后，生产的130双排座汽车供不应求，要排队提货。所以省委省政府决定扩大生产规模，把一些零部件的生产放到地市来生产，其中有少数零部件如收音机之类的还委托县里的无线电厂进行加工，形成一种协作关系。变速箱的生产放到了南江。

江兆南：这样好，我们南江又有一个大的厂子了。

汪小丹：可能因为我曾下放在南江，大任又在南江市属的县里工作，厂里就派我来南江负责变速箱厂的建设。

江兆南：还是你们厂里领导善解人意，这样你们俩就不用牛郎织女了。

汪小丹：就内心来说，我还是想在省里总厂待着，因为那里毕竟层次高。但想想这又是一个锻炼自己的好机会。当然，还有大任在这儿工作，又不愿去省里，那我也只有夫唱妇随，最后决定来了。

江兆南：无论从哪个方面看，你来是对的。

汪小丹：因从来没有独当一面过，对办厂子心里没有底。

杨大任：兆南，你在市经济开发区的厂子怎么样了？

江兆南：基建差不多要扫尾了，接下来就要安装设备了。

杨大任：进展还是蛮快的嘛！兆南，我看你搞企业还是有两下子的，以后你要对小丹多给帮助。

江兆南：那哪敢？小丹在国营大厂工作，见多识广，我这小打小闹的民营企业，应该向她学习才是。

杨大任：这你就不要谦虚了，能者为师嘛。

汪小丹：反正我们的厂子也建在经济开发区，到时我碰到问题去请教就是了。

杨大任：有这个态度，我相信小丹能把变速箱厂建起来并把它办好。

江兆南：我会和小丹常联系。

16

从宾馆出来后，江兆南送高雅红回住处，两人手挽着手缓缓在街边走着。

高雅红：今天气氛很好，杨书记和他爱人对你真是不错啊！

江兆南：他们夫妻俩很优秀，对我很支持，你今天在饭桌上怎么一句话都不讲？

高雅红：你们谈的那些事情我插不上嘴，只能在一旁静静听着。

江兆南：你找我是不是有要紧的事？

高雅红：是的，你刚走不久，那个外商来电话说，还有十来天电子控制设备就要进到国内了，他明天到省城，要我们就一些进口的具体手续同他再衔接一下，本来我和邱太聪去，但他出差了，我想最好你能同我一块去。

江兆南：我非常想陪我的亲爱的一起去。但邱太聪说明天晚上国内订购的设备到厂，省里一个名酒厂的老总会同他一块到厂里来，我要接待他，所以就没办法陪你去了。

高雅红：我真希望我俩同去，但你有更重要的事，那只有我一个人去了。

江兆南：下次出差我俩一块去，好吗？

高雅红：说话要算数，不要到时又忘了啊。

江兆南：怎么会忘呢？雅红，你时时刻刻都在我心上。

高雅红：同你在一起，我就有一种幸福感和依靠感。

江兆南：雅红，我已离不开你了。

高雅红：我这辈子也离不开你了。但有件事我不知该不该问，听人说，你父母要你同在你家做事的小万姑娘结婚，这到底是怎么一回事？

江兆南：本来想晚点告诉你，但你现在问到了，那我就直说了，那个小万姑娘确实对我很好，也多次向我表露心迹，我父母也非要我同她结婚不可。

高雅红：那你究竟怎样打算呢？

江兆南：除了你，我还有什么打算呢？

高雅红：那你父母硬要逼你同她结婚呢？

江兆南：你看我不是尽量在拖着吗？雅红，我向你发誓，非你不娶。

高雅红深情地看了江兆南一眼：兆南，你对我的爱，我在心底已深深地感觉到了。

仿佛没走多久，就到高雅红住房门口了。

江兆南停住脚步，用双手拥抱着高雅红，他一下吻住了她的小嘴，他感到她的唇就像两片带露的花瓣，湿润而又清香。他亲了好一阵才停下来：你快进屋吧。

高雅红一脸甜蜜，恋恋不舍地转身上楼。江兆南站在那里陶醉地凝望着她的背影。

第十七章

1

　　隔壁的一间食杂店刚搬走，肖丽萌的客家小餐馆因现有的饭堂常常顾客爆满容纳不下，就把这店面租了下来，这样可以增加饭厅的面积。肖丽萌在里面用尺子量来量去，看看怎样能把这间店面利用好。尽管她设计了好几个方案，但都被她自己否定了。

　　于是，肖丽萌来到饭堂前台打电话给黄乃亮，要他帮忙出出主意。

　　肖丽萌开始拨电话号码，不料黄乃亮来了。

　　肖丽萌十分高兴：正要给你打电话呢。

　　黄乃亮：什么事情这么急啊？

　　肖丽萌：你跟我来。

　　两人走进隔壁那间杂货店。

　　肖丽萌：我想把这里扩做饭堂，但只有二十五平方米的面积，摆一张桌子觉得太浪费了，摆两张桌子又放不下，你说怎么办好？

　　黄乃亮：能不能像宾馆那样搞一个包间？

　　肖丽萌：那也只能摆一张桌子。

　　黄乃亮：虽然是摆一张桌子，但收费的标准不一样，等于是摆了两张桌子。

肖丽萌：我担心价格太贵了人家不愿来。

黄乃亮：别担心，有些喜欢清静的顾客就喜欢到包间吃饭。

肖丽萌：那是一些有钱人喜欢到大宾馆的包间，到我们这小店吃饭的都是一般人，他们恐怕对包间不感兴趣，不愿花这个冤枉钱。

黄乃亮：要不这样，你再装上一套卡拉 OK，来这里的人可以边吃饭边唱歌，保管能够吸引很多人。

肖丽萌：这个好，我怎么就没想到？

黄乃亮：这样你这个包间的档次一下子就上去了，价格可以翻三倍，这等于增加了三张饭桌。

肖丽萌：还是你的脑子管用。

黄乃亮：我再给你找个家装队好好装修一下。

肖丽萌：那我就省很多事了。

黄乃亮：丽萌，我今天来，主要是想请几个朋友在你这儿吃顿饭。

肖丽萌：这是为我撑面子啊，快请他们来。

黄乃亮：考虑到人多太嘈杂，晚上等在你这儿吃饭的人走了以后我们再来，这样就要麻烦你们加加班。

肖丽萌：这有什么麻烦的，你的朋友就是我的朋友，就是一个晚上不睡也是应该的。

黄乃亮：那好，我现在就去找他们把这事讲定。

肖丽萌：好，晚上见。

2

午夜的客家小餐馆，饭堂里顾客早已散去，显得有些空寂。只有正中的一张桌子酒菜飘香，黄乃亮和两男一女在相互敬酒说话。为了表达心意，以示重视，肖丽萌没有让服务员上场，而是自己为客人端菜倒酒。

酒过三巡，坐在中间位置的一个五十来岁剪着平头的男人问黄乃亮：那笔生意怎样了？

黄乃亮：差点泡汤了，还好第一批货已经出手了。

平头男人：这批货会按比例给你酬金。

黄乃亮：尽管风险很大，我还是会尽量想办法把这生意做下去。

坐在平头男人边上的年轻女子插话说：那个叫李芬的女歌手我看蛮灵活的，你们好好商量一下。

平头男人对另外一个年轻男的说：你和老黄保持紧密联系，有什么新情况随时跟我说。

年轻男的：我和乃亮一直配合得很好。

平头男人：港台那边有好的带子到了我会立即给你。

年轻男的：随时听候你的吩咐。

年轻女子看到平头男人的下巴上沾了一点菜叶，连忙掏出餐巾纸替他揩掉。平头男人随即在她胸脯上轻轻地拍了几下，年轻女子故意嗔怒地瞪了他一眼。

由于一会要叮嘱厨师炒菜，一会要端菜上桌，一会要开瓶倒酒，肖丽萌只能断断续续听到他们的谈话，但隐隐约约意识到他们在做着非同寻常的生意，只是不知道具体内容罢了。

四个人一直吃到凌晨两点多钟才结束。

离开时，黄乃亮对肖丽萌说：你的包间装修队我已联系好了，明天就来人动工，一个星期完成。

肖丽萌：你真是我命里的贵人。

3

半个月后，包间投入使用。果然不出黄乃亮所料，很多来客家小餐馆吃饭的顾客都提出要包间，一开张就应接不暇。

肖丽萌不知有多高兴，她给黄乃亮打电话说：你真神了，包间的生意好得不得了，一个包间的收入抵那边大半个饭堂的收入，来吃饭的人对那卡拉 OK 尤其喜欢。

黄乃亮：财源茂盛，祝贺啊！

这时，服务员来报：老板，镇里有个干部要找你。

肖丽萌只好说：有人要找我，那就说到这里，你尽快来看看，我等你。

肖丽萌放下电话，就去接待那个镇里的干部。

镇干部：你是这里的老板吧？

肖丽萌：一家小店哪能称得上老板？

镇干部：听说你这里最近开了个包间，是吗？

肖丽萌：是的，领导。

镇干部：能不能带我去参观一下？

肖丽萌：欢迎领导光临指导。

肖丽萌叫来服务员：你去看看客人吃完走了没有？

服务员马上就到隔壁包间看了一下随即回来说：刚结束。

肖丽萌：领导，请。

一进包间，镇干部就要肖丽萌同他一起唱卡拉OK，并点了一首《大约在冬季》。

两人唱毕，镇干部异常兴奋：有酒吗？助助兴。

肖丽萌随即吩咐服务员：开瓶酒。

肖丽萌给镇干部倒了个满杯，给自己的杯子稍稍倒了一点。

镇干部马上表示不满：你是主人，应该比我多倒一点。

肖丽萌只得把自己的杯子倒满酒，出于礼貌，她主动举杯对镇干部说：为我们演唱合作成功，干杯！

两人一饮而尽，又唱了一首《心雨》。

镇干部更来劲了，拿起酒瓶又把两人的杯子倒满，紧接着把自己的酒杯同肖丽萌的酒杯碰了三下，然后喝了个精光。看到肖丽萌只是喝了一小口，镇干部有些不高兴，硬逼着肖丽萌把这杯酒全喝了。

镇干部：我们再来一首《萍聚》。

肖丽萌：我不会唱。

镇干部：我教你。

镇干部拉着肖丽萌就唱了起来。借着酒兴，镇干部一边要肖丽萌学着他唱，一边却对肖丽萌动手动脚。

肖丽萌知道镇干部下一步要做什么，于是假装喝醉跑到隔壁饭堂的厕所里呕吐，找到服务员交代说：那个人心术不正，你快到包间门口站着，如听见我的咳嗽声，你就推门进去随便找个理由叫我出来。

服务员：好的。

肖丽萌在外面待了一会又重新进到包间，镇干部吼了两声就把话筒丢在桌子上，猛然一个转身把肖丽萌紧紧抱住，在她脸上狂吻。肖丽萌又不敢反抗得罪他，只好赶紧咳嗽了几声。这时服务员立即进门，镇干部一看有人来了就马上住了手。

美事被搅黄了，镇干部一脸怒气。他恶狠狠地训斥服务员：谁叫你进来的？连个门也不敲一下！

服务员：我找老板有急事。

肖丽萌故意问：什么事这么急？

服务员：家乡来人了。

肖丽萌笑着对镇干部说：那我得去接待了，对不起，请你改天再来吧。

镇干部：什么玩意？早不来，晚不来，偏偏这个时候来！

镇干部气呼呼地扬长而去，等他走远了，肖丽萌看着服务员，笑了笑说：以后他来，你就用这个办法对付。

4

上午八点，阳光灿烂。

这是一个激动人心的时刻。

江兆南点燃了盘放在工厂大门口的一串长长的鞭炮。顿时，噼噼啪啪的爆竹声和人们的欢呼声交织在一起，气氛异常热烈和喜庆。

华康酒厂正式竣工投产了。

发酵、蒸馏、勾兑、罐装、包装等一套崭新的生产流水线启动了，工人们聚精会神地操作着，特别是那个进口的电子控制器，让整个酒厂增添了不少现代化气息。

一瓶瓶白酒从生产线上源源不断地输送出来。

因为这种白酒是古代专门用于向皇宫进贡的，所以江兆南把它命名为"章泉贡"。

与此同时，一场"章泉贡"酒的广告宣传战也轰轰烈烈地打响了。

"章泉贡——力量的源泉"广告词，在省城、南江和本省其他地市的都市类报纸刊登，在省里和南江的电视台的黄金时段播放，在一些百货商场酒类专卖区醒目悬挂。特别是在省城和南江的大街上活跃着一支女子宣传队，她们穿着印有"章泉贡"的红色衬衫，一边表演一边行进，惹得很多人围观。

高雅红和市场销售部的人员还到南江市的各大宾馆和一些住户小区，宣传和推广"章泉贡"酒。

先声夺人的广告宣传，使"章泉贡"酒一炮走红，市场前景看好。

5

废砖窑里，江兆南伏在灯光下看着报表上"章泉贡"酒一路飙升的销售数额，心里不由涌起一股成功的喜悦。多年的心愿虽然实现了，但这仅仅是走出了第一步，还必须乘胜前进，把酒厂做大做强。于是他又拿起市场销售部要求增加产量的报告看了起来，略为思考片刻后，他放在了桌子的边上，准备过一段时候再视情而定。

夜已深沉，江兆南打了个哈欠，站了起来又伸了个懒腰，简单洗漱了一下，就上床睡下了。

睡梦中，江兆南被一阵雷声惊醒，一道道闪电把外面照得如同白昼，狂风卷着暴雨铺天盖地而来。他马上想到一部分堆放在露天里的稻谷和玉米，这是酿制白酒的主要原材料，虽然底层进行了架空，上面也覆盖了塑料薄膜，但由于风雨太大，如果被打湿了，那这些原材料就有可能发生霉变而造成巨大损失，而且会因这些原材料不能使用而直接影响生产。于是，江兆南一个翻身下了床，拿起手电筒，披上塑料雨衣就往厂里奔去。突然，他被一块石头绊了一下，摔在了地上。他迅速爬起来，又继续朝前奔去。

几乎和江兆南同一时候，王达进、高雅红和一些工人也赶到了厂里。邱太聪因出差没有来。

江兆南：达进，你赶快把上次剩余的塑料薄膜拿来。

王达进和几个工人立即往仓库里跑去。

江兆南：雅红，你快组织工人围着粮食堆边上挖沟排水，以免雨水把底层粮食浸湿。

高雅红迅速领着工人挖了起来。

王达进等人也以最快的速度把塑料薄膜扛来了，江兆南把手一挥：快！我们一起爬上去！

雨越下越大，风越刮越猛，雷越打越响。江兆南同大家在粮食堆上再加铺一层薄膜。有的地方的薄膜刚铺好，但由于压在上面的砖头过轻又被风卷了起来，江兆南一看这样等于白费劲，马上要王达进赶快下去带些人把厂里基建时废弃的水泥板搬过来，再拿些蛇皮袋把里面装上砖头扛过来。

王达进随即从粮食堆上跳下去带着一些工人向暂时堆放废建材的地方跑去了。不一会，他们就把废水泥板和装满砖头的蛇皮袋扛来了，江兆南和大家把这些重东西压在上面，再大的风也不能把塑料薄膜吹起来了。

大约过了一个多小时，雨停了，风也小了。虽然在黑暗中同风雨苦斗异常艰难，但江兆南和大家心里还是十分欣慰，因为粮食保住了，损失避免了！

每个人都像从水里捞出来的一样，从头到脚都滴着水。江兆南向大家道了一声辛苦，并要大家赶快回去换衣服，抓紧休息。

工人们都三三两两往回走。

看见高雅红站在那里没有动，江兆南走过去关切地说：你赶紧回去，衣服湿久了会受凉生病的。

高雅红：你不走我也不走。

这话被王达进听见了，马上说：要不我们一起走。

江兆南：好吧。

江兆南刚一动脚，忽然感到右脚有些痛，这是怎么回事呢？他想可能是来时摔那一跤碰伤了，只是因为人一直处在紧张状态下没有感觉罢了。他用手朝痛的地方摸了摸，发现不仅裤子破了，而且有一些黏糊糊的东西，他把手拿上来一看，原来是血。江兆南顺手把血往裤子上一揩，好像什么事也没有发生一样。

也许是因为女性特有的细心，也许是一种特殊的心灵感应，尽管江兆南做得天衣无缝，但还是被高雅红察觉了。她问江兆南：你的脚怎么啦？

江兆南：没事，擦破了一点皮。

高雅红：你把裤腿提起来，看看擦破得厉害不厉害？

江兆南：没什么看的，回去吧。

高雅红：这天黑路滑的，你脚擦伤了走路不方便，我们送你回去。

江兆南：那怎么行？

高雅红：你一个人一拐一拐地回去让人不放心。

王达进扶着江兆南走在前面，高雅红在后面打手电筒照着，遇到凹凸不平的地方，她会及时提醒，偶尔也会上前帮扶一下。

到了废砖窑后，高雅红要江兆南坐在凳子上，她先用毛巾把江兆南右脚的伤口周围擦干净，然后又找来纱布把伤口包扎好，江兆南觉得伤口疼痛缓和多了，他要高雅红和王达进赶紧返回住地。这时，一道蛇形闪电划过夜空，一声炸雷在头顶响起，天又下起倾盆大雨来，两人暂时没法走了。高雅红便靠着江兆南坐下来，并不时用手轻轻地抚摸着江兆南受伤的右脚。

大约过了半个钟头，废窑顶上突然往下渗水，不久又裂开了一条缝。江兆南一看情况不妙，"霍"的一下站起来大声喊道：窑顶要塌了，快跑！

江兆南拉起高雅红，并用手示意王达进，三个人拼命往外冲去，刚出窑门口，窑顶"轰隆"一声坍塌了。

高雅红吓得双腿发抖，差点倒下去，江兆南赶紧抱住了她。

高雅红好不容易才缓过神来：真险啊！差点没命了。

王达进：我们这是死里逃生，命大福大啊！

江兆南：这里是不能再住了，里面也没什么像样的东西，我们走吧。

王达进：要不你先到宾馆住几天再说。

高雅红：不知这半夜三更的宾馆会不会关门进不了？

江兆南：住什么宾馆？我看就到你们那里对付一下算了。

王达进：正好太聪出差了，你这几天就住他的房间。

江兆南：行。

王达进：太聪回来就同我睡，等厂里的宿舍做好了再搬过去。

江兆南：你们的房间本来就很小，哪能让你们两人挤在一起，我明天就住办公室。

高雅红：办公室太小，住上人就更小，再说别人同你谈事情也不方便。

王达进：要不到会议室去办公？

高雅红：可以先这样对付一下，在办公室住一段时间。

江兆南：也只能这样了。

6

围坊村的千亩脐橙园和千头养猪场如期建成后，杨大任十分满意。虽然建设期间他不知来过多少次，但总有一种看不够的感觉。昨夜下了一场大雨，不知会不会对新栽种的脐橙树苗有影响。所以一大早，他和着开水吃了三个馒头就骑着自行车来到村里。他把车子往路旁一放，独自走到后山的脐橙园里。雨后的脐橙树苗显得更加翠绿，展现着一股蓬勃的生机。但也有一些树苗被雨水冲打得歪倒在地上，杨大任不时弯腰小心地把它们扶起来并重新栽好。

这时，林一凡气喘吁吁地跑来了，老远就朝着杨大任喊道：杨书记！

正在扶起倒在地上树苗的杨大任直起身来：一凡，你怎么知道我来了？

林一凡：村里一个嫂子告诉我的，你这个大书记来事先也不打个招呼，人家说是不是你对我不信任。

杨大任：不要瞎说，怎么能对你不信任？

林一凡：那为什么不告诉我？

杨大任：我是临时决定来的。

林一凡：我现在陪你好好看看。

杨大任：我看这脐橙树苗有些被昨晚的大雨打得七倒八歪，你们必须马上检查一遍。

林一凡：好的，我们马上组织人员检查和扶正。

杨大任：千万不能认为脐橙栽下去了就万事大吉，后期的养护和管理要及时跟上去。

林一凡：村里准备由海君的父亲牵头，成立一个小组，专门指导各家各户对脐橙的养护和管理。

杨大任：主要是注意科学施肥和防止病虫害，养护和管理搞好了，脐橙就能按期挂果。

林一凡：等这山上的脐橙全部挂果了，那就好看了。

杨大任：那也不能麻痹大意，特别是进入盛果期后要注意防止黄龙病，这种病对脐橙是毁灭性的。

林一凡：那我们得高度重视，决不能让这种病发生。

杨大任：如果每年能使脐橙丰收，就等于家家户户种了好多摇钱树。

林一凡：这还只是一部分，加上养猪场的收入就更多了。

杨大任：养猪场现在进了多少母猪和小猪？

林一凡：二十头母猪，两百头小猪。

杨大任：一下就进了这么多？

林一凡：多什么？离一千头还差得远呢。

杨大任：再到你们的养猪场看看去。

紧靠脐橙园的山凹里，就是一排排整齐有序的猪舍。

江凤梅正在往食槽里添饲料，看见杨大任来了，她连忙打招呼：杨书记好，欢迎你来指导。

林一凡：凤梅是村里的养猪能手，所以这养猪场就由她具体负责。

杨大任：海君在广东还好吗？

江凤梅：他现在忙着呢，前些天他打电话来说彩电生产非常好，卖得很跑火。

林一凡：海君前不久已升任副总了，成了他们厂里的顶梁柱。

杨大任：这是大喜事。凤梅，请代我向海君表示祝贺！

江凤梅：谢谢杨书记！我一定转告。

杨大任：凤梅，你在前边带着我们再看看。

栅栏里的食槽前，一头头小猪在争着吃食，互相拱来挤去，样子可爱极了。

江凤梅：别看它们现在这么小，半年后就长到一百好几十斤，可以出栏卖了。

林一凡：杨书记，到时我们挑一头最肥的猪杀好给你送去，让你吃个够！

杨大任：送就不要送了，镇里干部年底时可以到你们这里买猪肉过年。

林一凡：我们村里养了这么多猪，送你一头有什么关系，等于九牛一毛。

杨大任：那也不行，上面反复强调不能侵占农民的利益。

林一凡：那就请你来村里吃杀猪菜。

杨大任：这杀猪菜好吃，我一定来。

出了一排猪舍，又走进另一排猪舍。

江凤梅向杨大任介绍说：这里养的全部是母猪。

林一凡：凤梅，你给这些母猪吃好一点，把它们养肥点，多怀上些猪仔，早点实现养一千头猪的任务。

杨大任：一凡，你以为这是种庄稼，多施点肥就能够多打粮是不是？

江凤梅：一凡是个急性子，做什么事都巴不得一口吃成个大胖子。

杨大任：养猪最怕发生传染性疾病，要认真预防。

江凤梅：一凡派人专门学习过了，场里配有技术员。

从养母猪的猪舍出来，杨大任走到猪舍后边的大沼气池边，问：这池子的效果怎么样？

林一凡：你主张搞的这个东西非常好。猪的粪尿全部流到里边，这样猪舍又干净，产生的沼气解决了村里一部分人家的燃料，剩下的废渣运到脐橙园里做肥料。

杨大任：据我所知，这种大面积的"猪沼果"种养模式，你们村在全乡——也可能在全县是第一家，一定要认真搞好并坚持下去，到时我来总结你们的经验。

林一凡：杨书记，拜托你就不要来总结经验了。

杨大任：为什么？你还想留一手？

林一凡：俗话不是说出头的椽子先烂吗？

杨大任：你这话不对。

林一凡摸了摸后脑勺：这有什么不对呢？

杨大任：你认真想想，我回镇里了。

7

许向才坐在办公室的藤椅上，跷着二郎腿，手夹"红塔山"香烟慢慢抽着，偶尔端起杯子呷一口茶，一副怡然自得的样子。

许向才抽完烟，便拿过放在桌上当天的《南江日报》，一打开，头版头条《千年贡酒千里香》的报道引起了他的注意，于是他从头到尾看了起来，原来里面写的是关于江兆南不怕艰苦、奋力拼搏、投资创办华康酒厂并取得良好效益的先进事迹。他越看越来气，越看越妒忌，最后气得干脆把报纸撕了个粉碎。

这时，一个干部进来把一份文件交给许向才：这是县委开会的通知。

许向才：放在桌上。

这位干部把会议通知放到桌上就退出去了。

许向才拿起一看，见文头上写着：中共前山县委关于召开进一步解放思想深化改革开放加快经济发展动员大会的通知。

许向才又拿出一根烟，对着通知思考许久。

8

前山县采茶戏院。一座七十年代的砖木混合建筑。

台下的木椅子上坐满了县直机关和乡镇干部，许向才也在其中。他们正在听市委书记梁光含讲话。

梁光含：我这次来县里，是回故地调研，恰逢县委召开这次大会，先运同志认为机会难得，要我在会上讲一讲。刚才，会上宣读了县委关于支持和鼓励干部辞职下海创办企业的有关政策，我看很好，符合党的十四大精神，是加快前山发展和老区振兴的一个有力举措，希望大家进一步解放思想，以大无畏的英雄气概，冲破传统思想观念的束缚，勇于开拓，锐意进取，不断谱写全县改革和发展的新篇章。

梁光含讲话结束后，主持大会的县委书记何先运强调：梁书记的讲话高屋建瓴，内涵丰富，论述深刻，具有很强的针对性和指导性，特别是对我县出台的鼓励干部辞职下海创业的举措给予了高度肯定，这是对我们的巨大鼓舞和鞭策。我们一定要再接再厉，继续努力，坚决贯彻落实好党的十四大精神，进一步推进改革开放，把前山的经济搞上去，为加快老区发展做出新的贡献，不辜负梁书记对我们的期望。

这次大会，犹如一块巨石投入水中，在全县广大干部中激起了层层波澜，干部辞职下海创业成了街头巷尾的热门话题。一些干部跃跃欲试，准备换个平台到市场经济的大海中去搏风击浪，一展身手。

9

许向才坐在家里客厅的沙发上，他打开电视，正好是中央电视台的《新闻联播》节目，里面播出的大都是各地探索建立社会主义市场经济体制促进市场经济发展方面的内容。其中一条干部辞职下海自主创业的报道让他沉吟良久。这几天，许向才也在考虑自己要不要辞职下海，但就是有些犹豫不决。这条消息让他最后下定了决心。他直了直身子，便对在厨房里洗碗筷的妻子于彤喊道：你洗好了没有？我同你商量件事。

于彤从厨房出来，在对面沙发上坐下，问：看你急的，要商量什么事？

许向才：我想辞职下海。

于彤简直不相信自己的耳朵，吃惊地问：什么？你要辞职下海？

许向才：是的，辞职下海。

于彤：我不同意！

许向才：为什么？

于彤：我就是不同意！

许向才：前几天开大会，市委书记梁光含号召干部下海创业，县委还出台了有关支持政策，我觉得这是个机会。

于彤：你有没有想过辞职下海的后果？

许向才：我反复想过多少遍了，你又不是不知道，我从公社书记贬到轻工局做局长，就是因为我是"文革"干部和反对包产到户。前几年，在整顿经济秩序、治理经济环境时又因为牵涉"官倒"问题被查，挨了一个党内严重警告处分，清查党政干部建私房时，虽没受到党纪处理，但因侵占公家和农民利益被通报批评，并如数作了退赔，在政治上我已没什么奔头了，既然当官的路被堵住了，还不如下海去赚钱，说不定还能发大财。

于彤：但你想过没有，你这个局长虽然你自己认为不怎么样，但在县里总算是一个像模像样的官，有些人时时刻刻都在想你这个位子都没有想到，你现在辞职不干，正中别人的下怀。

许向才：那就让那些想我这个位子的人打破头皮去争呗。

于彤：你说得倒是轻巧，你真辞职下海了，到时就不是人家来求你，而是你要去求人家了。

许向才：看来我们俩的意见是没办法统一，你爸爸站得高看得远，去问问他，让他帮忙拿拿主意，你说怎么样？

于彤：现在就去。

10

电视里在播放梅派京剧，于副书记正看得津津有味。

许向才和于彤来了。也不管父亲生气不生气，于彤一进门就把电视机给关掉了：爸，别看了，我们有重要事情征求你的意见。

于副书记：是不是向才想辞职下海？

于彤：爸，你怎么知道？是不是事先你们在一起商量了？

于副书记：这还用得着商量？我一下就看出来了。

许向才：我想辞职下海，于彤坚决反对。

于彤：爸，你说应该怎么办？

于副书记：我看是好事，你应该同意。

于彤：为什么？

于副书记：十四大提出建立市场经济体制，我看发展个体私营经济是今后一个时期的大趋势，识时务者为俊杰，做任何事情都要抢在前面，县直单位已有好几个干部打了辞职报告。向才要是趁早辞职下海，还能中个"头彩"。

于彤：那万一亏了呢？局长又没了，岂不是两头都丢了。

于副书记：考虑向才的情况，提拔是不可能了，加上又是我的女婿，我也不能为他多说话，不然人家又要攻击我搞"沾亲带故"。把向才作为"官倒"典型予以查处和清查党政干部建私房时，我拐弯抹角讲了几句意见，有人就说我包庇亲属子女。依我看，向才既然官做不大了，还不如去做个老板赚点钱。

许向才：爸说得对，以后真正赚大钱了，一样可以神通广大，想怎样就怎样，想干什么就干什么。

于副书记：以后我和向才，一个在政界，一个在商界，两者不搭架，别人也就不好说什么，但有我这个菩萨在，不看僧面看佛面，向才做生意会更顺利。

许向才把头转向于彤：这叫优势互补，两全其美。听懂了吗？

于彤：我明白了。

许向才：明天我就向县委打辞职下海的报告。

于副书记：我看可以。

许向才：辞职后我准备办一个白酒厂，听说这个投资回报快，很赚钱。

于副书记：市场经济就是什么赚钱搞什么，你看准了就迅速动手，当断不断，反受其乱，知道吗？

许向才：知道了，我一定抓紧时间。

于副书记：离县城大约十来公里的山脚下，有一个共产主义劳动大学前山分校，"文革"后就停办了，在那儿荒着。教室、宿舍、办公楼都在，下点功夫修整好就可用，水电路当年就通了，你可把这个分校先租下办厂，这样既省时省力更可以省钱。反正教育是我分管，你打个报告，我通过合适的方式给他们打个招呼。

许向才：那太好了。

于副书记：还有件事要注意一下，你悄悄地辞职下海就行了，一定要低调处理，把尾巴夹起来，不要去跟别人讲，也不要去上报纸电视，最好让外面不知你在干什么，闷声不响赚钱发财就行了，否则会给你给我带来很大的被动。

许向才：谢谢爸爸的指点和提醒。

于副书记：还有于彤的工作问题，机械厂现在下滑得不行了，我原打算把你调到县经委。现在向才要下海，你就把编制挂在那里，不要上班，去帮帮向才。

于彤：这样合适吗？

于副书记：有什么不合适，县里好几个领导的家属子女都这样做了。

于彤：那就按爸说的办。

11

共大前山分校旧址背靠高峰，两边是小山，形状就像一把太师椅。对这么一块风水宝地，许向才感到十分满意。

各项整修正在紧锣密鼓地进行。有的在加固房子，有的在粉刷墙面，有的在修理门窗，有的在平整道路，有的在检修水电。

许向才领着大富在现场边察看边商议。

在原来的几个教室里，许向才问大富：这样整修加固后，改做厂房行不行？

大富：基本上都可以，只是有的长度有点勉强，但问题不大。

出了旧教室，两人站在外面一块空地上又议论了一番。

许向才问大富：原有宿舍改做工人住房够不够？

大富：我算了一下，完全够。

许向才：水电的扩容能按时完成吗？

大富：加点班，抓紧点，估计问题不大。

许向才：设备呢？

大富：设备也已预订好了，可以按期交货。不过有一个问题需要认真考虑。

许向才：什么问题？

大富：就是懂酒的配方和勾兑关键技术的人员，我们还没有。

许向才：这个我已托人物色了一个技术很好、经验丰富的人员，在设备安装的后期阶段会正式到位。

大富：那要紧的问题都基本解决了。

许向才：这段时候我们要一心扑在这里，加班加点，争取提前完工投产。

大富：照目前的进度，百分之百有把握。

许向才：大富，考虑于副书记是我的岳父，我当厂长和法人代表目标过大，这两个职务就由你来干。

大富：那怎么行？

许向才：你有这两个职务，一些大的活动就由你出面参加，一些大的问题就由你出面处理，我在背后出谋划策拿主意就行。

大富：有你在后面掌舵和撑腰，我就往前冲。

12

为了更好地开创改革开放新局面，市委书记梁光含和副市长蔡文彬带领南江市代表团赴深圳召开招商引资洽谈会。

临行前，代表团先花了三天时间到省内的洪阳工业走廊考察学习。当看到走廊两边的经济开发区招商引资搞得热火朝天，一些乡镇的瓷砖制造厂接连投产，一些外资兴办的制药企业竞相上马，一些乡镇企业制造的医疗器械产销两旺，一些乡镇厂子制造的烟花鞭炮出口世界各地，一些垦殖场生产的羽绒服装畅销全国，台商投资的四百万吨水泥厂即将开工建设时，大家既感到无比振奋，同时又感受到了巨大的压力。紧接着，代表团又马不停蹄南下广东，这里的发展就更让大家惊讶不已，特别是深圳和源口，城市就像变魔术似的迅速扩大，转眼间成了颇具规模的大都市。一栋栋高楼大厦像是从地里长出来似的，一个晚上就耸立在昨天的一片荒坡和农田之上。一个个企业也像雨后春笋般地建立起来，一下子就汇成了一个崭新庞大的工业园区。应张亦华和肖海君的邀请，代表团还专门腾出半天时间到新宏彩色电视机厂参观，大家对这个现代化的生产企业交口称赞，并强烈要求到南江去办个分厂。

八天的参观学习，深深地触动了大家的思想，开阔了大家的眼界。不要说与广东沿海比，就是与省内地市比，南江的发展也存在着明显的差距。不少人坐不住了，都摩拳擦掌，跃跃欲试，准备在吸收外资和民营企业方面大干一场。梁光含设计的深圳招商引资洽谈会前的热身赛，达到了预期的目的。

13

当天晚上，在深圳一家宾馆里，张亦华和肖海君陪着新宏彩电厂张董事长来拜访住在这里的南江市委书记梁光含。

张董事长：对不起！梁书记，今天你们到公司指导，本来我要陪同的，但香港那边有个急事要处理就耽误了，现特上门向你致以歉意。

梁光含：本来应该我去拜访你，但你捷足先登了。你们的彩电厂，真了不得，让我们十分羡慕。

张董事长：见到你们分外亲切，我的祖籍就在南江，迁到广东已是第五代了。

梁光含：那我们都是老表啊！不过你是"出口老表"。

张董事长：我们南江人很优秀，这个小肖从老家到彩电厂后，现在成了主要骨干啦！

梁光含：小肖，董事长表扬你了。

肖海君：我有今天，完全是家乡的养育和董事长的信任栽培。

张亦华：伯父，梁书记很想你去南江投资办个彩电厂。

梁光含：南江虽然和广东相邻，但是个内陆山区，又是中央苏区，要是张董事长能够去办厂，那对加速南江发展、振兴老区经济是一个有力带动。

张董事长：不知你们那里的交通、电力等基础设施如何？

梁光含：目前还不行，但不久就会有大的改观，马上动工建设的京九铁路通过南江，机场即将通航，高速公路也在筹划中，一百二十万千瓦的发电厂马上动工，五十万伏高压输电线已经建成，但电力供应还是紧张和滞后，不过对外资企业特别是你这样的重要企业，我们会全力保障。

张董事长：听你这么一介绍，南江以后的前景还是很美好的。

梁光含：还有更重要的是，我们那里的老百姓现在都希望看彩色电视，但因为货源紧缺而买不到，你们如去办厂，市场的需求非常广阔。

张董事长：我们认真考虑一下。

梁光含：我有个建议，明天我们要在深圳开个招商引资洽谈会，贵公司能不能同我们草签一个投资创办彩电厂的协议？

张董事长：草签一个协议可以，等我们去贵市进行实地考察后再做投资办厂的决定。

梁光含：好的，希望张董事长尽早成行。

14

南江市招商引资洽谈会在宾馆的会议厅里举行。外商、港商和粤闽等地客商汇聚一堂。

副市长蔡文彬首先介绍了南江市招商引资的具体项目、投资环境以及相关政策，市委书记梁光含作了一个简短致辞，他说：南江是一个非常美丽的地方，红色、绿色和古色交相辉映。南江又是一片充满希望的沃土，人口众多，资源丰富，市场潜力巨大。我们真诚希望海内外的企业家到南江投资兴业。我们帮你们发财，你们助我们发展，互利双赢，共创美好的明天。

接着是签约仪式，三排披着红布的桌子，上面放着投资项目合同或协议。南江市有关方面人员同三十多位客商依次上去，双方在合同或协议上签字并交换文本。在这些同客商签订的协议和合同中，最为引人注目的是市开发区主任钟书清同张董事长签订的投资创办彩电厂、前山县副县长占仲金同外商唐总签订的投资钨矿开采及深加工项目两个协议。因为这两个项目的投资大、技术含量高，对南江经济发展的带动力强。

洽谈会结束，市委书记梁光含同客商一一致谢道别。

这时张董事长走过来，握着梁光含的手说：过几天我们就去南江考察，争取尽快把项目定下来。

梁光含：太好了，我们在家乡等着你们。

送走张董事长后，梁光含让蔡文彬把占仲金和外商唐总找来，要求他们继续抓紧洽谈并签订正式合同，争取早日动工建厂。梁光含要蔡文彬作为市领导具体负责督办这个项目的落实。

15

张亦华在办公室准备彩电厂的画册和资料。

肖海君敲门：亦华，你找我？

张亦华：是的，昨天伯父跟我说，要我和你一起陪他去南江，这样你可以顺便回家看看。

肖海君：谢谢你伯父张董事长的关心。

张亦华：明天一早出发，你好好准备一下。

肖海君：没什么好准备，就一个行李包。

张亦华：如果时间来得及，我想同你一道到你家去看看。

肖海君：我肯定欢迎，但就是有些……

张亦华：有些什么？怕你老婆有意见？

肖海君：不，不是。

张亦华：那是什么？

肖海君：我担心你妈和杜强知道了会讲你。

张亦华：只要你老婆没意见，就让我妈和杜强去讲好了。

这时，桌上的电话铃响了，伯父在电话里告诉张亦华，她母亲知道他们要去南江后坚决不同意肖海君一块去。张亦华只好无奈地对肖海君说：一场欢喜一场空。

老表之歌

肖海君：不去也好，免得你妈不放心。

张亦华：你现在是我妈重点监视的对象。

肖海君：你妈是为你好。

这时，杜强推门进来，看见张亦华同肖海君在说话，先是阴沉了一下脸，但马上由阴转晴，亲切地叫了一声：亦华。

肖海君一看是杜强来了，同他笑着打了招呼，便起身告辞了。

张亦华：杜强，我明天去南江，本来要打电话告诉你的，恰好你来了。

杜强：我就是听说你要去南江专程赶来的，我们晚上去看电影怎么样？

张亦华：有什么好影片？

杜强：最近深圳在上映香港影片《挡不住的风情》，讲的是一个电脑公司经理与电视台女主持人之间的疯狂爱情故事，不少人说很好看。

张亦华：那就去吧，看看别人的爱情究竟是怎样的。

16

省城通往南江的二级公路上，一辆伏尔加轿车飞速行驶着，车上坐着张董事长、张亦华和到机场迎接他们两人的南江市经济开发区主任钟书清。

张董事长眼睛不时望着窗外：有些村庄小楼房还不少，没想到老区的变化真大呀！

张亦华：一路上还看到不少新厂子。

张董事长：我们经过的一些小镇也很繁荣，马路两边盖了很多的新房子。

钟书清：那都是农民盖的。

张董事长：农民有钱了，就进城里开店了。

张亦华：前边一个村的楼房是新的，但旁边却有好几座垃圾小

第十七章

山，太难看了。

钟书清：那是村里的"破烂王"从各地收捡来的垃圾堆成的，他们就靠这个发了财。

张董事长：把垃圾变成了黄金，真不简单。

钟书清：前些年农村出个"万元户"就了不得，现在是一万十万不算"户"，上了百万才叫富。

张亦华：我原来以为你们革命老区是穷山恶水，这次来把我的印象全部颠覆了。

钟书清：张总，马上到南江了，你们先到宾馆休息。

张董事长看了看手表：现在才三点多，时间还早，我们去你们经济开发区看看。

钟书清：那也行，你们先到实地做点调查研究，这样了解情况后也便于你们做决定。

车子先在开发区内转了一大圈，看见五纵十横的路网，张董事长赞叹道：你们的"三通一平"搞得不错啊！

钟书清：用了一年时间才搞成现在这个样子。

张亦华：这速度真快，了不得！

钟书清：广东那边的发展比我们快多了，我这次去了才知道什么叫做日新月异。

张董事长：广东离香港很近，近水楼台先得月，这不能比。

钟书清：所以我们也希望你们多到我们南江这样不发达的内地和老区投资，促进和加快我们的经济发展。市里还专门对外商投资企业制定了"二免三减"的优惠政策。

张亦华：哪二免三减？

钟书清：具体就是对外资企业投产后应交的税款头两年免交，后三年减半收取。

张亦华：这个政策很有吸引力，怪不得新厂房建了不少。

钟书清：是的，现在进园的企业已有二十几家，准备进园的还有三十来家。

车子在开发区办公楼前广场上竖立的规划图前停下。钟主任对着规划图向张董事长、张亦华做介绍：东面这一片以机械家电等现代制造业为主，西面这一片以食品加工业为主，南面以医药生化产业为主，北面是办公和生活服务区。你们如果来办彩电厂，就在东面让你们选一块最好的地。

张董事长：你们的规划很好，我们到东面看看去。

钟书清陪着张董事长他们来到了东面一块平整好了的土地上，看见旁边不远的地方在搞基建，张董事长问：这是哪个厂投资的？

钟书清：是我们省里汽车厂在这里建一个变速箱厂。

张董事长：规模还蛮大的。

钟书清：投资一点五亿，目前是我们开发区单个投资最大的项目。

张亦华：你们省的130双排座汽车很有名。

钟书清：中央电视台每天都在播放这种车的广告，几乎行销全国了。

张董事长：一个经济不发达省份汽车制造却走在全国前面，这不容易。

钟书清指了指面前的这块平整好了的土地，对张董事长说：你们的彩电厂放在这儿怎么样？

张董事长认真审视了一番，又朝四周望了望，说：地势开阔，坐北朝南，前面是大道，两侧是辅道，非常适合办厂。

钟书清：我们非常希望看到一座新的彩电厂能在这里建立。

17

这天晚上，市旅游局正好举办民俗风情节，市委书记梁光含邀请张董事长和张亦华一同观看。

广场上灯火烂漫，人如潮涌。开场是擂茶表演。在一阵悠扬旋律的导引下，三十个身穿斜襟青底白花衣服腰系红色围兜的姑娘，款款而出，她们坐在凳子上，双腿夹住一个陶钵，把绿茶、芝麻、桂皮、花生仁、薄荷叶放入钵内，手握一根半米长的棍子，不断捣动和旋转，然后把擂成碎泥状的茶投入铜壶加水煮沸，顿时散发出诱人的清香。这时，姑娘们把煮好的擂茶用碗盛好，端给张董事长和张亦华等客人，请他们品尝。张董事长试着饮了一口，立时口齿生津，神清气爽，对着梁书记连连夸赞这祖籍地的擂茶好。

紧接着是舞龙。十条通体透亮形态各异的巨龙在一群男青年的挥舞下，左右盘旋，上下穿行，时而腾起，时而俯冲，像吞云吐雾，像倒海翻江，像白鹤展翅，像跃跳龙门，真个是变化万千，蔚为壮观，把个张董事长和张亦华看得连眼都舍不得眨。随后又是各种绚丽缤纷的彩船、荷花灯、蝴蝶灯、鲤鱼灯、蚌壳灯、斑鸠灯、虾子灯闪亮而出，简直是眼花缭乱，美不胜收。最精彩的是采茶舞表演，随着欢快的《斑鸠调》音乐，五十位穿着农家服、头戴尖斗笠的姑娘手提花篮，一边采茶，一边演唱，动作轻盈飘逸，歌声婉转悠扬，如春风扑面，如春意撩人，博得大家一阵阵的击掌和喝彩。最后是锣鼓队唢呐队上场，那雄壮激越的交响伴着一束束烟花在夜空中绽放，全场欢声雷动，人们都沸腾起来了。

张董事长被这浓烈的氛围深深感染了，他不禁拉着市委书记梁光含的手说：真是一饱眼福，没想到祖籍地还有这么美妙的东西。

梁光含：今天你看到的只是一部分，还有很多等你下次再来欣赏。

张董事长：今晚这样一看，让我对祖籍故地倍感亲切，更坚定了我来南江投资办厂的决心。

梁光含：十分感谢张董事长对祖籍地的支持和关心。

张董事长：这是应该的，一个人无论走到哪里，都要知道自己的根和脉。

梁光含：张董事长，你的彩电厂是我市引进的第一家外资企业，我们一定全力做好服务工作。

张董事长：亦华，这里的彩电厂就由你全权负责。

张亦华：伯父的决策非常正确，我会以最快的速度把厂子办起来。

第十八章

1

华康酒厂会议室，腾出的一角是江兆南的办公室。

江兆南从车间回来在椅子上坐下，拿起茶杯喝了几口水。自从投产以来，只要在厂里，他每天上班的时候都要到车间走一遍，向工人问问生产情况，看看有什么问题需要解决。

高雅红兴冲冲地进来了，对江兆南说：我的亲爱的老板，我们详细做了个统计，这个月的销售额比上个月增加了百分之三十，是投产以来增幅最多的一个月。

江兆南掐着指头算了算：那这个月的利润可以超过三十万元，总计利润差不多有两百万元了。

高雅红：这么好的销售势头谁也没想到。

江兆南：我们这一路苦来总算有了一个好的结果。

高雅红：这样我们以后的日子就好过了。

江兆南：雅红，我有个愿望，现在厂子发展得这么好，我俩的婚事是不是可以考虑了？

高雅红：你父母的工作做通了吗？

江兆南：这你不要担心，他们会同意的。

高雅红：再说房子也没有，我们总不能把你这办公室做新房吧？

江兆南：这个问题我倒没想过，那就等厂里的住房建好了，我俩举行婚礼。

高雅红：住房最多两个月就可竣工。

江兆南：我就巴不得我俩能够早点在一起。

高雅红：我也想时时刻刻和你在一起。

两人凝视片刻，相互情不自禁地张开双臂紧紧地搂在了一起。

这时，门外传来一个女性的声音：请问江兆南老总在吗？

高雅红开门一看，惊喜地喊道：小丹大姐！

江兆南赶紧上前相迎：小丹，你好！

汪小丹：兆南，我向你求救来了！

江兆南：不要急，先坐下再说。

高雅红倒了一杯茶水递给汪小丹：喝点水，你多坐一会，你们谈，我走了。

汪小丹：你不要走，我没什么机密，你在旁听着。

江兆南：雅红，那你就一块听听。

汪小丹：是这么回事，我那变速箱厂的厂房建设正处在节骨眼上，眼下钢材和水泥的价格看着往上涨，比动工时快翻一倍了。原来预算购买钢材和水泥的钱款远远不够了。而现有的钢材和水泥还有几天就要用完了，我要总厂马上拨钱来购买，总厂说这牵涉到增加预算，你必须打一个报告来，经有关部门审核后再报厂领导研究同意后才能下拨。我说这要多少时间，总厂说最少要半个月。我一听急了，等总厂的钱下来事情肯定黄了，我这里的厂房建设就得停工好多天了。国营厂子的办事程序就这么呆板烦琐，怪不得效率很低。今天我来，就是想向你借些钱先垫付购买钢材水泥的钱应个急，不知行不行？

江兆南：你需要多少钱？

汪小丹：一百万。

江兆南想也没想：好，小丹，一分不少借给你。

汪小丹：太感谢了，总厂的钱一到，我就立即还给你。

江兆南：不要谢啦！你的困难就是我的困难，只要能帮的我会尽量帮。人要干事业就会遇到困难，说不定以后我有困难也要找你帮忙呢。大任书记最近还好吗？好久没见他了。

汪小丹：他工作忙着呢，几次说来都没来成，下次来了，我们来看你。

江兆南：好的，请代我向他问好。

汪小丹：我一定转达。

江兆南：雅红，你陪着小丹去办好手续把钱取出来。

高雅红挽着汪小丹的手出了门。

2

高雅红和汪小丹前脚走，王达进后脚就到。

王达进：报告厂长，出大事了。

江兆南：看你慌慌张张的，出什么事了？

王达进：邱太聪跑了！

江兆南：跑了？到哪里去了？

王达进：我也不知道，这是他留下的一个辞职小纸条。

江兆南接过纸条一看，上面只有简单的两行字：江厂长，我受邀去新的地方工作，特向你请辞。望原谅！

王达进：这姓邱的真不知好歹，我们厂待他不薄呀！

江兆南考虑了一会：由他去吧，不过这事我和你知道就行，不要去跟别人讲，以免动摇人心。如有人问，就说他身体不好回家疗养去了。

王达进：我明白了。

3

前山县共大分校旧址，许向才在开策划会。

酒厂的建成，特别是把邱太聪从江兆南的厂子挖来，让许向才自鸣得意，踌躇满志。他把酒厂取名为"永发"，其意是希望自己厂子永远兴旺发达；他把所生产的白酒命名为"贡之王"，是企望自己的酒比江兆南的酒更胜出一筹，并最后将其击倒打垮。

许向才：太聪，你为厂子的顺利投产立下了汗马功劳，我们要重重奖励你。

邱太聪：多谢许总的抬举，我做得还不够。

大富：我们现在可以大干一场了。

许向才：你不要莽撞乱来，厂子生产了，我们也必须低调行事，不在报纸电视上做广告，也不搞产品的宣传活动，不声不响地把销售工作做到位，悄悄地使我们的产品迅速占领市场，这样就可以出其不意，攻其不备，把对手打个措手不及。

于彤：我们马上分头开始行动。

4

省会城市，临湖宾馆。

425客房里，茶几两边的沙发上，分别坐着于彤和一个大型商场的采购员。

于彤：这次占仲金副县长介绍我来，非常冒昧打扰你。

采购员：占副县长是我的老领导，你是他的客人，有事尽管吩咐。

于彤：今天我们认识了就是朋友，那我就直接说了。

采购员：朋友说话不拐弯，你尽管说吧。

于彤：是这样，前不久，我工作的县机械厂因亏损严重关掉了，我下岗了。正好亲戚办了个酒厂，要我做销售。因刚刚投产，生产的"贡之王"酒正愁销路，想请你帮忙打开市场。

采购员面呈难色：按说占副县长交办的事我不应当推辞，但不瞒你说，这白酒，我们商场已同南江市经济开发区一家酒厂建立了长期的供销关系，而且双方合作得很好，产品也卖得不错，你中途插进来，恐怕不太好办。

于彤：你讲的我很理解，但我们厂产品价格比别的厂子要低，我们先送一批产品请你们代销，你看行不行？

采购员：这样行倒是行，但是会冲击人家产品的销售，顾客买了你们的就不会买别人的。

于彤：这也很正常，在质量差不多的情况下，顾客肯定会买价格便宜的产品。

采购员：我这样做，若是被同我们合作的厂家知道了，他们会恨死我的。

于彤：我很理解你的难处，也正因为你很难，我们更不会亏待你的。

采购员：这也不是什么亏待不亏待的。

于彤：再说得明白些，商场进哪家的产品，你们采购员的意见很关键，你们说这家产品好就进这家的，你们说那家的产品不好那家肯定就没戏了，反正进或不进谁家的产品，都是你们一句话。

采购员：你说得也对，否则商场还要采购人员干什么？

于彤：所以，我觉得只要你真心全力帮忙，我们厂的产品还是可以进你们商场销售的。

采购员：我向领导汇报一下再说吧。

于彤：这事最好不要向领导汇报，好多事情一到领导那里就复杂了。你就可怜可怜我这个下岗工人吧。

采购员：那你先拿一点产品来试着卖卖看吧。

于彤：那太谢谢你了。我刚才讲了不会亏待你，我按每瓶白酒进价的百分之五返给你做手续费和劳务费，如果你觉得合作愉快的话，我们再签订合同。

采购员不置可否地笑了笑。

于彤见状顺势从手提包里取出一个大信封对采购员说：这是今天的劳务费，一点小意思，请不要见笑。

采购员假意地推辞几下，于彤对他说：你放一百二十个心，这是我个人的钱，又不是公家的。再说这房间就我们两人，没有谁知道。

于彤把信封塞进采购员的包里：哦，还有就是请你告诉售货员，我们还会按每月卖出多少给他们百分之一的劳务费。

采购员微微点了点头，于彤见事情已有着落就起身走了。

几乎就在同时，许向才在拜访南江市供电局的徐副局长。

徐副局长：你说的这事，对我来说是小菜一碟。

许向才：那就拜托你了！以后再来重谢！

徐副局长：别说客气话了，你岳父于副书记是我的老朋友。

许向才：抽个空到我的酒厂来走走。

徐副局长：有机会一定去。

5

由于酒厂的效益持续攀升，江兆南重新拿出销售部那个增加产量的报告看了一遍。他觉得现在条件成熟了，可以考虑了。但因这牵涉到扩大生产规模，需要新增投资和增添新的设备，必须通盘考虑，所以他要高雅红把王达进叫来，三个人商量着拿出个方案。

突然，车间里的设备不转了，原来是停电了。

江兆南要王达进问市供电局是怎么回事，局里回答是正常停电。

但一连过了几天，这正常停电却越来越不正常，不仅停电的次数越来越多，而且停电的时间也越来越长，有时一天停电四五次，最长时停了大半天。

电力虽然一直很紧张，但也不至于一下子变得这样严重，再说市里最近也没有增加什么大的电力用户呀。江兆南预感到情况不妙，觉得这里面肯定有问题。

于是江兆南和王达进开车来到市供电局，找到了主管电力供应的徐副局长。

徐副局长正在打麻将，江兆南和王达进只好在一旁等着。

一局完毕，王达进马上走到桌子边上：徐局长，我们厂的江兆南厂长有个紧急事情来向你汇报。

徐副局长：什么紧急事情？你们没看我在忙着吗？

江兆南：徐局长，实在对不起，耽误你几分钟时间。这些天来我们厂每天都停电，给生产造成了很大的影响，能不能请你……

徐副局长煞有介事地打断江兆南的话：你们厂的情况我知道，说实话我们也不愿意这样做，因为你们私人办个厂子也很不容易。但这又是没办法的事情，现在需要供电的新企业和需要用电的地方越来越多，电力的供应非常紧张，缺口也越来越大。所以我们的供电必须优先保证那些重点用电单位，你们这些本地的私营企业只有作出牺牲了。

江兆南：对你们供电紧张的困难，我们非常理解。但如果长时间每天停电，我们的厂子就会因不能生产亏得办不下去了。

徐局长：我明确告诉你们，以后停电时间肯定会比过去多得多，你们要做好这个思想准备。

江兆南：请徐局长高抬贵手给我们厂在供电上多多关照。

徐局长：我们何尝不想多给你们供电，但没有那么多电可供，实在没办法，就谈到这里。

徐副局长很不耐烦地说完后就继续打他的麻将了。

从供电局回厂里的路上，江兆南越想越感到不对劲。

6

频繁的拉闸限电，使华康酒厂的生产一路下滑。也许应了那句祸不单行的俗语，"章泉贡"酒的市场销售也出现断崖式的暴跌。

高雅红急得像热锅上的蚂蚁，连忙和销售人员一起分析情况和原因。

"这些天省城商场里我们厂的'章泉贡'销售量下降幅度很大，只有前段时候的三分之一。"

"本市的销售量下降得更厉害，几乎接近一半。"

"邻近地市的销售情况也差不多，买'章泉贡'酒的人越来越少，还要我们暂时停止进货，以免造成积压。"

"我们也接到了暂时停止进货的电话。"

高雅红觉得情况十分严重，要大家分析这究竟是什么原因造成的。

"我问了商场售货员，但她们都含含糊糊讲不清楚。"

"我厂的'章泉贡'酒市场现在被一种新上市的叫'贡之王'的酒占领了。"

"怎么没看见这种白酒在报纸电视上做广告？"

"是呀，这就奇怪了，一般新产品上市时都要大做广告，不然怎么去打开市场呀？"

"有些不叫的狗更厉害。"

高雅红：投产以来，由于销售形势一直很好，我们有些过于乐观，对近期突然出现的销售方面的新情况缺乏应有的估计，缺乏应有的准备。从现在开始，我们最紧急的任务就是迅速到各销售点上去发现、分析和找出"章泉贡"酒销售下滑的原因，拿出具体的解决措施和办法，争取尽快扭转这种不利的局面。

7

此时的永发酒厂，却被产销两旺的情绪鼓胀得满满的。

许向才乐不可支，要于彤把大富、邱太聪叫来，一起甩把老 K，庆祝一番。

四个人坐好，许向才和于彤为一方，邱太聪和大富为一方。他们打的是"拖拉机"。

邱太聪：许总，你的决策太正确了！这头一炮不仅打得响，而且打得准！

于彤：我们厂的产品销售现在是全线飘红，有些商场还催着我们要货呢。

大富：听商场的售货员说，江兆南的厂子停产了，看来他们这一关很难过得去。

于彤：他们难过，我们就好过。

许向才把两张黑A狠狠地甩了下去：哼！我不仅要江兆南停产，而且要他倒闭破产！

于彤：你出错牌了，对方出的是一对军2，你压不住。

许向才：哦，真的是出错了，我还以为A最大呢。

邱太聪：你也没错，如果2不是军，A当然是最大。

许向才：老邱，你真有一套，不仅技术上是行家，而且对酒的价位也定得很准。

邱太聪：许总，对我过奖了。

于彤用大小王压过了邱太聪的一对军2，最后来了个连牌甩，邱太聪和大富无力应对，只得认输了。

许向才赢了牌更为高兴，对于彤说：你去拿瓶酒来让大家再添添兴。

于彤：好的。

于彤从隔壁房间拿出一瓶"贡之王"酒和四个玻璃杯，每个人面前放了一个，然后倒上酒。

许向才：为我们厂的首战告捷和战无不胜，干杯！

四个人把杯子碰得"咣当咣当"响。

8

面对生产销售的严重受挫，江兆南并没有气馁，而是奋力拼搏冲刺，以前所赚的利润花光了，恰好汪小丹把那笔借款归还了，他又毫不犹豫地把它充了进去。他满以为这样就可以挺过去，谁知情况不仅没有丝毫好转，而且越来越严重，厂子的亏损就像一个无底洞，变得越来越深和越来越大，到最后实在无法支撑而不得不停产，酒的市场销售也降到几近为零。可以说，"章泉贡"酒已经被同类产品"贡之王"打垮了。

江兆南从来没有遇到过这样严峻的挑战，他吃不下饭，睡不着觉，整天想着怎样尽快冲破这个难关，让厂子重新活起来。他一方面要王达进到有关方面弄清情况，自己则东奔西走，到处求助。看着江兆南疲惫不堪的样子，高雅红十分心疼，爱怜备至，在帮他出主意想办法的同时，劝慰他把心放宽，注意身体，并尽量做点好吃的给他补补身子。

这天上午，江兆南正要出门，王达进匆匆忙忙跑来了，他说已经到了月底，这个月的工资还没有发给工人，有些工人开始骂娘了。这引起了江兆南的高度警觉和担心，于是赶紧把高雅红叫来，三个人在一起商议，同时把这几天了解到的情况进行了认真分析，其中有几个信息至为关键，一是那个"贡之王"酒厂是前山县轻工局局长许向才辞职下海后办的；二是听说为了推销"贡之王"酒，他们同商场采购人员私下活动；三是听说许向才来南江看过供电局的徐副局长。

真是来者不善，善者不来。江兆南点燃一根烟狠命地抽着，他已断定自己厂里目前的困境是许向才在背后捣鬼造成的，他在想着化解的对策。

突然，会议室的大门被"嘭"的一下推开了，几个工人闯了进来，大步走到江兆南面前，冲着他喊道：江厂长，到底什么时候发工资？我们等着钱吃饭！

王达进连忙解释说：厂里实在是没有钱，请大家再忍一忍。

工人：我们已经忍了好多天了，还要我们忍到什么时候？

高雅红看工人们情绪激动，一脸怒气，她怕矛盾激化，赶紧过来劝解说：江厂长现在正召集我们想办法解决发工资的问题，请大家息怒。

江兆南这时非常镇静，连着猛吸了几口烟，思索了一下，然后诚恳而又果断地对工人们说：欠大家的工资，我心里很难受，向你们深表歉意！请你们给我十天时间，到时一定把工资发到每个人的手上。

工人：你是厂长，说话可要算数！

江兆南：当然算数！

工人：那我们不闹了。不过，如果你说话兑不了现，到时我们就要把厂子翻个底朝天！

高雅红：既然说了肯定能做到，大家请回吧。

9

工人们出去了，江兆南一声不吭，只是一个劲地抽着烟，室内空气好像凝固了一般。

王达进担心地问：老板，你怎么能答应这么短的时间给工人发工资呢？

高雅红：我也暗暗捏着一把汗，几天时间到哪里去筹这么多钱呢？万一发不出，他们就要闹事了。

江兆南把烟掐灭：我大致算了一下，欠工人工资大约二十五万，厂子恢复生产大约需要三十万，数额是比较大，但想想办法还是可以解决的。

王达进：你有什么办法？银行又不给贷，除非去偷去抢。

江兆南：现在逼得我们只有绝地反击了。我想最有效的办法，就是许向才怎么做，我们也怎么做。雅红，你的任务就是不计代价把各商场的采购员和售货员的关系打通，达进你就是千方百计让徐副局长给我厂正常供电。我就去借钱筹措资金。生死存亡背水一战，反正是豁出去了。

高雅红：好，我马上就去向销售员布置，这叫置之死地而后生。

王达进：我知道怎么做，就是卖掉家当也得上，这次不拼待何时！

10

在省城临湖宾馆的一个房间里，高雅红和商场采购员在谈"章泉贡"酒的销售。

高雅红：我们厂的情况想必你已经知道了。

采购员：听到你们厂停产的消息我也很难过，毕竟我们是彼此合作的伙伴，又是很熟悉的朋友。

高雅红：既然我们是合作伙伴加朋友，那你得帮我们厂一把，总不能眼睁睁看着我们的厂子倒闭吧？

采购员：本来你们厂的产品销得好好的，谁知中途杀出个程咬金"贡之王"，把你们给挤垮了。

高雅红：别人的产品怎么卖我不管，我今天来就是同你商量我们厂"章泉贡"酒的销售问题。

采购员：现在是市场经济，顾客不买你们的产品，我也没办法。

高雅红：不见得是这样吧，再好的产品你们不进货也无法在商场卖出去。

采购员：你说得也对。

高雅红：一种产品卖得好不好，同售货员也有很大的关系。比如产品在货架和柜台里摆放，原先我厂的"章泉贡"摆在最醒目的中间位置，以后就被"贡之王"挤走了。

采购员：可能是"贡之王"的质量好一些吧。

高雅红：反正我们厂停产了，卖不出去的那些产品浪费很可惜，你看能不能这样，你们就受我厂里的委托当积压产品处理，卖出去多少，所得的收入按对半分成，我们得一半，你得一半，其中给售货员多少由你决定。

采购员：这样做好像不妥吧？

高雅红：没有什么不妥，你是受我厂的委托做的，又不是你自己要做，我们给你报酬是应该的。

采购员：我们私人得的那一半，那不能开发票和在账目上反映出来。

高雅红：这你放心，我们是私营企业，比国营企业灵活得多，会把产品作为废品变通处理，不会给你们留下后遗症。

采购员：既然你把话说到这个份上，又这么够朋友，我不干也得干。

高雅红：若能把我们厂卖不出去的产品全部卖出去，也许我们厂就有救了。

采购员：我一定尽力而为。

11

一排三间的新砖瓦房。一位中年妇女在门旁的竹竿上晒衣服。

王达进急急忙忙地赶来，朝着中年妇女喊道：妈妈！

妈妈见是儿子回来了，心里乐得像开了花：离上次回家有半年多了，搞得我这个做妈的天天记挂着你这个儿子。

王达进：这段时间是厂里最忙的时候，所以就没回来，让爸妈担心了。

妈妈：这次在家多住几天，不要急着走。

王达进：妈，不行。

妈妈：那么急干什么？

王达进：我这次来主要向妈妈要钱。

妈妈：你在工厂天天赚钱，怎么还向我要钱？

王达进：我手头的钱不够，得家里资助一些。

妈妈：不行，家里盖房子花了不少钱，剩下的一点钱是留给你娶老婆用的。

王达进灵机一动：我在厂里谈了个对象要花钱，但一下又拿不出那么多，所以向妈要来了。

妈妈：儿子找对象要钱，妈肯定给，反正家里的钱大部分也是平时你交给我的，你要多少？

王达进：妈，你有多少，我要多少。

妈妈：你的心还蛮狠的，索性把这个家全搬去好了。

王达进：那不行，以后我带老婆回来还要住呢。

妈妈：你这次怎么没把对象带来让我们看看？

王达进：我也说过，人家说你不给足钱不来。

妈妈：也是，现在的女孩子不像我们这一辈，找对象首先看男方有没有钱。

王达进：妈，你快把钱给我。

妈妈进屋打开柜子的锁，从里面拿出三万元交给儿子：够不够？

王达进：如果不影响家里开销的话，再给一点也行。

妈妈又进屋拿了一万元给了儿子。

王达进：谢谢妈妈！我得回去了。

妈妈：等你爸爸回来在一起吃了饭再走吧。

王达进边说边往屋外走：女朋友在等我呢，不赶回不行。

妈妈摇了摇头：为找老婆连父母都不要了，养儿子有什么用？下次你一定要把女朋友带回家来让我和你爸看看。

王达进：好嘞！

12

回到酒厂后，王达进在自己的住房里翻箱倒柜，把所有的现金找了出来，连同妈妈给他的钱，一并放进包里，然后到食品商店买了六瓶茅台酒和六条云烟，来到了市供电局徐副局长的家里。

徐副局长一个人坐在家里的桌边码着麻将玩，王达进走进门，向他问候说：徐局长好！

徐副局长斜眼看了看王达进放在墙角的酒和烟，说了声：有什么事吗？

王达进：没什么事，特意来看看局长。

徐副局长：没事就好。

王达进：徐局长的麻将水平很高啊，听说南江全市没几个人能打得过您。

徐副局长：那是别人瞎说，你也会打麻将？

王达进：会打一点点。

徐副局长：马上有两个人要来，连我只有三人，我正愁缺一个，你来了正好，我们好好玩几盘。

王达进：徐局长这样看得起我，我一定尽心尽力陪好。

不一会，两个人来了，叫了一声徐局长，就往桌子边一坐。

徐局长精神立马抖擞起来，叫王达进一道上了桌。

其中一人把麻将搅乱再码好，接着四个人开始摸牌。

王达进原来对麻将打法一窍不通，甚至连每只麻将牌都不认识。但实行包产到户以后，农民的自由度大大增加，每到农闲时，村里的很多中老年人和一些年轻人常常聚在一起打麻将，王达进开始站在一边看，后来也参与其中，并渐渐成了麻将场上的高手。

另一个人：徐局长，我建议今天把刺激性增加一点。

徐副局长：我同意，增加多少？

王达进：请局长定。

徐副局长：一局一个中指数怎样？

大家说：赞成，这样才刺激。

王达进觉得机会来了，心想怎么也得把徐副局长搞定。在打每一局麻将时，他眼观六路，精心计算，凡是在徐局长有赢牌机会时，他就不动声色地输给他。半天下来，王达进总共输了十局，给了徐副局长一万元。

也许是赢了还想赢，徐副局长虽然从没有这么高兴过，但还是觉得不过瘾，要王达进他们三人吃过中饭稍微休息再来他家继续打。

下午，王达进又故意输了六局，徐副局长又将赢得的六千元得意地装入了口袋。

临走时，徐副局长对王达进说：不好意思，今天叫你亏了。

王达进：徐局长，大家定的规则都得遵守，我输了，您赢了，只能说明我的水平太差，要多多向您学习，我亏得心服口服。

徐副局长听王达进讲得通情达理，就关切地问他：最近你工作还好吗？

王达进：总的还好，就是压力太大。

徐副局长：长期压力太大对身体健康不利，你得学会自己给自己减少点压力。

王达进：这压力哪里减少得了？我说出来局长您不要生气。

徐副局长：你说，我怎么会生气？

王达进：我在厂里分管生产和供电，自从前些时候您这里给我们减少用电以后，厂里的生产就几近瘫痪，连工人的工资都发不出，为这事我吃不下饭，睡不着觉。

徐副局长：有这么严重？

王达进：在局长您面前我还敢说假话？如方便的话，请局长您百忙之中到我们厂去检查指导工作。

徐副局长：你厂里我就不去了，过几天我会交代有关部门，把对你们厂的供电恢复到原来的水平。

王达进：徐局长，您真是个好领导，我代表全厂员工衷心感谢您！

徐副局长：谢就不要谢了，不过，以后打麻将你可要随叫随到！

王达进：一定遵命！

13

入夜，北岭镇"农民街"的灯火亮起来了。

白天顾客进进出出的江家百货商店此时已安静下来，江父江母和万秋花在吃晚饭。

江兆南筋疲力尽地回来了。

万秋花看见江兆南，喜滋滋地说：兆南哥，快进来。

江兆南看着父母，叫了一声"爸、妈"。

江母：快坐下，吃饭。

江兆南：嗯，肚子饿了，中午还没吃饭呢。

万秋花从厨房端来了一碗饭递给江兆南，他便低着头猛吃起来。

万秋花不断朝江兆南碗里夹菜：多吃点。

江父：兆南，我看你神态很疲惫，是不是又遇到什么麻烦了？

江兆南：不瞒爸妈，我的厂子停产了。

江父：那又赔进去了。

江兆南：我这次来是向爸妈求援来了，厂子停产就没钱了，还欠工人的工资没有付，家里能不能支持我一下？

江父：家里拿不出那么多钱。

江兆南：能支持多少是多少，不够我再去想办法。

江父：你问你妈能给多少。

江兆南：妈，爸说问你呢。

江母：给你个十五万，再多给的话家里商店的流动资金就紧张了。

江兆南：这个数额不小，可以解决大部分工人的工资了。

江父：兆南，工厂停产了就不要再办了，你回到家来同我们一起好好经营这个百货商店。

江母：你也老大不小了，村上同你年龄差不多的人都结了婚，孩子也好大了。你回来以后抓紧把同小万的婚事办了，这样也了却了我和你爸的一桩心事。

万秋花听了江母的话虽然暗暗感到高兴，但也有些不好意思，连忙借故躲到厨房里去了。

江兆南心里只有高雅红，但又不能当面拒绝，让爸妈和万秋花伤心，于是就说：爸妈，你们的心情我很理解，厂子是不是要继续办，还有婚事问题，让我把厂里的有关问题处理好了以后再做考虑。

江父：好，你回去后抓紧时间处理。

14

江兆南躺在床上辗转反侧无法入睡。

万秋花敲门：兆南哥，你睡了吗？

江兆南开门：小万，你这么晚还没睡？

万秋花：睡不着，晚饭时听你说厂子停产发不出工资我很着急。

江兆南：你不要急，我会想办法解决的。

万秋花：我想我又帮不上什么忙，这一万块钱给你去给工人发工资。

江兆南：你也不容易，这钱留着你自己用。

万秋花：我现在用不着，你拿去应急，哪怕多发一两个工人的工资也好。

江兆南很感动，他为眼前这个年轻女孩子对他的无私付出和一片痴情而感动，他知道这是她平时省吃俭用积攒下来的。江兆南心里很矛盾，拒绝吧又怕她难过，收下吧又觉得不忍心。于是他只好对她说：你的心意我先收下了，这钱你先不要急着给我，等我明天到朋友那里看他能借给我多少，如实在不够我就来你这里拿。

万秋花：我听你的。那你抓紧休息，明天还要起早。

15

江兆南开着车子直奔广东，他原本先想到肖丽萌那里，向她借些钱，但想了想又打消了这个念头。于是在源口就没有停留，直接去了新宏电视机厂。

恰好这时，张亦华因马上要去南江创办彩电厂，她把肖海君找到办公室商议此事。谈着谈着，张亦华又埋怨开了：这次去你们那里办厂，本来你同我去是最好的，你家在那里，人头又熟，办事方便，但都被我妈一横杠子给打掉了。

肖海君用右手食指把眼镜向上推了推：我不去也有不去的好处，有时熟人太多反而不好办事，你人生地不熟自然就很超脱，做起事来就可以大刀阔斧，不必瞻前顾后。

张亦华：你们江西人搞电子产品还是有一套的。现在市面上抢手的小霸王学习机，就是一个姓段的江西人来广东搞起来的。我去你们家乡两眼一抹黑，你能不能推荐一两个既可靠又能干事的人给我做帮手。

肖海君：听说江兆南的厂子停产了，要是不继续办下去，他若能来是最好的，他人品好，能干事。

张亦华：就是上次来过我们厂的你夫人的哥哥是吗？

肖海君：是的。

张亦华：那你赶紧同他联系征求他的意见。

真是说曹操，曹操到。这时江兆南敲门了。

肖海君开门，惊喜地喊道：兆南！

张亦华：快进来坐下，我们正讲到你呢。

江兆南：有什么好事啊？

张亦华：有，海君，你跟兆南说说。

肖海君扶了扶眼镜：亦华副总听说你的厂子停产了，对你非常关心，因我们马上要到南江去办一个彩电厂，亦华副总想聘请你到厂里担当重任。

张亦华：兆南，不知你愿意不愿意？

江兆南：张总对我这么关心，我表示诚挚的感谢，特别是在我最困难的时候给我伸出帮助之手，就更使我万分感动。但我恐怕要辜负张总的心意，因为我的厂子虽然停产了，但我还是不想放弃，在自己的家乡办一个属于自己的企业始终是我的梦想和追求。在哪里跌倒，我一定要在哪里爬起来！

张亦华：既然你有这样的勇气和毅力，我就不勉强你了。

江兆南原本是来向肖海君借钱解困的，没想到会有这样一个插曲。他觉得已经拒绝了张亦华和肖海君的盛情邀请而很过意不去，就不好意思再提出借钱的事情了。

毕竟是一块长大的，肖海君对江兆南知根知底，他意识到江兆南这次来肯定是因厂子停产来求援的，于是，从张亦华那里出来后，就把江兆南拉到了自己的房间。

肖海君从柜子里取出十五万元给江兆南：我知道你现在最缺的是资金，拿去应个急。

江兆南十分感激：海君，你帮了我一个大忙。

肖海君：我知道，办厂子不容易。

江兆南：有你们这样真心待我，就是再难我也不怕。

16

头天深夜回到酒厂以后，江兆南大约睡了不到三个小时天就亮了。他饭也不想吃，就坐在房间里一根接一根抽烟，给工人发工资的钱已经够了，但厂子要恢复生产还差一些资金。

高雅红提着几袋奶粉进来：昨晚几点回的？

江兆南：三点多，看时间太晚，就没有告诉你。

高雅红：离开的这几天看你又瘦了一圈。

江兆南：瘦点倒没什么，就是资金还没有凑足。

高雅红：还差多少？

江兆南：若是厂子要重新开工，还差个二十多万。

高雅红：这年头求人不容易，不要再去跑了，前几天汪小丹来了，她听说我们厂因资金短缺停产了，心里非常着急，就向厂里提出借六十万给我们，但会计说国营厂子不能借钱给私营企业，这样她就把自家的积蓄十万元给了我，并要我转告你不要太操心，天底下没有过不去的坎子。

江兆南：小丹真够朋友，我得要上门去好好感谢她和杨书记！

高雅红：再加上我在深圳打工时赚的十二万元，我估计钱差不多够了。

江兆南：雅红，为了我，你付出太多了。

高雅红：我俩现在就是一个人了，我的钱就是你的钱，何况现在正是最困难时候，更需要我俩同舟共济共患难。

江兆南：雅红，有了你，就是有天大的困难我也能战胜。

高雅红：兆南，我相信我们能够渡过这个难关。

江兆南：雅红，积压产品销售得怎么样？

高雅红：这些天我来了个狠招，与其产品卖不出去等死，还不如死马当做活马医，给采购员和售货员大比例放血让利，我想这样或许会有些转机，说不定还能在困境中杀出一条血路来。于是我就按实际销售额返还他们百分之五十的利益，也许是重金之下必有勇夫，谁知产品销售一下子又上去了。

江兆南：做得好！这叫有失就有得，大失才能大得。不下重饵，哪能钓到大鱼？

高雅红：特别叫人高兴的是，这几天货款也陆陆续续回笼了。

江兆南：不知达进对供电局的工作做通了没有？

高雅红：做通了，明天就会对我们厂的供电恢复到过去的水平。

江兆南：那太好了。

高雅红：这样厂子马上就可重新开工了。

江兆南：我想在开工之前，先把欠工人的工资全部补发，再给他们提前发半个月工资。

高雅红：为什么？

江兆南：在目前这种情况下，这样做可以稳定人心，增强大家对企业的信心，这比恢复生产更重要。

高雅红：还是你想得深。

17

许向才在酒厂办公室跷着二郎腿一边看着报表一边品着茶，看着看着，他的眉毛渐渐皱了起来，脸也慢慢变了形。他把报表往桌子上重重一摔，大声对着外面喊道：于彤，你过来一下。

于彤急急忙忙跑进来，问：这么大声嚷嚷的，出什么事了？

许向才：怎么销售额在下滑了？

于彤：这有什么大惊小怪的，买卖嘛，总是有时好一些，有时差一些。

许向才：那也不能掉以轻心。

这时，邱太聪进来报告：许总，听说江兆南的厂子又恢复生产了。

许向才一惊：什么？你说的是不是真的？

邱太聪：我已经反复核实了，是真的。

许向才拿起桌上的销售报表：我们厂的产品销售下滑是不是和江兆南厂恢复生产有关系？

邱太聪：应该有很大关系。

于彤：我觉得你讲得有些过重了，江兆南厂子没有停产的时候，我们厂的产品不是照样卖得很好吗？

邱太聪看到于彤不高兴，马上改口说：你讲得也有道理。

许向才：于彤，不管有没有关系，你得把下滑的原因搞清楚。

于彤极不愿意地说：好吧，目前忙不过来，等过一段时间我们去了解了解。

邱太聪马上顺着于彤的话说：再看一段也好，这样情况会更清楚。

于彤转身就走了，邱太聪也跟着出了门。

许向才眼里露出一股阴险狡诈的光。

18

今天是星期天，江兆南像往日一样来到办公室，他叉着手凝神看着并排挂在墙上的两张图表，一张为生产图表，一张为销售图表。他的目光在两张图表之间扫来扫去。从两张图表的曲线可以看出，前段时间跌到谷底的生产和销售正在缓慢回升，特别是最近两个月回升加速，这说明恢复生产后的应对措施还是很有成效的。但回升的曲线也表明，离生产和销售的峰值还有一段距离，这说明还不能掉以轻心，必须继续努力，不断奋进，才能巩固和发展目前这种回升的好势头。

看完了图表，江兆南点燃一支香烟猛吸了几口，接着坐在椅子上思考了一会，然后拨起了电话：雅红，你马上过来，我们去看望一下张亦华。

高雅红：她什么时候到的？

江兆南：到了好多天了，是肖海君昨晚在电话里告诉我的。

高雅红随即赶了过来，同江兆南坐车到了南江宾馆，张亦华热情地把两人让进了门。

江兆南：你来了这么多天也不告诉我们一声，要不是肖海君打电话来，现在还蒙在鼓里呢。

张亦华：主要是考虑你们忙，我这儿反正有市经济开发区和外贸局帮助安排着，所以就暂时不想惊动你们。

江兆南：一切都还顺利吧？

张亦华：很顺利，市里和开发区都很重视，用地等有关手续也差不多办好了。

江兆南：那马上就可以开工建设了。

张亦华：我初来乍到，情况不熟，还要你们多加帮助和关照。

江兆南：没问题，你需要我们做什么，说一声就行，我们一定全力以赴。

张亦华：眼下最急的就是基建工程队，请你们给我介绍一支实力强信誉好的队伍。

江兆南：好，我马上联系我们前山县马凯乡的建筑工程队，保管你满意。

张亦华：让你们费心了。

高雅红：我再插一句，张总，我们都是女同胞，男的不方便办的事，你就找我好了。

张亦华：谢谢你们啦！真个是在家靠父母，出门靠朋友！

第十九章

1

看完了张亦华，高雅红想到江兆南这一段时期非常辛苦，几乎是没有好好休息过一次。眼下厂里已经走出困境，形势一天好似一天，特别是再过不久两人就要结婚，今天又是休息日，无论如何也得让江兆南放松一下，让他和自己好好浪漫一次，享受一下爱情的美好时光。

高雅红拉着江兆南的手：我们去玩玩吧。

江兆南：去哪儿玩？

高雅红：听说沿江一带改造完毕，好多人都赞不绝口，我们去那儿看看。

江兆南：行，亲爱的说去哪儿我就去哪儿。

重新修建的胜境楼，重檐叠角，飞翠流丹，高高地耸立在穿城而过的大江边，成了南江市的新地标。江兆南和高雅红登上楼顶凭栏远眺。只见江水滔滔，碧波闪闪，浩浩荡荡，逶迤东去。昔日狭窄脏乱的沿江路经过拓宽和美化，显得既宽阔又秀气，城里添了不少高楼，新建了一个喷泉广场，使这座古城焕发出新的青春。远处隐约可见的市经济开发区也初具规模，正在成为南江市经济发展的一道亮丽风景。两人并肩牵手沿着楼顶的外廊缓缓转了一圈后，便下楼到了沿

老表之歌

江路。刚走几步，迎面驶来了一个结婚车队，八辆小车披着红绸缎，系着大红花慢慢前行，引得街上的行人纷纷驻足观看，有些人还议论开了。

"够气派的！"

"过去接新娘用的是自行车，以后是拖拉机和货车，现在变成小车了。"

"听说新郎是一家服装厂的老板，家产有近千万。"

"新娘是个毕业不久的大学生。"

"这有什么奇怪的，女人是个风向标，什么男人吃香她们就嫁什么男人。"

"不是有段顺口溜嘛，女人是五十年代嫁工人，六十年代嫁军人，七十年代嫁干部，八十年代嫁学子，九十年代嫁老板。"

对这种一富就摆阔的做法，高雅红十分反感。正好前面就是公园，高雅红拉了拉江兆南，说：这有什么看的，我们到那里去走走。

公园里很安静，游人稀少，几条曲径在树林和湖水之间缠绕。两人在树荫下的双人凳上坐下。

高雅红：我俩结婚，可不能像那样招摇过市。

江兆南：结婚是人生大事，可也不能太寒酸。

高雅红：其实，结婚只是一种形式，关键是两个人要心心相印。

江兆南：雅红，我俩的心一辈子都是连在一起的。

高雅红动情了，她猛地把头靠在了江兆南的胸脯上，江兆南把高雅红紧紧地抱在怀里，两个人忘情地亲吻在一起，他一会裹着她的舌头，她一会轻轻地衔着他的舌尖，炽热的爱情把两颗年轻的心融化了。

2

江兆南和高雅红手拉着手从公园出来时，恰好被万秋花看到了。她是江母要她特意来看望江兆南的，刚刚的那一幕让她的心一下子凉了下来，也让她明白了许多。为什么自己对江兆南那么关心备至，也曾多次向他表露心迹，他都是含含糊糊？为什么他的父母多次催他与自己结婚，他都是以各种理由拖延？原来江兆南已有意中人。万秋花很想返回去，但左思右想又打消了念头。为了不被发觉免得尴尬，万秋花悄悄地躲到了一个角落里，等江兆南和高雅红走过去直到看不见了才出来。

也许是心里已有了隔膜，这次万秋花在看望江兆南时，不像过去那样亲切，总感到有些别扭。反而是江兆南显得对她特别热情，不仅开车到街上为她买了一套价格不菲、式样新颖的衣服，而且晚上又让厂里食堂烧了一桌好菜招待她，并叫了王达进和高雅红来作陪。举杯共饮之间，江兆南不时地夸赞万秋花心眼好，脑子灵，会做事，一心扑在他家里，把百货商店办得红红火火，把他的父母亲照顾得体贴入微。对江兆南的这些赞许，要是在以前，万秋花听了心里一定会甜得像吃了蜜一样，但现在总觉得有点像外人故意在夸她。高雅红也对万秋花非常客气，并以姐妹相称。在万秋花眼里，高雅红秀气端庄，举止优雅，一副天生丽质，她忽然觉得江兆南应该娶这样的女子做妻子。

再说这王达进，从一开始上桌，他的眼睛就经常在万秋花的脸上打转。趁着喝多了点，王达进突然哭着对江兆南说：老板，我有件难事请你帮帮我。

江兆南被王达进搞糊涂了，连忙问：这酒喝得好好的，你怎么哭了？遇到什么烦心事了？

王达进：昨天晚上，我妈来电话要我把女朋友带回家让家里人看看。

江兆南：那你就带她回去呗。

王达进：我现在还没有女朋友，叫我怎么带呀？

江兆南：你没有女朋友，你妈怎么会叫你带回去看看呀？

王达进：是这么回事，上次我们厂里因为停电停产发不出工资，我回去向我妈要了几万块钱，她问我要钱干什么，我就骗她说是找了个女朋友，要钱用。我妈就把准备给我娶媳妇的钱全给我了，并要我过些时候把女朋友带回家看看，我当时就答应了。

江兆南：啊，原来是这么回事。小王，你的这种为厂解难、为厂分忧的精神让我感动！厂里要好好地奖励你！如果是别的哪怕再难的事我都可以想办法为你解决，就是这女朋友的事我无能为力。

高雅红：达进，要么你跟你妈说暂时缓一缓，我们抓紧给你介绍一个。

王达进：不行，我妈非得要我明天把女朋友带回去不行。

江兆南：那怎么办呀？这又不能临时随便拉个女的去代替。

高雅红：厂里女职工如果有合适的也不是不可以考虑。

江兆南：这恐怕不行，达进是副厂长，这事传出去影响不好。

高雅红：那怎么办呢？

王达进看了看万秋花：老板，能不能让小万同我去一趟，反正我们前些年就熟悉，她回去也正好经过我家，同我父母见个面，吃顿饭，她就走。

江兆南：这，这样好吗？

王达进：我这也是没办法的办法。

江兆南：小万，你看呢？

王达进：小万，你如能帮我这个忙，我这一辈子都要很好地感谢你！

万秋花有点不好意思：好吧。

王达进：小万，你给我解决了一个大难题，我敬你一杯！

江兆南：小万，难为你了。

3

第二天，王达进开车领着万秋花踏上了回家的路途。出城不久，他突然掉转车头朝城里开去。

万秋花觉得奇怪：你怎么又开回去啦？

王达进：忘了买几样重要的东西。

万秋花：你不是给你父母带了水果等东西吗？

王达进：还不够。

万秋花：那你还要买什么东西？

王达进：到了商店你就知道了。

车子在南江百货大楼前停下，王达进要万秋花在车上等一会，他自己急匆匆地跑了进去。

没多久，王达进就提着两个袋子出来了。他把一个袋子塞给万秋花：这是给你买的衣服。

万秋花：你给我买衣服做什么？

王达进：我带你到我家去，虽然你这个女朋友不是真的，但同我爸妈见面时，总得要穿新衣服才像样子。

万秋花：兆南哥已买了新衣服给我。

王达进：他是他的，我是我的，我买的是件连衣裙，也是我的心意。

万秋花：你这是浪费钱。

王达进：你不要再说了，快在车里把衣服换上。

万秋花：不换不行吗？

王达进：不行，我在外面等，你什么时候换好我们就什么时候走。

万秋花无奈，只好在车上换上王达进新买的连衣裙。

万秋花：换好了，进来吧。

王达进：不急，你出来让我看看这衣服好看不好看。

万秋花下车，王达进叫她站好，盯着她看了好一会，然后说：你穿了这连衣裙就像换了个人似的，非常漂亮。

万秋花听了王达进的话有些脸红，赶忙说：我们走吧。

王达进把另一个袋子里的东西往车上一放，万秋花见是糖果和香烟，便忍不住问：你买这么多糖果和香烟干什么？

王达进：村上人看到我带女朋友回家，我不给大家散点糖果和香烟怎么行？

万秋花：你这是想假戏真演了。

王达进：这也是没办法，不这样的话我一点面子也没有。

万秋花：唉，你也真难的。

王达进：你来了我就不难了。

王达进说完便把油门一踩，车子像箭一样向前奔去。说实话，虽然万秋花这个女朋友是假的，但他还是心花怒放。一路上，他不时用眼光偷偷地瞟瞟万秋花，一种别样的情感不由在心中升腾。万秋花有时也会瞧瞧他，不过脸上没有什么特别的表情。这多少又让王达进有些失望。

4

王达进的父母得知儿子要带女朋友来家的消息后，老两口乐得一夜都没睡着，天还没亮就起床忙开了，又是打扫卫生，又是布置房间，又是买这买那，又是做菜备宴。两个人还会时不时地站在大门口望望，巴不得儿子带女朋友早点到来。

临近中午，王达进开着小车到了，他和万秋花刚下车，一阵震耳欲聋的爆竹声就响起来了，炸裂带火四处乱飞的碎片把个万秋花吓得不知往哪里躲。村上人也都闻声赶过来，纷纷向王家表示祝贺，特别是看到万秋花模样儿长得标致，都说王达进有眼力，找了个好媳妇。王达进也满面春风，不断向大家发烟发糖，气氛简直比过年还喜庆还热闹。

由于村上外出打工的青年人不断增多，这些年，形成了一个新的习惯，不管是哪个在外打工的未婚男青年，只要带了女朋友回家，就等同于双方订婚，必须置办酒席，王家自然也是这样。中午，王达进的父母上了一桌丰盛的酒菜，欢迎新上门的未来儿媳妇，并请来了亲友作陪。席间，大家都轮流举杯向王达进和万秋花道喜，王的父母还特意为万秋花准备了一份彩礼。看着这场面，万秋花显得很尴尬和很不自在，心想我不是王达进的女朋友，今天只是被他临时抓差来代替一下，原以为只不过是应付一下而已，谁知却当真了。早知这样的话，我就死活不来了。她用胳膊肘子碰了碰王达进，意思是要他婉言告诉大家不能这么搞，否则没办法收场。但王达进却像理会不了似的，他依然神采飞扬，一脸的幸福甜蜜。酒席好不容易结束了，万秋花赶紧逃下了桌。整整两个小时，她与其说是坐在酒席桌上，不如说是坐在火炉上煎烤。

下午返回的时候，王的父母连同彩礼给了万秋花很多东西，万秋花怎么也不肯要。但王达进不管那么多，先把这些东西往车厢里一塞，然后拉着万秋花就上了车。

青山着意，小河欢歌，阳光灿烂，微风习习。

王达进：小万，今天让你受惊啦！

万秋花：我没想到你家里会来这一套，搞得我真有点下不了台。

王达进：我爸妈高兴，我也是为了让他们开心。

万秋花：你怎么还没谈对象呢？

王达进：一言难尽。

万秋花：是不是你眼光太高了？

王达进：说起来丢人，我二十岁那年，找了个对象结了婚，她硬要去广东打工，不久就跟着一个男的跑了。以后又谈过一个，但嫌我长得不好，跟我断了。

万秋花：找对象不能看相貌，为人好是主要的。

王达进：女的都像你这样就好了，那我就不愁找不到女朋友。

万秋花：你人品好，肯定可以找到称心如意的女朋友的。

王达进：我问你一件事，厂长的爸爸妈妈老要你们两人结婚是怎么回事？

万秋花：兆南哥的父母一直都是这样想的和讲的。

王达进：他父母可能不知道厂长已有女朋友。

万秋花：你说的是不是那位高雅红？

王达进：是的。

万秋花：他俩是不是真的相好了？

王达进：这还能骗你？

万秋花：我知道了。

王达进：不然的话，我哪有那么大的胆子让厂长的相好来当我的假女朋友。

万秋花：你爸妈可是把我当成真的呢。

王达进：要是你真成了我的女朋友就好了。

万秋花：我们不说这个了，谈点别的吧。

王达进不再说话了，默默地开着车。万秋花也望着前方沉静不语，好像在想着心事。

到了北岭镇，王达进想把万秋花直接送到江家的百货商店门口，但万秋花不让。王达进又要她把他父母送的彩礼给带走，万秋花也没有同意，要他自己留着。

自从同万秋花认识那天起，王达进就不知不觉喜欢上了她。这次王达进很想趁机和万秋花相好，让她成为自己名副其实的女朋友。但不知为什么万秋花却始终不松口，不表态。他觉得万秋花瞧不上自己，不禁心灰意冷，情绪低落，闷闷地返回了厂里。

5

由于生意火爆，顾客太多，客家小餐馆没法容纳得下，一些顾客常常为占席位而争吵不休，甚至大打出手。为此，肖丽萌决定将餐馆扩建。

这天上午，肖丽萌拿着扩建餐馆的请示报告到源口的镇里审批，一位干部接待了她。

肖丽萌一眼认出了这位干部，他就是前些时候到客家小餐馆喝酒唱歌并企图对她不轨的那个人，肖丽萌心里虽然叫苦不迭，真是冤家路窄，但表面上却装作若无其事，不动声色地说：这是我的扩建餐馆的报告，请领导给予关照。

镇干部：生意不错啊，要扩建餐馆了。

肖丽萌：承蒙领导的关心，生意还过得去。

镇干部：你还认识我吗？

肖丽萌故意装糊涂：领导什么时候光临过我那不起眼的小店啊？

镇干部：你是真不认识呢，还是假装不认识？

肖丽萌想既然讲了不认识若又马上改口说认识，那不仅等于承认自己太假，还会被对方认为瞧不起他，于是干脆嘴硬到底：你肯定没到过我那小店，要不然对你这么大的领导我怎会不记得呢？

镇干部：不认识就算了。

肖丽萌：你可要大人大量，千万不要放在心上。

镇干部随手翻了翻肖丽萌的报告，说：这事上面规定得很严，你先放这儿，我们研究研究再说。

肖丽萌：请领导开个恩，尽量快点啊。

6

晚上的客家小餐馆里门庭若市，来用餐的人络绎不绝，所有餐桌都已坐满。

七八个江西打工仔进来了，理着平头的青年男子先用眼睛扫了扫全场，看到有张桌子客人用餐完毕刚刚腾空，就挥手招呼大家径直走到了那张桌子前。

几乎是同时，一个穿牛仔的年轻光头也带着七八个人来到了那张桌子边上。

平头男子厉声道：你们是哪里的？这店是我们江西人开的，首先应当让我们先吃。

年轻光头也毫不相让：告诉你，我们也是江西人！

平头男子：应当我们先吃。

年轻光头：都是同时到的，凭什么你们先吃？

平头男子：你们到底让不让？

年轻光头：哼！你们在边上站着去，等我们吃完了你们再吃。

平头男子：真不让？

年轻光头：就是不让。

平头男子：你们是不是骨头要发痒了？

年轻光头：怎么？你们还想打人？

平头男子对同来的人把手一挥：大家给我上！

年轻光头也大吼一声：我们要叫你们这帮王八崽子有来无回！

双方对打起来，乱成一团。

五六个东北打工仔大摇大摆地进来了，其中一个大汉朝着打斗的双方厉声喝道：你们打什么？

打斗的双方乖乖地住手了。

东北大汉：快走开！让给咱东北爷们儿坐！

刚刚还斗得不可开交的两伙江西打工仔顿时不声不响地跑了。

东北大汉：弟兄们，坐上去！

这伙东北打工仔点了一桌子的菜，并要了四瓶白酒，接着海吃海喝起来。

全桌的人一起把杯子举向那个大汉。

"大哥，你一声吼就把他们吓跑了！"

"还是大哥威风！"

"大哥真了不得！"

"大哥打遍天下无敌手！"

"敬大哥一杯！"

杯子碰得叮当作响，大喊大叫狂笑不断，昏天黑地喝了一阵工夫，这伙东北打工仔一个个都醉意醺醺了。

东北大汉起身把手一挥：兄弟们，咱们回了！

服务员：你们慢点走，请结账付款。

东北大汉：我们东北爷们儿来吃顿饭，你们还敢收钱？

服务员：必须收，吃饭付钱，天经地义。

东北人汉把服务员往边上一推：去你妈的！付什么钱！

肖丽萌一看情况不对头，马上走了过来，问：怎么回事？

服务员：这些人吃了饭不付钱就想走。

肖丽萌：先生，我这餐馆是小本经营，都像你这样吃了抹抹嘴巴走路，我就会亏得办不下去，请你把餐钱付了吧。

东北大汉：我们今天没带钱，给不了。

肖丽萌：没带钱就不要上餐馆吃饭了。

东北大汉：少啰唆！不给就是不给！

肖丽萌：不给你们就别想走！

东北大汉：老子就是要走！

肖丽萌拦在了东北大汉的前面，拒不让走。

7

东北大汉一看肖丽萌竟敢挡着他，便恼羞成怒，伸出拳头一把打过去。就在这时，林一凡出现了，他把东北大汉的手一挡：你为什么打人？

东北大汉：你是干什么的？

林一凡：我是来打抱不平的！

东北大汉：关你什么事？

林一凡：你吃饭不给钱还打人，我就要管！

东北大汉看林一凡个头没自己的大就没把他放在眼里，边说边狠狠地伸出了拳头：我要叫你尝尝这拳头的滋味！

林一凡在部队学了几招武术，同时对付三五个人没什么问题。这东北大汉虽然人高马大，但根本不是林一凡的对手，他一记拳头打过来时，林一凡只稍稍往旁边一闪就躲开了。这时，林一凡反过来一拳朝东北大汉脸上打过去，顿时那东北大汉眼冒金星，险些跌倒，在踉跄了几下后，他又冲过去想抱住林一凡摔打，林一凡不慌不忙地只是用脚将他一勾，东北大汉就一个趔趄趴在了地上。然后林一凡狠狠地用脚将他压住并把他的双手往后一扭，痛得这位东北大汉直喊求饶。其他的几个东北打工仔见势不妙开溜了。

林一凡：你交不交钱？

东北大汉：我交，我交。

林一凡：你还白吃白喝不？

东北大汉：不敢，不敢。

林一凡：你还胡作非为不？

东北大汉：不敢，不敢。

林一凡：你说话算数不算数？

东北大汉：算数，算数。

林一凡：不算数怎么办？

东北大汉：你把我怎么都行。

林一凡：这回饶了你，下次再犯就不是今天这样收拾你！起来，给我交钱去。

东北大汉连说了几个"是，是，是"就从地上爬起来到前台交款去了，随后便狼狈地逃走了。

肖丽萌：一凡，多亏你救驾，要不然今天我就惨了。

林一凡：来得早不如来得巧，我一到就看见一个男人要对你动手，所以想也没想就冲上去了。

肖丽萌：你还真有两下子，几下功夫就把那家伙给制服了。

林一凡：别看他人高马大，那是花架子，吓唬人的。

肖丽萌：你什么时候来的广东？

林一凡：前天来的，参加一个战友的婚礼，今天专程来看看你，没想到遇上这事了。

肖丽萌：今天你这么一打就名声在外了。

林一凡：是不是经常有人到店里胡闹？

肖丽萌：也不知什么原因，就是最近这段时候开始的。你来之前，我们两伙江西老乡为争夺桌子闹得不可开交，接着这个东北人和他的几个小兄弟又把我们那两伙老乡赶走了。

林一凡：我们老乡之间还相互打斗不团结？

肖丽萌：说出去还真有些丢人，别省的人是老乡见老乡，两眼泪汪汪。我们江西人却是老乡见老乡，互相都不计，不仅不抱团，而且还打架相骂，相反见到外省蛮横一点的人就吭都不敢吭一声。所以有人说我们江西老表是"内斗内行，外斗外行"。

林一凡：就"窝里斗"的本事，怪不得发展慢。

肖丽萌：我陪你吃点东西去。

林一凡：好的，肚子是有点饿了。

8

餐馆一角。

肖丽萌要服务员上了辣椒炒肉、辣椒炒小鱼干、红烧肉、豆腐炖鱼头等菜，并上了一瓶四特酒。

林一凡：这酒和菜很对我的胃口。

肖丽萌：那你就放开吃放开喝。

林一凡端起酒杯就是一大口：你怎么不吃？

肖丽萌：我刚吃过，你尽管吃，我陪着你。

林一凡端起酒杯又是一大口：兆南最近来过吗？

肖丽萌：没有，但前些时候有人告诉我说他的厂子停产了。

林一凡端起酒杯又是一大口：经过艰苦努力又恢复生产了，办厂子是兆南一辈子的梦想，就是一万头牛也拉不回来他。

肖丽萌：我真担心有人会经常到我这个店里闹事。

林一凡端起酒杯又是一大口：看你餐馆现在这样子，真还得有个男人在这儿坐坐镇。

肖丽萌：有你在我就不怕了。

林一凡酒性起来了：丽萌，我上次来说要你和我结婚，你说你考虑考虑，现在考虑好了吗？要不这次你就跟我回去结婚吧！

肖丽萌：跟你回去结婚，那我这个餐馆怎么办？

林一凡：回到家里再开一个就是了。

肖丽萌：我是赌气来广东的，我不能回去。

林一凡：你是不是借故不同意？

肖丽萌：不是，一凡，如果你来广东我就答应。

林一凡：这恐怕不行，我还得要兑现诺言把村里事情搞好，让村民过上好日子。

肖丽萌：那我们只好各走各的路，只是你走了我这餐馆的安全就没有保障了。

林一凡把酒瓶里的酒全部倒在杯子里一饮而尽：这你不要担心，我会交代我那帮退伍小兄弟，以后若有人到餐馆胡闹，你就立马把他们叫来，保管你平安无事。

9

南江经济开发区。彩电厂建设工地，工人们在紧张地施工，厂房已浇筑过半。

为了把招商引资落到实处，市里每位领导都挂钩一个在开发区落户的企业。按照分工，市委书记梁光含挂钩的是彩电厂。今天他带领有关部门负责人来到厂里现场办公，他一边察看施工情况，一边同张亦华交谈。

梁光含：这厂子的建设速度很快嘛，不愧是我市的第一家外资企业，起了个很好的示范作用。

张亦华：这是书记您和市里关心、支持和重视的结果。

梁光含：什么时候可以竣工投产？

张亦华：计划十个月，照现在的进度预计可以提前一个月。

梁光含：在建设中遇到了什么问题没有？

张亦华：总的我们非常满意，办手续都是一路绿灯，特别是土地价格，一百亩地才五百万元，这太照顾我们了，要是在香港，这些钱连一亩地都买不到。

梁光含："二免三减"的优惠政策落实了吗？

张亦华：也落实了，市招商局非常重视，特事特办。

梁光含：你说说还有哪些问题需要解决？

张亦华：那我就直说了。

梁光含：就是要直截了当。

张亦华：供电有时不太正常，现在搞基建影响还不大，到正式投产时问题就严重了。

梁光含：你讲的这个问题我们一定会解决好，市经委和供电局会把你这个外资企业列为优先重点保证供电的厂子，给你"开小灶"。当然这只是权宜之计，要从根本上解决电力紧缺的问题还是要加强电源点的建设，等市里那个一百二十万千瓦的火力发电厂建成了，到时电力就充足了。

张亦华：还有一个问题，就是本地的年轻人现在都喜欢到广东沿海去打工，对到本地的厂子干活不感兴趣，我们厂马上要招工了，我担心招不到人。

梁光含：这你就别担心了，我们的劳动力资源非常丰富，走了张三李四，还有王二麻子，到时就怕你招工时来的人多挤得打破了头。

张亦华：听书记这么一说我们心里就有底了。

梁光含：不管什么时候，你们遇到什么困难，我们都会尽力帮助解决。我这个市委书记，还有各个部门的同志，就是要当好你们的"服务员"。

张亦华：梁书记当我们的"服务员"？岂敢。岂敢。

梁光含：南江是欠发达地区，必须多引进你们这样的外资企业，还有就是要放手发展民营经济，我们这些干部当好了你们企业的"服务员"，全市的经济发展也就更快了，老区的面貌也就改变了。

不知什么时候，副市长蔡文彬来了。等梁光含讲完话，他连忙上前说：梁书记，我刚从前山赶来，想把外商唐总投资钨矿开采及深加工项目的洽谈情况向你汇报一下。

梁光含：你快说，进展怎样了？

蔡文彬：比较缓慢，占仲金代表前山县同外商唐总洽谈，双方讨价还价，谈得很艰苦，要签订正式合同恐怕还需一段时间。

梁光含：那你得要紧紧盯住，一定要使这个项目尽快谈成。

蔡文彬：我有个建议，从目前交通和电力等条件看，前山只适合搞钨的开采，能不能让唐总把钨的深加工项目放到市经济开发区来。

梁光含：我觉得可行，这事就由你一并负责，钨的开采和深加工项目搞上去了，对我们发挥钨的这个资源优势，促进全市经济发展具有重要作用。

蔡文彬：我一定会全力推动。

10

张亦华在南江百货商场买了两盒巧克力，一身男童装和拼图、汽车等儿童玩具，又为肖父和江凤梅各买了一件衣服，整整装了两大包。她把东西在车上放好后，开着车回到了彩电厂基建工地。

张亦华一走进基建办公室，发现杜强坐在椅子上等她。

张亦华：你什么时候到的？

杜强：我已到了一个多小时了。

张亦华：来之前怎么不告诉我？

杜强：想给你个意外惊喜。

张亦华：那好啊。

杜强：你刚才去哪儿了？

张亦华：去了趟百货商店。

杜强：买什么了？

张亦华：买了衣服和糖果玩具等东西，我来南江这么久了，还没去肖海君家看望过，你来了正好，同我一块去他家看看。

杜强：你怎么老惦记着肖海君？

张亦华：他是我的校友加同事，去他家看看还不应该？人总得讲点感情。

杜强：你要去你去，我不去。

张亦华：别那样小心眼了，还是同我去吧。

杜强：我千里迢迢来你这里，你却要跑去看别人，你心里还有我吗？

张亦华：我心里怎么没有你？我不是说我俩一块去吗？

杜强：你就不可以推迟几天去同我在一起待待吗？

张亦华：我已告诉人家了，再说明后几天已有安排，去不了。

杜强：那好吧，既然你这样忙，那就不打搅你，我回去了。

杜强掉头就走。

张亦华追了上去：杜强，你不要走！

杜强把手一甩：别假惺惺的，你赶快去你那个肖海君家吧。

望着杜强远去的背影，张亦华难受而又失望地摇了摇头。

11

围坊村千头养猪场，江凤梅正在给猪喂食。

秦姑带着张亦华进来：凤梅，有人来看你。

张亦华自我介绍说：我叫张亦华，是肖海君的同事，几个月前由厂里派来南江市筹建彩电厂，今天特意来看看你们。

江凤梅：太感谢了！真不好意思，这么大老远的，还劳驾你专门跑一趟。

张亦华：应该的，来晚了。

江凤梅：秦姑，你代我给猪喂一下食，这里太脏，我陪客人到家里坐坐。

养猪场离村里隔两个山头，走在绿油油的脐橙树林中，张亦华心情格外舒畅。

看见村里有些人家盖起了小洋楼，张亦华问：这就是你们村吗？这些房子好气派啊！

江凤梅：是的，我家也在盖新房子，但还没有完工，目前还住在老房子里。

张亦华：等你新房子盖好了，我再来参观。

江凤梅把张亦华领进家门时，肖父正在给孙子讲故事。

江凤梅向肖父介绍道：爸，这是海君的同事小张，她特意来我们家看看。

肖父：欢迎！

张亦华：肖大伯好！

江凤梅把孩子拉过来说：快叫张阿姨。

孩子怯生生地看着张亦华，叫了一声：阿姨好。

张亦华摸了摸孩子的小脸蛋：真聪明，长得很像你爸爸。

江凤梅：乖乖，一边玩去，让阿姨歇一会。

张亦华：海君在广东一切都好。

肖父：谢谢你们的关心。

张亦华：他为人很好，业务能力也很强。

江凤梅：每次他回家时都说，他能有今天，全靠你们的支持和帮助。

张亦华：海君有你这样一个好妻子很幸福。

肖父：凤梅为海君和这个家可是吃了不少苦。

江凤梅：其实，海君一个人在外也不容易。

张亦华：海君在外面也时常惦记着你们和家里。

肖父：要是能把海君派到你们南江彩电厂来工作就好了，这样离家近，他可以经常回家来看看。

张亦华想本来就是这样打算的，但因为自己的原因使得母亲极力反对而让肖海君没能来成，但她又不能把真实的原因告诉肖父和江凤梅，于是只好说：海君是厂里的骨干，深圳的厂子离不开他，所以就没派他来。

江凤梅：只要海君工作好，在哪儿都一样。

张亦华：厂里派我到南江彩电厂负责，以后你们有什么事尽管找我，只要能办的，我一定会尽全力去办。

江凤梅：给你添麻烦了。

张亦华：因厂里正在基建，有很多事要处理，我得走了。这点东西是我的心意，望你们不要嫌弃。

江凤梅：让你破费了，真不好意思。

张亦华：以后再来看你们。

江凤梅招呼在门外玩耍的儿子：乖乖，快跟阿姨说再见。

小孩屁颠屁颠跑过来向张亦华挥着小手：阿姨，再见！

张亦华在小孩的小脸蛋上亲了亲：阿姨下次来带你去动物园玩。

12

省电视台广告招商竞拍会即将开始。这是新闻联播前五秒的广告竞拍，也是今天广告竞拍的最后冲刺。机会千金难买，各路商家聚集，里面座无虚席。

江兆南和许向才分别坐在会场的两侧。两人都面无笑容，沉默不语。对这场竞拍会，许向才原来考虑自己不便出面而派大富参加，但他听说江兆南要来，他深恐大富在关键时刻把握不住而马失前蹄，于是就临时改由自己亲自出马。江兆南事先对这场拍卖会倒是做了充分准备，特别是对许向才有可能出现的举动，他想好了一套应对的方案。前些时候，自己的酒厂差点被许向才暗中搞垮，经过一番艰难拼搏现在又好不容易起来了。今天，许向才肯定又是想借这个竞拍会公开使出重手再次把自己打垮。这无论如何哪怕把血本亏光也不能让他的阴谋得逞，否则自己的厂子真的要彻底趴下。江兆南决定豁出去了！

随着主持人一声锤响，竞拍的序幕拉开了。一位四十来岁的客户首先举出 300 万元的牌子。紧接着，各个客户都争先恐后地举牌，竞争十分激烈。举牌的数额交替上升，当进行到第十个回合举牌数额达到 500 万元时，会场出现了短暂的沉默。江兆南侧脸看了看许向才，发现他不动声色地坐在那里。这时又有人举出 520 万元的牌子，此后举牌的数额又交替上升，直至 660 万元时，会场再次出现了沉默。主持人用眼睛扫了扫全场，问：还有没有举牌的？

只见许向才向前倾了倾身子，举出了 680 万元的牌子。

主持人：六百八十万！又顺又发！

看见对手许向才动作了，江兆南随即举出了 700 万元的牌子。

主持人：七百万！

虽然厂里的效益最近有些下滑，但许向才为了压倒江兆南使自己中标，于是咬了咬牙，又举出了720万元的牌子。

主持人：七百二十万！

江兆南今天就是为着击败许向才而来的，他马上又毫不犹豫地举出了800万元的牌子。

主持人：八百万！大发！

全场又一次陷入了沉默，空气紧张得要爆出火星。

江兆南用眼角的余光瞄了瞄许向才，只见他毫无表情地坐在那里一动不动。

主持人：还有没有举牌冲刺新高的？

会场里仍然没有一点动静，这时主持人把锤子往桌子上一敲：八百万！定局！《新闻联播》前五秒广告竞拍成功！让我们向这位先生表示热烈的祝贺！

江兆南起身向大家表示感谢，会场上顿时响起长时间的掌声。

没等主持人宣布竞拍会结束，许向才就咬牙切齿地离开了会场。

晚上六点三十分，随着电视屏幕时钟上的"嘀嗒嘀嗒"声，一声洪亮的"章泉贡酒为您报时"的男声响起，《新闻联播》开始了。坐在沙发上看电视的许向才随即起身恶狠狠地把电视机"啪"的一声关掉了。

13

王达进这几天非常犯难，家里来电话催着要他结婚。他只好含糊其词地说几句，本想这样就可搪塞过去，没想到妈妈却不依不饶，今天上他这里来了，逼着要他回家把婚事办了。

王达进非常后悔当初不该把万秋花带到家里，本来是为了应付一下父母，让他们知道儿子有了女朋友，不要为儿子的终身大事担心和发急。他当时还感到扬扬得意，自己随便一个法子，就让父母晕晕乎乎高兴得不得了。现在看来，这是自己给自己找麻烦，早知今日，当时要是老老实实跟父母说自己还没找对象不就一点事都没有，这真是聪明反被聪明误。

王母：达进，你把你的女朋友叫来，我要当面和她说说你们两个结婚的事情。

王达进慌了，万秋花在很远的乡下，况且又不是他的女朋友，这怎么去叫她来？但妈妈的话又不能不听，他想了想说：好的，我现在去单位打电话叫她来。

王母：她在什么地方？离你这里远吗？

王达进随口编了一句：离这里十多里路，在一家商店做事。

王母：那你快去给她打电话。

王达进说了一声"好的"，便一溜烟似的跑出了门。

不知是跑的还是急的，王达进满头大汗。他想随便叫个年轻女的来，但想想觉得不行，妈妈一看不是他带到家里的那个女朋友，一定会心生怀疑。所以想来想去还得要请万秋花出面帮忙来解围。王达进找了个公用电话亭，他打通了万秋花的电话。

王达进：小万，我是小王，方便说话吗？

万秋花：方便，什么事？

王达进：我碰到个大难题了，家里要逼着我结婚。

万秋花：结婚是好事啊！怎么，找对象了，是不是女方不同意结婚？

王达进：对象在哪里都不知道呢！都怪我不该把你带到家里去，现在父母亲要我同你结婚。

万秋花：怎么会闹成这个样？

王达进：我妈妈现在到我这儿来了，要我把你带来谈结婚的事。

万秋花：这怎么办呢？这个场怎么收呢？

王达进：你看能不能这样，你这个假的女朋友还得要继续扮演下去，我马上回房间去，让你给我妈通个电话，你就说你还要忙事业，还不想结婚，这些时候一直在外面出差来不了。小万，你无论如何要帮我这个忙，不然我妈妈不会放过我。

万秋花勉强地说：好吧，就这一次，以后不能这样。

王达进回到住处，假装一副垂头丧气的样子。

王母：怎么啦？

王达进：我打电话给她了，来不了。

王母：为什么来不了？

王达进：出差了，妈，要不我叫她给你打个电话？

王母：行，我当面问问她。

王达进拨通了万秋花的电话，说：我妈给你说话。

王达进把话筒给了妈妈。

万秋花：小王妈，您好！

王母：我想见见你，跟你说说你和达进的婚事。怎么？外面出差很长时间，不能来。什么？年纪还轻，工作为重，现在结婚还早，望我们长辈理解。

王母失望地放下电话：变了，现在的年轻姑娘完全不像我们年轻的时候。

王达进心里的一块石头落了地，便有意顺着母亲的话，说：现在女的地位提高了，男的说了都没用。妈，你不要难过，她不想结婚就算了，万一不行，我再找过一个，一定要比她更好。

王母：我看你就打一辈子光棍算了！

14

由于江兆南在省电视台《新闻联播》播出前五秒的广告竞拍中成功击败了许向才，华康厂的"章泉贡"酒知名度大为提高，市场销售一路看涨，以致出现了产品供不应求的局面。

办公室桌上摆着一份《中国青年报》，上面一则关于"希望工程"的消息引起了江兆南的注意。他眼前仿佛又出现了当年报纸上那个大眼睛的小女孩的照片。他不由想，在我们老区今天还有多少像大眼睛小女孩这样的儿童啊！自己现在手头有钱了，难道不应该拿出一些来帮助他们吗？他准备找高雅红商量去，不料高雅红来了。

高雅红忽然发现江兆南头卜有白发，于是心疼地说：以后不要太操劳，要不然头发很快就白了。

江兆南：亲爱的，只要厂子效益好，我头发全白了也没关系。

高雅红：这背水一战，我们终于赢过来了！

江兆南：昨天晚上，有个熟人跟我讲许向才的厂子亏得很厉害，不知情况到底怎样？

高雅红：不管怎么说，许向才厂的日子不好过是确凿无疑的。

江兆南：许向才这个人心狠手辣，越是在这种时候越要防着他点，说不定他又会在背后搞名堂。

高雅红：已经吃了他一次大亏，差点把我们的厂子搞垮了，是要防着点。

江兆南：当然，最有效的防法还是要集中精力把我们自己的厂子办好。雅红，有件事我想听听你的意见。

高雅红：又有什么好事啊？

江兆南：再过十几天，就是国庆节，我想我们这里是革命老区，虽然通过改革开放，老百姓的生活好了不少，但有些贫困人家的孩子还是上不起学，厂里现在效益不错，我们能不能拿出一些钱对这些孩子给予一些资助。

高雅红：你这想法非常好，企业不光要赚钱，还要回报社会。

江兆南：那我俩想到一块了，你这几天赶快同团市委和市教育局联系一下，把我们的捐款纳入"希望工程"捐赠到一所学校。

高雅红：你看捐助多少钱比较好？

江兆南：先拿出三十万，你看怎样？

高雅红：行，我马上就联系落实。

江兆南：还有就是厂里的住房已经建好了，捐赠回来后，我俩把婚事办了，你上次说婚礼不要搞排场，我们旅行结婚好吗？

高雅红嫣然一笑：听你的。

15

大山深处，一个七十多户的村庄，大多数都是土筑墙的房子，陈旧而又脏乱。其中有几栋小洋楼非常显眼，那是在外地打工赚了钱的人回家盖的。村庄的前面是小学，三栋成"凹"字排列的房子，都是清一色的土筑墙结构。教室里摆着简单的木条桌和长凳子，学生们就是在这样简陋的环境里上课。因为这个村庄是当年中央红军"反围剿"的重要战场，几百名红军战士牺牲在这里。所以江兆南和高雅红就选定把这个小学作为捐助的对象。

在一间教室里，系着红领巾的学生们端端正正地坐着，助学仪式正在举行。高雅红和团市委干部、乡教育干事站在教室前面。当江兆南将三十万元的助学资金交给小学校长时，孩子们激动得把两只小手拍得通红。面对此情此景，江兆南流泪了。他动情地说：小同学们，你们生活的这块土地，是一块浸透革命先烈鲜血的土地。当年，毛主席在这里领导人民闹革命，家家户户纷纷争着送郎当红军。就在我们这个村里，红军战士在反围剿战斗中，同敌人激战了三天三夜，许多战士献出了自己年轻宝贵的生命。红军离开苏区以后，又有不少战士倒在了长征路上。大家想想，红军战士为什么这样勇敢不怕牺牲？就是为了我们今天的百姓群众能过上好生活，就是为了我们各位小同学能够好好地学习。我们老区现在还很贫穷，正因为这样，我们更要奋发努力。我今天为学校捐点钱，一是让学校买点教学设备，二是对一些家庭特别困难的学生给予补助。我知道我的这点力量是微薄的，但心意是诚的。只要大家都携起手来，有一份热发一份热，有一份力出一份力，我们老区的教育就能一步一步地搞上去。教育搞好了，读书的人多了，人才也有了，我们老区的面貌就能改变了，这样我们也就对得起长眠在地下的先烈，对得起革命老区这个光荣的称号。

江兆南的话音刚落，几个学生就自动站起来表示要向革命先辈学习，做一个好学生和好孩子。

看到捐助的效果这么好，高雅红感到非常欣慰，心想这是她和江兆南结婚的最好礼物，再没有什么比这更有意义的了。

16

到家时已是晚上十点了。江兆南送高雅红到房间后就回自己住处了。高雅红洗漱完后，换上了一身淡紫色的睡衣，乌黑的头发披在肩上，显得越发美丽端庄，楚楚动人。因为白天翻山越岭马不停蹄跑得有些累，她在椅子上坐了一会，就上床关灯躺下了。

月色斑驳地照进窗来，房间像撒了一地碎银，朦胧而又温馨。高雅红想到马上就要做新娘了，脸上不禁浮现出幸福的笑容。她就这样想着，想着，慢慢进入了梦乡……

在公园草坪的双人椅上，她依偎在江兆南的怀里，江兆南轻轻地抚摸着她的秀发。此时，恰好有一群大雁从天空飞过。她凝望了好一阵子，对江兆南说：我们旅行结婚吧。江兆南说：亲爱的你想到哪里去？她说：我要我俩像大雁一样飞到很远的地方去。江兆南说：很远的地方是什么地方呀？她说：我想到大海边上去看潮。江兆南说：那我们到海南岛去好吗？她说：好呀，那儿四周都是大海，都是波涛，很美很美。江兆南说：我们现在就出发好吗？她说：好。于是，她和江兆南乘飞机飞到了海南岛，来到了三亚的天涯海角，来到了铺满金黄色细沙的海滩上。她和江兆南穿着游泳衣，紧靠着坐在遮阳伞下。她打开食品袋，拿出在小摊子上买的茶叶蛋和矿泉水，她剥好一个茶叶蛋塞进江兆南的口里，江兆南只咬了一半，把另一半塞进她的口里。江兆南扭开矿泉水瓶盖，自己先喝了一口，又把瓶口对着她的嘴巴，喂了她一口满满的矿泉水。看见她嘴角溢着水珠，江兆南又掏出餐巾纸替她揩了揩。接着江兆南扶她轻轻地躺下，两人并排睡在柔软的沙滩上，望着蔚蓝的天空，晒着火辣的阳光。然后，江兆南又和她手拉着手向大海里走去，两人在海里互相击水，赶涛逐浪，江兆南还托着她的身体教她游泳。突然一个浪头打来，把两人淹没在水中，江兆南用力把她往岸边一推而自己却不见了。她朝大海里寻望着，她大声地喊着他的名字，但就是看不到人影。就在她焦急得近乎绝望的时候，江兆南在远处的海面上出现了，向她大声喊着：雅红，我在这里呢。她向江兆南招手，江兆南奋勇向她游来。但当江兆南快游到她身边时，又一个浪头打过来，江兆南又不见了。她惊叫一声，醒了。

高雅红摸了摸被刚才梦境吓得怦怦直跳的胸口，努力回想着梦的一些细节和情景，她也不知道为什么会做这样一个梦。俗话说"日有所思，夜有所梦"，大概是兆南同自己讲要旅行结婚的想法一直萦绕在心中的缘故吧。

17

天亮前，高雅红又迷迷糊糊地睡着了。突然，她被一阵嚷嚷声惊醒，于是赶紧从床上爬起来，出门一看，江兆南戴着手铐，正被四个头戴大盖帽的检察人员押着上囚车。王达进和一些员工围着检察人员，不让他们把江兆南带走。

高雅红好像挨了当头一棒，眼前冒出一片漆黑，她不顾一切地冲了过去，对着检察人员大喊：他犯了什么法？你们为什么要抓走他？

员工们也纷纷喊道："你们应该向大家说明抓我们厂长的原因！""不说清楚原因，不准你们带走他！""你们不能乱抓人！""你们不能冤枉好人！""你们这样干是知法犯法！""是哪个婊子养的陷害我们厂长！"

检察人员：抓江兆南是因他向市开发区领导行了贿，请大家让开，不要妨碍我们执行公务！

员工们：你们不放人，我们就是不让开！

江兆南见大家情绪非常激动和愤慨，再这样僵持下去会闹出大事来，于是劝说大家道：大家要相信党和政府不会冤枉好人，一定会查清事实真相。雅红、达进你们把员工们带回去，好好把厂里的生产抓起来，千万不要受我这次事件的影响。

员工们：厂长，我们不准他们带走你！

江兆南：你们的心情可以理解，我求求你们，请回去吧！

看到江兆南的态度非常恳切，高雅红和王达进要员工们挤开一条道，让检察人员把江兆南带走。

员工们对着江兆南喊：厂长，我们盼你早点回来！

江兆南只是默默地向大家点头，含着眼泪上了囚车。

第二十章

1

江兆南被抓使华康酒厂的生产形势急转直下，少数工人先是发牢骚，继而窝工怠工，有几个索性迟到早退甚至不上班了。

高雅红对这种情况是有意料的，她和王达进急忙下到车间做工作。

高雅红：现在是厂里最困难的时候，希望大家齐心协力共渡难关。

员工：这难关要渡到什么时候呀？

王达进：江厂长回来的时候，难关就过去了。

员工：江厂长什么时候回来呀？

高雅红：江厂长是无辜的，相信党和政府会还他清白的。

员工：现在冤假错案多得是，有那么容易搞得清楚？

王达进：我相信总有一天会搞清楚。

员工：等搞清楚，饭菜也早凉了，厂子也早没了。

高雅红：大家千万不要灰心，眼睛一定要看远一些。

王达进：求求大家了！

在两人苦口婆心的劝说下，工人们的情绪虽然平稳了，但干活的劲头却大不如前了。

这时，销售部人员又来报告，大多数商场的"章泉贡"酒销售下降也很厉害，形势非常严峻。如果不采取有力措施，后果不堪设想。

由于经历过一次危难，高雅红这次显得冷静多了，她和王达进商定，不管局面多么严重，也必须想尽一切办法顶住，坚决不能让厂子再倒下去。她要王达进侧重稳住厂里的生产和销售，她去设法解救江兆南。只要他能出来，厂子的局面就能迅速扭转，她和自己心爱的人也就能重新团聚。

2

许向才背着两手微昂着头在酒厂办公室里慢悠悠地来回走着，于彤、大富和邱太聪坐在椅子上，看着他那扬扬得意的样子。

大富：表哥，这一下江兆南算是彻底垮了。

邱太聪：只要他进去了，恐怕就很难咸鱼翻身了。

大富：他江兆南哪是我表哥的对手？一个指头就把他戳死了。

许向才：江兆南抓起来后，我们厂子的生产又迅速好起来了，销路比过去还旺。但我要使江兆南永世不得翻身，就得要把他的市场全面占领，让他毫无立锥之地。所以我们要乘胜前进，继续加大马力，把厂子做大做强。老邱，你能不能在现有的基础上让产量再有一个大幅度的增加？

邱太聪：现在生产能力已经饱和，适当增加一些产量是可以的，但要大幅度增加有一定困难。

许向才：什么困难不困难的，"文革"中有句很响亮的口号，叫有条件要上，没有条件创造条件也要上，我用高薪把你从江兆南那里挖来，就是要你在关键时刻充分发挥作用，干出一些别人干不出来的事。这个任务就交给你了，不管你采取什么手段和办法，只要把产量大幅提高就行。我只问结果，不问过程。

邱太聪：许总，我一定坚决执行，尽最大努力完成你下达的任务。

许向才：好，你的决心和态度我很满意，干事创业就要有这种胆量和魄力。

邱太聪：谢谢许总的鼓励！我现在就去研究布置。

邱太聪说完就起身出门，大富也立即站起来跟着走了。许向才用满意的目光看着两人的身影。

于彤却有些忧心忡忡：向才，我总觉得你对江兆南在有些事情上做得太过分。

许向才：什么太过分？市场竞争本来就是你死我活残酷无情的。

于彤：但也不能背后捅刀子置人于死地，要是被人知道了怎么办？

许向才：怕什么，字是打字机打的，谁也没办法查出来。

于彤：反正我心里不踏实不好受。

许向才：你们女人的心就是太软，所以成不了大事。

3

北岭镇"农民街"。

江家客厅里茶几上的电话响了，正在打扫卫生的万秋花赶紧放下拖把拿起话筒接听。

万秋花：你是哪位？

王达进：我是小王。

万秋花：有什么事吗？

王达进：小万，有件急事告诉你们，江厂长被市检察院抓走了。

万秋花：啊！？为什么抓他？

王达进：听说是向市开发区主任钟书清行贿，具体情况不清楚。

万秋花放下电话，急急忙忙跑到隔壁的百货商店把江兆南被抓的事情告诉江父江母。犹如晴天霹雳，两个老人被震得目瞪口呆。稍稍缓过来后，江父立刻打电话给江凤梅，要她到南江去一趟，把情况弄清楚，看看究竟是怎么一回事。

江母心急如焚，茶饭不思。

万秋花端上一碗蛋汤：大妈，你吃一点吧。

江母：我吃不下。

江父：兆南已经这样了，你就吃点吧。

江母：他一个年轻人怎么吃得了坐班房的苦啊。

万秋花：大妈，你不吃东西坏了身子，兆南哥知道了他会更着急的。

江父：我们身体好，就是对儿子最大的安慰和支持。

江母终于接过了小万手中满满的一碗蛋汤。

4

市检察院信访接待室。

高雅红向一位值班的检察干部递上了申诉书。

检察干部：你是江兆南的妻子？

高雅红：我是他的未婚妻，也是厂里的副厂长。

检察干部把申诉书翻了翻：你怎么知道江兆南没有向市开发区领导行贿？听说那个领导自己都承认了，这还有假？

高雅红：开发区领导有没有受贿我不知道，但对江兆南我是了解的，再说我是厂里分管财务和销售的，厂里每一笔开支我都清楚。

检察干部：我会把你的申诉材料转给办案人员，他们会调查清楚的。组织上不会冤枉一个好人，但也不会放过一个坏人。

高雅红：在这个时候，我们只有依靠和相信组织了。

从检察院信访室出来，高雅红又到市看守所，她先作了自我介绍，然后拿着一个装有换洗衣服和食品的包裹和五百元钱给看守民警，要他转交给江兆南。那位民警把包裹往桌上一丢，就令高雅红离开了。

高雅红含着眼泪回到厂里，见张亦华在等着她，难过的心情才好受一些。张亦华问了情况后又安慰了她好一阵，并转达了肖海君的问候和关心。张亦华还主动提出从彩电厂基建款里垫付五十万元，帮助华康厂解决燃眉之急。这让高雅红感激得忍不住抱着张小华大哭了一场。

5

江兆南被抓以后，杨大任和汪小丹心急如焚，夫妻俩在电话里商量解救江兆南的办法。杨大任在关注案情调查和进展的同时，他把林一凡叫到了镇党委办公室。

林一凡：杨书记，你找我有什么吩咐？

杨大任：我想问问江兆南案子的情况。

林一凡：我前几天去了一趟，案子调查已十来天了，还没有个结果。

杨大任：这样下去不知要拖到猴年马月？

林·凡：杨书记你见多识广，帮忙想想办法。

杨大任：现在要想把案子快点查清，非得要惊动上面不可。

林一凡：你能带我去找梁书记吗？

杨大任：我和你直接去找梁书记恐怕不妥，但可以想个其他的办法让他了解和过问案子。

林一凡：什么好办法？

杨大任考虑了一会，对林一凡说了自己的想法。

林一凡：好，我马上就行动。

6

南江市委在老城区内，大门朝江，院子用围墙隔着，里面有五栋房子，前面两栋三层的楼房是市委各部门的办公楼，后面一栋两层楼房是市委领导的办公室和常委会议室。边上一栋是大会场。

中午下班时，江凤梅、秦姑、高雅红以及华康厂的几个工人站在市委大门外旁边，看上去好像在等什么人。

这时，一辆伏尔加小车开过来，江凤梅使了个眼色，大家猛地跑了过去，拦在了小车的前面，秦姑迅速掏出早已准备的"冤！冤！

冤！"条幅并将其打开，跪在了车头大喊：首长，请你为民申冤！

车里坐的正好是市委书记梁光含，他赶紧对司机道：停车！

梁光含从车里出来，亲手将秦姑扶起：你们有什么冤情，请到屋里谈。

江凤梅、高雅红、秦姑等人跟着梁光含进到大门里边的接待室。

梁光含：你们把情况说一说，只要是合理的要求，组织上能解决的尽量解决。

江凤梅：我们是为江兆南鸣不平来的。

因为事先有关部门已把江兆南向钟书清送钱并对两人依法拘留一事向梁光含汇报过，所以梁光含并不感到突然，只是严肃地问道：你们和江兆南是什么关系？

江凤梅：江兆南是我亲哥哥。

秦姑：我们是江兆南村上人。

高雅红：我们是江兆南厂里的。

梁光含：你们为什么要为江兆南申冤？

江凤梅：他被检察院无辜抓起来了。

高雅红：有人告他向市经济开发区领导行贿，这根本就是诬告。

梁光含：你怎么认为这是诬告？有没有证据材料？

高雅红马上拿出申诉状：有，请梁书记明察。

梁光含：你们的材料我会认真处理，但我现在不能答复你们。请你们先回去，一旦有结果就会告诉你们。

江凤梅：请书记为我哥做主。

梁光含：当官不为民做主，不如回家卖红薯。

秦姑：书记，你真是清官啊！

梁光含一到办公室，就坐下来仔细地看了关于为江兆南申诉的材料，然后在上面作了批示，并要秘书立即把材料送到市纪委去。

7

肖丽萌正在客家小餐馆里忙着，接到林一凡的电话，告诉她说江兆南被抓起来了。她放下话筒，一屁股坐在了椅子上一动不动地想着心事。

这时黄乃亮不声不响地进来了：在思考什么重要问题呀？

肖丽萌扭头一看是黄乃亮，有些娇嗔地说：是你呀，把我吓了一大跳。

黄乃亮：好久没来了，有些想了。

肖丽萌：人家正愁着呢，你还开玩笑。

黄乃亮：为什么事发愁呀？

肖丽萌：那扩建餐馆的报告报上去后一直批不下来，你说愁不愁？

黄乃亮：这有什么好愁的？

肖丽萌：你能帮我解决？

黄乃亮：小菜一碟，包在我身上。

肖丽萌眼睛一亮：真的？

黄乃亮：在你这里我还能吹牛？但解决之后你得答应我的要求。

肖丽萌：只要你能解决，什么要求我都答应。

黄乃亮：好，我马上就去办。

8

在源口一家豪华宾馆里，黄乃亮拨通了一位名叫李芬的年轻女子的电话。

李芬：老板，又有什么吩咐？

黄乃亮：我有一个朋友要扩建餐馆，报告已经打到镇上好久了，到现在还没批下来，你去想办法把这事搞定。

李芬：我能有什么办法？

黄乃亮：我已摸清楚了，分管这事的就是那位和你相好的镇干部，只要你发句话，他不敢不办。

李芬：我正有事忙着，等我晚上在夜总会唱完歌后再跟他说说。

黄光亮：你不要等了，现在就办，我在这里等结果。

放下电话后，李芬就给那位镇干部打电话，对方没人接听，她又拿出BB机发了个信息。过了一阵子，对方回电话了。

镇干部：小宝贝，又有什么好事呀？

李芬：你不接电话，我还以为你又有新相好呢。

镇干部：有你这个宝贝我就满足了，对别的再漂亮的姑娘我都不感兴趣。

李芬：你们男人没有一个不是花心的，吃了碗里的还要看到锅里的。

镇干部：宝贝，我可不是那样，对你任何时候都是一片痴情。

李芬：那好，感情深不深，关键看行动，有件事你办一下。

镇干部：有什么事要办，我的宝贝你尽管吩咐。

李芬：我的老板的一个朋友要扩建餐馆，他说这事是你管的，现卡在你这里一直没有动，你赶快给批下去。

镇干部：你说的是不是那个客家小餐馆的女老板肖丽萌？

李芬：是的，快点办啊！

镇干部：好，我马上就批。

李芬：亲爱的，先飞吻你一下，晚上再重重地奖励你。拜拜！

李芬挂断电话后，镇干部足足发了几分钟的呆，然后自言自语地说道：他妈的，这个小餐馆的老板娘真厉害，竟然拐弯抹角通过李芬给我发指令了。

镇干部极不情愿地在肖丽萌的报告上批了字，当李芬把这事告诉黄乃亮时，他立马拨通了肖丽萌的电话。

黄乃亮：丽萌，你扩建餐馆的事，镇里已经批准同意了。

肖丽萌：啊？你本事真大！

黄乃亮：你的事就是我的事，不办成怎么行？

463

第二十章

肖丽萌：你快过来，我要好好地款待你。

黄乃亮：今天来不了，我马上去广州了。

肖丽萌：什么时候回来？

黄乃亮：大概十多天吧。

肖丽萌：那么久啊！最好能快点。

黄乃亮：好的，我也很想早点见到你。

9

南江彩色电视机厂已经全部建好。

崭新的厂房，崭新的设备，整洁的环境，优美的厂区，工人们正在进行投产前的调试和准备工作。

这时，伯父打来电话问：亦华，设备调试情况怎么样？

张亦华：调试情况很好，设备运行很正常。

伯父：那就马上举行竣工投产典礼。

张亦华：准备定在哪天？

伯父：再过五天就是十八号，就定在这天怎么样？

张亦华原想等江兆南和钟书清的案子查清两人出来后再考虑竣工典礼事宜，这样两人就可以参加，也算是自己对他们给予彩电厂建设大力支持和关心的一种感谢。但现在伯父定了，她不好不同意。于是就说：这个日子好！那伯父准备什么时候来？

伯父：我打算提前两天过去，典礼应尽量节省，不要铺张。

张亦华：我会按照伯父的要求抓好落实。

伯父：动身前我会告诉你。

张亦华：你到时把具体的航班和时间告诉我，我到机场去接你们。

伯父：这几天你不要离开厂里，派个人代你去机场接就行。

张亦华：那就委屈伯父了。

竣工典礼的会场设在办公楼前的小广场上，正前方树立着一个彩虹门，上面喷着"南江彩电厂竣工投产典礼"醒目大字，两旁摆着五颜六色的鲜花，四周插了许多彩旗，看上去既简朴又喜庆。

仪式也很简单，没有讲话致辞，只是由张亦华说了几句开场白就请市和厂领导上来为彩色电视机厂投产剪彩，接着六个身穿红色旗袍的年轻小姐捧着扎着红花的绸带款款走上台来。梁光含书记、张董事长等举起金剪刀剪断红色绸带，随即鞭炮齐鸣，无数彩色气球飞向天空。

全场人员笑逐颜开，拼命鼓掌，共同庆贺这个振奋人心、令人难忘的时刻。

10

市委书记梁光含在听取江兆南案件的汇报。

市检察长：根据侦查核实，江兆南确实给了开发区主任钟书清二十万元。但不是他主动给的，是钟书清向他要的。

梁光含：那钟书清是不是索贿，江兆南是不是行贿？

市纪委书记：经过我们反复调查，为了使市开发区申报为国家级开发区能够顺利通过，钟书清向江兆南要了二十万元，给参加评审的人员和有关部门的人员各送了一个景德镇的三阳开泰瓷瓶和一件"鸭鸭"牌羽绒衣，这两样东西都是本省产品，作为礼物相送理由上说得过去。据说其他地市开发区的评审也是这样做的。需要说明的是，钟书清他自己没有得一样东西，也没有将一分钱据为己有。

梁光含：钟书清怎么去向江兆南要钱，开发区这点钱还出不起？

市检察长：开发区前期投入太大，市财政给的资金又很有限，目前欠债还不少，确实没有钱，再说这个钱也不好做账开支，所以钟书清当时考虑就由江兆南来出这笔钱。江兆南的企业是民营企业，又在开发区，向他要点钱也顺理成章。江兆南也觉得开发区平时对自己的厂子支持很大，也就满口答应，全部照给。

梁光含：钟书清向江兆南要钱为什么不给开发区其他人知道？

市纪委书记：纪委对钟书清采取措施后，也问了这个问题。他说这是上不得台面的事，讲出去对上对下都不好，如果给北京和省里的有关人员惹了麻烦，以后开发区到北京和省里办事就难了，所以就由他单独出面找了江兆南，没有告诉其他人。

梁光含：两人现在的态度怎么样？

市检察长：两人的态度都很端正，他们交代的事实同我们侦查的情况完全一致。

梁光含：这是一个新出现的问题，如何定性要认真研究。

市纪委书记：我们对这件事情讨论了很久，大家都觉得难以把握，但有一点是清楚的，就是两人的主观意图是好的，是为了提升开发区的地位和影响、把开发区办好，我们认为可以不予追究他们的责任。

市检察长：还有更为关键的一点，钟书清没有将钱落入个人腰包，江兆南也不是怀着企业私利把钱送给钟书清个人，两人完全是出以公心，为了公家。

市纪委书记：我们在讨论这个案件的处理时，大家一致认为要划清改革开放和搞活经济中的一些政策界线，其中重要一条就是要把利用职权为自己捞一把与为公家利益进行一些必要的经济往来区分开来，如为地方经济发展到上面跑项目，包括这次对市开发区的评审等，适当花费一些，都应该网开一面，予以允许。

市检察长：这条政策界线非常关键，我们不去"闯红灯"，但对一些不触及底线可以变通的事情也应当允许变通，特别是现在各个地市都在暗暗较劲上项目、你追我赶比着干，我们对这类行为就更应该放宽处理。只有这样，我们南江这样的老区才能发展起来。

梁光含：你们的看法很有道理。随着改革开放的深入，新情况新问题层出不穷，对一些看不准的不要匆忙做结论，允许试，允许闯，总的来说是先放开后管理，先搞活后规范。但有一条不能含糊，我们既要对一些阻碍改革和发展的条条框框坚决破除，但党的纪律和国家的法律任何时候都不能"松绑"。

市纪委书记：我认为钟书清和江兆南的行为不构成犯罪。

市检察长：建议尽快对两人宣布无罪释放。

梁书记：我同意你们的意见。

11

江兆南无罪释放。高雅红、王达进等厂里人员和江母、江凤梅、万秋花、秦姑特地赶到看守所接他。

当江兆南从看守所走出来时，大家的脸上都露出欣慰的笑容，争相上前向他问候。

江兆南对大家拱手说着谢谢后拉着母亲的手说：妈，这一段时间我让您和爸爸担惊受怕了。

江母：生怕你在里边吃不消，妈的心就像刀割似的。

江凤梅：村里人都为你担心，但大家都相信你是清白的，一定会出来的。

江兆南：这说明党和政府是不会冤枉好人的。

江母：你出来了妈的心就不痛了。

江兆南松开母亲的手走到高雅红、王达进等人跟前：这一段时间厂里的事让你们操心了。

高雅红眼圈红了：这些时候时刻挂念着你，心里难过得要命。

王达进：感谢党和政府，为我们厂长申了冤。

江兆南：回厂后我们认真商议一下。

听到江兆南说要回厂，江母急了，过来一把拉住江兆南：早就跟你说了，出来后跟我老老实实回家去，同小万把婚结了，安安稳稳过日子。

江兆南：妈，这厂子是我投资办的，总不能就这样撒手不管吧。

江母：这个厂子把你折腾得这个样子，不要再去办了，把它卖掉算了！

江兆南：妈，你的心情我可以理解，但不管是继续办下去还是卖掉，我总得要回厂里去商量个具体意见吧。

江母边说边拉起江兆南就走：这次无论你怎么说都不行，跟我回家去！

江凤梅见状马上过来挡住：妈，哥说得有道理，你就让他先回厂里吧。

江母气得大叫：你不要护着你哥哥，今天他不跟我回去，我这条老命就不要了。

江兆南看见母亲要把头往墙上撞去，赶紧一把拉住：妈，你不要发火，我跟你回去。

江母：你现在就跟我走！

江兆南深情地看了看高雅红，又把目光转向王达进，说：厂里的事就得继续辛苦你们了。

江兆南话还没说完，就被母亲拉上了回家的路。

12

北岭镇，江家。一家人紧绷着脸，气氛沉闷严肃。

江父：我和你妈的意见，这次回来就不准你再去办厂，一心一意和我们把商店办好。

江兆南：那我这辈子办工厂的梦想就中途夭折了。

江父：你就一条路走到黑？不会转个弯，办商店和办工厂不是一样吗？

江兆南：不一样，大不一样。

江母：你办了这么多年工厂，也没办出个什么名堂来，反倒是把自己办进了班房，净给自己惹祸。

江兆南：爸妈，我就求求你们了。

江父：那好，我们成全你继续办厂的愿望，但你必须和小万结婚才行。

江母：小万在我们家这么多年，帮我们把百货商店打理得井井有条，对我们老两口照顾得也很周到，就像自己家里人一样。人是要讲良心的，不能被狗吃了。兆南，你这次无论如何要把同小万的婚事办了，这样也对得起爸妈，对得起小万。

江兆南沉默不语。

江父：你到底同意不同意？

江兆南依然不作声。

江母：你说话呀！

江父：不同意以后你就别来这个家！

江兆南迫不得已从牙缝里挤出两个字：好吧。

江父：明天你就同小万去打结婚证。

13

江兆南被父母逼婚而陷入了极大的痛苦之中。晚上，等父母和小万睡了，他悄悄地拨通了高雅红的电话。

这时，已是深夜两点，但高雅红还没有睡，她在为江兆南担心，不时朝桌上的电话机看看。听见铃声响了，她知道是江兆南打来的，忙问：你父母的态度有些缓和吗？

江兆南：没有。

高雅红：啊？

江兆南：他们说要是继续办厂子，必须要我和小万结婚。

高雅红：你答应了吗？

江兆南：你说我能答应吗？

高雅红：那怎么办？

江兆南：我爸还逼我明天就要同小万去打结婚证。

高雅红：兆南，难道我俩的缘分就这样结束了？

江兆南：不会的，雅红，我不能没有你，没有任何力量能够把我俩拆散。

高雅红：那父母之命也不能违抗啊！

江兆南：终身大事自己做主，哪能完全听父母的，结婚证我是肯定不会去打的，但我也不能伤害小万，她人很好，我会想办法把这事处理好。

高雅红：千万不要吵架啊！

江兆南：我想了很久，如果我爸妈硬要逼我，我宁可不办厂子，也要和你在一起。

高雅红：这厂子是你的命根子，不办怎么行？

江兆南：不办厂子还可以干别的弥补，但是失去了你是怎么样也补不回来的。

高雅红哽咽了，眼泪扑簌簌地流下来：兆南，我俩要永生永世不分离。

江兆南和高雅红的通话，万秋花都听到了。她其实也没睡，只是把灯熄了在房间里坐着。

14

王达进知道江兆南的父母逼迫儿子只有同意和万秋花结婚才能回厂时，心里非常着急。他埋怨江父江母不了解儿子的心思，江兆南爱的是高雅红，而且两人已如胶似漆相好几年了。但二老硬要棒打鸳鸯，实在是不近人情。这事不知万秋花是什么想法，他要去找万秋花，一定要她成全江兆南和高雅红。

一大早，王达进就给万秋花打电话，说有急事找她，如果方便的话他马上就开车过来。本来，江父是要万秋花和江兆南今天去打结婚证的。但江兆南借口说他昨晚没睡好身体有些不舒服，推迟一天再去。这样万秋花就有时间了，于是想都没想就答应了。从昨晚知道江兆南的明确态度后，万秋花的心情十分矛盾，思想斗争非常激烈，她也正想找个人倾诉一下，并听听意见。

第二天，王达进把车子开到事先约定的地点，把早已等在那里的万秋花接上了车。好像是吃了兴奋剂似的，王达进见到万秋花显得格外的精神焕发。

王达进：小万，你猜猜我今天要跟你说什么？

万秋花：我又不是你肚子里的蛔虫，谁知道你要说什么？

王达进：兆南的父母是不是要逼着他和你去打结婚证？

万秋花：是的。

王达进：那你准备去吗？

万秋花：我现在很苦恼，兆南的父母要逼我们结婚，而他又另有所爱，你说我应该怎么办？

王达进：这有什么难办的，你就不要和他结婚呗。

万秋花：那他父母硬要我们结婚呢？

王达进：你明确表态不同意就得了，你不同意，他父母还会强迫不成？

万秋花：好，我知道了，你把车停一下。

王达进：停车？我还有话跟你说呢。

万秋花：下次再说，我现在要回去。

王达进把车靠在路边停住，万秋花下车就急匆匆地往回走了。

对着万秋花的背影，王达进对她说：不管遇到什么烦恼，你随时找我，我会全心全意地帮你的。

15

江父知道儿子是借故拖延时间不愿和万秋花去打结婚证，气不打一处来，当场把江兆南从床上拖了起来。

江父厉声对江兆南说：走，同小万打结婚证去，我一路陪着你们。

江兆南没有吭声。

江父：你去不去，不去我先打断你的腿，再当面死给你看。

江兆南长叹一声。

这时，万秋花冲到江父面前，"咚"的一声跪下了，眼泪汪汪地说：你们不要强迫兆南哥了！他已有心上人了。

江父：有对象也不行，不然我们怎么对得起你小万！

万秋花号啕大哭：求求你们！不要再逼了！

江父眼睛瞪着江兆南：是不是你逼着小万不同意的？

万秋花：不是，是我自己不同意的。

江父：我不相信！

万秋花：要是你们硬逼的话，我马上就离开这个家。

万秋花说完就大哭着跑了。

江父、江母一屁股坐在椅子上大声叹气。

江兆南呆呆地站着，过了好一阵才醒悟过来，一边叫着"小万"，一边追她去了。

16

万秋花刚跑到镇子边上，王达进从旁边一个箭步蹿了出来，把万秋花紧紧抱住：小万，你别跑了！

万秋花被王达进这突如其来的一抱搞蒙了：你怎么没有回去？

王达进轻轻地为万秋花揩去脸上的泪水：我知道江兆南会被他爸逼着和你去打结婚证，就不声不响地在这里等着，躲在旁边观察动静。看你跑出来了，我就抄近道赶在了你的前面。

万秋花：你真是好人。

王达进：我真好吗？

万秋花：是真好。

王达进：还是你了解我，小万，你和兆南是不可能了，那就跟我相好吧。

万秋花：这事把我弄怕了。

王达进：怕什么？兆南是有对象，我是没有对象，反正你已经做过我的假女朋友，而且同我父母见过面了，我们索性来个弄假成真。

不容万秋花表态，王达进说完就猛地抱着万秋花亲个不停。

万秋花好不容易把嘴扭到一边，嗔怪地说：好了，让人看见不好。

这时，王达进看见江兆南老远跑过来了，立即藏到角落里，并对万秋花说：你不要跟他说我在这里。

万秋花点了点头。

江兆南气喘吁吁跑到万秋花跟前：谢谢你了，小万！

万秋花：我不能难为你，更不能做那种伤害你的事。

江兆南：小万，你永远是我的好妹妹！亲妹妹！

万秋花：我真怕你爸妈气坏身体。

江兆南：我们回家去，两位老人就不生气了。

万秋花：那我们赶快回吧。

两人转身往回走，王达进赶紧从旁边跑了出来。

江兆南：达进，你怎么在这儿？

王达进有些支支吾吾：我在这儿等小万。

江兆南：你们两个好上了？

王达进有些不好意思：嗯，嘻嘻。

万秋花顿时羞得脸通红，赶紧把头低了下去。

江兆南：这是大好事啊！我怎么一点也不知道？

王达进：就是昨天你爸妈向你逼婚的时候，小万哭着跑出来，我同她说了，我俩就那么好上了。

江兆南：达进，小万跟了你，我心里也就不愧疚了。

王达进：厂长，以后我们就是一家人，小万和我结婚后，就不跟我到厂里去，仍然帮着你父母做家务和打理商店。

江兆南：达进，你真是我的好弟弟。

17

江兆南回到厂里，这时厂子的生产已经奄奄一息。

王达进：厂长，我们工作没做好，让你失望了，生产这一块下降很多。

江兆南：怎么能怪你们？这厂子折腾成现在这样，完全是因我被抓造成的，你们能在这段时间坚持下来让厂子没有垮掉就不错，你们尽力了，我得好好感谢你们。

高雅红：达进这段时间确实很辛苦，把厂子撑下来非常不容易。现在厂里的资金已经用得差不多了，最多只能维持十多天。

江兆南：产品销售情况怎么样？

高雅红：虽然因为你的事情受了不小的影响，但由于产品质量过得硬，所以市场销售在大幅下滑后目前又略有回升。

江兆南眼睛一亮：只要产品还有市场，厂子就有希望。

王达进：问题是没有资金就不能生产，有那么一些市场也没用。

高雅红：关键是能借到一笔钱，本来可以请张亦华帮帮忙，但她已经主动给了我们一大笔钱，而且还没还给她，再不好向她开口了。

江兆南：那还能在哪里借到钱呢？

高雅红：兆南，你同市委邓处长熟悉，看他认不认识银行里的头头帮忙解决一些贷款。

王达进：我们这样的私营企业要在银行贷到款简直比登天还难。

高雅红：再难也得试一试，若是邓处长跟哪家银行行长熟悉，就请他们吃顿饭，说不定这款就贷到了，现在不是有很多看起来办不了的事在酒桌上就办成了吗？

江兆南：那我明天就找邓处长去。

18

富华大酒店，一间包房里，酒菜散发着一股浓浓的香味。

江兆南和邓处长在宴请市工商银行的包行长，高雅红也一道参加。

酒过三巡，大家兴致渐浓，包行长的眼睛不时在高雅红身上扫来扫去。

邓处长：今天大家认识了，以后就是朋友了，包行长，有件事想请你帮个忙。

包行长：什么事？

邓处长：兆南，你向包行长汇报一下。

江兆南：不好意思，包行长，第一次见面就向你开口了，我办了一个酒厂，资金上遇到了一些困难，想请您帮个忙在银行贷点款。

包行长：这贷款嘛，要是国有企业还好办点，你这私营企业恐怕不行。

邓处长：依我看，行不行，还不是你行长说了算。

江兆南：我们知道行长的难处，若能破个例贷点款给我们，哪怕半年期的也行，到时我们一定归还。

高雅红端着杯子走过来：请行长开个恩，关键时刻拉我们厂子一把。

包行长色色地看着高雅红：拉你们一把，先得看你喝酒的态度。

高雅红：好，这杯酒我干了，行长你随意。

包行长：我哪能随意，再怎么也不能输给美女，我也干了。

高雅红：行长真爽快！

包行长：真有酒量的是你，有个段子说，喝酒最怕三种人，一喝脸就红的，身上带药片的，头上扎小辫的。特别是扎小辫的，只要一端杯，喝倒一大堆。

高雅红：行长，你高看我了，我其实不会喝酒。

邓处长：包行长，你不要逼女同志喝酒了，还是回到正题上来，你就做做好事，把款贷了吧。

江兆南：给包行长添麻烦了，真不好意思。

包行长：邓处长发了话，我得执行，但这款不能直接贷给私营企业，得转个弯，我先贷给一家国有企业，再由这家国有企业把钱借给你们厂。

邓处长：这好办，我爱人是市供销社主任，明天就叫她到你们那里去办理贷款手续。

包行长：好的，不过，这点子是我出的，还必须让美女喝酒。

高雅红：行，包行长，你说怎么喝？

包行长：两种喝法由你挑，第一种与贷款数额挂钩，一杯五万元，你喝多少杯，就以此类推贷多少款。第二种是按年龄差喝，你比我差多少岁，你就喝多少杯。

邓处长：你这是霸王条款，也太不公平了。

包行长：要贷款嘛，总得要讲点条件。

高雅红：好，就按第一种喝。

江兆南：雅红，这样喝你吃得消吗？

高雅红：为我们厂怎么也得牺牲这一次，豁出去了。

江兆南：包行长，小高酒量确实不行，我是厂长，这酒应该我来喝，行吗？

包行长：那怎么行？必须美女喝。男女搭配，喝酒不醉。

高雅红：还是我来喝吧。

包行长：给美女倒酒。

高雅红一口气喝了二十杯，她虽然醉了，但心里还是清楚的，对着包行长不断重复地说道：你，你贷款，一百万，要，要说话算，算数啊。

邓处长：人家是玩命喝的，已经醉成这样了，你们快送她回家休息。包行长，你这贷款一定得给啊。

包行长：一定给。

江兆南右手半遮掩地对着邓处长耳边小声说：为表示心意，给你和包行长一点名酒和烟，各放你们车上了。

邓处长：就这一次，下不为例。

19

江兆南把高雅红扶上车，紧靠着她坐下。为了让高雅红好受一些，江兆南尽量让高雅红的身体靠在自己的后背上。

由于酒性开始发作，高雅红呕吐了。江兆南怕她吐在车上，于是急忙把自己的外衣脱下来当袋子，装着高雅红呕吐出来的东西。高雅红吐了好一会才打住，江兆南把兜着呕吐物的外衣往车外一丢，又把高雅红用两手托着半躺在自己的怀里。

回到厂里住处，江兆南把高雅红背上床，并给她盖好被子，然后走到门外抽了支烟。

屋里传来高雅红"兆南，兆南"含混小声的喊叫，江兆南急忙进去，看见高雅红仍然睡着，刚才是在醉梦里喊他的名字。江兆南知道，酒醉心明，梦系心声。这是高雅红从内心深处发出的对他的爱的呼唤。一股爱的暖流在江兆南心里激烈地撞击着，他深情地凝视着高雅红，弯弯的秀眉，黑长的睫毛，小巧的红唇，圆润的脸庞，简直就是一个睡美人。这是江兆南第一次见到高雅红睡着的样子，他忍不住在她脸上爱抚地亲了一会，然后坐在床沿静静地守候。

20

随着厂里生产的迅速好转，江兆南和高雅红商量把婚事办了，考虑厂里生产正处在节骨眼上，原准备的旅行结婚就放弃了。杨大任和汪小丹自告奋勇承担起了婚礼的策划，具体事项由王达进和万秋花负责落实。这对小夫妻因不久前刚结婚，把婚礼的事情一项项做得井井有条。

婚礼在酒厂办公楼的一层会议室里举行。正面墙上花好月圆的背景图案中间是一个大红的"囍"字，房顶交叉拉着两根扎满红色和金色花束的红绸，两边吊着八个红红的灯笼，四周摆满了祝贺的花篮。江父、江母、江凤梅、肖父、肖海君、张亦华、林一凡、秦姑等都来了。林一凡还特意代表村里送来了一对饰有百年好合图案的瓷板画。正大门口，竖放着江兆南和高雅红的结婚照。大厅里站着前来道贺的亲朋好友和部分员工代表。婚礼由张亦华主持，内容完全是自由式的，既有当地的传统风俗，又有改革开放后的新做派。上午十时整，随着一阵震耳欲聋的鞭炮响起，江兆南和高雅红分别在厂里两个男青年和两个女青年的陪伴下走了出来。江兆南身穿崭新的西装，红色的领带配着红花，看上去显得格外的帅气。高雅红身穿绣着牡丹花的红色旗袍，胸前戴着鄱阳湖珍珠项链，气质高贵优雅，显出一种东方女性特有的古典美。虽说两人早已心心相印息息相通，但在这个人生的特殊时刻，又面对这么多的亲朋好友，江兆南和高雅红还是非常激动，甚至激动得有些不自在，有些手足无措。新郎新娘先是拜天地，拜父母，拜亲友，接着是新郎新娘相互交换信物，再接着是一对学前儿童为新郎新娘献上寓意早生贵子平安幸福吉祥的红枣、花生、苹果、蜜橘，再接着是新郎新娘同时共吃一个挂着的苹果，再接着是肖海君代表亲友致辞表示祝贺，再接着是情歌表演，一对男女青年手拉着手走了出来，男的向女的抛了一个媚眼，便唱起了"阿妹像只红辣椒，看得阿哥心发烧，好想偷来咬一口，又怕阿妹不点头"。歌声未落，女的便接了上来："阿哥不要心发烧，阿妹暗自喜心头。早就盼哥咬一口，尝尝辣椒啥味道。"歌声引起了大家的共鸣，全场的男男女女也跟着对唱了起来，把婚礼的气氛推向了高潮。然后是狮子舞。在一阵欢快激越的锣鼓声中，一对漂亮的狮子绕场一周后，紧接着就是眼花缭乱的各种动作。它们一会翻滚、腾跃，一会骑立、滚球；一会相互舐舐、搔痒，一会依偎、嬉戏。既给人以惊险刺激，又给人以浪漫温馨。当表演完毕脱装致谢时，大家发现表演狮舞的竟然是一对年轻男女，都不由发出一片赞叹声。

表演结束后，大家都纷纷上前同江兆南和高雅红握手，热烈祝贺两人新婚大喜。江父江母站在一旁乐得合不拢嘴。这时，数不清的鲜花向江兆南和高雅红抛去，这对新郎新娘顿时沉浸在花朵的芬芳和甜蜜中。

办公大楼外，晴空万里，阳光灿烂，前边的树林里，一群喜鹊在"喳喳"地叫着。

第二十一章

1

南江彩电厂自投产以来，产销两旺，效益很好。这让张亦华喜不自禁。她感激伯父为她搭建了这么一个宽阔的平台，使她有了施展身手的用武之地。她暗暗鼓励自己，一定要乘胜前进，继续努力，使彩电厂的经营管理水平不断跃上新台阶。

也许是人逢喜事精神爽，张亦华在办公室美美地坐了一会，然后兴奋地哼起了流行小曲。

这时，厂办秘书带着一个中年妇女走进办公室：张总，这是蔡文彬副市长的夫人，她找你有点事。

张亦华：市长夫人驾到，有失远迎，快请坐。

蔡副市长夫人：张总很年轻啊！

张亦华：那是因为南江的水很养人。

蔡副市长夫人：大家都说你们彩电厂办得好，老蔡还在人前人后夸你能干呢。

张亦华：谢谢蔡市长的夸奖！彩电厂能有今天，首先要感谢市里领导的大力支持和关心。

蔡副市长夫人：张总，我今天来主要是想请你帮个忙，我侄子不久要结婚，能不能照顾卖一台彩电给我？真不好意思开口，给你添麻烦了。

张亦华：别客气，市长夫人要买台彩电，我照办就是了。

蔡副市长夫人：那就谢谢张总了。

张亦华随手拿起一张便签写上"请按内部价供给彩电一台"的字样交给厂办秘书：你陪着蔡大姐去办理购买手续。

刚把蔡副市长夫人送出门，办公桌上的电话又响了。

张亦华：哪位？找谁？

供电局长：找张总，我是市供电局长。

张亦华：我就是，请问局长有何吩咐？

供电局长：张总你好，我们局里几位领导和中层干部想买彩电，想请你照顾一下。

张亦华：请问一共有几位局领导和中层干部？

供电局长：局领导十一位，中层九十六位。

张亦华：这么多啊，正好一个班和一个连。本来局长您开口了，给你们一人一台彩电一点问题也没有，但因为每天生产的彩电数量有限，而眼下各地商家都在厂里等着提货，鉴于你们要的彩电比较多，能不能先给你们局领导的，中层的晚点给。

供电局长：按说先给局领导也可以，但局领导不能先为自己着想。再说对你们厂来说，百把台彩电算什么，我看你还是一起给吧，我们局里上上下下对你们厂一直是全力支持的。

张亦华听出了供电局长话里的意思，心想这个"电老虎"是得罪不起的，否则以后有你的好果子吃了，于是咬了咬牙回道：好吧，一起给。

供电局长：那就谢谢张总了！

张亦华把话筒"啪"的一下放回原处，脸上写满了不高兴，刚才的好心情一下子消散了。她隐隐感到有种被勒索的味道，心想好在只有一个供电局，如果有几十个这样的供电局，那我这个彩电厂不赔光了才怪呢。

不一会，厂办秘书推门进来报告：蔡副市长夫人的电视机已办好，她很高兴，并再三要我向张总表示感谢。

张亦华：办好了就行，不用她感谢。

厂办秘书：这里还有一张给你的条子。

张亦华接过一看，是市外贸局罗局长写的。"我的夫人的六个兄妹每家需要购买一台彩电，请关照为盼！"

外贸局是外资企业的主管部门，彩电厂的很多事情都需要局里的支持和协调，张亦华当然不能拒绝。她随即在条子上批了"请如数供给"几个字。

厂办秘书拿着批条出去了，张亦华坐在椅子上很无奈地看着窗外。

大约过了一刻钟左右，厂办秘书又进来向张亦华报告：刚才连着接了几个电话，都说要来厂里购买彩电。

张亦华：是哪些部门？

厂办秘书：市工商局、财政局，还有两家银行。

张亦华：这些单位一共要买多少台？

厂办秘书：大约三百多台。

张亦华一听觉得事情有些严重了。此前，为了照顾对厂子给予过支持的单位和人员，厂里内定直接卖给他们的每台彩电价格比成本价要低。原来总认为这些内部照顾的数量不会有多少，对厂里的损失也不会太大，没想到现在有这么多的单位和人员都来向厂里伸手了。要是这样不断照顾下去的话，那到厂里内部购买彩电的单位和人员就会越来越多，加上进口的零部件最近又涨价了，每台彩电的制造成本也随着上升，这样厂里的损失也就会越来越大，到时有可能不堪重负，直至把厂子拖垮。想到这里，张亦华对厂办秘书说：这些单位如再打电话来，你暂且不要答应，也不要回绝，倘若他们要找我，你就说我不在厂里。我需要见的人我会直接告诉你。

厂办秘书会意地点了点头，出去时把门拉上了。

2

肖海君走进大街上的一个电话亭，把几枚硬币投进电话机后拨起了家里的号码。江凤梅正在家里打扫卫生，听见茶几上电话铃响，赶紧拿起话筒接听，肖海君在电话里对江凤梅说，自从他到深圳工作后，凤梅还没来过。下个星期休假，他就不回去了，要凤梅带儿子来深圳住几天，陪母子俩好好玩玩，并说怕养猪场的事情太多凤梅离不开，他已打电话跟林一凡说好了，由秦姑暂时代管几天。江凤梅也很想去深圳看看，就说她准备一下，过两天就动身。

肖海君放下电话就到商店里买了巧克力等很多好吃的东西，还给凤梅买了几件好看的衣服，装了满满的两个塑料袋，提着进了宿舍，放在了茶几上，接着取下眼镜擦了擦又戴上，然后坐到椅子上拿起桌子上放大了的儿子照片看了又看，不由自言自语地说：儿子，你妈过两天就要带你来了，爸要好好地带你玩个够。

3

江凤梅去深圳的那天，儿子生病发烧了。

江凤梅把儿子紧紧地抱在怀里，儿子不停地喊着"好难过"，把江凤梅急得直冒汗。

肖父：小孩这样高烧久了不行的，得赶快到医院去打退烧针。

江凤梅：过去村里有合作医疗，找赤脚医生打个针很方便，现在得要到镇医院去。

肖父：快走，凤梅，我同你一起去。

江凤梅：爸，你腿不好，还是我一个人去。

肖父：那怎么行？到镇医院有十几里路，我去找个车子。

江凤梅：我问了，几辆车子都出去了，治病要紧，我背他去。

肖父：你一个人背个小孩会累得走不动的。

江凤梅：我走小路去，可近一半的路程。

肖父：小路虽近好多，但一半都是山路，你一个人背个小孩更吃不消，我必须同你一块去。

江凤梅：乖乖，今天本来是妈妈带你去广东看爸爸的，恰你生病了，等爷爷和妈妈带你到医院把病治好了，妈妈再带你去，你爸在盼着我们呢。

肖父：看病回来给海君打个电话告诉他，免得他着急。

江凤梅让儿子趴在背上并用带子绑好就往镇医院赶，肖父隔个五六步走在后面。还好平素劳动惯了，江凤梅背着小孩并不感到怎么吃力，只是在过山坡时稍稍觉得有点累。到了镇医院，医生让江凤梅抱着孩子坐下，简单问了一下情况后，就拿支温度计给小孩量体温，接着戴着听诊器给小孩做检查。诊断完毕后，医生告诉江凤梅，小孩可能是受了凉，患的是重感冒，虽然体温 39.3 摄氏度，但没发现有其他感染，现在打个退烧针，再开点退烧和治感冒的药带回家吃，并注意多喝水，不要再受凉，这样过两天就好了。江凤梅听了，悬着的心终于放下来了。

4

临近中午，天上的云多了起来，没有一丝风，闷得人有些透不过气来。

从医院出来，江凤梅本想到镇上父母那里去一趟，但考虑儿子生病不方便，就背着儿子同肖父直接往家里赶了。

由于烧退了不少，儿子的精神好了许多，他不时地向妈妈问这问那。

"妈妈，你不是讲要带我去爸爸那里吗？"

"你生病了怎么去呀？"

"我病好了可以去吗？"

"你病好了妈妈就带你去。"

"爸爸那里好玩吗？"

"很好玩，爸爸说带你去动物园里看老虎，去公园里坐碰碰车。"

儿子高兴地拍着小手：太好了，我马上就要到爸爸那里去玩哟！

肖父：你妈妈好累，要不你下来走一段。

江凤梅：我不累，乖乖，听爷爷的话，不要闹了。

儿子不再说话，伏在妈妈背上睡觉了。

当他们走到山脚的小溪时，突然天空乌云密布，仿佛黑夜来临。一声震耳欲聋的雷声从头顶滚过，眼看一场暴雨顷刻间就要袭来。

江凤梅看到小溪边有个瓜棚，急忙对肖父说：爸，我们到那里边躲一躲。

肖父：好，你别管我，赶快躲进去，别让小孩淋着雨。

江凤梅奔到瓜棚，解开背带把小孩放下，肖父也紧接着进来了。就在这时，狂风裹着暴雨急剧而下。

电闪雷鸣，雨柱如注。一个小时过去了，两个小时过去了，三个小时过去了，暴雨非但没有丝毫停歇，反而越下越放肆，越下越凶狠，小溪里的水也随之飞快上涨，眨眼就漫过溪岸了。

大水向瓜棚涌来，里面是不能待了，必须马上离开，还好这时雨停了。江凤梅向四周望了望，发现右前方有一块高地，于是对肖父说：爸，那里地势高，我们先过去避一下。

肖父：你带小孩先去，我走得慢，随后就到。

这时，一阵轰隆轰隆的响声从小溪上游传来，江凤梅扭头一看，一股山洪正以排山倒海之势向下卷来，她顿感大事不好，一面朝肖父喊着"爸，山洪来了，走快点"，一面爬上高地，把小孩放下来并严厉交代他站在原地不要动后，又转身跑回去扶着肖父尽可能走快一点。

山洪咆哮着越逼越近，卷走了瓜棚，吞噬着一切。江凤梅扶着肖父快到高地的脚下时，山洪的涛头汹涌地打了过来。眼看两人就要被洪峰卷走淹没，就在这千钧一发之际，江凤梅拼尽全力把肖父推上高地，随即自己也迅速往高地上爬去。谁知这时一个巨大的浪头打来，江凤梅来不及躲避被冲走了。

肖父一看江凤梅被山洪卷得不见人影，焦急万分地喊着：凤梅！凤梅！

儿子一看妈妈没了，拼命地哭喊着：我要妈妈！我要妈妈！

尽管爷孙俩喊得声嘶力竭，江凤梅没有丝毫应声，只有山在回响，水在翻滚。

5

肖海君在罗湖车站的出口来回走着，并不时地看看手表。这时随着一阵广播的响起，358次列车驰进了深圳车站。

因为马上就要见到妻子和儿子，肖海君兴奋极了，他买了一张站台票，到了月台上。随着列车缓缓停住，他急忙跑到5号车厢门边迎接母子俩。旅客们一个一个走出车门，最后车厢里的人全走空了，就是不见江凤梅和儿子。肖海君怀疑是不是搞错了车厢，他沿着列车从头到尾找了一遍，还是没有看到母子两人。最后他返回到出站口，在那儿守候，等到这趟列车的所有旅客都出站了，妻子和儿子还是没有出现在他的眼前。肖海君只好失望地回到了厂里。

肖海君坐在宿舍的桌子前左思右想，母子俩说好了今天到的，怎么又没来呢？这是怎么回事呢？他准备打个电话回去问问具体情况。正欲出门，厂办一位工作人员匆匆忙忙跑进来报告说：肖总，你家里来电话，说有紧急事告诉你。

肖海君"啊"了一声，飞快地跑到办公室，拿起话筒：爸，我是海君。

肖父泣不成声：海君，你迅速赶回，凤梅被洪水冲走了。

肖海君听了如晴天霹雳，脑袋"轰"的一声炸开了：啊？凤梅被洪水冲走了？救到了没有？

肖父：没有。

肖海君长叹一声，泪水立即模糊了镜片：老天爷，你怎么这样惩罚我？

6

围坊村，肖家。

厅堂正墙中间的桌子上放着江凤梅的遗像，江父、肖父、江兆南、林一凡等在一旁心情沉重地站着，江母边哭边呼唤着女儿的名字，秦姑、小万也泣不成声，儿子不时地哭喊着"妈妈"。杨大任和汪小丹也特地赶来悼念。肖海君悲痛至极，对着江凤梅的遗像撕心裂肺地说道：凤梅，你是我的好妻子！你为我付出了很多很多，你养猪供我上大学，你支持我到广东干事业，你以柔弱的身子默默地撑起这个家，正是有了你，才有了我的今天！两天前，我还满怀期待我们在广东相聚，没想到你就这么快地突然走了。凤梅，我对不起你！你虽然走了，但你永远都是我的好妻子！

这时，张亦华默默地来了，她首先向江凤梅的遗像三鞠躬，然后走到江父江母和肖父跟前说：大伯大妈，我伯父听说海君的妻子不幸遇难，十分难过，要我代表他和厂里表示深切哀悼，并向你们全家表示真挚慰问。望你们节哀保重，千万不要伤着身体。

江父：谢谢厂领导的关心。

张亦华又走向肖海君，对他说：海君，我伯父说，你这段时间就不要回厂上班，在家里好好陪陪老人和孩子。你也不要过分悲痛，人走了是无法挽回的，把老人孝敬好，把小孩带大成人，把自己的事业做好，这就是对逝去妻子的最好悼念，这也是凤梅生前的心愿。

肖海君虽然十分感动，但因整个身心笼罩在哀痛之中，只是木讷地点了一下头。

7

永发酒厂，生产车间一片忙碌。邱太聪和技术员在车间里观察生产情况。

技术员：邱总，用工业酒精勾兑白酒，这是国家严令禁止的，这样生产出来的白酒，人喝了会中毒的，严重时还会致人死命的。

邱太聪：我也没有办法，许总下令要我大幅度增加白酒产量，一下子又没有那么多酒基，那只有用工业酒精代替了。

技术员：我们这样做是在拿人民的生命当儿戏，要遭报应的。

邱太聪：据我所知，用工业酒精勾兑的白酒，少量喝不会危及人的生命。这段时候生产的这种白酒，基本上都卖出去了，到现在也没有发现哪个人喝出了问题。

技术员：我看还是慎重一些好。

邱太聪：慎重？你我都知道，许总要的是多赚钱，要的是高效益，要的是以最快的速度把厂子做大做强，让竞争对手趴在自己的脚下。

技术员没有再作声了。

8

前山县工商局。质检科罗科长拿着一份《要情摘报》，急匆匆地走进了局长办公室。

质检科长：这是县政府的急件，上面有领导的批示。

局长接过来一看，是反映有五个农民喝了永发酒厂生产的"贡之王"酒后严重中毒，二位已经死亡，三位生命垂危正在医院抢救的情况。分管的占仲金副县长在上面批示：请县工商局迅速派员深入永发酒厂调查核实，并作出严肃处理。

局长看完后，随即对罗科长下令：你马上带领几个强有力的人员到永发酒厂去查明事实。若情况属实，不仅要对有关人员予以严肃处理，而且要对该厂予以关停，以确保人民群众的生命安全，重要情况要随时汇报。

罗科长立即带着三个人员乘着由吉普改装的专用车直接到了永发

酒厂生产车间。他先上下左右打量了一遍，然后叫人把厂里的负责人找来。许向才、于彤和大富这天恰好外出了，只有邱太聪在厂里。

罗科长：请问你是厂里的负责人吗？

邱太聪：我是厂里的副总。

罗科长：我们是县工商局的，来你厂检查产品质量。

邱太聪感到情况有些不妙，但表面上还是笑容可掬：欢迎县局领导来我厂检查指导。

罗科长：我们要在现场取几瓶白酒去进行化验，请你配合一下。

邱太聪心想这下要露马脚了，但又不敢不从：好的，请你们随便取。

罗科长立即吩咐同来的两个化验员当场随机取出一瓶酒到食品化验站里化验，他在这里等着化验结果，并要求邱太聪在产品化验结果出来以前不要走动。邱太聪虽然紧张得开始冒汗，但还是故作镇静。

大约过了一个多小时，两个化验员就回来了，他们拿着化验单向罗科长报告：化验所显示的成分是工业酒精，这种白酒是用工业酒精勾兑的。

罗科长：那是名副其实的假酒。

化验员：现在可以得出结论，那五个农民就是因为喝了这种用工业酒精勾兑的白酒导致中毒以致死亡的。

罗科长：马上把化验情况向局里报告。

9

县工商局长向副县长占仲金汇报案情。

县工商局长：经过调查，《要情摘报》所反映永发酒厂的情况属实。这个厂生产的用工业酒精勾兑的白酒，致使多个饮用者中毒，其中二人死亡，我们建议对该厂实行停业关闭，对厂里相关人员依法追究责任。

占仲金：我原则上同意你们提出的处理意见，不过有些情况你们要考虑周全一些。

工商局长：你是不是说这个案子牵涉到于副书记的女婿许向才？这也已经弄清楚了，这个厂子的法人代表是一个叫大富的人，不是许向才，也不是他的妻子，两人在厂子里没有任何职务，用工业酒精勾兑白酒是厂里的副总邱太聪干的，与许向才夫妇也没有关系。

占仲金：这样的话他们就没有责任了？

工商局长：是的，我们提出的意见是依法追究有关人员的责任，不包括他们夫妇两人。

这时，县委办公室的一位干部送来于副书记的批示：永发酒厂发生的问题是十分严重的，严重危害了人民的生命安全，对有关责任人员必须作出严肃的处理。

工商局长：于副书记这么重视，要不要向他做个汇报？

占仲金：于副书记这不是有态度吗？我看就按你们提出的意见予以处理，不要汇报了吧。

工商局长：明白了，我们马上执行。

随后，县工商局对永发酒厂进行了查封，县检察院也逮捕了大富和邱太聪。

10

酒厂出事后，许向才和妻子于彤十分紧张和害怕，偷偷逃到了一个偏僻的山沟里，两人并排坐在一块大岩石上，样子十分狼狈。

于彤：厂子被封了，检察院又把大富和老邱抓了，下一步恐怕就要抓我们。

许向才：还好那天不在厂里，要不然当场就被抓了。

于彤：跑得了今天跑不了明天，总不能老这样躲下去吧。

许向才：我仔细想了想，他们抓不到我什么把柄，因为厂里的法人代表是大富，我也没有直接对老邱说要用有毒的原料，只是要他想办法把产量和效益搞上去。即使专案组找到我，他们也拿我没办法。

你就更不用怕了，你完全可以说对厂里的情况不了解。

于彤：那我们就回去吧，何必这么躲着呢？

许向才：我看能不能这样，你可以先回去，主动协助专案组调查，这样也显示了我们的一种态度，我就到广东去暂时避一避，等风头过了就回来。

于彤：那专案组问你到哪里去了，我怎么回答？

许向才：你就说上次出差一直没有回家就行了。

于彤：那专案组问你为什么没有回来，我又怎么向他们交代？

许向才：你就说可能是不是听到了风声就躲着不回了，反正不管他们怎么问你都说不知道。当然你还要主动表示积极协助专案组把人找回，一旦发现在什么地方马上报告。

于彤：好，听你的，以后你不要再去做这样伤天害理的事情。

许向才：你不要说了，快回吧，我也走了。

11

一辆小车沿着蜿蜒曲折的山区公路向着南江市行驶，车上坐着张亦华和肖海君。

江凤梅去世后，张亦华为了让肖海君能够经常回家看望孩子，就向伯父建议把他调到南江厂来。伯父当即表示赞成，并要张亦华受他的委托通知肖海君到南江厂上班。今天张亦华就是特地来接肖海君的。

肖海君：亦华，厂里对我这么关心，我很过意不去。

张亦华：你不要这么说，如果当初就让你到南江厂来，也许凤梅的悲剧就不会发生，也就不会给你造成这么大的痛苦。

肖海君：天有不测风云，这事不能怪厂里。

张亦华：这次把你调到南江厂来，也算是一个补救，离家近了，照应起来也方便一些。

肖海君：你们想得比我还周到。

张亦华：再说一个这么大的厂子，我一个人管着挺累的，你来了，我就轻松多了。

肖海君：你确实不容易，从你来南江的那天起，我就为你捏把汗，没想到一路下来你干得这么出色。

张亦华：说实话，当初我心里也没有底，自己也不知道是怎么挺过来的。现在有你在，我就什么也不怕了。

肖海君：以后有什么急事难事你就让我去办吧。

张亦华：我相信通过我俩的努力，厂子一定会越办越好，越来越兴旺发达。

12

傍晚，正是南江彩电厂换班的时候，一些工人下班，一些工人上班。

工人们交接班结束后，肖海君才从车间里出来回到宿舍。从到南江厂上班的这些天来，为了减少心中的痛苦，白天他发狂似的狠命工作，而一旦下班，他的精神一下子就崩塌了，全身感到非常疲倦。肖海君在椅子上坐了一会，好让筋疲力尽的身体稍稍得到恢复。这时，桌上的电话铃响了，他拿起话筒，里面传来儿子的声音：爸爸，我想妈妈！

肖海君的心顷刻间碎了，眼泪不由夺眶而出，他取下眼镜揩了揩：我的乖乖，好好听外公外婆的话。

儿子：爸爸，你要回来看我呀！

肖海君：爸爸刚来厂里工作忙，等过段时候回去看你。

张亦华正好来找肖海君，听到父子俩在通电话，她一阵心酸，在门口站住了。等他们通完话后，张亦华才敲门进去。

肖海君：亦华，有事要找我吗？

张亦华：没有，就是来看看你，我得跟你说，工作太狠了可要当心身体啊！

肖海君：身体没问题，再说工作再累也是累不死人的。

张亦华：刚才你跟你儿子的电话我听到了。你可得要兼顾一下，小孩刚没妈妈，会感到很孤单，你要经常把他从凤梅父母那儿接来厂里，让他在你身边享受父爱。

肖海君：那恐怕不行，我没那个时间和精力照顾他。

张亦华：你若忙不过来，我可以帮帮你呀！

肖海君：那多不好意思。

张亦华：我们之间你还客气什么，明天你就回去接他来住一段时间。

肖海君心里既感动又温暖：好吧。

张亦华正要离开时，小包里的 BB 机响了，她连忙取出来，是伯父发来的，上面写着一行字：亦华，明天你回深圳，有急事要商量。

肖海君：那明天你得回一趟深圳了。

张亦华：我打算明天一早就赶往机场直接飞深圳，争取速去速回，我离开的这几天厂里的事就交给你了。

肖海君：你放心去吧，我会尽全力把厂子看着，等你回来我再去老家把小孩接来。

13

飞机在深圳机场一降落，张亦华就匆匆走出机舱，在廊道里一眼看见杜强，她猜他是来接她的。

杜强领着张亦华沿着贵宾通道出了机场，来到一辆皇冠小车旁边。

张亦华：你用这么高级的小车来接我，我有点受宠若惊。

杜强把车的右前门打开：这次我是专程来接你回来的。

小车像箭一般驶离了机场朝市里奔去。

张亦华：专门接我回来，你这话是什么意思？

杜强：你马上就会知道的。

张亦华：你快把我送到厂里去。

杜强：好，我开快一点。

张亦华：你把车直接开到我伯父办公室门口。

杜强：你谈完事后就出来，我在这里等你。

张亦华：你不用等了，我和伯父还不知谈多久呢。

杜强开车去朋友那里了，张亦华来到伯父办公室。

伯父看见张亦华，忙叫她坐下：我还以为你要晚些时候才到呢。

张亦华：接到你电话后，我就连忙往机场赶，生怕今晚到不了。

伯父：叫你赶回来，是你妈催的。

张亦华：我妈为啥要你催我来？

伯父：要我把你调回深圳厂。

张亦华：为什么？

伯父：前些时候，你妈听说肖海君的妻子去世了，就跟我提出把你和肖海君对调一下，南江厂就让肖海君负责管理，你回深圳。

张亦华：我妈肯定又是对我不放心。

伯父：这事我开始没答应，但你妈像个催命鬼似的，三天两头电话追着我，非得要你回来不可。

张亦华：伯父，你是不是再权衡权衡，是把我调回来好呢，还是让我继续留在南江厂好呢？

伯父：从目前情况来看，你留在南江厂更有利一些，这个厂子是你一手办起来的，现在正处在发展的关键时期，做企业跟打仗是一个道理，最忌讳的就是临阵换将，要是现在把你调回来，势必会对厂子的发展产生不利影响。

张亦华：既然这样，两权相衡，厂子的发展毕竟比我妈的意见要重要得多。当然，我若回来可让肖海君接替我，但他也得有一个对厂了的熟悉过程，何况他现在还没有从悲痛中完全走出来。所以无论从哪个方面来说，我目前都不宜离开南江厂。

伯父：但我说服不了你母亲。

张亦华：那伯父的意思还是要把我调回来？

伯父：是的，南江的厂子就交给肖海君。

14

张亦华本来要同杜强一道回广州，但这事搅得她心里不顺，就一个人到了家中。

张母看见女儿回来，非常高兴：亦华，回来啦！

张亦华没有搭理她妈妈，只是气愤地往沙发上一坐。

张母：伯父找你谈了？杜强呢，他不是去接你了吗？

张亦华一听就更火了：原来你们是在合谋算计我啊！

张母：怎么算计你？这样你离家近了，也好有个照应，杜强也很想你回来，结婚这么久你还没怀上孩子，他很着急的。

张亦华：你就知道杜强，为什么一点也不为我考虑？

张母：我这不都是为你好吗？

张亦华：好什么？！南江厂是我一手建起来的，倾注了我的心血，凝聚着我的感情，你们事先也不和我商量就把我调离，这是为我好吗？这是在往我心上割肉！

张母：你把我们的好心当恶意，太不像话了！

张亦华：不像话就不像话！我以后再也不想进这个家门了！

张母：那你现在就给我滚！我就当没生你这个女儿！

张亦华扭头出门就走了。

张母气得一屁股坐在沙发上掉眼泪。

15

从家里出来后，张亦华就直接回了南江。肖海君没想到她这么快就回厂里了，赶紧过来看她。

肖海君：这次来回蛮快的。

张亦华：告诉你，我是来向你辞别的。

肖海君：辞别？你说什么？

张亦华：我伯父已决定把我调回深圳厂了，没想到吧。

肖海君：你伯父怎么能作出这么粗率的决定？

张亦华：这不能怪他，主要是被我母亲逼的。

肖海君：可你伯父也不能光听你妈妈的呀！

张亦华：我伯父也没办法。"文革"中伯父和我父亲逃到香港后，两兄弟相依为命，感情很深。不久我父亲得了重病，临终前对我伯父说，如果将来你有机会回到老家，一定要代我把你弟媳母女俩照顾好。所以我伯父对我母亲和我十分关心，凡我母亲要办的事，他都二话不说，一一照办。

肖海君：亦华，你母亲要你回去，我想肯定又是因为我的缘故。

张亦华：大概是吧，你现在单身了，又到了南江厂，她怕我们又搅和在一起。

肖海君：那要不让我重回深圳的厂子去，这样你妈就不会硬要你回去了。

张亦华：那怎么行？这话你就不要再提了。

肖海君：但我不走你就得离开南江厂，依现在的情况，南江厂不能没有你。

张亦华：还是我离开吧，我伯父说了，我走之后由你接替我在南江厂的职务。

肖海君：我刚刚来，好多事情还是两眼一抹黑，这个担子我挑不起。

张亦华：海君，你就不要推辞了。

肖海君：亦华，这样我会对不起你的，一辈子会受到良心折磨的。

张亦华：海君，你千万不要这样说，我走后，你一定要注意保重身体。

张亦华向肖海君作了简单交接后就启程回深圳。肖海君送她到省城机场，两人依依惜别。飞机腾空而起，肖海君一动不动站在那里痴痴地望着，直到飞机消失在蓝天白云中。

16

前山县城，深夜，街上一片寂静，只有位于城中心的舞厅不时传来音乐声。

许向才拉下衣帽遮着脸，低着头在街上悄悄走着，在快到自己家里时，他停住观察了一下，发现四周没有人，才轻轻地敲了敲门。

于彤听见敲门声，急忙来到门边，低声问：谁？

许向才：是我，快开门。

于彤一听是丈夫回来了，赶紧把门打开半边缝让许向才进了屋。

于彤：你终于回来了，这段时间我整天都是心惊肉跳的。

许向才：家里情况怎么样？我躲在外面心里也很不踏实。

于彤：你走后，他们把我找去审问了，问我你到哪里去了、白酒的生产是怎么回事。我就按你讲的，一概回答"不知道"。

许向才：他们没有逼你？

于彤：开始有几个人非要逼我讲不可，后来有个人说她实在不知道就算了，看看没有问出什么名堂，就让我回来了。

许向才：肯定是看在你父亲的面上就放过你了，大富和老邱现在怎样？

于彤：因为他们两人一个是法人代表，一个是负责生产的副总，对整个事故负有直接主要责任，检察院把他们两个抓起来了。大富这次非常够意思，把所有责任都揽在自己身上，一口咬定跟我们毫无关系，让我俩躲过了这一劫。

许向才：他们两个出来了没有？

于彤：没有，听说还要判刑。

许向才：厂子怎么样？

于彤：还能怎么样？已经查封停掉了。

许向才：看来厂子是办不下去了。

于彤：这个样子还想办下去？就是你想办也不好再去办了。

许向才：那只有等解封了把它卖掉。

于彤：我也觉得卖掉算了。

许向才：具体怎么卖，到时你看着办吧。

于彤：你今后打算怎么办？

许向才：我这次偷着回来主要是看看动静，根据你刚才说的，我估计这次我已不会有什么事了，但也不能再在本地干了，必须转移到别的地方去。

于彤：那你准备到哪里去呢？

许向才：我这次在广东躲了一个多月，感觉那里做事的机会比我们这里多得多，我想还是到那里去比较合适。再说全国到广东打工的人不计其数，我去那里也不惹眼。

于彤：你说得有道理，我同意。

许向才：我到广东还是想办个企业，先悄悄地干它几年赚点钱，你跟不跟我一块去？

于彤：我不跟你去，看你干的都是些见不得人的事。我在家，你在外混不下去了回来还有个窝。

许向才：我想明天晚上就走，免得被人发现。

17

广东沙埔，十多年前的一个小镇，如今成了一个热闹繁华的中等城市，尤其是到了晚上，这里的街上流光溢彩，斑斓多姿，靓丽得就像一个青春少女。

在一间酒楼里，许向才独自坐在一张靠窗的桌子前，几盘菜被他吃得差不多了，两小瓶白酒也喝得只剩下一杯了。一人孤身在外，不免寂寞难耐，只好借酒消遣。他有些醉了，眼光蒙眬地看了看窗外，对面是一个夜总会，在不时传来的迪斯科乐曲的强烈刺激下，许向才坐不住了，他把最后一杯酒倒进嘴里，便离开酒楼向夜总会奔去。他本来是去舞厅的，却鬼使神差地走进了按摩桑拿室。里面的陈设简单而不失优雅，一张床，一对沙发，一套桌椅，只是温度有些高，叫人想脱衣服。许向才看看没人，正疑惑间，一位小姐飘然而至。她穿着一套薄薄的乳黄色丝裙，领子开得很低，露出一片迷人的雪白和一条深深的乳沟。她拉着许向才在床沿坐下，一只手搭在他的肩上，一只手在他的身上摸来摸去，丰满高耸的酥胸微微颤动着，许向才顿时心乱神摇，欲眼迷离。

小姐：先生是头一次到这里来？

许向才：嗯。

小姐做了个媚眼：难得第一次，一定要玩个痛快。

许向才又"嗯"了一声。

小姐更加风情了，目光也变得恍惚起来，一边脱衣，一边躺下。

许向才的欲火喷发了，他把衣服一脱，迫不及待地把她抱住了。

小姐一边喘着粗气，一边扭动着腰身，不时发出啊啊的欢叫。

许向才也知道这小姐的样子八成是做出来的，但仍感到格外刺激，觉得五脏六腑都要掏空了。

许向才从来没有这么痛快过。完事后，他觉得意犹未尽，又捧着小姐的乳房亲揉了好一阵才作罢。

离开时，许向才端起小姐的下巴，说：我会忘不了你的！

小姐双手捂着乳房，做了一个娇态：我要你经常来。

18

出了按摩桑拿室，许向才又进了夜总会的舞厅。同刚才孤男孤女风情万种相反，这里却是热闹非凡。这夜总会的大厅简直就像一把五彩缤纷的大扇子，前方正中是一个铺着红色地毯的小舞台，一角摆着吉他、电子琴、洋鼓洋钹等乐器，大厅的中间是一个铺着花色瓷砖的舞池。除朝着舞台的那一面外，舞池的其他三面都摆着小桌和椅子。许向才进去时，里面几乎座无虚席。他好不容易找到了一个位置，刚一坐下，随着一阵震耳欲聋的音乐响过，一位穿着花色长裙的妙龄女郎走出来了，她慢慢提起话筒，先嗲声嗲气地说道：大家晚上好，我现在献上一首《恰似你的温柔》，希望朋友们喜欢。接着她模仿着邓丽君的样子唱了起来。也许是触动了内心的隐秘，这位歌手越唱越投入，越唱越动情，不禁引起了全场观众的共鸣。一曲歌罢，大厅里发出了一片赞叹声。

女歌手向全场深深地鞠了一躬，此时西装革履的男主持人走出来：让我们以热烈的掌声祝贺她精彩的演唱！

此时，一位年轻的小伙子向女歌手献上了一束三十元的玫瑰花。接着，又有一位年轻姑娘和一位老板模样的中年人向女歌手各献上一个五十元和一百元的花篮。

随着男主持人激昂的声音，在一阵节奏快速的音乐中，又一位穿着白色超短裙的年轻女歌手出台了，她边走边向台下挥着手，并大声说道：大家晚上好！一到台中间，她什么客套话也没说，就直接唱了起来。从那熟悉的旋律中，人们知道她唱的是《潇洒走一回》。她边舞边唱，歌声激越放荡，动作张扬狂野，充满一种把酒当歌、人生几何、潇潇洒洒过把瘾的人生况味。伴着她的歌声，人群中发出一声声的喊叫，许向才也被歌声感染着，情不自禁地叫着"好！好！好！"他凭着直觉感到这一位歌手比前面一位更有活力，更有灵性，也更合乎他的口味。女歌手演唱刚落，还没等男主持人出来，人们就争先恐后地奔上台把一束束鲜花一个个花篮献给她，有个香港打扮的男青年献花后还和女歌手合了影。许向才心想，自己初来广东，人地生疏，举目无亲，要能认识这样一个歌手就好了，经常在一起玩玩聊聊天，也就不感到孤单了。于是，便花了一百元买了由九十九朵玫瑰组成的一束鲜花想当场献给女歌手，但刚朝舞台走了几步又转身坐回了自己的位子上。他要单独把花献给她，这样就可以和她认识了，说不定还可以交个朋友呢。于是，等这位女歌手谢幕后，许向才便捧着玫瑰花束向后台走去。

这位女歌手正准备卸妆，许向才走上前去把玫瑰花束献给她：你唱得好极了，衷心祝贺你！

女歌手：谢谢你的鲜花，谢谢你的夸奖！

许向才：我想请你喝茶聊聊天，不知合适不合适？

女歌手：行，在哪儿？

许向才：旁边的酒吧。

女歌手：你稍等一会好吗？

许向才：不急，你卸好妆再说。

19

没到一支烟的工夫，女歌手就卸好了妆。许向才带她到了附近不远的酒吧。两人选了最里面的一张小桌面对面坐下来，许向才点了几个风味粤菜，又要了一瓶红酒。他想自己和女歌手素不相识，原以为她会谢绝自己的邀请，没想到她一口应承。他问了女歌手的名字叫李芬。真是机会难得，缘分难求啊！他要同李芬好好喝几杯。

许向才举起酒杯：来，为你的精彩演唱，干杯！

李芬同许向才碰了碰杯，说了声"谢谢"就把杯子放下了。

许向才：你怎么不喝？演出累了，喝点酒解乏。

李芬：今天嗓子唱得有点痛，不想喝。

许向才：你在这儿唱了多长时间了？

李芬：一年多了。

许向才：大学艺术系毕业的吧？

李芬：中师毕业，学的是艺术专业。

许向才：那你应该当老师呀！怎么到这儿唱歌来了？

李芬：毕业后是分到学校当老师，因为嫁了一个搞音像的老板，就辞职下海了。

许向才：怎么没跟你老公一块从事音像业呢？

李芬：结婚不到两年就分手了。

许向才：什么原因呢？

李芬：他被一个更年轻漂亮的女歌手给勾引走了。

许向才：我看你也是个美女，哪个女人有那么大的本事能从你怀里把你老公挖走？

李芬：你不知道，现在音像业非常跑火，很多歌手都想出唱片赚名气，千方百计讨好接近音像老板。在音像行业，老板换老婆就像换衣服一样，快得很，有的老板一年就换一个。

许向才：照你这么说，搞音像制品一定很赚钱啰。

李芬：那当然，你要是能办一个音像制品厂，那等于开了一个印钞厂。

许向才正苦于不知办什么企业，这句话让他眼睛发亮：你说的是真的？

李芬：那还有假？

许向才：如果是这样，我想试一试。

李芬：你是不是说说玩的？

许向才：不是，我是真想办。但对这方面的行情一点也不懂，你干过这一行，有经验，我们两人来个合作怎么样？

李芬也正想办一个音像制品厂。她离婚以后，也是在这夜总会里唱歌时，认识了做音像买卖生意的黄乃亮，两人勾搭厮混在一起不久，李芬就向黄乃亮谈了办厂的想法，黄乃亮为此通过熟人去上面活动了好多次，但因找不到关键人物就没有办成。现在许向才提出合作办厂，这正中李芬下怀，她马上点头表示赞成：我们合作可以，不过这办音像制品厂就跟办个出版社一样，审批十分严格，难度非常大，不知你在北京找不找得到关系？

许向才：办音像制品厂要哪个部门审批同意？

李芬：国家新闻出版署。

许向才：我有个远房的表哥在新闻出版署工作，找他行不行？

李芬：他是个什么级别的干部？

许向才：是个司长。

李芬：那肯定行。

许向才：还有市场销售这一块，我一点门道都没有。

李芬：这个你不用担心，交给我就行了。

许向才：那我们的合作是不是就可以定了？

李芬：我觉得可以，我们两个有各自的优势，办个音像制品厂肯定没有问题。

许向才：这样你就有自己真正的事业了，就不要天天去夜总会唱歌，见到把你甩了的那个前夫老板你也可以抬头挺胸了。

李芬：你说到我心坎里去了，我一直咽不下这口气，就想报这一箭之仇！

许向才：为了抓紧时间，我们两人做个分工，我主要负责拟草项目建议书和跑北京的审批手续，你主要负责落实项目在当地的用地等有关手续的办理，这些办妥后就开工建厂。

李芬：好，祝我们的合作成功！

20

扩建后的四层客家餐馆开张营业，大门口两边摆了不少花篮，一串爆竹"噼噼啪啪"响了起来。肖丽萌喜笑颜开，朋友熟人纷纷向她表示祝贺，黄乃亮站在旁边不时朝着肖丽萌微笑。

朋友熟人道贺后进到餐馆一层大厅依桌坐下，具有浓郁客家风味的小炒鱼、粉蒸肉、四星望月等菜肴一盘盘端了上来，浓烈的香味和喜庆的气氛荡漾起一阵阵欢快的声浪。

肖丽萌同黄乃亮走到大厅的最前面，她先笑着看了看大家，然后拉了拉黄乃亮的手，介绍说：这是我的音乐老师，现在我和他给大家献上一首客家山歌《阿哥出门去广东》，既为庆祝餐馆扩建后重新开业，也借这个机会向关心餐馆的各位朋友表示衷心感谢。

在人们的热烈掌声中肖丽萌和黄乃亮对唱了起来：

> 阿哥出门去广东，
> 打只山歌显威风。

隔山老虎对崖走，

赚到钱来回家中。

也许是餐馆开业荡起了激情，肖丽萌今天的嗓音显得特别空灵，歌声也特别婉转动人，黄乃亮也唱得声情并茂，两人完全沉浸在歌里的意境中，仿佛就是一对即将分别的恋人。人们听得也是如醉如痴，以至两人的演唱结束了还没有发觉，最后还是肖丽萌说了一声"谢谢"，大家才如梦方醒，又重新回到了现实中。

演唱完毕，肖丽萌又挨桌敬酒表示谢意，大家都夸她歌唱得好，并祝她生意兴隆财源茂盛。直至客人们吃完饭后，她把他们一一送走后才缓过气来。

21

由于扩建后的餐馆面积比过去大得多，肖丽萌把第四层作了住房。除员工住宿外，她用半边辟了个三套间，供自己独住。

晚上，肖丽萌洗漱完毕身穿睡衣懒散地坐在椅子上，她打开录放机，静静地听着台湾歌手苏芮的歌声，当播放到《牵手》时，她还跟着哼了起来。忙碌了一整天，肖丽萌想好好放松休息一下。

门外响起了敲门声，肖丽萌知道是黄乃亮来了，因为白天他讲了晚上要来看她的。肖丽萌赶紧起身把门打开。

黄乃亮抱着一束鲜红的玫瑰花进来了，他恭恭敬敬地往肖丽萌面前一站：献给你，丽萌！

肖丽萌虽然也知道黄乃亮对自己有爱意，但没想到他会用这样一种方式表达。她不知怎么说才好，只是把花接过来，说了一声"谢谢!"

黄乃亮盯着肖丽萌反复打量着，弄得肖丽萌很不好意思：怎么？不认识我啦？

黄乃亮：真有点认不出来了，同白天好像换了个人似的。

肖丽萌：有什么不同的，不就是换了套衣服吗？

黄乃亮：不，比白天显得苗条，气质也更优雅。

肖丽萌：那是因为白天做事，穿衣也不需要那么讲究。

黄乃亮：我是故意这样说的，其实你不管什么时候穿什么衣服都很好看。

肖丽萌：不管样子好看不好看，今天这餐馆能够扩建营业对我来说比什么都好，这真多亏了你！

黄乃亮：不要客套了，你的事就是我的事。

肖丽萌：你说得是，这餐馆也有你的一份。

黄乃亮：不仅餐馆有我的一份，你整个人都是我的。

黄乃亮说完猛地把肖丽萌搂在怀里，肖丽萌也用双手紧紧地搂在黄乃亮的腰上。一阵狂吻之后，黄乃亮把肖丽萌抱上了床，肖丽萌像被电击似的哼了几声，目光也渐渐迷离了，而且越来越朦胧，越来越混沌，整个身子就像飘在了空中。经过一番猛烈的云雨之后，肖丽萌好似一湾松软的海滩，柔柔地躺在床上一动不动，她感到从未有过的幸福。

过了很久，肖丽萌才微微睁开眼睛：我们结婚吧。

黄乃亮：我也想结婚，但离了的那个女人老纠缠着我不放。

肖丽萌：离婚了怎么还纠缠你？你是不是有什么把柄在她手里？

黄乃亮：没有，有些女人就是会胡搅蛮缠。

肖丽萌：你就对她一点办法也没有？

黄乃亮：正在积极想办法，等我把她搞定了我们就结婚。

肖丽萌：快点啊！

黄乃亮：其实不结婚像现在这样也挺好的。

肖丽萌：好什么？名不正言不顺的。

黄乃亮：别担心，我不会让你失望的。

肖丽萌侧过身子，像小鸟般地依偎在黄乃亮的怀里，黄乃亮用手轻轻地在她身上抚摸着，脸上掠过一丝不易察觉的得意。

第二十二章

1

围坊村，深秋的阳光温柔而明媚。

市委书记梁光含在村里调研，杨大任陪同，他此时已是县委副书记，但仍然兼着北岭镇党委书记。因梁光含是在其他县调研路过临时决定到村里的，所以就没有通知县委书记何先运参加，林一凡在前面带着路。

梁光含走进千亩脐橙园，一棵棵树上挂满了金黄色的果实，景象非常壮观。

一对年轻的夫妻在采摘脐橙，梁光含朝他们走去，林一凡忙向夫妇俩说道：市委梁书记来看望你们了！

夫妇俩停下手中的活计，向梁书记点头致意。男主人随即拣了一个最大的脐橙递给梁光含：请书记尝一尝。

梁光含接过脐橙，问：你家种了多少亩脐橙？

男主人：十五亩。

梁光含：今年可产多少脐橙？

男主人：三万斤左右。

梁光含：现在市场上每斤脐橙卖一块二左右，这样算来你家光脐橙一项收入就有三万五千元以上。

林一凡：实际收入要少一些，因为每家产的脐橙是由村里的公司以每斤一元收购的，然后再由公司向市场出售。

杨大任：这是一种"公司加农户"的形式，年初村里的公司同每户村民签订合同，规定每斤的价格，脐橙成熟时由公司统一收购，市场价格高于规定价格时多卖的收入归村里，市场价格低于收购价格时不够的部分由村里贴补，这样就确保了村民的利益在欠收年不受到损失。

梁光含：这样就解除了村民的后顾之忧，他们就可以放心大胆种植了。

林一凡：村里公司统一收购还有一个好处，就是不用每家每户去跑市场。

男主人：梁书记你说得太对了，这合同一签，我们就吃了定心丸，不用担心脐橙卖不出去了。

林一凡：村里公司统一收购还有一个好处，就是既方便了村民，又节省了他们的精力，特别是对那些不太会做买卖的人就更是巴不得。

男主人：我们就巴不得村里统一收购，省心省力。

梁光含：谢谢你们的脐橙，我带回去好好品尝。

2

梁光含觉得种植脐橙的前景相当广阔，他想了解更多这方面的情况，于是又到了另一片脐橙林里。不远处，一对年轻人在把脐橙倒进箩筐里，一个年纪大的父辈在旁边帮着忙。梁光含正想过去同他们聊聊，谁知那个男青年抬起头来就朝他喊道：梁书记！

梁光含一看是江兆南：小江，你什么时候也来摘脐橙了？

江兆南：我刚到的，我给书记介绍一下，这是我爸，这是我爱人高雅红，在厂里分管财务和销售。

林一凡：你们来也不打个招呼，我和杨书记都不知道。

江兆南：看你们够忙的，想想还是不惊动为好。

梁光含：你家种了多少亩脐橙？

江兆南：一共十二亩，是交给别人代种的。

江父：向书记汇报一下，因我家常年在外面，兆南在市里办企业，我们老两口在镇上开商店，没时间顾上种脐橙，所以就包给别人种了。

梁光含：怎么个包法？

江父：每亩每年付给报酬三百元，主要是负责施肥、除草等日常管理，脐橙收入归我们家。

林一凡：像江兆南家这样的村里还有二十几家，都是用的这种办法。

杨大任：这样做既解决了外出人员不能种植脐橙的问题，又使村里富余劳动力增加了收入，一举两得，两全其美。

梁光含：小江，你们家的脐橙也都统一由村里收购吗？

江兆南：如实向书记报告，我家里今年的脐橙没卖给村里，我这次来摘脐橙是运到厂里分给全体员工，让大家尝尝，还有就是送点给帮过自己和厂里的朋友。

梁光含：你这样做很有人情味。

高雅红：兆南总是念叨着梁书记好。

江父：他现在是一门心思办厂去了。

梁光含：应该这样，我们南江要发展，就得要有小江这样一批懂经营会管理的民营企业家。

江父：梁书记，别夸他了，三十好几了，办了这么多年的厂子也没办出个名堂来，上次不是你亲自过问，恐怕在班房里还没有出来呢。

梁光含：我们不能以一时的成败论英雄，小江还很年轻，以后一定大有作为。

江兆南：梁书记，我到年底就满三十七周岁了。

梁光含：那不仅跟我的小孩同年，还同月。

江父：书记你肯定早就抱孙子了。

梁光含：没有，到现在小孩的下落都不知道呢。

江父：是不是小时候走丢了？

梁光含：不是，送人了。一九五七年我被打成右派，爱人刚生小孩因受牵连不堪忍受批斗寻了短见，我也被发配到了劳改农场，行前只好把出生不到五个月的小孩托付给了一个朋友，谁知这个朋友不久也被打成右派，他又把小孩托付给了他的一个熟人，几年后这个朋友去世了，小孩的音讯也就断了。

江父看了看江兆南，总觉得自己的儿子同梁书记有点像，于是说：书记你是好人。好人一定有好报，小孩肯定会找到的。

江兆南：我爸说得对，梁书记，你的小孩会找到的。

梁光含：但愿吧。一凡，听大任说你们村里还建了养猪场，我们看看去。

<h1 style="text-align:center">3</h1>

村养猪场，牛斤在缠着秦姑说话。

牛斤：我的缺点已经改掉了，你为什么还不答应我，难道你以后就不嫁人了？

秦姑：去去去！哪有你这样死皮赖脸的？

牛斤：我死皮赖脸？难道我配不上你？要知道你是地主家的女儿，又是结过婚的，我出身贫农，还是团男呢！

秦姑：你出身好，是团男，那你赶快去找个根红苗正没有结过婚的团女去。

牛斤：哼，只是我还没碰到，要不我找个给你看看。

秦姑：那你赶快去找呀，别在我这里纠缠了。

牛斤：怎么？我就是要纠缠你，今晚我还要住到你家里去。

秦姑：那好，你是不是要我晚上开门在家等着你？

牛斤：你开门等我？真的？你说话要算数的。

秦姑看见林一凡同几个人过来了，赶紧催着牛斤说：来人了，你快走吧。

牛斤口里不断嘟囔着"你说话要算数"的，然后很不情愿地走了。

这时梁光含走了过来，林一凡指着秦姑介绍道：这是我们村养猪场负责人，秦姑。

秦姑：领导好！

林一凡：你把生猪生产情况向梁书记作个简单汇报。

梁光含：不要专门汇报，我们边看边谈。

秦姑：好的。

梁光含：这养猪场建得还不错，现在存栏生猪有多少？

秦姑：一千零三十二头。

梁光含：全年出栏生猪多少头？

秦姑：九百一十七头。

林一凡：我们全村八百六十一人，等于人均出栏一头猪。

梁光含：按每户四点五人计，养猪可以给每户增加一千二百元左右的收入。

林一凡：村里给每户的没有那么多，大任书记说要留下一些钱，一方面加大投入实行滚动发展；一方面要从中拿出一些钱为村里办事。

杨大任：这个养猪场是用集体资金建起来的，当初的目的主要是为了发展壮大村级经济。

林一凡：这两年村里办的一些大事都是从养猪场赚的钱开支的。

梁光含：大包干以后农民致富了，但也产生了一个新的问题，就是村级经济削弱了，有相当一部分村成了"空壳村"，你们建了村办养猪场，解决了这个问题。

林一凡：我们做得还很不够，还要继续努力。

秦姑：村里要求我们在两年内生猪出栏翻一番。

梁光含：我看这个目标可以实现，现在广东那边生猪需求量很大，有多少他们就收购多少，而且价格也不低，这个机会你们一定得抓住。

杨大任：一凡，梁书记刚才讲的很重要，你们抓紧研究落实。

林一凡：我们一定认真落到实处。

4

从养猪场出来，梁光含到了村庄上，看到一些人家建的三层高的崭新小洋楼，他赞不绝口。

林一凡：村上现在有三分之一的人家建了新房，还有一些人家正在建，我们想在五年以内让村里所有人家都住上新房。

梁光含：这很好，但新房建设一定要注意规划，不能东一栋西一栋。

林一凡：这点我们做得不够好，以后坚决改正。

杨大任：一凡，你请梁书记到一户人家里看看。

林一凡指着跟前的一栋小楼：要不就请梁书记到这家看看。

梁光含顺便走了进去。正在厨房腌制腊肉的中年妇女，赶紧边洗手边招呼大家：请到厅里坐。

梁光含：这房子有多少面积？

中年妇女：大概三百六十平方米。

梁光含：一共花了多少钱？

林一凡：花了十二万多。

梁光含：你家有几个人？

中年妇女：四个，孩子他爸和我加两个小孩。

梁光含：一家人住这么一栋小楼很气派啊！

杨大任：比你这个市委书记的住房好多了。

梁光含：那不知比我住的要好多少倍，就是省里领导的住房也没这么好，他们绝大多数住的都是五室二厅的公寓房。

中年妇女：我们住上这么好的房子，这在过去想都不敢想。

梁光含：你们不仅住得好，还买了彩电、冰箱，家具也是新的，这跟城里的生活没有什么两样。

中年妇女：这都是党的政策好！

梁光含：随着改革开放的深入，大家的生活会越来越好。

5

从中年妇女家出来后，梁光含一行到了村头。大樟树下临时放着一张小桌子和几个小凳子，小桌上摆着切好的三大盘脐橙。

林一凡要梁书记和各位领导休息一会，但梁光含并没有立即坐下，而是站在那里抬头凝望了好一阵大樟树。

梁光含：这棵樟树的岁数不小啊！

林一凡：老人们说有这村子时就有这棵大樟树。

梁光含：没想到依然这么茂盛，这可是你们村里的大宝贝，一定要好好保护。

林一凡：我们一定会的。梁书记和大家走累了，请歇一歇，尝尝村里的脐橙解解渴。

梁光含首先拿了一片脐橙吃了一口：味道很甜，汁水充足，是我吃过的脐橙中最好的。

林一凡：听专家说，我们这里的脐橙比其他地方的味道好是因为土壤里含有稀土。

杨大任：我这是第三次吃围坊村的脐橙了，好像今年的比头两年的更好吃。

林一凡：头两年是刚刚挂果，味道不太纯正。今年是大面积开始挂果，加上增施了农家肥，所以要好吃一些。

杨大任：一凡你已成专家了，比我这个学农的强多了。

林一凡：你太谦虚了，我们村的千亩脐橙园，还有千头养猪场都是在你手把手的指导下搞起来的。

梁光含：今天在围坊村实地调研后，我感到非常振奋，又很受启发。村里通过大力发展果业、养猪业，不仅富裕了农民，而且壮大了村级经济。围坊村走出了一条发展农村经济和农民致富的新路子，对振兴我们革命老区具有很强的示范和典型意义。

杨大任：这是书记对我们工作的肯定、支持和关心，我们一定继续努力，不断进取，争取工作再上一个新的台阶。

梁光含抬头看了看大樟树然后把目光转向大家：你们有这个态度就好，我们任何时候都要努力把村级经济搞上去，只有把这个基础打扎实了，村子才能兴旺发达，老百姓也会越来越满意，就像这大樟树一样，根深才能叶茂，根深才能永葆生机蓬勃。

杨大任：梁书记的话富有哲理，我们一定要认真领会。

梁光含：我回去后就派个调研组把你们围坊村的经验认真总结一下，并准备在全市推广。

林一凡：衷心感谢梁书记的关心和厚爱！我有个小小的要求向书记汇报一下。我们村的脐橙虽然好看又好吃，但外界还不了解，我们想请市里的宣传部门对我们村的脐橙在报道上给予大力支持。

梁光含：你讲的这件事非常重要，我看可以选一个合适的时候，大家都去当一次围坊村脐橙的义务宣传员，帮村民们卖脐橙去。

6

这天是星期天，省城果品大市场里人来人往，特别拥挤。"烟台苹果，好看好吃""寻乌蜜橘，汁多又甜""新疆葡萄，香甜可口""南丰蜜橘，皇上贡品""广东香蕉，大量供应""广西甜柚，卖完为止""澳洲猕猴桃，水果之王"等叫卖声以及各种各样的讨价还价声此起彼伏，响成一片。

在大市场的入口处，铺在地面的塑料布上堆满了金灿灿的脐橙。梁光含、何先运、杨大任和林一凡等人肩披写着"南江脐橙"的红色绶带，站在摊子前销售脐橙，引得过往的顾客一片好奇。

梁光含向来来往往的行人大声喊叫：南江脐橙，我省水果的新王牌，味道好极了，各位可以免费尝一尝。

一些人纷纷停下来拿起切好的脐橙尝起来，有些人尝了还想尝，一连尝了好几片，并发表自己的看法。

"味道真好，确实不错。"

"不仅个大颜色好，口感也很好。"

"没想到我省也能出产这么好的脐橙。"

这时，来了一位五十来岁的企业经理。他拿起一片脐橙尝了尝，说：我在美国洽谈生意时吃过那里的脐橙，觉得我们的脐橙品质比他们的要好。

梁光含：我们南江的脐橙是引进美国一种叫"朋娜"脐橙的改良品种，这也是青出于蓝而胜于蓝。

企业经理：你好像是梁光含书记吧？

梁光含：就叫我老梁好了。

企业经理：书记您站台当脐橙推销员，这可是新鲜事，我们省加快发展大有希望啦！

梁光含：我们当领导的就应该实实在在为老百姓办点事。

企业经理：这脐橙多少钱一斤？

梁光含：一块二。

企业经理：我买二十斤。

梁光含：一凡，你称二十斤给这位同志。

大家一看这个企业经理一下买了这么多脐橙，其他的人都争相购买。

"给我称五斤。"

"我买十斤。"

"我也买十斤。"

"我要十五斤。"

就这样，不到两个小时，拉来的一千斤脐橙就卖了个精光。

南江市委书记梁光含卖脐橙的这一幕，被不声不响站在旁边的一个省报记者看到了，他把这个过程写了一篇通讯登在第二天的省报头版。于是，南江脐橙迅速传遍了全省各地。

7

肖海君躺在床上，翻来覆去睡不着。他爬起来站在窗前望着外面，除了远处一两盏路灯发出昏黄的光外，大地一片漆黑。夜，寂静得有些可怕。突然，旁边的树林里发出几声凄厉的猫头鹰叫声，吓得肖海君心惊肉跳，他急忙上床躺下用被子把头遮住，听听许久没有响声，他才扯下被子露出头来看着黑暗中的天花板。人就是这样，越睡不着的时候就觉得时间过得越慢，他盼望赶快天亮，但天一直就是黑乎乎的。他就这么躺着，脑子却乱纷纷地转着。凤梅的去世，在他心里留下了巨大的创伤和阴影，对她的愧疚就像刀子一样时刻在剐着他的心。但旧伤未愈又添新愁，最近张亦华又因他而离开了她亲手创办的南江厂，这对她寄予无限希望的事业也是一个打击。他觉得自己是不是太自私了，心里总像是欠了债似的。这些天来，肖海君几乎没有睡过一个好觉，每晚最多就是闭着眼睛迷糊一下而已。

东方刚刚露出一丝亮色，肖海君就起床了。他像往日那样先沿着厂区察看一遍，接着到车间检查夜班和白班交接的情况。由于晚上睡不着觉，口里没有味，肖海君勉强吃了几口早饭后，他又开始主持召开生产经营调度会。自张亦华走后，南江厂的担子都落在了他的身上。他明显感到体力不支精力不济，走路说话稍多一些就会气喘心悸，而且经常还会烦躁郁闷，神情恍惚，有时甚至会产生一种马上就要垮掉的感觉。果不其然，在调度会进行到一半时，肖海君突然脑袋嗡嗡作响，眼睛发黑，随即失去知觉，倒在了地上。

会场一片惊讶，大家迅速围拢过来，几个人把肖海君上身慢慢托起，让他半躺在一个人的怀里。

"肖总，怎么啦？"

"昏迷了！"

"肖总，醒醒！"

"赶快送医院！"

不一会，医院的救护车来了，大家小心翼翼地将肖海君抬上车躺在架子床上，医生给他挂上氧气瓶。车子迅即向市人民医院奔去。

8

深圳，新宏彩电厂。

张亦华急匆匆推开伯父办公室的门：伯父，找我有什么急事？

伯父：刚才南江厂来电话说，肖海君开会时昏迷过去倒地上了，估计病得不轻。

张亦华：什么？有没有生命危险？

伯父：不太清楚，现正在医院救治。

张亦华：人命关天，那得赶紧派人去。

伯父：找你来就是商量这个事，我想让你回南江去，你那里人头熟，回去一方面可以通过医院的熟人让肖海君的病得到尽可能好一些的治疗，另一方面就是厂里的生产和经营你可以立马接上去不会受到影响。

张亦华：伯父，你的考虑是对的，我去最合适。

伯父：我也考虑过你妈妈不会同意你回南江去，但是没有办法，救人要紧，厂子也不能没有人负责。

张亦华：我妈也不能总是胡搅蛮缠不讲道理。

伯父：你妈的工作我会尽力做好，你马上就动身，越快越好。

张亦华：我这里的工作交给谁？

伯父：这个你不用管，我会另作安排。

张亦华：好的，我回去收拾一下就奔机场。

9

南江市人民医院。肖海君静静地躺在病床上，医生在给他输液。

张亦华轻手轻脚地进来了，厂办秘书连忙过来招呼：张总，你来了。

张亦华小声地答道：刚赶到的。

张亦华站在病床前看了好一会肖海君，等医生忙完出门时跟上去问道：病情怎么样？重不重？

医生：吃睡不好，身体虚弱，心情郁闷，情绪低落，初步诊断为贫血症并伴有重度神经衰弱。

张亦华：要紧吗？

医生：这种病是由营养和精神方面的原因引起的，关键是要对患者加强营养，缓解精神压力，再辅以有关药物的治疗，这样慢慢就会恢复健康。

张亦华：听你这么一说，我明白了。

医生：还要注意的是，患者在康复之前，不要给他工作压力，不要让他受到刺激，要让他始终保持心情愉快，精神放松，这比什么都重要。

向医生道谢后，张亦华正要进病房，看见江兆南提着一个瓦罐来了。

张亦华叫了一声：兆南。

江兆南：亦华，知道你要来，没想到这么快。

张亦华：海君生病，我肯定得快来。

江兆南：昨天我一得到消息吓坏了，赶紧跑了过来，听医生诊断后才把心放下来。

张亦华：我当时听了也非常紧张，还好有老天保佑。

江兆南：看海君身体非常虚弱，给他炖了一点鸡汤补补。

张亦华：我们进去，看海君醒了没有。

张亦华在肖海君的病床边坐下来，轻轻地叫了一声：海君。

肖海君睁开眼睛：亦华，你怎么来啦？

张亦华：我来看看你呀，好点了吗？

肖海君：好些了，不知怎么搞的，开会开着开着就昏过去了。

张亦华：刚问了医生，是因为太劳累的缘故。

肖海君：南江厂这副担子我挑不起，还是交回给你吧。

张亦华：我伯父说了，你安心治病，这段时间我不走，厂里的事由我负责。

肖海君：这就好了，这样我心里就好受多了，不然总觉得对不起你。

张亦华：海君，你不要想那么多，先把病治好再说。

江兆南：你把这鸡汤喝了，医生说你身体太虚弱，需要加强营养。

张亦华扶肖海君坐起来，并把放在矮柜上的眼镜给他戴上：趁热的，快喝吧。

肖海君感激地看了看张亦华。

10

肖海君出院后，张亦华要他安静休息一段时间。她有时陪他聊聊天，有时同他一起听听音乐，有时和他一起散散步。江兆南和高雅红也几乎每天都要抽空来看他，汪小丹也几次特意带来杨大任的问候。

这天下班以后，张亦华在向肖海君说着笑话。

张亦华：老婆问老公，世界上什么人最专一？老公答道我最专一，因为我是火车司机，一心沿着轨道跑，永远不出轨。老公接着问老婆，世界上什么最花心？老婆答道我身上的钱，到了商店就跟人跑了。

肖海君听了，笑得前仰后合，眼镜都差点掉下来。

江兆南和高雅红恰好进门听到了，也眼泪都笑出来了，他俩没想到张亦华还是个幽默高手。

张亦华：我们能不能找个时间去外面玩玩？

江兆南：你这提议好，有利于海君的身体尽快康复。

张亦华：你觉得去哪里好？

高雅红：不少人说百丈山很美。

江兆南：那就到那里去怎样？

张亦华：行，大家去那儿尽情地玩一玩。

恰好第二天就是星期日，江兆南、肖海君、张亦华、高雅红一大早便向百丈山进发。真个是好一座仙山，山上林木茂密，绿荫蔽地，流水潺潺，云雾缭绕。前面的绿树丛中，一座不大的寺庙挑出一角飞檐，大门上的"百丈寺"横额时隐时现。四个人在寺庙前停了下来，怀着虔诚和敬畏，他们放轻脚步进到了里面。

寺庙里只有五个和尚，显得有些冷寂。

张亦华：好像香火不旺啊。

江兆南：你不要乱说，这寺庙还是蛮灵的，市里有些领导经常来这里祈福消灾，寺庙的住持还是市政协委员，相当于副处级干部。

张亦华：和尚也有级别？

这时方丈出来了，一身袈裟，精神矍铄。

江兆南问：请问长老，这寺看样子很古老，不知是什么时候建的？

方丈：阿弥陀佛，明朝初年建的，开始时不是寺，而是一座普通的民房。

张亦华：那后来怎么变成寺了呢？

方丈：据说洪武年间，有一天，一个做生意的年轻人被强盗抢劫一空，慌慌张张逃到这里，这时天已经黑了，由于又累又饿，他倒在路边昏过去了。醒来时已是第二天清晨，他发现自己躺在温暖的被窝里，一直守候在床头的年轻姑娘看见他睁开了眼睛，高兴得大喊起来，马上端来了一碗鸡蛋汤让他喝了，接着又要妈妈做了饭菜让他饱餐了一顿。这个年轻人十分感激，他向母女俩讲述了自己的遭遇，离开时对母女俩说，如若以后东山再起，重新发财，他一定会回来重重地报答这救命之恩。

张亦华被这故事深深吸引，急切想知道结果，问：年轻人以后怎么样了？

方丈：年轻人以后发了大财，他带着大量钱财来了，准备答谢母女俩。但当他进到屋里时，却发现里面破败不堪，空无一人。

张亦华：那母女俩到哪儿去了呢？

方丈：年轻人在这里等了好多天，又问了好多人，都不知母女俩的去向，最后年轻人将这笔钱在母女俩住的地方建了一座寺庙，以纪念她俩助人救人的功德。

肖海君：这母女俩和这个年轻人了不得！

方丈：阿弥陀佛！善哉善哉！

张亦华：这里太让人受教育了，遗憾没带相机，不然可以留个影。

江兆南：我带了个凤凰相机，还准备了点心，大家放心玩吧。

张亦华：还是兆南想得周到，我们以寺庙为背景合个影。

肖海君：要不请方丈帮个忙，为我们拍个照。

方丈：阿弥陀佛！善哉善哉！

江兆南把相机给了方丈。四人在寺庙大门的台阶上站好，方丈端起相机"咔嚓"一声把他们定格在了百丈寺前。

江兆南：我们再爬爬山怎么样？

张亦华：不知海君吃得消吗？

肖海君用右手食指把眼镜向上推了推：精神好像好多了，先试着爬爬，万一不行就让江兆南背我。

江兆南：好，你走不动了我来背。

高雅红：慢慢走，累了就歇一歇再走。

11

四人沿着山谷幽清的小溪走了一段，然后折向崎岖的山路上攀登。江兆南在前，肖海君和张亦华在中间，高雅红在后。

走到半山腰时，肖海君气喘吁吁，大汗淋漓，连眼镜上都是汗水。

张亦华拿出毛巾给肖海君：把汗擦擦，要不要歇歇？

肖海君：歇一下。

山路呈"之"字形向上延伸，越到后面坡越陡。四个人在原地休息了一阵后又继续向上攀登。

江兆南回头看着肖海君走得很吃力，问：要不要我背？

肖海君：算了吧，还真的要你背？

张亦华：兆南，你已背了那么多吃的东西就不要管了，我在海君后面，他走不动了，我会用手推着他走。

前面一个峭壁，上面就是山顶。眼看胜利在望，大家分外兴奋。

江兆南觉得太险，于是他先好不容易爬上去把东西放下，然后转身下来，说：为了安全起见，我把你们一个个扶上去。

张亦华：你把海君扶上去就行，我可以爬上去。

高雅红：我也可以爬上去。

江兆南：来，海君，我们先上，让她们两个在后面跟着。

江兆南扶着肖海君慢慢往坡上爬，两人爬几步就停下来歇一会。在爬到最险的一段时，虽说只有不到三米的距离，但真有点比登天还难的感觉。还好左上方有棵大树，最近的一根树枝江兆南正好可以用手够得着，于是他爬上去一手拉着树枝，一手拉着肖海君，拼尽全力好不容易把肖海君拉上了山顶。

由于体力消耗过大，肖海君一屁股瘫坐在了地上。

张亦华和高雅红随后也爬到了最险的峭壁下面。为了尽量不给江兆南添累，张亦华试图学着江兆南抓着树枝爬上去，但因为手太短怎么也够不着，只好放弃了。

江兆南：亦华，别费那个劲，还是让我来拉你一把吧。

江兆南随即一手抓着树枝，一手抓着张亦华的手，顺势用力一拉，张亦华便上来了。

接着，江兆南又去拉高雅红，当他的手刚要抓到高雅红的手时，高雅红的脚底一滑便摔下去了，还好没滚下去多远被树给挡住了。肖海君和张亦华吓得不约而同地大叫了一声，江兆南赶紧下去把高雅红扶起来，问：伤着了没有？

高雅红：还好，只是左手胳膊擦了一下，有点痛。

江兆南把高雅红袖子挽起来看了看，肖海君和张亦华在山顶上问：怎么样？

江兆南：还好没有擦破，估计是被什么碰痛了。

张亦华：谢天谢地！

高雅红：没事，再爬吧。

江兆南揉了揉高雅红擦伤的地方，帮她把袖子放下来：行不？

高雅红：行。

张亦华：千万要稳当点。

高雅红：好的，我会注意。

这次高雅红吸取了教训，她先把脚下踩稳，然后再拉住江兆南的手，借着江兆南的拉力，爬到了山顶上。

登上了百丈山的峰顶，大家都发出了会心的微笑，俯瞰着一望无际绵延起伏绿浪翻腾的层峦叠嶂，大家心中都不由得荡漾起一股"会当凌绝顶，一览众山小"的豪情，特别是肖海君好像换了个人似的，情绪比来时好了许多，精神也振奋了许多。他好久没有这样登山了，在峰顶上看到的风光就是不一样，真个是无限风光在险峰啊。

12

那天，许向才同李芬谈妥后，经过精心准备，他就坐火车到了北京，找到了在新闻出版署工作的远房老表。

许向才：表哥，有件事想请你帮个忙。

远房老表：什么事？

许向才：我想办个音像制品厂，能不能请你出面签个字批准同意？

远房老表：这个难度很大，再说我又不管这个事。

许向才：我知道办这事非常不容易，所以就来麻烦你了。

远房老表：找我真的没用，我办不到。

许向才：你在这里工作，肯定熟悉分管这方面的人，要不你带我去认识一下？

远房老表：好吧，我带你去主管音像制品的司长那里，你直接向他汇报。

许向才跟着远房老表到了司长的办公室，远房老表把他介绍给了司长就离开了。

因为是初次见面，许向才先没有谈创办音像制品厂的事，而是和司长拉起了家常。

许向才：司长您看起来很年轻，有四十岁吧？

司长：真像你说的那个岁数就好了，我今年已年到半百了。

许向才：您完全不像五十岁的人，听你普通话讲得特别好，是首都人吧？

司长：我是东北人，参加工作就一直在北京。

许向才：小孩读大学了？

司长：两个小孩，一个读大学，一个读高中。

许向才：那您两个小孩都大了，不用您和夫人操心了。

司长：家里还有岳父岳母两个老人，我们两个又要上班，除了星期天，平时根本就没有时间做家务。

许向才：没有请个保姆？

司长：以前请了一个，因吵着要我给她安排工作，我没有办成，就气得走掉了。

许向才：这个保姆也很不讲道理，怎么要您给她安排工作？

司长：她以为我的官很大，安排个把人没什么问题，其实，一个司长在北京根本算不了什么官，只要一出门，在哪儿都一大堆。

许向才：您可不能这么讲，在我们下面看来，您这个司长的官还是很大的。

司长：你的话也不假，地方上的好多事情都要经过司长这一级才能办成。

许向才：司长，您家现在没有保姆，要不要再找一个？

司长：我已托人找了好长时间都没有结果，你能找到？

许向才：应该没有什么问题，我们那里年轻姑娘有的是，听说要来北京领导家里做事都巴不得呢。

司长：那麻烦你帮忙找一个，不过事先要讲好不能安排工作，否则就不要。

许向才：您放心，保证不会向您提那样的要求。万一要安排工作，我也会想办法解决，不会给您增加难题。

司长：那我们就这样说定了。

许向才见时机已到，马上说：好，我一定办到。司长，我有一点小事，不知您方便不方便出面说一说？

司长：哪方面的事？

许向才：我准备办个音像制品厂，听说要署里审批，不知行不行？

司长：你下面的手续都办好了吗？

许向才：都办好了，各项材料都带来了。

司长：你放我这儿，我先看看再说。

许向才：那就拜托领导了。保姆一找到，我就立即给您送来。

司长：有劳你了。你这音像制品厂的事，我们研究后，会给你一个明确的答复。

许向才：司长，那我就不打扰您了。

13

从新闻出版署出来后，许向才反复掂量着，今天虽然同司长谈得很好，但关键是能不能为他找到保姆，要是能找到，这音像制品厂批准的事也就八九不离十。倘若找不到，那办音像制品厂的事也就泡汤了。这东北人就是爽快，比自己那个老表亲戚够味，怪不得省外的人都说江西老表胆小呆板怕惹事。反正不管怎样，成败在此一举，而且只许成功，不许失败。于是，许向才取消了回广东的念头，临时决定回江西家里。因为改革开放以来广东人有钱了，都不愿去做那伺候人的事情，只有在家乡这样欠发达的革命老区才有人还愿意做保姆。许向才一到家，就要妻子于彤千方百计在半个月以内必须把保姆找到。丁彤也是不负所望，想方设法通过熟人物色到了一个刚满十六岁长得不错且做事勤快的姑娘。许向才看后觉得不错，应该符合司长的要求。于是当天就买了两张车票，和她坐上了去北京的火车。

果然不出所料，当许向才把这位年轻姑娘带到司长那里时，司长非常满意，连声感谢许向才为他找了一个好保姆，解决了他家的一个大难题。许向才也对姑娘再三交代，一定要全心全意为领导家里服务好，不能有丝毫的疏忽和懈怠。

这次，许向才没有再向司长提音像制品厂的事。他直接回了广东。十多天后，他就收到了新闻出版署关于准许创办音像制品厂的批复。许向才欣喜若狂，马上打电话给李芬：我们创办音像制品厂的报告署里批下来了！

李芬：你真有两下子，这么难办的事竟然被你办成了。

许向才十分得意：那当然，要办厂创业，没有两下子怎么行？

李芬：这样的话，我们马上就可以开工建厂了。

许向才：这是百年大计，是我们事业的希望所在，你要好好请人选个大吉大利的日子动工！

14

这天晚上，餐馆打烊后，肖丽萌拖着疲惫的身子回到住处，她简单洗漱了一下就躺床上了。别看她营业时有说有笑，甚至有时还摆出一副老板娘的架势，让许多人羡慕不已。但当她回来一个人独处时就觉得非常孤独和空虚。对于一个女人来说，没有什么比孤独和空虚更难受的了，她忽然感到自己是如此的脆弱。女人脆弱往往是身边缺少一个男人的肩膀做依靠。这时，她不由想黄乃亮来。餐馆开业已几个月了，餐馆的人气也日见其旺，效益也越来越好。黄乃亮本来跟她说好十天以内就会来的，可是直到现在也没见到他的影子。不仅如此，他连一个电话也没有。肖丽萌曾几次打电话给他，电话里不是忙音就是没有人接听，搞得她心里很不舒服，甚至有些生气。今晚，她又抱着一种试试看的心态，拿起电话拨了黄乃亮的号码，让她感到兴奋的是，这次黄乃亮竟然在家，他接电话了。

肖丽萌：你这段时间玩失踪了？

黄乃亮：对不起，丽萌，向你赔不是。

肖丽萌：你究竟到哪里去了？

黄乃亮：我在办理音像制品厂的审批、登记和征地等手续，整天忙得到处跑，所以也就没给你打电话。

肖丽萌：忙了就把我忘了，不想我了？

黄乃亮：哪会忘啊，时时刻刻都在想你。

肖丽萌：想我，那你怎么这么久不来？

黄乃亮：我明天就到你那里去。

肖丽萌说了一句"别骗我"就把电话挂了。

15

第二天傍晚，黄乃亮来了。肖丽萌不像过去那么热情，只是叫服务员把他安排在一个小单间，上了几个菜和几瓶啤酒，让他一个人用餐，肖丽萌也没有陪他一块吃。

黄乃亮知道肖丽萌是故意给他脸色看，也就没有作声，吃完饭后也没有惊动她，而是一个人坐在那里看着电视。其实，他是在等肖丽萌，他断定她会来。女人就是这样，对心仪的男人，只要她气头一过，马上又会亲密如初。大概到了十点来钟，肖丽萌来了，对他说：你怎么还在这里，没走呀？

黄乃亮：我走到哪里去？除了你这里，我没地方去呀。

肖丽萌：你可以去住宾馆呀。

黄乃亮：住宾馆我没带钱，还是住你这里吧。

肖丽萌：那就可怜你这一次，跟我走吧。

两人上到四楼肖丽萌的住处，一进房间，黄乃亮就把肖丽萌紧紧搂住，不停地狂吻。

肖丽萌好不容易把黄乃亮推开：你就这么急？先洗洗，讲点卫生。

肖丽萌随即进了卫生间，黄乃亮也跟了进去。温水哗哗从水龙头流下，两人光着身子边洗澡边嬉戏，黄乃亮一会在肖丽萌的身上摸摸，一会又在肖丽萌的大腿上拍拍。肖丽萌也时而在黄乃亮的脸上亲亲，时而用毛巾为黄乃亮擦擦前胸后背。就这样，两人你来我去，把一场洗澡变成了一场男女之间的情爱娱乐。

上床后，黄乃亮并没有马上同肖丽萌亲热，而是伸出右手，让肖丽萌枕在自己的手臂上。

黄乃亮：丽萌，我那音像制品厂马上就要投产。

肖丽萌：那向你表示祝贺啊。

黄乃亮：我要兑现诺言，投产后为你出一张江西民歌的个人专辑。

肖丽萌：算了吧，我已没那个心思了。

黄乃亮：怎么，不想唱歌了？

肖丽萌：餐馆的事都忙不过来，哪还有精力唱什么歌？

黄乃亮：业余唱唱还是可以的。

肖丽萌：就我这个样，再怎么唱也唱不出个名堂来，再说还会遭人讥笑，还是一心一意办好我的餐馆吧。

黄乃亮：那就依你，等我把所差的一点钱借到了，音像制品厂竣工投产了，就来这儿住一段时间陪陪你。

肖丽萌：你要借钱？投产还差多少钱？

黄乃亮：不多，就那么三十来万，主要是流动资金。

肖丽萌：要不这样，餐馆扩建营业后生意很好，从我这里先垫给你。

黄乃亮：那多不好，我怎么好意思要你的钱。

肖丽萌：这餐馆若不是你出面帮忙批下来，哪有今天这样的好局面，给你垫点钱还不应该吗？

黄乃亮：我考虑数额比较大，你又是小本经营，怕给你增加负担。

肖丽萌：这点钱我还是出得起，只是手头紧一点。

黄乃亮：那这样吧，音像制品厂投产一有效益，就先把你垫的这笔钱还了。

肖丽萌：你是时时处处都想着我护着我。

黄乃亮：谁叫我这么喜欢你爱你呢！

肖丽萌猛然钻进了黄乃亮的怀里，黄乃亮感到浑身的热血都涌向了胸口，抱着肖丽萌滚在了一起。肖丽萌像吃醉了酒一样飘飘欲仙，她得到了极大的满足。

16

连续三晚，黄乃亮和肖丽萌都是在情意缠绵和激情四射中度过的。第四天一早，黄乃亮在肖丽萌如数把钱给了他之后，便急匆匆离开了。他到了广州，直奔一家小宾馆，还没进门，李芬就大声朝他喊道：你终于来了，把我头发都急白了。

黄乃亮：急什么？到屋里说。

李芬：怎么样，资金筹到了吗？

黄乃亮：想尽了办法，总算是凑足了。

李芬：好，这样我俩就不愁了。

黄乃亮：那个镇干部没支持你一点？

李芬：给了二十万，还有土地和当地的有关手续都是通过他办的。

黄乃亮：这个关系很重要，你要紧紧把他缠住。

李芬：世界上哪有你这样的男人，主动要自己的女朋友去跟别的男人相好的。

黄乃亮：你以为我愿意？对于一个男人来说，这是最为耻辱的事，我这也是走投无路不得不这样做，这是为了我们的生存，为了我们今后做事赚钱更顺当。你想想，我不叫你跟他好上，这小音像制品厂的土地和手续能办下来吗？

李芬：我知道你的良苦用心，不要再说了。

黄乃亮：你理解了就好。

李芬：但有一条，我这一生跟定了你，你到哪儿我就跟到哪儿。

黄乃亮：我也一样，从内心来说，我爱的女人只有你一个。

李芬撒娇地把头往黄乃亮胸前一靠：那你从今以后不准和客家餐馆的那个姓肖的女老板往来。

黄乃亮没作声。

李芬：你说话呀！到底做不做得到？

黄乃亮：你的话我听到了。

李芬：说得好像很勉强，你要重新说过，态度必须鲜明，口气必须坚决。

黄乃亮：保证以后断绝和她的一切往来。

李芬：这还差不多，来，奖励你一下。

李芬说完就抱着黄乃亮亲吻了几下，黄乃亮也紧紧抱着她，两人翻云覆雨了好一阵才作罢。

第二十三章

1

南江市委市政府作出了在全市推广种植脐橙的决策，提出从本年开始，每年种植二十万亩，连干五年，实现全市种植一百万亩脐橙的任务，把南江建成全国的脐橙之乡，让这个全国著名的革命老区又增添新的色彩。

于是，一场栽种脐橙的攻坚战迅速在全市各地打响。在不少地方，都插着"大战五十天坚决完成二十万亩脐橙栽种任务""栽种一片脐橙富裕一方百姓""脐橙是老区人民的摇钱树"等标语牌。特别是在靠近公路的两旁山头上，可以看到不少县乡村干部带领农民挖树洞、运树苗、栽脐橙，让人感受到一种热气腾腾的氛围。

每隔十天左右，市委书记梁光含和市长都要率领市直机关干部参加栽种脐橙的义务劳动。他同大家一样挥锄挖土，打洞种苗。他这样做，一方面是想以实际行动说明市委对这场脐橙种植攻坚战的重视，另一方面也是想实地了解进展情况和存在的问题，使这场攻坚战能够取得实实在在的成效。在攻坚战临近尾声、快要结束的时候，梁书记和市长商定对各县进行一次突击性抽样人检查，看看各地对这场攻坚战到底打得怎么样，是不是像各地所汇报的那样取得了巨大的战果。

这次抽查，梁光含和市长各带一个组，事先不打招呼，不定地点，走到哪里临时决定。

梁光含一行首先到了离市区最近的一个县，抽查了大家反映脐橙栽种不好不差的一个乡。从汇报材料得知，这个乡栽种脐橙面积五千亩，已完成任务的百分之八十。结果到那里一查，实际种植脐橙只有三千亩。梁书记虽然很生气，但没有发火，只是对该地方的领导提出了严肃批评，责令他们改正。接着，梁光含一行又到了最边远一个县的一个号称超额完成栽种脐橙任务的先进乡，谁知弄虚作假更厉害，上报的数字竟然比实际种植的面积多了一半以上，而且一路上冷冷清清，根本就见不到几个栽种脐橙的人。这个乡的领导自知责任难逃，吓得两腿直打哆嗦。梁光含这下也很不客气，当场要县乡两级主管领导作出深刻检查，并要求县委对乡党委书记就地免职。就这样一路抽查下来，发现在表面轰轰烈烈的背后，几乎所有的乡镇都没有完成任务，只是程度不同而已。因为这次在全市推广种植脐橙的决策是总结了前山县北岭镇围坊村的经验作出的，不知北岭镇的脐橙种植情况怎样？是不是也在做表面文章？对此，梁光含非常关注。所以最后他说我们再到北岭镇去看看。

没看到标语口号，也没看到汇报材料，检查组的人员都为北岭镇和杨大任捏把汗。但一到脐橙种植现场，大家眼睛都为之一亮，精神为之一振。镇里的干部和群众，三人一组，打洞的打洞，栽苗的栽苗，一个个忙得满头大汗。

看见梁光含来了，杨大任连忙放下手中的锄头迎了上去：欢迎梁书记来我们镇里检查指导工作。

梁光含：你们全镇种植脐橙的任务是多少？

杨大任：七千八百亩。

梁光含：到目前完成了多少？

杨大任：已经全部完成。

梁光含：有没有水分？

杨大任：没有，现在种的都是镇里后来追加的任务。

梁光含：你说的是实话？

杨大任：这次会战前，我们组织了全镇干部和部分村民代表到围坊村参观，大家觉得种植脐橙确是农民增收的一条好渠道，一致表示要把这项利民富民的事情做好，积极性也就特别高，在完成上面下达的任务后都要求再增加种植面积。

梁光含：你说的经得起检查吗？

杨大任：在市委书记面前我不敢说假话。

梁光含马上对检查组人员说：大任同志口说无凭，你们马上分成几组去实地核查。

杨大任：我们一定认真拼尽全力配合。

傍晚时分，各路检查组回来报告核查的结果，北岭镇种植脐橙的面积总共超过八千亩，杨大任讲的完全属实。

梁光含非常高兴，这些天来脸上第一次出现笑容。他对杨大任的这种实干精神和诚实态度十分赞赏。不久，在他的提议下，市委决定提拔杨大任为市农业局局长，并兼任脐橙开发办公室主任。同时，为了照顾资格较老的同志，将于副书记提为南江市委分管信访工作的正县级副秘书长。

2

许向才和李芬合办的音像制品厂投产了。由于各地影视和音乐的不断升温，生产出来的音像市场看好。不少电视剧和电影的制片商以及音乐制作人纷纷找上门来，同厂里签订生产他们作品的合同。加上他们自己暗里不时弄来一些美国大片进行大量复制出售，使得厂里的效益直线上升，超过了原先的预期。

有一天，李芬携同黄乃亮来见许向才，她为了不让许向才知道她和黄乃亮的特殊关系，以免引起许向才的猜忌和提防，于是编了一套话，对许向才说：许老板，我先介绍一下，这位是黄先生。前儿大，我在一位熟人那里遇到他。闲聊中，他得知我是搞音像制作的，就说想到我们这里看看，我就同他来了。

许向才：幸会，幸会。

黄乃亮：认识你很高兴。

李芬：黄先生想同我们厂合作做生意。

许向才：我们厂刚投产不久，暂不考虑合作的事。

黄乃亮：如果合作能赚更多的钱你也不考虑吗？

许向才：你不是在跟我们开玩笑吧？

黄乃亮：生意场上是开不得任何玩笑的。

许向才：那你想同我们进行哪方面的合作？

黄乃亮从提包里掏出一盒男女性爱音像带：具体合作的就是这个。

许向才：这个是明令禁止生产的。

黄乃亮：公开生产肯定不行，但地下生产比比皆是。

许向才：地下生产风险太高，万一查获了怎么办？

黄乃亮：风险同收益是同正比的，风险越大收益也就越高。

许向才：具体高多少？

黄乃亮：一盒性爱音像带的收益通常是普通音像带的几倍以上。

许向才有些动心，但还是婉言拒绝了：这事不急，让我们考虑清楚了再说。

李芬向黄乃亮使了一个眼色：黄先生，那就等一等吧。

黄乃亮：许总，对不起，打搅了。

许向才：买卖不成情谊在，望今后多多联系。

黄乃亮告辞出门，李芬对许向才说了声"我送送"就跟了上来。

两人走了一段路，黄乃亮轻声对李芬说：看来许向才对这事有顾虑。

李芬：他刚涉足这一行，不知底。

黄乃亮：你回去再给他上上课。

李芬：好的。

黄乃亮：你一定要让他下这个决心。只要能生产这种音像带，我俩就可以从中另赚一笔。

李芬：我一定想方设法说服他。

黄乃亮：你快回，不要让他对我俩产生怀疑。

3

许向才正要打开机子看电视剧录像，李芬回来了。问他：看什么好录像呀？

许向才：随便拿个武打的看看。

李芬：要是黄先生的那盒音像带留下来就好了。

许向才：除非傻瓜才会这样，他怕留下来我们会偷偷复制，他不是白给我们赚了吗？

李芬：那也是。

许向才：你觉得那个黄先生可靠吗？

李芬：只要能赚钱，可不可靠关系不大。

许向才：不能这样看，生产淫秽音像带若被发现了是要坐班房的，我们到时不被他坑了？

李芬：若是这样，他不也一样逃不掉？都是一条船上的人，我们怕，他就不怕？

许向才：生产那个音像带到底可赚多少钱？

李芬：黄先生不是讲了比普通音像带多好几倍吗？

许向才：你说说这活干得干不得？

李芬：不知黄先生那里可以弄到多少盒这样的音像带，如果一次能弄到十几盒，我们厂可以狠狠地生产一回，大赚一把就洗手不干。现在社会就是这样，吓死胆小的，撑死胆大的，赚到了就赚到了。

许向才：那利润怎么个分成？

李芬：我们肯定要得大头，至少我们得六，他得四。

许向才：我们少了，可不可以我们得八，他得二。

李芬：我们可能高了点，他也要花不少成本，买母带要花钱，包销这些带子也要费力花钱。

许向才：那就降低一点，我们得七，他得三。

李芬：这个比例估计他会接受。

许向才：你和他讲，如果他同意这个分成比例，我们就可以合作。

李芬：好的，我尽快告诉他。

当天晚上，李芬就同黄乃亮通了电话，把她和许向才商定的意见详细讲了。黄乃亮高兴万分，一连说了几个"亲爱的，你太能干"。李芬也对着话筒给了黄乃亮几个响吻。

4

音像制品厂办公楼里，许向才特意装修了一间卡拉 OK 厅。他经常要李芬教他唱歌，而他又生来五音不全，唱每首歌都会走调。这天，许向才又把李芬拉来了，他发现李芬今天穿得不一样，一条牛仔裤紧紧地绷裹在圆圆的屁股上，要命的是，还露出一小截嫩白的水蛇腰，前面还露出一个小小的肚脐眼，生动而又性感。许向才眼睛直直地看了好一会，便要李芬同他一起唱《迟来的爱》，因跑调跑得太不靠谱，搞得李芬只好停下来一句一句地教着他唱。

李芬的摩托罗拉手机响了。这科技的发展也是一日千里。去年一些有钱人打电话手里拿的还是像砖头一样又笨又重的大哥大，今年却魔术般地变成了这小巧玲珑的手机。电话是黄乃亮打来的，李芬便赶紧走到外面拉出天线翻开盖子接听。黄乃亮告诉她，这次十个男女情爱母带总计复制的二十万盒带子全部出手，一共赚了七十三万元，我想其中的五十三万元交给厂里，剩下的二十万元我们俩留下。李芬虽然表示同意，但她又怕走漏风声。黄乃亮说这都是我一个人私下经手的，没有谁能知道。李芬听了也就没有再说什么。

第二天，黄乃亮来到音像制品厂，把那五十三万元亲手交到了许向才手里。看到一次就赚了这么多利润，许向才的眼睛都亮得睁不开了。他稍稍算了一下，纯利润果然是同样数量一般音像带的好几倍。

按照双方的协议，厂里分得三十七万一千元，黄乃亮分得一十五万九千元。许向才觉得这个买卖很划算，他准备继续做下去，这样不仅能使音像制品厂的实力迅速壮大，而且能使自己尽快地成为千万甚至亿万富翁。至于风险，有肯定是有，但也不是想象中的那么严重，这次黄乃亮不就平安无事吗？只要把有可能发生的事情想在前面并采取相应措施，就不会出现大的问题。

对于许向才的心思，黄乃亮已经看得非常清楚。古人早就有言，人为财死，鸟为食亡。钱财的力量在任何时候都是无比巨大的。一个人一旦掉进钱财的陷阱，他就会失去理智，就会不顾一切，就会铤而走险。尤其是一些在政界不得志而被迫走向商界的人，在钱财上表现得比其他人就更为贪婪。

大概是心里已经有底，这次黄乃亮没有主动谈及继续合作的事情，他在不动声色地等待许向才先提出来，这样剧情就会来个反转，自己就会由有求于许向才而变成许向才有求于他，从而增加了讨价还价的本钱。

果然，许向才先向黄乃亮开口了：黄先生，我们的第一次合作非常成功，我们应当继续下去。

黄乃亮：赞成许总的意见，继续密切加强我们双方的合作。

许向才：好，我们想到一块了。

黄乃亮：若是继续合作的话，面临两大困难，一个是要搞到男女性爱的片源越来越困难，另一个就是音像带复制出来后销售的风险越来越大。

许向才：有没有什么好的办法解决？

黄乃亮：办法嘛，只有一条，就是给对方更高的价钱。

许向才：要增加多少？

黄乃亮：这要当面去谈，谈得好价钱就低一点，谈得不好价钱就高一些。

许向才：那无非就是成本要高一些了，反正现在成本很低，增加一些没什么问题。

黄乃亮：你说得也对。

许向才：黄先生，片源和销售都是你在做，你说的成本增加也都在这一头一尾，我看能不能把我们双方的利润比例稍作调整，你到时就如数交利润给我，至于你赚多少我不管。

黄乃亮：那比例怎么个调整比较合适呢？

许向才：由三七开提至四六开。

黄乃亮：能不能再高一点？

许向才：这已经不低了。

黄乃亮：好吧，来日方长。

同黄乃亮谈完继续合作的事情后，许向才又把李芬叫来交代了一番，要她全权负责厂里的安全生产，从每一个细节着手制定保密措施，确保情爱音像带生产不被外人发觉。特别是要做好市新闻出版局和"扫黄打非办"的工作，和有关人员搞好关系，让他们不来检查或少来检查，睁一只眼闭一只眼，即使被发现了也最好是高抬贵手，从轻处理。一定要做到万无一失，千万不要偷鸡不成反而丢了一把米，赔了夫人又折兵。

李芬当即向许向才表示，自己一定会尽全力保证厂里性爱音像带的生产不出任何问题。对市里主管部门的领导和实权人物，她准备过几天就约请他们在一起小聚，趁便把这条关键的"内线"建立起来，这样厂里在任何时候就可以任凭风浪起，稳坐钓鱼船了。

5

沙埔的晚上，灯红酒绿，处处笙歌，街边的楼房里不时传出浪声嗲语，树下的暗处一对对青年男女在拥抱接吻。两辆豪华小车从大街上拐进一条小巷子，在一栋八层高的楼房前停下来。李芬先下车，她把车门打开，说了一声：局长，请。一个微胖的中年男子从车里钻出来。紧接着，后面的车子也下来了两个人，一个三十多岁，一个四十来岁。局长看了看这很不起眼的楼房，又见四周环境僻静，心里顿生疑问，便问李芬：你这是把我们带到了什么地方啊？

李芬：这是刚刚开张的一家内部夜总会，据说是目前全市最高档的。今天特请局长和几位领导来指导和体验一下。

局长：内部新营业的，怪不得我们不知道。

李芬：先请领导们粗略地参观一遍，以便有个总体印象。

局长：好的，让我们开开眼界。

李芬在前面领路，局长他们好奇地看着。从金碧辉煌的大厅到装潢和音响一流的歌厅，从碧波荡漾的游泳池到精巧美丽的屋顶花园，从珍宝器物馆到名人字画堂，简直令人咋舌。特别是那号称全市第一的总统房就更是超乎人们想象，进门是一个名木镶框的瓷板大屏风，上面绘有一幅富贵牡丹图，进去是金碧辉煌的会客厅，再进去是棋牌书画咖啡厅，再进去是豪华舒适的卧室，再进去是更衣室，再进去是配有各种自动装置的浴室和桑拿浴室，再进去是电子按摩和人工按摩室。一个总统房就占了整整两个楼层。局长他们看后都直呼赛过皇宫，真了不得！

最后，李芬同局长他们到了餐厅，脚还没踏进去，三个等候在这里的美女就对他们嗲声嗲气地说：欢迎光临。

李芬安排局长坐在首位，又安排一个美女坐在他的旁边。另外两人，也是一人旁边坐着一个美女。

龙虾、血燕、鲍鱼、野参、白灵菇等山珍海味摆满了一大桌，李芬又打开了一瓶法国路易十三。

李芬：薄酒一杯，不成敬意，请局长和各位领导品尝。

局长：谢谢小李这么盛情的款待！

李芬：你们几位美女要把局长和各位领导陪好。

于是，三个美女便不断向局长他们夹菜和敬酒。

一瓶路易十三很快喝光，李芬又开了一瓶。

由于喝得高兴，局长他们也开始向李芬和三个美女敬酒，这样你来我往，不断互敬，第二瓶路易十三又喝光了。李芬又把第二瓶打开了。

李芬：局长，招待不周还请多多原谅啊。

局长：今天你招待得太好了！以后你有什么事要办，尽管找我们好了。

李芬：我们的音像制品厂还得请局长多多关照啊！

局长：没问题，一句话！

李芬：那就感激不尽了！我敬局长和几位领导一个大满杯！

看到李芬把个三两酒一饮而尽，局长连声赞叹道：真是海量，不愧女中豪杰！

李芬：喝完酒以后，我们再到歌厅把酒释放一下怎样？这样有利于健康。

局长：你安排得很周到。

李芬：局长，你做个总结，我们马上就转场。

局长：好，大家干了！

最后一杯酒喝完，局长和另两位领导都有些晕晕乎乎了。三个美女各挽着他们的胳膊，跌跌撞撞地进了歌厅。局长首先和陪他的美女合唱了一首《月亮代表我的心》，两人唱得非常投入，情意绵绵，仿佛就是一对远隔一方的情侣在诉说。另两位领导和所陪的美女为他俩伴舞。就这样，他们一对对轮流上场唱着、跳着，开始时还有所注意，慢慢就无所顾忌，放肆胡来，唱歌的相互眉来眼去，勾肩搭背；跳舞的相互搂搂抱抱，到处乱摸。突然，灯光暗下来，情调舞开始了，男女之间相互脸贴着脸，胸贴着胸，火烧火燎地扭在一起，就这样一直玩到深夜两点，局长的老婆打电话来催他回家，他们才恋恋不舍地离开。

李芬：局长，今天还没有完全尽兴，下次再来玩。

局长：好，下次一定来玩个够。

李芬：这个夜总会是我朋友开的，你们什么时候来都行，只要说一声你们的名字，这里就会全部安排好。

局长：好的，下次来尝尝总统房的滋味。

6

经过一段时间的调养，肖海君的身体康复了，他又像过去一样，全身心地投入了工作中。有一天，他在质检车间查看时，无意中发现一些彩电的画面有时不够稳定，会出现波纹。他开始以为是天线的信号接受有问题，为了弄清原因，他把办公室里那台厂里第一批生产的彩电搬来，把刚生产的一台彩电的天线安在这台彩电上，但这台彩电的画面并没有出现不稳定的情况。肖海君由此断定是新生产的电视机本身质量存在问题，必须认真解决。

于是，肖海君马上找到张亦华，对她说：刚才我在质检车间发现新生产的彩电画面质量有问题。

张亦华：什么问题？严重不严重？

肖海君：不是很严重，但画面有时会有波纹。

张亦华：是什么原因造成的，你知道不？

肖海君：暂时还不清楚。

张亦华：能搞清楚吗？

肖海君：肯定能搞清楚，不过，我有个建议，在原因搞清楚以前，能不能停止这条线的生产，同时把新生产的这批彩电全部销毁。

张亦华：这损失是不是太大了？

肖海君：不这样做的话，以后损失会更大。

张亦华：那能不能这样，先以检修设备的名义把这条生产线停下来，你组织有关技术人员尽可能在最短时间内把原因找到，并采取措施改进。但这必须保密，厂内厂外只知道是在进行设备检修。

肖海君：你考虑得很周到，这样就不会产生负面影响。

张亦华：原因找到问题解决后，我们再对新生产的这批问题彩电进行公开销毁。

肖海君：太妙了，我完全赞成。

时间已是深夜，彩电生产车间灯光通明。肖海君带着几个技术员把一台新生产的彩电拆开来，对每一个零部件进行仔细地检查，终于发现是一个连接显像管线路的接头有点问题，由此顺藤摸瓜，又发现产生这个问题的原因是焊接机械手上有个小小的螺丝松动了，因而导致焊接不紧出现空隙。问题的根子找到了，解决起来就好办了。肖海君和技术员随即对焊接机械手上的螺丝进行了加固。接着又重新启动了生产线，待运转完全正常后，他们才长长地舒了一口气。因为连续作战，一夜未睡，肖海君的眼睛有些干涩发痒，他摘下眼镜轻轻地按摩了几下。这时，东边的天际出现了一抹灿烂的朝霞。

这一夜，张亦华也没有休息，她同肖海君他们一起在车间。虽然她对技术问题插不上手，但她静静地站在一旁，与其说是看着不如说是陪着肖海君他们加班加点。在走出车间时，张亦华和肖海君相互情不自禁地对视了一下，那是一种只有他们两人才能感知的目光。

7

第二天上午，在彩电厂大门口的广场上，举行了一场特殊的现场会议。一千台问题彩电摆放在广场的右边，一千名工人头戴安全帽，身穿工作服，神情严肃地站在广场的左边。张亦华正在向他们讲话。她用手朝右边指了指，说：这是我们厂前两天生产的一批新彩电，虽然能够收看，但存在质量问题。是把这些问题彩电悄悄出厂卖给消费者还是进行销毁，这不仅考验我们的良心，更关系到彩电厂的前途！所以，今天，我们要在这里向我们自己宣战，向我们自己开刀，把这些问题彩电当众销毁！大家同意不同意？

工人们异口同声：同意！

张亦华一声令下：开始销毁！

千名工人大步走到问题彩电前，抡起大锤，迅即把它们一一砸了个稀巴烂。

紧接着十几部卡车开进广场，把这些砸烂了的问题彩电浩浩荡荡拉到了市里的废品收购站。

这是一件在南江历史上从未有过的事情，也是一件出乎人们意料违背常理的事情，因而立即在全市广大干部群众中引起了强烈反响，都伸出大拇指一致称赞南江彩电厂做得对做得好！全国各路媒体也都纷纷来厂采访报道，南江彩电厂的事迹一时间传遍大江南北。

对问题彩电的这一砸，砸出了南江彩电的信誉，砸出了南江彩电厂的知名度，是一次比做任何广告更有影响的宣传。这是张亦华和肖海君在当时所完全没有想到的。

8

一场砸碎问题彩电所产生的巨大正面效应，让张亦华一连几天都处在极度的兴奋中，看来办企业也要讲点辩证法，有时主动地"失去"和"自曝家丑"，反而是一种最大的"得到"，反而能获得更好的名声和更佳的效益。由此她对肖海君也更加倚重，她对自己也更加自信。

张亦华：海君，你的建议真是金点子，是多少钱也买不到的。

肖海君：其实当时也没想那么多，就是出于对厂里的一种责任。

张亦华：你这样一说，让我想起在美国学习时导师讲过的一句话，就是责任高于一切，责任成就一切。

肖海君：是的，责任心永远是事业的最大动力。

张亦华：我想我俩就在南江好好干一场，争取再造一个新的彩电厂。

肖海君：我想只要思路对头，大家齐心协力，你这目标是完全有可能实现的。

这时，办公桌上的电话铃响了，是张亦华伯父打来的。肖海君怕他们讲话不方便就要起身离开，张亦华摆摆手，要他不要走，坐在旁边听着不作声就是了。

伯父：亦华吗？

张亦华：是我，伯父好！

伯父：你们那个销毁问题彩电搞得不错，影响很大。

张亦华：这都是肖海君提出来的。

伯父：我今天给你打电话就是说肖海君的事。

张亦华：说肖海君什么事呀？

伯父：你妈听说肖海君的身体恢复了，向我提出你可以回深圳了。

张亦华：又是我妈，她还有完没完？

伯父：我当时跟你母亲说，我考虑考虑再定。

张亦华：那伯父你是怎么考虑的？

伯父：我想肖海君身体刚刚恢复，担心他接你南江厂的职务身体又吃不消。

张亦华：那就再让我在南江干一段时间。

伯父：那也不行，你妈妈坚决不同意。

张亦华：那怎么办呢？

伯父：我想能不能让肖海君回深圳厂，你继续留在南江。这样对肖海君、对南江的厂子都有利。

张亦华：我妈妈同意吗？

伯父：我把这个想法跟她说了，她开始不同意，一定要你回。后来我说，你不就是怕亦华跟肖海君在一起吗？肖海君到深圳，亦华在南江，这个问题不就解决了？

张亦华：那肖海君必须回深圳厂子了？

伯父：就这样定了，不然你妈还要吵。

张亦华放下电话，对肖海君做了个无可奈何的姿势，说：你都听到了，我妈是任何时候都不饶过你。

肖海君：你妈这样做也是为你好。

张亦华：世界上哪有这样为女儿好的？

肖海君扶了扶眼镜：不要埋怨你妈了，我明天准备一下，后天就动身。

9

巴黎，法兰西浪漫之都。

广东省外贸厅长率领经济贸易代表团正在这里访问。杜强这次是随员之一，现在他已是厅办公室主任。因为郭春燕的翻译水平不错，所以这次厅长仍然点名让她做访问团的翻译。

在访问的最后两天，由于同巴黎市政府外贸官员和有关企业的洽谈全部完毕，按照日程安排是参观名胜古迹。导游先把访问团带到了埃菲尔铁塔，说这样可以在这个全城的制高点上一睹巴黎的全貌，对要去参观的各个景点的方位也能有个大致的了解。

登上塔顶，杜强就显得格外兴奋，整个巴黎尽收眼底。那壮阔的协和广场、那雄伟的凯旋门、那金顶的荣军院、那巨大的卢浮宫、那缎带似的塞纳河，放眼望去，全都变成了一个个的微缩景观。杜强想起自己曾说过要同张亦华一起到巴黎在埃菲尔铁塔上合影，但眼前郭春燕的身影却让他心动神移。他虽然跟在厅长后面参观，但却时不时地同郭春燕说着话。他很想和她在塔顶合个影，但又不好意思开口。在塔顶转了一圈之后，杜强觉得机会来了。他建议厅长同团里的每个人合个照，以纪念这难忘的时刻。厅长欣然接受，在和大家一一合影后，杜强看了看郭春燕说：我们也要同美女翻译照张相。说完就拉着郭春燕站在自己身旁，两人微笑地对着镜头，留下了这人生的瞬间。

参观完了景点，导游便把访问团带到了香榭丽舍大街的购物店。这个店是专门面向中国游客的，售货员也是华人。杜强这时不离厅长左右，凡是厅长看中了的服装、手表等东西，他都一一牢记在心。然后他要厅长到一旁休息，购物的事由他来具体落实。在把厅长的东西买好后，杜强也买了不少自己所需的物品。他还特意买了一件梦特娇高级男式 T 恤衫和几瓶高级香水以及一个 LV 包，并要售货员单独包裹好，以免同其他东西混淆在一起。

晚上从著名的红磨坊看完演出回到宾馆，杜强把厅长送到房间。

大约过了半个小时，他估计大家差不多休息了，便给翻译郭春燕的房间打了电话。

郭春燕：谁呀？

杜强：是我，杜强。

郭春燕：杜主任，有事吗？

杜强：没什么事，要是你没休息，我到你这儿来一趟。

郭春燕：这么晚了，还是明天吧。

杜强：我跟你说件事，一会就回。

郭春燕：好吧。

杜强拿着那个包裹悄悄地进了郭春燕的房间，并顺手放在了她的床上：我看你白天在商店没买什么东西，我就多买了点，送给你。

郭春燕：那怎么行？

杜强：这又不是什么很值钱的东西，就是一件衣服和几瓶香水，你来趟法国，总得要给你爸妈表示一点心意吧。

郭春燕：我做翻译经常出国，开始还会给我爸妈买点东西，以后觉得每次买就没有必要了。

杜强：你这样恐怕不妥。做女儿的，每次出国都为父母买点什么哪怕是很小的东西，他们心里也会感到温暖的。

郭春燕：看来你还是一个孝子。

杜强：耽误你休息了，我走了。

郭春燕把包裹还给杜强：你心意我领了，还是拿回去吧。

杜强没接，赶紧说了声"晚安"就出房间了

10

今年的春天来得特别早，刚过三月，本是万物欲醒寒未消、草色遥看近却无的季节，但眼下却是一派春意盎然春光明媚的景象。地上铺满了碧绿的青草，树木剪出了翠绿的嫩叶，温暖的阳光带着些许燥热，人们也都脱掉了冬衣换上了春装。也许是受这自然天气的影响，各地改革和建设的氛围似乎也特别浓烈，人们的热情空前高涨，上上下下都在探索如何发展社会主义市场经济，特别是针对如何搞好国有企业改革，砸碎"铁饭碗"，端掉"大锅饭"，把一批严重亏损甚至濒临倒闭的国有企业救活搞活这一难题，展开了真刀真枪的搏杀。

借鉴外地的经验和做法，南江市在对部分市属国有企业实施委托经营和进行现代企业制度试点改革的同时，决定把长期亏损的金昌制药厂向社会公开出售。

这一消息在市里的报纸、广播、电视上公布后，江兆南心情非常激动，想到爷爷牺牲时希望后代学医制药改变家乡缺医少药局面的遗愿，几次跃跃欲试，但他很快平静下来，前几年承包北岭镇制茶厂的教训又浮上他的心头，他怕再重蹈覆辙，提醒自己不能轻举妄动，需看看动静再作打算。然而出乎他意料的是，对这一次金昌制药厂的出售决定，社会上反映比较平静，虽然也有少数议论，但没有过去那种到底是"姓社"还是"姓资"的激烈争论。今天是买主报名的最后一天，江兆南觉得必须拿定主意了。于是，他同妻子高雅红在一起反复商量了许久。

江兆南：我们把金昌制药厂买下来怎样？

高雅红：我觉得可以，这样就可以实现你一直想办个药厂的心愿，再说买下来还有个最大的好处，就是比新办一个企业要合算，单投资这一项，就可以省很多。

江兆南：如果我们买下来，厂里现有的几种药品可以继续生产，不用再去报批新的药品许可批号，这又省了不少麻烦事。

高雅红：还有药厂现有的技术人员和熟练工人可以继续聘用，这样又省了不少的人工费。

江兆南：那我们就决定把制药厂买下来行吗？

高雅红：药厂资产评估为一千五百万元。若买下资金上会有较大的缺口。

江兆南：把酒厂卖掉可以筹集一笔钱。

高雅红：酒厂估计可卖七百万元，加上账上现有资金二百万元，就是这样也要差近六百万元。

江兆南：要是有多家购买的话，还得竞价拍卖。

高雅红：我打听了一下，到目前还没有哪家买主报名，估计不会有了，可能是很多人对这个事情还有顾虑，不想带这个头。

江兆南：那我们就率先试一试，机会永远是属于第一个吃螃蟹人的。

高雅红：既然你有这个决心，我坚决支持。

江兆南：机不可失，时不再来。雅红，我们赶快起草一个请示报告，马上送市体改委。

11

市体改委接到江兆南关于请求购买金昌制药厂的报告后十分重视，立即进行了研究，并报市政府批准同意。因为只有江兆南一家提出了申请，所以就决定协议售买。考虑到这是全市第一次出售国有企业，成功与失败，对今后推进国有企业改革至关重要。因而连续几天，市体改委等部门同江兆南就出售中的一些重要事项进行了反复商谈，最后达成了一致意见。具体内容主要有这样几项：对制药厂的现有人员，由江兆南尽可能多地予以重新招聘上岗，余下的交由市里安置；购买资金必须在协议生效后的一个月内到账市财政并首先用于安置职工。购买完成后，制药厂由原来的国有企业转换为民营企业。

正式协议签订了，购买金昌制药厂的愿望实现了。但怎么样筹集到近六百万元资金的缺口，让江兆南绞尽脑汁，以致彻夜难眠。他和高雅红去找过几家银行，但都吃了闭门羹。高雅红说有一个名叫"顺为"的公司，表面上是做商品贸易的，其实是搞民间集资的，曾经问过她要不要借钱。因为其他的路已走不通，只有这一条路了。

江兆南随高雅红七找八找，终于在一个小巷子里发现了这家公司。江兆南开始还有点怀疑，但看到办公楼的豪华装修和办公室现代家具的摆设，他的顾虑又打消了。出来接待他们是公司的老总，前有小姐端着茶杯，后有秘书拿着文件夹，昂头挺肚，派头十足。

老总在上首正中的位置坐下，用眼光扫了扫江兆南和高雅红，问：你们是来借钱的吧？

江兆南：是的，因办厂子缺些钱，向贵公司求助来了。

老总：怎么没去找银行？

高雅红心想不能把到银行贷不到款的底细让他知道，于是就说：银行帮助解决了一部分，但还不够，就想请贵公司给予支持。

老总：你们想要多少？

江兆南：我们的厂子不大，也不敢多借，六百万吧。

老总：好吧，借你们六百万。

高雅红：那你就帮我们解决了燃眉之急。

老总：不过，利息可比银行要高。

江兆南：这是现在的行情，但不知一年期的高多少？

老总：一年期的高三倍。

高雅红：能不能低一点？

老总：我这里从不讨价还价，就这个利息，若同意就签合同，不同意就拉倒。

江兆南知道再讲也无用，就说：行吧。

老板随即吆喝旁边的秘书把纸笔拿来并写好合同，江兆南和他分别在上面签了字。

资金问题解决后，江兆南一头扎进了制药厂重新开工的各项准备工作。他要王达进组织技术员和部分工人对所有的生产设备进行一次全面认真的检修，要高雅红负责财务和后勤的清理整顿完善以及市场销售的衔接。他自己则带领几个人制定厂子的各项改革措施，并组织重新上岗的工人进行培训。在培训班上，江兆南还发动工人们对如何办好制药厂开展大讨论，大家纷纷献计献策，出了许多好点子。不仅如此，这样做还让全厂员工真切地感受到自己是工厂的主人，从而空前地激发了他们把厂子办好的积极性。一切准备就绪，只待重新开工投产。江兆南心中不由欣喜万分。

12

客家餐馆像往常一样，顾客盈门，饭菜飘香。

肖丽萌站在大厅看了一会顾客用餐的情况，突然一阵眩晕想呕吐。她赶紧用手扶着墙，极力忍着，等稍微恢复之后，强打精神回到了厨房里面。肖丽萌以为是这段时间生意太忙过于疲劳，只需稍稍休息一下就会恢复。但没过多少时候，她又头晕了，而且更厉害，最后竟呕吐了好一阵。因难受坚持不了，肖丽萌不得不回到房间休息。

肖丽萌躺在床上，虽然眼睛闭着想让自己好受点，但脑子怎么也静不下来，她想平时身体都好好的，怎么会一下子变得这样了？突然，一个可怕的念头闪过她的心头，是不是自己怀孕了？她算了算时间，离上次和黄乃亮在一起，差不多两个月了，一月一次的例假也没按时来，她曾打算到医院去诊断弄清原因，但想想以前也出现过类似情况就没当一回事。所以她想等一等看看情况再定。此刻，肖丽萌非常想念黄乃亮，希望他在身边照顾她。但她又有些恨黄乃亮，恨他这么久没来，为忙自己的事情而置她于不顾。虽然他也会经常来电话向她问寒问暖，但总不如常到她身边来更好一些。根据症状，肖丽萌确信自己怀上了。她觉得不能再这样下去了，为了肚子里的小孩，她决定尽快同黄乃亮结婚。

于是，她拿起摩托罗拉的手机按了黄乃亮的号码。手机里响起长音，但无人接听，肖丽萌放下电话，又用 BB 机给黄乃亮发了条信息。

这时，黄乃亮正同李芬在床上寻欢作乐，他像一头饿狼一样在李芬的身上奔个不停，李芬在下面不断扭动和颤抖。黄乃亮稍一打住，她马上就"我还要我还要"叫起来。他估计电话是肖丽萌打来的就没接。听见 BB 机响，他顺手从床头柜上拿过来一看，果然是肖丽萌要他赶快接电话。

李芬：又是那个客家餐馆的骚货打来的吧？

黄乃亮点点头：要接吗？

李芬：接什么，把机子关掉。

黄乃亮：不要关吧，刚才还是通的，现在关掉不好。

李芬：那就不要接，让她去打吧。

黄乃亮乖乖地不吭声了。

肖丽萌接连按了好多次黄乃亮的手机号码，里面仍旧是长音，她又把机盖合上。就这样，肖丽萌连续打了十多次黄乃亮的手机，但就是没有人接听。

床头柜上的手机隔一会就响个不停，把李芬吵得又烦又恼。她干脆从床上爬起来，穿好衣服，在黄乃亮的屁股上狠劲地捏了一把：你去同那骚货通话吧，我走了！

13

李芬一出门，黄乃亮就拿起床头柜上的摩托罗拉手机，按起了肖丽萌的号码。

肖丽萌：你到哪儿去啦？怎么不接电话？

黄乃亮：刚才出去有点事，忘记带手机了。

肖丽萌：难怪我打了那么多次你都没接，下次要记得把手机带上啊。

黄乃亮：好的，一定记住。

肖丽萌：你准备什么时候来我这里？

黄乃亮：我这段时间生意很忙，争取尽量早点去。

肖丽萌：告诉你，我最近身体不好，你要赶快来看看我。

黄乃亮：身体怎么啦？是不是感冒了？

肖丽萌：不是。

黄乃亮：是不是熬夜太多身体很疲倦？

肖丽萌：不是。

黄乃亮：是不是肠胃不好？

肖丽萌：不是。

黄乃亮：那到底是身体哪里出了问题，赶快到医院去看看。

肖丽萌：头晕，呕吐，例假也没来，你说是身体哪里不好？

黄乃亮：啊，你是不是怀孕了？

肖丽萌：肯定是。

黄乃亮：那怎么办？

肖丽萌：你说说怎么办吧？

黄乃亮：要么到医院把胎打下来？

肖丽萌：你说得倒轻巧，打胎？我不同意！

黄乃亮：不打掉就得生下来，问题是你还没结婚，人家会笑话的。

肖丽萌：我今天打电话给你，就是商量我们结婚的事。

黄乃亮：我这还没有思想准备，让我好好考虑一下。

肖丽萌：你和我生米已经做成了熟饭，有什么好考虑的。

黄乃亮：结婚是人生大事，那也不能太草率呀。

肖丽萌：我不管那么多，就是要和你结婚。我要做母亲！

黄乃亮：那好吧，我把手头的事一办完就去你那里商定。

肖丽萌：快点啊，越快越好。

两人通完电话，肖丽萌带着一丝甜蜜很快就进入了梦乡。而黄乃亮却心烦意乱，手足无措。靠着自己的花言巧语和在女人面前的出色演技，他捕获了肖丽萌的芳心，现在她怀孕了，提出要结婚，而这对他来说又是完全不可能的事，否则，李芬会跟他闹个天翻地覆。黄乃亮在房间里不停地来回走着，他在想着应付肖丽萌的办法。

第二十四章

1

李芬哼着流行曲子向音像厂办公室走去。突然手机响了，她按了按通话键：哪位呀？是局长呀！有什么重要指示呀？啊，明天要派人到厂里检查音像制品的生产情况，要注意一下，不要违反有关规定。好的，我马上就自查一遍。谢谢局长的关心！

接完电话，李芬立即到许向才那里秘密商量了一番。接着她又到会议室，召集各车间、部门、仓库负责人会议。

李芬：现在给大家下达一个通知，明后两天停止特殊音像带的生产，全部改为生产一般音像带。

车间主任：生产得好好的，为什么要停掉改产？

财务部主管：效益这么好，停掉改产损失太大。

仓库主任：改产一般音像带的话，库存就要增加。

李芬：你们讲得都有道理，但这是厂里的决定，没有任何价钱可讲。你们会后就要立即行动，所有特殊音像带包括封面、包装、存放的成品和废品都要转到安全隐秘的地方，同时全部用一般音像带来替换。这事必须在今晚完成，不能有任何的拖延、遗漏和疏忽。各位现在就回去落实。这里还要特别告诉大家，这事只做不说，坚决保密，只限我们今天在场的人知道。

2

两辆三菱吉普车驶进了音像制品厂。

六位检查组人员直接下到厂里的车间和部门进行检查。

在刻录车间，检查组查看了音像带的内容，没有发现黄色淫秽问题。

在包装车间，检查组对音像带的封面、目录等进行了查看，没有发现违规现象。

在仓库里，检查组对所有存放的音像成品进行了细查，没有发现可疑痕迹。

最后，检查组来到厂部办公楼，把许向才和李芬叫到会议室，向两人反馈检查的情况和意见。

李芬：实在抱歉，我们失陪了。

检查组组长：我们这次是突击检查，事先没有告知你们，目的是想了解真实情况，发现存在问题。

许向才：我们有很多工作没有做好，还望检查组多多指出，提出严肃批评。

检查组组长：从检查的情况来看，我们认为你们厂做得是好的，所生产的音像都是积极健康向上的，没有发现黄色淫秽等"问题音像带"，也没有听到员工有这方面的不良反映。检查组对你厂是满意的，我们会把对你厂检查的情况如实向局领导汇报。

许向才：谢谢检查组对我厂音像生产的肯定和鼓励。我们一定要认真学习和贯彻检查组领导的指示，再接再厉，继续努力，使我厂的音像生产健康向前发展，为全省的精神文明建设做出新的贡献。

3

音像制品厂办公楼大厅内。

六个美女分两边站着，右边的一排凳子上放着盛有热水的脸盆及新毛巾，左边放着六个中等真皮袋，里面放有包装精美的音像带、录放机和微型摄像机。

许向才和李芬陪着检查组人员从会议室出来，六位美女马上分别把新毛巾在脸盆的热水里轻轻搓揉几下挤干后递给检查组人员，在他们揩好脸以后，她们又立即提起皮袋送给检查组的人员。

检查组组长：你们这样做是不是太热情了，有些不好吧？

李芬：没什么不好的，本来要留你们吃饭的，你们说有规定不能吃，那我们就把厂里的产品给你们看看，让你们检查一下质量到底如何。若是发现什么问题，及时告诉一声，我们好改进。

检查组组长：那我们就不客气了。

李芬：望各位领导常来检查指导啊！

送走了检查组，许向才紧张的心情才缓和下来，他走到李芬身边，轻轻地拍了拍她的肩膀：你还真有两下子。

李芬：这就叫关节一通，一通百通。

4

杨大任到市农业局工作以后，先是狠抓了脐橙种植任务缺口的"补课"，紧接着又投入了脐橙幼树的养护和管理，并要各县农业部门组织有关人员分期分批到围坊村参观学习。与此同时，他还马不停蹄地到一些重点栽种地区检查督促，现场发现问题和解决问题。由于工作抓得紧抓得实，全市新栽种的近二十万亩脐橙不仅成活率很高，而且长势良好。放眼望去，在一些集中连片地区，一行行脐橙树苗就像一行行绿色的小音符，组成了一首庞大的绿色曲谱，弹奏出美妙动人的绿色乐章。

这天，杨大任在最偏远的一个县检查完毕，回到县城已是傍晚时分了。他已经在下面跑了半个月，一直没和家里联系。虽说是他调到了市里，同在汽车变速器厂工作的妻子汪小丹团聚了，但因为成天沉在基层，所以夫妻俩也是聚少离多。晚饭前，他正准备给汪小丹通个话，不料她先来电话了。她告诉他，围坊村的林一凡来南江了，有事要找他，问他这两天回不回市里，如果不回的话，林一凡就来他这里。杨大任正打算明天回市里，就要汪小丹在餐馆订好一桌饭，并转告林一凡，明晚一起见面吃饭，同时他还要汪小丹通知江兆南和张亦华一道参加。

5

一桌当地土菜，两瓶"章泉贡"酒。

几个人边吃边喝，气氛亲切融洽。

杨大任：如果肖海君在就好了。

汪小丹：亦华，你那个彩电厂真不错。

张亦华：江兆南那个厂子也办得很好。

江兆南：论实力，还是小丹的国字号强。

林一凡：你们都是搞工业，就我一个老土。

杨大任：一凡，我这个农业局长，也是老土。

林一凡：杨书记，不管他们，我们两个老土喝一杯！

杨大任：行，一凡，我看你这个老土也能干大事。

林一凡：杨书记，我这次来就是想干件城里人的事。

汪小丹：快说给大家听听，你想干件什么事？

林一凡：我打听了一下，现在开发区还没有一家像样的宾馆，我想由我们村里来盖一个，反正村里有钱了，土包子也来开开洋荤，不知行不行？

张亦华：一凡，你这个想法好，我非常赞成。

林一凡：我生怕我这个大老粗想得不周到，所以这次特地来向杨书记汇报，帮我把把关。

杨大任：看来你这个土包子不土啊！

汪小丹：你填补了开发区的一个空白。

江兆南：一凡，你这是为村里办大事，我坚决支持。

林一凡：既然你们都一致同意，那我就干了！

杨大任：越快越好，越早越好。

汪小丹：要建就建好，要么就不建。

江兆南：回去好好同大家商量一下。

林一凡：你们都说好，还有什么商量的，再说我是书记，我说了就算。

杨大任：你这个书记也不能独断专行。

林一凡：我明天一早就回村里去把这事定了，我一定要把这宾馆建成南江市里最高档的，到时请你们到里面吃饭、喝酒。大家先预祝我一下，干杯！

杨大任：我们一起干了，祝一凡的美好愿望早日实现！

6

晚餐聚会结束后，张亦华回到彩电厂，她看看时间还早，就没有去宿舍，而是去了办公室。窗外不远处，车间里灯火通明，工人们正在上夜班。一轮满月挂在天上，在通明亮堂了一阵后便躲进了云层里。张亦华在椅子上坐了一会，随手拨通了肖海君的电话。

张亦华：海君吗？

肖海君：亦华。

张亦华：刚刚参加了大任的晚餐聚会，你们村里的书记林一凡也来了，他说要到南江市开发区建一个宾馆。

肖海君：一凡当书记这几年，村里的经济发展很快，到市里建个宾馆应该没问题。

张亦华：我觉得这不仅仅是个简单的建宾馆问题，而是反映了林一凡的开阔眼界和开拓精神，把一个小山村的事业做到了地级城市里，这了不得，值得我们很好学习。

肖海君：这也从一个侧面说明了我们老区人民思想观念有了一个

很大的改变，说明了改革开放进入了一个新阶段，全国的经济发展进入了快车道。

张亦华：海君，你们村里能到南江来建宾馆，我们的彩电厂就更应有个大发展，我想争取在三年时间内把彩电厂的生产能力翻一番，不知行不行？

肖海君：我认为完全行。

张亦华：那你帮我考虑考虑，应该怎么办？

肖海君：我看从现在起你就要开始准备，早，才能争取主动。

张亦华：你看现在要从哪些方面着手？

肖海君：先进行可行性研究，把报告拿出来，特别是投资规模、机型选择、市场需求、效益预测要尽可能准确。

张亦华：我和你想的一样。

肖海君：对可研报告，我在深圳这边也会做些调查，提出一些意见和建议。你在南江要组织专门人员把这件事做好。

张亦华：好的，海君。

7

与肖海君通话后，张亦华想已有一个星期没跟杜强联系了，于是她又给他打电话，连拨了好多次，杜强的电话都是忙音，处于通话中。

此时，杜强确实在同人通话，他在同郭春燕通话，两人谈得很投入，有点话逢知己千句少的味道。

杜强：上次我们一起出国到法国巴黎，也是一种缘分。

郭春燕：那当然，全国十几亿人，全省八九千万人，能在一个团组同时出国，那真是前世修来的缘分。

杜强：你的外语水平真是不错，翻译得流利准确。我们老板非常满意，得到了大家的高度赞扬。

郭春燕：我看你的文章也写得很棒。这次你执笔的出国考察报告，文笔非常流畅，条理也很清楚，特别是问题都说到了点子上，省政府办公厅还专门作为参考件转发各地。

杜强：这样吧，我们俩就相互取长补短，你教我学外语，我教你写文章。

郭春燕：好啊！

杜强：一言为定！这个星期天开始行不行？

郭春燕：行，到哪里好？

杜强：到省图书馆找间房子怎样？

郭春燕：可以。

8

省图书馆阅览室后面，有一栋小楼，以前是专供专家学者阅读和查找资料的地方。

在楼上一间房子里，日光灯透亮，两张办公桌并排靠在一起放着，一边一把藤椅，杜强和郭春燕面对面坐着。

郭春燕：你找的这个地方真不错，很安静。

杜强：我在省委宣传部的一位朋友是处长，他的夫人在图书馆工作，请她帮忙找的。

郭春燕：你真行。

杜强：在省直机关混了这么多年，总有几个熟人。

郭春燕：你为人热情大方，大家也愿意和你交朋友。

杜强：我给你带了一本《写作辞典》，怎么写报告，怎么写总结，怎么写讲话稿，里面都讲得详详细细，还附有参考样本，你写时只要换个标题和内容就行了。

郭春燕随手翻阅了一下：我一定认真学习，不过，真要写好文章，还得要有基本功。

杜强：你说得对极了，就说英语吧，我在大学里也记了一些单词，但一说起来就不行，特别是听老外讲话，根本就不知他在说些什么。

郭春燕：你那叫"哑巴英语"，所以学英语首先要胆大敢说，其次是要单词量。

杜强：所以，我一定要把英语学会，特别要把英语对话学会，这样，我在外贸厅工作，不仅会写文章，而且会外语，别人的看法就会完全不一样。

郭春燕：那你的竞争力就会更强，进步就会更大。

杜强：要不你先当我的老师吧。

郭春燕：老师不敢当，考虑你已有一定单词量，今晚你就专门练说和听，怎么样？

杜强：太好了。

于是，两人便开始日常英语会话。郭春燕说一句，杜强跟着说一句，郭春燕教得很认真，对一些拗口的句子，她不厌其烦地反复领读，直到杜强讲流利了为止；对杜强发音不标准的地方，她及时地予以纠正。看她那样子，真像个诲人不倦的老师。杜强这个学生也显得非常乖巧，不仅态度谦虚诚恳，而且学得非常刻苦。男女之间就是这样，一旦情投意合，心有灵犀，无论是学习还是做事，就会有一种燃不完的激情，就会有一种说不清道不明的默契，就会有一种心灵的愉悦，因而两人在一起时间也就过得特别快。晚上三个小时一眨眼就过去了，快到十一点，两人还兴致勃勃，情绪很浓。杜强的脑瓜子也比往日灵活得多，一口气学会了几十句英语对话。还是图书馆的工作人员说已到休息时间了，他们才极不情愿地结束了。杜强开车把郭春燕送到家。分别时，他现买现卖，竟然用郭春燕刚刚教会的英语对她先说了一句"Good night"，然后又说了一句"I love you"，郭春燕顿时羞得脸上起了一片红晕，还好是在夜晚，如在白天她真的要打个地洞钻下去。她向杜强挥了挥手，就急忙进了家门。

9

江兆南在金昌制药厂大刀阔斧地进行改革，撤销了过去那套行政化的管理方式，按照效率优先质量第一的原则，以市场为导向，裁并管理部门，实行基本工资加绩效加质量考核的分配办法，从而使厂子在重新投产后，生产节节攀升，产品的优质率也不断提高。仅仅半年多时间，药品的产量就比过去翻了一番，利润也有了大幅度的增长。

中国有句老话叫人怕出名猪怕壮，整个南江市都知道江兆南的企业搞得不错，效益很好。于是，一些单位陆续上门找江兆南要求支持了。开始江兆南很爽快，凡是要个五万八万的，他都二话不说全部照给。但慢慢地来找他的部门越来越多，所要的数额也越来越大，他感到吃不消了。

有一天，市开发区公安分局副局长找到江兆南，说：公安分局正在盖办公楼，资金缺口比较大，你们药厂能不能支持一点？

江兆南想，对公安分局是不能拒绝的，自己的药厂就在分局的管辖范围内，得罪了这样的部门今后是没有好日子过的。几个月前就听人说过开发区公安分局盖大楼是"白手起家"，绝大部分的钱都是罚款和赞助的。如今副局长亲自开口了，不给肯定是不行的。于是，他只好连忙答应。

副局长：给一百万行不行？

江兆南有些为难：请局长开开恩，这段时间厂里资金很紧张，能不能少一点？

副局长：那你说给多少？

江兆南：给三十万行吗？

副局长：那就减一半，给五十万，就这样定了，我知道你这点钱还是拿得起的。

江兆南：局长定了，我就是砸锅卖铁也要给。

副局长：那就谢谢了，你明天就把钱打到公安分局基建项目的账上。

江兆南：一定照办。

公安分局副局长带着满意的神情扬长而去，江兆南却站在原地不动，一种被劫持但又无助的感觉充塞在他的心头。

10

送走市开发区公安分局副局长，江兆南回到办公室刚坐下，高雅红进来了，她默默地看了看江兆南，见他心情不好，便关切地问：怎么？是不是身体不舒服？

江兆南：不是，刚才我硬着头皮给了市开发区公安分局副局长五十万。

高雅红：这个数目蛮大的。

江兆南：再大也得给，胳膊还能扭得过大腿？

高雅红：我来也是跟你说件类似的事。刚才，市电视台一个副台长带着两个人来找我，要厂里给他们做广告。我说我们已经在市台做了广告，没有必要再做了。

江兆南：副台长怎么说？

高雅红：他说多在几个频道做广告不是更好吗？多多益善嘛。我说厂里资金很困难，没钱做不了。

江兆南：你这样回答，他们肯定不高兴。

高雅红：还正像你说的，那位副台长马上把脸拉下来质问我，你说资金困难，那么多单位来你们厂要钱你们怎么就一一照给，显得那么大方呢？

江兆南：你怎么回答他的？

高雅红：我说那是在刚开始的时候，来厂里要钱的比较少，加上效益也还好，所以就给了，以后来要的太多了，厂里就负担不起了。

江兆南：你把这情况如实说了，他们应该会理解的。

高雅红：不，他们还是不理解，那位台长好像下最后通牒似的，我不跟你费那么多口舌，我就要你一句话，这广告你同意做还是不同意做？

江兆南：这简直太霸道了。

高雅红：我当时也不客气，就回答说现在厂里确实没有钱，这广告没办法做。那位台长说了一句"不做拉倒"就气呼呼地走了。

江兆南：我们也只能这样了。

11

人们都说新闻单位非常厉害，记者是无冕之王。不要说一个民营企业，就是很大的领导对他们也要谦让三分，不敢得罪。自市电视台副台长走后，高雅红一直提心吊胆，担心他会对厂里打击报复。但十多天过去了，并没有什么动静，她悬着的心又慢慢放下来了。她想自己可能是以小人之心度君子之腹，能当上副台长肯定是德才兼备的，电视台又是重要的舆论引导阵地，天天在弘扬正气，他们怎么会去干那种有违道德见不得阳光的事呢？高雅红想自己是多心了。

为了尽可能减少一些部门和单位来厂里要钱所带来的损失，江兆南这些天组织人员全力忙着挖掘潜力开源节流，搞得有些筋疲力尽。高雅红看他气色不好，下班时特意做了几个好菜，好让江兆南晚饭时多吃点。她把好菜一个劲地往江兆南碗里塞，江兆南又把碗里的好菜夹还给她吃，高雅红又夹还给江兆南，他又夹还给高雅红。这样不知来回了多少次，最后还是高雅红硬把江兆南的筷子按住，江兆南才不得不把好菜吃了。这顿饭，两人吃得特别香，也特别甜。

吃完饭后，高雅红去厨房洗碗筷了，江兆南坐在椅子上边抽烟边看电视，此时正在播放市里的新闻，先是市领导出席会议和活动的报道，接着是先进典型和经验的报道，在最后的批评报道中，有一条竟然是金昌制药厂的，记者说他们通过几天的暗访，发现该厂存在卫生死角，苍蝇成堆，这对于一个制药企业来说，在这样肮脏环境下生产出来的药品人们还敢服用吗？与播音员解说同步的，是电视上一堆苍蝇乱飞的垃圾和药品生产两个反复出现的画面，给人们形成了一种鲜明的对照。

江兆南看得傻眼了。他赶紧朝着厨房里喊道：雅红，你快来看，我们厂在电视上曝光了。

高雅红马上丢下洗碗布，边甩着手上的水边跑出来，她有些不太相信：不可能吧？

江兆南：你快看看，正播着呢。

高雅红：我们厂里的清洁工是很负责任的，每个角落都打扫得干干净净，怎么会有这种情况呢？

江兆南：是不是有漏掉的地方？

高雅红：没有呀，每天我都会在厂里走一圈。

江兆南：要不我们现在再去检查一下？

高雅红：好。

江兆南打着手电筒，和高雅红沿着厂里的四周仔细看了一遍，又对厂里的每个地方包括角角落落认真进行了检查，没有发现一堆垃圾。这究竟是怎么一回事呢？这电视上的垃圾是在哪里拍到的呢？两人百思不得其解。

还是江兆南脑子好使，他对高雅红说：我们再到围墙外面和附近看看去。

高雅红也顿悟过来：说不定问题就出在那里。

两人出了厂子大门，沿着围墙外面察看，结果在厂子背后围墙外面的树林里，发现有一堆垃圾，但这已不是厂区管理范围，离围墙有一段距离，厂里也从来没有把垃圾倒在这里。江兆南回想电视上的画面，与这堆垃圾非常相近，只不过角度选得巧妙没把树林拍进去。

高雅红非常气愤：这明显是电视台对我们打击报复，我要找他们论理去。

江兆南：电视台不是讲理的地方，如果他们讲理，就不会这样做了。

高雅红：那你说怎么办？

江兆南：如果没有产生什么影响，我看就算了。你跟他们去计较，他们就经常在电视上捅你一下，最终吃亏的是我们。

高雅红：那就算了。

12

　　江兆南本来想息事宁人，但没想到的是，厂里最近几天接到不少观众的来信，指责制药厂只顾自己赚钱，丧失起码良心，违背职业道德，在非常肮脏的环境下生产药品，这是一种十分恶劣的行为，要求厂里公开说明情况。更为严重的是，药厂生产的药品在市场上的销售也开始下降。

　　面对这种情况，江兆南不得不重视了，他和高雅红、王达进一起找到市电视台的那位副台长。

　　江兆南：台长，前几天市电视台曝光我厂环境肮脏的问题不是事实。

　　副台长心知肚明，这事是他暗示下面干的。但他极力为自己打掩护：曝光这事我不太清楚，不过，新闻报道出现点差错也难免，你们就有则改之无则加勉吧。

　　高雅红：是不是我们没有同意在电视台做广告，就故意这样搞我们一下？

　　副台长知道理亏，心里有些虚，赶紧解释说：这跟做广告那件事毫无关系。

　　王达进：但电视台的曝光已经对我们厂的信誉和生产产生了严重影响，你们说该怎么办？

　　江兆南：能不能请电视台为我们公开澄清一下？

　　副台长：这恐怕不太合适，有损电视台这个党的喉舌的权威性。

　　高雅红：那你就不怕我们厂垮掉？

　　王达进：你不公开澄清，那我们只好向市里反映了，市里不解决，就到省里，省里解决不了，我们就告到中央去。

　　江兆南：达进，你不要乱说话，台长会给我们想办法的。

　　王达进：那总得让我们活下去呀！

　　副台长也觉得这事不能再闹大，真要是把厂里给激怒了，厂子搞垮了，厂里的人揪着不放，告到上面派人来调查，一旦事情的真相败露，他这个台长就会吃不了兜着走，甚至头上的乌纱帽都保不住。所以，他口气有所变化，顺着江兆南的话，说道：我看能不能这样，我派记者给你们拍两条正面新闻，一条是你厂重视环境卫生的报道，一条是为了治病救人重视药品质量的报道，这样也就等于给前些天的那个不实报道做了纠正和澄清。你们看行不行？

江兆南：行，为了给厂里挽回影响和损失，请台长尽快安排报道。

副台长：我明天就安排记者去采访，你们回去后赶快做好准备。

13

由于黄色淫秽音像带的销售量越来越大，黄乃亮也就比过去更加忙碌，他每隔一个星期就要来一次音像制品厂，一方面是同许向才结算并分成上次的淫秽音像带的销售利润，一方面是把新弄到的黄色淫秽母带交给厂里复制生产。眼看着厂里生产兴隆、日进斗金，许向才满心欢喜，只要李芬在厂里，他就缠着李芬同他一起唱歌，并借机对李芬动手动脚。而李芬也不介意，有时还顺着他来，把个许向才搞得神魂颠倒。

这天，黄乃亮上午来厂同许向才谈了一阵生意就匆匆赶回去了。但下午不知有什么急事他又瞒着许向才，直接到了李芬那里，两人关起门来讲了一阵，好像还有吵架声。屋里安静了一会，黄乃亮开门就走了。

黄乃亮刚走几步，恰好碰到许向才来找李芬唱歌。

许向才有些奇怪：黄先生，上午不是回去了吗？怎么又来了？

黄乃亮看见是许向才，一下显得非常尴尬，被他这么一问，就更加不自在，只好说：有个熟人托我找李芬说点事，所以下午又回头了。因怕打扰就没有惊动你，请原谅。

许向才：我只是随便问问，好走。

对于李芬和黄乃亮之间的关系，许向才一直一头雾水，但隐隐约约总觉得两人有些不正常。许向才也想弄清楚，曾拐弯抹角地问过李芬，她也没有明确回答，只是含含糊糊地说两个人就是做音像生意时认识的。许向才也时时在观察李芬的表现，特别是在有关黄乃亮同厂里利益分配的问题上看看李芬是什么态度，但也没有发现有什么破绽。

许向才看看黄乃亮已经走远，便敲了敲李芬的门。李芬以为是黄乃亮，把门打开，大声吼了一句：你还没走呀！

许向才知道是李芬在刚才的状态中还没恢复过来，就故意反问道：你叫我到哪里去？

李芬一看是许向才，觉得非常不好意思，马上表示歉意：实在对不起！

许向才：黄乃亮惹你生气了？他来找你干什么？

李芬被许向才问得猝不及防，一时露了馅：来跟我讲肖丽萌的事。

许向才：哪个肖丽萌？她是什么人？

李芬：一个开餐馆的女老板。

许向才：你跟她认识？

李芬：我不认识，只是听黄乃亮说过，她也是江西老表。

许向才：那黄乃亮一定跟她很熟？

李芬自觉说漏了口，怕再说下去暴露自己和黄乃亮的关系，就故意说：她和黄乃亮是什么关系我不清楚，但今天中午一个熟人告诉我说黄乃亮想把肖丽萌也拉来同我们一起做生意，我一听就火了，就把他叫来不准他这样搞。

许向才：你做得对！这样看来黄乃亮和肖丽萌不是一般关系。

李芬：我们的厂子绝对不准那个女人插手。

许向才：你不要为这事再生气了，我们唱歌去。

李芬：很抱歉，我今天身子不舒服，改天再好好陪你唱个够。

许向才：那你好好休息。

李芬今天实在没有兴趣唱歌，今天黄乃亮走后，她在同一个朋友的通话中，得知黄乃亮同肖丽萌在一起鬼混，致使肖丽萌怀了孕。肖丽萌现正逼着要黄乃亮和她结婚。李芬听后气得脸都歪了，马上打电话要黄乃亮赶了回来，劈头盖脸把黄乃亮骂了一通，并要他立即和肖丽萌断绝一切关系，否则就要把他所有违法乱纪的丑事公布于众。黄乃亮被她这样一讲吓坏了，急忙向李芬求饶，并保证以后同肖丽萌断绝任何往来。李芬见黄乃亮说得声泪俱下，不像是在敷衍她，就放他一马，让他回去了。

14

从李芬那里回来后，许向才到了办公室。因为歌没有唱成，他有些扫兴，且满脑子都是肖丽萌的影子。他也知道肖丽萌离开家里到广东打工了，但李芬讲的那个肖丽萌是不是同村的肖丽萌？还是另外一个人的重名？许向才很想究个根底。于是，他打电话给一个熟人，以广东这边有个人要找肖丽萌但不知她在哪里为幌子，询问肖丽萌的下落。这位熟人就把肖丽萌的一些情况告诉了他。这样，许向才就确定李芬讲的那个肖丽萌就是村上的肖丽萌。本来，因多年没有见面，他对肖丽萌已经淡忘，但李芬提起她的名字后，又勾起了许向才对肖丽萌的不快，特别是他当民兵营长时对肖丽萌不轨竟被她拒绝，至今让他耿耿于怀。刚才听熟人在电话里说肖丽萌和一个叫黄乃亮的男人搞在一起并怀了孕，许向才冷笑了一声，不由心生歹意，他要对肖丽萌落井下石。

黄乃亮回到家时，墙上的挂钟正好响了十二下。由于黑灯瞎火，开门时不小心用力过猛大门反弹回来撞在他的脑门上，痛得他眼泪水直流，一会就起了个大包。他自己骂了自己一声：今天碰到鬼啦！

黄乃亮一屁股坐在沙发上。他今天从早到晚一直来回奔个不停，实在是又乏又累。刚歇一口气，摩托罗拉手机就响了。他以为又是李芬打来的，心里有些紧张，急忙拿出来翻开盖子接听。

黄乃亮：谁呀？

许向才：我是老许，你到家了吗？

黄乃亮：到家了，谢谢许总的关心。

许向才：有人跟我讲了一件牵涉到你的事，不知当讲不当讲？

黄乃亮：我们是生意伙伴、是朋友，你我之间还有什么事不能讲？什么事？你讲。

许向才：你是不是让一个叫肖丽萌的女人怀孕了？

黄乃亮：你怎么知道的？

许向才：一个熟人告诉我的。

黄乃亮：我也不知道怎么就碰中了！

许向才：她还要逼着你和她结婚？

黄乃亮：这事让我很伤脑筋。

许向才：我告诉你，这个女人生活作风很乱，你若和她结婚是自找苦吃。

黄乃亮：你的意思是甩脱她。

许向才：应当设法让她永远不要再见到你。

黄乃亮的脑子急速转动着，自和许向才认识以来，从没听他说过肖丽萌的事，今天怎么突然提起她来了？估计是李芬给许向才讲的，不知她还讲了些什么，要是李芬把她自己和我黄乃亮的那层关系让许向才知道了，那许向才一定会认为是两人一起共谋欺骗他，这样麻烦就大了。为了探探许向才的底，黄乃亮试着问道：李芬没有给你说肖丽萌怀孕的事吧？

许向才：没有。但说了你要肖丽萌来和我们一起做生意，她坚决反对。告诉你，这事我也不同意。

从许向才的口气中，黄乃亮断定许向才对他和李芬的那层关系不知情，心里便踏实了许多。于是他说：许总说得对，对肖丽萌这样的人就得要狠点。

许向才见自己的目的已经达到，就结束了和黄乃亮的通话。

15

肖丽萌坐在房间里的沙发上，脸色苍白，面容消瘦，显得憔悴疲惫，有气无力。她刚呕吐完了，觉得好受一点，但不久又难过起来，一阵头晕恶心，又呕吐不止，折磨得她痛苦不堪。

餐厅的服务员给肖丽萌端来了一碗肉饼汤，她喝了一口就放在了茶几上。

服务员：老板娘，无论如何都要强迫自己喝下去，不然身体吃不消的。

肖丽萌：实在吃不下，看着东西就想吐。

服务员：要不叫黄老师来照顾你一段时间？

肖丽萌：这么久都不见个人影，别指望了。

服务员：那你每天这样不吃东西也不行啊。

肖丽萌：别担心，过一段时间自然就会好的，餐厅人手少，你去忙吧。

服务员：你照顾好自己，我有空就会过来。

这段时间，对于肖丽萌来说是最伤心的。她没想到妊娠的反应这么强烈。此时此刻，她多么希望黄乃亮在自己身边，照顾她，安慰她。然而，黄乃亮不仅不来看望她，而且音讯全无。她不知给黄乃亮打了多少次电话，但就是打不通。她怀疑是黄乃亮故意躲着她不接电话，所以她就越加频繁地给黄乃亮打电话。刚才服务员一走，她又拿起电话拨了黄乃亮的号码，话筒里传来了空号音，这次黄乃亮竟把电话号码换掉了。她气得把电话往茶几上一摔，泪水从眼里哗哗地掉下来。

黄乃亮的绝情，让肖丽萌彻底地绝望了。

第二十五章

1

郭春燕伏在办公桌上呜呜地痛哭。

她的心情十分难过，在美国的丈夫正式提出和她离婚。她和丈夫是大学同学，四年前两人结婚。婚后不久，丈夫到美国留学，他当时要她一起去。但郭春燕想自己学的是外语，不懂其他方面的专业，到美国估计也好不到哪里去，现在全国上下改革开放风起云涌，正需要大量的外语人才，自己留在国内更能发挥特长和作用，何况丈夫曾多次信誓旦旦对她说，留学期满他就立即回国。她盼啊盼啊，总算盼到了丈夫留学毕业要回国了，两口子即将就可团聚了。没想到盼来的是一纸休书，他留在美国不回来了，并要郭春燕尽快同他办理离婚手续。不知哭了多少时候，郭春燕的眼泪慢慢没有了。她已欲哭无泪了。

下班时，郭春燕正准备离开办公室，杜强来了，看见她情绪低落，便关切地问：怎么了？

郭春燕：没什么。

杜强：不要瞒我，你心里肯定有事。

郭春燕：你怎么知道？

杜强：你眼睛有些红肿，肯定哭过了，快告诉我，发生了什么事？

郭春燕：一点小事。

杜强：依你的性格，小事不会让你哭成这样，你到底遇到了什么伤心事？

郭春燕沉默不语。

杜强：你快说呀，憋在心里会把人憋坏的，说出来就会好受多了。

过了好一会，郭春燕终于开口了：我丈夫留在美国不回来，要同我离婚了。

杜强吃了一惊：他不知怎么想的，离婚了他还能找到你这样优秀的妻子？

郭春燕：在美国生活久了，人就变了。

杜强：还有挽救的希望吗？

郭春燕：既然这样了，也就没必要去挽救了。

杜强：这个男人也太没心没肺了！真想到美国去揍他一顿！

郭春燕：这不是什么好事，你知道就行，不要去跟别人说。

杜强：你放心，就到我这儿为止，若跟别人去说，对你又是一个伤害，我不会干那种缺德的事。本来今晚我们是一起学习外语的，我们厅长说好久没见你了，要在一块吃顿饭，我想这样正好你可以跟大家一起聚聚散散心。

郭春燕：在哪儿？

杜强：白天鹅宾馆。我们现在就走。

两人来到楼下，杜强打开车门，让郭春燕上车，然后开着车子直奔白天鹅宾馆。

2

省外贸厅长已先到宾馆等候了，郭春燕一进门，他就握着她的手说：我们访问团一起吃个便饭，对你精准的翻译和辛勤的服务表示感谢。

郭春燕：厅长太客气了，我真不敢当。

杜强招呼大家上桌坐好，并特意把郭春燕安排坐在厅长的身边。

厅长今天很高兴，在服务员上菜和斟酒后，他就频频举杯，他先敬了郭春燕，感谢她对外贸厅工作的支持，接着又敬了她的父亲，感谢老领导对他本人的关心和厚爱。郭春燕有些受宠若惊，连忙回敬两杯，一杯是她自己敬的，一杯是代表她父亲敬的。然后厅长又向全体访问团的人员敬了一杯。平时都是大家先向厅长敬酒，今天却倒过来了。大家都觉得不好意思，于是都争先恐后恭恭敬敬同厅长碰杯，然后一仰脖子喝个底朝天。厅长却只是用嘴皮子沾沾酒杯，意思意思就算了。

大家一边喝酒一边说着话。开始还有些拘谨，喝到后面由于酒性来了，讲话也就放开了。有个人讲起了笑话，说喝酒有"五步曲"，第一步是轻言细语，第二步是花言巧语，第三步是豪言壮语，第四步是胡言乱语，第五步是不言不语。厅长听了哈哈大笑，要大家继续说下去，有几个人又说了几个段子，把大家乐得前仰后合。但厅长发现独独郭春燕脸上没有一丝笑容。他随即对杜强说：你说个笑话，把郭春燕逗乐。

饭桌上，只有杜强知道郭春燕不开心的原因。于是他想了想，说春燕是个才貌双全的优秀年轻女子，是我们青年男性追求的偶像，在这里我念一位男青年给她写的三封情书，请大家欣赏，先念第一封。杜强说完就从桌上的盒子里抽出一张餐巾纸，看着纸面念了起来：亲爱的春燕，还记得吗，那是上大学不久，学校举办演讲比赛。你登场了，一袭白色的套裙，素雅而又高洁，简直就像天使下凡。你用一个平凡的故事，阐述了人生的深刻道理。你用一个挑灯夜读的事例，激励同学们要有远大的理想。你说个人都是渺小的，但当把自己的小理想同实现祖国繁荣富强的大理想紧紧地联系在一起时，人生就会发出夺目的光彩。台下的学生们听了都流出了激动的眼泪。我更是感动得几天几夜都睡不着觉，几次站在你寝室的窗前，望着你的身影，好想向你吐露我对你的爱慕之情。

餐巾纸上没有一个字，杜强却眼不离纸读得那么流利生动，厅长和大家都大吃一惊，郭春燕也很佩服。正当大家端起杯子要对杜强说几句赞扬的话时，杜强却摆了摆手，又把餐巾纸翻了一面说：请听这位男青年给春燕的第二封情书。接着他又念了起来：亲爱的燕，时光如箭，岁月如梭，大学生活结束了，你走上了省外办翻译的工作岗位。短短时间，你就成了单位的骨干，那一口流利的外语，常常语惊四座。但是，你没有丝毫的骄傲，没有丝毫的松懈，还是那么谦虚低调，还是那么勤奋好学。记得有次开会的间隙，别人都在说笑谈天，你却捧着书本在埋头学习。目睹着这一幕，我当时就想跑过去对你大喊一声，亲爱的燕，我爱你！

　　第二封情书一念完，大家禁不住对着郭春燕竖起大拇指来。这时杜强又不慌不忙把餐巾纸翻着倒过来，念起了第三封情书：我的燕燕，你的心地是那么的善良，你的灵魂是那么的纯洁。你用自己的工资，帮助贫困地区的孩子上学读书。你利用节假日，帮助孤寡老人打扫卫生和洗衣做饭。哪里有困难，哪里就有你的身影。哪里有需要，哪里就有你的足迹。你默默付出，不求回报。你默默奉献，不要名利。燕燕，你是我心中的偶像，更是我梦中的情人！我深深地爱着你，直到地老天荒！

　　杜强念得声情并茂，大家被深深地感染了，郭春燕眼里闪动着泪花。厅长却感到有些奇怪，就问杜强：这别人的情书你倒背如流，我看是不是你写给春燕的？

　　杜强：我哪敢？那岂不是癞蛤蟆想吃天鹅肉。这是我的一个同学写的，他也只是暗恋春燕，写出来后给我看，我觉得写得好就背下来了。

　　郭春燕终于笑了：写给我这么美的情书，我怎么一点都不知道呀？

　　杜强：人家暗恋你，怎么好意思把情书给你呀？万一你拒绝，人家面子往哪儿搁呀？再说我那时不认识你，也没法把人家的心思告诉你。

郭春燕哈哈笑了：看来有人暗恋也是一种幸福。

厅长：小杜，这个暗恋春燕的故事很有味道，你将来可以写个剧本。

杜强：女主角不用找别人，就叫春燕演。

郭春燕笑得更开心了：我演不了，不是那块料。

厅长：杜强你把春燕逗得高兴了，我敬你一杯。

杜强见厅长给自己敬酒，赶快下位端着杯子跑过来：我敬厅长，刚才是不是有些放肆，请领导多多包涵。

厅长：喝酒嘛，就要这样，气氛应当活跃一些。

杜强：以后一定按照厅长的要求，让大家喝好喝高兴。

厅长：今天就喝到这儿，下次我们再聚。

大家向厅长敬了最后一杯酒，就散了。

郭春燕仍旧坐杜强的车回去。

杜强：看到你心情好了，我也高兴了。

郭春燕：你那情书是怎么回事啊？

杜强：临时灵机一动，就脱口而出了。

郭春燕：编得有鼻子有眼，好像真的一样。

杜强：其实那些都是我的心里话。

郭春燕：想不到你还真是个才子。

杜强：我没什么才，主要是为了你开心，离婚的事你就不要去想了，这样的男人没什么可留恋的。

郭春燕：问题是再找也没那么容易。

杜强：你这么优秀，家庭条件又好，还愁找不到如意郎君？就怕你看不上人家。

说话间到了省外办宿舍大门口，杜强停住车，他拉了拉郭春燕的手，又拥抱了她一下，说：晚上睡个好觉，做个好梦，这几天我会来陪陪你。

直到郭春燕下车进了宿舍后，杜强才掉转车头离开。

第二十五章

3

时令刚刚入夏，这天气就像撒了胡椒似的，到处火辣辣的。全国的经济也像这天气一样有些过热，物价涨得比气温还快。让张亦华倍感兴奋的是，南江彩电厂的产销形势比任何时候都要兴旺，尽管开足马力生产，但彩电还是供不应求，每天来厂提货的卡车都排成长队等候，有些实在等不及的还通过熟人来找她批条子挪前提货。看着这一片热气腾腾的景象，张亦华觉得上次和肖海君通话时商量的扩大彩电厂生产规模一事必须尽快付诸实施。商机就是战机，工厂就是战场。她决定回深圳当面向伯父汇报一次，由他作最后决策。

动身前，张亦华向杜强打了个电话，问他有没有时间到机场来接她。但杜强有些不冷不热，开始时答应了，但马上又说他有事走不开。结婚这几年来，两人在一起的时候本来就不多，按理相聚时应该是激情澎湃，风情无比，但不知为什么就是找不到那种山摇水淼和死去活来的浪漫感觉。有时她就像根木头一样两手摊开仰躺在床上，任由杜强摆弄。杜强忍不住说她是"冷血动物"。联想到前几天妈妈来电话说杜强这段时间很少来家看她，就是偶尔来也抱怨张亦华对他不好，两人结婚这么久也没个孩子。还有就是她几次打电话要杜强来南江他都说抽不出时间。张亦华已经明显地感觉到了她和杜强的婚姻出现了裂痕。她准备这次回去多住几天，同杜强推心置腹地谈一谈，尽可能解开他的心结。

飞机在深圳一落地，张亦华就匆匆出了机场，打了一辆的士，赶到了厂里。

伯父正在办公室同一位下属谈话，见张亦华来了，就对下属说了句"今天就说到这里"便叫他走了。

伯父：你怎么这么快就到了？

张亦华：来向您汇报南江彩电厂今后发展的大事，不快怎么行？

伯父：你生来就是一副风风火火的脾气，快说说你的具体想法。

张亦华从全国经济发展的走势谈到城乡居民收入水平的不断提高，从满足人民群众物质文化生活的需要到彩电行业的发展前景，阐述了扩大南江彩电厂生产能力的必要性和紧迫性，讲得条条是道，很有说服力。

伯父连连点头称是：你的分析我很赞成，彩电已是家家生活的必需品，市场非常广阔。那你认为南江厂在现有的基础上扩大多少生产能力比较好呢？

张亦华：我认为至少可以扩大一倍。

伯父：这样吧，在你们拿出可研报告后我就召开会议决定。

4

张亦华从来没有像今天这样兴奋。她提出的一个事关南江彩电厂发展的重大建议得到了伯父的支持和采纳。对于一个人来说，这不就是人生价值最直接的体现吗？下一步，如果能够把这个设想变为现实，那就更可以在人生的征途上大书一笔了。从伯父办公室出来，张亦华就一直沉浸在这美好的遐想中。

张亦华本想去找肖海君，把这个好消息第一时间告诉他。但她刚走几步又折回身来，还是先回广州到杜强那里去。她认真回想了一下，杜强在谈恋爱时和结婚后的一段时间，对自己的感情是真挚的，反倒是自己在有些方面对他看不惯，尤其是对他爱炫耀显摆和一门心思想当官的心态就更为讨厌，所以和他在一起时总是有些隔膜。扪心自问，现在杜强对她不像过去那样亲密，两人的夫妻关系有些冷漠，应该说我张亦华是有责任的。想到这里，张亦华心里不由产生一种内疚感。她暗暗地对自己发誓，从今往后，一定要尽到做妻子的责任，让杜强享受到自己对他的体贴、关心和温暖，夫妻俩恩恩爱爱和和美美地过日子。

到了广州，张亦华没有回家，而是直接去了省外贸厅。但杜强不在，问了厅办公室几个人员，都说出去办事了。她给杜强打了几个电话但是联系不上。这时快到下班的时候了，张亦华只好先回到家里，母亲看见女儿回来了非常高兴，连忙烧菜做饭，并要张亦华把杜强叫来一块吃饭。张亦华告诉母亲，没有找到杜强，不知去哪里了。只有等晚饭后回他们自己的住房时再说。张母不无忧虑地说：我真为你们俩担心。

为了急于见到杜强，张亦华吃过晚饭就直奔她和杜强结婚时的小家。这是天河体育场附近一个小区内一套三室一厅的住房，是结婚前由杜强的父亲买的。因不在广州工作，张亦华除结婚时和回广州时住在这里，平时就杜强一个人住着。到了楼下，张亦华抬头望了望，窗户没有灯光，她想杜强还没回来，就在小区的花园小道上转了几圈后再乘电梯上楼，走到门口掏出钥匙刚要开门，她突然听到里面有说话声，便马上站着不动，听得出来，说话的一个是杜强，另一个是女的。

杜强：同你在一起真快乐。

女的：我也巴不得时时和你在一起。

杜强：跟我生个胖小子。

女的：现在这样子怎么能生啊？

杜强：我们结婚吧。

女的：那你现在的妻子怎么办？

杜强：离了呗。

女的：她会同意吗？

杜强：我们之间已没有什么感情，她会同意的。

女的：听人说，你已是外贸厅副厅长预备人选。

杜强：我一定积极争取，如能实现，到时你就是副厅长夫人了。

女的：你妻子不会回来吧。

杜强：不会，今天在深圳，估计明天回。

女的：我还是早点回去更保险。

杜强：我俩再亲热一会你就走。

女的：亲爱的，抱抱。

这时，张亦华感到了莫大的耻辱，作为女人和妻子，原来总认为自己是很优秀的，没想到如今会遭到丈夫的背叛！她真想冲进去抓个现场，把杜强和那个女的狠狠地羞骂一顿。但她忍住了，既然他的心已跟别的女人走了，何必去强留呢。张亦华把气愤往肚子里狠狠地压了压，然后掉头就走了。

5

张母关灯上床睡觉了，忽然响起敲门声。

这么晚了，会是谁来呢？张母警惕地从床上爬起来，隔着门缝问：你是哪位？找谁？

张亦华：妈，是我。

张母：亦华，你怎么回来了？

张亦华：我想回家陪陪妈。

张母：杜强不在家？

张亦华没有回答，只是摇了摇头。

张母：你们吵架了？

张亦华突然靠在妈妈的肩膀上伤心地哭了起来。

张母：你究竟怎么了？快告诉妈妈。

张亦华仍然哭个不停。

张母：是不是杜强欺负你了？

张亦华哽咽着：他有别的女人了。

张母：你说的是真的？

张亦华哭着点了点头。

张母：杜强是不是想离婚？

张亦华这时不哭了：是的。

张母像是对女儿，又像是对自己：怎么会出现这样的事呢？

张亦华以为妈妈会责怪她，没想到妈妈反而安慰起她来：不要太难过，既然杜强要离，你也就不要勉强，妈也不会为难你。天下优秀男人有的是，以后如有合适的，再找过一个。我就不相信我女儿找不到称心如意的爱人。

张亦华泪流满面地叫了一声"妈"。

张母：跟妈睡吧。

母女上床，张亦华紧紧地搂着妈妈。无论儿女长得多大，妈妈永远是他们心灵的保护神。

6

围坊村千头养猪场。秦姑在给猪喂食，发现往日几头相互争食抢食活蹦乱跳的猪无精打采地躺在地上不吃食了。她凭着猪场开办前学到的些许兽医知识，初步判断是这几头猪得病了。她知道猪病就是一种瘟疫，只要有一头猪得了，立即就会传染蔓延开来，那整个猪场就可能全部毁灭。由于是第一次遇到这种情况，且非常紧急，而秦姑又没有这方面的处理经验。于是，她一面派人向村支书林一凡报告，一面派人到县兽医站求援，请他们来帮助控制和消除疫情。她自己则开始把几头病猪先进行隔离。她拿着一根棍子想把栏内的病猪赶到山的旮旯里去，但无论怎样驱赶它们都一动不动。正在她焦急万分而又无能为力之时，牛斤晃晃悠悠地来了。

秦姑像见到救星似的，连忙喊道：牛斤，快来！

牛斤觉得有些奇怪但又十分高兴，平常到秦姑这里她都是爱理不理的，都是他主动搭讪，今天秦姑却一反常态，主动叫他过来，而且那口气也很热情，于是牛斤三步并作两步跑到了秦姑面前：什么事？

秦姑：帮帮我忙，把这几头猪赶出去。

牛斤：它们睡得好好的，为什么要赶走？

秦姑：生病了，得赶走。

牛斤：让它们在这里好好躺几天病就好了。

秦姑：不赶走就会传染给别的猪。

牛斤：传染？有那么严重？

秦姑：你不懂，别啰唆，快动手。

牛斤吓得连说了三个"是",赶紧拿起棍子走进了猪栏。

两人用棍子赶了一阵,这几头病猪爬起来走几步又躺下。秦姑觉得这不是办法,就找来了一根粗绳子套在一头猪的脖子上,她在前面拉,让牛斤拽着猪的尾巴把猪拉起来然后用棍子在后面赶,这一下非常管用,不一会就把猪拉到了山旮旯里,把它绑在一棵树上。就这样来回好几次,牛斤帮着秦姑把几头病猪转移到了山的一个角落里。

牛斤累得满头大汗,衣服也搞脏了。秦姑拿了一条毛巾给他:擦擦汗。

牛斤接过毛巾闻了闻:嘻嘻,这毛巾是你用过的,上面好香。

秦姑:别胡说八道,快回去把衣服换了,拿来给我洗。

牛斤不相信自己的耳朵,以为听错了,又问了一句:你给我洗?

秦姑:别装聋卖哑的,快去吧。

牛斤不用说有多高兴了,立即精神抖擞地回家换衣服去了。

7

林一凡领着县兽医站的人员来了。他们首先听了秦姑的情况介绍,接着就到猪栏里仔细地察看了一遍,然后就到山旮旯里对几头病猪进行了诊断。他们简单会商后,向林一凡和秦姑谈了处理意见。

兽医:这是一种传染性极强的猪瘟,幸亏你们发现得早。

秦姑:那应该怎么处理才行?

兽医:发现病猪的这个范围的猪要全部宰杀深埋,对猪栏的内外要严格消毒。

林一凡:那一百多头猪全部宰杀深埋,损失好大啊。

兽医:损失再大也得要这样做。这屋子生猪的损失是为了避免别的屋子里生猪的更大损失。你们赶快到县食品厂借一套电击屠宰设备来。

林一凡:我马上就派人去。

秦姑:那其他的猪场怎么办?

兽医：要马上进行隔离和严格消毒，包括猪场工作人员都要经过消毒才能进出，避免把病毒带入。

紧接着，在林一凡的组织指挥下，一场特殊的战斗在村养猪场紧张进行。村民们身穿防毒衣，在各自的阵地上有条不紊地奋战着。有些村民操着电击设备把一头头活猪击倒在地，一些村民随即把这些电死的猪运到指定的地点，由另外一些村民挖坑深埋。最后是消毒，村民们分成三组，把药水在整个猪场内内外外洒了个好几遍。

8

这一天，秦姑心里却很不好受。看着自己亲手喂养的一头头活猪落得个这样悲惨的结果，她泪水在眼里打转，并不断喃喃地道：我实在是没办法救你们。因为伤心忍得太久了，回到家里，秦姑不由得大哭起来。

这时，牛斤正好鬼使神差地经过这里。听到秦姑在哭，连忙进去，关心地问：怎么了？是不是谁欺负你了？

秦姑没有理他，只是一味伤心地哭。

牛斤：看样子你被欺负得不轻，你快告诉我是哪个王八崽子，我去教训教训他。

秦姑止住哭，用手把牛斤一推：去你的，谁敢欺负我？

牛斤：没人欺负你，那你哭什么？是不是遇到了什么伤心事？

秦姑：你今天不是参加了吗？

牛斤：你是不是说把那些好好的活猪电死活埋了？

秦姑边擦眼泪边点了点头。

牛斤：我也想不通为什么要那样做。哪头猪病了就把哪头猪杀了，何必要连累那么多猪呢？

秦姑抹了抹眼泪：我当时就想哭，只是忍住了。

牛斤眼里也跟着有了泪水，像秦姑一样抹了抹：我当时也想哭。

秦姑：看样子你的心肠也很软。

牛斤：为什么不可以不把那些猪活埋？当场宰杀后把肉分给大家吃不好吗？

秦姑：你疯了，病猪肉是不能吃的，你想吃肉，我到街上买了给你做。

牛斤：好极了，我明天就想吃。

秦姑：那你明天来吧。

牛斤：今晚怎么办？

秦姑：今晚你快回家去睡觉吧。

牛斤边走边埋怨：唉，这么久了还是不让我挨一下她的身子。

9

江父在山上的羊肠小道上跋涉着。翻过了一座又一座大山，前边的山脚下出现了一栋小洋楼。

门是开的，江父朝里叫了一声：表哥。

表哥：是表弟呀，快进屋。

江父：几年没来了，盖新房了。

表哥：两个儿子和一个女儿到广东打工赚了一些钱，就用在这房子上了。

江父：我这次来是想问清一件事，前些时候市委梁书记到我们村上，恰好兆南也回家了。无意中梁书记说到他的儿子跟兆南一样大，但因他打了右派后妻子自杀，儿子几个月就托付给一个朋友了，谁知这个朋友也打了右派被迫寻了短见，之前把梁书记的儿子又托付给了他的熟人，以后就不知下落了。我那天看兆南不仅样子长得很像梁书记，而且神态也很像梁书记，所以我就想到兆南是不是梁书记的亲生儿子？

表哥：那年我把兆南送给你的时候他还不到一岁。之前是一个熟人托给我带的。这个熟人已经二十多年没有联系了。

江父：你能不能同我去找他一下。

表哥：好，看能不能找到。

江父和表哥又继续上路了。蜿蜒小路在山中不断延伸。两人走了两天两夜，也不知爬过了多少山头，跨过了多少小溪，好不容易到了一个小山村，找到了表哥的那位熟人。表哥先把来意说了，江父又把前因后果讲了。表哥的熟人听后对他们说：当初是一位乡里的干部把小孩交给他的，这位干部"文革"中去世了，他就孤身一人，是谁托付给他的、是谁的儿子，他都没说，所以这事恐怕没什么希望。

听表哥的熟人这么一讲，江父也觉得要找到江兆南是梁书记儿子的证人很难。于是他说，只要我们努力了，即使没有找到也无怨无悔。表哥的熟人也说他不会放弃，会继续打听，如发现新的线索会及时告诉。江父和表哥表示感谢后就踏上了返家的路程。

10

肖丽萌度过了痛苦漫长的妊娠呕吐期，胃口渐渐好起来了，精神也慢慢地打起来了。但微微凸起来的肚子又不由得使她恨从中来。她恨黄乃亮无情无义，自己委身给他，并怀上了他的亲骨肉，但他不仅没来关心过一次，而且为了断绝联系连电话号码都换掉了。他以为这样就可以找不到他。肖丽萌暗暗骂道，黄乃亮你这个流氓骗子，你就是使尽一切手段，藏到天涯海角，化为妖魔鬼怪，我肖丽萌也一定要把你找到！

肖丽萌看看身体恢复得差不多了，就动身去找黄乃亮。以前两人在一起时，黄乃亮说过他在深圳和广州都有住房，并告诉了具体地址。肖丽萌先到了深圳，在一个豪华小区找到了黄乃亮的住房。但当她按响门铃时，出来开门的是一位年轻美貌的少妇。

肖丽萌：请问这是黄乃亮先生的家吗？

少妇用警惕的目光打量着肖丽萌：对不起，你找错了。

肖丽萌拿出写在纸上的地址仔细看了看：没错呀，这是黄乃亮先生告诉我的。

少妇：你是黄先生的亲戚？

肖丽萌：我是黄先生的朋友，找他有点事。

少妇：你说的那个黄乃亮先生几年前同我的丈夫来过我家，并住过两晚。

肖丽萌：那你知道他现在哪里吗？他在深圳有住房吗？

少妇：不知道，对不起，我关门了。

肖丽萌吃了闭门羹，气得两腿发抖。这黄乃亮真是厚颜无耻，连住的地方都是瞎编的。他越是这样坑蒙拐骗，肖丽萌就越想揭穿他的真面目。肖丽萌又在深圳的几个住宅小区分别打听了一番，都说没有黄乃亮这个人。于是，肖丽萌便买了张火车票直奔广州。按照黄乃亮提供的地址，肖丽萌找到了一个小区的一套住房，上楼敲了敲门，屋里传出了脚步声，肖丽萌估计又可能像深圳一样，房主不是黄乃亮。果不其然，开门的是一个陌生年轻男子。一身时装，风度翩翩，惹得肖丽萌禁不住多看了几眼。

年轻男子：请问你找谁？

肖丽萌：我找一个叫黄乃亮的，他告诉我住在这里。

年轻男子：你找黄乃亮？这房子前不久卖给我了，他搬到一个叫浪漫之都的小区去了，他说最近生意很好赚了些钱，就在那里买了一套豪华住宅。

肖丽萌：多谢你的指点。

11

浪漫之都是广州新近建成的一个高档小区，里面住的都是有钱人。改革开放这么多年了，广东人的思想观念也悄悄地发生了巨大的变化，过去大家都以当官为荣，谁官当得越大，越受到社会的尊崇。如今却不一样了，谁赚的钱多，人们就越认为他有本事，就越让大家刮目相看，相反的对当官却不那么热衷了。有些小孩不听大人的话，父母常常会教训他们说"长大了叫你当干部去"。所以在今天的广东，绝大多数人都在为金钱而奋斗，多赚钱和赚大钱成了人们一生追求的目标，金钱也就成了衡量一个人身价的主要标准。谁如果在浪漫之都有一套豪宅，那他在人们眼中的身价一下子不知道高了多少倍。

由于浪漫之都在广州的知名度非常高，肖丽萌没费什么周折就找到了，但进小区大门时却被门卫拦住了。门卫问她找谁，她说找一个叫黄乃亮的人。门卫说我不熟悉这个人。肖丽萌就说能不能麻烦你帮忙找一找。门卫倒是个热心人，就马上打电话问了小区管理中心的负责人，把黄乃亮的住房号告诉了肖丽萌，并给她指了指具体的方向和位置。

大概是急于想找到黄乃亮，肖丽萌竟忘了跟门卫道声谢就朝小区内奔去了。她一口气跑到了黄乃亮的住房门口，停下稍稍端了喘气，就推了推大门，不知怎么大门没有关紧，肖丽萌用力使劲一推就把它推开了。此时黄乃亮和李芬正在里面的床上耕云播雨，李芬不时还发出浪荡的尖叫声。

肖丽萌气得血往上涌，眼冒火星，胸口剧痛，肺部炸裂，只觉眼前一阵昏黑，天旋地转。她稍微稳定了一下，猛地冲进里屋，对着床上狂喊了一声：黄乃亮，你这个畜生！

黄乃亮被肖丽萌这一喊叫惊呆了，一时手足无措，只好躲在被子里不吭声。

肖丽萌：黄乃亮，你给我出来！

黄乃亮急忙穿了短裤从床上爬起来。

肖丽萌朝黄乃亮脸上"啪"的一巴掌：那个婊子是哪里的？

李芬穿着背心和短裤从床上跳下来：你骂谁是婊子？

肖丽萌：骂你！你这个不要脸的婊子！

李芬马上回骂一句：你这个下三烂的女人！

肖丽萌：我怎么下三烂？你给我说清楚！

李芬：你就是下三烂！

肖丽萌：你这个不要脸的婊子！黄乃亮，你是不是答应同我结婚？

黄乃亮躲在一边不敢作声。

李芬：哼！答应同你结婚，那你怎么不把他看住？

肖丽萌：都是你这个不要脸的婊子勾引的！

李芬：那就说明我比你更有魅力呗！

肖丽萌：你这个不要脸的婊子，今天我跟你拼了！

李芬：拼就拼，现在这社会谁还怕谁呀！

肖丽萌和李芬两人冲向对方，你撕我一下，我撕你一下，你抓我一下，我抓你一下，互不相让，越打越凶，最后厮打成一团。黄乃亮怕闹出人命来，突然用身体向两人中间一挡，大喝一声：你们不要打了！要打就打我！

两人被黄乃亮这么一喝才住了手。肖丽萌看看事情已成这样子了，再纠缠下去也无可挽回，只狠狠地骂了黄乃亮和李芬一句"你们不得好死"就走了。

一路神情恍惚，一路心迷意乱，肖丽萌也不知道自己是怎么回到源口客家餐馆的。这时已是深夜一点了，服务员已经下班回去休息了。她从柜台里拿出一瓶白酒，打开倒在一个大碗里，咕嘟咕嘟一下喝了个精光。过了不久就酩酊大醉。接着，从不抽烟的她又歪歪斜斜地走到柜台里拿出一包香烟，从里面抽出一支，划亮火柴点着猛吸了几口，然后往墙角装着脏纸的垃圾箱里一扔，就边说着"让你见鬼去吧"边歪着身子走出了餐馆大门。

12

深夜的源口，灯光依然璀璨，但街上行人稀少。

"客家餐馆着火了！"

"不得了，火好大啊！"

"大家快来救火啊！"

喊声把人们从睡梦中惊醒，大家纷纷奔出门外，只见整栋客家餐馆浓烟滚滚，火光熊熊，烈焰腾空，烧红了夜空。

大约过了半小时，两辆消防车发着尖厉的鸣叫声呼啸而来，消防员迅速打开水管和龙头，强大的水流向肆意燃烧的火势冲洒着。经过一个多小时的奋战，大火扑灭了，但餐馆已经烧掉了一大半，剩下的残垣断壁也随之哗啦啦全部倒塌了，餐馆顷刻间成了一片废墟。

餐馆的服务员都伤心得哭个不停，她们到处找老板娘，但就是不见肖丽萌的影子。于是，她们挨着大街小巷寻找，最后在离餐馆不远的一条小巷子里发现了肖丽萌，她躺在那里一动不动。服务员们赶紧将她喊醒，并告诉她：餐馆失火了！

肖丽萌的酒还没有醒，她醉意醺醺地把手一挥：你们别管，让它烧吧，烧光了拉倒！

13

夜色如洗，繁星点点，新宏电视机厂沐浴在一片朦胧和温馨中。张亦华和肖海君在厂区的大道上并肩漫步。

张亦华：海君，我已经离婚了。

肖海君用右手食指把眼镜向上推了推：什么？你是在骗我吧？

张亦华：是真的，我怎么能骗你？就是这次回来离的。

肖海君：是你提出来离的？

张亦华：应该说双方都有这个意思吧。

肖海君：不知杜强怎么想的，有你这样的妻子他是最幸福的。

张亦华：每个人有每个人的想法，不必强求。

肖海君：我为你们感到惋惜。

张亦华：有什么惋惜的，我不是还有你吗？

肖海君：有我？这恐怕不可能。

张亦华：为什么不可能？

肖海君：我是一个结过婚又失去妻子的人，又是一个有孩子的父亲。而你的条件比我要好得多。

张亦华：我不也是一个结过婚又离过婚的女人吗？怎么会比你优越呢？

肖海君：再说你妈妈也会坚决反对。

张亦华：只要我俩态度坚决，我妈的工作总是可以做通的。

肖海君：真能做通吗？

张亦华：海君，我俩的条件已经成熟，是追求我们幸福的时候了。你再不要有顾虑，就是我妈反对也没有什么了不起。

肖海君：你妈的工作一定要做好，她就你这么一个女儿，不能为我们的婚事伤了她的心。

张亦华：我明天一早回南江，把厂里一些紧急的事情处理好以后就回来跟我妈正式提出来。

肖海君深情地看了看张亦华，然后把她紧紧地搂在了怀里。

14

好像是施过肥似的，围坊村头的那棵大樟树长得越发苍翠了，几根粗大的枯枝又长出了碧绿的叶子。

林一凡在树下抽了一根烟，就爬上130双排座车子的驾驶室发动车子。

秦姑上气不接下气地跑了过来，问他：一凡，你现在去哪里？

林一凡：村里在南江市里盖的宾馆快封顶了，我去跟基建人员商量下一步的安排。

秦姑：刚才我到村部，恰好碰到你广东一个战友来电话，他要你去接。

林一凡：是不是很急的，一定要接？

秦姑：是的，他说很急，一定要你马上就去接。

林一凡：好的，我立即就去。

秦姑：越快越好，你战友还在电话旁等着呢。

林一凡火急火燎跑回村部，拿起话筒就说：哪位？我是林一凡。你是袁和，啊，好久不见，又发了一把，好样的，向你学习！什么？肖丽萌的客家餐馆烧掉了。她现住在你亲戚家的一家客店里，不让外人知道。我马上就赶过去。

林一凡放下电话，想把这事告诉肖父，但稍作考虑后，觉得还是不让他知道更妥，这样免得他担心。村里人就更不能让他们知道，否则一些人会看笑话。最后林一凡决定对谁也不讲。肖丽萌本来就是个要强要面子的人，她也不高兴让别人知道这件事。

林一凡回到大樟树下重新发动车子，一路风尘向广东源口市奔去。

15

在源口市一家简陋的客店里，肖丽萌满面愁容，不时流着眼泪，重复地说着"我真后悔呀"，几个服务员在劝说着她。

"不要难过，也不要后悔，人生活在世界上，总要遇到一些挫折，哪有一帆风顺的。"

"破财消灾，旧的不去新的不来。"

"老板娘，你再带着我们开一个新的餐馆。"

"大火一烧，越烧越发。"

"新的餐馆一定要比烧掉的餐馆更好。"

一个服务员端来一碗肉饼汤：老板娘，你已经一天多没吃东西了。

肖丽萌：我吃不下。

服务员：吃不下也要强迫自己吃一点。

这时，林一凡进来了，开口就喊：丽萌！

肖丽萌既意外又感动：一凡，你怎么知道了？

林一凡：一个战友告诉我的。

肖丽萌：这么快就到了，开了一夜车没睡吧？

林一凡：我一听说就急得不得了，立即往你这里赶。

为了两人说话方便，服务员们自觉退出去了。

肖丽萌：一凡，患难时刻见真情。

林一凡：你别难过，不就是烧掉了一个餐馆嘛！

肖丽萌：这一烧，我的心血白费了。

林一凡：有我在，你怕什么？天塌不下来，一切可以重新开始！

肖丽萌：没有那么容易。

林一凡：你跟我说，下一步打算怎么办？

肖丽萌一脸茫然：我也不知道。

林一凡：要么你跟我回去，我俩结个婚，你开餐馆也行，干别的也行。

肖丽萌摇摇头：我现在这个狼狈样子更没有脸面回去。

林一凡：你想继续留在这里？

肖丽萌：我也不想。

林一凡把一个皮包放到肖丽萌的手上：那就这样吧，你再好好考虑一下，我知道你现在急需的是钱，我带的这几万块全部给你，你尽管用，如不够，过段时候我再给你一点。

肖丽萌：一凡，你比我的亲人还要亲。

林一凡：餐馆反正烧掉了，你也就不要再去多想了。这段时间你就好好养养身子。

肖丽萌：我想你在这里多陪陪我。

林一凡：这次恐怕不行，因为是临时来的，村里正在南江盖个宾馆，有好多事要处理，我得赶回去。

肖丽萌：下次你什么时候来？

林一凡：争取尽快来。

肖丽萌：一凡，我这事你就不要告诉别人了。

林一凡：你放心，就到我这儿为止。我走了。

肖丽萌：路上注意安全。

林一凡：你也要保重身体。

林一凡卅着车风也似的走了，不知为什么，肖丽萌的心里生起了一种失落感和依恋感。这在过去是从没有过的。林一凡，已经悄悄地走进了她的心里。

肖丽萌反身坐下来，努力让自己的思绪安静下来，她想自己以后的前途未卜，没有了收入来源，如把这些服务员继续留在身边，这样既养活不了她们，也会耽误她们再找工作的机会。肖丽萌看了看林一凡给她的皮包，决定从中拿出一些给服务员们，也算是自己最后对她们的补偿。于是，肖丽萌把服务员们叫了进来，对她们说，现在餐馆没了，我也不能再聘你们了。你们也应该重新去应聘新的更好的工作了。谢谢你们的辛勤劳动和对我的关心，但我不能亏待你们，现在给你们每人一千元，作为本月的工资，也是我的一点心意。服务员们认为肖丽萌现在是最困难的时候，表示坚决不能接受。但肖丽萌死活不依，服务员们只好含泪把钱收下。

辞掉了餐馆的服务员，肖丽萌悄悄独自到医院做了人工流产手术。

16

由于产销两旺，药厂加班加点生产，这样按原计划采购的药品原材料消耗很快，库存就要全部用完了。这可急坏了负责该厂生产的王达进，他找到江兆南，要求采购人员尽快解决原材料的供应。其实，江兆南在这之前就已经预计到原材料的紧张情况，要采购人员想办法尽量多购进一些，保障厂里的生产不断档。但市场好像捉迷藏似的，尽管药品原材料的价格看着往上涨，但到哪里都很难进到货。即使求爹爹拜奶奶有时也只能徒手而归。

江兆南通过一位熟人了解到市医药公司存有一批药品原材料，但找一般人没用，只有公司经理签字同意才能购买。以前厂里有几次原材料紧缺，江兆南找过公司经理求援，呈上报告他都给批了，事后江兆南也会送点烟酒表示感谢。这次，江兆南也只得又找市医药公司了。这是解决厂里原材料燃眉之急的唯一一条路了。

江兆南开着一辆桑塔纳小车来到市医药公司，他上到三楼轻轻敲了敲经理的门，等里面传出"进来"声音，他才小心地推开了门。经理手端着茶杯看着报纸，向门口瞄了一眼。不等江兆南开口，经理就知道江兆南是来找他批药品原材料的。当江兆南拿出报告双手呈送给经理时，他这回没有像前几次那样当场就点头同意，而是把报告往办公桌上一丢,说:先放这儿吧。

江兆南带着祈求的目光说:请经理多多关心,尽快研究。

经理:光研究有什么用?公司进不到货。

江兆南:经理您亲自出马一定会有办法的。

经理:我有什么办法?也得去求人呀。

江兆南:经理为我们厂操心了,我们永远感激在心。

经理:你回去吧,过段时候再说。

17

江兆南空空如也回到厂里。他左思右想不对劲,明明市医药仓库里有原材料,为什么不给?怎么样才能打通公司经理的这个关节?晚上回到家,江兆南把遇到的情况向高雅红说了,高雅红也觉得有些微妙和蹊跷。于是,夫妻俩一起进行了分析。

高雅红:医药公司经理讲光研究有什么用,话里的意思是不是说像以前那样光给点烟酒不行了?

江兆南恍然大悟:你是说给他送点钱?

高雅红:少了还不行,出手要重,送就要送得印象深刻,不然根本办不成事。

江兆南考虑了片刻:送钱恐怕不合适,对双方都不好。

高雅红:那就送点贵重物品,比如高级手表之类的东西。

江兆南:他不接受怎么办呢?

高雅红:得找个合适的理由,送给他就会要。

江兆南:你看以什么理由好?

高雅红:听说他的儿子马上要结婚,这是个很好的理由。

江兆南:送两块高级情侣手表表示祝贺,合情合理。

高雅红:他一定会非常高兴地接受,再说别人也不好说什么,朋友熟人家办喜事,送个礼物,也是人之常情。

江兆南:送价位多少的表比较好呢?

高雅红：进口的一对浪琴牌男女情侣表是五万多元，我觉得可以。

江兆南：好，就这样。今晚你跟我一起去他家。

高雅红：做这个事情人越少越好，就你一个人去，两个人去不方便，人家会有顾虑。

江兆南：那就我一个人去。

18

晚上的南江，比前几年不知热闹了多少，市中心街道的两旁摆满了各种小摊，一些有当地特色的小吃吸引着来往的行人。一排排塑料棚下摆满了一张张小桌和椅子，年轻人边品尝小吃边喝着啤酒，有的高声谈笑，有的猜拳划令，好不热闹。

江兆南开着桑塔纳小车，一路鸣着喇叭，好不容易穿过了市中心的街道，在旁边不远地方的一栋宿舍楼前停下来。他忐忑不安地按响了市医药公司经理家的门铃。

开门的正是经理本人，江兆南叫了一声：经理好。

经理：你怎么来了？

江兆南：我还没到过经理的家，特意来认门拜访。

经理：到屋里坐。

江兆南在沙发上坐下：经理您这房子不大呀。

经理：马马虎虎还可以，三室二厅。

江兆南：要再大一点就更好。

经理：儿子女儿跟我住在一块，有点挤，不过儿子马上要另外住了。

江兆南：儿子是不是马上要结婚了？

经理：是啊。

江兆南：这是做父母的心愿。祝经理您的儿子婚姻美满，祝经理您早抱孙子。

经理：儿子结婚成家，也算完成了一件大事。

江兆南：经理平时对我厂那么关心，现在您儿子结婚，我得要送福道喜。

经理：不用客气。

江兆南把一个贴有"囍"字的纸袋放在沙发边上的茶几上：一点点心意，请经理一定接受。

经理把纸袋退回给江兆南：你的心意领了，这个我不能接受。

江兆南又把纸袋放回了茶几上：请经理给个面子。我这不是给您的，是送给您儿子媳妇的新婚纪念手表。

经理：这也不太合适。

江兆南：有什么不合适。这是朋友间的礼尚往来，跟工作根本不搭架。

经理：好，盛情难却，就这一次。

江兆南：听经理的，一定照办。

经理：儿子结婚那天，你一定要来喝喜酒。

江兆南：我肯定要到场热烈祝贺。经理，不敢多打搅您，我告辞了。

经理：好走，我就不送了。

江兆南和高雅红商量的这一招，可谓是立竿见影。第二天，市医药公司就通知厂里前来购买所需的医药原材料。

第二十六章

1

张亦华和张母板着脸在家里客厅的沙发上面对面坐着，两人许久没有讲话。

张母怒目看了看女儿：我问你，你为什么一定要和肖海君结婚？

张亦华：我觉得他好，所以就要嫁给他。

张母：他已经有小孩，你一去就当后妈，你不要面子我还要这张老脸呢。

张亦华：当后妈怎么就没有面子？宋庆龄和宋美龄不都是当了后妈吗？这影响了她们的形象吗？

张母：你虽然离了婚，找个没有小孩的总比有小孩的要好得多，名声也好听一些。

张亦华：妈，不管和谁结婚，首先是要幸福。杜强是没结过婚的，你硬要我们结婚，结果怎么样？最后还不是离婚了？

张母：我不管那么多，你就是不能再找个有小孩的男人结婚。

张亦华：妈，我这次回家本来是想同你好好谈谈我和肖海君的事，既然你还是这么一种态度，我就不再说什么了。

张母：你想怎样？

张亦华：我回厂里去。

张母：你爱走就走吧！

张亦华"霍"地站起来就出门了。

2

张亦华本要回南江，因肖海君找她有急事，她就到了深圳。此前，张母带话要肖海君明天去她家一趟，她有话对肖海君当面直说。这下可把肖海君弄得很紧张，问张亦华应该怎么办才好。张亦华对肖海君说，她妈肯定是要阻止他们俩的婚事，要肖海君到她家后，不管她妈妈怎么发脾气怎么骂，都要一声不吭。肖海君点了点头，表示心里有底了，并说一回来就和张亦华碰面。

第二天肖海君起了个大早，一到广州就怀着诚惶诚恐的心情，硬着头皮敲开了张家的门。

张母阴沉着脸，问：你知道我叫你来是什么意思吗？

肖海君扶了扶眼镜笑着摇了摇头。

张母：你还故意装糊涂？

肖海君仍然笑着摇了摇头。

张母：姓肖的，你装作不知道，那我就告诉你，你不准和我女儿结婚。

肖海君看着张母不作声。

张母：你是有孩子的男人，我女儿不能嫁给你去做后妈！

肖海君仍然不表态。

张母的火气更大了：姓肖的，我正告你，如果你胆敢跟我女儿结婚，我会叫人打瞎你的眼！

肖海君低着头不说话。

张母肺都气炸了：你他妈的装聋卖傻，快给我滚出去！

肖海君连忙说了句"谢谢教诲，您多保重"，像逃离虎口似的赶紧跑走了。

肖海君一回厂里，就急忙去了张亦华那里，正在着急的张亦华见了肖海君，心里才稍稍放松了一些。

肖海君：你妈今天是在向我下最后通牒了。

张亦华：我妈那么凶，我真担心你忍不住。

肖海君：我按你说的，骂不还口，打不还手。

张亦华：你还蛮有君子风度嘛。

肖海君：我要娶人家的女儿做老婆，态度肯定得好。

张亦华：看来受委屈也是做女婿的一门必备课。

肖海君：我受再大的委屈也没关系，问题是你妈反对我俩婚事的态度非常坚决。

张亦华：万一我妈坚决反对，我俩就强行结婚。

肖海君被张亦华这种坚贞不渝的爱情力量猛烈地撞击着，他情不自禁地把自己的嘴唇向张亦华的红唇慢慢靠去。他的味道裹着她的味道，她的气息卷着他的气息，两人久久地沉醉在爱的幸福中。

3

一批一批的淫秽色情音像带顺利出手，把许向才乐得整天都是笑呵呵的。这天上午，他在办公室喝了一会茶，抽了一根烟，又拉上李芬来到卡拉OK厅，两人唱起了《迟来的爱》，看见李芬穿的又是那条紧裹着圆圆屁股的牛仔裤，又露出那一小段白白嫩嫩的水蛇腰，又露出那个小小迷人的肚脐眼，许向才不由伸手向李芬的身上摸去，李芬像过去一样给他一个情意绵绵的媚眼，任由他的手在她的身上来回不停地乱摸。这时，李芬的摩托罗拉手机响了，她放下话筒走到外面接听，许向才只好在里面乖乖地等着。

过了将近半个小时，李芬接完手机回到屋里，许向才很不耐烦地问道：又是黄乃亮打来的吧？

李芬：怎么？吃醋啦！

许向才：你们两个到底是什么关系？

李芬：你不要多心，我跟你一样，同他是合作关系。

许向才：我看你们两人之间的关系不正常，快跟我说，他同你讲了什么？

其实，黄乃亮打电话来只和李芬讲了肖丽萌的饭馆被烧毁，李芬很是幸灾乐祸并要黄乃亮不得去过问，除此之外两人大部分时间是在手机里打情骂俏，但为了不使许向才产生怀疑，李芬随口编了一套话应付：黄乃亮现在深圳搞带子，有个人可以提供，但黄乃亮同他不熟，问我有没有熟人认识他。

许向才：你有吗？

李芬：我说我打听打听再给你回话，挂断他的手机后，我马上打电话问几个朋友，其中有个在香港电影公司的朋友认识这个人，我又接着给黄乃亮回话，要他同我朋友联系，由他领着去找这个人。

许向才：我说呢，原来打了这么多电话，怪不得这么久。

李芬：黄乃亮还说了那个肖丽萌的饭馆被火烧掉了。

许向才心中暗喜，但表面上装出十分吃惊的样子：这是真的吗？

李芬：黄乃亮说是确实的。

许向才：那现在肖丽萌到哪里去了？

李芬：不知道，黄乃亮没说，我也没问。

许向才：管她怎么样，我们继续唱歌吧。

李芬：唱什么歌？

许向才：唱首《爱上一个不回家的人》。

李芬把一个话筒递给许向才，自己拿起另一个话筒。两人又含情脉脉眉来眼去地唱了起来，许向才的手又在李芬的身上摸来摸去。

唱到一半，李芬的手机响了，她要去接，许向才兴致正浓，把手往李芬的腰上紧紧一搂：专心唱歌，接什么电话。

没过一分钟，李芬的手机又响了，许向才又不让她接。

这手机也好像要和李芬较劲似的，她越不接，手机隔一下就响起来。

许向才没好气地对李芬说：吵得连歌都没法唱，把它关掉！

在许向才的催促下，李芬只好把手机关了。

许向才搂着李芬猛亲了几下：这样我俩唱歌就没有干扰了。

许向才话音刚落，厂值班室一位人员就慌慌张张跑了进来：你们怎么不接电话，大事不好了！

许向才：谁叫你大叫大嚷的？出什么大事了？

值班室人员：市"扫黄打非办"来厂里突击检查了！

李芬：这次怎么事先没告诉我们？

许向才：你不是和"扫黄打非办"有约的吗？

李芬：这事有点奇怪。

许向才：你快去看看，说不定又是做做样子走个过场。

李芬：不急，我先给局长打个电话问问情况。

李芬按了好几次局长的手机号码，但怎么也打不通，她自言自语道：这究竟是怎么回事呢？

许向才：打不通算了，你快去给检查组说说。

李芬急忙跑到车间，开始她还非常自信，以为同检查组里的熟人说说，他们打个马虎眼事情也就过去了，没想到来检查的人都是新面孔，她一个都不认识。这下她心里慌了，感到情况很不妙。果然，还没等她站稳，检查组负责人就问：你是李芬吗？

李芬：我是，欢迎检查组来我厂指导工作。

检查组负责人指着一堆查抄出来的淫秽色情音像带问她：这是你们厂生产的吗？

李芬：这事你们局长知道吗？

检查组负责人：告诉你，局长因犯包庇制售淫秽色情音像带和受贿罪已被依法逮捕。

李芬惊得"啊"了一声，随即瘫倒在地。检查组一位成员将她从地上拉起。

检查组负责人：鉴于你厂生产淫秽色情音像带严重触犯了国家法律，现决定对你厂进行查封关闭，对许向才、黄乃亮和你等有关责任人员予以拘留审查。他们两个人在哪儿？

李芬：许向才在厂办公楼，黄乃亮在深圳。

检查组马上兵分两路，一路去抓许向才，一路对音像制品厂进行查封。检查组负责人则立即和深圳"扫黄打非办"联系，请他们派人协助尽快将黄乃亮捉拿归案。

4

于彤坐在长途汽车上，眼睛不停地望着窗外，她心里非常焦急。车子一到南江汽车站，她就匆匆下车，几乎是一路小跑进了父亲家里。

于副秘书长正在听京剧，看见女儿着急的样子，忙问：又出什么事了？

于彤对着父亲"哇"的一声哭了：向才在广东被抓起来了。

于副秘书长：什么事被抓的？

于彤：听说是搞什么黄色音像带，具体我也不清楚。

于副秘书长：他怎么去干这种事？

于彤：爸，你赶快救救他吧。

于副秘书长：如在本地还好办，这在广东就有些难度了。

于彤：你广东有熟人吗？

于副秘书长想了想：熟人倒是有几个，不知管不管用。

于彤：听说这事交给公安部门管了，沙埔公安局你有没有熟人？

于副秘书长：有个副局长很熟。前几年，他的小姨子在县公安局工作的一个亲戚看黄色录像被抓住了，是我想方设法把他放出来的，这也算帮了他的一个忙。

于彤：那你跟他说说，保管有用。

于副秘书长：我给他打个电话试试看。

于彤：我来帮你拨。

于副秘书长拿出记着电话号码的本子报着号码，于彤把电话拨通后交给父亲。

于副秘书长：喂，是郑局长吗？我是老于。

郑副局长：于秘书长，你好。

于副秘书长：有件很麻烦的事，想请你帮帮忙。

郑副局长：什么事？尽管说，只要我能办的一定尽力而为。

于副秘书长：我女婿许向才在你们那里办了一个音像制品厂，一直都做得不错，但最近出了点问题，被别人利用搞了几盒色情带子，公安部门发现后就把他抓了，如果问题不大，能不能请你出面帮助过问一下。

郑副局长：我们是老朋友。这事我一定会过问，尽量让他早点出来。

于副秘书长：唉，我也是没办法，因为是自己的女婿，太亲了，我总得要关心一下，要是别人我就不多这个事了。

郑副局长：天下父母都是这样，谁不为自己的儿女着想呢。

于副秘书长：那就谢谢你了！过段时间我到沙埔去看你，我们在一起好好喝一杯。

5

那天，张亦华在肖海君把他同她母亲见面的情况告诉她后，她第二天就赶回了南江。这一段时间，为了和肖海君的婚事，她十分苦恼。她恨母亲为什么这样不通情理。世界如今到处都洋溢着浓郁的现代化气息，唯独母亲还在用过去的眼光看问题。但转念一想，她又觉得母亲也是为了自己的女儿生活得更幸福。思来想去，张亦华决定不再同母亲硬顶下去，肖海君来电话也要她找找另外的人做做母亲的工作。那么，由谁出面做母亲的工作最为合适呢？张亦华想到了伯父。

正好过几天就是中秋节，又和星期天连着，工人们也放假休息。张亦华把节假日期间厂里要注意的事项向各部门布置后，就赶回深圳。她把南江厂的生产经营情况向伯父简单作了汇报，接着就谈了她自己的婚事。

张亦华：伯父，同杜强的婚姻破裂后，我想和肖海君重组家庭。

伯父：肖海君这个人非常不错，我表示赞成。

张亦华：但无论我怎么跟我妈说，她就是不同意。

伯父：你妈给我讲了，是不赞成你去做后妈。

张亦华：伯父，能不能请你同我妈谈谈，把她说通，你的话我妈还是蛮在意的。

伯父：既然这样，那我就去说服你妈成全你们的这桩好事。

张亦华：那就拜托伯父了！

伯父：你也到广州去，我同你妈谈话后我们在东方宾馆碰个面，我把结果告诉你。

6

广州，白云宾馆餐厅的一个精致的小包间里。

一张小桌上放着几盘时令粤菜，张亦华的母亲坐在右边，张亦华的伯父坐在左边。两人边吃边聊。

张母：我知道，今天是亦华叫你来当说客的。

伯父：也可以这么说，但我主要是来看看你。

张母：来看我，我欢迎，但那事就不要讲了。

伯父：为什么？你就让你女儿离婚后一直单身？

张母：我要她再找个满意的对象，但她非要找那个肖海君。

伯父：你为什么不同意亦华找肖海君？

张母：我不是跟你说过了，肖海君有小孩，我女儿不能当后妈！

伯父：我当年逃往香港前在家也生有小孩，到香港后我现在的太太不是也嫁给我了？

张母：你是你，肖海君哪能跟你比？

伯父：你不了解，肖海君比我优秀。

张母：你是为了要我同意故意把他往好里说吧？

伯父：肖海君人品好，能力强，现在是我们厂里的顶梁柱。

张母：真有那么好？

伯父：如果不优秀，你那个眼睛长在头顶上的女儿能看上他？

张母：女人一旦掉到爱情里面脑子是昏的。

伯父：亦华认识肖海君很长时间了，相信她不会看走眼。

张母：不管你怎么说，反正我不同意。

伯父：知女莫如母，亦华的脾气你这个做母亲的是知道的，她认准的事情是不会改变的。

张母：若是她硬要同肖海君结婚，我就不准她认我这个母亲。

伯父：这样的话，你们母女俩就要断绝来往了。

张母：断绝就断绝，我就等于没生这个女儿！

伯父：那我问问你，作为母亲，你希望自己的女儿幸福吗？

张母：天底下所有做父母的，谁不希望自己的子女好？

伯父：但你要知道，女儿能嫁一个她喜欢的男人她才会感到幸福，否则她会痛苦一辈子的。

张母：你说得也有道理。

伯父：所以，只要他们两人好，我们做父母的比什么都好。

张母没有再作声，看样子有些心动。

伯父趁机站起来：你再好好想想。

7

在张亦华的伯父同她妈妈谈话的时候，张亦华和肖海君也在不远的地方选了一家不起眼的小餐馆坐了下来，默默地观察着白云宾馆这边的动静。

张亦华的妈妈和伯父从宾馆出来了。半个小时后，按照事先的约定，张亦华和肖海君来到东方宾馆，伯父把同亦华母亲的谈话情况如实告诉了张亦华和肖海君，并特地嘱咐张亦华说，她母亲的态度虽然有些松动，但解铃还需系铃人，要张亦华假期这几天住到家里去陪陪母亲，不管她怎么发火都要脸上挂着笑容，让妈妈觉得女儿对自己是很爱很亲的。

送走了伯父，张亦华和肖海君商量，晚饭前张亦华先到家里去，肖海君在外面等着，视张亦华妈妈的反应见机行事。

街边的路灯和霓虹灯亮了，整座城市笼罩在五光十色中。张亦华掏出钥匙打开家门蹑手蹑脚地走了进去，她本想给妈妈一个惊喜，但眼前的情景却吓了她一跳，妈妈躺在床上，样子很难受。张亦华连忙跑过去，问：妈，你怎么了？哪里不舒服？

张母：右边身子麻木了。

张亦华马上想到了是不是妈妈脑部中风了，赶紧朝着门外喊道：海君，我妈不舒服，我们送她去医院。

肖海君：我去打电话叫救护车来。

张亦华：越快越好。

大约十分钟，救护车就来了，肖海君和医生用担架把张亦华妈妈抬到车上，并和张亦华护着她到了医院，经检查是轻度脑梗塞。医生说好在发现及时，只要打瓶扩张血管的吊针再吃点这方面的药就没什么大的问题，不需住院治疗。但要注意情绪不要波动、注意不要劳累，这段时间还必须有人在她身边。

考虑到母亲的病情，张亦华向伯父请假在广州家中多住几天，伯父欣然答应，并要肖海君也一起帮着照顾。张亦华知道这是伯父的良苦用心，因而要肖海君好好表现。她也有意把大部分的事情交给肖海君去做。肖海君也是心领神会，整天忙前忙后，又是买菜做饭，又是洗衣拖地，有时眼镜搞脏了摘下来擦一擦又接着干。张母的手脚不灵便，他又是喂饭，又是喂药，端茶送水，嘘寒问暖，把个张母照顾得周到细致、体贴入微。张母看在眼里，记在心里，也就渐渐改变了对肖海君的看法，有了好感。

由于心情舒畅，加上药物治疗，张母恢复很快，到第五天就能下床在房间慢慢走动了。这天，张亦华的伯父从深圳过来看望她，刚问了几句身体情况，张母就主动说：多亏了小肖的照顾，比我女儿亦华要尽心得多。

伯父也就趁热打铁地说道：我那天跟你说肖海君很优秀，你还怀疑，现在相信了吧？

张母：你说的不假，小肖很不错。

伯父：更重要的是肖海君这样的人靠得住。

张亦华：我妈对我和肖海君的事还没表态呢。

张母白了女儿一眼：你自己早就打定了主意，我还要表什么态？

张亦华见母亲同意了，高兴得做了个鬼脸：谢谢妈！

肖海君看着张母和伯父，也笑得非常灿烂。

8

张亦华打算过一段时候和肖海君结婚，但她妈妈却催得很紧，说既然我已同意了，你们俩就抓紧把喜事办了。张亦华心想，真个是可怜天下父母心。对我和肖海君的婚事，过去她反对那么激烈，现在又这么急迫，这一切都是为了自己的女儿啊！张母还主张把婚事办得体面些，但张亦华没有同意，认为结婚不过就是一个形式，夫妻两人情投意合幸福美满才是婚姻的目的。根据伯父的意见，张亦华和肖海君在深圳公司里举行了一个简单的婚礼，亦华的母亲和伯父一家人以及厂里的少数好友出席，对其他的管理层人员每人发了一包喜糖。没有大操大办，没有排场奢华，但张亦华和肖海君觉得很有意义，因为这里是他俩事业的起点。晚上临睡前，张亦华换了件粉红色丝绸睡衣，头发扭成一个松松的结垂在肩上，丰满的乳房高高耸起，恰到好处的腰肢妙不可言。肖海君一见这模样，心里就止不住狂跳起来，顺势一滚就和张亦华拥在一起，一种甜蜜而又痛快的感觉像潮水一样席卷着，两人的身子像要飘起来。

为了让张亦华和肖海君团聚，也为了南江彩电厂的发展，伯父决定让肖海君随张亦华一同回南江，并担任厂里副总。夫妻俩不知怎样感激伯父的关怀和信任，唯一的心愿就是把南江彩电厂迅速做大做强，成为全行业的第一方阵。夫妻俩回厂的当天，江兆南、高雅红和杨大任、汪小丹就在一家宾馆设私宴祝贺两人新婚大喜。大家都深有感慨地说肖海君和张亦华是天设一对，地造一双，两人内外兼秀，情投意合，不仅是恩爱有加的模范伴侣，而且是事业上高高齐飞的比翼鸟。好友们热情洋溢发自肺腑的话语，对于新婚燕尔的肖海君和张亦华是一种莫大的鼓舞，更是一种无形的力量。

没过多久，肖海君的心里总像有些放不下似的，原来他担心张亦华的妈妈，一个人在广州独自生活，身边没有人照应。于是他跟张亦华提出，让她的母亲到南江来和他俩同住。张亦华十分赞成，并说干脆让肖海君的父亲和小孩也一同过来。但肖父说他情愿住在乡下，让小孩到他们身边去。就这样，张亦华的妈妈和肖海君的小孩都来了南江，一家人一起生活，其乐融融。

张亦华把肖海君的小孩视同己出，经常给他买这买那，一有空就辅导他学习，给他讲故事，教他做个好孩子。这孩子也非常懂事，只要张亦华在家，他就甜甜地叫着"妈妈"。张亦华的母亲就更不用说了，对待肖海君的孩子就像亲孙子一样，处处关爱，呵护有加，含在口里怕化掉，捧在手上怕摔着，简直比宝贝还要宝贝。特别是孩子跟在她后面不停地叫着"奶奶"时，她的心里就像吃了蜜一样甜。由于小时候就失去了母亲，肖海君也把张亦华的妈妈当做是自己的亲生母亲，不仅不让她做一点家务事，照顾得无微不至，而且进门出门也妈妈长妈妈短的，叫得比张亦华还勤。所以，张母对肖海君喜欢得不得了。江兆南和高雅红、杨大任和汪小丹几次上门来看望，张母就口口声声直夸女婿好，说得肖海君有时脸一直红到脖子根，而张亦华就在一旁挤眉弄眼偷着笑。

9

转眼间半年过去了，新的学年就要开始。由于小孩从家乡转来南江上学是临时就近安排的一所小学，教学质量不高，肖海君想给孩子换所好一点的学校，但又有些拿不定主意。谁知张亦华早已替他想好了，并联系了全市最好的一所小学南中附小，只等报名开学。

肖海君觉得南中附小虽好，但离家较远，就跟张亦华说：你我工作很忙，还是换所近一点的学校吧。

张亦华坚决不同意：小孩教育是关系他一辈子的事，必须要到最好的学校。

肖海君：孩子年纪小，来去学校要接送，不方便。

张亦华：这事我同我妈讲好了，她负责。

肖海君：我怕你妈身体吃不消。

张亦华：这你就不知道了，到学校接送孙子对她是一件非常愉快的事情，对她的身体只有好处，没有坏处。

肖海君：但下雨天无论如何不能让她接送。

张亦华：下雨天可以打出租车。

肖海君：你想得比我周到。

张亦华：从我平时的观察，这孩子很有语言天赋，课余时间我准备让他学外语。

肖海君：孩子太小，学外语恐怕不行。

张亦华：外语就是要小时候学，年纪大了反而学不好。就像我们这些人，在中学开始学英语，连个音都发不准。

肖海君：请个家庭教师价钱很贵。

张亦华：对孩子的教育就要舍得花本钱，孩子多一门本领，就多一份自信，对他的学习也有促进作用。再说随着对外交往的扩大，一定需要大批外语人才，孩子掌握了一门外语，将来就会大有用武之地。我们做企业的都很重视投资，其实对孩子的投资是最好最合算的投资。

肖海君：好，听你的。

开学那天，全家人就像过节一样喜气洋洋，张亦华为孩子换上了崭新的衣服，把他打扮得漂亮又精神。张母牵着他的小手走在前面，肖海君和张亦华跟在后面。到了学校，张母要女儿女婿在旁边站着，一切由她来办。她又是替小孩报到，又是替小孩领新书，又是拉着老师问这问那。那样仿佛年轻了十多岁。

看着母亲的高兴劲，张亦华对肖海君说：这下你该放心了吧？

肖海君：还是你最了解母亲。

张亦华：这就是人们常说的，老带小，心不老。

10

围坊村在南江市开发区投资建设的十二层宾馆，外面已经装修完毕，暗红色的瓷砖墙加上浅蓝色的玻璃窗，使整栋大楼显得既庄重又洋气，里面的装修也在紧锣密鼓地进行，过几个月就可完工。

林一凡开着130客货两用车在宾馆大楼前停下来，他抽着烟围着大楼转了三圈，脸上露出满意的笑容。但马上又现出忧愁的神色。村委会决定宾馆在春节前剪彩开业，时间非常紧迫，而宾馆的经营管理主要人选至今还没有着落。有人主张向社会招聘，但他没有表态。因为他不放心把一个投资这么巨大的宾馆交到一个不熟悉的人手里，如果经营不善亏空了搞砸了，到时他这个村支书怎么向全村人交代？而在熟悉的村民当中，他在脑子里像过电影似的筛了好多遍，除了秦姑比较合适外，还没有一个人选能够挑得起这样一副担子。但把秦姑调来，村里的猪场又没有人负责，要不了多久也会垮掉。干事业就是这样，关键在人。用好了一个人就兴旺发达，用错了一个人就一塌糊涂。

林一凡陷入了两难之中。每逢这种时候，他就会不由自主地想起杨大任。变速箱厂就在前边不远，不久也要竣工。林一凡找到汪小丹，约她和杨大任中午在一起吃顿饭，准备把这事向杨书记做个汇报，请他帮忙出出点子。但汪小丹说她中午要接待省城总厂的客人不能参加，并告诉杨大任现在同江兆南在开发区商谈事情，要林一凡到那里去找他。林一凡应了一声就直奔开发区办公楼。

看见林一凡来了，杨大任和江兆南有些喜出望外，几乎不约而同地说：一凡，好些时候没见了。

林一凡：村里乱七八糟的事情不少，搞得焦头烂额。

杨大任：你村里的那栋宾馆建得很雄伟很漂亮啊！

林一凡：书记你知道，我林某做事，要么就不做，要做就做一流的。

江兆南：一凡就是这种性格。

林一凡：今天我就是为宾馆的事来找你们的。

杨大任：什么了不得的事啊？

林一凡：宾馆过几个月就要开业了，但到现在还没有找到合适的人做经理，你们说怎么办？

杨大任：这有什么难办的，招聘一个有这方面经验的人就行了。

林一凡：不行，招聘的人靠不住。

杨大任：你这还是老观念。

林一凡：老观念？招个品行不好的人，他做假账骗我们怎么办？他以权谋私怎么办？这经理必须要由自己人来做。

杨大任：那你就在村里找一个，这样你就信得过。

林一凡：问题是村里找不出这样的人。

江兆南：一凡，有个人应该非常合适，有经验，有能力，对你也很好。

林一凡：谁？兆南你快说！

江兆南：肖丽萌。

林一凡把大腿一拍：肖丽萌，好！

江兆南：她现在广东源口开餐馆，做得很好，就怕她不愿来。

林一凡本想把肖丽萌餐馆烧掉的事说出来，但因她讲了不要告诉任何人，加上已过去了不少时候，所以话到嘴边又收回去了。说实话，林一凡的心里一直想着肖丽萌，他想她回来同他结婚。在目前这种情况下，只要他把话说到位，她也许会答应的。所以就说：我们这个宾馆比她那个餐馆要气派得多，我估计她会愿意来。

杨大任：那你赶快到广东源口去一趟。

林一凡：我今天就开车去。

11

林一凡把车停在战友熟人的那家客店门口，进去敲了敲肖丽萌住的房间的门，里面没有人应。林一凡转身到了前台，问服务员：请问一个叫肖丽萌的客人还住在这里吗？

服务员：早就退房走了。

林一凡：不知她到哪里去了？

服务员：结账时我同她闲聊，她说她到深圳去。

林一凡：有没有说去找她哥哥？

服务员：没有，只讲了她哥哥在深圳一家港商办的电子公司做事。

林一凡说了声谢谢，随即一路飞车到了深圳新宏电子公司。

一位年轻姑娘从公司办公室出来，林一凡上前冒失地问道：请问，你认识肖海君副总吗？

年轻姑娘：肖总前些时候调江西南江彩电厂了。

林一凡知道肖海君回到了南江厂，他在心里骂自己笨蛋，连这个都会问错。于是马上带着歉意说：对不起，我刚才是想问你认不认识肖海君的妹妹。

年轻姑娘：曾经有个女的年轻人来找肖总，她说她是肖总的妹妹。

林一凡：她跟你说了她现住在哪里没有？

年轻姑娘：我问她有什么事，她说没什么事，因住在附近，顺便来看看。

林一凡：她还说了什么吗？

年轻姑娘：没有，随即转身就走了。

林一凡：打搅了，不好意思。

12

从新宏电子公司出来后，林一凡认真分析了一下，肖丽萌讲她住在公司附近，大宾馆她肯定不会住，也住不起，要住只能住在小宾馆或小客店，说不定还在一家小餐馆里打工。于是，他采取大海捞针的方法，到附近的小宾馆和小客店逐一查问，整整找了一天，但最后还是没有发现肖丽萌的影子。因为吃不惯粤菜，林一凡特意找了一家有辣椒的馆子，点了几个辣味菜，要了五瓶啤酒，准备好好消受一顿。他埋着头猛吃，忽然听到饭厅里有个女的在问客人点什么菜，林一凡听这声音有些熟悉，就抬头看了看，发现这女的竟是肖丽萌。林一凡高兴坏了，饭也不吃了，两眼愣愣地看着肖丽萌，等顾客把菜点完肖丽萌拿着菜单正要回厨房时，林一凡就跑了过去，对着肖丽萌喊：没想到在这里找到你了！以后就不要在这里打工了！

餐馆里的顾客都吃惊地看着林一凡，有的还责怪这个男人怎么这样莽撞，不懂一点规矩。但林一凡却像旁若无人一样，拉着肖丽萌就往自己的饭桌上走：跟我一块吃饭，我有话跟你说。

肖丽萌坐了一会，就起身说：一凡，我这样同你吃饭不好，你一个人慢慢吃，我还要去干活，否则会被老板开除的。

林一凡：行，你去跟老板说，今晚干活到此为止，工钱也不要了，明天就辞职。

肖丽萌：为什么？

林一凡：你快去跟老板说，我等你。

肖丽萌不知林一凡葫芦里卖的是什么药，就说：我不辞职。

林一凡也不管那么多，又拉着肖丽萌找到餐馆老板：她明天辞职，你们另请高明。

餐馆老板：你是喝醉了酒说胡话还是真的要她辞掉？

林一凡：你看我像喝醉了酒的样子吗！？告诉你，她辞职。

餐馆老板问肖丽萌：你同意吗？

肖丽萌被林一凡这么一搅，也觉得在这里继续干别人会另眼相看，只得点了点头。

13

一家小客店，肖丽萌就住在这里。

夜色正浓，灯光似波。房子外面的汽车声就像哗哗的小溪流个不断。

肖丽萌：一凡，你要我辞职是想让我以后去干什么？

林一凡：跟我回去当宾馆经理。

肖丽萌：你哪来的宾馆？

林一凡：上次同你说过，村里在南江市里盖了个十二层的大宾馆，我想你去当宾馆的经理最合适。

肖丽萌：我又没经营过宾馆。

林一凡：你能经营好餐馆，就能经营好宾馆。

肖丽萌：那可不一样。

林一凡：餐馆宾馆都是馆，两个馆子差不多，我看你完全行。

肖丽萌：我讲了我不混出个人样来不回去，现在这个样子叫我怎么回去？

林一凡：这个我同你想过了，你去的是南江，离家还远着呢，这不算是回家。再说这是我这个村书记来请你去的，而且当的是大宾馆的经理，应该说你的面子是大大的。

肖丽萌：你说得一套一套的，看来我不服也得服，不去也得去。

林一凡：那当然。

肖丽萌：不过，要我回去可以但必须答应我一个条件。

林一凡：你说，什么条件？

肖丽萌：宾馆的有些功能定位和经营管理要听我的意见。

林一凡：没问题，你怎么干都行，只要宾馆能赚钱。

肖丽萌：什么时候回？

林一凡：明天就坐我的车回，宾馆装修进入关键阶段，还得要你去现场督促和指导呢。

肖丽萌：你做事从来都是这样猴急猴急的。

林一凡：不急不行，大家都在讲效率。

肖丽萌：我回去可以，但你还得答应我一个条件。

林一凡：只要你回，什么条件我都答应。

肖丽萌：我回去你得保密，不能告诉江兆南和我爸我哥他们。

林一凡：我当是什么条件呢，我保证对任何人都不说，让你做一段时间的地下工作。

肖丽萌：那好吧，我明天同你回。

林一凡：行，明早我来叫你。我现在找住的地方去。

肖丽萌：这么晚了，到哪儿找去？我去看看这客店里还有没有空房间。

林一凡：好的。

肖丽萌出去一会就回房了：全部客满，没有空房。

林一凡：那我赶紧找别的地方住去。

肖丽萌：我已问过前台服务员了，这几天深圳在搞一个大型经贸活动，大宾馆小客店都住满了，没地方了。

林一凡：那怎么办？那我就到街上流浪一个晚上。

肖丽萌：要么这样吧，你就睡在我这里。

林一凡：那你睡哪里？

肖丽萌：我打个地铺，睡地上。

林一凡：一男一女，两个人睡在一个房间，我是党员，又是书记，有违反纪律的嫌疑。

肖丽萌：什么违反纪律？电影里地下党不经常是一男一女假扮夫妻睡一个房间吗？

林一凡：那是战争年代，和平年代只有"那个"了才能住在一起。

肖丽萌明知林一凡说的"那个"是指结婚，但还是故意问他："那个"是什么意思？

林一凡："那个"就是"那个"。没有"那个"就住在一起叫别人知道了不好，说不清楚。

肖丽萌：拉倒吧，现在没"那个"的男女青年住在一起的多得是，这小客店里每天都有。

林一凡：别人是别人，我们不能。

肖丽萌：那我问你，你究竟想不想和我"那个"？

林一凡：当然想，我不是早就对你说了吗！

肖丽萌：那这次回去后你打算什么时候和我"那个"？

林一凡：等宾馆正式开张以后我们就"那个"。

肖丽萌：好吧，别啰唆，现在没"那个"，你就睡在床上。

林一凡只好乖乖地往床上躺下，肖丽萌把一床被子铺在地上也睡下了。

不一会，林一凡就打起鼾来，肖丽萌爬起来轻手轻脚地帮他把毛毯盖在身上。

睡到半夜，林一凡醒了一下，他下床看了看熟睡的肖丽萌，雪白粉嫩的皮肤，苗条多姿的身材，简直就是一朵睡莲。林一凡心里有些火辣辣的，不由俯下身子在她脸上亲了一下。

林一凡正想爬回床上睡觉，不料肖丽萌醒了，对他说：还没"那个"，怎么就亲我呀？过来，让我咬一下。

林一凡乖乖地把脸伸过去，肖丽萌在他脸上狠狠地咬了一口。林一凡摸了摸说：你怎么咬得这么重，这么痛，牙印都出来了。

肖丽萌扑哧一声笑了：没"那个"就只能咬，不能亲，快去睡吧。

林一凡又只好乖乖地爬到床上继续睡觉了。

第二十七章

1

　　一辆旧北京吉普在弯弯曲曲的山区公路上行驶，车上坐着市农业局长杨大任。市委书记梁光含最近接到不少群众来信，反映当前农村存在的农民负担过重等问题。他要杨大任就此搞点调查研究，最好是微服私访，这样可以了解到真实情况。杨大任第一站选了前山县，因为自己在这里工作过，对过去的情况比较清楚，这几年发生了哪些变化，产生了哪些新的问题，这样前后有个对比，对问题的把握也就会更准一些。杨大任到了全县各方面条件中等的一个乡后，谁也没有惊动，而是悄悄地住到了乡里一个新开不久的路边小店里，把行李在房间放好后，他就让司机走了，过十天再来接他回市里。

　　这时已是十月下旬，属于江南最好的季节。阳光不灼不火，气温不冷不热。天蓝得一尘不染，偶尔有一两朵白云在空中慢慢飘过。山依然是绿的，虽然不像春天那样青翠欲滴，但墨绿、深绿、黄绿点染着一棵棵红枫，使漫山遍野又平添了几分浪漫色彩。清亮的河溪也瘦了许多，有的瘦得就像一根流动的丝线。杨大任戴着一顶草帽，在田埂上走着，走着走着他发现不太对头，往年这时田野上稻子一片金黄，今年不少水田却是荒的，田里长满了杂草。怪不得现在粮站收不到粮，乡里干部经常包干包片向农民催要粮食。前面是一个名叫塘边的村庄，杨大任以口渴要碗水喝为由走进一户人家，屋里一男一女，大约五十多岁，一看就是夫妇俩。男的在骂一个小男孩，女的在旁边劝说不要骂。

女主人从陶壶里倒了一碗茶给杨大任，他边喝水边同夫妇俩聊了起来。

杨大任指了指小孩，问：这是你们的孙子？

男主人：他的父母都到广东打工了，把孩子丢给我们两个老人就不管了。

杨大任：那家里的责任田谁来种？

女主人：老头子一个人种，太累，忙不过来。

杨大任：有没有荒着的？

男主人：我家一共分了十二亩地，水田旱地各一半，荒是没荒着，但水稻由前几年种两季改成了种一季，旱地有一半栽了脐橙，其余的种了红薯、花生等经济作物。

杨大任：那水稻产量减少了一半。

男主人：不止一半，过去精耕细作，现在是抛秧，用除草剂，种下去就很少管了。

杨大任：像你家这样情况的多吗？

男主人：我家在村上还算好点的。

杨大任：全村有多少户人家？多少人口？多少田地？

男主人：一百三十多户，五百七十多人。水田六百多亩，旱地七百来亩。

杨大任：荒田多不多？

男主人：我估摸荒了三分之一。年纪轻点的都出去了，剩下的都是老人和小孩，田没人种了。

杨大任：为什么年轻人都不愿在家种田？

男主人：种田划不来，一亩田最多收七八百斤谷了，化肥农药价格年年看涨，除去成本，赚个几百块钱。在外面打工一个人每月就可赚两千多块，再说种田又苦又累，日晒雨淋，谁都不想干。

杨大任：大家都不种田，人们就没粮食吃了。

男主人：是这样，估计是国家粮食紧张，前几天乡里干部天天来催我们卖粮，还要我们交"三提两统"费用，还有这所那所的，也要逼我们交钱，真个是七八顶大盖帽吃我们农民一顶破草帽，搞得我们村里整天鸡飞狗跳，不得安宁。

杨大任：有交不起的吗？

男主人：有，交不起的就把人家的猪牵走，有户人家逼得还同乡干部打起来了，结果被捉去关了几天才放回来。现在好多人家都交不起钱，负担很重，看到乡干部来了就像看到鬼子进村一样，躲得远远的。

女主人插话：我家隔壁一对年轻人多生了一个孩子，乡里干部就把他家的房子扒掉了，逼得夫妻俩逃到外地去了，一直都不敢回来。

男主人：现在乡干部就做三件事，把我们老百姓搞得好苦哪！

杨大任：哪三件事？

男主人：要钱、要粮、要命。

杨大任：这些做法完全是错误的。

男主人：没办法呀！没地方说理去。

杨大任：你讲的这些情况上面总有一天会知道的。多谢了！

2

杨大任一连跑了十几个自然村，走家串户，看谈结合，基本上把当前农村存在的主要问题摸清了。最后一天，他决定到北岭镇围坊村去看看。自从调到市里工作后，虽然林一凡也几次向他汇报了村里发生的变化和做的主要事情，但他还是有些放心不下。这几年，在改革开放的推动下，围坊村的村级经济发展得是不错的，村民的收入也有了大幅度提高。然而是不是就没有什么不足呢？杨大任先到田间地头悄悄察看了一遍，发现水稻田大部分都荒芜了，田里长满了杂草，比其他地方的田荒得更严重。接着，杨大任又悄悄进到村里，为了不被人发现，他特意戴了副墨镜，拣没人的小巷子走。在一个拐弯处，他忽然听到喊叫声，几个干部模样的人叉腰站在一间房子前，其中两人边敲门边向屋里喊话。于是杨大任停住脚步，悄悄站在墙角后面看看到底是怎么回事。

"牛斤，全村就剩你没交公粮了，你到底交不交？"

"我没有粮，交不了。"

"你去买粮来交。"

"现在都不种粮了，我到哪儿去买？"

"交不了粮就交钱！"

"交多少钱？"

"应交粮食折算成钱为三十元，再加上罚款二十元，一共五十元。"

"你们这是乱罚款，我不交！"

"不交也得交！"

"要钱没有，要命一条！"

"你这小子嘴还挺硬的，你真不交？"

"就是不交！"

"把他的房子扒掉，看他交不交！"

"我要去告你们！"

"有本事去告吧，你就是告到天王老子那里，最后还得要转到我们手里来！"

"你们这哪像共产党？！"

"这家伙不仅抗粮不交，还骂我们不像共产党，砸开门把他绑起来，带走！"

"你们敢进来！老子跟你们这帮乌龟王八蛋拼了！"

几个镇干部随即搬来几块大石头就要往门上砸，牛斤从屋角拿起一把锄头守在门背后。

双方剑拔弩张，一场打斗就要爆发。

杨大任一看要闹出人命了，迅速跑了过来，大声喝道：住手！你们要干什么?

几个镇干部一下愣住了:杨书记怎么突然到这里来了?

牛斤从门缝里看见是杨大任来了,马上开门出来,他指着几个镇干部道:他们逼我交粮食,罚我的款,还要砸门抓走我,杨书记,你救救我吧。

杨书记严肃地看着几位镇干部:你们回去,以后不能这样对待人民群众。

几位镇干部转身走了。牛斤朝他们背后神气地哼了哼:怕了吧?下次还敢逼我交粮不?

杨大任问牛斤:你是真交不起粮食呢,还是不愿交呢?

牛斤:我没有粮食,实在是交不了。

杨大任:为什么交不了?

牛斤:这几年村里大部分人都不种粮食了。

杨大任:那你们平时吃粮怎么办?

牛斤:到外面买粮食吃。

杨大任:上交国家的公粮也买吗?

牛斤:种脐橙赚钱了,公粮也是到外面买来交的。

杨大任:那你为什么不买粮来交呢?

牛斤:我脐橙种得不太好,赚钱不多,买粮只够自己吃。

杨大任:你没有分责任田?

牛斤:分了。

杨大任:怎么没种粮食?

牛斤:看见别人不种,我也不种了。

杨大任从口袋里掏出五十元给牛斤:拿着,去买粮食把公粮交了,以后要把责任田里的粮食种好。

牛斤两眼顿时放光,伸手赶快把钱接过,但脸上却装出一副不好意思的样子:书记给我钱,我很过意不去,但这是书记的心意,我只好要了。

3

杨大任万万没有想到，围坊这样一个先进村，也会发生逼交公粮的事件，稻田荒在那里无人去种。他来到村部准备找林一凡谈一谈。但里面空无一人。杨大任坐下歇了一会，正想离开，林一凡满头大汗跑来了，老远就对杨大任连着说了好几个"对不起"。

杨大任：我也是临时来的。

林一凡：你是老领导，来村里怎么也得先告诉一声，偏偏我又到县上了，还好及时回来了。

杨大任：事先打招呼就了解不到真实情况了，你会净给我看好的、说好的。

林一凡：书记，我们村你怎么看都行，没什么大毛病。

杨大任：真像你说得那样好？

林一凡：你前几年在这儿蹲点，村里的每个角落都去过，你都说不错，还表扬了好多次。

杨大任：现在呢？

林一凡：我已经向你汇报了，各方面又有新的进步。

杨大任：一凡，你不要自我感觉良好。

林一凡：怎么？难道还有什么问题？

杨大任：我问你，村里的稻田为什么荒着？

林一凡：书记，这算什么大事呢，家家有脐橙，村里有养猪场，手里都有钱了，那几亩破地种不种没关系。

杨大任：我再问你，村里有没有不交公粮的？

林一凡：绝大部分人家都用钱到外地买粮交了，只有牛斤那个单身汉没有交。

杨大任：刚才镇干部来村里要他交公粮，他交不起，双方一个逼着交，一个就是不交，差点打起来了。

林一凡：这个牛斤，过去好吃懒做，现在又尽给村里惹事。

杨大任：你能完全怪他吗？你这个村支书就没有一点责任？

林一凡：怪我外出了，要是我在村里就代他把公粮钱交了，镇干部也就不会上门要粮了。

杨大任：一凡，事情没有那么简单，我看你思想上出了偏差，村里经济和村民生活好了一些，你就连粮食都不种了。

林一凡：大家不愿种，那我有什么办法。

杨大任：农村荒田，是你这个村支书严重的失职！

林一凡没想到杨大任会把问题看得这样严重，心里有些不服气：杨书记，你这顶帽子有点大，压得我受不了。

杨大任：一凡，我不是要给你戴帽子，而是要狠狠地敲敲你，无论是一个村庄还是一个地方，过去先进不等于现在先进，工作再有成绩也不等于没有问题。你不要以为一俊可以遮百丑，居功自傲，忘乎所以，总觉得自己了不起，尾巴翘到天上去了，这样下去就非犯错误不可。

林一凡见杨大任的语气非常尖锐，对自己的批评毫不留情，且直击自己的要害，心里有所震动，脑子也清醒了一些，于是回答道：杨书记，你批评得很对，我确实存在着沾沾自喜骄傲自满思想，今后一定认真改正。

杨大任：你这个态度就对了，"谦虚谨慎、戒骄戒躁"这八个字，你得要时刻牢牢记住。我问你，村里有没有种粮种得好的？

林一凡：有十几户种得很好。

杨大任：你能不能动员那些不愿种田的人家把各自荒着的田包给这十几户人家去种，他们每年以粮食或现金付给一定的租金，这样村里的田就不会荒了，不种田的和包种田的都增加了收入。

林一凡：还是杨书记你高明，我马上就落实。

4

前山县委书记何先运刚进办公室，副县长占仲金就来了。

占仲金：有个重要情况向书记报告一下。

何先运：什么情况？

占仲金：杨大任到县里来了。

何先运：他来县里怎么不同我们打声招呼？

占仲金：他这次来是微服私访。

何先运：他来主要了解哪些方面的问题？

占仲金：主要是了解农民负担、干部作风、农村经济方面存在的问题。

何先运：啊？

占仲金：据说他发现了不少问题，比如乡镇干部对农民乱收费乱罚款完不成任务就牵猪拆房以致闹出人命，还有到处荒田不种粮食等等。这些问题如果反映上去了，对书记对县里会产生很坏的影响。

何先运：这杨大任是不是吃错药了，怎么私下来找县里的岔子，跟我过不去？

占仲金：他是不是对你和县里有什么看法和意见？

何先运：不就是在他搞企业承包时我批评了他几句？他提拔时我还全力为他说话，就是平时我待他也不差呀！

占仲金：也许是他提得太快，不知天高地厚了，不把我们这些人特别是你们这些老领导放在眼里。

何先运：这人看来是眼睛快长到脑门上了，你赶快去把他找来，就说我要见他。

占仲金：他今天已经回市里了。

何先运：不能让他恶人先告状，我要把他的情况向梁光含书记汇报。

占仲金：杨大任是梁书记的人，讲了也没用。

何先运：没用也要讲，你们也要把杨大任的问题向上级有关方面反映。

占仲金：书记的意见好。

何先运：昨天市里来电话询问你负责的外商投资开采钨矿项目什

么时候可以签合同。蔡副市长为这事已来了好多次，我和你也当面向他表过态，这件事恐怕不能再拖了，你得要抓紧落实。

占仲金：目前洽谈总体情况还可以，但双方在有些方面还有分歧，我会抓紧商谈，争取尽快把合同签订。

何先运：在洽谈中如有什么不能解决的问题需要我出面的你就尽管提出来。

占仲金：现在还没有，如需要你出面我会及时报告。

5

微服调研结束后，杨大任把自己的所见所闻所思所想写了一个专题报告呈给了市委市政府。梁光含看了以后认为问题确实严重，紧接着他又把杨大任找来当面详细谈了一次。然后，梁光含自己又带着政研室的两个干部下到其他县的乡村调研了十来天，得出的结论同杨大任所反映的完全一样，有些方面甚至有过之而无不及。在回市里的路上，梁光含对政研室的同志说，农村出现的这些问题已到了非解决不可的时候了，不然的话会对改革开放产生不利的影响。这时，恰好上面也下达了这方面的文件，要求从密切党群关系、巩固党的执政基础和保证改革开放顺利进行的高度，重视和做好"三农"工作。于是，市委立即召开会议，通报批评了前山等县存在的农民负担过重、乡镇干部作风粗暴肆意侵占农民利益、农田荒芜等问题，研究制定了针对性的解决措施，并派出工作组分赴各地协助抓好整改落实。

一场改进干部作风，减轻农民负担的活动在南江扎扎实实地进行。

6

南中附小的大门前面，站着一些大人而且大多数都是年纪比较大的人，他们都是放学时来接孩子回家的。今天，校门两边新刷写的"再穷不能穷教育，再苦不能苦孩子""坚决消灭中小学校危房，确保孩子读书安全"的标语引起了大家的注意，不少人边看边相互议论。也有一些人对此不感兴趣，只是不时地向里面张望，也有的不时抬腕瞄一下手表，看看离放学还有多少时间。

张母今天到得晚了些，她从公共汽车上下来，紧赶慢赶进了学校，发现绝大部分孩子都被家长接走了。她怕孙子发急，匆匆跑到教室，这时孙子正两眼巴巴地朝着门外望着，看见奶奶来了，立即背上小书包跑过来，拉着奶奶的手，蹦蹦跳跳地出了校门。

张母带着孙子乘着公共汽车回到家，孙子从书包里拿出一封信件交给奶奶。张母打开看了一下，因眼睛老花视线模糊，于是往桌上一放，说：等你爸爸妈妈回来给他们看。

这时，肖海君正好下班回家，儿子从桌上把信件拿过来往爸爸手里一放：这是学校给家长的信，老师说你们一定要看，明天到学校老师还要问我们的。

肖海君：爸爸现在就看，你不要吵闹。

孩子到一旁玩去了，肖海君扶了扶眼镜，把信打开阅看，只见上面写着：

各位家长：

你们好！为了贯彻落实上级关于"人民教育人民办，办好教育为人民"的指示，加快中小学的危房改造，使学生们有一个安全良好的学习环境，经学校党支部和校委会研究，决定对现有两栋危旧教学楼进行改造重建。但因为建设资金缺口很大，除了学校积极争取国家和财政部门有关中小学危房改造等专项资金的支持外，我们也希望各位家长鼎力相助，捐资筹资，特别是在企业工作的家长更要发挥各自的优势，为重建教学楼作出自己的贡献。

肖海君看完信，无可奈何地摇了摇头。他朝小孩问道：你妈妈回来了吗？

张亦华刚进门，听到问话，马上走到肖海君身边：找我又有什么好事啊？

肖海君把信给了张亦华：小孩学校向我们要钱来了。

张亦华把信认真看了一遍，说：还特地讲到在企业工作的家长发挥优势，这是不是要我们多捐钱？

肖海君：这个意思很明显，学校领导也够精明的。

张亦华：你看我们怎么捐？

肖海君：我想我们个人捐一点，如果以厂里名义捐，数额就不是一点点，这个头一开，以后各个部门都要厂里捐钱，那怎么承受得了？

张亦华：你讲得对，那就我们个人捐，给多少呢？

肖海君：我们俩给个六万，你看呢？

张亦华：个人给这么多，应该不少了。

肖海君：再说我们是外资企业，财务管理很严格，学校也应当知道。

张亦华：我叫妈妈到时把我们的捐款给学校送去。

7

给学校捐款以后，肖海君和张亦华心里感到很欣慰，觉得为儿子的学校总算做了一点好事，尽了一点微薄之力。但时隔不久，肖海君和张亦华接到学校的一个通知，说由于教学楼要重新改建，学生数量要适当减少，他们的小孩必须转到别的学校就读，具体转到哪所学校，由家长自行想办法联系解决，本校不做统一安排。

面对学校的这个通知，张亦华一头雾水，这究竟是怎么回事？学期中途要孩子转学，这与其说是对学生不负责任，不如说是不讲规矩的胡来。她百思不得其解，要肖海君去了解一下个中原因。肖海君向几个有关人员侧面打听了一番，好不容易弄清了事情的来龙去脉。原来，在学校看来，肖海君和张亦华夫妇是彩电厂的头头，厂里给学校捐个百把万应该是没有什么问题的。想不到夫妻俩那么小气，就给了个几万块钱应付一下。既然你们夫妇不给学校的面子，那就请你们的小孩离开本校吧。

肖海君把情况一说，张亦华非常生气：这不就是变相的敲诈勒索吗？

肖海君：这有什么办法，现在都这样。

张亦华：企业都变成唐僧肉了，人人都想吃一口。

肖海君：你就不要气了，我们把孩子转到另外的学校算了。

张亦华：不行！这学校目前是全市最好的，我千方百计把孩子弄进去，现在又让他出来，对他的学习会有严重影响。

肖海君：那怎么办？

张亦华：为了孩子，我们厂就给学校五十万吧。

肖海君：这代价也太大了。

张亦华：不要犹豫了，明天我们就给学校送去。

学校接到肖海君和张亦华代表彩电厂的五十万捐款，校领导笑逐颜开，一迭连声地表示感谢，当场表态把他俩的孩子留在学校，并担任班干部。学校还准备把彩电厂作为企业支持中小学危房改造和全民办教育的典型上报有关部门，呈请进行表彰和宣传。肖海君和张亦华一听吓坏了，那不等于引出了无数头狮子，那彩电厂以后的日子就苦了。

于是，肖海君马上对校领导说：不必了，这是厂里应该做的，学校知道就行了。

校领导：那就委屈你们当无名英雄了。

肖海君：过奖了，捐点钱谈不上是什么英雄。

校领导：行，你们的心情我们理解，你们以后对小孩有什么要求，尽管跟学校提出来。

张亦华：谢谢，不用了！

8

今天是汪小丹最激动最兴奋的日子。

南江汽车变速箱厂建成投产了。上午，省、市和总厂的众多领导参加了竣工典礼，并对工程给予了高度评价。典礼结束之后，领导们还一一走到汪小丹跟前，同她握手，向她致意。汪小丹当时眼泪就出来了。两年多的奋力拼搏，终于结出了成功的硕果。这个现代化的工业企业，不仅为自己和同事们的人生书写了难忘的一笔，而且为南江的改革开放掀开了辉煌的一页。南江，这块浸染着革命烈士鲜血的红土地，又多了一个发展的新亮点，又增添了一个发展的新龙头。

晚上，江兆南、肖海君、张亦华、高雅红邀请杨大任和汪小丹到"愉心斋"茶室喝茶，借此向汪小丹表示祝贺。这个茶室坐落在南江公园旁边，中式庭院，古色古香，精致优雅，闹中取静，既可以品茶，又可以唱歌。他们刚一落座，两位身着大红唐装年轻漂亮的女服务员便款款走了出来，向汪小丹献上了一个饰有玫瑰花的景德镇瓷瓶，上面写着"汽车跑出加速路，丹心一片映南江"。这种别出心裁的祝福，把个汪小丹给乐坏了。本来接下来还要进行茶艺表演，杨大任说就不必了，还是我们几个人在一起说笑娱乐更自由自在一些。

汪小丹端着瓷瓶：这是你们哪个出了这么好的点子？

肖海君用右手食指把眼镜向上推了推：这是江兆南事先精心策划的，前不久特意请景德镇一个工艺大师设计制作的，说一定要给你个惊喜。

江兆南：竣工典礼不能参加，我们就用这种方式表达心意。

杨大任：这个瓷瓶比什么都要珍贵，小丹和我要把它摆在家里最显眼的位置上。

张亦华：为了表达我们的心声，现在我把一首《可爱的一朵玫瑰花》献给小丹好吗？

大家异口同声：好！

张亦华试了试话筒，接着就唱了起来。本来这是一首哈萨克民歌，一般的人很难唱好。但不知为什么，今天张亦华唱得特别有味道，婉转中带着甜蜜，欢快中透着赞美。她动情地唱着，其他人打着拍子。一曲下来，把大家唱得如醉如痴，心潮澎湃。

汪小丹：亦华，谢谢你的歌声，我以茶代酒，敬你一杯。

江兆南：这首歌好像是专为汪小丹写的。

高雅红：是啊，小丹就像一朵美丽的玫瑰花。

肖海君：太浪漫了，大任和小丹就像歌里唱的那一对年轻恋人。

杨大任：我也给大家献上一首《敢问路在何方》，作为对亦华优美歌声的答谢。

豪迈激越的歌声，在茶室里激荡。越到高音部分杨大任唱得越好，那金属般的声音充满了磁性，不但给人以艺术的享受，而且给人以向上的豪情。

江兆南：唱得太棒了！真是这样，不经过一番雨雪风霜，不尝尽人间的酸甜苦辣，哪能干成一番事业。

肖海君：这首歌里所蕴含的那种意境也只有我们才能体会。

高雅红：这样的歌听了让人感到精神振奋。

张亦华：歌里最精彩的是敢问路在何方，路在脚下。这两句体现了一种敢闯敢干的大无畏精神，一种从零开始的探索实干精神。大家想想，我们不就是这样走过来的吗？

汪小丹：无论是一个人还是一个单位，都没有现成的路可走，只有靠自己的双脚踏出一条新路来。我们汽车厂如果不是大胆和日本合资引进五十铃，就不会有这些年的快速发展。听总厂的领导说，我们厂是全省第一家上市企业，股票的市值看着涨，下一步准备继续扩大和日本五十铃的合作，在现在130双排座客货两用车的基础上，设计生产一种新型轿货双用车，车的前半部是小轿车，后半部是小货箱，这种车既有轿车的美观舒适，又有载货功能，简称"皮卡"。

肖海君：为什么不直接生产小轿车？

张亦华：是啊，直接生产小轿车可能更好。

汪小丹：总厂分析了汽车发展的市场前景，认为小轿车进入家庭还有一段很长的路要走，今后一段时期汽车消费的热点必定是皮卡之类的小型轿货车。

江兆南：是这样吗？听说现在有些地方就在上大批量的小轿车生产线。

杨大任：我们不是搞汽车的，管不了以后那么多，由他们去，大家还是把自己的事情做好。

汪小丹：我们几个人，除了大任外，其实就是三个方面的代表，我是国有企业，兆南、雅红是私营企业，亦华、海君是外资企业。这三个方面搞好了，南江的经济就发展起来了，老区落后的帽子也可以摘掉了。

张亦华：说得好！为了南江，让我们唱着《敢问路在何方》不断奋勇前行。

9

晚上，北风呼呼地刮着，不时发出凄厉的尖叫。天不知不觉地下起雨来，不久，雨水变为冻雨，打得屋顶发出炒豆子似的响声。又过不久，冻雨变成了雪花纷纷扬扬地飘了起来。风卷着雪，雪裹着风，越下越大，越下越猛，把原本黑幽幽的山野映得白亮亮的。在人们的记忆里，近十多年来还没有下过这么大的雪。

这晚，秦姑没有回家。由于天气太冷，她怕有些小猪冻得受不了，就住在养猪场，这样可以随时掌握情况，采取相应的措施。她生了一盆木炭火，一边烤着火，一边做着针线。每隔一段时候，她就到猪场里检查一遍，看看有没有小猪被冻着。也不知是多少次了，这次查看回来，刚刚坐下，屋外有人"咚咚"地敲着门。

秦姑警惕地问了一声：谁？

牛斤：是我。

秦姑听出是牛斤的声音，把门打开：下这么大的雪，你跑来做什么？

牛斤：我来看看你。

秦姑：我好好的，要你看什么。

牛斤：下雪天，有些不放心，就顺便到你家看看，你不在，估计你在猪场，所以就上这里了。

秦姑：你还蛮会找的。

牛斤：那是，这点分析能力还是有的。

秦姑：看到我了，你该放心了，快回去吧。

牛斤：下这么大的雪，你一个人在这儿，让我陪陪你。

秦姑：你的黏劲还蛮足的嘛。

牛斤：你的话说得也太难听了，我是喜欢你，才会来陪你，换了别的女人，请我去我都不去。

秦姑：你是不达目的不罢休。

牛斤：那是，为了达到目的，我的毛病都改掉了。

秦姑：自己说改了没用，要别人说改了那就是真改了。

牛斤：那你说我改了吗？

秦姑：我看你改了不少，但有些还没改。

牛斤：哪些地方还没改？

秦姑：你的脐橙种得是村里最差的，还有就是连公粮都交不起。

牛斤：那只是个别问题，大部分改掉了就行了。

秦姑：不行，不要说还有些没改掉，就是你的毛病全改了，我也得再看你一段时间。

牛斤：别那么严格，你就把政策放宽点。

秦姑：放宽点？你的老毛病又犯了怎么办？

牛斤：不会的。

秦姑：你们男人一结婚脸就变，变得比三月天还快。

牛斤：那是别人，我不是那样的人。

秦姑：你快回去吧，我要睡觉了。

牛斤：不要我跟你在一起暖和暖和？

秦姑：我这儿有炭火，快走吧。

牛斤只好怏怏地从炭火盆边站起身来。

10

秦姑开了门，牛斤正要出去。突然，后边一栋猪舍的屋檐上发出"咔嚓咔嚓"的响声，秦姑判断可能是风雪太大檐顶承受不了要塌了，真是那样的话，那一百多头猪可就遭殃了。

秦姑拉住牛斤：你不要走，同我到后边看看去。

牛斤非常高兴：老天都不让我走，要我和你在一起。

秦姑：别啰唆，跟我走。

牛斤：好的。

这时，风雪更大了，风吹得人都站立不住，雪打在脸上冰冷刺痛。秦姑和牛斤手拉着手艰难地往前走着。刚出门不远，两人就打了一个趔趄，还好牛斤一只手及时把秦姑抱住一只手抓住一根树干才没有摔倒。没过一会，秦姑不小心又滑倒在了一个坑里，牛斤又用尽全身力气把她拉了上来。尽管风雪疯狂地肆虐，但牛斤却感到非常幸福。这场风雪使他和秦姑第一次挨得这样紧。两人顶风冒雪歪歪扭扭好不容易到了后边猪舍的墙下，借着白雪的反光，秦姑隐隐约约地看见猪舍的屋檐被掀开了一角，墙体有一条裂缝。秦姑这下急了，如果墙倒了，风雪灌进猪舍，那么多猪就会冻死。但在这黑灯瞎火又是大风大雪的夜晚，她又显得无能为力。秦姑问牛斤有没有什么办法，牛斤说用几根木料从外面把墙顶住不知行不行。秦姑认为可以试试，只要保证晚上不倒，等到天亮以后就好办多了。两人进到猪舍里，找到了两根杉木，牛斤要秦姑歇着，他扛起一根就出了门，但秦姑没听他的，扛着一根跟在他后面。牛斤把第一根放下后，马上转身回来从秦姑肩上接过木料扛到了墙根下。然后，两人将两根木料分别竖起来，一根斜撑在墙的裂缝的右边，一根斜撑在墙的裂缝的左边。看着两根木料把墙顶住了，秦姑心里踏实了。

此时，秦姑和牛斤全身都是雪花，几乎都成了雪人。秦姑感激地看了看牛斤，对他喊道：应该不会有大的问题，我们可以回去了。

牛斤怕秦姑听不见，也大着嗓门说：好，回吧。

风继续狂刮，雪继续猛下。秦姑和牛斤又像来时一样，跌跌撞撞地往回走了。前边一棵老松树上传来一阵"咕咚咕咚"声。起初两人没有在意，但当他们走近时，发现是大雪把老松树压得快倒了，眼看就要砸到秦姑的头上，她来不及躲了。也不知是哪来的那么大的勇气，牛斤不顾一切地冲了过去，狠命地把秦姑往前一推，秦姑得救了，而牛斤却不幸被松树粗大的树干砸中，倒在了地上，鲜血顿时把白白的雪地染得一片通红。

秦姑抱起牛斤，号啕大哭，不断地叫着他的名字。但牛斤再也没有醒来。

11

一座黄土坟，静静地躺在漫山遍野的一片雪白中。

秦姑双膝跪在牛斤的坟前，一边烧纸插香，一边泪如雨下：牛斤，怪我呀，千不该万不该让你同我去抢救猪舍，是我害了你！你就这样走了，带着一个清白的身子走了！我不是人！我该死！我后悔呀！这一辈子欠你的，下一辈子我一定还你！来生我一定要做你的女人！给你做饭，给你洗衣，给你做牛，给你做马！你在这里好好躺着，我会经常来看你，给你烧香，给你磕头！

秦姑哭喊得声嘶力竭，最后不得不一步三回头地离开了。

12

于彤自那天去南江向父亲求救以后，就一直在家等着许向才被释放的消息。从广东沙埔公安局那位郑副局长在电话里同父亲说话来看，好像问题不是太大。但至今二十多天过去了，却没有什么动静。

于彤心里虽然有些着急，但她也觉得让丈夫吃吃这样的苦头也是有益处的。说实话，于彤对许向才的一些观点和做法是不赞成的，如果说过去她作为妻子出于对丈夫的同情尽量予以理解的话，那么后来她就逐渐觉得许向才想的和做的不对劲，特别是对自己的对手不问好坏一概整倒和为了捞钱不惜违法乱纪，她就更为反感。她觉得他的内心很阴暗很狭隘。她准备在许向才回来后，好好地劝劝他，促使他回心转意，不要去做那些没有良心伤天害理的事情。

于彤正要打电话给父亲，要他问问这事广东方面办得怎么样。刚走到桌子边上，电话响了。于彤拿起话筒接听。让她惊喜的是，电话是丈夫许向才打来的。

于彤：向才，你出来了？

许向才：刚刚出来。

于彤：你得好好谢谢我爸啊！

许向才：你爸真是神通广大。

于彤：他为你这事费了九牛二虎之力。

许向才：我知道没有你爸的关系，我出不来。

于彤：你赶紧回来，在家好好住着，哪里也别去。

许向才：我考虑了很久，我不能回去。

于彤：为什么？

许向才：我过去是一个堂堂的县局局长，在广东办企业被抓进班房，回去看见熟人，面子往哪儿搁。

于彤：那你就继续留在广东？

许向才：目前只能是这样。

于彤：向才，我劝你还是回来，再不能死要面子活受罪，你已经这样了，还在乎别人怎么看你？说句不中听的话，就是别人骂你，也是应该的。

许向才：你受得了我受不了。

于彤：你以为我就受得了？我一个堂堂县级干部的女儿，为你经常在外面忍受别人的白眼和风言风语，这样的煎熬和痛苦你知道吗？

许向才：我不甘心落到现在这步田地，我还要干一把，重新翻过来！

于彤：向才，我求求你，你回到家里来，本本分分做人，安安分分做事，平安就是福，再不要让我为你担惊受怕了。

许向才：我自己做事自己当，你害怕什么！

于彤：许向才，你的良心被狗吃了，告诉你，以后你再进班房，不要找我。

许向才：我不跟你说那么多，找个适当时候，我到你父亲那里去一趟，到时你也去，我们见面再谈。

于彤：我才不去呢！

于彤把话筒重重地摔放在电话机上。

第二十八章

1

围坊村在市经济开发区的宾馆内部装修基本完工了。按照肖丽萌的意见，在原来的方案上，餐厅增加了几个带卡拉 OK 的高档包间，住房增加了几个高档套间，一楼的侧厅改成了一个舞厅。与此同时，肖丽萌还招聘了一批服务员，对她们进行了集中培训。村里有几个女孩子刚好初中毕业，林一凡本来打算叫她们不要去沿海打工，就到村里的宾馆做事，但这几个女孩子不同意，说到南江打工转来转去还是在本地，也赚不到什么钱，不如到沿海去，那里不仅薪水高，而且可以见世面。林一凡也没办法，只好眼巴巴地看着她们孔雀东南飞了。

因林一凡有段时候没来了，肖丽萌就打电话给他，明里是要他到宾馆检查装修的质量，看看在开业之前哪些地方还要改进。其实，是想向林一凡展示一下自己的本事，让他体验一下宾馆的品位。

那天，林一凡一进宾馆的正大门，站在两边的两排身穿花色连衣裙的服务员马上一起喊道：热烈欢迎林书记光临宾馆检查指导工作。

林一凡猝不及防，被吓了一跳。他不知怎么回答，就说：你们搞这一套干什么？散开！

服务员们不知所措，肖丽萌赶紧打圆场：按林书记说的，大家回到各自的岗位上去。

服务员立马散了，肖丽萌责怪林一凡：你对服务员不能这么凶。

林一凡：我又不是客人，又不是大官，没必要这么搞。

肖丽萌：这是让她们演习一下给你看看。

林一凡：我觉得很不自在。

肖丽萌：广东的宾馆都是这样做的。

林一凡：你对客人怎么做我不管，反正我讨厌。

肖丽萌：好吧，以后对你就不列队欢迎了，你再看看其他地方，我们从上往下看，上楼。

肖丽萌领着林一凡乘电梯到了顶层，由于视野好，没干扰，肖丽萌把这层的房间全改为了高档套间。林一凡连着跷起了大拇指，并说：开张那天，我要到这里来住一晚，先开开洋荤，享受享受。

肖丽萌：这层共有三个大套，三个小套，你住不了那么多。

林一凡：丽萌，你是宾馆装修的有功之臣，你也来住。

肖丽萌：一层楼就我们两人住，你不怕别人说"那个"？

林一凡：你我的房门口各站一个服务员守着，看谁还能胡说"那个"！

肖丽萌：那服务员为了我们通宵不睡觉？

林一凡：那也不行，那还是我们住吧，让别人说去，反正不久我们就要"那个"的。

肖丽萌忍不住扑哧一声笑了：我们到二楼看看餐厅去吧。

2

仿红木大圆桌，仿红木椅子，大气又喜庆。

林一凡坐在餐厅包间圆桌正中的椅子上，把手放在两边的扶手上，靠着椅背，正襟危坐了好一会不作声。

肖丽萌以为林一凡不满意，就试探着问：感觉怎么样？

林一凡听肖丽萌问话，立即大声回应：好极了！

肖丽萌：看你刚才不说话，还以为是你不满意呢。

林一凡：我刚才是在想，宾馆一开业，就请杨大任书记、江兆南和肖海君他们几个来这里聚一聚，烧满一桌菜，好好喝几杯。

肖丽萌：到时我们做好充分准备。

林一凡看了看放在前面小桌上的音响设备：吃饭就吃饭，唱什么歌？

肖丽萌：现在时兴一边吃饭一边唱歌。

林一凡：你歌唱得好，到时你给大家唱唱就行了。

肖丽萌：过去没有卡拉OK，为了吸引顾客有个专人唱唱还很受欢迎。现在要顾客自己唱才过瘾。能唱歌的包间价格是一般包间的几倍，而且不提前还很难订得到。

林一凡：那好，只要顾客多能赚钱就行。请杨书记他们吃饭的那天你要给大家唱个歌。

肖丽萌：好的，我一定唱。

3

林一凡最后到了一楼的舞厅，前脚刚踏进去，里面就响起了"蹦嚓嚓蹦嚓嚓"的迪斯科舞曲，他的脑袋顿时膨胀得快要炸裂。紧接着，球型滚灯又不断变幻各种颜色的光线纷乱射出，又把他搞得眼花缭乱。

林一凡心里有些火，但又不好发作，只有冷冷地对肖丽萌说：宾馆搞这个东西干吗？

肖丽萌：这是舞厅，跳舞的。

林一凡：什么舞厅？男男女女搂在一起，眉来眼去，伤风败俗，不出问题才怪。

肖丽萌：跳舞是一项很高雅的活动，中央首长"文革"前还经常举行舞会呢。

林一凡：反正我不跳。

肖丽萌：你不跳不强迫你跳，你坐下来看看服务员跳总可以吧。

林一凡：我不看。

肖丽萌把林一凡按在凳子上坐下，她挨着他坐在旁边。

几个男女服务员随着音乐各自扭腰摆臀跳起了迪斯科。

肖丽萌：怎么样？

林一凡：疯疯癫癫摇头蹬脚的，样子难看死了。

肖丽萌：没有你说的那种乌七八糟的情况吧？

林一凡：到目前为止还没有发现。

肖丽萌：放个慢四曲子，姑娘们，你们哪位请林书记跳一曲？

几个女服务员相互看了一眼，立即跑了过来，向林一凡做了个"请"的姿势。

林一凡坚决不肯，坐在凳子上一动不动。

肖丽萌站起来对林一凡说：姑娘们请你不动，那我请你跳一曲，给个面子吧。

林一凡：我一点都不会，你是要我出洋相啊！

肖丽萌：没关系，都是自己人，你不会，我教你。

服务员们也在一旁积极鼓动：林书记，跳一个！

林一凡还是坐着不动，肖丽萌也不管那么多，硬把他拉起来上了场。

也许是在部队养成的职业习惯，也许是对音乐舞蹈没有什么感觉，林一凡跳舞就像走路一样，只能向前和向后，而且脚步十分僵硬，不一会就满头大汗。但肖丽萌却很有耐心，一边带他跳着，一边给他讲解要领，时不时还鼓励和肯定他几句。

几曲下来，林一凡信心大增。肖丽萌故意问他：这舞厅还可以吧？

林一凡：不错！

肖丽萌：现在好的宾馆都有舞厅，否则人家不愿来住，没有生意。

林一凡：那你们得认真把这舞厅办好。你不声不响藏了几个月，该露一下面吧？

肖丽萌：我们不是讲好了吗？宾馆开张时你向大家正式宣布我为总经理。

4

杜强和张亦华离婚后，不久就同郭春燕结了婚。在他老领导岳父的关照下，提拔为省外贸厅副厅长。由于写得一手好材料，又被国家外贸部的领导看中，进京调到外贸部当了司长。为了加大对外开放的力度，进一步做好招商引资工作，外贸部决定组织干部对全国东中西部引进外资企业的情况分别作一次调查。杜强分在中部地区调查组，并且担任组长。调查组的最后一站是江西。到了省里后，首先听取了省里的汇报，接着到一些外资企业实地调研。在省会和"北港"新州市，杜强领着调查组在外资企业整整调研了六天，接下来就要到南江了。这也是调研组必到的一个地方。南江是全省对外开放的前沿，又是革命老区，缺了这里引进外资的情况，就不足以反映全省开放引资的全貌。当然，杜强到南江还有一个不便向人吐露的想法，张亦华在港资企业南江彩电厂，虽然和她分手了，但有时还是会想起她，他也正好借这个机会去看看她。

杜强下午抵达南江后，按惯例先听取了市里引进外资情况的汇报。不料部里来电话要调研组提前于明天返京，这样原来准备到一些外资企业实地调研的行程只能取消了。为了弥补这个缺憾，杜强决定当晚召开一个外资企业和有关部门参加的座谈会，当面听取意见和建议，并要市里迅速做好安排。

5

这几天，张亦华、肖海君被碰得焦头烂额。

市劳动局派了一个检查组来到彩电厂，说在贯彻落实《劳动法》中，有人举报彩电厂使用童工，必须查清核实。他们要厂里交出员工花名册，从头到尾翻了个遍，然后提出十几个人的怀疑名单，并要逐个找这些人谈话，还要求在问题没有弄清楚之前，这些人不能上班。

张亦华觉得这个要求不合理，就找到检查组负责人，说：彩电生产线，一个工人负责一个点。只要有一个人不上班，整条生产线就要停止。能不能请检查组对生产线上工作的工人，改为晚上下班时谈话，包装等车间的工人可随叫随谈。

检查组负责人：你们的生产线停不停我不管，领导要我们两天之内查清，我们得抓紧时间，不然搞不完。

张亦华：求求你们考虑工厂的实际情况通融一下。

检查组负责人：不是我们不通融，是时间不允许。不就是耽误一两天嘛，哪有那么大的损失？

张亦华：工厂是要讲效益的，一天也耽误不起。

检查组负责人：你的心情可以理解，但我们这是工作，你不要再说了，我们必须这样做。

张亦华很气愤又很无奈，只有掉头走了。有两条生产线也只有被迫停产了一天。

检查组一个一个地谈话，对他们认为可疑的人，不厌其烦，反复讯问，有的甚至挖地三尺，刨根问底，最后在包装车间查到了三个虚报年龄的所谓童工。他们如获至宝，连夜写好调查材料上报。

6

第三天下午，在彩电厂会议室里，检查组在向张亦华和肖海君宣布调查结果和处理意见。

检查组负责人：根据充分查证，彩电厂违法招录使用童工的问题属实，责令厂里写出深刻检查，退回三名童工，并处以四十万元罚款。

张亦华当场表示不服：厂里使用童工不对，但责任不在厂里。因为招聘工人时，已经明确规定不到年龄的不予招聘。这三人报名时的年龄是他们自己在表上填写的，况且当时还有村里的证明。现在要追究彩电厂的责任是没有道理的。

肖海君扶了扶眼镜也接着予以解释：据知情人说，这三人因家里生活困难急于参加工作，为怕厂里不予招录有意要求村里把他们的年龄写大的。

检查组负责人：我们不管那么多，这个意见是市劳动局领导根据检查组调查的情况集体讨论决定的。

肖海君：集体决定的如果不合事实也要改正。

检查组负责人：你好大的口气，简直是目无领导！

张亦华：领导决定的怎么不能改？"文革"的错误都可以纠正，你们市劳动局作出的不合事实的决定就不能纠正？

参加会议的人员立即附和：对！应该纠正！

检查组负责人：你们是不是反了？

张亦华：对你们局里的决定我们决不接受！

参加会议人员：决不接受！

针尖对麦芒，双方陷入僵局。检查组负责人觉得这样下去场面不可收拾，同旁边的人耳语了几句后，便宣布会议结束走人了。

7

大概是觉得自己有理，张亦华会后没有把这当回事。她想就是市劳动局长到厂里来，她也照样把他顶回去。但肖海君却有些担忧，一个企业哪怕就是外资企业，跟有些管理部门去对抗是永远对抗不过的。他们一旦给你杠上了，就会想方设法给你找岔子。这个问题没找着，就在那个问题上找；今天没找着，明天又继续找，久而久之，总有一天会找着。到时只要找到了一点点，他们就会抓住不放，大做文章，轻则给你穿小鞋，让你难受至极但又有苦说不出，重则把你往死里整，整得你生产停滞、市场下滑，以致元气大伤，一蹶不振。所以，企业哪怕是百分之百没做错，这些管理部门说你错了，你在他们面前也得忍气吞声，点头称是。

肖海君把自己的担忧同张亦华说了，还是没有引起张亦华的重视。她说有理走遍天下到哪儿都不怕，别自己给自己找烦恼。

但麻烦还是来了。下午，市里的晚报在头版显著位置登出了一条耸人听闻的报道，题目是《彩电厂使用童工天理不容》。一时间，全市议论蜂起，纷纷指责彩电厂不人道，用未成年小孩子的血汗堆起自己的财富，有的甚至还说要对彩电厂使用童工的违法行为予以严惩。

张亦华现在隐隐感到有一股汹涌的暗流在向自己袭来。

恰好下班时，厂市场部的一位人员告诉张亦华，外贸部一个叫杜强的司长到了南江。她马上告诉了肖海君，并说：要不要去见见他？顺便把厂里遇到的情况跟他说一说。

肖海君：可以。

张亦华：两人离婚了，合适不合适？

肖海君用右手食指把眼镜向上推了推：怎么不合适？离婚了也没必要老死不相往来，还可以做朋友，何况两个人都已重新组织新的家庭了。再说他现在外贸部工作，熟悉上面的政策和精神，听听他对厂里事情的看法也很有必要。

张亦华：我怕跟他谈厂里的事情不好。

肖海君：那就这样，如果他不问你就不要说，如果他问你只谈事情，不要他解决，不为难他，就没什么不好的。

张亦华：那好，我晚上就去。

8

座谈会在晚上七时半召开。杜强想这次去不了彩电厂，但可以在会上见到张亦华。因为彩电厂是港资企业，又是全市最早引进且规模最大的外资企业，张亦华肯定要参加座谈会。但当他在会议室坐下时看见桌上的名单中没有张亦华，不仅没有她，而且也没有彩电厂的其他人。杜强心里不免有些疑惑，这究竟是怎么回事呢？遗漏不太可能，要么是张亦华外出了，要么是她借故不愿参加。杜强问了问市外贸局局长为什么彩电厂没来人，他只含糊说了一声"有事"就没有下文了。座谈会开到将近十点才结束，杜强回到宾馆房间，坐在桌前，开亮台灯，开始整理座谈会的内容。

张亦华敲了敲门，杜强把笔放下，问：哪位？找谁？

张亦华：是我，杜强。

杜强一听是张亦华的声音，赶紧起身开门：我在找你呢，以为晚上你会参加座谈会。

张亦华：没有谁通知我们参加，听说你来了南江，我来看看你。

杜强：本来我们打算要到彩电厂去的，但要提前赶回，以为这次不能见你了，还好你来了，一切还好吗？

张亦华：还好，就是一天到晚忙个不停。

杜强：再忙也要注意休息，我问你，为什么不让你们参加座谈会？

张亦华：可能是因为最近厂里发生事情的原因吧。

杜强：什么事情，你跟我说说。

张亦华把有人反映彩电厂使用童工、市劳动局对厂里进行检查处理、报纸的报道、社会的反映和厂里的看法以及受到的压力详细地给杜强说了一遍。

杜强：我看你们的意见是对的，要你们负责并对你们处罚是欠妥的。

张亦华：这事你知道就行了，也不要去跟市里讲。

杜强：跟不跟市里讲我会考虑，但市里应该多为企业着想，为企业发展创造一个良好的环境。

张亦华突然觉得杜强好像水平高了很多，说出了企业的心里话，于是立即回应说：要是下面都像你这样想问题就好了。

杜强：南江这样的欠发达地方要发展，革命老区要旧貌换新颜，就得要多办一些新企业，特别是要引进一批像彩电厂这样的外资企业。

张亦华：是这样，企业越多，经济发展就越快。

杜强：明天我就回了，以后你和你厂里有什么事要办，尽管找我。

张亦华：那我只能在这里送你了，多保重。

第二天回京前，杜强婉转地把彩电厂的事情和自己的看法向市里领导说了，市里领导非常重视，马上责成劳动部门撤销了对彩电厂的处罚决定。但是，另一种议论又起来了。

"外贸部的司长一句话，彩电厂的问题就没了。"

"彩电厂的来头真不小。"

"这个杜司长是张亦华的前夫，当然有来头。"

"虽然离了婚但感情还是有的，听说昨晚两人还在一起。"

这些话陆续传到了张亦华的耳朵里，她感到很不是滋味，但又不能反驳和解释。嘴长在别人身上，只能由他们说去呗。

9

市委礼堂，一排排座位上坐满了人。

主席台上方"南江市乡镇企业暨个体私营经济表彰大会"的红底白字会标赫然醒目。

会议正在表彰一批乡镇和私营企业的先进典型。在欢快热烈的进行曲中，江兆南等人胸戴大红花走上主席台，接受市领导为他们颁奖。

江兆南从市委书记梁光含手里接过奖牌和奖品，然后和其他获奖者一道，转身站立面向会场。

当看到江兆南等人一手拿着奖牌，一手拿着"桑塔纳轿车一辆"的奖品时，台下发出一片带着惊奇的叫好声，随之又爆发出一阵经久不息的掌声。

接着，江兆南代表受表彰者发言。他说：今天，我们很激动，也很光荣。我们能够在发展乡镇企业和个体私营经济方面做出一点小小的成绩，一靠党的改革开放好政策，二靠市委市政府的正确领导，三靠各部门和社会各界的大力支持，四靠本厂员工的齐心奋斗。但是，成绩只能说明过去，奖牌不能代表未来。今后我们要更加奋发努力，更加锐意进取，以这次表彰会为新的起点和新的动力，不断克服前进道路上的各种困难，不断战胜企业发展中的各种风浪，把我们的企业进一步做大做强，为全市的改革开放，为老区的加快发展做出新的贡献。

梁光含最后作了一个简短讲话。他指出，这次全市乡镇企业和个体私营经济表彰大会的召开，充分体现了市委市政府对发展乡镇企业和个体私营经济的高度重视，也充分体现了市委市政府坚定不移推进改革开放把全市经济搞上去的坚强决心。希望这次受到表彰的企业，戒骄戒躁，再接再厉，继续发扬敢闯敢冒的精神，继续发扬艰苦奋斗的精神，当好排头兵，当好先行者，在改革开放和加快老区发展中创造新的业绩，铸造新的辉煌。

散会后，大家纷纷上前向江兆南等人表示祝贺。特别是当大家走出会场看到摆在大礼堂门前的车头扎着大红花的桑塔纳小轿车时，更是感慨万分。有的人说：这个奖励好！只有奖得人们眼红，才会有巨大的激励作用，让人们拼着命去干，这样就会在全市形成一种你追我赶、大干快上的发展氛围。

10

就在表彰大会快要结束的时候，那家打着经营商品贸易幌子暗里干着高息揽储和贷款的顺为公司门前，一些群众闹起事来了。

一年以前，几家私营企业借了这家公司的高息贷款，前不久到期了却无力偿还，致使这家公司的资金链断裂，一些急需用钱的储户来到公司取钱但都被这样那样的理由挡回去了。他们要和公司经理交涉，经理却躲着不见。为怕储户纠缠，公司最后索性紧闭大门，不予理睬。这下可把储户们惹怒了，他们聚集在公司的门前，一些人高喊着"还我存款"的口号，一些人举着"打倒钱骗子"的牌子，一些人手握拳头捶打着大门。看见里面一点动静也没有，储户们的情绪越来越激愤，几个年轻人不知从哪儿搬来了几根粗木料，对着大门一阵猛撞。人在气愤时激发的力气也就特别大，只撞了十几下，大门就"咚"一声被撞开了，储户们蜂拥冲了进去，他们想找经理算账，但整个楼内空无一人。这下储户们更火了，不少人开始在楼里打砸了，喊叫声、咒骂声、砸东西的"咚咚"声和"哐当"声响成一片，桌椅门窗玻璃顿时打了个稀巴烂，大楼里一片狼藉。有些人还不罢休，又准备到市里静坐游行，以把事情闹得更大。附近的各色人员也赶来围观，一些人还跟着起哄，场面非常混乱。

这是南江市发生的第一次有众多群众参与的闹事。

11

梁光含等市领导接到于副秘书长的紧急报告后，在主席台简单地问了一下闹事的原因，商量了几条处理意见，然后就直接赶到了闹事现场。有些储户看见市委书记梁光含来了，一边喊着"梁书记"一边跑了过去，其他人也立即围了上去，一下子就把梁光含围了个水泄不通。

"梁书记，请你给我们做主！"

"这家公司骗我们存钱，现在躲着不还！"

"请求市里出面把公司的经理抓回来！"

"我家这些年的余钱全存在这家公司，现在打水漂了！"

"我家老头子还等着这钱治病，梁书记你说怎么办？"

"这钱取不到，我儿子的婚事没法办了！"

"梁书记，请求市里帮我们把钱追回来！"

大家嚷嚷个没完，梁光含根本插不上话。这时，于副秘书长爬上围墙边的一张破梯子，大着嗓门喊道：大家静一静，请梁书记做指示。

现场逐渐安静下来，大家都把目光聚向梁光含。

为了让在场的群众都能听得到，梁光含站到旁边的一块大石头上，以最大的嗓音说道：大家的心情可以理解，平时辛辛苦苦赚的一点钱存到这家公司里，现在却连一分钱也取不到。这事放到哪个人身上都会承受不了，都会气愤发怒！但是，发火闹腾解决不了问题，把这家公司全部砸掉也解决不了问题。大家还是要冷静下来想想办法。我在这里讲五条处理意见。第一，迅速组织工作组进驻这家公司，对所有储户的存款和企业的贷款进行一次全面细致的清理，凡是有能力偿还贷款的企业要他们按本金及时还款，偿还的贷款全部用以支付储户的存款。第二，将这家公司的资产冻结再进行评估，然后公开拍卖，所得款项用以偿还储户的存款。第三，责令公安部门将公司经理捉拿归案，对他非法高息揽储放贷的行为做出严肃处理。第四，大家必须明白，所有到地下钱庄高息存贷的行为都是违法的，有钱必须存到正规银行，需要资金必须到银行贷款。我在这里重申，以后凡是到顺为公司这类地下钱庄存贷款造成损失的，不管多大都由自己承担。考虑大家过去对这方面政策法规不清楚，这次就算了。第五，刚才我讲了，以后发生了关系到自己切身利益的问题，不要动不动就闹，应该向组织上反映，找组织上解决。因为我们的党是为人民服务的党，我们的政府是人民的政府，绝不会对危害人民群众的行为不问不管。我讲的这几点，大家赞成不赞成？

"赞成！谢谢梁书记！"人群中爆发出一阵热烈的掌声。

梁光含：好，既然大家都赞成，那就请大家回吧！

听市委书记这么一说，闹事群众陆陆续续散去，一场群体性事件就这样平息了。

12

回到市委办公室，梁光含又把于副秘书长和市政法委、市信访办、市公安局等部门的负责同志找来，向他们布置事件平息后的相关事宜，并作了相应的分工。于副秘书长负责对借款企业本金的追讨。这个工作本来难度很大，有的人不愿干，但于副秘书长却答应得很爽快，当场向梁书记表态坚决圆满完成任务。

　　根据清查组提供的借款企业名单，于副秘书长立即组织有关人员进行追讨。几个月前，有人就私下告诉过于副秘书长，江兆南在购买金昌制药厂时向顺为公司高息贷款六百万元。于副秘书长看了这次清贷的数目表，江兆南虽然连本带息归还了一些，但还欠贷五百万元。一丝快意掠过于副秘书长的眉梢，他想这下你江兆南有好戏看了，看你怎么把这巨额贷款还清？到时要是还不了，那就别怪我手下无情了！对于江兆南，于副秘书长一直有个解不开的心结，本来他对女婿许向才寄予厚望，但就是江兆南一封反映他抵制包产到户的告状信就被免去了北岭镇党委书记职务，许向才的仕途就这样终止了。现在江兆南终于撞到我手里了，可以把这口气出了！为了不使人察觉自己的意图，于副秘书长自己没有出面，而是叫手下的干部找江兆南谈话，责令他必须在十天以内把所有的贷款还清。

13

　　江兆南在表彰会后也知道了自己贷款的顺为公司发生了储户闹事打砸事件。他开始有点紧张，这事会不会查到自己身上来，因为到地下钱庄高息贷款毕竟是不合法的。但他又转念一想，公司支付不起储户的存款是这家公司的问题，与自己应该没有什么关系。这样翻来覆去思考了一番，江兆南的心里就渐渐地平静了下来，没有再去关注这件事。

　　由于南江山区较多，气候潮湿，中老年人患关节炎的人不少，但又得不到治疗。几个月来，江兆南一直忙于组织技术人员准备生产一种治疗关节炎的新药。这天，他正准备同技术员去省城办理药品许可生产的有关手续时，市处理这次存储事件工作组通知他去谈话，并要立即赶到。于是，江兆南立即改变行程，开车赶到了设在市公安局的工作组办公地。

找江兆南谈话的有两个人，一个是信访办的熊科长，一个是公安局的干部。两个人正襟危坐，表情严肃。江兆南坐在两人的对面，中间放着一张办公桌。

熊科长：今天叫你来，是要你把到地下钱庄顺为公司高息贷款一事说清楚。

江兆南：我是购买市里的金昌制药厂时到那家公司贷的款，总共贷了六百万元。

熊科长：你当时知道这是违规违法的吗？

江兆南：我也是逼上梁山。因为要买制药厂资金不够，银行又贷不到款，有人就告诉我顺为公司可以提供贷款，但利息很高，你干不干？我当时咬了咬牙就同意了。

熊科长口气带着讥讽：你的底气还蛮足的嘛。

江兆南：说实话，这么高的利息谁愿意贷？但不贷制药厂就买不了，当时我也算了一笔账，只要药厂经营得好，这超高的利息可以承受，全部贷款两年内可以连本带息付清，所以，就壮着胆子冒了这次险。

熊科长：根据工作组的要求，凡是向顺为公司这个地下钱庄贷款的企业，必须将全部贷款追回，以偿还储户的存款。

江兆南：啊？

熊科长：你的贷款必须在十天以内全部还清。

江兆南：一下子拿不出这么多钱，能不能放宽一段时限？

熊科长：这是工作组定的，不能讨价还价。

江兆南：实在是拿不出。

熊科长：拿不出也得拿，否则储户再闹事怎么办？你负得起责任？

江兆南：我们做企业也很难。

熊科长：你做企业难道比社会稳定还重要？别啰唆，快回去把钱交来。

江兆南没有再作声，随即起身出了门。

14

高雅红和王达进几乎同时接到江兆南的电话，又几乎同时赶到江兆南的办公室。

江兆南：有件急事不知怎么办，我们商量一下。

前几天储户在顺为公司闹事，高雅红也很担心厂里在那儿贷款会不会受到牵连，就问：是不是贷款的事？

江兆南：是的，刚才找我去谈话了，要我在十天之内把全部贷款还清。

王达进：储户到顺为公司领不到钱，与我们到那里贷款有什么关系？

江兆南：要我们还清贷款给储户支付存款。

王达进：这太不合理。

高雅红：再说我们一时也拿不出那么多钱。

江兆南：你们看怎么办？

王达进：我看就是拖着不交。

江兆南：拖是没法过关的。

高雅红：要不去找银行试试，用我们厂里的资产做抵押向银行贷款把那钱还了。

江兆南：买药厂的时候我们去找过银行不是碰了钉子吗？

高雅红：那就没有什么办法了。

江兆南：我想了想，只有一条路，就是把我父母在北岭镇的百货商店卖掉。

王达进：那么好的地段，生意又好，卖掉可惜。

高雅红：就没有别的办法吗？

江兆南：我想了很久，找不到其他的办法，因为时间太急，我现在就回去同父母商量，说服他们同意。这事我们知道就行，不要对外去讲。

高雅红：要不要我同你一道去？

江兆南：这样吧，我先去，如果到时需要你去，我给你打电话。

高雅红：好的，我随时等你的消息。

15

北岭镇，江家百货商店。

客厅里，江父坐在中间的沙发上，江兆南和母亲分别坐在两边的沙发上。万秋花在厨房里忙着。

江兆南：爸、妈，有件事想跟你们商量商量。

江父：又是什么麻烦事吧？

江兆南：以前跟你们说过的，我买了一家制药厂，贷了一些款，现在要还了。

江母：那你就还呗，这要跟我和你爸商量什么。

江兆南：因要提前归还贷款，时间又限定十来天，一时拿不出那么多钱。

江父：为什么要提前还？

江兆南：我们是向一家名为公司实为地下钱庄的公司贷的款，因为公司支付不了储户的存款导致闹事，市里要我们这些贷了款的厂子提前还款以解燃眉之急，并说这是维护社会稳定的大事，必须不折不扣地执行。

江父：看来是非还不可啰。

江兆南：所以我就想请爸妈支持。

江父：你总共要还多少钱？

江兆南：五百万。

江父：家里哪有这么多钱？

江兆南：我想来想去，要筹集这么多钱，只有把这百货商店卖掉才行。

江父：什么？你想打这百货商店的主意？

江母：你怎么净做一些赔本的蠢事，老给家里惹麻烦。

江兆南：我也是走投无路才这样做。

江父：这百货商店是不能卖的，要么你把你的厂子卖掉算了，回家来跟我们办商店。

江母：你就听你爸的。

江兆南：爸妈，厂子卖了，我这么多年办厂子的心血就白花了。

江父：你的厂子不能卖掉，这百货商店就能卖掉？

江母：再说，百货商店卖掉了，我们到哪里去呀？

江兆南：百货商店卖掉后，你们就回围坊村去，小万就到达进那里去。

江父：你想得倒好，告诉你，我和你妈是不会同意把百货商店卖掉的。

江兆南见父母态度坚决，就不再说什么，只好垂头丧气地回到南江了。

16

这天，许向才特意赶来南江拜见岳父于副秘书长。

许向才：多谢爸爸！不是你出面找关系，我这次进去了就出不来了。

于副秘书长：能帮一把是一把，我这老面子卖得也差不多了。

许向才：老叫爸爸操心，我心里很过意不去。

于副秘书长：以后无论做什么事都要稳当点。

许向才：爸爸的话我一定会牢牢记住，你现在工作很忙，也要注意身体。

于副秘书长：信访工作都是一些麻烦事，一天到晚接待处理群众来信来访，这几天又在处理一个地下钱庄引起的群体性事件。

许向才：外面传说还牵涉到江兆南。

于副秘书长：他在那个地下钱庄贷了款，这几天在追讨他的贷款本金。

许向才：听说江兆南要卖掉他在老家北岭镇的百货商店。

于副秘书长：也有人说江兆南准备卖掉他在市里的制药厂。

许向才：前山县何书记的儿子在北岭镇开了个商贸城，而且就在江兆南那个百货商场的旁边，他想把江兆南的那块地和商店买下来，这样就可以把商贸城的规模扩大。如果有可能的话，请爸爸关照一下。

于副秘书长：老何是我的老同事，他为什么不给我打招呼？

许向才：何书记的儿子说，他老爸是县委书记，对儿子的事不便出面，怕人家在背后说闲话。

于副秘书长：那你叫小何给我来电话把具体情况说一说。

许向才：我回去就跟何书记的儿子说，江兆南这些年既赚到了钱又赚到了名，但他把我们家害苦了。

于副秘书长：这次我得要狠狠整整他。

17

高雅红在家里等着江兆南的电话，正在着急之时，江兆南回来了。

高雅红：怎么样？爸妈同意把百货商店卖掉吗？

江兆南摇了摇头：他们不同意，而且态度很坚决。

高雅红：那怎么办呢？

江兆南：只有硬着头皮把制药厂卖了。

高雅红：也只能这样了，没想到会落到这步田地。

江兆南：明天我们就去找买主，要不然时间到了还不了款。

高雅红：再在街边的广告栏里贴个卖厂的启事。

江兆南：行，双管齐下。

第二天，江兆南和王达进去寻找厂子的买主，高雅红去街上张贴卖厂的启事。但三天过去了，却一无所获。在实在走投无路的情况下，江兆南、高雅红怀着一线希望来到市工商银行，请求予以支持，但也像过去一样吃了闭门羹。正在这时，本地有家民营企业说有收购金昌制药厂的意向。江兆南和高雅红商量了一整夜，最后夫妻俩还是忍痛决定把制药厂卖掉。在洽谈中，这家民营企业乘机拼命压价，最终同意以一千三百万元收购，这个价格比保本价低了两百万元。还款的资金是有了，但江兆南的心里却很不好受。在双方签订协议时，当江兆南拿起笔来的时候，手不停地发抖，这笔太沉重了，自己千辛万苦经营起来的厂子就要变换主人了，自己多年的心血就这样一笔勾销了！自己在家乡办厂的现实一下子被击得粉碎了！仿佛是凝固了似的，他的笔提在那儿久久不动，泪水在他的眼里打转，他极力控制着没有流下来。

就在江兆南把牙一咬开始落笔签字的时候，市工作组具体负责追讨贷款的熊科长来了，要江兆南把笔放下，这协议不能签。江兆南问是什么原因，熊科长答复说接到市里通知，这家民营企业串同沿海一家民营企业大量向省内走私日本汽车刚被海关查获，目前已正式启动调查，在问题查清并作出处理之前，暂停该企业的一切经营活动。

江兆南只好作罢，把笔重重地放在了桌子上。

18

摆在江兆南面前的，现在只有华山一条路，就是把父母在北岭镇的百货商店卖掉。

但是，江兆南无论如何不会再开这个口，他不能再让父母生气了，要真把他们气坏了，他这个儿子就会永远背负不孝的罪名。高雅红也为这事吃不下饭，睡不着觉。两个人不知在枕边商量了多少次，也没有个结果。

中午，江兆南因这几天过于烦心劳累实在支撑不住，就靠在办公室的椅子上打个盹。高雅红默默地坐在他的旁边，看着心爱的丈夫眼窝陷了下去，白发又增多了，她一阵心酸，非常难过。就在江兆南刚休息了一会，王达进就嚷嚷着进来了：厂长，小万来申话，你爸爸要你回家一趟。

江兆南睁开眼睛，一脸茫然：要我回去做什么？

王达进：电话本来是打给你的，但小万阴差阳错打到我这里了。她讲你父母听说你这两天为还款的事愁得不吃饭不睡觉就急了，生怕你受不了，这时恰好县里有个姓何的人想买百货商店，你爸要你回去跟他当面商谈。

江兆南高兴得从椅子上跳起来：我爸同意把百货商店卖了？

王达进：肯定，要不他叫你回去干什么？

高雅红：别看父母嘴里说得那么硬，关键时候还是为儿女着想的。

江兆南：父母永远是天下最好的人，雅红，还有达进，同我一块去，明天早上动身，我们先在一起商量个具体意见，不打无准备之仗。

第二十九章

1

江父领着姓何的经理一行三人在江家百货商店院子里转着。他们边走边议，并不时问问江父。在把院子里里外外看了一遍以后，进屋里喝茶聊天，等着江兆南的到来。

大约一个小时左右，江兆南他们来了。双方在作了自我介绍后，直奔主题，就百货商店的买卖问题进行商谈。

何经理：几天前在县里听人说江厂长要把北岭镇的百货商店卖掉，我们就上这里问你父亲是不是真有这么回事，他告诉我们有这个考虑。所以就请你父亲给你打电话告诉我们的意向。

江兆南：我想先请问何经理，我家百货商店旁边的商贸城是你开的吗？

何经理：是我开的，要是我能买下你的这个百货商店，将来商贸城的经营和发展空间就会大一些。

江兆南：何经理很有眼光，我想恐怕你看中的远远不止这一点。即将建成通车的京九铁路经过北岭，这是又一条贯通我国南北的交通大动脉。据说省里正在规划的一条从南到北的高速公路也经过北岭，再加上现有的两条国道在这里交汇，还有就是县里不久要在这里设立经济开发区，这样要不了多久，北岭就会成为一个很重要的交通要地和经济中心。何经理，你说是不是这样？

其实，除了江兆南讲的这些以外，何经理还隐藏着一个大的秘密，就是他父亲何先运告诉他的，县里正在酝酿把前山县城搬到北岭。不过他不能把这个说出来，否则这块地江兆南就有可能不卖了，即使卖价格也会高出许多。于是，他淡淡地说：是这样，如果你决定卖了，我们就谈谈价格吧。

江兆南：现在这个地方可是个黄金地段，加上建筑，一亩的价格至少九万。

何经理：一共八十亩，合计要七百二十万，太贵了吧。

高雅红：不贵，过几年这里的地价肯定要翻番。

何经理：以后的事谁也说不清，每亩六万，我就买下来。

江父：我过去懵懵懂懂，不知这地方好不好，刚才听你们说了，这地方这么值钱，一亩六万太便宜了，我不卖。

何经理不作声，随行他的一个有几分姿色的女秘书说：那就增加一点，每亩七万，这可以了吧。

江父：每亩七万也便宜了。少于九万我不卖。

女秘书：不卖就算了。

高雅红：那我们就再让个步，吃点亏，八万一亩。

女秘书：还是太贵。

何经理坐在那里纹丝不动，且面无表情，任由女秘书和对方讨价还价。因为他心里有底，于副秘书长已把江兆南面临的处境全部告诉了他，江兆南必须把百货商店这块地卖掉，否则他还不了工作组追讨的他向地下钱庄的贷款。但他也知道如果把价格压得过低，卖掉百货商店的收入离还款所需的钱差得太远，即使卖掉也解决不了问题，那江兆南也就下狠心不会卖了。

江兆南这时也不说话，由高雅红同他们去谈。昨天商量时，江兆南说百货商店八十亩地，每亩至少也得卖九万，这已经是便宜得不能再便宜了。所以，他们最后就定了这个底价，能卖高一些当然好，但低了就不卖了。

高雅红这下不再讲具体价格了，而是反问女秘书：那你说多少合适呢？

女秘书看了看她的老板何经理，然后说：刚才已经说过了，七万。

江兆南判断这是对方的底价，他没想到这位何经理会算计得这样狠辣，可见是生意场上的年轻老手。江兆南觉得不能接受，于是向高雅红使了使眼色。

高雅红马上心领神会，做出一个无可奈何的样子，说：这个价格太低，这样我们就无法成交了。

女秘书也毫不相让：成不了交就算了。

何经理：江厂长，你看呢？

江兆南：买卖不成情义在。

2

何经理一行迅即离开了。出乎江兆南意料的是，对方的态度会这样强硬，谈到一定的价码就不再让步，而且说走就走。江兆南问大家是什么原因，大家七嘴八舌分析了很久，也没说出个名堂来。高雅红说反正离还款还有四天时间，大家不要太着急，好好冷静下来想想其他办法。

晚上八点刚过，江兆南接到市工作组熊科长的电话，说根据掌握的最新信息，一些储户怕到时领不到储蓄款，今天又上街游行闹事了。市领导指示把追还贷款的时间予以缩短。这样，工作组要求江兆南提前至两天之内把贷款还清，如若拖延，要依法追究贷款人的责任。

江兆南一听头都炸了，大家也不知如何是好。这时江父说还是卖给那个何经理算了。

江兆南想，再找买主来不及，再怎么吃亏也只能哑巴吃黄连了。

第二天一早，江兆南一行几个人就到县城找到了何经理。

何经理见到江兆南：怎么？是不是又想把百货商店卖了？

江兆南：想想还是卖了吧。

何经理：那必须是七万一亩。

江兆南：行，吃亏就吃亏吧。

何经理：那我们就签合同吧。

江兆南：有一点要写上合同，在百货商店售出的第二天，买房人必须向卖房人付清全部款项。

何经理：这没问题。

3

百货商店虽然卖出去了，追讨的贷款也可以偿还了，但江兆南心里却很不是滋味。眼看着全家人从一片荒地上呕心沥血建立起来的家业就这样变成别人的了，这不是一种败家子行为又是什么？不是迫不得已，他无论如何是不会把这么一块大有发展潜力的地方卖掉的。

看见江兆南闷闷不乐的样子，反倒是父亲主动开导他：不要想那么多，卖掉了就算了，做生意嘛，总是有赚有赔，哪有都是顺风顺水的？

王达进：等我们厂子做得很大了，赚了好多钱，再把这地方买回来。

江兆南：哪有那么容易？爸妈，这里移交了以后，你们就到南江去跟我们住吧。

江父：我和你妈讲好了，还是回围坊村家里去。

江兆南：小万，你和达进结婚几年了，两人都不在一起，这次就跟着达进去吧。

王达进：厂长，小万的事你别担心，让她先跟你爸妈到村里去住一段时间，等把事情理顺了再到我那里去。

万秋花：我也是这样想的。

高雅红：小万，我们不是亲姐妹，但胜似亲姐妹。

4

于副秘书长坐在家里沙发上听京剧《苏三起解》，兴致来时还跟着哼几句。

何经理提着一个标有"BOSS西装"的棕色大纸袋进来，恭敬地叫了一声：于秘书长好！

于副秘书长边关录音机边说：是小何啊，快坐。

何经理：我是专程来谢谢您的。

于副秘书长：你和我还客气什么？

何经理：在您的关照下，这次事情办得很顺利。

于副秘书长：谈不上关照，只是举手之劳。

何经理：若不是您帮忙，我就是有天大的本事也拿不到那么好的地盘。

于副秘书长：那江兆南打死他也不会把那地卖了。

何经理：但您不动声色神不知鬼不觉就把他搞定了。

于副秘书长：你爸和我是老同事，对你的事我肯定得全力以赴。

何经理：拿到了这块地，我以后生意发展的回旋余地就大了。

于副秘书长：好好干，争取早日成为亿万富翁。

何经理：我一定不辜负于秘书长的期望，您帮了我这么大的忙，以后有什么事尽管吩咐。

于副秘书长：行，我以后有需要你办的事，一定找你。

何经理：我听说你女儿在家没有上班，我想让她到我公司来做点事。

于副秘书长：那样合适吗？

何经理：有什么不合适的，秘书长您又不是外人。

于副秘书长：那好吧，没事常来我这里走走。

何经理：要是您不嫌烦，我一定常来拜访。

何经理走后，于副秘书长准备把那套西装拿出来试穿一下，发现里面还放了一个鼓鼓的大牛皮袋，打开一看是一沓子钱。试穿完西装后，他把装着钱的牛皮袋连同西装重新放进了那个大纸袋，提到房间里藏在大衣橱的最里面，然后出来又打开录放机，优哉游哉地继续听着京剧。

5

九十年代已过去了一半，再过十几天这一年就结束了。岁尾收官，关键时刻，成败与否，在此一搏。所以，全市上下都在为实现年初确定的目标而奋力冲刺。各个企业更是首当其冲，不仅要竭尽全力突击完成全年的各项任务。同时，还要应付有关部门各种各样的年终检查。这个时候，是企业最紧张也是最难过的时候。

彩电厂是外资企业，虽然享受不少优待，对厂里的检查也没有本地企业那么多，但有些检查还是必不可少的。今天市消防队就来彩电厂检查了。因张亦华有孕在身，不能太累，肖海君就没让她出面，而是自己陪着消防队的人员在厂里检查。看了一个上午，检查人员也没说什么。中午，肖海君到全市最高级的一家餐馆宴请检查组，上的都是龙虾、海参、甲鱼等山珍海味，喝的是茅台酒。下午，检查组又看了将近三个小时，同样没说一句话。肖海君心里忐忑不安，不知会是什么结果。晚上又把他们拉到另一个高档特色酒楼吃火锅，一边吃着在热气腾腾汤锅里涮的牛羊肉，一边喝着法国进口的 XO，一阵工夫，检查组几个人头上就直冒汗珠。肖海君的眼镜上也蒙上一层水汽，他用餐巾纸揩掉，但一下子水汽又蒙上了，于是他索性把眼镜摘下放在了桌上。结束时，肖海君又把事先准备好的衣服、烟酒等礼品，放在了检查组人员的旁边。

看样子对今天的招待非常满意，检查组几个人都谈笑风生。趁肖海君出去结账的间隙他们简单交换了意见，在肖海君回来时，那位检查组的领队马上就告诉他说，经过一天的认真检查，彩电厂的消防工作总体还可以，但也存在一些明显的隐患，主要是车间的消防器材配备数量没有达标，厂房内空气流动不畅，职工的消防意识不强。按照规定应该停产整改。但考虑到彩电厂是外资企业就作为特殊情况处理，决定罚款三十万元，并在一个星期内对所存在的问题整改到位。肖海君说整改工作我们一定会切实做好，但罚款是不是就免了。检查组说这不是做生意，不能讨价还价。

6

肖海君回到家里已经九点了，张亦华问消防检查怎么样，肖海君把检查组指出的问题和处理意见原原本本说了一遍。

张亦华一听就有些火：怪不得人们说"消防消防，防不胜防"，消防果然是最难对付的。

肖海君：对我们厂还算客气的。

张亦华：罚那么多款还能叫客气？

肖海君：换别的厂就得停产。

张亦华：他们要叫停产，我就告他们去！

肖海君：越告越倒霉。

张亦华：那我就跟他们没个完。

看见张亦华越说越激动，肖海君在她的肚子上摸了摸：亲爱的，不要生气了，里面的小宝宝要对你这个妈妈提抗议的。

张亦华被肖海君这么一说立即转怒为喜：放心，小宝宝不会生气的。

肖海君调皮地把耳朵贴在张亦华的肚子上：让我这个爸爸听听小宝宝有没有生气？

张亦华：才三个多月，早着呢。

肖海君：自己的血肉，有感知的。

张亦华把肚子往肖海君的耳朵边靠紧了一些：听到了吗？

肖海君：听到了小宝宝叫爸爸妈妈。

一股甜蜜升盈在张亦华的心头：再过半年小宝宝就出生了。

肖海君：所以，这段时间你是我重点保护的对象，让小宝宝在你的肚子里健康成长。

张亦华：那我就衣来伸手饭来张口，当个懒婆子。

肖海君：所有事我全包了。

张亦华：海君，我伯父今天来电话了，问我们彩电厂扩建的事。

肖海君：是不是要我们去当面汇报？

张亦华：他说如果准备好了可以来。

肖海君：初步方案你看了以后觉得怎样？

张亦华：总体上可以，对新上彩电的生产规模、市场前景和效益分析都有理有据。

肖海君：我俩为这个方案花了不少心思，但我总感到哪个地方有些不到位，这几天我脑子老在转，觉得是不是新上彩电的型号还要斟酌一下。

张亦华：你是怎么个想法？

肖海君：现在我们厂生产的彩电都是18英寸和21英寸的，而且销路和效益都很好。对新扩建彩电厂我们提出也是继续生产这两种型号的彩电。这恐怕会给今后带来被动。

张亦华：为什么？你给我分析分析原因。

肖海君：大前天我到开发区办公楼去，正好碰到他们刚散会，就站着说了一会话。他们就说现在的彩电屏幕有些小，如果能大一些看起来就更舒服。我说屏幕越大价格越贵，现在人们的收入还不高，就是想买也买不起。他们说这两年经济发展迅猛，老百姓收入增加也很快，三四千块钱的一台彩电还是买得起的，照这样的势头发展下去，再过两年那就更不成问题了。

张亦华：这些人说得很有道理。

肖海君：所以，我们得有一点超前眼光，超前规划，新扩建的彩电厂全部生产23英寸至31英寸的彩电。

张亦华：我赞成。

肖海君：那我就按照我俩的意见对方案进行修改。

张亦华：好的。

肖海君：你快上床休息，我现在就开始修改。

张亦华：陪了一天检查组，我看你蛮累的，一块睡吧。

肖海君：不到十点，时间还早，早改好了可以早向你伯父汇报。

张亦华亲了亲肖海君：那我先休息了，你也不要太晚睡。

肖海君：我改好了就睡。

为了不影响张亦华睡觉，肖海君把台灯的光线调暗了一些，又把灯罩向下压了压，便开始修改起来。他先翻阅了有关资料特别是权威人士关于今后改革开放、经济发展、市场需求和人民收入增长趋势方面的研判文章，接着又重新审视了一番国内彩电发展方向，然后再确定新生产彩电的型号。由于型号扩大，生产线需要变更，投资有所增加，肖海君都要重新考虑和计算。有时眼睛实在太累，他就摘下眼镜用手揉揉稍稍恢复一下。这样不知不觉几个小时过去了。张亦华一觉醒来，发现肖海君还伏在桌上写着，就从床上爬起来冲了一杯牛奶端了过来。肖海君喝完后，她就硬逼着他上床躺下了。

肖海君虽然躺在床上，眼睛却睁得很大。没过多久，他看见张亦华又睡着了，便悄悄地爬起来，蹑手蹑脚地走到桌子前坐下，把台灯扭亮，继续伏案修改起来。

7

市委书记梁光含感冒发烧好多天了，在市医院治疗不见好转，反而加重变成了肺炎。于是转往省第一人民医院住院就医。毕竟技术水平不一样，经过十多天的治疗，梁书记肺部的炎症慢慢消失了，再过几天就可以出院了。昨天，他专门去了省委，一是向省委和组织部领导对自己生病住院的关心表示感谢，另一个是向省委组织部门汇报杨大任的提拔任用问题。经过这几年的磨炼，杨大任在改革开放的大潮中表现突出，工作出色，是红土地上涌现出来的优秀本土年轻干部。为了南江事业的后继有人，市委初步意见拟把他提拔为市委常委和副市长。省委组织部表示同意，并准备派人考察后上报省委常委会讨论决定。

8

就在市委书记梁光含准备出院的前两天，那位远方的老表专程来到围坊村告诉江父，这几年他四处打听，终于找到了当年把小孩送给他的那个人的一位熟人，证实了江兆南就是市委书记梁光含的亲生儿子。这下江父可高兴了，准备马上去南江给梁书记报喜。当得知梁书记在省城住院时，江父又立即赶往省城。坐了卡车转长途客车，坐了长途客车转火车，坐了火车转公交车，好不容易找到了省第一人民医院，江父在大门口被拦住了。门卫问他找谁，他说找南江市委书记梁光含。对方瞪大惊讶的眼睛看着这个一身农民打扮土得掉渣的人，问他是不是搞错人了。江父说没错，请他放自己进去。门卫疑惑地打了个电话给病房，没想到梁书记说快请他进来。门卫心想这个乡下老农的来头还真大，立马客气地对江父说请进，并将他送到了保健病房门口。

梁光含一见到江父就拉着他的手，关切地问道：家里和村里一切都好吧？

江父：很好，书记你生病好了吗？

梁光含：基本好了，再恢复两天就可以出院了。

江父：我这次来，先是看望你，还有就是要告诉你一件事。

梁光含：谢谢了！告诉我什么事？

江父：梁书记，我现在实话告诉你，江兆南不是我的亲生儿子，是养子。上次你无意中说你儿子同江兆南一样大，几个月就托付给了别人，一直不知下落。我看江兆南长得很像你，就留了个心，找到把江兆南给我抚养的那个人，接着又同他找到了江兆南的另一个抚养人，最后他通过询问很多人，终于证实了江兆南的亲生父亲就是你梁书记。

梁光含非常激动，但有些不相信：这确实吗？

江父：确实，下次我把他带来，你当面问问他。

梁光含：好的！感谢你们找到了我的儿子！

江父：我回去就把兆南的真实身世告诉他。

梁光含：暂时不要，江兆南是我的亲生儿子，更是你的亲生儿子！你把他从小养大，抚养成人，不是亲爹，胜似亲爹！

江父：那你们亲生父子怎么也得要相认一下吧，要不然我心里会很不安的。

梁光含：别急，等以后有机会再说吧。

9

那天，肖海君打了个通宵，把南江彩电厂扩建方案从头至尾修改了一遍。此后两天，张亦华和肖海君又召集厂里的有关人员讨论了好几次，在此基础上，夫妻俩再经反复斟酌，形成了最后定稿。对这个方案，肖海君颇为得意，他认为如若这个方案能够顺利实施，南江彩电厂不久就会登上一个崭新的台阶。

张亦华对彩电厂的扩建更是满怀信心。方案出来后，她准备同肖海君一道去深圳向伯父汇报。但又怕长途来回对身孕有不利影响。肖海君也心疼妻子决意不让她去。张亦华的母亲觉得南江的冬天太冷，有些过不惯，孙子也放了寒假，提出带他一起回老家住一段时候。这样，肖海君就陪着岳母和小孩先到广州，然后带着彩电厂的扩建方案到了深圳。

10

肖海君去深圳汇报的这些天，厂里的大事小事都落在张亦华一个人身上。本来肖海君今天回厂，但伯父看了彩电厂扩建方案后提了一些补充意见，并要肖海君修改好了再回南江。这样他在深圳得多待两天。

吃过早饭，张亦华照常来到办公室。她简单答复了几个来请示问题的部门负责人，接着又看了报来的材料，对其中需要处理的问题签上自己的意见。这时，市纪委来电话了，要她马上赶过去，有领导找她谈话。

张亦华显得不安起来，她想纪委找她肯定是有什么问题，但自己不是共产党员，就是有问题也不属纪委管的呀，她怎么想都弄不明白。到了市纪委，一位年轻人把她领到了一个大房间。

里面坐着两个人，一脸严肃。年纪大些的中年干部对张亦华说了声请坐，就直接说明来意：我们两个是外贸部纪检组的，今天找你来是了解核实几个问题。

张亦华听到是外贸部的，马上就想到了杜强，就说：凡我知道的我一定如实向组织报告。

中年干部：你是不是杜强的前妻？

张亦华：是的，我们离婚已几年了。

中年干部：离婚以后有没有接触？

张亦华：没有，就是前不久他到南江调研，我去宾馆看过他。

中年干部：你们讲了什么话？

张亦华：就是简单问候了几句。

中年干部：你有没有找他办事？

张亦华：说了一件事，就是市里一个部门说我们使用了童工，我把具体的情况向他讲了。

中年干部：他有没有对你表什么态？

张亦华：他说如果你讲的属实，你们厂里没有责任。

中年干部：你们在一起有多久时间？

张亦华：不到一个小时。

中年干部：有没有什么不当的或者是过分的行为？

张亦华：没有，就是说话。

中年干部：杜强这次到南江，在干部群众中造成了一些不良的影响，希望你们以后的交往要谨慎。

张亦华：我们没有做什么见不得人的事情。

中年干部：你还有没有什么要讲的？

张亦华：没有了。

中年干部：那谈话到此结束，我们会把你谈的情况实事求是向组织上汇报。请你看看谈话记录，如果没有出入，就在记录上签上你的名字。

张亦华把谈话记录仔细地看了一遍，里面记的都是她的原话，于是就把自己的名字写上了。

中年干部：再盖上手印。

张亦华先用食指蘸了蘸印泥，然后在每页谈话记录上按了按。

中年干部：谢谢你的合作。

11

从市纪委出来后，张亦华越想越不对头，肯定是杜强这次来南江得罪了一些人，他们就在暗地里向外贸部写信告杜强的状。从刚才外贸部纪检干部的问话中分析，这些人告状主要是告杜强包庇她的彩电厂使用童工、她和杜强在宾馆有越轨行为。这些人怎么这么阴暗，这么龌龊，为了自己不可告人的目的，可以捕风捉影，捏造事实，无中生有，诬陷他人。张亦华现在真正感到南江虽是革命老区，山水也很美丽，但人文环境非常复杂，不是那么好待的地方。她后悔不该去看杜强，后悔不该给杜强讲童工的事情，如果是因为自己这次找他而给他带来了严重影响以致毁了他的前途，那自己就成了千古罪人了。

回到厂里，张亦华立即就给杜强打电话，但怎么也打不通，这就更增加了她的疑虑。她有些坐立不安。

第二十九章

12

整整大半个下午，张亦华都非常难受，肖海君又不在家，她无法对人诉说。正好江兆南有事找她来了，张亦华正想对他把心里的苦水倒出来。这时，财务部的人员急急忙忙跑来向她报告，市税务局要厂里缴纳一千五百万税收。张亦华觉得这可是个大事，连忙起身对江兆南说，我去同他们交涉一下就回来，你在这儿坐一会。江兆南说，你去忙你的，我改天再来。张亦华说，你不要走，我回来还有好多话跟你说。江兆南只好重又坐下打开电视看起来。

张亦华来到财务部，看见市税务局一个科长和四个税务征管员神情严肃地坐在那儿。一看这阵势，她就感到有些不正常。其实，这五个人中，除了税务科长外，其他四人都是临时税务征管员。这些年来，由于个体私营经济的快速发展，税收征缴点多面广量大，税务部门临时聘用了不少这类人员。张亦华笑着对他们说：我来晚了，很抱歉。请问要我们厂缴税是怎么回事？

税务科长：今年还剩最后一天了，市里提出的全年三亿元税收任务，只完成了二亿七千五百万元，还差二千五百万元。现在全省各地都在比着干，如果我市完不成任务就会十分被动，不仅向全市人民交不了账，而且还会因在省里排名最后而大丢面子。昨天市领导对税务局下了死命令，全年的税收任务必须坚决完成，一分钱也不能少，我们革命老区决不能拖全省发展的后腿。所以，市税务局立即采取措施，要一些大的和效益好的企业多缴一些税收，考虑你们彩电厂效益最好就多做点贡献，再交一千五百万。

张亦华：我们是外资企业，享受税收优惠政策，今年的税款我们厂已经交了，再要我们多交就不符合政策要求了。

税务科长：我刚才没有讲清楚，今天要你们彩电厂缴的一千五百万税款，不是增加税收任务，而是提前预交，可抵扣明年的税款。

张亦华：你们这是收"过头税"。

税务科长：这是政治任务，必须交。

张亦华问厂财务部人员：我们拿得出这么多钱吗？

厂财务部人员：如果一次拿这么多钱出去，工人的工资和奖金只怕发不了，流动资金也断了，全厂就得停产了。

张亦华转对税务科长和税务征管员说：你们听到了，厂里实在是拿不出那么多钱。

税务科长：你们厂里有没有钱我不管，我只管要税收。

张亦华：你们这样干会把彩电厂搞垮的。

税务科长：谁都知道你们彩电厂钱多得不得了，富得流油，多交这么些税款就会垮掉？别吓唬人。

张亦华：我告诉你，彩电厂不是印钞厂，赚这些钱很不容易。

税务科长：我也告诉你，有钱得交，没有钱也得交。

张亦华：你们这是哪家的王法？

税务科长：要你交税就是王法！

张亦华：你们这是胡来！

税务科长：你不交税，我们就得来点硬的！

张亦华：我们就是不交！

税务科长：真的不交？

张亦华：就是不交！你敢怎样？！

双方吵起来了，而且越吵越凶。由于缺乏基本训练，那四个临时税务征管员便开始对彩电厂的人推推搡搡，个别人甚至动起了手脚。

江兆南看着电视，忽然听见办公楼里有争吵声，而且声音越来越大，便出门看看是怎么回事，却发现财务部那边已经打起来了，张亦华也被挟裹在当中。江兆南急忙跑过去冲进人群，想把张亦华拉到旁边去。不料被一个税务征管员朝他胸前重重打了一拳。江兆南竖起浓眉怒吼一声"你怎么打人？"谁知那个税务征管员又朝他冲来，边喊着"你们暴力抗税就是要打"边狠狠地伸出拳头。江兆南更加火冒三丈，一边用身体挡着张亦华，一边用手挡着那个税务征管员打过来的拳头。这时，彩电厂的一些员工赶了过来，把五个税务人员打得鼻肿脸青，东躲西藏。张亦华立即厉声制止，五个税务人员趁机狼狈地逃了回去。

没过一会，两辆警车呼啸开进厂里，不由分说把张亦华和江兆南等十来个人铐上警车带走了。

13

这两天，高雅红正好到省城去了。制药厂生产治疗关节炎药品的各项手续都办得差不多了，只待最后审批通过并颁发生产许可证。省里有关部门要厂里再补充一个材料，本来是江兆南送去的。但高雅红说她的一个在省城工作的表妹结婚，要请她去喝喜酒，这样就由她顺带送去。江兆南开始不同意。几个月前，高雅红在睡觉时告诉他，自己身上有喜了。这下可把江兆南高兴坏了，当即抱着妻子亲热了好半天。这次高雅红去省城，江兆南担心妻子有孕在身吃不消。而高雅红说这又不是干重体力活，就是坐坐车走走路，不会有什么问题，江兆南最终也就依她了。第二天回来时，由于坐的是晚班车，高雅红到家时已是晚上十一点多了。屋里没有亮灯，她想江兆南是不是睡了，到卧室一看床上也没有人。她简单洗漱了一下，坐在沙发上等了一会，江兆南还是没回。在外奔波了两天，加上已有身孕，高雅红感到有些疲乏，就上床躺下了。不料一觉醒来，天已微微亮了，身旁还是不见江兆南。她心里有些空荡荡的，便赶紧从床上爬了起来。

高雅红刚洗完脸，听到几下重重的敲门声。她以为是江兆南回来，赶紧开门，一看却是王达进。

高雅红：达进，你这么早敲门做什么？

王达进：雅红，出大事了！

高雅红：发生什么事了？

王达进：厂长又被抓起来了。

高雅红：啊？什么时候？

王达进：昨天傍晚在彩电厂抓的。

高雅红：是什么事被抓的？

王达进：听说是抗拒交税，张亦华也被抓了。

高雅红焦急万分：达进，你先不要动，在厂里守着，我现在去问问情况。

王达进：你快去。

高雅红不顾一切地向彩电厂拼命奔去。在一条街的转弯处，恰逢一辆小型货车迎面急速驶来，由于跑得太快，高雅红来不及躲避，一下被货车撞出十多米，高雅红随即倒在地上。交警闻讯赶来，把她抬上警车紧急送往市人民医院。

14

肖海君正在深圳新宏厂聚精会神地修改南江彩电厂的扩建方案，桌上的电话铃响了。

电话是南江彩电厂办公室的秘书打来的，她声泪俱下地对肖海君说，因为抗税不交张亦华总经理被抓了，现在厂里很乱，要他马上赶回来。

肖海君放下话筒，立即把情况向张亦华的伯父说了，就买了当天的飞机票到省城，紧接着又租了一辆小车回南江。他到达厂里的时候已是深夜了。

在平时，南江彩电厂这时除了夜班工人在车间里忙碌外，厂区一片平静。但今天晚上却群情激愤，一片混乱。工人们聚集在厂办公楼前，准备上街游行，到市委门口静坐，要求放人。肖海君先简单问了一下事情的起因和过程，心里大致上有了底。于是，他走到工人中间，对他们说道：大家的心情可以理解，我和你们一样心里也非常焦急。但是大家也一定要冷静，游行静坐虽然能出出气，但不是解决问题的办法，搞得不好还有可能使问题变得更复杂，解决起来更困难。我们会商量一个比较稳妥的办法报告市里。请大家先回去休息，有什么新的消息一定及时告诉大家。

肖海君的话通情达理，很有说服力。他一讲完，工人们便陆续回去了，大楼前又恢复了往日的宁静。

肖海君认为这件事情闹得很严重，要尽快得到妥善解决，非得要市委主要领导出面才行。他用手扶了扶眼镜，在一番认真考虑之后，便以厂里名义将这件事情的前因后果以及厂里对问题的看法和意见连夜写了一个详细的材料，以加急电报的方式报给了在省第一人民医院住院的市委书记梁光含。

15

省第一人民医院保健病房。

梁光含刚看完市委关于彩电厂抗交税款导致同税务人员发生冲突的情况报告，秘书又送来了彩电厂发来的电报。他有些不可理解，彩电厂是自己引进并联系的外资企业，怎么会出这么大的问题？自己的儿子又意外地找到了，而且就是江兆南，这本来是大喜事，但偏偏他又因为彩电厂的问题被抓起来了，怎么这些烦恼棘手的事都落到了自己头上？是不是老天爷故意要考验自己？但不管怎样先把情况弄清楚再说。于是，梁光含把两份报告所反映的情况认真梳理和对照了一遍，发现事件的主要经过是清楚的，责任也是分明的，张亦华和江兆南也没有打人。他认为把他们两人抓起来是轻率的，不妥的，应先把人放出来，再派调查组把事实查清，然后再做处理。考虑成熟后，梁光含要秘书当晚把自己的意见电话告诉市里有关部门落实。同时他决定提前出院，明天就回市里去。

16

第二天上午，市公安部门通知释放张亦华和江兆南。肖海君焦急的心情转而变得欣慰。他连忙开着小车赶到看守所去接他们两人。当他下车时，刚刚走出看守所大门的张亦华一头扑到他身上哇哇地大哭起来。肖海君知道，这是妻子伤心的泪，这是妻子委屈的泪，所以就由她哭着。突然，张亦华叫着肚子痛，不一会痛得大汗淋漓，昏厥过去了。肖海君紧紧地把她抱住，大声喊着"亦华！亦华！"张亦华慢慢睁开了眼睛。这时，肖海君又发现鲜红的血不断从张亦华的大腿上流下来。肖海君马上意识到，妻子流产了。事不宜迟。肖海君马上将张亦华送去医院进行检查治疗。

肖海君来接张亦华出看守所时，王达进也来接江兆南了。看到张亦华一下子病成这样，江兆南和王达进便帮着肖海君一起把张亦华送到了市妇女保健医院。

在回制药厂的路上，江兆南忽然发现高雅红怎么没来接他，就问王达进：雅红到哪儿去了？

王达进不想这么快把高雅红出车祸一事告诉江兆南，怕他受不了这个打击，因而含含糊糊地答道：不知道，我没见到她。

江兆南：你骗我，我放出来，你都知道难道她不知道？

王达进：是不是没有通知她？

江兆南：不可能！雅红到底去哪儿了，快告诉我！

王达进不得不说出实情：雅红出车祸了，被车撞了，现在医院住院。

江兆南：什么时候撞的？在哪个医院住院？

王达进：昨天早上撞的，在市人民医院住院。

江兆南：给我掉头！去市人民医院！

王达进掉转车头，小车向市人民医院疾驰而去。

17

市人民医院大门口。

小车还没有停稳，江兆南就打开车门跳了下来，直往医院重症室奔去。在门口，他被护士拦住了。

护士：病人还没有脱离危险，谢绝看望。

江兆南：我看一眼就出来行不行？

护士：不行。

江兆南：你就开开恩吧。

护士：医生有交代，任何人都不能进去。

江兆南：你告诉我是哪位医生，我去求求他。

护士：他现在给一个疑难病人会诊，要等会儿才能来。

江兆南只有在重症室门外等了。他越等心里越急，越急心里越不安。他一会坐下，一会站着；一会来回走几步，一会又向重症室里望望。此刻，担心、忧心、伤心、焦心、揪心一起撕咬着他。终于把医生盼来了。江兆南急切地跑到他跟前，用哀求的口气说：大夫，能让我进重症室看看她吗？

医生：你是她什么人？

江兆南：我是她的丈夫。

医生：你进去看一下就出来，注意不要讲话。

江兆南跟着医生进了重症室，看见高雅红静静地躺在病床上，头上缠着厚厚的纱布绷带，手上扎着吊针，他肝肠欲裂，心如刀绞，眼泪止不住地流了出来。他责怪都是自己惹的祸，是自己把妻子伤成了这个样子。

在重症室大约待了不到五分钟，江兆南就迫不得已出来了。他问医生：病人有没有生命危险？

医生：病人的病情很不稳定，随时都有生命危险，但腹内的胎儿正常，没有受到伤害。

江兆南：不管花多大的代价，请你们一定要尽力把她救回来。

医生：救死扶伤是我们医生的天职，我们一定会竭尽全力。

江兆南：不知还有几天病人可以度过危险期？

医生：还要五天左右，这几天，你们家属只能在外面等候。

江兆南：我们会全力配合。

这五天，江兆南一刻也没离开医院。他就在重症室门外守着。王达进有空就来陪着他。厂食堂给江兆南做点可口饭菜，他胡乱吃上几口就完事了。王达进劝他回去睡一会，他就靠在墙壁上打个盹。每天医生都会进出重症室好多次，江兆南的心也跟着他们的身影进进出出。特别是医生在里面待的时间一长，江兆南的心马上就会悬起来。这五天江兆南觉得比五年还要漫长，就像在炉火上煎烤一样难过极了。他头发又白了不少，额头上的皱纹也出来了。

终于到了第六天，医生把他叫到重症室里说：病人的危险期已经过去，性命可以保住，但成了植物人。

江兆南：保住了性命就是万幸了！

医生：病人虽然稳定了，但还需要转到普通病房治疗一段时间。

江兆南：医生，让你们费心了，我要重重地感谢你们！

医生：你的心意我们领了，我们的目的就是把病人的病治好。

江兆南轻轻地摸了摸高雅红的手：雅红，有这么好的医生，你的病一定会好的。

第三十章

1

肖海君接张亦华出院回到家，扶着她在沙发上坐下。

经过找她调查杜强的所谓问题特别是这次被抓和流产的打击，张亦华的身心受到了很大的伤害。她显得精神萎靡，脸色苍白，再也没有那种青春的靓丽了。如果说以前她对南江还怀着美好向往和深厚感情，想在这里一展身手的话，那么现在她对南江却是大失所望了，这里不仅是个难以干事创业的地方，甚至是连日常工作和生活都要处处提防的地方。她的心情从来没有像现在这样糟糕。肖海君也好像老了不少，几条鱼尾纹悄悄地爬上了他的眼角。

身体稍稍好了一些，张亦华就跟肖海君商量：南江的投资和发展环境太差了，我是待不下去了。

肖海君：确实让人感到寒心。

张亦华：我们走吧。

肖海君：从感情上来说我不想走，但不走又不行。

张亦华：如果不走，我们以后会更难，所以晚走不如早走。

肖海君：是回广东去吗？

张亦华：就回广东，我们那里起码不会逼你多交税，不会乱罚款，还会千方百计藏富于民。

肖海君：广东也没有这么多的"红眼病"和告状的。

张亦华：人的心情也会舒畅得多。

肖海君：那这里这么一个大彩电厂怎么办？

张亦华：全部搬走。

肖海君：市里会同意我们搬走吗？

张亦华：彩电厂是我们的，市里没有理由不同意。

肖海君：这样我们就是有点对不起梁书记。

张亦华：梁书记对我们确实不错，但这里的环境也不是他一下子就能扭转和改变的，我觉得他会理解。

肖海君：梁书记恐怕会非常难受。

张亦华：我们也是逼上梁山，你赶快准备一个搬迁彩电厂的材料，分别报给我伯父和梁书记。

2

把彩电厂搬回广东，这可是个大事。张亦华怕伯父举棋不定，就赶紧给伯父去了个电话。

张亦华：伯父，我是亦华。

伯父：身体恢复得怎样？

张亦华：状态还是不行，但比前几天稍好一些。

伯父：要继续休息，加强营养。

张亦华：我们写给您的报告收到了吗？

伯父：收到了。

张亦华：伯父您的意见怎样？

伯父：我考虑是否在决定之前，你们再听听梁书记的意见。

张亦华：伯父，如果那样肯定不行，看在我现在这个伤痕累累的狼狈相上，您就同意吧。

伯父：那就搬回吧。

张亦华：那我和海君好好商量一下，争取早点搬走。

3

市委书记梁光含接到彩电厂要撤厂搬走的报告后，心里非常着急。前几天去妇女保健院看望张亦华时，她都没有讲到这事，现在怎么要搬厂了？必须想尽一切办法让彩电厂留下来。想到这里，梁光含立即来到彩电厂，他一面再三嘱咐张亦华把身体养好，一面做她的工作，只要彩电厂不走，市里一定会纠正过去的不当做法，全力支持好厂子的发展。无奈张亦华的去意已决，不管梁光含怎么说，她都不为所动。

梁光含很是失望，从彩电厂出来，他要司机把车子开到市人民医院。自从知道江兆南是自己的亲生儿子后，梁光含虽然暂时不想当面相认，但还是希望能见见他，特别是他为彩电厂的事情被误抓受了那么大的委屈，而妻子又因车祸严重受伤住院，作为父亲的他感到非常难受，无论如何得去看望一下。当梁光含走进病房时，江兆南正在高雅红的耳边轻轻地呼唤着她的名字。

梁光含不由得停住了脚步，默默地注视了一会，然后坐在了病房边的椅子上。

还是江兆南转头时发现了梁光含，他不由得大吃一惊：梁书记，你怎么来这儿了？

为了不让江兆南觉察出什么，梁光含就随意说了句：我来医院有点事，听说你爱人在住院，你在陪着，就顺便来看望你们。

江兆南：谢谢书记！你工作那么忙，还对我们夫妻俩这么关心，真让我们过意不去。

梁光含起身走到病床前，对着高雅红望了好一会，然后转向江兆南：现在她一点知觉都没有？

江兆南：医生说她已成了植物人，要唤醒很难。

梁光含像被什么刺了一下，心里有些隐隐作痛，但他极力控制自己不要表现出来。

江兆南看梁光含不说话，觉得他是不是担心自己以后会对高雅红不好，就说：请梁书记放心，不管我爱人醒不醒来，我都会尽全力照顾好她，对她不离不弃。

梁光含：你这态度很好，丈夫对妻子就应当这样。

江兆南：我还要向书记保证，只要有一线希望能治好我爱人的病，我就会尽一份努力，任何时候都不会放弃。

梁光含看着江兆南，满意地点了点头。此时此刻，他对眼前这个儿子有千言万语要说，但又不知从何说起。出于一种父爱，他关切地问道：兆南，你两次被抓，身体和心情受到了伤害没有？

江兆南：当时感到非常难过，多亏梁书记您主持正义，及时解救了我，所以也就没什么可说的了。

梁光含：能正确对待就好，人生嘛，挫折和灾难有时也是一种财富。不过，你是搞民营企业的，一定要遵纪守法，这样任何时候都能立得住，事业也会顺利发达。

江兆南：谢谢书记的教导，我一定牢记在心。

梁光含觉得江兆南说话做事很像自己年轻的时候，不由感到几分自豪，但又担心这样下去他身体能不能挺得住，于是，用一种爱怜的口气说：兆南，你爱人的病要抓紧治，你也要注意保重自己的身体。

江兆南：书记放心，我的身体很好，没有问题。

梁光含怕再说下去会暴露自己同江兆南的父子关系，便赶紧结束话题：我现在有事要回了，下次合适的时候再来看望你们。望你爱人早日恢复健康！

江兆南：再次衷心感谢梁书记对我们夫妻俩的关心！

梁光含转身出门，眼里霎时噙满了泪水。他怕江兆南发现，随即用手揩，然后进到了小车里。

4

回到办公室，梁光含的心情还是平静不下来。过了许久，他才从看望儿子和儿媳的状态中恢复过来，思绪又重新回到南江彩电厂上。看来彩电厂撤离南江搬回广东是无可挽回了。他感到很愧疚，责怪自己工作没做好，给南江丢了面子，对不起这块红土地。这时，桌上的红机子响了，这是保密电话，是省委组织部一个副部长打来的。

副部长：喂，是光含同志吗？

梁光含：我是老梁。

副部长：有件事同你通个气。

梁光含：部里有什么重要指示？

副部长：前些时你向部里汇报的关于杨大任提拔问题，接到了一些干部群众的来信反映。

梁光含：啊？不知反映了哪些问题？

副部长：主要有这样几个方面，一是说他以改革为名为个体户谋取私利。二是说他把一个作风不好的女干部调到自己身边工作，喜欢同女同志在一起说说笑笑，行为很不检点。三是说他为了自己向上爬，在背后收集领导干部的黑材料，诬告别人。

梁光含：还有吗？

副部长：没有了，就这些。

梁光含：不知省组对这事怎么看？

副部长：我们认真议了一下，既然干部群众有这么多的告状信，对杨大任同志的提拔现在暂缓考虑。

梁光含：不过，据我的了解，反映杨大任的这几个问题是捕风捉影，根本不是事实。

副部长：在问题没有弄清楚之前，谁也不好下结论。

梁光含：我有个请求，能不能请省组尽快派人来调查核实。

副部长：干部问题要慎重，这事不能急，等过段时候再说。

梁光含：省组定了，那只有等吧。

梁光含接完电话，心里五味杂陈。本来南江彩电厂的事情就伤透了他的脑筋，现在杨大任提拔一事又被一些人给告掉了。他真想把这幕后的黑手给找出来。但转念一想，饭要一口一口地吃，事要一件一件地做，当务之急是把彩电厂的事情处理好，充分利用这件反面事件来教育大家，以促进全市的改革开放和现代化建设顺利健康地向前发展。

5

梁光含主持市委常委会议。

由于改革开放中新事物新问题层出不穷，因而平时召开常委会时，每逢讨论重大问题，开始总是针锋相对，意见分歧非常大，要经过充分的讨论甚至是激烈的争论之后才能达成共识。这次常委会却有些不同，大家在听取了关于彩电厂事件调查情况以及该厂决定撤资搬回广东的汇报后，发言虽然一个接一个，但心情都非常沉重，看法也高度一致。

大家认为，彩电厂事件的发生不是孤立和偶然的，是很多负面因素综合作用的结果。首先是干部作风简单粗暴，严重缺乏法制观念，严重缺乏为企业服务的意识，动不动以权压人，以势压人，甚至随意抓人关人，不会做深入细致的工作。其次是我们在座的各位没有坚持实事求是的精神，好大喜功，急功近利，在制定全年经济发展目标和任务时不从实际出发，片面追求高指标和高速度。如果我们年初对税收任务定得不是那么高，市税务部门也就不会因为完不成任务而去额外地增加企业的税款，彩电厂这样的事件也就不可能发生。从这个角度来说，问题发生在下面，根子在上面。再次是干部特别是市直机关干部思想不解放，观念陈旧落后。只顾自己利益，不顾全局利益；只顾眼前利益，不顾长远利益。特别是对外资企业和省外的企业，引进时好话连篇，什么条件都答应，投产后立马变脸，最后逼得人家走投无路。大家认为，这次彩电厂事件的性质是恶劣的，影响是很坏的，后果是严重的，教训是深刻的。

梁书记：我完全同意大家的看法，特别是分析切中要害，直指问题的实质。一个地方的发展，首先是个环境问题。彩电厂这次决意撤资搬回广东，就是因为我们南江投资环境太差，觉得在这里很难做事，发展没有希望。虽然我也上门做了工作，劝请他们留下来，但他们坚决不同意。大家可以想一想，如果以后都这样，招进一个企业，不久就被逼得走掉，形成一种恶性循环，那南江的发展还有什么希望？昨天晚上，省委领导打电话给我，要求我们举一反三，深刻检讨，采取有力措施把投资环境搞好，切实挽回影响，并尽快把彩电厂请回南江来，否则，省委将追究市委的责任。我听了头上直冒汗，一个晚上都没睡着。我们已经没有退路，必须绝地一搏。我们曾经多少次讲过，一定要把南江这块著名的红色根据地建设得更加美好，我们决不能违背自己的诺言。为此，我建议抓住彩电厂撤资搬走这个典型事例，立即在全市范围内开展一次"继续解放思想，整顿投资环境"的活动，不知大家的意见如何？

"利用彩电厂这个活生生的事例进行一次活生生的教育，从中吸取教训，很有必要。"

"让大家在现场照照镜子，深刻反省一下自己，这样的效果更好。"

"开展这次活动很有必要，可以使全市干部群众进一步认清搞好发展环境的重要性和紧迫性。"

"搞好发展环境，关键是要进一步解放思想。"

"没有思想的大解放，就没有环境的大改善，就没有南江的大发展。"

梁书记：好，大家都很赞成，那就这样决定了。

6

南江彩电厂内，平日整洁有序的厂区到处一片狼藉，装着拆下设备和办公及生活用品的箱子随意地堆放着。有二十几辆卡车停在车间和办公楼旁边，工人们正在往车上抬装沉重的货箱。

肖海君在车间组织设备的拆卸，整个拆卸工作已近尾声，最后一条生产线也只剩下很小一部分。工人们有些在小心翼翼地拆下零部件，有些在为拆下来的零部件登记编号，有些在用木板做包装箱子，有些在把零部件装进箱内。车间里气氛严肃，大家心情沉重。

肖海君看见工人们有些累，就说：大家辛苦了，歇一会。

工人们停下手中的活，不约而同地聚集到肖海君身边。

"好端端的生产线，就这么拆得没有了。"

"这些生产线是我们亲手装配起来的，现在又亲手把它们拆掉，真舍不得呀！"

"这就像把自己身上的肉割掉，真是难受痛苦极了。"

"肖总，这厂子不搬走不行吗？"

肖海君不由眼睛一酸，摘下眼镜揉了揉又急忙戴上：我的心情同你们一样，撤厂搬迁，这是没有办法的办法。

工人们不再说什么了，他们知道肖海君话中的难处。大家闷头抽了一根烟，又继续干活了。

由于边拆边装边运，厂里的东西都搬迁得差不多了，最后的一点设备也可以在今天全部拆装完毕运走。下午，张亦华和肖海君到医院看望了高雅红，对江兆南说了许多情真意切的话，接着又去看望了杨大任和汪小丹。回家后夫妻俩决定提前于明日一早就离开南江返回广东。他们怕工人们知道后前来送行，因而对外说还没有这么快，还要过几天才走。毕竟在南江这块土地上生活工作了多年，但真的要走还是有些恋恋不舍。这一晚，张亦华和肖海君几乎没有睡觉，夫妻俩躺在床上回忆着往事，心中充满着无限的惆怅。肖海君想安慰一下妻子，当他去亲吻张亦华时，却亲到一张湿漉漉的满是泪水的脸。

不知是怎么走漏了消息，第二天清晨，张亦华和肖海君离开时，厂里的大门口来了很多工人，他们自觉排成了两行长长的队伍，为张亦华和肖海君送行。每个人脸上都是依依不舍的表情，一些人脸上还挂着泪花。这种场面，让张亦华和肖海君感动得热泪盈眶，肖海君的眼镜全被泪水打湿了。夫妻俩和大家一一握手告别。小车开动了，慢慢地驶出了工厂大门，张亦华和肖海君侧身回头满面泪水不断向大家招手致意，直至工人们的身影消失在两人的泪眼里，直至工厂的大门消失在两人的泪眼里。

再见了，亲爱的员工们和心爱的彩电厂！

再见了，这片曾经寄托着我们希望和梦想的红土地！

7

五辆租来的大客车驶进了彩电厂的大门。此时的彩电厂，不再有机器的轰鸣，不再有人声的鼎沸，到处空荡荡的，到处死寂寂的，成了一座空厂。

市委书记梁光含从第一辆车上第一个下来，与会人员也一个个跟着下了车。他们先到被拆光了设备的车间里看了看，接着到空无一人的职工食堂和宿舍看了看，然后到被搬空了的办公楼里看了看。目睹一个好端端红火火的现代化厂子转眼间成了一片空白，全体参会人员心情非常沉重和难受，当然还有气愤，有些脾气暴躁的干部甚至骂起"是哪个婊子崽把彩电厂搞走的""对这帮吃里爬外的家伙应当千刀万剐"等过激的话来。正当大家准备离开的时候，突然十多个工人跑了进来，"咚"的一下跪在梁光含和与会人员面前。

"强烈要求市委市政府把彩电厂请回南江来！"

"一个这么大的南江市，怎么就容不了一个彩电厂呢？"

"我们要工作，我们要彩电厂！"

全体与会人员被这一幕震惊了。会议工作人员要这些工人赶快起来离开，但被梁光含制止了。

梁光含：你们这一跪，使我们每个人感到无地自容！你们的话，说出了南江人民的心声！我们一定会认真对待，决不辜负全市父老乡亲对我们的重托！

梁光含说完，将工人们一个个从地上扶起，接着又把他们送走。

虽然看了彩电厂搬走后的现场对大家的思想震动很大，特别是刚才工人们的下跪，更像一声当头棒喝使大家猛醒。但梁光含觉得还需要再在这里加一把火，让每个人都脸上发烫身上发烧。所以在离开彩电厂前，梁光含又特地向大家讲了一番既掷地有声又语重心长的话：彩电厂是我市引进的第一家外资企业，从建厂投产到现在只不过短短的三年时间，就被迫搬迁撤走了。这不仅是我们工作的失败，更是我们南江的耻辱！人家怀着满腔热情来我们这里投资办厂，在南江的大地上建起了一个崭新的现代化企业，为我们加快老区发展做出了不可替代的贡献，我们这个老革命根据地也为有这样一个能生产彩电的厂子而感到无比的骄傲和自豪！但就在我们最需要更多这样厂子的时候，彩电厂却被逼得搬回原地了。为什么会出现这种情况？根源就在于我们有些单位和少数领导同志的思想和作风不正！看到人家投资有效益了，赚钱了，心里就不平衡，就妒忌眼红，人人都来揩油，都来割"唐僧肉"，甚至巧立名目，敲诈勒索。稍不如愿，就对企业百般刁难，打击报复，直至把企业整垮。这是一种典型的"开门迎客，关门打狗"的行为，是自私、狭隘、短浅的小农经济思想的典型表现，也是一种典型的"左"的思想的表现。如果我们不冲破这些旧的和错误思想的禁锢，不和这些旧的和错误的思想进行坚决的斗争，南江就只能永远跟在别人的后面慢慢爬行！老区贫困落后的帽子也就永远甩不掉！南江的明天也就没有希望！如果是这样，我们就对不起牺牲的二十多万革命先烈！对不起南江全市几百万人民！所以，市委决定在全市范围内开展一次"继续解放思想，整顿投资环境"的活动。今天组织大家来看看彩电厂搬走后的现场，就是对这次活动的现场动员，目的就是要大家对照中央和省委的要求，对照革命先烈的遗愿，紧密联系自己的思想和工作实际，把问题找出来，把根源挖出来，使思想来一次大解放，作风来一次大转变，以实际行动促进全市投资和发展环境的改善。我们一定要用一流的投资环境迎接八方来客！我们决不允许彩电厂这种事件在南江这块红色的土地上重演！

梁光含的讲话，字字千钧，犹如一记记重锤，狠狠地敲在每个与会者的心上。

8

　　从彩电厂刚回办公室不久，市纪委书记又来向梁光含汇报。两个月前，几位钨矿工人联名写信控告前山县副县长占仲金在招商引资中索贿受贿。市纪委通过初步核查随即将该案移交给检察院侦查，现在案情全部查清。前几年，根据市里在深圳招商引资洽谈会上达成的初步协议，外商唐总到前山县来购买一座亏损钨矿，具体洽谈由县政府副县长占仲金负责。这位副县长开始把出售价格报得很高，因而双方谈了多次没有结果。后来在联系该项目的副市长蔡文彬的多次过问下，洽谈取得了很大进展并基本达成了一致，但不知什么原因，投资合同就是迟迟签订不了。外商唐总为此非常着急，有人提醒他是不是没有给占副县长表示点意思。这时恰逢占仲金装修房子，外商唐总悄悄替他把装修费用付了，他满以为这样事情就可以解决了，但占仲金还是不松口。于是外商唐总索性一不做二不休，给占仲金准备到国外留学的儿子送去三万美元做学费。这下让这位副县长心动了。于是，占仲金就主动找到外商唐总把投资钨矿开采的合同签了。检察院认定这是一起严重的经济犯罪案件，准备立即对副县长占仲金依法逮捕。对外商唐总在前山县投资钨矿开采这个项目，虽然梁光含在那次深圳招商引资会上当面给副市长蔡文彬和前山县副县长占仲金提出了明确要求，此后也一直非常关注，蔡文彬也给他汇报过好多次。但他没想到这个占仲金作为一个副县长竟然在招商引资中干起如此严重的敲诈勒索违法犯罪勾当，这是一起严重败坏党纪法纪的腐败案件，也是又一起严重破坏投资环境的典型案例，为这次"继续解放思想，整顿投资环境"活动又提供了一个活生生的反面教材，同时也使大家进一步认识到党风问题是关系党的生死存亡的大问题，是关系到改革开放成败的大问题。为此，根据市纪委的建议，梁光含立即召开了一个紧急市委常委会，通报了前山县副县长占仲金违法犯罪的主要案情，并给予其开除党籍开除公职的处分，由司法机关依法惩办。与此同时，会议还对彩电厂事件的有关责任人给予了党纪政纪处分。这一连串的几个大动作，使"继续解放思想，整顿投资环境"活动一开始就先声夺人，威力大显，产生了意想不到的反响。

9

高雅红躺在市人民医院的病床上，就像一个正在熟睡的少妇，脉搏均匀地跳动，胸脯缓缓地起伏，那么安然，那么妩媚。只是微微凸起的肚子告诉人们这里正在孕育着一个小小的生命。看到她对外界毫无知觉和反应，江兆南的眼泪不由扑簌簌地掉下来。

江兆南在高雅红病床的对面加放了一张床。无论多忙，只要在家，他每天晚上都要来这里陪着她。

看到江兆南日渐消瘦，面容憔悴，人又老了许多，王达进同江父江母商量，让万秋花来医院照顾高雅红。万秋花就像对待亲姐妹一样，每天不厌其烦地为高雅红喂饭、洗衣、擦身，拉着她的手对她说着话。秦姑也想方设法抽空来帮忙。杨大任和汪小丹夫妇也经常过来探望，并把打听到的治疗方子及时告诉江兆南。

为了唤醒高雅红，江兆南跑遍大江南北，到处求医问方。

10

一声长笛，一列火车缓缓开进东海火车站停住，江兆南下车匆匆出了站门，用手招呼一辆出租车过来。

司机：上哪儿？

江兆南：帅傅，哪家医院的神经科最好，你就拉我到哪里。

司机：神经科哪家医院好我不太清楚，但中华医院是我们东海最好的医院，要不你上那里问问？

江兆南：行，那就先上中华医院。

出租车穿过大街小巷，在中华医院门口停下，江兆南付了车费后对司机说了声谢谢就进了门诊部大楼。

江兆南看到一间钉着神经科牌子的房间，便走了进去。

医生：请坐，你哪儿不舒服？

江兆南：大夫，我不看病，是来向你请教一个医疗问题的。

医生：什么问题？

江兆南：我的妻子因车祸成了植物人，不知有没有什么办法将她治好？

医生：目前还没有找到有效的治疗方法，不过，对有的因意外受伤成了植物人的，可采取放音乐、拉手、抚摸、呼唤其名字等方法，有时会起到意想不到的效果。

江兆南向医生道谢了一声就到火车站乘上了返回南江的列车。一下车，他就在车站边上的音像书摊上买了一盒《真的好想你》的磁带，又到商店里买了一部录放机，放到高雅红的病床头，对着她播放。他时而拉着她的手，时而抚摸着她的额头和脸，大声地对着她说：雅红，你听到了吗？

尽管反复不停地播放，也不知抚摸了多少次和喊了多少遍，高雅红躺在床上没有丝毫反应，但江兆南毫不气馁，坚持着做下去。手摸累了，歇一歇继续摸；嗓子喊哑了，停一停继续喊。厂里有事离不开时，江兆南就要万秋花接着抚摸接着喊。江兆南坚信，感情的力量是无法估量的，总有一天会把高雅红唤醒的。然而，十天过去了，二十天过去了，一个月过去了，奇迹并没有像预想中的那样出现。

江兆南四处打听还有没有其他的方法能够治愈这种病。当有人告诉他几百公里外的山区有个医生曾经用针灸扎醒了一个植物人，他马上出发。先是开了一天的车，在乡里的一个农家饭店住了一晚，然后爬过一座山头，再徒步走了七八里路，才到了那个山村，找到了那位针灸医生。在交谈中，江兆南得知他在"文革"时期是当地的赤脚医生，针灸是他家的祖传医术。他用这根小小的银针治愈过不少疑难杂症，挽救过许多父老乡亲的生命，在这一带很有名气。一些很远地方的病人都闻名前来找他求医。江兆南也管不了那么多，说家里有个重症病人急需他去妙手回春，不由分说就把他拉上了路，风急火燎赶到了南江，让他住宾馆，吃包餐，视为贵客，待为上宾。

这位针灸医生也是个医德很好责任心极强的人。他一到医院，就向江兆南仔细询问了高雅红受伤的经过，又认真阅看了高雅红的病历，之后拿出几十根有长有短细细的银色钢针，一根一根从高雅红身上的穴位慢慢扎进去，大约个把小时，高雅红从头到脚扎满了银闪闪的针头。江兆南心想这么多针扎下去高雅红该感到有些痛了，但直到医生把所有的针头都拔出来了，她却一点反应也没有。江兆南有些急了，问医生到底是怎么回事。医生说没有这么快，至少要扎一段时间以后可能会有点效果。江兆南也就没有再说什么。这样连扎了一个月，高雅红的意识还是没有丝毫恢复的迹象。这位医生也感到自己的十八般武艺全用上了，但还是无力回天，只好对江兆南说，要他另请高明。尽管这样，江兆南还是千恩万谢，给了他丰厚的酬金，并亲自把他送回了家中。

针灸医疗虽然没有效果，但江兆南并没有感到绝望。不信东风唤不回，他在继续寻找新的良方。

11

围坊村在市经济开发区兴建的宾馆内部装修华丽时髦，看着自己的杰作，肖丽萌非常得意。一切完美就绪，只等举行竣工开张典礼了。

这天，肖丽萌接到林一凡的电话，说他到宾馆来。但直到下午四点以后，林一凡才匆匆赶了过来。

肖丽萌：你怎么这么晚才来。

林一凡：我去医院看望了高雅红，所以耽误了一些时间。

肖丽萌：好些了吗？

林一凡：没有，还是一点知觉都没有。

肖丽萌：治了没有？

林一凡：用了好多方法，还请了针灸医生都不行。

肖丽萌：估计好不了。

林一凡：要是好不了，江兆南就会急病的。

肖丽萌：没有那么严重吧？实在好不了他可以另找过一个。

林一凡：也是，像他这样优秀的男人找一个很容易，特别是他又是梁书记的亲生儿子。

肖丽萌心里一动：什么？他是梁书记的亲生儿子？

林一凡：我也是无意中听到的，你千万不能去跟别人讲，这是机密，梁书记知道了要追查的。

肖丽萌：你当我是傻子呀，我肯定不会去跟人讲。这事江兆南知道吗？

林一凡：梁书记说不让他知道。

肖丽萌：不管江兆南知不知道，以后他的日子好过了。

林一凡：江兆南不是那样的人，他任何时候都靠自己的奋斗。

肖丽萌：这宾馆什么时候举行竣工仪式呀？

林一凡：你觉得什么时候合适？

肖丽萌：我认为现在就可以。

林一凡：你这个地下经理想浮出水面让大家知道呀？

肖丽萌：长期这样下去总不见人也不好。

林一凡：我今天来就是想同你说这个事。因高雅红还在医院里，若春节举行竣工仪式，不仅时间上不合适，江兆南他们肯定也没有心思参加，我想是不是等过段时候比较好一些。

肖丽萌：你考虑这考虑那，就是不考虑我，你眼里现在已经没有我啦！

林一凡：要不这样，现在开始对外试营业，你也一样可以公开露面。

肖丽萌：算了吧。

12

肖丽萌万万没有想到江兆南会是市委书记梁光含的儿子，她不知有多后悔，如果结婚的那天晚上不拒绝江兆南，也不鬼使神差去离什么婚，那现在自己就是市委书记的儿媳妇了。肖丽萌决定去找江兆南，她要做最后的努力，挽回这段婚姻。

这天晚上，江兆南处理完制药厂的事情后正要出门去医院，肖丽萌出现在门口。这时正好林一凡也来找江兆南，看到肖丽萌后他就没过去，闪在一边等着。但两人的说话他听得清清楚楚。

江兆南：丽萌，你什么时候回来的？

肖丽萌：我已经回来好几个月了，只是没有告诉你们。

江兆南：是不是一凡找你回来负责宾馆的？

肖丽萌：你怎么知道？

江兆南：你来宾馆，是我向一凡建议的。

肖丽萌：还是你了解我，真心对我好。

江兆南：一凡对你非常好，你不要辜负他。

肖丽萌：听说你妻子成了植物人？

江兆南：好人多难啊。

肖丽萌：好得了吗？

江兆南：正在全力医治，总会好的。

肖丽萌：那你就一心等她？

江兆南：肯定要等到她好起来。

肖丽萌：万一好不了呢？你想过吗？

江兆南：我从没想过，也不会这样想。

肖丽萌：你我还是有感情的，与其你现在这样等着，还不如离了，这样我俩可以重归于好。

江兆南：丽萌，这是不可能的，你我之间的事早已过去了。雅红永远是我的妻子，我这一生要对得起她。

肖丽萌：她已经那样了，你已经尽力了，没什么对不起她的。

江兆南：丽萌，我说句不中听的话，林一凡对你那么好，你就再不要三心二意了。

肖丽萌：一凡人也不错，但无法跟你比，你在我心里的分量比他重得多。

江兆南：我要去医院了，没时间跟你说了，你自己好自为之吧。

江兆南乘车走了，肖丽萌只好无趣地返回了。

林一凡在原地没有动，一种从未有过的愤怒在他胸中翻搅，他万万没有想到肖丽萌是个这样的人，该是自己向她表明态度的时候了。等肖丽萌走近时，他就像没有看见似的迎面走过去了，肖丽萌想跟他打招呼，但看到林一凡的那种神态也就没有作声。她心里明白了，林一凡对她失望了，不再对她抱有任何想法了。她觉得在这里不能再待下去了。

肖丽萌回到宾馆，就向林一凡写了一封辞别信，然后连夜离开南江重回广东了。

13

林一凡狠狠地抽了一口烟，随即把肖丽萌的辞别信撕碎揉成一团抛进了垃圾桶。他拿起电话想把这事告诉肖海君，但犹豫了好一会又把电话放下了，不想肖海君却来电话了。

林一凡：海君，回深圳后怎么样？亦华身体恢复了吗？

肖海君：亦华的身体好多了，但还在疗养，我在忙着厂里的事，雅红不知好些了吗？

林一凡：还是那样，兆南还在积极找医生治疗。

肖海君：你那宾馆马上要开业了吧？

林一凡：装修好了，但找不到合适的经理。

肖海君：我给你介绍一个好不好？

林一凡：那对我是雪中送炭，你说的是谁？

肖海君：你很熟悉的，现在我们镇里工作的孙晓蕾。

林一凡：你不要跟我开玩笑，人家是国家干部。

肖海君：最近有人造谣说她的坏话，还写信向上面告她的状，她老公不分青红皂白和她离了婚，她也一气之下辞职了。

林一凡：她愿意到我这个小小的村级宾馆来工作？

肖海君：你想不想她来？

林一凡：我当然想，又年轻又能干，她来就解决了我的大问题了。

肖海君：那我告诉她行吗？

林一凡：你快跟她讲，越快越好。

14

不少治疗手段都用过了，医生们也想了许多的办法，但高雅红仍然毫无知觉地躺在病床上，唯一有些变化的就是她的肚子已经明显地凸起来了。江兆南听说病人成植物人前最希望什么，就给病人讲什么，这样也许能唤起病人的记忆。江兆南想，高雅红生病前，她多次说自己不久就要做妈妈了，每当这时她脸上总会浮起一种幸福的笑容。做一个妈妈，这是她一生最美好的心愿。于是，江兆南决定买些有关妈妈和儿歌的磁带放给高雅红听。动身前，他俯下身子轻轻地亲了亲高雅红，并在她耳边喃喃地说：雅红，你就要当妈妈了，我现在去买你喜欢听的有关妈妈的歌曲去。

江兆南跑到新华书店音像部，一口气买了十几张儿歌和歌唱妈妈的磁带，轮流装在录放机里，对着高雅红不停地播放。几天后，江兆南觉得还不够劲，又买了几盒空白录音带，请人录了新生婴儿的啼哭声、孩子的笑声、孩子喊妈妈的叫声，与歌曲轮着播放。江兆南还在病房的墙上贴了好些张宝宝的照片，并把两人的结婚照挂在高雅红的病床上头。使洁白肃静的病房平添了家庭的温馨和童趣。

这天，江兆南正在向高雅红播放《世上只有妈妈好》的歌曲，一个女医生进来了，她用听诊器在高雅红身上认真地检查了一遍，然后对江兆南说，从肚子里胎儿情况来看，发育非常正常，高雅红可能快要生产了，要求陪护人员密切关注，一有动静及时向医生报告。江兆南听了，开始非常高兴，高雅红当妈妈的愿望就要实现了，自己也要做父亲了。但马上他的心又凉了。如果高雅红不能醒过来，孩子出生后就无法享受母爱了。"有妈的孩子像块宝，没妈的孩子像根草"。等医生出去后，江兆南轻轻地抚摸着高雅红的额头，俯下身子对着她的耳边动情地说：雅红，刚才医生说，我俩的孩子就要出生了，你就要当妈妈了，我就要当爸爸了，这是我们家的大喜事！世界上再没有比初为人母人父更幸福的了。雅红，孩子需要你，我也需要你！孩子离不开你，我也离不开你！孩子是我俩的亲骨肉！是我俩爱情的结晶！为了我俩的孩子，为了我俩的幸福，雅红，你快醒醒吧！

这时，一个盼望已久的奇迹出现了，高雅红的眼睛慢慢睁开了。

江兆南惊喜不已，立即把脸贴着高雅红，深情地呼喊着：雅红，我是兆南！

高雅红微微地嚅动了一下嘴唇，泪水夺眶而出。

江兆南又深情地呼喊了一声：雅红！

高雅红声音微弱断断续续：这……不是做……做梦……吧？

江兆南：雅红，不是做梦。

高雅红：我刚……才是……是不是……睡……着了？

江兆南：雅红，你睡了一觉，刚刚才醒。

高雅红：我……是不是……要……当妈妈了？

江兆南：是的，雅红。

正当江兆南要去医生那里告诉高雅红恢复神志了，那位女医生来了。她微笑着看了看高雅红，不禁感叹道：真挚不渝的爱是人世间最好的医生，能够治愈许多医生都治愈不了的疾病。这时，高雅红喊了一声"痛"，女医生知道高雅红要生了，随即叫来护士做好有关准备。没过多久，一个新的生命呱呱坠地了。

女医生：恭喜你，生了一个崽！

江兆南高兴得跳了起来：雅红，我俩有了接班人啦！

经过一个余月的康复治疗，高雅红彻底痊愈了，小孩也长得胖乎乎的。按照江姓家族的习俗，不管在哪里的江家人，凡是生了男孩的都要回村里认祖归宗。在孩子满半岁的时候，江兆南和高雅红带着孩子回到围坊，村里的江姓村民为他们举行了古老隆重的"添丁礼"。因本地话"灯"和"丁"同音，所以整个仪式围绕着"灯"进行。在一个德高望重的长辈主持下，由村里的江姓村民簇拥着，江兆南端着插有六根燃烧蜡烛的烛台走在最前面，高雅红抱着孩子紧跟着，先在家里三跪三拜敬先辈，接着来到祠堂六跪六拜敬祖宗，然后围着村子转一圈，在村头的大樟树下九跪九拜敬天地，再燃放"添丁炮"，点放"天灯"，欢庆江姓家族人丁兴旺，祈求老天爷保佑孩子健康长大。江兆南和高雅红还在大樟树下摆了百桌"添丁宴"，全村人纷纷向他俩和江父江母敬酒道贺，酒杯交响，笑语欢歌，苍劲的大樟树在默默地注视着这古朴而又喜庆的场面，仿佛又生机焕发，显得更加繁茂和翠绿。

15

南江市开展的"继续解放思想，整顿投资环境"活动，经过全市上下积极不懈的努力，取得了显著的成效。大家都感到市委这一次确实是动了真的，来了硬的，所以都不敢马虎应付。许多部门和单位都主动上门到企业征求意见和建议，并有的放矢地制定整改措施，过去那种"门难进，脸难看，话难听，事难办"的状况得到了明显改善，有些部门还专门设立了办事大厅，为企业实行"一条龙"服务。特别是外商唐总专门接受记者采访，并在市电视台现身说法，谈市里严肃查处招商引资中的敲诈索贿行为，坚决果断地排除干扰和阻力，使他在前山县投资的钨矿开采项目得以落实，同时在市经济开发区兴办钨深加工厂子的项目也正在洽谈并有望在不久就可签订正式合同的专题报道，在全市干部群众尤其是投资客商中引起了强烈反响，全市招商引资掀起了一个新的高潮，国外和国内的客商纷至前来，最忙的是市经济开发区，几乎每天都有客商来洽谈投资项目，每隔一段时候都有几个项目动工兴建，特别是到了年底，开发区签订的投资项目合同呈爆发式增长，而且都准备开工建设。于是开发区主任钟书清向市里建议搞一次集中开工典礼，这样既可进一步营造招商引资的声势和氛围，又可进一步提升全市干部群众加快改革发展的信心和决心。市委书记梁光含认为这个想法好，当即表示同意，并指定将外商唐总投资的钨深加工项目纳入开工典礼。

集中开工典礼在元旦举行，这是又一个充满希望的新的一年的开端，又是南江历史上改革、开放和建设的最盛大节日，真个是一元复始，万象更新。这次同时开工的外资和外省企业共十六家，总投资八亿多人民币。会场设在市开发区即将开工的企业工地上。前方正中树立着一块巨大的长方形红色幕板，上面"集中开工典礼"六个金色大字闪闪发光，中间写着每个开工企业的名称和投资数额。会场两边竖立着深化改革扩大开放加速南江发展为老区争光的大幅标语牌，入口横跨着一个十八米长用松枝鲜花扎成的高大彩门，会场上空飘着十个挂有红色缎带的大气球，三十台施工车整齐地排放在会场外面。仿佛是冥冥之中有感应似的，这天的天气也分外好，艳阳高照，暖意撩人，几乎感觉不到冬日的那种寒冷。客商们喜笑颜开，人们欢欣鼓舞。杨大任、汪小丹、江兆南、林一凡等也兴高采烈地站在人群中。开工典礼热烈隆重，市长讲话后，投资钨深加工项目的外商唐总代表新开工的企业作了一个简单表态，接着市委书记梁光含下达了开工令，会场上顿时掌声雷动，锣鼓喧天，激起了一阵阵欢腾的声浪。

这时，三十台施工车在灿烂阳光下隆隆开进工地现场，卷起的尘土像大海的波涛一样翻滚，又一轮新的改革发展大潮雷霆万钧般地在南江的大地上涌起了……

2018.5.1

（2015 年 第 1 稿，2016 年 第 2 稿，2017 年 7 月第 3 稿，8 月第 4 稿，9 月第 5 稿，10 月第 6 稿，12 月第 7 稿，2018 年 1 月第 8 稿，3 月第 9 稿，5 月第 10 稿）

后　记

多年以前，我就想写一部反映江西改革开放的文学作品。

为什么想写这样一部文学作品？答案是不言而喻的。改革开放是当代中国最伟大最激动人心的事件。正是这场波澜壮阔汹涌澎湃的改革开放大潮，冲破了长期"左"的思想的禁锢，打碎了几千年小农经济的枷锁，向世界开启了关闭许久的国门，在神州大地上掀起了一场又一场对内搞活对外开放的风暴。在不到四十年的短短时间内，使一个贫穷落后的大国发生了翻天覆地的奇迹般变化，以崭新高昂的姿态巍然屹立于世界民族之林。江西作为中国中部地区一个欠发达的内陆省份，也伴随着全国改革开放的铿锵步伐，坚定不移地勇敢前行。在这当中有突破也有徘徊，有顺利也有干扰，有果敢也有纠结，有成功也有挫折。当然，更多的是敢闯敢试时的无畏，搏风击浪时的勇毅，攻坚克难后的自豪，凤凰涅槃后的奋起。面对这样一场广泛而又深刻的变革，作为一个文学爱好者，理应毫不犹豫地拿起自己手中的笔，以文学的形式把这段风起云涌风云际会的现实生活艺术地表现出来，这也是历史赋予我们文学工作者的神圣职责和光荣使命。

然而，当我拿起笔来的时候却犯难了，江西有着十六万多平方公里的土地，有着四千六百多万人口，改革开放的历程纷繁复杂，改革开放的探索艰难曲折，改革开放的创造精彩纷呈，涌现了大量新事物，涌现了无数弄潮儿，涌现了许多新气象。显然，要全方位史诗般地表现这样一种宏阔深刻的场面是很困难的，我不知从何写起。思来想去，只能从小处着眼，从微观入手，来试着以小见大、一斑观豹。于是，我虚构了一个地级南江市及前山县，以"文革"结束前夕到九十年代中期这段特殊时期为背景，塑造了一组江西老表的群像。他们当中，有青年农民厂长江兆南，有大学毕业生肖海君和杨大任，有村干部林一凡，有村民江凤梅和秦姑，有到沿海打工的农村青年肖丽萌，有下岗工人高雅红，有在国营企业工作的汪小丹，有外资企业的经理张亦华，有市委书记梁光含，有投机钻营品行不端的下海干部许向才等等，并力图通过这些人物在改革开放前后不同的经历特别是他们起伏跌宕的命运变化，来展现十一届三中全会以来全省农村改革、城市改革、个体经济和私营企业发展、引进外资企业、国有企业改革的整体风貌。但是，由于本人思想水平、写作能力和眼光眼界所限，本书的写作并没有达到上述全景式史诗式表现的要求，无论在思想性还是艺术性方面尚有很大的差距，还存在着诸多欠缺、诸多不足、诸多遗漏、诸多偏颇、诸多错误。对于这个力不从心的缺憾，只有通过今后自己的艰苦努力来弥补。

在创作中，我还进行了一个新的尝试。当今时代是互联网的快餐文化时代，人们的阅读也是快阅读、轻阅读，看小说特别是长篇小说的人越来越少了。因此，如何让人们能够有兴致地看完一部长篇小说，这也是写作者必须认真对待的一个问题。这当中最重要的首先是小说的故事要引人入胜，但除此之外，就是情节的推进要清晰明快，对话类语言要精短生动。由此我想到电视剧主要是以场景和人物对话为主加上演员的表演构成的，心想小说的创作可不可以借鉴一些电视剧的手法呢？于是我就试着把长篇小说的写法和电视剧的写法结合起来。对于故事情节，既靠一般小说那样的叙述来展开，又靠电视剧那样的场景转换来推进。对于人物的性格、表情和心理活动，既有一般小说那样的细致描绘，又通过电视剧那样鲜明精短的对话来体现。同时在写作时尽量避免一般小说中常常出现的那种大段大段的描写和铺垫，以及大段大段的穿插和回忆。由于不少采用的是电视"特写式场景"和"对话镜头式语言"，因而使整部小说显得清晰明快，让人们在阅读时就像看电视和同别人谈话似的有一种轻松感，以至在不知不觉中将"长"读"短"，使长篇小说读起来不觉得冗长。

我是第一次创作长篇小说，而且是现实题材的长篇小说。但开始的打算并非如此，而是想写一部历史题材小说。因为历史题材离当代生活很远，怎么写都不会出问题。后来认真想想，在我们这样一个历史悠久且丰富多彩的文明古国，历史题材当然要写，但是这决不能成为不去表现当代生活的理由。一个生活在当代的文学工作者不去创作表现现实生活的作品，本身就是一种没有担当精神的表现。诚然，描写现实生活的题材可能不太容易把握，甚至因为人们都亲身经历太过熟悉，深恐自己的创作失当而引起不必要的麻烦。然而正是因为现实生活的创作难度很大，我们更应知难而进，排难而上，积极投身到火热的现实生活中去，创作更多更好反映现实生活的作品，为人民也为后世留下一幅幅真实而又生动的当代文学画卷。

这里我还要特地提到的是，在本书的创作过程中，许多同仁、学者和作家给予了大力支持和关注。王晖、梁勇、郑翔、叶青、陈东有、傅修延、彭春兰、汪玉奇、祝黄河、刘华、胡辛、郭力根、黄小蓉、江子、张秋林、温燕霞、胡颖峰、李滇敏、范晓波、李晓君、廖晓勇、桂梅、陈蔚文、王芸、张芙蓉、熊阳等提出了不少宝贵的意见和建议，作家出版社对本书的创作提供了许多便利条件，特别是中国作家协会党组成员兼作家出版社社长吴义勤、总编辑黄宾堂和责任编辑李亚梓，不仅对本书从头至尾进行了认真仔细的审阅修改和把关，而且对本书的出版给予了周到细致的安排。他们的敬业精神、独到眼光和专业素养，让我非常感动和钦佩。冷青、刘明、赵宸、张延等也做了不少的辅助性工作。所以，从这个角度来说，本书也是集体创作的结晶，在此一并表示诚挚的谢意！

699

后 记

附录：江西老表

1

每当到外地出差，总有些热心者问我哪里人，我回答是江西老表。对方先是点头一笑说："是革命老区来的，你们那里山好水好人好。"话语之中既有赞美之意，但也暗含着另外一层不便表露的潜台词。讲过之后，他们又会把眼睛瞪得大大的："为什么大家都称你们江西人为老表呢？"惊奇中带着一种迷惑不解。

是的，在许多外地人看来，把江西人称为老表，似乎是一种贬义，是一种对江西人的瞧不起，因为老表这两个字很土气，很下里巴人，就像上海人把所有的外地人叫做阿乡一样，是在用一种特殊的称呼骂人。

尤其使人纳闷的是，不仅外地人称江西人为老表，江西人也叫自己为老表。

世界上哪有这样自己贬损自己的？

其实，江西老表这个称呼不含有丝毫的讥蔑之意。

在中国传统的亲属关系中，兄弟姐妹的子女之间互称老表，年龄大的叫表哥、表姐，年龄小的叫表弟、表妹。表亲之间，虽不是直系亲属，但也有着一定的血缘关系。

把江西人称为老表，流传最广的有两种说法。

一种是始于明朝初年。为了争夺天下，朱元璋和陈友谅在鄱阳湖展开了激战。当时，碧波荡漾的八百里湖面到处闪动着刀光剑影。有一次，朱元璋打了败仗，被陈友谅在后面紧追不放。正在朱元璋走投无路之际，一位善良的渔民出现了，他把朱元璋领到船上藏了起来，然后摇着橹向湖心扬长而去。朱元璋得以安全脱险了。在离开的时候，他含着眼泪对这位渔民说："谢谢你的救命之恩！如果以后我打下江山做了皇帝，你就去京城找我，臣子和卫兵如不让见，你就说是我的亲戚江西老表来了。"过了几年，朱元璋终于战胜了陈友谅，在南京如愿以偿地穿上了皇袍。这位渔民带着几个同乡去看望当今的天子，果然，他们在皇宫内外不论遇到什么人，只要说一声"我们是皇上的亲戚江西老表"，于是，一路绿灯，畅通无阻。江西老表也就从此叫开了。江西老表，皇帝的亲戚，可见这个称呼是多么的高贵且令人羡慕。

另一种是始于同湖南的关系。江西同湖南，不仅山川地貌极为相似，而且地相连，人相亲。据统计，现在湖南的六千多万人中，大约有百分之六十四的人祖籍是江西。这样就形成了一种历史的亲缘关系。加上两省长达近千公里边界人家的长期相互通婚，他们的后代便以表亲相称。表亲者，血亲也。由于江西是祖上所在地，湖南人也就渐渐尊称江西人为老表哥，久而久之，干脆把"哥"字省去叫老表。于是老表也就成了江西人的代称。

可以说，在一个有着四千四百多万人口的省份，只有"老表"这个唯一统一称呼并且一讲出来就知道是哪里人的，在全国恐怕只有江西。

江西人也以有"老表"这样一个称呼而感到非常自豪。无论海角天涯，无论素昧平生，相互之间只要听到"我是老表"，马上就像久别重逢的亲戚一样。

江西老表，一个洋溢着浓郁亲情的名字。

2

在中国地域文化的研究中,存在着这样一种现象,就是江西老表虽然广为人知,但对江西老表的性格却很少论及。即使论及,也是寥寥几笔一带而过。有人说得更直白,江西老表没有什么给人印象深刻的突出特点。

所以,在中华民族这个大家庭中,江西老表的性格一直处在被忽略的地位。

不过,没有鲜明的特点也许就是江西老表最大的特点。

你看,在人声嘈杂、杯盘交响的餐馆里,江西老表有着自己的"吃文化"。他们也吃辣,但不像湖南人那样猛烈,可以把一只干辣椒放在嘴里嚼得眼泪鼻涕一大把;他们也吃甜,但不像江浙人那样每菜必放糖,甜腻得使人不愿动筷子;他们也吃鲜,但不像广东人那样讲究配料烹饪,一定要让人吃得津津有味直咂嘴;他们的口味也偏咸,但不像北方人那样上桌就是一盘盘卤菜,来个大碗吃肉,大杯喝酒。江西老表这种"不太辣、不太甜、不太鲜、不太咸"的饮食风格,在全国就没有什么鲜明特点,所以赣菜的牌子也就始终响不起来。

同样,在其他方面,江西老表的特点也不很明显。人们在谈论文化时,讲到北京就知道是官文化,讲到上海就知道是商文化,讲到苏浙就知道是水文化,讲到内蒙古就知道是草原文化,讲到西藏就知道是佛文化,讲到香港就知道是殖民文化,而讲到江西,就不知道是什么文化了。还有语言也是如此,从吴越软语到闽粤鸟语,从东北话到四川话,从河南话到陕西话,各自都有其鲜明的特征。但江西话就不是这样,"五里不同音,十里不同调",各个地方都有自己的方言,差别非常大,互相讲话都很难听得懂。这里不由得想到前些时候流行过的一个段子,说的是假如有一个外星人掉到地球上,中国各地人的不同反应。北京人首先问他是哪个级别的干部,上海人马上将他进行展览赚钱,温州人立即请他吃饭并合伙到外星球做生意,广东人先将他洗干净然后决定怎么吃，四川人邀他上茶楼打麻将，河南人立马复制几个卖向全世界。这里没有提到江西人会怎样对待。这绝不是有意的遗漏和疏忽，而是江西老表缺乏突出的个性特点，实在是难以概括。

江西老表这种没有显著特点的性格的形成，同江西的历史发展密不可分。早在春秋战国时期，江西就分属于吴国和楚国，故有"吴头楚尾"之称。以柔甘为主的吴文化和以悍辣为主的楚文化在这里交汇和碰撞，并融合为介乎两者之间的另外一种文化。特别是隋炀帝开挖京杭大运河和唐代张九龄开凿大庾岭梅关驿道之后，江西成了连接南北的大通道；加上万里长江又流经赣北，江西同时又是承东启西的大门户。正是这种特殊的交通枢纽地位，客观上使江西成了人们南来北往、东行西走的主要驿站。尤其是每当北方陷于烽火连天、战乱不息的时候，江西更是成了逃避乱世的"桃花源"。最突出的是"五胡之乱""安史之乱""靖康之难"三个时期，北方的大批移民潮水般地涌向江西，他们带来了发达的中原文化，这就使江西老表的性格之中又渗进了北方人的一些气质。从一定的角度来看，江西老表的性格是东西南北性格的一种大杂烩，江西文化也是东西南北文化的一种大杂交。

各种性格和文化的交汇，既有利于取长补短，以至产生一种新的性格和文化，但同时也容易毁掉自己原有的性格和文化特点。博采众长的结果最终往往是失去了自己的所长。

这也许就是江西老表的性格没有突出特点的深层原因。

3

如果人们认真想一想，江西老表还是有着自己的个性特点的。

江西老表的第一个特点，就是温和守矩而缺乏敢为天下先的精神。

江西老表的温和守矩，首先表现在做人做事的低调上，他们不善张扬，不善自我标榜，也不善唱高调。有了成绩不沾沾自喜，挨了批评也不暴跳如雷；得理时不盛气凌人，失利时也不怨天尤人，无论何时何地，都保持着一种平静的心态。同时，他们也不喜欢挑头，不轻易越雷池一步。凡是遇到重大的事情，他们会格外谨慎，先是站在远远的地方，斜睨着观察一下动静，心里盘算着一下利弊，然后再决定是否行动。江西在历史上的绝大多数时间里之所以能够保持社会安定和经济繁荣，主要得益于江西老表的这种温和守矩的性格。

江西老表的温和守矩，还有一个重要表现，就是服从大局的意识很强。每当党和国家需要的时候，他们会毫不犹豫地牺牲局部支持全局。人们永远不会忘记，在那艰苦卓绝的战争年代，为了革命的胜利，江西老表争先恐后地把自己的优秀儿女送上前线打仗杀敌，一曲《送郎当红军》至今唱来仍然那么荡气回肠。人们也永远不会忘记，在五十年前中华人民共和国处于三年困难时期，为了解决一些地方百姓的饥荒问题，周恩来总理飞赴南昌，要江西紧急支援一亿斤粮食。江西老表二话没说，宁可自己勒紧裤带，忍饥挨饿，硬是一斤不少地把粮食交给了国家。

危难之时见境界。江西老表的这种服从大局的意识，已经远远地超出了其本身，而上升为一种自觉的奉献精神了。

但是，正像有些群体的某一性格既是突出的优点但同时又是突出的缺点一样，江西老表温和守矩的性格，在另一方面又暴露了它的负面和不足，这就是缺乏敢为天下先的闯劲。

由于不敢闯不敢冒，江西老表在前行的路途中总是显得小心翼翼，顾虑重重，特别是在一些关键时刻，他们更是求稳怕乱，畏缩不前，既不敢去英勇地挺立于历史的潮头，又不敢去大胆地领导历史的潮流，而只能跟随着历史的潮流走，或者被历史的潮流挟裹着被动前行。

因此，在江西老表身上，既很难看到那种"我自横刀向天笑"的决绝和无畏，也很难看到那种"吾可取而代之"的雄心和壮志。也正因为如此，在中国历史上江西老表很少有带头造反者，很难出现气吞山河、号令天下的第一号人物，江西也就从来没有出过一个皇帝，哪怕是一个偏安于一隅的小皇帝。

江西老表的这种现象不仅仅发生在古代，而且一直延续至现代。翻开中国革命史册，江西在第二次国内革命战争时期，总共约有三十多万人参加红军，是人数最多的省份。但是在一九五五年中国人民解放军授衔时，江西虽然有三百二十五人被授予少将以上军衔，位列全国第一，但是却没有一位元帅，也没有一位大将。而相邻的湖南，不仅出了毛泽东这样叱咤风云的最高领袖，出了刘少奇、任弼时这样党和国家的核心领导人，而且元帅就出了三位。这充分说明湖南人的军事禀赋和领导才干比江西老表要高出一筹。

其实，这只不过是一种表面反映，在骨子里却还是江西老表没有湖南人那样具有敢闯敢冒、敢为人先的精神。

由此可见，不能敢为人先、勇当第一的江西老表，也就永远不能处于决定全局的中心地位。他们中的佼佼者，最合适的岗位就是宰辅、将军一类。他们统治不了江山，但他们可以很好地辅佐江山，成为杰出的名臣良将。这也许就是江西老表性格的必然归宿。

有什么样的性格就有什么样的命运。江西老表的历史再次印证了这个论断的正确性。

4

江西老表性格的第二个特点，就是不排外但会搞内耗。

一般地说，移民地区都不排外。因为大家都是从外地移居来的，倘若排外岂不把自己也给排挤掉了。也许因为江西是古代移民比较集中的地方，虽然经过了漫长的历史风雨，但江西老表的不排外却随着他们滚烫的血脉被一代一代地传承下来。这样，不排外也就成了江西老表最优秀的品格之一。

每逢有外地官员到赣任职，江西老表总是以一种特殊的大度予以欢迎。尽管开始时他们的心里也打着问号，脑子里也有些疑虑，但是背后不会指指戳戳，更不会去抱成一团做一些抵制之类的小动作。相反还会主动地支持外来官员开展工作，特别是在差额选举时，宁可本地官员选不上，也要保证外来官员高票当选。倘若有哪个外来官员人品出众，才能非凡，做出了显著的政绩，那江西老表更是会奔走相告，广为传颂，以至成为其忠实的崇拜者。所以凡是到江西工作的外地官员都有一个共同的感受，就是很容易融入当地，没有陌生感，没有孤立感，没有隔阂感，没有一堵无形的墙在堵着他们，因而工作起来也就十分的舒心和顺利。

同样，由于这样那样的需要，从过去至现在，不断地有一批又一批的外地人来到江西定居，不论他们是大学毕业的学生，还是从部队转业的军人；不论他们是从沿海省市随工厂整体搬迁而来的工人，还是因水库建设移居而来的农民；不论他们是"文化大革命"中从上海下放而来的知识青年，还是从外地来赣的大量技术和务工人员，江西老表都像对待自家人那样，给这些不断出现的新面孔以温暖关心、以支持帮助，使他们很快地安下心来，成为了新的"进口老表"。

江西老表不排外，使赣鄱大地这方令人陶醉的青山绿水显得更加的多彩和大气。

但是，在江西老表内部，却是另外一种景象，无处不在的内耗，简直让人触目惊心。

倘若你到一个大家庭里去就会发现，同为一个父母所生的兄弟姐妹之间，不是情同手足、和睦相处，而是相互之间像乌眼鸡似的，你盯着我，我盯着你，生怕自己吃亏别人占便宜，有时甚至为了一点利益方面的小事，相互大开恶口，大打出手，闹得不可开交，最后结果是亲人变成了仇人。

倘若你到一个村庄里去就会发现，村民之间不时会出现种种摩擦和纠纷。如果这个村庄是同一个姓的，那每一个家族便会自动地结为一个利益共同体，并以此来对抗其他的家族。如果这个村庄是多姓的，那人口最多的姓就处于一种主导地位，无论是选村干部还是利益分配，常常是独占先手，这样就引起其他姓氏的不满，直至发生严重的冲突。这种因宗族和姓氏产生的内耗，使不少农村常常处于不和谐不稳定的状态。

倘若你到一个单位里去就会发现，表面上大家都笑容可掬，客客气气，然而在风平浪静的下面，却是暗流涌动，旋涡翻滚。有时为了一个职位或职称，互相钩心斗角，你争我夺，背地里使绊子，设障碍；有时为了在领导面前争宠，不惜拨弄是非，打"小报告"，使"离间计"，欲置对方于死地而后快。还有一种人只做两件事：别人成功了，他拼命嫉妒；别人失败了，他到处讥笑。所以，在不少单位，一个平庸者，对其的阻拦者往往很少；而一个出众者，对其的阻拦者却往往很多。这样随之出现的也就不是优胜劣汰，而是劣胜优汰，平庸者不断得到升迁，出众者却很难出人头地。

在江西的官场上，流传着一种"出生入死"的说法，其含义为，凡是调出到外地工作的江西干部都有如蛟龙入海，大展才华，因此被委以重任；而留在本地工作的江西干部，即使德才兼备政绩突出也难以提拔。造成这种现象的原因虽然很多，但其中最重要的一条就是江西干部的"内耗"。在有些省份，本地干部有一种"抱团"精神，彼此之间相互信任，相互支持，相互帮助，相互维护。而江西的干部却不是这样，不仅"以人划线"，搞"小圈圈"，而且对不是属于"自己的人"百般排挤，甚至打压。由于相互内斗，江西也就很难出干部。大家不都是慨叹如今在中央和国家各部委以及外省市任职的江西籍领导干部太少吗？这并不是江西干部的能力和水平不行，而是江西干部太会搞"内耗"。

内耗，耗掉了江西老表的元气，耗掉了江西老表的精力，耗掉了江西老表的自信，使江西老表始终构不成一种整体的合力。

江西老表的不排外和内耗，看起来似乎很矛盾，其实是一个硬币的两面。不排外是表象，内耗是根源。因为内部不能平衡，谁也不希望别人比自己好，因而相互制约，相互拆台。在这样一种心态的驱使下，唯有外面来人，各方都感到自己没有吃亏，都感到对自己没有威胁，所以也就一致地拥护和接受。

因此，江西老表的不排外，并不表现为一种具有现代意义的真正包容，而只是一种以不损害自身狭隘利益的被动容忍。

5

江西老表性格的第三个特点，就是有小聪明但缺乏大视野。

有一首歌曾经唱遍大江南北："江西是个好地方，山青水秀好风光。"

俗话说，一方水土养一方人。正是这怡人的灵山秀水，哺育了一代代聪明的江西老表。

从古至今，江西老表虽也不乏大聪明，但从整体上来说都属于小聪明。

精于各种各样的智巧技艺，是江西老表的一大特长。景德镇的瓷器，以其"薄如纸，白如玉，明如镜，声如磬"而誉满天下；萍乡万载的爆竹烟花，在古老的神州大地绽放着喜庆的声音和吉祥的图案；樟树的药材，在中国古代中药加工技术方面独领风骚；宜春的夏布，在华夏的纺织技术方面独树一帜。在许多村庄，一方方精美的木雕和石雕令人拍案叫绝；在城乡的每个角落，一个个从事堪舆和星相的江西老表身影充满着高深和神秘。应该说，诸如此类的工艺技术，虽不要大智慧，但却离不开心灵手巧的小聪明。江西老表在这方面似乎有独到的才能。

江西老表还有一个优势，就是善于经营小生意。"一个包袱一把伞，跑遍全国做老板。"明清时期的江右商帮，不仅将生意做到了湖南、湖北、云南、贵州、四川等地，而且在江浙和北京，他们的生意也很活跃。遍布在许多地方的大大小小的万寿宫和江西会馆，就是江右商帮的活动场所。有一则资料这样告诉我们，从明至清，全国各地的万寿宫共有一千多座，而在北京的江西会馆则从明初的十四所增加至清光绪年间的五十一所，五百多年来一直位居全国的榜首。江右商帮以其独特的经营方式创造了小农和自然经济时代商业的辉煌，被称为与徽商、晋商齐名的全国三大商帮之一。

然而，使人遗憾的是，江右商帮的生意无论怎样也难以做大，既没有出现像徽商那样坐拥巨资、堪与王侯相比的富商大贾，也没有形成像晋商那样经营票号行业的垄断巨头。这不能不是江西老表的一个悲哀。

其实，岂止是在古代，就是在现在，江西老表的生意都始终在"小"字上打转转。许多人还记忆犹新，当改革开放刚刚兴起的时候，江西老表在不少方面开创了全国"第一"：第一辆摩托车是江西造，第一台电风扇是江西造，而且汽车和电视机的生产也遥遥领先于一些兄弟省份。在二十世纪八十年代，当看到江西汽车飞奔在大江南北，赣新电视辉映在千家万户，江西老表的心里该有多么的自豪！而那时，安徽的奇瑞汽车和四川的长虹电视还不知道在哪里。但此后仅仅过去了十几年，事情却来了个一百八十度的大转弯，奇瑞汽车以其"初生牛犊不怕虎"的劲头迅猛发展，一举驰骋于国内外市场，并成为我国唯一具有发动机自主知识产权的汽车品牌。长虹电视也异军突起，一举成为了全国销量和品牌的霸主，并出口到世界各地。反观我们江西，曾经为全国第一的摩托车和电风扇不见了，曾经为抢手宠儿的赣新电视机消失了，江西的汽车也因几次错失良机被远远地甩在了同行业的后面。历史的车轮从来就是这样的滚滚无情。

好的幼苗却长不成参天大树，领先的产品却发展缓慢以至被淘汰，这不能不是江西老表心上永远的伤与痛。

为什么会出现这种现象？有人认为是因为江西老表醒得早、起得晚、走得慢。

这也许有一定道理，但绝不是事情的本质。根本的原因在于江西老表的视野不宽。缺乏大的视野，眼光就看不远，生意就做不大，往往会小富即安、小进即止，这样不仅会导致已有的东西渐渐丧失掉，而更为严重的是会因看不清发展前景而错失壮大自己的良机。有一则故事令人啼笑皆非，一九七〇年，国家决定在江西建设第二汽车制造厂，这本来是一次千载难逢的机遇呀！但江西却婉拒了，理由是有了这么一个几十万人的厂子每天要供给大量的粮食蔬菜而抬高物价。这个"小算盘"打得也太精明了。于是，该厂改在湖北的襄樊落户了。

江西老表就这样因为自己的小聪明而失去了一个关系全省长远发展的大企业，可见小聪明一旦失去大视野会产生多么可怕的后果。

江西老表的视野不宽还和江西的地形有着某种关联。

打开江西地图，人们就会发现其形状就像一个大盆地，四周几乎都被高山包围着。东面的武夷山隔断了通往闽浙的商道，南面的大庚岭阻挡了广东吹来的海风，西面的罗霄山挡住了三湘的英武之气，东北面的怀玉山和西北面的幕阜山则像两只钳脚一样夹峙着，仅给江西的北部留下了一个小小的豁口。而全省中北部的地势却比较低，从南向北贯穿全境的最大河流赣江以及抚河、信江、修水、饶河，犹如五条巨龙，不仅从不同的方向汇集成了浩瀚无际的鄱阳湖，而且在赣中北部冲积成了一片广阔的平原。人首先是自然环境的产物，也许正是这种盆地地形，使江西老表不知不觉地产生了"盆地意识"。由于被四围高山遮住了视线，江西老表也就陶醉在"采菊东篱下，悠然见南山"的盆地生活之中。

看不见外面的精彩世界，江西老表的视野怎么能大起来呢？胸怀怎么能宽起来呢？

6

江西老表性格的第四个特点，就是会读书但缺乏创造力。

有一组数字足以说明江西老表具有超乎寻常的读书天赋。

自从隋朝创办科举制度直至清代末期的一千三百多年间，全国共考录进士约十万人，其中江西就达一万人，占全部进士的十分之一。

在江西吉安、临川等地，曾经出现"一门三进士，五里十状元"的盛况，"唐宋八大家"之一的曾巩，一门五人同登进士科，祖孙六代有三十八人考中进士。

在中国历史上，第一个书院诞生在江西，这就是唐代德安陈氏宗族创办的东佳书院；第一个在全国最具规模最具影响的书院也在江西，这就是庐山白鹿洞书院。

遥想当年的赣鄱大地，那是怎样的一种景象啊！在数以万计的私塾里，在遍布各地的书院里，多少学子正襟危坐，在老先生严厉目光的监视下，诵读着四书五经。每当考试来临，学子们又纷纷告别书斋，穿上长衫，不辞辛苦，跋山涉水，行色匆匆地奔走在通往城里考场的乡间小道上。特别是参加殿试，从江西到京城，那可是几千里之遥，一走就是几个月，途中要经受多少风雨，历尽多少艰险！为了中榜，多少人从青丝熬成了白发，从耳聪目明熬成了老眼昏花。读书奔科举，构成了江西历史上一道最为亮丽的文化风景线。

如果说历史的辉煌已经暗淡了的话，那么今天的江西老表是不是还喜好读书呢？

答案是肯定的。岂不是吗？近三十多年来，尽管江西的经济仍欠发达，但是在历届高考中，江西的录取分数线都是比较高的，而且比一些发达地区要高得多。同样的分数，北京、上海和广东等地的考生可以上重点大学，而江西的考生却只能读一般本科院校。于是，在前些年大学录取比例较低时出现了不少学生"在江西读书，到外地高考"的"飞地升学"的怪现象。特别是那个被誉为"才子摇篮"的临川中学，更是以其不同凡响的教学质量和在全国名列前茅的升学率，吸引着来自祖国四面八方的求学者。这里，每年都有许多优秀的学子源源不断地走向北大、清华等一流的高等学府。

也许就是因为江西老表会读书，所以在中国文学和学术的灿烂星空中，出现了一连串闪闪发光的江西人名字：陶渊明、欧阳修、王安石、黄庭坚、曾巩、晏殊、朱熹、陆九渊、文天祥、汤显祖、八大山人……

江西老表会读书，关键在于有一个代代相沿重视读书的传统。无论是在偏僻山区的土屋里，还是在江湖平原的农舍里，不管什么人家，哪怕穷得锅里没有一粒米，也要想方设法养上一头猪，以供养孩子上学读书。对于许多人家来说，有了猪，就有了孩子的学费；有了猪，就有了孩子的前途。正是养猪，使一些处于贫困和社会底层的子弟有钱读书而改变了自己的命运，不少父母也通过养猪实现了望子成龙的愿望。

在人们的心目中，猪是愚蠢的象征，想不到江西老表却用它铺就了一条长长的通向聪明之路。所以，很多人对此深有感触地说："江西老表，一会养猪，二会读书。"

按一般逻辑，读书好坏同创造力的大小是成正比的。读书好的人创造力相对比较强，读书差的人创造力相对比较弱。如此看来，江西老表会读书，他们的创造力也一定非常强。

然而，事实却并不是这样，江西老表所缺少的恰恰就是创造力。

江西老表创造力的缺乏，集中体现在创新精神不强上。他们读书，大多只是一味地啃书本，而不是把书本作为启迪智慧的钥匙；他们读书，只是一味地相信书本上的答案，而不是去有所怀疑，有所探索，有所发现，有所发明，有所创造。所以，从古至今，在自然科学和社会科学那些极需要创造力的领域，江西老表常常显得力不从心，无所作为。在长达几千年的古代，江西几乎没有出过什么有影响的发明家，也几乎没有出过什么革故鼎新的思想家。就是在近现代，江西也几乎极少出过什么具有杰出开创性贡献的大科学家、大政治家和大学者。

江西老表创造力的缺乏，是封建文化和科举制度结出的恶果。江西是宋明理学和心学的发端地和传播地。朱熹的"存天理，灭人欲"，主张根绝人的一切欲望。陆九渊的"心即理"，认为"心"和"理"是永恒的，一切封建的道德教条都是人心固有的，也是永不变化的。几百年来，这两种学说就像两块巨大的石头，首当其冲地压在了江西老表的心头，使他们动弹不得，久而久之也就变得麻木起来。试想，一个没有欲望冲动的群体，一个深被封建道德教条禁锢的群体，他们怎么会有生机勃勃的创造力呢？

当然，导致江西老表创造力缺乏的另一个因素，是在长期八股科举制中形成的与书本知识趋同的思维定式，一切顺着书本思考，一切照着八股作文。江西老表的这种顺向思维定式通常所产生的就是缺乏创造力的"高分低能"。可见读书既可以为人类的进步插上飞翔的翅膀，同时也可以使人类的创造失去想象的天空。

江西老表，什么时候能把"会读书"真正转化为"会有创造力"呢？

7

江西老表性格的第五个特点，就是有着强烈的官本位意识而缺乏市场经济观念。

不论走到赣鄱大地的哪一个角落，人们都会产生一个相同的感受，这就是江西老表"官崇拜"的情结非常浓厚。

在一座座姓氏宗祠里，祖先中谁的官最大谁的牌位就最显眼。

在一本本厚重的家谱里，最引人注目的是那些为官进仕者的名字。

在一个个古老的村庄里，最使村里人自豪的是那些陈旧斑驳的官第、官牌和官匾。

在一次次茶余饭后，人们谈论最多的话题之一就是当官。特别是那些业余组织部长，更是趁机发布有关干部的"新闻"，什么某某人要到哪儿任职了，某某人要提拔重用了，某某人是一匹"黑马"，讲得绘声绘色，听得大家直瞪眼。

在一个家庭，不论是父亲母亲还是儿子儿媳，或是女儿女婿，只要有人提拔当官了全家都会情不自禁地举杯相庆。倘若长期没有人升迁，就会悲观丧气，尤其是男性会有一种无形的压力，感到抬不起头来。

同样，在一个地方，在一个单位，一个人如果提拔得快，官做得大，大家都会赞他有本事并刮目相看。反之，一个人如果提拔得慢，或者久未得到任用，大家就会说他能力差，甚至投以鄙视的目光。怪不得在全省的每个地方和单位，都以出了大官而感到无比的光荣和骄傲。

一切以是否当官为尺度，一切以官职大小来衡量，这就是深深浸透在江西老表血液里的官本位意识。

正是因为这种浓厚的官本位意识，在江西老表中形成了一种强烈的"官磁场"。许多人对做官趋之若鹜，有的人甚至为了捞个一官半职，不惜跑门子、拉关系，使出浑身解数，甚至无所不用其极。

也许是把全部心思都用在了"官场"上，所以江西老表不太懂得"市场"，不太会搞市场经济。

不像浙江人那样可以把小商品做成大产业，不像江苏人那样可以把小企业做成大公司，不像广东人那样勇于渡船出海下南洋做商贸，不像上海人那样敞开胸襟打造国际商埠，江西老表似乎对商品和市场表现得非常迟钝。他们就像一个迈着八字方步的老先生和缠裹着厚厚臭布的小脚女人，或好奇地在市场经济的岸边观望，或小心地在市场经济的岸边徘徊。所以，直至一九四九年新中国成立前夕，偌大的一个江西省，除了清朝晚期开办的安源煤矿外，几乎没有什么像样的工商企业。省会南昌只有为数很少的手工作坊式的企业。就是在一百多年前被英国人辟为"五口通商"且有"小上海"之称的九江，也仅有几家规模很小的纱厂。

有这样一种观点认为，江西老表市场经济观念的缺乏，是因为没有受到近代资本主义的影响。这应该说是很有见地的。历史给人们留下了这样令人心痛的几幕：当西方列强在十九世纪中叶从海上用炮舰轰开中国市场大门的时候，江西老表却还沉迷在心性命理学的清谈中；当沿海地区的工商贸易蓬勃发展的时候，江西老表却还沉迷在自己的那一片田园风光中；当邻省的洋务运动和民族工业方兴未艾的时候，江西老表却还沉迷在农耕田粮应是全省头等大事的旧式思维中。可以说，在市场经济面前，江西老表几乎是一张白纸，这样他们也就不可能有什么市场经济意识。

然而，这还不是问题的全部。曾记得温州人说过这样一句话：我们的市场意识是恶劣的自然环境逼出来的，因为人多地少无法生存，所以只得出外做生意谋生。由此反观江西老表，也许正是因为自然条件过于优越，到处山清水秀，土肥水美，使得他们坐享天成，安于现状，不思进取，世世代代在这种舒适惬意的自然经济生活中打发着时光。

由此观之，江西老表缺乏商品和市场经济观念，与其说是官本位意识太强和没有受过市场经济熏陶造成的，不如说是优越的自然条件造成的。一个特殊的地理环境，既给他们带来了大自然的巨大恩赐，但又使他们丧失了生存的压力；既给他们带来了巨大的财富，但又使他们背上了沉重的包袱。

一个没有生存压力而又有着沉重包袱的群体，在充满激烈竞争的市场经济大潮中是难免要沉沦和被淘汰的。

8

江西老表性格的第六个特点，就是朴实热情但缺乏勤劳刻苦精神。

在一般人眼里，都觉得南方人比北方人勤劳刻苦，北方人比南方人朴实热情，但作为彻头彻尾南方人的江西老表好像是个另类。

江西老表的朴实厚道，可以说在全国都是有口皆碑的。他们对人对事，有一说一，有二说二，是好就好，是坏就坏，不会忽悠人，也不会耍心眼。而且缺乏灵活性，遇到问题不会随机应变，遇到困难不会伸手，老实得简直有些可爱。正如国家一些部委的同志所说的，江西老表从来就是不叫不到，不吵不闹，不给不要。

江西老表的热情好客，也是远近闻名的。有人讲上海人不太喜欢请客，不喜欢别人到家里做客，不喜欢连续几天陪着一位外地朋友玩。而江西老表却不是这样，每当"有朋自远方来"，他们可是"不亦乐乎"，不仅把客人请到家里，还拿出珍藏多年的好酒，烧上一桌具有当地风味的佳肴，尽情地让客人品尝。倘若客人要到什么地方走走时，他们会主动陪同，不管花上多长时间也在所不惜。江西老表对待客人的情意，就像自家门前奔流不息的小河，清澈而又悠长。

如果说江西老表待人朴实热情的话，那么他们对待自己则容易满足。

容易满足的结果，一方面是在任何时候都能够保持一种知足常乐的心态，另一方面则会导致勤劳刻苦精神的缺失。在江西老表中广为流传的"白米饭，木炭火，神仙不如我"，就是一种最典型最形象的写照。

为什么江西的百姓创业经济不发达？诚然，江西老表身上缺乏商品经济的细胞是一个十分重要的原因，但同时与江西老表缺乏勤劳刻苦的精神也是分不开的。在奉行丛林法则的生意场上，他们没有浙江人的那种"跑遍千山万水，吃遍千辛万苦，想遍千方百计，说遍千言万语"的勤奋与顽强，没有浙江人的那种"白天当老板，晚上睡地板""吃常人所吃不了的苦，赚常人所赚不了的钱"的刻苦与执着，而是一遇到艰难困苦就灰心动摇甚至败下阵来。所以，浙江人可以把生意做到全中国，做到全世界，江西人只能在本地小打小闹，很难把企业做大做强。

这不由得又使人联想到另一种浙江人。他们就是移民江西的浙江人。二十世纪五十年代，由于新安江水电站的兴建，大批的浙江人离开故土迁移到江西。当时，他们安家落户的地方都是荒山贫壤。经过半个多世纪的艰苦创业，如今这些地方都变成了全省最富裕最美丽的新庄园，而江西老表世代居住耕作的家园，尽管条件要好得多，但因为他们不愿付出过多的汗水而大大落在了后面。有的地方甚至面貌依旧，没有什么变化。

勤劳刻苦精神的欠缺，既是江西老表人格方面的一个缺陷，也是江西老表精神层面的一个缺陷。如果说这种缺陷表现在个体身上时还不至于构成大的危害的话，那么当它成为一种群体性的缺陷时就是灾难性的了。

历史反复证明，勤劳刻苦精神永远是人类进步的原动力。哪个地方的人勤劳刻苦，哪个地方的发展就快；反之，发展就慢，甚至停滞不前。

9

从唐代至清代中期，是江西历史上最为发达的时期，尤其是宋代，更是江西老表辉煌灿烂的时期。

但是到了近现代，江西却在滚滚向前的历史车轮中明显地落伍了。

可以说，现在的江西老表遇到了前所未有的尴尬。

江西是中国革命的老根据地，本来这是一块令人向往和崇敬的红土地，但不知从什么时候起，老区却成了落后的代名词。

江西是中国中部的一个省份，曾几何时，由于既不能享受中国东部的大开放政策，又不能享受中国西部的大开发政策，江西老表这种不东不西的处境，被人戏称为"不是东西"。

也许是因为经济发展与全国特别是沿海发达地区的差距不断拉大的缘故，一段时期，江西老表到外地开会总是不声不响坐在最后一排，有些人甚至不好意思说出自己是江西人。

江西老表有些被自卑感压得喘不过气来。

有人曾把江西落后的原因归结为交通。毋庸讳言，交通兴则江西兴，交通衰则江西衰。自从二十世纪初期随着京汉和汉粤铁路的建成，南北交通的重心西移，江西的交通枢纽优势便丧失殆尽，江西因而也就急剧地衰弱下来。

但是，这只是问题的一个方面。从根本上来说，是江西老表的观念和性格导致了江西的落后。

由于思想观念的陈旧和性格的劣根性，因而当二十世纪七十年代末和八十年代初中华民族拉开改革开放大幕并逐步迈向市场经济时代之际，江西老表却显得非常的不适应，显得非常的困惑和彷徨。

江西老表明显地感觉到了自身的陋习，也明显地感觉到了自身的窝囊。

他们也想迈开大步向前进，但步履总是那样沉重，甚至有些踉跄。

他们也想扬帆出海闯世界，但总是觉得自己水性不熟，甚至有些惧怕惊涛骇浪。

他们也想开拓创新续辉煌，但总是觉得自己功底不深，甚至有些瞻前顾后。

所以，江西老表要在中国的版图上重新崛起，就必须彻底冲破传统观念的牢笼，彻底改造自己性格的劣根性。

从某种意义上来说，这就是对江西老表整体人格结构的一种改造和重塑。

无疑，这是一个脱胎换骨、凤凰涅槃的痛苦过程，因为这需要解剖自我、否定自我，没有足够的勇气是决然不行的。

同时，这也是一个不断锤炼和养成的长期过程，这就不仅需要一定的历史时间，更需要在市场经济的大海中搏风击浪，在游泳中学会游泳。

江西老表正在改造和重塑自己人格结构的征途上奋勇地前进，一个新时代江西老表的新形象正呈现在世人的面前。

可以肯定，江西老表人格结构的重塑完成之日，也就是江西老表重新创造历史的辉煌之时。

江西老表，人们期待你们！

江西老表，人们相信你们！

2010 年 8 月

图书在版编目（CIP）数据

老表之歌 / 刘上洋著. -- 北京：作家出版社，2018.6
ISBN 978-7-5212-0108-6
（2019.2重印）

Ⅰ.①老… Ⅱ.①刘… Ⅲ.①长篇小说－中国－当代
Ⅳ.①I247.5

中国版本图书馆CIP数据核字（2018）第148912号

老表之歌

作　　者：刘上洋
责任编辑：李亚梓
装帧设计：百丰艺术
出版发行：作家出版社有限公司
社　　址：北京农展馆南里10号　　　　邮　　编：100125
电话传真：86－10－65067186（发行中心及邮购部）
　　　　　86－10－65004079（总编室）
E-mail:zuojia@zuojia.net.cn
http://www.haozuojia.com
印　　刷：三河市兴博印务有限公司
成品尺寸：152×230
字　　数：628千
印　　张：45.25
版　　次：2018年10月第1版
印　　次：2019年2月第3次印刷
ISBN 978-7-5212-0108-6
定　　价：85.00元（全2册）